MICHAEL PEINKOFER

DIE ZAUBERER
Die Erste Schlacht

MICHAEL PEINKOFER

DIE ZAUBERER

Die Erste Schlacht

Roman

Piper München Zürich

Entdecke die Welt der Piper Fantasy:

Von Michael Peinkofer liegen bei Piper vor:
Die Zauberer
Die Zauberer. Die Erste Schlacht
Die Rückkehr der Orks
Der Schwur der Orks
Das Gesetz der Orks
Unter dem Erlmond, Land der Mythen 1
Die Flamme der Sylfen, Land der Mythen 2

ISBN 978-3-492-70172-3
2. Auflage 2010
© Piper Verlag GmbH, München 2010
Karte: Daniel Ernle
Satz: C. Schaber Datentechnik, Wels
Druck und Bindung: CPI – Clausen & Bosse, Leck
Printed in Germany

Personae Magicae

Zauberer

Semias	Vorsitzender des Hohen Rates
Farawyn	sein Stellvertreter
Syolan	Chronist von Shakara
Cysguran	Ratsmitglied
Tarana	Meisterin
Filfyr	Meister, Ratsmitglied
Maeve	Meisterin, Ratsmitglied
Gervan	Sprecher des rechten Flügels
Atgyva	Bibliothekarin von Shakara
Tavalian	ein heilkundiger Zauberer
Sunan	Zaubermeister
Rurak	ehedem Palgyr, abtrünniges Ratsmitglied

Elfen

König Elidor	Herrscher des Elfenreichs
Fürst Ardghal	sein oberster Berater
Alannah	Eingeweihte in Shakara
Aldur	Eingeweihter in Shakara
Mangon	Lordrichter von Tirgas Lan
Ogan	Aspirant in Shakara
Caia	Aspirantin in Shakara

Nimon	Novize in Shakara
Fürst Narwan	königlicher Berater
General Tullian	Oberbefehlshaber des Elfenheeres
General Irgon	sein Stellvertreter
Alduran	Aldurs Vater

Menschen

Fürst Ortwein	neuer Herr von Andaril
Lady Yrena	seine Schwester
Granock	Eingeweihter in Shakara
Ivor	Schwertführer Andarils

Kobolde

Argyll	Diener Farawyns
Ariel	Diener Granocks
Flynn	Diener Alannahs
Níobe	Dienerin Aldurs

Zwerge

| Thanmar | Aufseher von Nurmorod |
| Dolkon | sein Folterknecht |

Orks

| Borgas | Häuptling der Knochenbrecher |
| Rambok | Botschafter in Shakara, Vorfahr zweier später sehr bekannter Orks |

Prolog

Das Goldene Zeitalter war vor langer Zeit zu Ende gegangen, nicht
allmählich und in einem Jahrhunderte währenden Prozess des Verfalls, sondern schlagartig, in einem katastrophalen Ereignis, das als
der »Große Krieg« in die Annalen Erdwelts eingegangen war ...
Schließlich konnte zu jener Zeit niemand wissen, dass ein noch ver-
heerenderer Krieg folgen sollte, in dem das stolze Elfenreich im
Rauch brennender Städte und in Strömen von Blut versank.

Dieser letzte Konflikt kündigte sich, so wie es alle Kriege tun, in
vielen kleineren Ereignissen an, die unabhängig voneinander betrachtet das Ausmaß der Bedrohung kaum erahnen ließen. Die
Menschen, die den Nordosten des Reiches bevölkerten, strebten
zunehmend nach Unabhängigkeit; die Orks wagten sich erstmals
seit Jahrhunderten wieder in größerer Zahl über den Kamm des
Schwarzgebirges; in Tirgas Lan, der Hauptstadt des Reiches, saß
mit Elidor ein schwacher König auf dem Thron; und in Shakara,
der Ordensburg der Zauberer, war man sich uneins, wie man den
Herausforderungen der neuen Zeit begegnen sollte.

Keine dieser Entwicklungen war für sich genommen bedenklich
genug, als dass man in ihr den Auftakt zu Ereignissen gesehen hätte,
die in der Lage waren, die Welt aus den Angeln zu heben. Erst die
Verschwörung Palgyrs machte auch den Unbedarftesten unter uns
klar, dass erneut ein Zeitalter im Begriff war, zu Ende zu gehen.

Palgyr war einer von uns gewesen. Ein Weiser, ein *dwethan*,
oder, wie die Menschen uns nannten, ein Zauberer. Ein Angehöriger des Hohen Rates, der geschworen hatte, dem Elfenreich zu die-

nen und es kraft seines *reghas* zu beschützen, jener besonderen magischen Gabe, die ein jeder Zauberer sein Eigen nennt. Niemand von uns hatte geahnt, dass Palgyr im Geheimen dunklen, frevlerischen Künsten frönte und sein ganzes Streben darauf richtete, jenen zurückkehren zu lassen, der in alter Zeit das Reich gespalten und den Großen Krieg entfesselt hatte.

Margok.

Unter dem Namen Qoray war Margok einst ein angesehenes Mitglied des Ordens gewesen, bis er sich von diesem losgesagt hatte; in verbotenen Experimenten hatte er Orks gezüchtet und grässliche Chimären, die die Eigenschaften gleich mehrerer todbringender Kreaturen in sich vereinten. Und er hatte den Dreistern entdeckt, jene Verbindung, die das Reisen an weit entfernte Orte binnen eines Augenblicks möglich machte.

Nicht wenige behaupten bis zum heutigen Tag, dass Qoray der größte Zauberer gewesen sei, den Erdwelt jemals hervorgebracht hätte, aber er nutzte seine Fähigkeiten nicht zum Wohle aller, wie er geschworen hatte, sondern nur, um seinen eigenen Zwecken zu genügen. Besessen von dem Gedanken, die Welt zu beherrschen, stürzte er sie in einen blutigen Krieg, der viele Jahre währte und schließlich mit Margoks Niederlage endete; gefasst wurde er jedoch nie, und über all die Zeit, die verstrich, hielt sich das hartnäckige Gerücht, der Herrscher der Dunkelheit warte an einem entlegenen Ort darauf, ins Leben zurückzukehren und Erdwelt endgültig zu unterjochen.

Die meisten von uns gaben nichts auf derlei Gerede; wir verbrachten die Zeit damit, uns selbst zu genügen. Entsprechend blind waren wir gegenüber dem, was in der Welt geschah. An einem Richtungsstreit über die Zukunft des Ordens hatten sich unsere Gemüter erhitzt, und wir wähnten uns so sehr im Mittelpunkt des historischen Geschehens, dass wir nicht merkten, wie sich dieses an einen anderen, weit entfernten Ort verlagerte. Nach Arun, jenseits der Südgrenze des Reiches ...

Dort, in einem verbotenen Tempel, warteten Margoks Überreste darauf, von neuer Kraft erfüllt und ins Leben zurückgeholt zu werden. Zwar gelang es, die Verschwörung des Verräters Palgyr, der sich nunmehr Rurak nannte und wie sein dunkler Meister vom Orden losgesagt hatte, zu vereiteln. Aber die Welt war danach nicht mehr dieselbe. Verunsicherung hielt Einzug, Gerüchte machten die Runde, die Furcht vor einem neuen verheerenden Konflikt ging um. Palgyrs Verrat hatte Klüfte zutage treten lassen, deren Vorhandensein wir über die Jahrhunderte erfolgreich geleugnet hatten: Margoks Kreaturen hatten erstmals nach langer Zeit wieder die Modermark verlassen, und die Menschen waren offen als Feinde aufgetreten und hatten sich gegen den König gestellt, der sich als schwach und seinen Beratern hörig erwiesen hatte. Zwar wurden Strafexpeditionen in die Westmark durchgeführt, und man versuchte, die Rädelsführer unter den *gywara* zu fassen, doch sie waren halbherzig geplant und nur zum Teil erfolgreich; Palgyr jedoch, der Urheber der Verschwörung, wurde in die dunklen Kerker von Borkavor verbannt, wo er den Rest seiner Tage verbringen sollte, bis seine Bosheit und das Gift des Verrats ihn zerfressen hätten.

All dies warf kein gutes Licht auf die Zukunft des Reiches, aber wir alle, die wir dem Orden der Zauberer angehörten, trogen uns mit dem Schein einer friedlichen, unverdorbenen Welt. Wie Wanderer, die in einer mondlosen Nacht ihr Ziel verloren hatten, suchten auch wir am Firmament nach leuchtenden Fixpunkten, die uns den Weg weisen würden. Wir fanden sie in jenen, die in Arun dabei gewesen waren und die Pläne der Verschwörer vereitelt hatten, und wir nannten sie Helden.

Zuvorderst den Zauberer Farawyn, dessen Fähigkeit, in die Zukunft zu sehen, uns alle vor der Katastrophe bewahrt hatte. Nach dem gewaltsamen Tode des Ältesten Cethegar stand er nunmehr dem Orden vor, zusammen mit Vater Semias, der einst sein Meister gewesen war.

Als nächsten Aldur, den Spross eines stolzen Elfengeschlechts. Auf Geheiß seines Vaters war er nach Shakara gekommen, um der größte aller Zauberer zu werden.

Alannah, die Tochter der Ehrwürdigen Gärten, die lange nichts von ihren Fähigkeiten geahnt hatte und nur zum Orden gestoßen war, weil das Schicksal es so gewollt hatte.

Und schließlich Granock, den ersten Menschen, der jemals in unseren Reihen aufgenommen worden war, und dies auch nur, weil Farawyn allen Vorbehalten zum Trotz darauf bestanden hatte. Als unwürdiger Verfasser dieser Chronik gestehe ich freimütig, dass auch ich zu jenen gehört habe, die die Anwesenheit eines *gywar* in Shakara als Frevel betrachteten, als Verstoß gegen die alten Werte und Traditionen, und dass ich noch immer eine gewisse Scheu dabei empfinde, seinen Namen zusammen mit den vorgenannten auf dieses Pergament zu bannen. Aber es steht außer Frage, dass Granock nicht weniger tapfer und mutig gekämpft hat als seine Verbündeten von elfischem Geblüt und dass auch er seinen Anteil an dem Sieg gehabt hatte, der in Arun errungen worden war.

Vielleicht war es der Blick auf jene Helden, der uns unsere Vorsicht vergessen ließ. Vielleicht auch nur unser Wunsch nach Frieden. Doch wir alle, die wir glauben wollten, dass die Gefahr gebannt und die Bedrohung beseitigt wäre, wurden schon bald eines Besseren belehrt ...

Aus der Chronik Syolans des Schreibers
Anhang zum II. Buch, 8. Abschnitt

BUCH 1

SGRUTH DARAN
(Der Sturm beginnt)

1. ILAIS

Wenn es einen Ort gab, der von den hehren Werten und hohen Idealen, welche die Gesellschaft der Elfen im Lauf von Jahrtausenden herausgebildet hatte, am weitesten entfernt war, dann war es dieser.

Borkavor.

Die Zitadelle des Feuers.

In alter Zeit von Drachen angelegt, war die Festung, deren Eingang weit im Nordosten lag und die sich tief ins Innere von Erdwelt erstreckte, einst ein Hort des Lebens gewesen. Unter der Herrschaft der Elfen jedoch war daraus eine Sammelstätte des Bösen und des Lasters geworden, ein Ort, an dem sich ihre dunkelsten Ängste bündelten – verkörpert durch jene, die dem ach so vollkommenen Dasein und der angeblich so überlegenen Moral des Elfengeschlechts entsagt und einen anderen Pfad beschritten hatten.

Rurak kannte die Geschichte Borkavors besser, als die meisten Elfen es taten. Zum einen, weil ein Großteil der Söhne und Töchter Sigwyns sich nicht für derlei Dinge interessierte; die meisten Elfen zogen die lichten Seiten des Lebens vor, widmeten sich den Musen und Künsten und verschlossen die Augen vor der schlichten Tatsache, dass es auch andere Kräfte in Erdwelt gab, die in das Spiel der Mächte eingriffen.

Zum anderen aber auch, weil sich Rurak eingehend mit der Geschichte der Festung befasst hatte, als er noch ein geachteter Zauberer gewesen war, ein Mitglied des Hohen Rates. Palgyr hatten sie ihn genannt, weil seine Gabe darin bestand, kraft einer magischen, aus Elfenkristall bestehenden Kugel Dinge zu sehen, die sich an weit entfernten Orten ereigneten. Inzwischen konnte Rurak nicht einmal mehr die eigene Hand vor Augen erkennen, denn in den Tiefen Borkavors herrschte ewige Nacht.

Als der Rat der Zauberer seine Strafe verkündet hatte, war Rurak sofort bewusst gewesen, was ihm bevorstand, und er verfluchte sich im Nachhinein dafür, dass er sich die Blöße gegeben hatte, für einen kurzen Moment Entsetzen auf seinen Zügen zu zeigen. Allein die Nennung Borkavors hatte genügt, um eine Unzahl an Vorstellungen, Ängsten und Befürchtungen in ihm auszulösen – die sich allesamt bestätigt hatten.

Borkavor war die Hölle.

Ein Ort, den es in der vollendeten Welt der Elfen nicht geben durfte. Aber er existierte dennoch. Die Geschichtsschreiber mochten behaupten, dass es die Notwendigkeit gewesen war, die einen solchen Ort erzwungen hatte, dass es in den Tagen nach dem Krieg gegen den Dunkelelfen keine andere Möglichkeit gegeben hatte als diese, um all jene zersetzenden Elemente, die sich sowohl dem Reich als auch dem Elfentum gegenüber als derart abträglich erwiesen hatten, für immer verschwinden zu lassen.

Aber das entsprach nicht der Wahrheit.

In Wirklichkeit waren es Hass und Rachsucht, jene zerstörerischen Kräfte, die einem jeden Wesen innewohnten und die Existenz eines Ortes wie Borkavor erst möglich machten – nur dass sich Sigwyns Töchter und Söhne nicht zu ihrem niederen Erbe bekannten. Alle anderen Völker Erdwelts – ob Orks, Zwerge, Menschen oder Trolle – fanden nichts dabei, zu ihren natürlichen Trieben zu stehen. Nur die Elfen nahmen für sich in Anspruch, diese weit hinter sich gelassen zu haben. Dabei hatten sie kaum geringere Freude daran, wehrlose Kreaturen zu quälen und sich an ihrer Not zu ergötzen. Anders ließ sich ein Ort wie dieser nicht erklären.

Dunkelheit herrschte, die allgegenwärtig war und nur dann durchbrochen wurde, wenn hoch über dem Gitter von Ruraks Zelle eine einsame Fackel auftauchte (oder war sie in Wahrheit tief unter ihm?) und man ihm etwas zu essen und zu trinken brachte. Wasser und Brot, das aus minderwertigem Mehl gebacken war.

Genug, dass er nicht verhungerte, aber zu wenig, um bei Kräften zu bleiben. Genau darum und um nichts anderes ging es in Borkavor: um ein langsames, allmähliches Sterben, von dem in der vollendeten Welt außerhalb der Felsenmauern niemand etwas erfahren sollte.

Die Dunkelheit und die unzureichende Nahrung waren eine Sache – die Furcht, die mit eiserner Klaue selbst nach den unerschrockensten Herzen griff und sich mit der Dauer des Aufenthalts in abgrundtiefe Verzweiflung steigerte, war ungleich schlimmer. Es war, als hätten die Angst und die Panik all jener, die in diesen Mauern eingeschlossen gewesen waren, in den Felsen Niederschlag gefunden, so als wären sie der steingewordene Beweis dafür, dass es aus Borkavor kein Entkommen gab. Wer hierherkam, der blieb für immer – und die Tatsache, dass Sigwyns Erben in gewisser Weise unsterblich waren, spendete in dieser Hinsicht wahrhaftig keinen Trost, sondern verlängerte die Qualen auf unabsehbare Zeit.

Rurak hatte Gefangene gesehen, die Jahrzehnte, Jahrhunderte in Borkavor verbracht hatten. Ihr *lu* war welk geworden wie Laub in der Sonne, ihre Haut bleich und die Augen blind, und schließlich hatten sie sogar ihren Verstand verloren, der ihre letzte Zuflucht gewesen war. Wer nach Borkavor kam, der verwirkte sein Recht darauf, einst die Welt zu verlassen, um nach den Fernen Gestaden zu ziehen. Er war dazu verdammt, wie ein Sterblicher zugrunde zu gehen und dem Vergessen anheimzufallen, in einem Tod, der sich über viele hundert Jahre erstreckte.

Wie lange er bereits an diesem Ort weilte, wusste der Zauberer nicht zu sagen. Wo es keinen Unterschied gab zwischen Tag und Nacht und die Jahreszeiten keine Rolle spielten, war Zeit ohne Bedeutung. Es mochte ein Jahr sein oder auch schon zehn, wahrscheinlicher war irgendetwas dazwischen. Rurak aß, wenn man ihm etwas zu essen brachte, und er schlief, wann immer er müde war. Und jedes Mal, wenn er die Augen öffnete, schwang die vage Hoffnung mit, dass sie etwas anderes erblicken würden als das undurchdringliche Dunkel. Eine Hoffnung, die ebenso vergeblich war wie töricht.

Die Dunkelheit war Ruraks ständiger Begleiter geworden. Sie war das Letzte, das er sah, wenn er die Augen schloss, und sie begrüßte ihn, wenn er erwachte. Und inmitten dieser Dunkelheit und der winzigen Zelle, in die man ihn gesperrt hatte, kreisten seine Gedanken um immer denselben Pol.

Rache.

Mit jeder Faser seines hageren, Tag um Tag alternden Körpers sehnte er sich danach, diesem Gefängnis den Rücken zu kehren und es jenen heimzuzahlen, denen er seinen Aufenthalt in dieser Verdammnis verdankte.

Der alte Narr Semias, der dem Zauberrat vorstand.

Sein oberster Günstling Farawyn, der Ruraks schärfster Gegner in Shakara gewesen war.

Der Mensch Granock, der auf Farawyns Betreiben hin als erster Vertreter seiner Art in den Orden der Zauberer aufgenommen worden war.

Und schließlich ein gewisser Unhold, der sich im entscheidenden Augenblick als Sandkorn im Mahlwerk der Verschwörung erwiesen hatte.

Ruraks Plan war vollkommen gewesen, bis in die letzte Kleinigkeit durchdacht. Zum Scheitern gebracht hatte ihn am Ende jenes Element des Zufalls, das sich nicht vorhersehen ließ. Ihn traf keine Schuld an dem, was geschehen war, deshalb suchte er die Gründe für sein Versagen nicht bei sich selbst, sondern bei seinen Gegnern, und mit jeder Stunde, die er im undurchdringlichen Dunkel des Kerkers zubrachte, wuchs sein Durst nach Rache und steigerte sich in maßlosen, alles zersetzenden Hass.

Rurak wusste, dass sein Hass ihn veränderte, dass er seine Energie schwächte, an seinen Kräften zehrte und ihn äußerlich altern ließ. Aber er hielt ihn auch am Leben.

Tag für Tag für Tag.

Bis zu jener Nacht, in der er die Stimme vernahm.

Komm.

Wie ein Echo hallte sie durch die Albträume, die ihn plagten, seit er den Fuß über die Schwelle der alten Drachenfeste gesetzt hatte. Die Schreie, die unentwegt durch die Stollen und Gewölbe

Borkavors gellten – sowohl die laut geäußerten als auch jene, die nur in Gedanken ausgestoßen wurden –, bildeten die Untermalung der grausigen Bilder, die Rurak vor sich sah, sobald er die Augen schloss. Auch sie, so nahm er an, waren ein Teil der Strafe …

Komm.

Der Ruf wiederholte sich, übertönte den schaurigen Gesang des Kerkers, drang hart und deutlich in sein schlaftrunkenes Bewusstsein.

Rurak!

Allmählich erwachend, wurde ihm klar, dass die Stimme nicht zu seinem Traum gehörte – aber vernahm er sie tatsächlich? Oder war sie nur etwas, das sein von der Einsamkeit gepeinigter Verstand ihm vorgaukelte? War sein Geist es leid, unablässig um dieselben eintönigen Gedanken zu kreisen? Bezahlte er nun den Preis für die Dunkelheit und die Verzweiflung? Stand ihm der Absturz in den Wahnsinn bevor?

Komm!

Nein. Weder war es seine eigene Stimme, die ihn rief, noch etwas, das seine Vorstellungskraft ihm vorgaukelte. Es lag so viel Herrschsucht darin, so viel Bosheit und unbeugsamer Wille, dass selbst der abtrünnige Zauberer darunter erschauderte. Niemand, der eine gewisse Zeit in Borkavor verbracht hatte, war zu einer solchen Aufforderung fähig …

Sie sind auf dem Weg zu dir. Schon in Kürze werden sie bei dir sein …

Rurak war nun vollends erwacht. Auch wenn es inmitten der Schwärze keinen Unterschied machte, öffnete er die Augen und schaute sich um. Erkennen konnte er natürlich nichts. Aber anders als zuvor, wo ihn die Einsamkeit wie ein gefräßiges Monstrum umlagert und mit messerscharfen Zähnen nach ihm geschnappt hatte, um ihm das dünn gewordene Fleisch seines Verstandes zu entreißen, fühlte er, dass er nicht mehr allein war.

Eine Präsenz war zu spüren, die er lange nicht mehr wahrgenommen hatte … zuletzt an jenem Tag im Dschungel von Arun, als seine Pläne, den Dunkelelfen ins Diesseits zurückzuholen, vereitelt worden waren. Die Erinnerung an die schmachvolle Niederlage schmerzte ihn noch immer, und in den dunkelsten Stunden war ihm gewesen, als könnte er noch immer das Hohngelächter seiner Feinde hören. Nun jedoch war es verstummt, und alles, was der abtrünnige Zauberer vernahm, war die Stimme, die ein um das andere Mal in seine Gedanken drang.

Komm jetzt. Die Zeit ist reif, mein Diener. Du hast lange genug gewartet.

»Mein Diener?« Rurak sprach die Worte laut aus. Sie klangen hohl und fremd in der Leere seiner Zelle. »Wer spricht da?«

Ahnst du das nicht längst? Hat es dir dein Hass nicht längst verraten?

»G-Gebieter …?« Ruraks Stimme verblasste zu einem Flüstern. Die Antwort war ein unheimliches Gelächter, von dem der Zauberer wiederum nicht wusste, ob es nicht doch seiner eigenen Einbildung entstammte.

»W-wie ist das möglich?«, fragte er dennoch, sich an den letzten Rest verbliebenen Verstandes klammernd. »Ihr seid tot …!«

Das Gelächter wurde nur noch lauter.

»Mit eigenen Augen habe ich euch zurücksinken sehen in die Grube, der ich Euch entreißen wollte«, bekräftigte Rurak flüsternd.

»Wie kann es da sein, dass …?«

Durch heldenhaftes Opfer, lautete die Antwort. *Noch ist die Zeit des Dunkelelfen nicht angebrochen, aber er ist ins Diesseits zurückgekehrt und ruft seine Getreuen. Und dir, Rurak, den sie einst Palgyr nannten, ist es vergönnt, der Erste unter seinen Dienern zu sein.*

»A-aber Gebieter, wie kann ich das?« Rurak schüttelte den Kopf. Trotz der Finsternis, die ihn umgab, fühlte er sich plötzlich beobachtet. »Wisst Ihr denn nicht, wo ich bin?«

An dem Ort, an den auch ich einst gebracht werden sollte. An dem so vielen meiner Anhänger ein unrühmliches Ende widerfahren ist. Aber nicht dir, Rurak, denn du hast mir die Treue gehalten in all den Jahren, hast dich nicht von den Irrlehren des Ordens verleiten lassen.

»Nein, Gebieter, niemals«, versicherte Rurak beflissen. Es war ihm inzwischen egal, ob die Stimme tatsächlich zu ihm sprach oder doch nur aus seinem Inneren kam. Ihm gefiel, was sie sagte, denn es war wie Balsam auf seine von Rachsucht geschundene Seele.

Und willst du mir auch weiterhin dienen?

»Mehr als je zuvor. Mit meiner ganzen Zauberkraft will ich Euch dienen und Euch helfen, jene zu vernichten, die Euren Plänen im Weg stehen.«

Ich habe nichts anderes erwartet. Also verlasse deinen Kerker und tu das, was ich dir sage.

»Meinen Kerker verlassen?« Plötzlich war sich Rurak sicher, dass es doch nur sein eigener angeschlagener Verstand war, der zu ihm sprach.

Du wirst Hilfe erhalten, sagte die Stimme. *Schon sehr bald. Und zweifle nicht an meinen Kräften, denn sie erstarken mit jeder Stunde, die ich länger auf Erden weile. Bald schon werden sie groß genug sein, um unsere Feinde zu vernichten ...*

Die Stimme verhallte in der Finsternis der Zelle, und drückende Stille kehrte ein. Nicht einmal die allgegenwärtigen Schreie waren mehr zu hören.

»G-Gebieter?«, fragte Rurak zaghaft. »Gebieter ...?«

Er erhielt keine Antwort mehr, und schon Augenblicke später fragte er sich, ob das eigentümliche Gespräch je wirklich stattgefunden hatte. Vielleicht war er ja eingenickt und hatte geträumt. Oder sein Verstand hatte als Folge der langen Kerkerhaft entschieden, eigene Wege zu gehen und sich von seinem Körper zu trennen.

Natürlich, so musste es sein.

Margok konnte unmöglich zu ihm gesprochen haben. Zum einen weilte der Dunkelelf nicht mehr im Diesseits, und selbst wenn noch ein Funke Leben in ihm gewesen wäre, wäre er wohl kaum stark genug gewesen, um an einen Ort wie diesen vorzudringen und die unzähligen Barrieren zu überwinden, die Borkavor von der Außenwelt trennten.

Ruraks Mut sank mit jedem Atemzug. Plötzlich jedoch glaubte er über dem Deckengitter seiner Zelle ein helles Funkeln wahrzunehmen. Oder täuschten ihn seine von der ständigen Dunkelheit träge gewordenen Augen? Er rieb sie sich, bis sie schmerzten, dann spähte er noch einmal empor – und sah fernen Fackelschein.

Jemand hatte den *caras* betreten, wahrscheinlich Elfenwächter mit *anadálthyra* vor den Gesichtern, die ihre Kameraden ablösen sollten. Der Zauberer sah, wie sich der Zug hoch über ihm in Bewegung setzte, der Wölbung der Kuppel folgte und schließlich im toten Winkel seines eingeschränkten Blickfelds verschwand.

Eine Weile lang war nichts zu hören. Dann ein leises Zischeln und Schnauben, und Rurak fühlte abermals eine Anwesenheit, die er so lange nicht mehr gewahrt hatte, dass sie ihm im Laufe seiner Kerkerhaft wie ein Traum erschienen war. Er setzte sich auf der steinernen Pritsche auf und blickte erwartungsvoll zum Gitter empor.

Etwas, das konnte er deutlich fühlen, hatte sich verändert. Die Schwärze in seinem Inneren schien zu weichen, seine Verzweiflung nicht mehr ganz so übermächtig, sein Ansinnen auf Rache nicht mehr ganz so aussichtslos zu sein. Womöglich würde er schon bald – sehr bald – Aufschluss darüber erhalten, ob der Dunkelelf tatsächlich noch am Leben war und inmitten dieser undurchdringlichen Mauern zu ihm gesprochen hatte. Oder ob Rurak der Zauberer wahrhaftig dabei war, den Weg all jener zu beschreiten, die vor ihm in den Kerkern Borkavors gesessen hatten ...

Fackelschein erschien oberhalb der Gitteröffnung, der flackend und unstet in die Zelle fiel und Rurak blendete. Es war eine der seltenen Gelegenheiten, bei denen er das karge Innere seiner Zelle zu sehen bekam: kahle Wände aus nacktem Fels, ein steinernes Lager und eine Öffnung im Boden. Nicht gerade angemessen für einen Zauberer, dessen Pläne dahin gegangen waren, als Margoks Helfer über Erdwelt herrschen zu wollen.

Mit kriechenden Schritten, die wenig Elfisches an sich hatten, traten die Träger der Fackeln in sein Sichtfeld. Im ersten Augenblick glaubte Rurak, dass es Trolle wären, aber auch das war nicht der Fall.

Was sich dort oberhalb der Gitteröffnung versammelte, waren weder Elfen noch Trolle. Genau genommen waren es noch nicht einmal Kreaturen im herkömmlichen Sinn, denn sie waren nicht aus der natürlichen Schöpfung hervorgegangen, sondern künstlich gezüchtet worden – in verbotenen Experimenten, die jedes geltende Gesetz missachteten, jedoch das Genie ihres Urhebers offenbarten.

»Dinistrio!«

Rurak flüsterte den Namen, worauf einer der muskulösen und am ganzen Körper von Schuppen bedeckten Krieger über das Gitter trat und sich herabbeugte. Rurak konnte den nach vorn gewölbten Schädel sehen, die Fangzähne und die kleinen, kalten Reptilienaugen – und er wusste, dass er keiner Täuschung erlegen war.

Es war dem Dunkelelfen tatsächlich gelungen, allen Mauern und Barrieren zum Trotz nach Borkavor vorzudringen! Er hatte ihm Helfer geschickt, die ihn befreien und zurückholen sollten in die Welt der Lebenden. Der Weg dorthin, das ahnte Rurak, würde nicht einfach sein und ihn nicht nur Schmerzen, sondern auch weitere Jahre seines Daseins auf Erden kosten. Er würde sein *lu* schwächen und einen Greis aus ihm machen, doch er hatte keine andere Wahl.

»Was ist mit den Wachen?«, fragte Rurak flüsternd hinauf.

Zur Antwort hielt der Echsenkrieger seine linke Klaue hoch – und Rurak blickte in das Gesicht eines Elfen.

Der Kopf war vom Rumpf getrennt worden, der Mund zu einem stummen Schrei weit aufgerissen.

Die Schrecken von Borkavor, dachte Rurak voller Genugtuung, während schuppenbesetzte Klauen das Zellengitter öffneten, hatten eine neue Bedeutung bekommen.

2. ÁTHYSYR DAI SHAKARA

»Und vorwärts! Nicht so langsam! Das Gewicht gleichmäßig auf beide Beine, verstehst du?«

Granock hörte seine eigene Stimme von der Kuppeldecke der Arena widerhallen und konnte es selbst kaum glauben: Noch vor zwei Jahren war er selbst einer der Novizen gewesen, die in endlosen Übungsstunden im Umgang mit dem *flasfyn* unterrichtet wurden; nun erteilte er selbst die Lektionen. Ein wenig befremdet stellte er fest, dass er sich dabei kaum anders anhörte wie seinerzeit der gestrenge Meister Cethegar ...

»Auf beide Beine, habe ich gesagt!«

»Warum?«, fragte der Novize unbedarft zurück.

Die Antwort folgte auf dem Fuß, und zwar im wörtlichen Sinne. Anstatt dem vorlauten Jungen zu erklären, weshalb man beim Kampf mit dem Zauberstab stets mit beiden Beinen auf dem Boden zu stehen hat, rempelte Granock ihn kurzerhand an, worauf der Novize das Gleichgewicht verlor, mit den Armen ruderte und – zur Belustigung seiner Mitschüler – auf dem Hinterteil landete. Schon für einen Menschen war dergleichen eine entwürdigende Erfahrung. Für einen Elfen kam es einem Frevel gleich.

»Deshalb«, erklärte Granock grinsend, wobei er sich sicher war, dass keiner der anwesenden Schüler diese Lektion je vergessen würde. »Es ist wichtig, dass ihr im Kampf stets das Gleichgewicht behaltet, und das könnt ihr nicht, wenn ihr das Gewicht auf ein Bein verlagert. Geht das in deinen Schädel?«

22

»J-ja«, versicherte der Novize, ein junger Elf aus dem Südreich, der auf den Namen Nimon hörte. Granock streckte ihm die Hand entgegen und zog ihn wieder auf die Beine. Zumindest in dieser Hinsicht unterschied er sich von Meister Cethegar. »Machen wir eine kurze Pause«, schlug er vor, zur hellen Freude seiner Schüler. Erleichtert stellten sie die Übungszauberstäbe an der Wand ab und setzten sich mit verschränkten Beinen auf den Boden. Sie alle waren erst wenige Wochen in Shakara und mit den Gepflogenheiten noch nicht vertraut. Granock erinnerte sich lebhaft an seine erste Zeit im Orden der Zauberer. Nicht nur, dass er die Elfensprache mühsam hatte erlernen müssen; ein junger Mitschüler namens Aldur hatte keine Gelegenheit ausgelassen, ihm, dem ersten Menschen in diesen Hallen, das Leben zur Hölle zu machen.

»Wollt Ihr uns eine Geschichte erzählen, Eingeweihter Granock?«, erkundigte sich ein Mädchen, das dem Aussehen nach kaum älter als sechzehn Jahre sein mochte. Granock hatte schon vor langer Zeit gelernt, dass dieser Eindruck bei Elfen täuschen konnte.

»Was für eine Geschichte?«, hielt er dagegen.

»Ist es wahr, dass Ihr den Eingeweihten Aldur mit einem Zauberstab verprügelt habt?«, erkundigte sich Nimon vorlaut, der sich von seiner Lektion schon wieder erholt zu haben schien.

»Wer hat euch das erzählt?«, wollte Granock wissen, aber eigentlich erübrigte sich die Frage. Er blickte an den Neuzugängen vorbei zu den beiden Gestalten, die drüben am Eingang standen und für die Wartung und Instandhaltung der Übungszauberstäbe verantwortlich waren.

Ogan und Caia.

Die beiden waren zusammen mit Granock nach Shakara gekommen, aber anders als bei ihm war ihre Ausbildung noch im Stadium des *garuthan* begriffen. Die erste Prüfung hatten sie schon abgelegt und den *safailuthan*, den theoretischen Teil der Ausbildung zum Zauberer, erfolgreich hinter sich gebracht. Aber sie waren noch keine Eingeweihten, und zumindest Ogan bezweifelte ernstlich, dass er diesen Grad der Reife jemals erlangen würde. Denn darüber entschied keine Prüfung, sondern ganz allein der Hohe Rat;

nur wer sich in besonderer Weise um den Orden verdient gemacht hatte, trat in den dritten und letzten Abschnitt der Ausbildung ein.

Granock warf dem untersetzten Elf, der zu seinen besten Freunden gehörte, einen tadelnden Blick zu. »Gewissermaßen«, gestand er dann.

»Wie ist das passiert?«, wollte Nimon wissen.

»Nun ja, ich …« Granock suchte nach Worten, um die Angelegenheit möglichst harmlos klingen zu lassen – er konnte ja schlecht erzählen, dass Aldur keine Gelegenheit ausgelassen hatte, um ihm zu schaden, und er sich deshalb mit allen Mitteln hatte verteidigen müssen. »Ich war noch jung damals und ziemlich ungestüm«, erklärte er dann. »Meister Cethegar, der unsere Ausbildung leitete, ließ uns mit dem *flasfyn* gegeneinander antreten. Und da ich bis zu diesem Zeitpunkt nicht wusste, dass ein Stab auch zu anderen Zwecken dienen kann als dazu, einfach zuzuschlagen, habe ich eben zugeschlagen.«

Die Novizen lachten meckernd, auch Ogan und Caia grinsten breit. Die Erinnerung schien ihnen noch immer zu gefallen.

»Cethegar ist der Meister, der damals in Arun gefallen ist, nicht wahr?«, fragte ein anderer Novize, und das Gelächter erstarb.

»Ja«, bestätigte Granock leise.

»Wie ist das damals gewesen? Es muss furchtbar sein, seinen Meister zu verlieren …«

Granock schloss einen Atemzug lang die Augen. Fast schien es ihm, als wäre er rings von dichtem Grün umgeben. Er roch den Moder und die Fäulnis, sah die steinerne Bestie und hörte gellende Schreie …

»Das ist es«, versicherte er nickend. »Allerdings ist Cethegar nicht mein Meister gewesen, sondern der der Eingeweihten Alannah. Aber ich bitte euch, sie nicht danach zu fragen, denn die Erinnerungen sind für sie noch immer schmerzlich, trotz all der Zeit, die vergangen ist.«

»Und ist es wahr?«, erkundigte sich Nimon. »Stimmt es, was man im Südreich erzählt? Dass der Dunkelelf ins Leben zurückkehren wollte?«

Die Heiterkeit, die vorhin noch die Kuppel erfüllt hatte, war mit einem Mal nur noch eine ferne Erinnerung. Wie immer, wenn die Rede auf derlei Dinge kam. Granock konnte die Furcht der jungen Novizen beinahe körperlich spüren, ihre Neugier und ihre Unsicherheit. Gebannt schauten sie ihn an.

»Es ist wahr«, gestand er. »Ein Zauberer, der diesem Orden angehörte, wandte sich von seinen Brüdern ab und versuchte, die sterbliche Hülle Margoks wieder zum Leben zu erwecken. Glücklicherweise konnten wir ihn daran hindern, aber ich …«

Granock biss sich auf die Zunge. Die blassen Gesichter, in die er blickte, waren auch so schon verängstigt genug – ohne dass er Einzelheiten preisgab und ihnen vom Verrat der Meisterin Riwanon erzählte oder davon, dass es in den vergangenen zwei Jahren kaum eine Nacht gegeben hatte, in der er nicht von jenen grässlichen Ereignissen geträumt hatte und schweißgebadet aus dem Schlaf geschreckt war. Sein menschliches Naturell schien einfach nicht mit den Schrecken fertig zu werden.

Nimon und die anderen starrten ihn wissbegierig an und warteten darauf, dass er seinen Satz zu Ende brachte. Entsprechend froh war er, als die Tür zum Übungsraum aufglitt und genau jener Elf erschien, dem er vor etwas mehr als zwei Jahren tatsächlich just an dieser Stelle eine Tracht Prügel verpasst hatte.

»Was denn?« Über die schmalen, fast asketisch wirkenden Züge huschte ein Lächeln, seltene Heiterkeit sprach aus den stahlblauen Augen. »Gibst du schon wieder mit deinen angeblichen Heldentaten an?«

»Aldur!«

Das unverhoffte Auftauchen des Freundes ließ Granock für einen Augenblick alles andere vergessen. Er wandte sich von seinen Novizen ab und ging dem Elfen entgegen, umarmte dessen hagere Gestalt. Früher wäre es Aldur niemals in den Sinn gekommen, eine solch bäuerische Bekundung menschlicher Zuneigung über sich ergehen zu lassen, doch inzwischen erwiderte er sie sogar.

»Seit wann bist du wieder hier?«

»Eben erst angekommen.«

»Und? Wie war es draußen in der *yngaia*? Du musst mir alles erzählen.«

»Das werde ich«, versicherte Aldur ruhig, jetzt wieder ganz ein Sohn seines Volkes. »Wie ich sehen kann, arbeitest du mit den Novizen.«

»Meister Farawyn hielt es für eine gute Idee«, erklärte Granock ein wenig verlegen. »Er meinte, ich könnte ihnen ein paar besondere Tricks beibringen.«

Aldur grinste. »Davon bin ich überzeugt. Hast du ihnen auch von der Lektion erzählt, die ich dir im Umgang mit dem *flasfyn* erteilt habe?«

»Du mir?« Granock hob die Brauen. »Wenn ich mich recht entsinne, bin nicht ich es gewesen, der am Ende mit brummendem Schädel auf seinem Hintern saß.«

Beide lachten und umarmten einander erneut, was zumindest einige der Novizen mit Befremden zu erfüllen schien. »Eingeweihter Aldur?«, fragte einer von ihnen. Die Ehrfurcht war seiner Stimme deutlich anzumerken.

»Ja, Novize?«

»Warum unterrichtet Ihr uns nicht im Umgang mit dem *flasfyn*?«

»Weil ich dazu nicht beauftragt wurde, Novize«, erklärte Aldur kurzerhand.

»Ich verstehe«, räumte der junge Elf ein, aus dessen Blick grenzenlose Bewunderung sprach. »Aber wärt Ihr nicht die bessere Wahl? Könntet Ihr uns nicht sehr viel mehr beibringen als ein Mensch?«

Granock zuckte noch nicht einmal innerlich zusammen. Er hatte sich längst daran gewöhnt, dass Elfen ihm zunächst mit Misstrauen begegneten. Selbst sein Anteil an der Aufdeckung von Palgyrs Verschwörung hatte daran nicht allzu viel geändert. Angesichts der Tatsache, dass es in den von Menschen besiedelten Ostlanden wiederholt Unruhen gegeben hatte und einige Clansherren sich mehr oder weniger offen gegen die Krone stellten, konnte er es ihnen nicht einmal verübeln.

Anders als Aldur.

Der Eingeweihte straffte sich, und seine ohnehin schon schmalen Elfenaugen verengten sich zu Schlitzen, durch die er den Novizen durchdringend taxierte.

»Wie heißt du?«, wollte er wissen.

»Eoghan«, drang es leise zurück.

»Eoghan«, wiederholte Aldur. »Somit trägst du einen großen, königlichen Namen – den du soeben mit Unehre beschmutzt hast.«

»Mit Unehre?« Der Novize schnappte erschrocken nach Luft. »Aber ich …«

»Dieser Mann«, verkündete Aldur, auf Granock deutend, »ist ein Mitglied unseres Ordens, und er ist ebenso mein Bruder, wie es jeder Sohn Sigwyns ist, der in diesen Hallen wandelt. In dunkelster Stunde habe ich Seite an Seite mit ihm gekämpft und würde ihm jederzeit mein Leben anvertrauen. Wer sich erdreistet, seine Fähigkeiten anzuzweifeln oder seine Loyalität infrage zu stellen, der muss mir persönlich Rede und Antwort stehen. Habt ihr das verstanden?«

Er ließ seinen Argusblick über die Novizen streifen und erntete eifriges Nicken. Granock, der ebenso geschmeichelt war wie peinlich berührt, senkte den Blick.

»Es tut mir leid, Eingeweihter Aldur«, beeilte sich Eoghan zu versichern. »Ich wollte nicht …«

»Für Entschuldigungen ist es zu spät, Novize«, stellte Aldur klar. »Wer meinen Bruder beleidigt, der beleidigt auch mich, und das werde ich nicht ungestraft hinnehmen. Du wirst den *dysbarth* verlassen und dich umgehend bei Meister Duran melden. Du wirst dich aller deiner Kleider entledigen und zehn Tage und zehn Nächte in einer der Eiskammern verbringen. Dort wirst du darüber nachdenken, was es bedeutet, einen Mitbruder zu beleidigen.«

»J-ja, Eingeweihter Aldur«, bestätigte der Junge stammelnd. Das Entsetzen war seinen kreideweißen Zügen deutlich anzusehen.

»Aldur«, raunte Granock. So dankbar er seinem Freund dafür war, dass er für ihn Partei ergriff, so überzogen fand er die Strafe. Er hatte andere Mittel und Wege gefunden, um aufsässige Novizen dazu zu bringen, ihre Nase weniger hoch zu tragen.

»Du ergreifst für ihn Partei?«, fragte Aldur ihn in einer Mischung aus Wut und Erstaunen. »Obwohl er deine Fähigkeiten als Lehrer öffentlich angezweifelt hat?«

»Nur weil er meine Fähigkeiten öffentlich anzweifelt, bedeutet das nicht, dass ich keine habe«, konterte Granock gelassen. »Außerdem kannte ich einst einen jungen Elfen, der ähnlich dachte und nicht weniger hart in seinem Urteil war …«

Was in Aldurs Innerem vorging, war nicht festzustellen, seine Miene blieb unbewegt. »Fünf Tage«, erklärte er schließlich. »Das ist mein letztes Wort. Und bedenke, Novize Eoghan, dass es Menschlichkeit war, die dir die Hälfte der Strafe erspart hat.«

»Ja, Eingeweihter Aldur.« Der junge Elf verbeugte sich tief und respektvoll.

»Und jetzt geh mir aus den Augen.«

Eoghan verbeugte sich abermals. Dann flüchtete er rasch aus der Halle. Seine Knie waren sichtlich weich dabei. Wahrscheinlich, so nahm Granock an, würde er sich übergeben, sobald er die Arena verlassen hatte. Manche Dinge änderten sich vermutlich nie.

Die übrigen Novizen vermieden es, ihrem menschlichen Lehrer in die Augen zu schauen. Die meisten blickten betreten zu Boden oder zur Kuppeldecke hinauf, andere kehrten zu ihren Übungszauberstäben zurück und taten so, als würden sie sie prüfen. Die restliche Unterrichtsstunde, da war Granock ganz sicher, würde ohne weitere Zwischenfälle verlau…

Da bist du ja!

Die helle Stimme, die durch sein Bewusstsein quäkte, unterbrach Granocks Gedankengang. Er wandte sich dem Eingang zu, wo eine untersetzte, nur eineinhalb Ellen große Gestalt erschienen war, die blattgrüne Kleidung trug und einen umgedrehten Blütenkelch auf dem Kopf. Als Granock den Kobold Ariel zum ersten Mal in dieser Montur erblickt hatte, hatte er sich ausgeschüttet vor Lachen. Inzwischen war Ariel sein persönlicher Diener, und an die Blütenmütze hatte sich Granock ebenso gewöhnt wie daran, dass Kobolde sich mittels Gedankenübertragung zu unterhalten pflegten. Und dass der ehemalige Hausmeister dabei gern einen flapsigen Umgangston anschlug …

28

Ist dir klar, was es heißt, die halbe Ordensburg auf Füßen absuchen zu müssen, die so klein sind wie meine?, maulte Ariel missmutig.

»Ich habe dir gesagt, wohin ich gehe«, konterte Granock. »Leider sind deine Ohren genauso klein wie deine Füße.«

Versuchst du jetzt auch noch, witzig zu sein? Als ob es nicht genügen würde, dass ein Mensch das Zaubern lernt!

Granock musste grinsen. Sich fortwährend über etwas zu beschweren, gehörte ebenso zu Ariel wie die dicken Pausbacken und die spitze Nase. Aber es änderte nichts daran, dass er ein treuer und zuverlässiger Diener war.

»Was gibt es?«

Meister Farawyn wünscht dich zu sprechen. Und den hochnäsigen Elfenbengel gleich mit.

Granock war froh darüber, dass Aldur von ihrer Unterhaltung nichts mitbekam. Die eigenen Gedanken abzuschirmen gehörte zu den Dingen, die einem als Erstes beigebracht wurden, wenn man nach Shakara kam. Ariel hatte nie ein Hehl daraus gemacht, dass er Aldur nicht besonders leiden konnte, auch wenn Granock keine Gelegenheit ausließ, die Vorzüge seines Freundes aufzuzählen.

»Verstanden«, bestätigte er nur.

»Gibt es Probleme?«, wollte Aldur wissen.

»Wir sollen zu Farawyn, alle beide«, erklärte Granock knapp. »Ogan?«

»Ja, Granock?« Der Freund näherte sich nur zögernd. Furcht stand in seinen Augen zu lesen, die fraglos Aldur galt. Wegen seines rundlichen Körperbaus und seiner vergleichsweise harmlosen Gabe, es regnen zu lassen, hatte Aldurans Sohn den armen Ogan schon häufig vorgeführt.

»Ich möchte, dass du mit dem Unterricht fortfährst.«

»Ich? Aber ich bin nur ein Aspirant ...«

»Du weißt, wie man mit dem *flasfyn* umgeht, oder nicht?«

»Nun ja.«

»Dann lehre sie den Schattenkampf. Oder bring ihnen zur Not bei, wie man jemandem das Ding über den Schädel haut«, fügte Granock grinsend hinzu. »Kriegst du das hin?«

»Ich denke schon«, versicherte der Elf, und ein Lächeln plusterte seine ohnehin schon vollen Wangen.

»Dann immer zu«, forderte Granock ihn auf, während Aldur und er sich zum Gehen wandten.

Wenn der Älteste des Ordens zur Besprechung rief, ließ man ihn besser nicht warten.

Auf dem Weg zur Kanzlei hatten sie erstmals Gelegenheit, sich zu unterhalten.

Níobe, Aldurs Koboldsdienerin, war damit beschäftigt, seine Sachen auszupacken, und Granock hatte Ariel gebeten, ihr dabei zur Hand zu gehen – nicht, weil sie Hilfe gebraucht hätte, sondern weil er mit Aldur allein sein wollte. Und weil er wusste, dass der gute Ariel insgeheim ein Auge auf die kesse Níobe geworfen hatte ...

»Und?«, erkundigte er sich, während sie durch die von blauem Kristallfeuer beleuchteten Gänge schritten. »Wie ist es da draußen gewesen?«

»Kalt«, entgegnete Aldur nur. »Schnee und Eis, wohin man blickt. Man fragt sich, wie diese Kreaturen das aushalten.«

Granock schaute ihn von der Seite an. »Und? Bist du erfolgreich gewesen?«

»Soll das ein Scherz sein?« Aldur schüttelte den Kopf. »Du weißt, ich habe nichts mehr dagegen, auch Menschen in den Orden aufzunehmen. Aber Farawyn hatte schon bessere Ideen, als ausgerechnet unter den Eisbarbaren nach Begabten zu suchen. Diese Kerle können von Glück sagen, wenn sie sich aus Dummheit nicht alle gegenseitig erschlagen – das ist Gabe genug.«

Granock musste lachen. Trotz aller Vorbehalte hatten sich die Zauberer von Shakara bereit erklärt, außer Granock noch weitere Menschen in den Orden aufzunehmen. Voraussetzung dafür war allerdings, dass sie wie jeder andere Anwärter über *reghas* verfügten, jene einzigartige magische Gabe, die jeder Zauberer sein Eigen nannte. Eine rege Suche nach magischen Talenten hatte daraufhin eingesetzt, die sich nicht nur auf die Ostlande, sondern auch auf die Außenbezirke erstreckte, und es war Farawyn selbst gewesen, der darauf bestanden hatte, auch die Barbaren des Nordens einzubeziehen. Und das, obwohl es selbst unter den Menschen eine ganze Reihe gab, die behaupteten, die grobschlächtigen und am ganzen Körper behaarten Bewohner der südlichen *yngaia* gehörten nicht zu ihrer Art.

Dass ausgerechnet Aldur die zweifelhafte Ehre zugefallen war, die Eiswüste nach Anwärtern zu durchsuchen, war sicher kein Zufall gewesen. Noch war ihre Ausbildung zum Zauberer nicht abgeschlossen, und Granock nahm an, dass Farawyn Aldur eine Lektion hatte erteilen wollen – in Kälte, in Demut oder was auch immer. Er hatte schon vor langer Zeit damit aufgehört, die Handlungen seines Meisters zu hinterfragen.

»Und Alannah?«, fragte Aldur.

»Was soll mit ihr sein?« Granock zuckte mit den Schultern. »Sie ist noch immer in Tirgas Lan.« Er gab sich Mühe, unbekümmert zu klingen, damit sein Freund nicht merkte, wie sehr ihm Alannah fehlte, die ebenso schöne wie kluge Elfin, die das Dreigestirn ihrer Freundschaft ergänzte. Gemeinsam hatten sie die erste Prüfung bestanden, gemeinsam die Hölle von Arun durchlebt. Seither waren sie unzertrennlich.

Zumindest theoretisch …

»Noch immer?«, fauchte Aldur und sprach ihm damit aus der Seele. »Aber es sind nun schon vier Monate!«

»Du weißt doch, sie wollte alte Freunde besuchen, aus der Zeit, als sie noch ein Kind der Ehrwürdigen Gärten war«, brachte Granock in Erinnerung. »Schließlich erlässt Lordrichter Mangon nicht jeden Tag eine Amnestie.«

Unwillkürlich musste er an die dramatischen Ereignisse denken, die Alannah zum Orden geführt hatten. Als Elfin von hohem Geblüt war sie in der Obhut der Ehrwürdigen Gärten aufgewachsen. Eines Tages hatte Iwein, der jüngste Sohn des Fürsten von Andaril, sie dort beim Baden beobachtet, und Alannah, von Scham und Furcht überwältigt, hatte sich mit ihrer Gabe zur Wehr gesetzt, von der sie bis zu diesem Augenblick noch nichts geahnt hatte. Von einer Eislanze durchbohrt, war Fürst Erweins Sohn tot niedergesunken und Alannah des Mordes beschuldigt worden. Die Flucht nach Shakara war ihre einzige Möglichkeit gewesen, doch die Ereignisse von Arun und der wesentliche Anteil, den sie bei der Aufdeckung der Verschwörung gespielt hatte, hatten sie in den Augen des Lordrichters rehabilitiert.

»Ehrwürdige Gärten hin oder her«, murrte Aldur. »Wir sind ihre Freunde, hat sie das vergessen? Ihr Platz ist hier in Shakara und nicht in Tirgas Lan ...«

Sein Lamento wäre wohl weitergegangen, hätten sie nicht in diesem Moment das Vorgewölbe der Kanzlei erreicht. Mehrere Meister – unter ihnen auch Syolan der Schreiber und Tarana von der Zauberstab-Kongregation – hockten an den länglichen Tischen und waren in das Abfassen von Berichten vertieft. Falun, eine noch junge Rätin des linken Flügels, begrüßte die beiden Eingeweihten und führte sie durch den Säulengang zur Kanzlei. Die mächtigen Pforten schwangen auf, und Granock und Aldur sahen sich den beiden Ältesten des Ordens gegenüber.

Semias und Farawyn.

Vater Semias trug den Titel nicht nur ehrenhalber; infolge seiner gebückten Gestalt, des schlohweißen Haars und des Bartes, der ihm fast bis zum Bauch hinabreichte, sah er tatsächlich so aus, als weilte er schon länger als jedes andere Ordensmitglied auf dieser Welt. Wer den sanftmütigen, stets auf Ausgleich bedachten Zauberer jedoch näher kannte, der wusste, dass die Verschwörung Palgyrs und noch mehr der Verlust seines Freundes Cethegar sein *lu*, die Lebensenergie, die jedem Elfen innewohnte, beträchtlich gemindert hatten.

Auch an Farawyn waren die Vorfälle von Arun nicht spurlos vorübergegangen, aber im Vergleich zu Semias war er von geradezu jugendlicher Kraft erfüllt. Anders als die meisten Mitglieder des Ordens trug er das grauschwarze Haar und den Kinnbart kurz geschnitten, und aus seinen dunklen Augen sprach ein eiserner, unbeugsamer Wille. Seine Robe war von dunkelblauer Farbe und trug den stilisierten Elfenkristall auf der Brust, den er sich als Siegel gewählt hatte.

Sowohl an der Miene seines Meisters als auch an der des alten Semias konnte Granock sofort erkennen, dass etwas nicht stimmte. Während Farawyn auf seinen Lindenholzstab gestützt auf und ab ging, saß Semias am Ende der langen Beratungstafel, zusammengesunken und das Kinn auf die knochige Hand gestützt. Weder gab es ein Willkommen für Aldur noch ein freundliches Wort für Granock.

»Gut, dass ihr gekommen seid«, war alles, was Farawyn zur Begrüßung sagte. Dann deutete er auf zwei freie Stühle an der Tafel. »Setzt euch. Bruder Semias und ich haben mit euch zu reden.«

»Falls es um die Handhabung der *flasfyn*-Ausbildung geht«, meinte Granock, während Aldur und er Platz nahmen, »so möchte ich dazusagen, dass ich …«

»Nein, Sohn.« Semias schüttelte den Kopf. Über seine faltigen Züge glitt der Anflug eines Lächelns. »Darum geht es nicht, obwohl ich es wünschte. Glückliche Zeiten sind es, in denen wir uns um Nichtigkeiten sorgen.«

Granock kannte den Ausspruch. Es war ein Zitat aus dem Prolog der »Geschichte des Großen Krieges der Völker«, die ein Meister mit Namen Nevian vor vielen Jahrhunderten verfasst hatte. Das Studium der alten Schriften gehörte ebenfalls zur Ausbildung eines Zauberers, und wenn Semias wörtlich daraus zitierte, so signalisierte er damit, dass bedeutsame Dinge vorgefallen waren. Dinge von möglicherweise historischen Ausmaßen …

Granock merkte, wie seine Kehle trocken wurde. Seine Hände krallten sich in die Stuhllehnen, bis die Knöchel weiß hervortraten. »Was ist geschehen?«, fragte er gepresst – obwohl Farawyn ihn unzählige Male deswegen ermahnt hatte, war er seine Gewohnheit, Fragen zu stellen, nie ganz losgeworden. Ein Elf hingegen pflegte geduldig zu warten, bis, wie es hieß, die Weisheit zu ihm kam.

»Zwei Jahre lang«, erwiderte Semias leise, »war uns eine Zeit der Ruhe vergönnt …«

»Der trügerischen Ruhe«, verbesserte Farawyn, der seinen Stab in die dafür vorgesehene Halterung an der Wand gelegt und sich dann ebenfalls gesetzt hatte. »Ich war immer der Ansicht, dass sie nicht ewig währen würde. Zu vieles sprach dagegen.«

»Ich habe deinen Ausführungen stets mit Interesse gelauscht, Bruder Farawyn«, versicherte Semias. »Dennoch hatte ich wie wohl so viele Schwestern und Brüder unseres Ordens gehofft, dass sich deine Befürchtungen als unbegründet erweisen, dass die Geschichte uns nicht noch eine weitere Lektion erteilen würde. Aber damit habe ich mich wohl geirrt. Auch wenn ich nicht weiß, welchen Fehler wir begangen haben.«

»Der Fehler«, sagte Farawyn unbarmherzig, »bestand darin, ihn am Leben zu lassen. Er hätte getötet werden müssen und verbrannt und seine Asche in alle Winde zerstreut. Nur dann wären wir sicher gewesen.«

Semias' Mund klappte in namenlosem Schrecken auf und zu. Der Älteste wirkte hilflos, wie ein Fisch, der auf dem Trockenen lag und nach Atem rang. Die Todesstrafe war unter Elfen längst abgeschafft worden und wurde als unzivilisiert und barbarisch erachtet. Ihr so unverhohlen das Wort zu reden, wie Farawyn es gerade getan hatte, kam einem Frevel gleich. Dass Semias nicht widersprach, ließ jedoch darauf schließen, dass es bei der ganzen Angelegenheit nur um jene Person gehen konnte, die den Orden wie kaum eine andere getäuscht und hinters Licht geführt hatte ...

»Palgyr«, sprach Granock seinen Gedanken laut aus. »Es geht um Palgyr, nicht wahr?«

»Nenne ihn nicht so«, wehrte Semias ab. »Unser Mitbruder dieses Namens existiert nicht mehr. An seine Stelle ist der Verräter getreten, der sich Rurak nennt.«

»... und der aus Borkavor entkommen ist«, fügte Farawyn ebenso leise wie düster hinzu.

»Was?« Während Aldur nach außen hin keine Regung zeigte, konnte Granock kaum an sich halten. »Das darf nicht wahr sein! Wann ist das geschehen?«

»Vor zwei Tagen«, erwiderte Farawyn knapp.

»Aber ... wie?« Granock hatte Mühe, sich zu fassen. »Ich dachte, Borkavor wäre ein sicherer Ort!«, rief er. »Sagtet Ihr nicht, dass noch niemandem der Ausbruch gelungen wäre?«

»Das sagten wir, und so ist es auch gewesen«, stimmte Farawyn zu. »Aber wie ihr Menschen treffend zu sagen pflegt, gibt es für alles ein erstes Mal.«

Granock lachte freudlos auf. Farawyn hatte die Eigenart, auch bestürzende Wahrheiten gelassen auszusprechen. Dabei war zu diesem Zeitpunkt noch nicht annähernd abzuschätzen, was Ruraks Flucht zu bedeuten hatte. Unwillkürlich dachte auch Granock, dass es besser gewesen wäre, dem Verräter den Garaus zu machen und dafür zu sorgen, dass er keinen Schaden mehr anrichten konnte. Aber diese Möglichkeit gab es jetzt nicht mehr.

»Wisst Ihr schon, wie es geschehen ist, Vater?«, erkundigte sich Aldur.

»Nein.« Farawyn schüttelte den Kopf. »Ruraks Zelle befand sich im *caras*, dem am besten gesicherten Bereich des Kerkers, aus dem selbst ein Drache nicht zu entkommen vermag. Viele Klafter Fels, stählerne Gitter und auch zahlreiche magische Barrieren umgeben die Zellen. Sie zu umgehen, ist eigentlich unmöglich. Es sei denn …«

»Ja?«, hakte Granock nach.

»Es sei denn, man hat Hilfe«, führte Semias den Satz zu Ende.

»Hilfe von außen, um genau zu sein.«

»Von außen?« Granock sah die beiden Ältesten forschend an. »Was wollt Ihr damit sagen, Vater?«

»Ich denke, du weißt sehr genau, worauf wir hinauswollen«, war Farawyn überzeugt.

»Aber … wie könnte das sein?« Granock schüttelte den Kopf. »Die Verschwörung wurde aufgedeckt, Ruraks Pläne vereitelt. Die Rückkehr des Dunkelelfen wurde verhindert, die Aufrührer unter dem Schutt des Pyramidentempels begraben.«

»All das ist wahr«, gab Farawyn zu. »Aber wir wähnten den Dunkelelfen bereits einmal besiegt – und es hätte nicht viel gefehlt, und er wäre zurückgekehrt.«

»Außerdem«, fügte Semias mit brüchiger Stimme hinzu, »wurden nicht alle Verschwörer beim Einsturz des Tempels getötet, wie ihr euch erinnern werdet.«

»Die *neidora* haben überlebt«, sagte Aldur gepresst. »Margoks grausame Leibwächter.«

Das Unbehagen, das ihn beschlich, als er an die zehn Echsenkrieger dachte, die vor langer Zeit aus einer frevlerischen Kreuzung von Elfen- und Reptilienblut hervorgegangen waren, war ihm deutlich anzusehen. »Sie waren nicht zugegen, als wir den Tempel zum Einsturz brachten, und unsere Versuche, sie ausfindig zu machen und zu vernichten, haben sich allesamt als fruchtlos erwiesen.«

»Ich dachte, dass die *neidora* ohne die Bosheit ihres Herrn nicht lange überleben könnten«, wandte Granock ein. »Dass sie schon bald wieder zu Stein erstarren würden.«

»Das nahmen wir an, zumal Rurak es uns gestanden hat«, stimmte Farawyn düster zu. »Aber es wäre nicht das erste Mal, dass er uns belogen hat.«

Granock holte tief Luft. Was er hörte, gefiel ihm nicht, und er hätte am liebsten noch weitere Einwände erhoben. Aber was nützte das, wenn selbst die Weisesten unter den Zauberen Shakaras ratlos waren?

»Trotz ihrer Grausamkeit und Stärke sind die *neidora* tumbe Kreaturen«, erhob Aldur an Granocks Stelle Einspruch. »Ich kann mir nicht vorstellen, dass sie allein Rurak befreit haben sollen.«

»Dann sind wir schon zu zweit, mein junger Freund«, stimmte Farawyn zu. »Es gibt zu viele Rätsel und offene Fragen, als dass sie aus der Ferne beantwortet werden könnten. Bruder Semias und ich haben daher beschlossen, den Vorfall vorerst geheim zu halten und in aller Stille zu untersuchen. Ich werde noch heute Nacht die Ordensburg verlassen und nach Borkavor aufbrechen – und ich möchte, dass ihr beide mich begleitet.«

Granock und Aldur tauschten einen verwunderten Blick. Sie waren nur Eingeweihte; noch vor den Ratsmitgliedern über solch dramatische Vorgänge in Kenntnis gesetzt zu werden, war ohnehin schon mehr, als selbst mancher altgediente Meister erwarten konnte. Dass Farawyn sie bei der Untersuchung auch noch dabeihaben wollte, erfüllte sie mit Ehrfurcht.

»Selbstverständlich«, schränkte Semias ein, als er die zurückhaltende Reaktion der beiden jungen Männer bemerkte, »steht es euch frei, Farawyns Bitte nicht zu entsprechen. Ihr könnt auch in Shakara bleiben und weiter eurem Dienst ...«

»Nein, nein«, beeilte sich Granock zu versichern.

»Wir sind dabei«, fügte Aldur in fast schon menschlicher Beflissenheit hinzu. »Wir haben uns nur gefragt ...«

»… warum ich euch beide mitnehmen will und keinen Zaubermeister, keinen Angehörigen des Rates«, brachte Farawyn den Satz
zu Ende.

Die beiden nickten.

»Das will ich euch sagen: Ich will euch bei mir haben, weil ihr
auch damals dabei gewesen seid. Was in Arun geschehen ist, hat
ein Band zwischen uns geschaffen, das stärker ist, als jeder Schwur
und jeder Eid es jemals sein könnte. Für die meisten Zauberer in
Shakara ist Margok nur ein Name aus der Vergangenheit und die
Bedrohung höchst abstrakter Natur – ihr beide jedoch wisst, welchem Gegner wir gegenüberstehen. Denn genau wie ich habt ihr
dem Bösen ins Auge gesehen und seinen Pestatem gerochen.«

3. ANGHÉNVILA!

Etwas hatte sich verändert, und es war schnell gegangen. Von einem Augenblick zum anderen schien die Zeit über dem Tal stillzustehen. Der kalte Nordwind, der von den Hängen des Scharfgebirges herunterwehte und den nahenden Winter ankündigte, hatte plötzlich ausgesetzt. Die Schreie der Tiere im nahen Wald waren verstummt, kein Vogel war mehr am Himmel zu sehen. Die Welt schien den Atem anzuhalten, so als wolle sie sich gegen ein nahendes Grauen wappnen …

Hienan ließ die Harke sinken, und mit ihm alle anderen Bauern, die auf dem Dorfacker ihrem Tagwerk nachgingen. In schweißtreibender Arbeit hatten sie dem steinigen Boden, der nach Süden zur Ebene von Scaria abfiel, karge Früchte abgerungen, die sie und ihre Familien mit etwas Glück über den Winter bringen würden. Nun aber war all dies vergessen, denn Unheil lag in der Luft, das konnten die Bewohner von Hod an diesem Morgen ebenso spüren wie die Vögel und die Waldtiere.

Hienan warf einen Blick zu seinem Vetter Kurn, der nur einen Steinwurf von ihm entfernt den Boden beharkt und einen halb gefüllten Korb Rüben neben sich stehen hatte. Auch Kurn hatte die Arbeit unterbrochen, und in seinen von der Feldarbeit gegerbten Zügen stand dieselbe Unruhe, die auch Hienan empfand.

Aber aus welchem Grund? Was war anders als noch vor wenigen Augenblicken?

Plötzlich hörten sie das schaurige Geräusch.

Trommelschlag.

Die schweigende Natur sorgte dafür, dass er deutlich zu vernehmen war, dumpf und aus westlicher Richtung – und er kam rasch näher. Nur zu gern hätte Hienan sich eingeredet, dass es eine der Zwergenpatrouillen wäre, die das Land südlich des Scharfgebirges hin und wieder passierten, die Siedler jedoch unbehelligt ließen. Aber der wilde, unstete Rhythmus und das grässliche Geklirr, das ihn begleitete, machten deutlich, dass es keine Zwerge waren, die sich da näherten.

Hienan wandte sich um und wollte zum Dorf laufen, um die Menschen dort zu warnen, als sein Vetter einen gellenden Schrei ausstieß und mit zitternder Hand nach Westen deutete. Hienan fuhr herum – gerade rechtzeitig, um den bleichen Schädel über dem Hügelgrat auftauchen zu sehen.

Ob er einst einem Menschen, einem Elfen oder einem Zwerg gehört hatte, war nicht mehr festzustellen – jemand hatte ihn bunt bemalt und als grausige Trophäe auf die Spitze einer Standarte gesteckt, die in diesem Moment über den Bergrücken stieg. Voller Entsetzen sah Hienan den dunkelroten, mit Blut gefärbten Stofffetzen, der darunter flatterte und auf den mit ungelenker Hand das Zeichen eines zerbrochenen Knochens gemalt war. Das Geräusch der Trommeln und das Klirren der Rüstungen schwollen an, und noch mehr Standarten und grausige Trophäen kletterten über den Hügel und schoben sich vor den aschgrauen Himmel. Und im nächsten Augenblick erklang der furchtbare Schrei.

»Unholde!«

Einige der Bauern warfen ihre Werkzeuge weg und ergriffen die Flucht. Andere, unter ihnen auch Hienan und sein Vetter, blieben stehen. Nicht, weil sie entschlossen waren, dem herannahenden Feind Widerstand zu leisten, sondern weil sie vor Entsetzen wie erstarrt waren.

Der einzige Unhold, den Hienan je zu sehen bekommen hatte, war tot gewesen. Ein Kopfgeldjäger, den die Dorfgemeinschaft angeworben hatte, damit er den nahen Wald von Orks säuberte, hatte ihn an sein Pferd gebunden und hinter sich hergezogen. Damals war Hienan noch ein Junge gewesen, und er hatte angenommen, dass der Unhold deshalb so grässlich ausgesehen hatte, weil der

Jäger ihn über Stock und Stein geschleppt hatte. Nun jedoch musste er erkennen, dass jeder einzelne der grünhäutigen Krieger einen solch grässlichen Anblick bot.

Grobschlächtige, muskelbepackte Körper, die mit rostigen Rüstungsteilen und Fetzen von Kettenhemden behangen waren. Darüber spannten sich breite Gürtel, an denen die Schädel und das Haar jener hingen, denen sie ein grausames Ende bereitet hatten. Am grässlichsten jedoch waren die Häupter der Unholde anzusehen: Die Unterkiefer waren nach vorn gewölbt, Hauer wie die eines Keilers staken daraus hervor, und aus den kleinen, gelb leuchtenden Augen sprach namenloser Hass. In ihren Pranken hielten die Unholde stählerne Äxte, die einst Zwergenkriegern gehört haben mochten, aber auch steinerne Kriegshämmer und riesige Keulen, sowie den *saparak*, den gefürchteten Kurzspeer mit den Widerhaken und der messerscharfen Klinge, der entsetzliche Wunden zu schlagen vermochte, die vom Biss eines Bären kaum zu unterscheiden waren; wo ein *saparak* hineinfuhr und wieder herausgerissen wurde, hinterließ er zersplitterte Knochen und zerfetztes Fleisch, die keines Heilers Kunst wieder zusammenzuflicken vermochte.

Die Schilde der Orks – so sie überhaupt welche hatten, waren von unregelmäßiger Form und aus allem zusammengeflickt, was die Unholde auf dem Schlachtfeld hatten finden können. Der Rost und das dunkle Blut, die sie überzogen, zeigte an, dass sie eine Weile nicht mehr im Kampf getragen worden waren, aber diese Zeit schien zu Ende zu sein. Hienan gab sich keinen falschen Hoffnungen darüber hin, was die Unholde wollten.

Menschenfleisch …

Immer mehr von ihnen tauchten auf der Hügelkuppe auf, und weitere Standarten gesellten sich zu der grausigen Phalanx. Zuerst war es nur ein halbes Dutzend Krieger, dann zwei Dutzend, dann vier – und schließlich standen so viele von ihnen auf dem Hügelgrat, dass Hienan sie nicht mehr zählen konnte. Der blecherne Ton eines Horns erklang, und noch bevor der schaurige Ruf verklungen war, setzten die Orks zum Sturm auf die Senke an.

Aus Dutzenden von Kehlen scholl schauriges Kriegsgebrüll, und endlich begriff Hienan, dass er fliehen musste, wenn er am Leben bleiben wollte.

»Lauft! So schnell ihr könnt!«, riefen jetzt auch die anderen, warfen ihre Harken fort und begannen zu rennen, während der Boden unter ihren Füßen vom Ansturm der Feinde erbebte. Wie eine Naturgewalt schwappten sie über den Grat und ergossen sich in das Tal. Grobschlächtige Klingen wurden geschwenkt, die grausigen Banner flatterten im Wind – und schon im nächsten Moment wurden die ersten Bauern vom Zorn der Unholde eingeholt.

Speere, mit furchtbarer Wucht geworfen, zuckten durch die Luft und suchten sich Opfer unter den Fliehenden. Aus dem Augenwinkel sah Hienan, wie Nerb, der Sohn des Pflugschmieds, mit derartiger Wucht in den Rücken getroffen wurde, dass die Spitze in der Brust wieder austrat. In einer Fontäne schreiend roten Blutes ging Nerb nieder, und Hienan verfiel in entsetztes Geschrei, während er immer weiterrannte, so schnell ihn seine mit Fell umwickelten Füße trugen.

Plötzlich schoss ihm ein Gedanke durch den Kopf.

Kurn!

Im Laufen fuhr er herum, um sich nach seinem Vetter umzuschauen. Er erschrak, als er sah, dass sich der Hügel hinter ihm grün und schwarz verfärbt hatte. Schon hatten die ersten Unholde den Acker erreicht und trampelten auf ein versprengtes Häuflein Menschen zu, das den verzweifelten Entschluss gefasst hatte, dem Feind Widerstand zu leisten.

Hienan schrie entsetzt auf, als er unter ihnen auch Kurn entdeckte. Breitbeinig und mit erhobener Harke stand sein Vetter da und wartete tapfer auf den Gegner, der sich unaufhaltsam näherte.

Einen Kampf gab es nicht.

Die Orks überrannten Kurn und seine Kameraden kurzerhand. Ein Axthieb traf Kurns Hals mit vernichtender Wucht; noch einen Herzschlag lang hielt sich sein kopfloser Torso aufrecht, dann kippte er von den Beinen.

»Nein! Neeein!«, hörte Hienan sich selbst brüllen, während er sich umwandte und weiterrannte, zurück zum Dorf. Tränen schossen ihm in die Augen, Übelkeit stieg in ihm hoch, sein Herz hämmerte gegen seine Brust, als wollte es bersten.

Er konnte die Fachwerkhütten mit den strohgedeckten Dächern bereits vor sich sehen, nur noch rund zweihundert Schritte entfernt. Die Alarmglocke wurde geläutet, auf dem Dorfplatz herrschte helle Aufregung. Die Menschen kreischten vor Entsetzen und schrien wild durcheinander. Einige versuchten, eine Verteidigung zu organisieren, was zwar tapfer, angesichts des schrecklichen Feindes jedoch aussichtslos war. Andere – vor allem Frauen und Kinder – wandten sich zur Flucht in die nahen Wälder, wieder andere flohen in ihre Häuser, die ihnen vor dem Ansturm der Unholde jedoch keinen Schutz bieten würden. Gleichwohl schlug auch Hienan den Weg zum Haus seines Onkels ein, bei dem er lebte, seit er ein kleiner Junge war. Aber schon im nächsten Moment wurde ihm klar, dass er sein Ziel nicht mehr erreichen würde.

Die Unholde hatten den Acker bereits durchquert und eine Spur der Verwüstung hinterlassen. Jetzt rannten sie durch die Talsohle auf das Dorf zu; die Furcht ihrer Opfer, die sie wie Raubtiere zu wittern schienen, spornte sie nur noch mehr an.

Gehetzt blickte Hienan über die Schulter – die Orks waren jetzt nur noch einen guten Steinwurf entfernt! Noch deutlicher als zuvor konnte er ihre hässlichen grünen Gesichter sehen, die gelben Augen und die Hauer, von denen stinkender Geifer troff. Er hörte das Stampfen ihrer Schritte auf dem Gras und ihren schnaubenden, stoßweisen Atem.

Er rannte, so schnell er nur konnte, holte das Letzte aus seinen von der Arbeit erschöpften Muskeln heraus. Plötzlich merkte er, wie ihn etwas in das linke Bein biss.

Es war ein stechender Schmerz, der von der Wade aufwärts fuhr. Hienan stieß einen Schrei aus, und ohne dass er es hätte verhindern können, landete er bäuchlings im Gras. Hastig versuchte er, sich wieder aufzurappeln, aber es gelang ihm nicht – denn in seinem linken Bein steckte die Spitze eines *saparak*. Die Klinge hatte den Knochen verfehlt, aber die Widerhaken sorgten dafür, dass sie festhing und ihn am Weiterkommen hinderte. Auf allen vieren schleppte er sich weiter, den Hütten entgegen, die in unerreichbare Ferne gerückt waren.

Ringsum konnte er sehen, wie die Bauern, die mit ihm vom Feld geflüchtet waren, von rasenden Unholden erschlagen wurden. Brandgeschosse zuckten durch die Luft und schlugen in die Dächer, die sofort Feuer fingen. Die Luft erzitterte unter grässlichem Kriegsgebrüll und entsetztem Geschrei. Da fiel ein dunkler Schatten über Hienan.

Er warf sich herum. Ein Ork stand über ihm, grobschlächtig und riesig groß. Das Letzte, was Hienan sah, waren die gefletschten Zähne und die mordlüstern flackernden Augen des Unholds. Dann fiel eine riesige Axt herab.

4. DAI DOMHONA'Y'BORKAVOR

Die Alten Chroniken berichteten, dass in grauer Vorzeit, als weite Teile Erdwelts noch mit Eis überzogen waren, das Land im Osten von Drachen bevölkert war und den Namen Anwar trug. Als sich die Drachen entzweiten und es zum Krieg zwischen ihnen kam, zerriss ihr Zorn das Land und teilte es in die Länder Anar im Norden und Arun im Süden. Dort, wo sich der Erdboden spaltete, entstanden die weite See des *dwaímaras* sowie das Ostgebirge, von den Elfen *mainídian'y'codíalas* genannt, dessen von Schwefeldämpfen durchsetzte Höhlen zur Heimat jener Drachen wurden, die die Katastrophe überlebten.

Die Festungen der *dragdai* erstreckten sich tief ins Innere der Berge, und wie es heißt, gibt es keinen Sterblichen, der sie je erkundet hätte. Die größte und stolzeste dieser Drachenburgen jedoch war Borkavor, der Hort des Feuers; hier hielt einst der Erste Drache Hof, und hier war es auch, wo unter König Parthalon das legendäre Bündnis zwischen Elfen und Drachen beschlossen wurde, das über Jahrtausende Bestand haben sollte und selbst den Großen Krieg überdauerte.

Nachdem die Drachen die Welt verlassen hatten, verwaisten ihre Festungen; die größte von ihnen wurde jedoch von den Elfen in Besitz genommen und einer neuen Verwendung zugeführt. Um vor jenen Abtrünnigen, die dem Dunkelelfen Margok gefolgt waren, für alle Zeit sicher zu sein, wurden sie in den Tiefen Borkavors eingekerkert; umgeben nicht nur von Wänden aus Stein und eisernen Gittern, sondern auch von giftigen Dämpfen, bewacht nicht nur vom Stahl unerschrockener Elfenkrieger, sondern auch von magischen Barrieren. Dort sollten sie bleiben, bis ihr *lu* erloschen und die Gefahr, die sie für die Welt darstellten, auf immer gebannt wäre. Viele Jahrhunderte lang hatten die Kerker Borkavors gute Dienste geleistet, nie war es jemandem gelungen, von dort zu entkommen.

Aber, wie Farawyn so treffend bemerkt hatte, es gab für alles ein erstes Mal …

Der Hohe Rat war weder über Ruraks Flucht noch über die kurzfristig anberaumte Untersuchung in Kenntnis gesetzt worden. Um kein unnötiges Aufsehen zu erregen, hatten Farawyn und die beiden Eingeweihten die Ordensburg zu nächtlicher Stunde verlassen. Borkavor lag weit im Osten, jenseits der *yngaia* und des Eismeers, fernab von jeglicher Zivilisation. Auf dem Landweg nahm die Reise mehrere Wochen in Anspruch und führte durch wildes, von Barbaren bevölkertes Land, doch Farawyn und seinen Begleitern stand ein anderes Fortbewegungsmittel zur Verfügung: eines, das in der Lage war, sie durch die eisig kalte Luft des Nurwinters zu tragen.

Granock erinnerte sich noch lebhaft, was er empfunden hatte, als er zum ersten Mal auf einen *dragnadh* gestiegen war. Furcht, Entsetzen und grenzenlose Verwunderung – von allem war etwas dabei gewesen. Aber da die furchterregenden Kreaturen die einzige Möglichkeit dargestellt hatten, aus Margoks Grabkammer zu entkommen, hatte er sich ihren Flugkünsten anvertraut und es nicht bereut.

Im Grunde, so hatte Farawyn ihm später erklärt, war ein *dragnadh* das, was von einem Drachen übrig blieb, wenn seine Seele den Leib verlassen und die Zeit sein Fleisch vertilgt hatte – das bloße Knochengerüst, das allerdings kraft eines Granock unbekannten Zaubers am Leben gehalten wurde. Da es sich obendrein um einen verbotenen Zauber handelte, war im Rat darüber diskutiert worden, die *dragnadha* zu vernichten. Am Ende war man aber, nicht zuletzt durch Farawyns Zuspruch, übereingekommen, sie in ihrer Existenz zu belassen und den Gelehrten und Alchemisten Shakaras zu Forschungszwecken zur Verfügung zu stellen, was sich nun als Vorteil erwies.

Aus dem Laboratorium Tavalians des Heilers entwendeten Farawyn und seine jungen Schützlinge die *dragnadha* – oder »borgten« sie, wie der Älteste es ausdrückte –, und schwangen sich auf ihnen hinaus in die kristallklare Nacht, die sich über der Yngaia erstreckte.

Tief geduckt und sich an die ledernen Sättel schmiegend, die über die bloßen Wirbelknochen geschnallt waren, jagten die drei Reiter durch die Dunkelheit, trotzten der Kälte und dem Wind, der an ihnen zerrte.

Umgeben von der Weite der Eiswüste und einem Meer funkelnder Sterne hing Granock seinen Gedanken nach, während zu beiden Seiten die ledrigen Schwingen des untoten Drachen rauschten.

Unzählige Dinge gingen ihm durch den Kopf, einige waren von höchst nebensächlicher Natur, andere nicht.

An seine Ausbildung musste er denken, an all das, was ihm widerfahren war, seit ihn Farawyn in den Gassen Andarils aufgelesen und nach Shakara gebracht hatte.

Und an Alannah …

Das Bild ihrer anmutigen, von weißblondem Haar umrahmten Züge begleitete ihn die Nacht und den darauffolgenden Tag hindurch und erfüllte ihn mit wohliger Wärme. Er trug es selbst dann noch in sich, als die *dragnadha* die in Wolken gehüllten Gipfel des Ostgebirges passierten und schließlich auf einem schneebedeckten Bergjoch zur Landung ansetzten.

Da Granock den Weg nicht kannte, war er stets nur Farawyn gefolgt, der sich an die Spitze der kleinen Gruppe gesetzt hatte. Sein Tier war das erste, dessen Krallen den Boden berührten. Glitzernder Firn wurde aufgeworfen, als der *dragnadh* mit den Flügeln schlug, um seinen Herrn abzusetzen. Auch Granock und Aldur brachten ihre Reittiere zur Landung, allerdings sehr viel weniger elegant. Aldur brauchte mehrere Versuche, bis er seinen *dragnadh* dazu bringen konnte, sich auf der schmalen Felsplattform niederzulassen, die nach zwei Seiten hin steil und in ungeahnte Tiefen abfiel. Granocks Tier setzte so hart auf, dass die bleichen Knochen knackten und es kurz so aussah, als würde es zusammenbrechen.

Müde und erschöpft ließen sich die Reiter aus den Sätteln gleiten. Zwar waren ihre Mäntel aus dem Fell des *bórias* gefertigt und daher überaus wärmend, jedoch hätten sie nicht ausgereicht, den Körper bei dieser Kälte und über eine so lange Zeitspanne hinweg vor Erfrierungen zu schützen. Zauberei hatte den Rest bewirkt, dennoch spürte Granock seine Beine kaum noch, als er endlich wieder festen Boden unter den Füßen hatte und im knirschenden Schnee die ersten Schritte tat.

Sie wurden bereits erwartet.

In graue Umhänge gehüllte Elfenwachen standen am Rand der Plattform. Drei von ihnen – allesamt betagte Krieger, die den Sommer ihres Lebens schon hinter sich hatten, traten vor, um sich um die *dragnadha* zu kümmern. Granock fiel auf, dass der Anblick der ungewöhnlichen Tiere sie nicht weiter störte; vermutlich war dies nicht der erste Besuch in Borkavor, den Farawyn auf diese Weise tätigte. In den letzten Monaten war der Älteste öfter für einige Tage weg gewesen, ohne dass er hätte verlauten lassen, wohin er gegangen war …

»Ehrwürdiger Farawyn!« Der Anführer der Wachen, ein ebenfalls betagter Elfenkrieger mit dünnem Bart und weißem Haar, das ihm bis zur Schulter reichte, verbeugte sich. »Seid uns willkommen in Borkavor.«

»Ich grüße Euch, Hauptmann Llewyn«, nannte der Älteste den Krieger beim Namen und bestätigte damit Granocks Vermutung. »Ich wünschte allerdings, der Grund für meinen Besuch wäre ein anderer.«

»Das geht uns ebenso«, versicherte Llewyn düster. »Wollt Ihr es sehen?«

»Deshalb bin ich gekommen«, bestätigte Farawyn. »Dies sind zwei Eingeweihte unseres Ordens, die mein volles Vertrauen genießen. Aldur, Granock – Hauptmann Llewyn, der Kommandant der Wache von Borkavor.«

Der Offizier verbeugte sich erneut, wobei Granock das Gefühl hatte, dass Llewyns prüfender Blick auf ihm ein wenig länger ruhte als auf Aldur. Er erwiderte die Begrüßung, dann setzte sich die Gruppe in Bewegung.

Schon der Zugang nach Borkavor war mit keiner anderen Pforte zu vergleichen, vor der Granock je gestanden hatte. Abgesehen von zwei eindrucksvollen steinernen Säulen ließ nichts darauf schließen, dass es auf dem einsamen Bergjoch noch etwas anderes gab als Schnee und Eis. Hauptmann Llewyn und Meister Farawyn jedoch gingen zielstrebig auf die Felswand zu, die sich zwischen den Säulen erstreckte – und waren im nächsten Moment darin verschwunden.

»Was, zum …?«

Es kam nur mehr selten vor, aber wenn er besonders überrascht war, verfiel Granock noch immer in die Menschensprache. Verblüfft wollte er stehen bleiben, als Aldur ihn am Arm packte und einfach mitzog. Granock stolperte auf den Fels zu und war sicher, dass er sich die Nase blutig stoßen würde – doch zu seiner Verblüffung traf er auf keinen Widerstand. Als bestünde das massive Gestein aus nichts als leerer Luft, glitt Granock geradewegs hindurch und fand sich im nächsten Moment in einem geräumigen Höhlengewölbe wieder, das von Fackeln beleuchtet wurde und in dessen Mitte es eine Zisterne gab. Einige der Elfenwachen, die hier ihren Dienst versahen, grinsten verstohlen, als sie Granock sahen – offenbar war er nicht der Erste, der das Tor passierte und ein ziemlich dämliches Gesicht dabei machte.

»Da staunst du, was?«, fragte Aldur, dem Granocks Verwunderung ebenfalls nicht verborgen blieb.

»Ein *ar-aragyr*, nichts weiter«, erläuterte Farawyn. »Der Fels wird für einen kurzen Augenblick durchlässig.«

»Wie ist das möglich?«, fragte Granock.

Sein Meister lächelte über seine Unwissenheit, fast wie früher.

»Jedes Lebewesen und jedes Objekt«, erklärte er, »besteht aus kleinsten Teilchen, die einander fortwährend umkreisen. Dazwischen befindet sich nichts als leerer Raum. Gelingt es nun, diese Teilchen so zu lenken, dass sie einander ausweichen, ist man in der Lage, feste Materie durchlässig zu machen.«

»Ihr meint – wie Vater Cethegar?«, erkundigte sich Granock in Erinnerung an dessen magische Gabe.

»Nein.« Farawyn schüttelte den Kopf, und ein Anflug von Trauer huschte über seine Züge. »Cethegar war ein Meister unseres Ordens. Der Zauber des *ar-aragyr* wirkt nur für kurze Zeit und ist auf bestimmte Materialien beschränkt. Cetehgar hingegen konnte mit jedweder Art fester Materie verschmelzen – so hat er uns damals in Arun das Leben gerettet, wenn du dich erinnerst. Die Vorzüge des *ar-aragyr* liegen auf einem anderen Gebiet. Denn der Zauber ermöglicht es nicht nur, den Fels zu durchschreiten, sondern prägt sich auch ein, wer ihn passiert hat und aus welchem Grund. Für die meisten, die Borkavor betreten, öffnet er sich niemals wieder.«

»Also ist die Pforte eine Art magischer Wächter?«

Farawyn sandte Granock einen vielsagenden Blick. »Der erste von vielen«, bestätigte er dann.

Inzwischen hatten sie die Eingangshalle hinter sich gelassen und folgten einem breiten Stollen, der tiefer in die Festung führte. Die Wände waren glatt, so als wäre das Gestein unter immenser Hitze geschmolzen – aus dem Wenigen, das er über Borkavor und seine Entstehung erfahren hatte, folgerte Granock, dass es Drachenfeuer gewesen sein musste, das diese Gänge in den Berg getrieben hatte.

Über die Drachen selbst wusste er nur, was er im Zuge seiner Ausbildung über sie gelernt hatte, und das war nicht gerade viel. Fast hätte man glauben können, die Elfen mieden das Thema. Oder auch ihr Wissen über die einstmals größten und mächtigsten Kreaturen Erdwelts war beschränkt.

Nach allem, was Granock erfahren hatte, waren zu der Zeit, als die Elfen von den Fernen Gestaden ankamen und der historische Kalender begann, weite Teile Erdwelts Drachenland gewesen. Über die ersten Begegnungen mit den Töchtern und Söhnen Glyndyrs war nichts bekannt. War es zu einem Streit gekommen? Womöglich sogar zu kriegerischen Auseinandersetzungen? Granock wusste es nicht. Gesichert war hingegen, dass sich Drachen und Elfen unter der Regentschaft Parthalons des Weisen verbündet und über eine sehr lange Zeitspanne in Frieden miteinander gelebt hatten. Mehr noch, die Drachen waren schließlich sogar in den Dienst der Elfenherrscher getreten und hatten über Tausende von Jahren hinweg deren Schätze gehütet.

Aus Gründen, die nicht näher bekannt waren – oder wurden sie nur einfach verschwiegen? –, war die Zeit der Drachen jedoch irgendwann zu Ende gegangen. Ein rätselhaftes Sterben hatte unter ihnen eingesetzt. Die Letzten, die noch verblieben waren, hatten im Krieg auf der Seite des Elfenkönigs gegen Margoks finstere Horden gekämpft, worauf der größte und mächtigste unter ihnen zum Wächter der Königsstadt ernannt worden war; sein Feueratem hatte sie beschützt, bis er von Margok eigenhändig getötet worden war. Aber sein Geist, so hieß es, wache noch immer über Tirgas Lan.

Die Vorstellung, dass jene vorzeitlichen Kreaturen, um die sich so viele Lieder und Erzählungen rankten, einst genau die Höhlen und Stollen bewohnt hatten, die er nun durchschritt, erfüllte Granock mit Ehrfurcht. Selbst Aldur schien davon nicht unberührt zu bleiben.

Unvermittelt entließ sie der Korridor in eine Halle von ungeheurer Höhe. Wenige Schritte vor ihnen endete der Boden und fiel senkrecht ab, um sich in unergründlicher Schwärze zu verlieren. Auch die Decke des Gewölbes war so hoch, dass der Fackelschein sie nicht erreichte. Nur schemenhaft waren die Umrisse riesiger Stalaktiten zu erkennen. Fledermäuse flatterten geräuschvoll dazwischen umher, so als wären sie die winzigen, unscheinbaren Nachkommen jener, die diese Hallen einst beherrscht hatten.

Auf der anderen Seite des Grabens, der vor den Besuchern klaffte und an die fünfzehn Schritte breit war, ragte eine Felswand auf. Darin war, diesmal deutlich als solches zu erkennen, ein Tor eingelassen, das den Körperformen seiner Erbauer angepasst und eher breit als hoch war. Zwei aus dem Stein gehauene Drachenköpfe ragten über dem Tor aus dem Fels, Öllichter loderten in den Augenhöhlen. Das Tor selbst war mit einer riesigen Steinplatte verschlossen, die so massiv wirkte, dass keine Macht der Welt sie bewegen zu können schien.

Hauptmann Llewyn trat an den Rand des Abgrunds und vollführte eine Reihe von Handzeichen und Gesten. Daraufhin war ein markiges Knirschen zu vernehmen, und die Steinplatte senkte sich an mächtigen Ketten herab, die aus den Mäulern der Drachenköpfe kamen. Jedes einzelne Glied war so groß wie ein Wagenrad und so dick wie der Unterschenkel eines Mannes.

Das Quietschen und Ächzen des Mechanismus war unbeschreiblich. Granock fragte sich noch, wie ein Steinquader von solch ungeheurer Größe überhaupt bewegt werden konnte, als die Zugbrücke auch schon mit dumpfem Donner auf ihrer Seite des Grabens auftraf.

»Rasch«, sagte Farawyn nur, und sie überquerten die Kluft mit hastigen Schritten. Granock hatte keine Ahnung, was geschehen würde, wenn sie sich beim Begehen der Brücke zu viel Zeit ließen, und er verspürte wahrhaftig auch kein Verlangen danach, es herauszufinden.

Das schwere Eisengitter, das die Pforte zusätzlich verschloss, hob sich mit ohrenbetäubendem Rattern und ließ die Besucher und ihre Eskorte passieren. Kaum waren sie hindurch, senkte es sich wieder, und in Granocks Bewusstsein verbreitete sich das trostlose Gefühl, eingesperrt zu sein.

Es gab keine Fenster, durch die Tageslicht hereindrang, und die zahllosen Klafter von massivem Fels, die sich über ihnen türmten, drückten auf seine Seele. Dazu kam der beißende Gestank von Schwefeldampf, der schwer in der feuchtwarmen Luft lag. Die behelmten Wachen, die auf dieser Seite des Grabens ihren Dienst versahen, begrüßten die Zauberer respektvoll, fast unterwürfig. Auch wenn sie alle das königliche Zeichen auf ihren Brustpanzern trugen, schienen sie dem Orden jedoch nicht weniger treu ergeben zu sein. Vermutlich, so nahm Granock an, hing dies sowohl mit der gegenwärtigen Verwendung als auch mit der Vergangenheit dieser Festung zusammen.

Erst beim zweiten Hinsehen erkannte er, dass es gar keine Helme waren, die die Wachsoldaten trugen; vielmehr waren es lederne Kappen, deren zu beiden Seiten herabgezogener Wangenschutz eine Auswölbung nach vorn hatte und quer über Mund und Nase verlief. Darin steckte – Granock traute seinen Augen kaum – etwas, das wie der eingerollte Rüssel eines *ilfantodon* aussah. Noch ehe er fragen konnte, erklärte sich die Angelegenheit von selbst. Aus einer Vertiefung in der Wand nahm Llewyn drei der Lederkappen und reichte sie an die Besucher weiter mit der Aufforderung, sie aufzusetzen. Auch der Hauptmann und seine Leute zogen Kappen über, die sie am Gürtel bei sich trugen. Danach trat einer nach dem anderen an den steinernen Trog, der die Mitte der Torkammer einnahm, griff hinein, holte eines der rüsselähnlichen Gebilde heraus und steckte es in die dafür vorgesehene Halterung.

»*Anadálthyra*«, erklärte Aldur, als er Granocks verblüffte Miene bemerkte. »In den Gehäusen lebt eine Schneckenart, die man in den Höhlen Anars findet. Die Tiere atmen Schwefeldampf und geben dabei Atemluft an ihre Umgebung ab.«

»Sie geben sie ab?« Granock schaute den Freund ungläubig an. »Du meinst, wir atmen die … die …« Er stockte, weil ihm das Wort, nach dem er suchte, in der Elfensprache nicht einfiel. Er war sich nicht einmal sicher, ob es überhaupt einen adäquaten Ausdruck für das gab, was den Gedärmen hin und wieder zu entfleuchen pflegte.

»… die Körpergase«, half Aldur diplomatisch aus und grinste übers ganze Gesicht. »Genauso ist es.«

Granock brummte eine halblaute Verwünschung. Dann trat er ebenfalls an das Becken, tat es Aldur und Farawyn gleich und griff nach einem *anadálthyr*. Das Schneckenhaus, das tatsächlich einem eingerollten Rüssel ähnelte, war dunkelbraun und von schieferartiger Beschaffenheit. Das Tier, das darin lebte, war nicht zu sehen, aber das Gewicht des etwa faustgroßen Gebildes war weitaus größer, als Granock es angenommen hatte. Ein wenig zögerlich steckte auch er es in die dafür vorgesehene Halterung, und einer der Elfenwächter war ihm dabei behilflich, den Sitz der Haube seiner Gesichtsform anzupassen. Zuerst bemerkte Granock keine Veränderung – aber dann spürte er, wie sich etwas über seinen Mund und seine Nase stülpte. Weich, schleimig und klebrig! Panik und Ekel überkamen ihn, und er gab einen erstickten Laut von sich.

»Ruhig«, schärfte Farawyn ihm ein. Seine Stimme klang seltsam gedämpft durch den *anadálthyr*. »Das Tier sorgt dafür, dass keine Außenluft mehr in deine Lungen dringt, und das ist gut so. Denn die Dämpfe, die im Inneren Borkavors herrschen, sind so giftig, dass sie dich auf der Stelle töten würden.«

Granock kämpfte die Panik nieder, konnte sich aber nicht zum Atmen überwinden und hielt instinktiv die Luft an. Erst als er merkte, dass ihm schwarz vor Augen wurde, holte er zögerlich Luft. Der entsetzliche Gestank, den er erwartet hatte, blieb aus.

Was der *anadálthyr* von sich gab, war tatsächlich nichts als reine Atemluft.

»Alles in Ordnung?«, erkundigte sich Farawyn.

Granock nickte zögernd, und der Zug setzte sich in Bewegung. Sie verließen das Torhaus durch einen schmalen Stollen, der immer weiter hinabführte. Tatsächlich schienen die Dämpfe mit jedem Schritt intensiver zu werden – Granock erkannte es an den gelben Schwaden, die wie dichter Nebel in der Luft lagen und im Fackelschein unheimlich leuchteten. Schrille Geräusche waren hin und wieder zu hören, die aus den Tiefen des Berges drangen, jedoch nicht eindeutig zuzuordnen waren. Waren es die Schreie verzweifelter Kreaturen, die dort unten ein elendes Dasein fristeten? Waren es irgendwelche Tiere, die in den Höhlen lebten? Oder war es gar der Berg selbst, dessen Gestein unter seiner eigenen Masse und der Last der Jahrtausende ächzte? Alles schien Granock an diesem Ort möglich.

»Du bist verunsichert«, sagte Farawyn, der neben ihm ging. Es war keine Frage, sondern eine Feststellung. »Du fragst dich, wie Elfen einen solch düsteren Ort unterhalten können.«

»Nun – ja«, gestand Granock.

»Auch ich habe mir diese Frage oft gestellt. Die Antwort ist, dass die Welt, in der wir leben, nicht vollkommen ist. Wir Elfen mögen uns damit rühmen, die Krone der Schöpfung zu sein und alle Dunkelheit hinter uns gelassen zu haben, aber es entspricht nicht der Wahrheit. Schon einmal, vor dem Großen Krieg, sind wir diesem Irrtum erlegen und haben teuer dafür bezahlt. Borkavor wurde eingerichtet, um jene zu strafen, die sich gegen das Gesetz gewendet hatten. In Wirklichkeit ist es aber auch eine Bestrafung unserer selbst, ein giftiger Stachel im Fleisch unseres Volkes. Denn solange wir diesen Ort brauchen – und ganz offenbar brauchen wir ihn mehr denn je –, ist er das steingewordene Eingeständnis der Tatsache, dass auch unsere Rasse nicht vollkommen ist und das Dunkel in uns nach wie vor existiert.«

»Aber warum wird dann behauptet, dass es keinen Mord mehr unter den Elfen gebe? Und dass die Todesstrafe abgeschafft worden sei?«

»Sie ist abgeschafft worden«, bestätigte Farawyn. »Was nicht dazugesagt wird, ist, dass es Strafen gibt, die weit schlimmer sind als der Tod – und Verbrechen, die noch schlimmer sind als Mord. Viele Elfen glauben nicht, dass es Borkavor gibt. Sie leugnen diesen Ort ebenso, wie sie unser dunkles Erbe leugnen. Und indem sie die Augen vor der Gefahr verschließen, sind sie die leichtesten Opfer der Dunkelheit. Das ist schon immer so gewesen.«

Der Stollen endete und mündete erneut auf eine Steinbrücke, die sich über eine tiefe Kluft spannte. Orangefarbener Lichtschein drang von unten herauf, der den gelben Nebel beleuchtete, und es wurde schlagartig drückend heiß. Granocks Neugier trieb ihn an den Rand der Brücke, die weder eine Mauer noch ein Geländer besaß, und er spähte hinab. Ein rot glühender Lavastrom ergoss sich weit unten durch den schwarzen Fels.

»Von diesen Flüssen gibt es unzählige«, erklärte Aldur. »Sie verlaufen in südlicher Richtung und durchströmen Anar, das wir auch das ›Land des Feuers‹ nennen, ehe sie sich in unterseeischen Adern in den *dwaimaras* ergießen.«

Granock nickte, einmal mehr tief beeindruckt. Jäh wurde ihm bewusst, dass er trotz all der Zeit, die er nun schon unter den Elfen lebte, so gut wie nichts über sie und ihre Welt gelernt und noch weniger begriffen hatte. Wie sollte er auch? Zwei Jahre waren angesichts ihrer langen und bewegten Geschichte nicht mehr als ein Augenzwinkern; ein Menschenleben würde vermutlich nicht ausreichen, um all ihre Geheimnisse zu ergründen. Granock verstand inzwischen sogar, weshalb die Söhne Sigwyns hin und wieder mit einem gewissen Hochmut auf andere herabsahen.

Sie erreichten die andere Seite der Brücke, wo zwei Elfenkrieger Wache hielten, die beinahe ebenso alt zu sein schienen wie der Fels. Ihr Haar war weiß, ihre Haut hatte die Farbe und Beschaffenheit von altem Leder. Unwillkürlich fragte sich Granock, warum alle Wachen, die in Borkavor ihren Dienst versahen, Greise waren, aber er wollte nicht noch unwissender erscheinen, als er es ohnehin schon war, und daher behielt er seine Neugier für sich. Über eine Treppe, die sich senkrecht hinabwand und deren Stufen entschieden zu hoch waren, um Elfen oder Menschen einen bequemen Tritt zu bieten, gelangten sie rasch weiter in die Tiefe. Am Fuß der Treppe blieb Hauptmann Llewyn stehen.

»Hier ist es gewesen«, erläuterte er. »An dieser Stelle wurden die Wachen aufgefunden.«

»Ich verstehe«, sagte Farawyn nur und machte sich sofort daran, Boden und Wände des Stollens zu untersuchen.

»Aufgefunden?«, fragte Granock. »Es hat bei Ruraks Ausbruch Tote gegeben?«

»Fünf«, entgegnete Farawyn ohne erkennbare Regung.

»Warum habt Ihr das nicht schon früher gesagt?«

»Hätte es etwas geändert?«

Granock antwortete nicht. Es wäre schwer genug gewesen, Worte in der Menschensprache zu finden, die seinen Empfindungen Ausdruck verleihen konnten, geschweige denn welche in der Elfensprache. Aber ihm wurde jäh bewusst, dass der Tod der fünf Wachsoldaten ein neues Licht auf Ruraks Flucht warf; der abtrünnige Zauberer konnte tatsächlich nicht aus eigenem Antrieb entkommen sein. Er musste Hilfe von außen gehabt haben.

»Hier sind sie gefallen«, stellte Farawyn fest und deutete auf eine bestimmte Stelle in der Felswand. »Sie sind enthauptet worden, nicht wahr?«

Hauptmann Llewyn nickte. »Das ist richtig«, bestätigte er verblüfft. »Woher wisst Ihr …?«

»Diese Kerben«, erläuterte Farawyn und deutete auf einige Furchen im Fels, die parallel zum Boden und etwa in Schulterhöhe verliefen, »stammen von Äxten. Spuren von Metall finden sich daran. Und Blut.«

»Aber dieses Felsgestein ist überaus hart. Um eine solche Kerbe zu schlagen, müsste eine Axt mit ungeheurer Wucht geführt werden. Kein Elfenkrieger ist zu so etwas fähig. Und auch kein Mensch oder Zwerg.«

»Richtig.« Farawyn nickte. »Ich denke auch nicht, dass es Elfen, Menschen oder Zwerge gewesen sind, die Rurak befreit haben. Können wir jetzt seine Zelle sehen?«

»Gewiss.«

Der Hauptmann bedeutete ihnen zu folgen, und sie drangen noch tiefer in das unheimliche Höhlensystem ein. Immer öfter glaubte Granock jetzt Schreie zu hören, die durch den gelben Nebel geisterten, und insgeheim war er erleichtert darüber, nicht allein durch diese Stollen wandern zu müssen. »Die Sehnsucht nach Gesellschaft ist die größte Schwäche von euch Menschen«, hatte Farawyn einst zu ihm gesagt, »aber vielleicht auch eure größte Stärke in einer Welt, die mehr und mehr auseinanderfällt …«

An diesem Ort hatte Granock tatsächlich das Gefühl, dass die Welt in Auflösung begriffen war.

Er erinnerte sich, dass er, als er als Kind in den Straßen Andarils gelebt hatte, ohne Familie und ohne Obdach, gerne den Puppenspielern auf dem Marktplatz zugesehen hatte. Ihre Späße und Heiterkeit hatten ihn von seinem Elend abgelenkt und ihm das Gefühl gegeben, dass es jenseits des Unrats und der Armut auch noch etwas anderes geben musste. Doch irgendwann hatte er den Fehler begangen, einen Blick hinter die Kulissen der Puppenbühne zu werfen. Er hatte die Stäbe dort liegen sehen, an denen die Köpfe der Figuren befestigt waren, ohne Leben und ohne Ausdruck. Und er hatte den Puppenspieler gesehen – einen alten Mann, dem man ein Auge ausgestochen hatte und dessen Gesicht rot und aufgedunsen gewesen war vom billigen Wein, den er trank, um seine Not zu vergessen. An jenem Tag hatte Granock erkannt, dass die Dinge oft nicht so waren, wie sie schienen – und während er Farawyn und Aldur durch die dunklen Stollen Borkavors folgte, fühlte er genau wie jener achtjährige Junge. Er war dabei, einen Blick hinter die Kulissen zu werfen und Dinge zu erfahren, von denen er gar nichts wissen wollte.

Sie passierten eine Reihe von Toren, die Farawyn zufolge Bannflüchen unterlagen und magisch versiegelt waren. Auf dem Weg hinein wurde man nicht am Passieren gehindert; wer jedoch hinauswollte und nicht die entsprechende Befugnis hatte, der merkte plötzlich, dass ihm das Gehör fehlte oder das Augenlicht, oder er konnte sich nur mehr auf allen vieren fortbewegen.

Mit jeder weiteren Pforte, die sie passierten, und mit jedem Graben, den sie überwanden, wuchs Granocks Überzeugung, dass im

Grunde niemand von diesem Ort entkommen konnte. Es sei denn – und diese Sorge schien auch Farawyn zu beschäftigen –, sein Zauber war mächtiger als der der Drachenfestung.

In einem riesigen, kugelförmigen Gewölbe, das von einer weiteren Dutzendschaft hochbetagter Elfenkrieger bewacht wurde und in das unzählige kreisrunde, vergitterte Öffnungen eingelassen waren, endete ihr Marsch.

»Dies«, erläuterte Farawyn, als Aldur und Granock nach oben blickten, staunend angesichts der schieren Größe, »war einst das Herzstück Borkavors. Hier hüteten die *dragdai*, was ihnen am wichtigsten war.«

»Einen Schatz?«, riet Granock. »Gold? Edelsteine?«

»Die Zukunft ihrer Rasse«, entgegnete Farawyn kopfschüttelnd. »Hier wurden einst Dracheneier gelagert, und es gibt nicht wenige, die behaupten, dass es der sicherste Ort in ganz Erdwelt war. Es spricht nicht für unsere Zeit, wenn daraus ein Hort des Lasters wurde, in dem wir unsere dunklen Seiten zu verbergen suchen.« Der Älteste schüttelte den Kopf. »Welche Tür?«, wandte er sich dann übergangslos an Hauptmann Llewyn.

»Jene dort«, erwiderte der Offizier und deutete zu einer Tür hinauf, die sich fast am entgegengesetzten Pol der Kugel befand. Farawyn nickte und ging los, die anderen folgten ihm. Und während sich Granock noch verblüfft fragte, wie sie es schaffen sollten, ohne eine Leiter an jene Öffnung heranzukommen, wurde ihm klar, dass sie bereits die Hälfte des Weges zurückgelegt hatten.

Verwundert wandte er sich um und sah, dass der Eingang, durch den sie das Gewölbe betreten hatten, nun auf halber Höhe der Kugel lag – und dass die Wachleute in rechtem Winkel von der Wand abstanden, obwohl sie nach den Regeln der Natur eigentlich hätten herunterfallen müssen! Und mit jedem Schritt, den Granock sich dem anderen Pol näherte, wanderten sie weiter an der Gewölbewand empor, während er selbst ebenfalls das Gefühl hatte, mit beiden Beinen fest auf dem Boden zu stehen. Ein eindeutiges Oben und Unten schien es im Herzen Borkavors nicht zu geben, es lag jeweils im Auge des Betrachters. Granock geriet ins Wanken und wäre gestürzt, wenn Aldur ihn nicht aufgefangen hätte.

»Sachte, Freund«, meinte der Elf.»Die Wunder Borkavors scheinen etwas zu viel für dich zu sein.«

»Ein wenig«, gab Granock unumwunden zu.»Was, in aller Welt …?«

»Der *caras*«, antwortete Farawyn, der vor ihnen ging.»Eine Welt inmitten unserer Welt, in der die Gesetze der Schwerkraft aufgehoben scheinen. Nur die Drachen sind in der Lage gewesen, etwas Derartiges zu bauen – uns ist es nie gelungen.«

»Und wie?«, wollte Granock wissen, während er sich staunend umblickte. Inzwischen hatten sie die von Hauptmann Llewyn bezeichnete Gittertür fast erreicht, was bedeutete, dass die Wachen am Eingang inzwischen von der Decke hingen wie Eiszapfen im Tempel von Shakara.

»Auch das wissen wir nicht genau. Wir nehmen an, dass sie das Masseverhältnis des Gesteins verändern konnten, wie auch immer ihnen dies gelungen sein mag. Die Drachen sind eine Rasse voller Geheimnisse – und die meisten davon haben sie mitgenommen, als sie Erdwelt verließen.«

»Warum?«

Farawyn drehte sich zu Granock um; ein Lächeln huschte über seine angespannten Züge.»Vielleicht«, mutmaßte er,»weil sie in uns Elfen das erkannt haben, was viele von uns in euch Menschen zu erkennen glauben.«

»Eine Gefahr«, ergänzte Granock.

»So ist es«, stimmte sein alter Meister zu.»Dabei macht dieser Ort unmissverständlich klar, dass es ganz andere Gefahren gibt, die wir fürchten müssen.«

Inzwischen hatten sie die Öffnung erreicht, die auf beklemmende Weise unscheinbar war.

Ein Loch von etwa drei oder vier Ellen Durchmesser klaffte im Boden, das von einem dicken Metallgitter verschlossen wurde. Nach allem, was Granock bislang über Borkavor erfahren hatte, nahm er nicht an, dass das Gitter die einzige Sicherheitsvorkehrung war, aber zumindest war auf den ersten Blick nicht mehr zu erkennen. Darunter befand sich etwas, das man im besten Fall als Höhle bezeichnen konnte – im Grunde war es nur ein dunkles Loch. Ein steinerner Sockel diente als Schlafstatt, eine kleine Öffnung im Boden dazu, die Notdurft zu verrichten. Mehr Einrichtung gab es nicht; alles, was der Gefangene zum Überleben brauchte, musste von außen herbeigebracht werden.

Der Gedanke, in einer solchen Zelle eingesperrt zu sein, erfüllte Granock mit einem Schaudern. Nicht, dass die Kerker in Andaril oder irgendeiner anderen Menschenstadt besser ausgesehen hätten. Aber zum einen deprimierte ihn die Vorstellung, sein Dasein unter einer ungeheuren Masse Fels fristen zu müssen, vor Licht und Tag verborgen; zum anderen hatte er stets geglaubt, dass es einen Ort wie diesen in der so vollkommenen Welt der Elfen nicht geben konnte.

Ein Irrtum …

Mit einem Nicken gebot Farawyn den Wachsoldaten, das Gitter zu öffnen. Welcher Art der Mechanismus war, vermochte Granock nicht zu durchschauen – er sah nur, wie die Eisenstäbe, die das rechtwinklige Geflecht bildeten, sich wie von Geisterhand in den Fels zurückzogen. Das Gitter löste sich auf und gab den Zugang frei.

Ohne Zögern sprang Farawyn in die darunterliegende Kammer und schaute sich um. Granock wollte ihm folgen, wie er es immer tat, aber Aldur und Hauptmann Llewyn hielten ihn zurück. Es war besser, wenn sich der Älteste zunächst allein in der Zelle umblickte, in der bis vor Kurzem noch der Verräter Rurak gesessen hatte. Granock schauderte, wenn er nur an den abtrünnigen Zauberer dachte. Rurak war ein erklärter Feind der Menschen, auch wenn er sich ihrer gern bediente, um seine Ziele zu erreichen …

»Spürst du es auch?«, flüsterte Aldur plötzlich, der dicht neben ihm stand.

»Was meinst du?«

»Die Verzweiflung«, hauchte der Elf. »Sie tränkt die Luft an diesem Ort ebenso wie die Gase aus dem Innern des Berges und zehrt unablässig am *lu*, bis nichts mehr davon übrig ist.«

Granock nickte. Er wusste, dass es *lu* war, die Lebensenergie eines Elfen, die nicht nur über die Länge seines Aufenthalts auf dieser Welt entschied, sondern auch über sein äußeres Erscheinungsbild. In der Theorie waren Elfen unsterblich; ob sich ein Elf als junger Mann präsentierte oder als Greis, ob als Mädchen oder als alte Frau, war allein dem *lu* zuzuschreiben. Ein Leben in jener vollendeten Ausgewogenheit, die die Philosophen des Goldenen Zeitalters gefordert hatten, ließ das *lu* praktisch nie vergehen – ein Ort wie dieser jedoch, der mit all seinen Schatten und finsteren Seiten das genaue Gegenteil davon war, ließ es verlöschen wie eine Kerze im Wind. Dann war die Lebensenergie unwiederbringlich verloren …

»Warum nur merken die Wächter nichts davon?«, erkundigte sich Granock leise bei Aldur.

Der Freund sandte ihm einen düsteren Blick. »Das tun sie«, versicherte er. »Sie alle sind jünger als ich und sehen doch aus wie alte Männer. Es ist der Preis, den Borkavor fordert.«

Granock bedachte Hauptmann Llewyn mit einem verstohlenen Seitenblick. Nun erst wurde ihm klar, welches Opfer der Hauptmann und seine Leute brachten, damit ihr Volk in Sicherheit leben konnte, und er verstand, weshalb Farawyn ihnen mit derartiger Achtung begegnete. Allerdings bezweifelte er, dass man ihren Dienst im Reich zu schätzen wusste. Ignoranz, das hatte Granock schon früh erfahren, war nicht nur eine menschliche Eigenschaft.

Farawyn hatte sich unterdessen in der Zelle umgesehen. Vorsichtig, den Zauberstab aus Lindenholz in der Hand, trat er an den Steinsockel, der Rurak als Schlafstatt gedient hatte, legte die freie Handfläche darauf und schloss die Augen. Dies, wusste Granock, war Farawyns *reghas* – Dinge zu sehen, die anderen verborgen blieben. Es mochte die Zukunft sein oder die Vergangenheit, bisweilen auch Variationen der Gegenwart, durch die Augen eines anderen betrachtet. Damals in Arun hatte Farawyns Gabe ihnen wertvolle Hinweise auf die Identität der Verschwörer geliefert. Vielleicht würde sie ihnen auch diesmal verraten, was genau sich in der Nacht von Ruraks Flucht abgespielt hatte.

Gebannt schauten die Eingeweihten und die Wachen von Borkavor zu, wie der Zauberer sich konzentrierte und in sich selbst versank. Endlos scheinende Augenblicke stand er so, unbewegt und ungerührt, bis er plötzlich einen entsetzten Schrei ausstieß. Farawyn wankte und kam zu Fall, und nun konnte Granock nichts mehr daran hindern, seinem alten Meister zu Hilfe zu kommen. Kurzentschlossen sprang er in die Zelle hinab. Er spürte die Aura der Kälte und des Todes, die darin herrschte, aber er kümmerte sich nicht darum. Seine Sorge gehörte allein Farawyn, der am Fuß des Steinsockels niedergesunken war. Das ohnehin blasse Gesicht des Elfen war totenbleich geworden.

»Meister! Ist alles in Ordnung mit Euch?«

Granock kniete neben ihm nieder und legte ihm die Hände auf die Schultern. Dabei blickte er besorgt in die edlen, von dunkelgrauem Haar umrahmten Gesichtszüge.

»Es geht schon«, behauptete der Älteste und richtete sich auf. Granocks helfende Hand wies er zurück, offenbar wollte er sich vor den Wächtern keine Blöße geben. »Wenigstens wissen wir jetzt, was geschehen ist.«

»Tatsächlich?« Granock schaute sich in der Zelle um – für ihn hatte sich nichts verändert.

»Hier, auf diesem Stein, hat Rurak gelegen, als es geschah«, erläuterte Farawyn, auf den Sockel deutend. »Ich kann seine verräterische Präsenz noch immer fühlen. Er hat gewartet, die ganze Nacht lang. Er wusste, dass sie kommen würden, woher auch immer.«

»Sie?« Granock hob die Brauen. »Wen meint Ihr?«

»Die *neidora*«, antwortete der Seher offen. »Unsere Vermutung hat sich als richtig erwiesen. Sie sind es gewesen, die in die Zelle eingedrungen sind und den Verbrecher befreit haben. Auch ihre Anwesenheit hat Spuren hinterlassen, die ich noch immer erfühlen kann.«

»Aber wie ist das möglich? Wie konnten die Echsenkrieger all die Sperren überwinden? Wie an den Wachen vorbeikommen?«

»Mit Lug und List – und nicht zu vergessen mit brachialer Gewalt. Ihrer Entstehung nach sind die *neidora* weitläufig mit den *dragdai* verwandt. Das würde erklären, weshalb ihnen die giftigen Dämpfe nichts anhaben konnten.«

»Aber Rurak konnten sie etwas anhaben«, beharrte Granock. »Heißt es nicht, dass keine Kreatur Erdwelts dem Gift widerstehen kann?«

»Der Abtrünnige ist keine Kreatur Erdwelts mehr«, hielt Farawyn hart dagegen. »Außerdem behaupte ich nicht, dass er bei seiner Flucht keinen Schaden genommen hat. Es ist uns nur nicht gelungen, ihn aufzuhalten. Was die Dämpfe betrifft, könnten seine Befreier ihn auch mit einem *anadálthyr* versorgt haben.«

»Aber habt Ihr nicht selbst gesagt, dass die Echsenkrieger zu dumm und zu plump wären, um etwas Derartiges zu ersinnen? Und wie sollen sie an den magischen Toren vorbeigekommen sein? Wie die Sperren gebrochen haben?«

»Nicht aus eigenem Antrieb«, stimmte Farawyn zu, »da gebe ich dir zur Ausnahme recht.«

»Aber das würde bedeuten, dass sie einen Zauber bei sich hatten, der stärker war als alle Bannflüche, die Borkavor schützen!«, ächzte Granock. »Stärker selbst als die Macht der Drachen!«

»Genau das.« Farawyn nickte und starrte einmal mehr düster vor sich hin. »Nun weißt du, warum Ruraks Ausbruch Bruder Semias und mir derartige Sorge bereitet.«

»Es geht gar nicht um Rurak selbst, nicht wahr?«, fragte Granock leise.

»Nein, Sohn – es geht um die Macht, die ihm die Flucht aus Borkavor ermöglicht hat. Die die *neidora* am Leben erhalten und alle Bannsprüche gebrochen hat.«

»Margok«, flüsterte Granock und fühlte sich schuldig dabei, obwohl er nur aussprach, was sein alter Meister dachte.

»Bedeutet das, dass es wieder anfängt?«, erkundigte sich Aldur von oben, dessen feinem Gehör das Gespräch nicht entgangen war.

Farawyn schaute zum Rand der Öffnung hinauf, wo sowohl der junge Elf als auch die Soldaten der Wache standen. Sein Blick jedoch schien in weite Ferne zu reichen, in eine dunkle und blutige Zukunft.

»Nein, mein junger Freund«, entgegnete er mit einer Stimme, die so tief und düster war wie die dunkelsten Kerker Borkavors. »Es bedeutet, dass es niemals aufgehört hat.«

5. ELIDOR BREUTHYR

Es tat gut, wieder zurück zu sein.

Zurück an jenem Ort, an dem alles begonnen hatte.

Das Wissen, ihre Heimat bei Nacht und Nebel verlassen zu haben, als angeklagte Mörderin, die von Glück sagen konnte, wenn sie den Rest ihrer Tage nicht in Borkavor fristen musste, hatte in den vergangenen beiden Jahren wie ein Stachel in Alannahs Fleisch gesessen.

Mit ihrem Gewissen war sie schon vor langer Zeit ins Reine gekommen, nicht zuletzt durch ihren Meister Cethegar, der ihr beigebracht hatte, dass es für sie nur eine Zukunft geben konnte, wenn sie lernte, die Vergangenheit zu akzeptieren. Alannah hatte eingesehen, dass sie keine Schuld an jenem tragischen Unfall traf, bei dem ihre magischen Fähigkeiten erstmals wirksam geworden waren und bei dem der jüngste Sohn Erweins von Andaril den Tod gefunden hatte; und irgendwann war ihr auch klar geworden, dass sie nichts für die rachsüchtige Verblendung konnte, die den Fürsten von Andaril in der Folge befallen und ihn zu einem Werkzeug des Bösen gemacht hatte.

In Arun hatte sie alles darangesetzt, wiedergutzumachen, was geschehen war, und natürlich war die Kunde von den Geschehnissen, die sich im tiefen Dschungel abgespielt hatten, auch an das Ohr des mächtigen Lordrichters Mangon gedrungen, der sie seinerzeit des vorsätzlichen Mordes beschuldigt und unnachgiebig verfolgt hatte, sodass sie nach Shakara hatte fliehen müssen.

Dennoch war der Amnestie, die der Lordrichter schließlich erlassen hatte, ein zähes diplomatisches Ringen vorausgegangen.

Nicht nur Meister Farawyn, sondern auch Meisterin Maeve und weitere geachtete Mitglieder des Zauberrats hatten mehrfach in Tirgas Lan vorsprechen und sich für Alannahs Belange einsetzen müssen, und zuletzt hatte sich sogar Vater Semias in die Verhandlungen eingebracht und für ihre Integrität gebürgt. Irgendwann hatte sich Mangon erweichen lassen, und es ging das Gerücht, dass sich Elidor, der König des Elfenreichs, persönlich für Alannahs Straferlass eingesetzt hatte.

Schon wenige Wochen, nachdem die freudige Nachricht in Shakara eingetroffen war, hatte Alannah der Ordensburg den Rücken gekehrt und war nach Tirgas Lan aufgebrochen. Einerseits, um den Ehrwürdigen Gärten nach so langer Zeit wieder einen Besuch abzustatten und Freunden von einst zu begegnen, die sie schmerzlich entbehrt hatte; andererseits aber auch, um dem König ihre Aufwartung zu machen und ihm für seine Unterstützung zu danken.

Alannah hatte viel von Elidor gehört und war ihm auch schon in der Vergangenheit gelegentlich begegnet. Waren diese Begegnungen jedoch stets sehr flüchtiger Natur gewesen, erhielt sie nun erstmals Gelegenheit, den Herrscher des Elfenreichs näher kennenzulernen.

Und ihr gefiel nicht, was sie sah.

Elidor war noch jung, vielleicht zu jung, um das schwere Amt auszufüllen, das ihm der Erbfolge gemäß übertragen worden war. Ihr Ordensbruder Granock, der menschlicher Gewohnheit folgend das Alter eines Elfen stets nach seinem äußeren Erscheinen bemaß, hätte ihn wohl auf achtzehn oder neunzehn Jahre geschätzt; da sich Alter und Aussehen bei einem Elfen nicht zwangsläufig entsprachen und letztlich auch keine Aussage über seine *dwetha*, seine Weisheit trafen, war damit nicht allzu viel gesagt. Doch hinter Elidors jugendlichem Erscheinen wohnte tatsächlich das Herz eines Kindes, und es kam nicht von ungefähr, dass er sich schon zu Lebzeiten einen Beinamen erworben hatte. *Elidor breuthyr* nannte man ihn.

Elidor den Träumer.

Es war nicht nur diese Parallele zum unglücklichen König Ilidador, dessen mangelnde Weitsicht vor langer Zeit so viel Leid über Erdwelt gebracht hatte, die Alannah besorgt stimmte. Es war auch das mangelnde Interesse, das Elidor seinem Amt entgegenbrachte. Viel zu früh war er seinem Vater Gawildor auf den Thron gefolgt, der zu den Fernen Gestaden aufgebrochen war, ohne seinen Sohn je in die Belange der Politik eigeführt zu haben. Und so lagen die Regierungsgeschäfte in Wahrheit nicht in den Händen des gekrönten Herrschers, sondern in denen seiner Berater, allen voran der ebenso kluge wie scharfzüngige Elfenfürst Ardghal, der sich schon in der Vergangenheit nicht eben als Freund des Zauberrats hervorgetan hatte.

Während sich Elidor mit Dichtkunst und Gesang befasste, denen sein junger Geist größeren Reiz abzugewinnen schien als dem Regieren, wuchs die Macht Ardghals und seiner Schranzen beständig. Immer mehr Entscheidungen in Tirgas Lan wurden in Abwesenheit des Königs von seinen Beratern getroffen, was Elidor im Stillen begrüßte, auch wenn es im Widerspruch zu den uralten Gesetzen stand, auf deren Fundament das Elfenreich ruhte.

Während sich Fürst Ardghal alle Mühe gab, Alannahs Anwesenheit bei Hofe so gewissenhaft wie möglich zu ignorieren, war Elidor hocherfreut über ihren Besuch. Genau wie sie war auch der Königssohn in der Obhut der Ehrwürdigen Gärten herangewachsen, sodass sie zumindest dies gemeinsam hatten, auch wenn sie ansonsten Welten voneinander trennten.

»Und erinnert Ihr Euch noch an Nurima?«, erkundigte sich der König, der im Schneidersitz auf seinem Thron saß, ein glückseliges Lächeln im blassen Gesicht. Das glatte blonde Haar fiel ihm immer wieder in die Stirn, worauf er es mit fahrigen Bewegungen beiseitestrich.

»Ihr meint die Aufseherin der Schlafsäle?«, erkundigte sich Alannah, die seitlich auf einer Stufe des Thronpodests saß, dem Herrscher zu Füßen.

»Natürlich! Hat sie Euch auch gescholten?«

»Nicht nur einmal«, gab Alannah zu und musste in Anbetracht der Erinnerung ebenfalls lächeln. »Ich wurde mehrmals dabei erwischt, dass ich das Gebot des *taválwalas* gebrochen habe.«

»Ich ebenso«, gestand Elidor lachend. »Ist es nicht eine unsinnige Regelung, dass innerhalb der Ehrwürdigen Gärten nach Sonnenuntergang nicht mehr gesprochen werden darf? Vielleicht sollte ich mich dafür einsetzen, dass sie aufgehoben wird. Schließlich bin ich der König!«

»Das Gebot des *taválwalas*, Hoheit, dient der Ausformung von Gehorsam und Disziplin unter den jungen Elfen und hat durchaus seine Berechtigung«, erklärte Fürst Ardghal, der neben dem Thron stand und die Unterhaltung genau verfolgte. Alannah bemerkte den tadelnden Blick, mit dem der oberste Berater des Königs sie bedachte, aber sie missachtete ihn ebenso, wie er für gewöhnlich ihre Anwesenheit missachtete.

»Es ist eine Tradition«, sagte sie nur.

»Ihr habt recht, Zauberin Alannah«, pflichtete Elidor ihr zu, dessen Heiterkeit in dem Augenblick, als Ardghal das Wort ergriffen hatte, schlagartig verschwunden war. »Mit dem Begriff der Tradition lässt sich manches beschreiben, dessen Verständnis uns im Lauf der langen Zeit entglitten sein mag.«

Es waren die inhaltslosen Worte eines jungen Mannes, der von früher Kindheit an zur Diplomatie erzogen worden war und sie dennoch nicht zu nutzen wusste. Alannah entging nicht, dass Elidor unsicher in Ardghals Richtung spähte. Prompt wusste der Berater etwas zu verbessern.

»Die Besucherin aus Shakara bekleidet den Rang einer Eingeweihten, Hoheit«, verbesserte er. »Das bedeutet, dass sie noch keine Zauberin ist.«

»Ich danke Euch für den Hinweis, Fürst«, entgegnete Alannah spitz. »Aber ich bin sicher, dass der König seiner nicht bedurfte und sich des Unterschieds durchaus bewusst ist.«

»Davon bin auch ich überzeugt«, konterte der Berater ungerührt und taxierte sie aus seinen blauen, zu Schlitzen verengten Augen. »Vielmehr frage ich mich, ob auch Ihr Euch dessen bewusst seid.«

Alannah erwiderte nichts. Ardghal war ein Meister des geschliffenen Wortes und ihr sowohl an Erfahrung als auch an Macht weit überlegen. Sich mit ihm zu messen, wäre ein unsinniges Unterfangen. Die Ablehnung, die aus seinen Worten sprach, war zudem so deutlich, dass selbst Elidor sie bemerkte.

»Warum so feindselig, Fürst Ardghal?«, fragte er, aber es klang nicht so, als erkundigte sich ein König bei seinem Berater, sondern ein Schüler bei seinem Lehrer. »Die Eingeweihte Alannah ist eine teure Freundin.«

»Freundschaft, Hoheit, ist etwas, das verdient sein will.«

»Alannah hat unsere Freundschaft verdient«, versicherte der junge Monarch. »Habt Ihr vergessen, dass sie in Arun dabei gewesen ist? Dass sie die Interessen des Reiches an vorderster Front und unter Einsatz ihres Lebens verteidigt hat?«

»Das habe ich keineswegs vergessen, Hoheit – ebenso wenig, wie Ihr vergessen solltet, dass es ein Angehöriger des Zauberordens gewesen ist, der die Gefahr erst heraufbeschworen hat. Auch er war einst hier vor Eurem Thron und heuchelte Euch Freundschaft.«

»Ihr sprecht von Palgyr dem Verräter«, sagte Alannah. »Wollt Ihr behaupten, dass auch ich eine Verräterin bin?«

»Ich behaupte gar nichts«, versicherte Ardghal in bester diplomatischer Manier und hob abwehrend die Hände. »Als oberster Berater des Königs ist es lediglich meine Aufgabe, Feststellungen zu treffen. Und ich stelle fest, dass es noch selten zu einem guten Ende geführt hat, wenn Shakara einen ...«, er unterbrach sich kurz, »... Abgesandten nach Tirgas Lan geschickt hat.«

Die Sprechpause war lang genug, um sie wissen zu lassen, wofür er sie in Wahrheit hielt: für einen Spitzel, den der Orden entsandt hatte, um dem König auf die Finger zu sehen. In der Vergangenheit hatte Ardghal es immer wieder verstanden, seine eigenen Interessen zu denen der Krone zu machen. Auch dies war nichts als ein weiterer Versuch, aber Alannah war nicht gewillt, darauf einzugehen.

»Offen gestanden bin ich nicht sehr beschlagen in der Geschichtskunde«, behauptete sie. »Meisterin Atgyva wäre Euch eine sehr viel wertvollere Gesprächspartnerin als ich.«

»Ich ebenfalls nicht!«, rief Elidor aus, noch ehe Ardghal etwas erwidern konnte. »Seid Ihr auch der Ansicht, dass es kaum etwas

Langweiligeres gibt als das Studium der Geschichte? Dass die Vergangenheit unseres Volkes nichts anderes ist als eine nicht enden wollende Aneinanderreihung langweiliger Eroberungen und Schlachten?«

»Diese langweiligen Eroberungen, Hoheit«, beschied Ardghal, »haben Euch den Thron eingetragen, auf dem Ihr sitzt.«

»Damit mögt Ihr recht haben«, erwiderte der König ungewohnt keck, »aber zum einen habe ich nie gebeten, auf diesem Thron zu sitzen, und zum anderen bin ich, wie Ihr sehr wohl wisst, der Ansicht, dass die edelsten Fähigkeiten unseres Volkes auf ganz anderen Gebieten liegen.«

»Darüber bin ich mir klar«, knurrte der Berater, und indem er Alannah mit einem weiteren vernichtenden Blick bedachte, ließ er sie wissen, dass er niemand anderem als ihr die Schuld für die plötzliche Aufsässigkeit des Monarchen gab.

»Wollt Ihr mir etwas vorspielen, Hoheit?«, fragte sie, um das Thema zu wechseln.

»Nichts lieber als das!« Elidor, der nur auf eine solche Aufforderung gewartet zu haben schien, sprang auf und hastete die Stufen hinab zu seiner Laute, die auf einem dafür vorgesehenen Ständer ruhte – ein wenig abseits des Throns, damit nicht jeder Besucher sofort darauf aufmerksam wurde.

Alannah folgte ihm, Ardghal keines Blickes würdigend. Doch der königliche Berater schien noch nicht gewillt, sich geschlagen zu gaben. »Mit Verlaub, Majestät«, wandte er ein, »das Lautenspiel am hellen Tage ist keine Beschäftigung, die eines Königs würdig wäre.«

»Warum denn nicht?«, fragte Elidor, der schon nach der Laute gegriffen und sich den Sängerkranz aufgesetzt hatte. »Viele Könige des Goldenen Zeitalters haben gesungen. Glyndyr der Prächtige, Parthalon der Weise …«

»Jene Könige sangen, um ihre Taten zu verewigen und sie der Nachwelt zu verkünden«, sagte der Berater. »Ihr hingegen …«

»Ich hingegen«, führte Elidor den Satz pflichtschuldig zu Ende, wobei er die Schultern sinken ließ wie ein Lausejunge, der gescholten wurde, »habe in meiner Regentschaft noch keine Taten vollbracht, derer zu entsinnen sich lohnen würde.«

»Dafür könnt Ihr nichts, Hoheit«, meinte Ardghal großmütig, »denn ein König kann nur so groß sein wie die Zeit, in der er lebt. Aber Euer Streben sollte darauf gerichtet sein, der bestmögliche König zu werden, der in Euch steckt – und das gelingt Euch nicht, indem Ihr Euch im Lautenspiel übt.«

»Nein«, gab Elidor traurig zu und zog sich den Sängerkranz vom Haupt. Die Laute stellte er zurück.

»Aber heißt es nicht in den Schriften Sigwyns, dass sich ein König auch in den schönen Künsten üben soll?«, wandte Alannah ein. »Dass er beschlagen sein soll in Dichtkunst und Gesang …?«

»… um den Geist zu erfrischen, der erschöpft ist vom Kampf und den immerwährenden Schlachten zwischen den Völkern der Welt«, brachte Ardghal das Zitat zu Ende. »Sigwyn wird nicht von ungefähr ›der Eroberer‹ genannt. Er war einer der größten Krieger, die unser Volk jemals hervorgebracht hat, der Einiger des Reiches. Wenn er zu den Musekünsten riet, dann nur, um sich abzulenken vom Lärmen der Waffen. Aber natürlich wusste er zu jeder Zeit, wo seine tatsächlichen Pflichten lagen.«

»Natürlich«, erwiderte Alannah.

»Ich kenne die Schriften der alten Zeit mit einiger Wahrscheinlichkeit besser als Ihr, Eingeweihte, und bedarf keinerlei Nachhilfe darin. Aber Ihr tätet gut daran, das Herz des Königs mit Euren Reden nicht zu verwirren.«

»Verzeiht.« Alannah senkte leicht das Haupt. »Das lag nicht in meiner Absicht. Dennoch frage ich mich, welche Lektionen wichtiger sein könnten als jene der Kunst? Ausgewogenheit, Geschmack, Feingefühl – all diese Tugenden werden durch die Künste vermittelt, und jede davon ist eines Königs würdig.«

»Jede davon«, gab Ardghal zu. »Aber noch ungleich wichtiger sind Voraussicht, Durchsetzungsfähigkeit und Strategie, und Ihr werdet mir zustimmen, dass von diesen Tugenden nicht eine einzige durch die Musen geschult wird. Aus diesem Grund sind Dichtkunst und Gesang keine Beschäftigungen für einen jungen König.«

»Nein? Und was sollte er stattdessen tun, um sich zu zerstreuen?«

»Das *Gem'y'twara* spielen, das nicht von ungefähr so heißt«, entgegnete Ardghal und deutete auf den kleinen runden Tisch, der vor einem der großen Fenster des Thronsaals stand. Durch das Glas waren die Türme des königlichen Palasts zu sehen, über denen das Banner Tirgas Lans wehte.

Alannah kannte *Gem'y'twara*.

Das Spielbrett bestand aus sieben Ebenen, die pyramidenförmig übereinander angeordnet waren. Jeder Spieler hatte acht verschiedene Figuren, die den wichtigsten Tugenden des Elfenkodex entsprachen und die er nach Belieben über die Ebene verteilen durfte: Weiser, Krieger, Heiler, Berater, Forscher, Schreiber, Rechtskundiger und Paladin. Lediglich die oberste Ebene blieb frei. Ziel einer Partie war es, die eigenen Figuren so zu postieren, dass es einer von ihnen gelang, die oberste Plattform zu besetzen. Dabei war es ebenso möglich, gegnerische Figuren zu schlagen wie eigene aus strategischen Gründen zu opfern. Die Figuren hatten, ihren Bezeichnungen entsprechend, verschiedene Eigenschaften, und welche auch immer zuerst die oberste Ebene errichte, war der König des Spiels.

Es wurde behauptet, dass das Spielen von *Gem'y'twara* das strategische Denken fördere, was wohl einer der Gründe war, weshalb Fürst Ardghal Elidor dazu ermunterte. Andererseits gab die Art und Weise, wie jemand spielte – welcher Figur er den Vorzug gab und wie er sie zum Einsatz brachte –, beredte Auskunft über die Gefühle und Gedanken des betreffenden Spielers. Alannah nahm an, dass es Ardghal auch darum ging, einen Blick in das Innerste seines jeweiligen Gegners zu erheischen.

In den Ehrwürdigen Gärten, deren Schützlinge dazu erzogen wurden, später leitende Positionen in Politik und Verwaltung einzunehmen, wurde *Gem'y'twara* als Fach unterrichtet, weshalb Alannah einigermaßen darin beschlagen war. Allerdings hatte sie es lange nicht mehr gespielt, denn in Shakara war es verpönt; es schärfte, wie Vater Semias zu behaupten pflegte, die falschen Eigenschaften des Geistes, und allmählich verstand Alannah, was er damit meinte.

»Wenn ich nicht wüsste«, sagte Fürst Ardghal, der ihre Gedanken zu erraten schien, »dass *Gem'y'twara* in Euren Kreisen verboten ist, würde ich Euch gern zu einer Partie herausfordern.«

»Es ist keineswegs verboten, Fürst«, widersprach Alannah. »Wir sind jedoch der Ansicht, dass es weitaus sinnvollere Beschäftigungen gibt.«

»Der Ansicht bin ich nicht.« Aus den scharf geschnittenen Zügen kam ein triumphierendes Lächeln. »Wie steht es also?«

Nicht nur Ardghals Blick, auch der Elidors ruhte erwartungsvoll auf Alannah. Einerseits verspürte sie nicht die geringste Lust, sich in einem Spiel zu messen, dem sie schon als Kind in den Ehrwürdigen Gärten nur wenig hatte abgewinnen können. Andererseits hatte sie schon immer ein gewisses Talent darin gehabt, und wenn sich die Möglichkeit ergab, Ardghal zu demonstrieren, dass die Beschäftigung mit Kunst und Gesang nicht zwangsläufig andere Tugenden vernachlässigte, so würde sie dem König damit einen guten Dienst erweisen.

»Also gut, ich bin einverstanden«, erklärte sie, worauf Ardghal ihr einen der beiden Plätze am Spieltisch anbot.

Alannah ging zu einem der mit reichen Schnitzereien verzierten Stühle und nahm darauf Platz. Elidor stellte sich hinter sie. Einerseits, um ihre Strategie zu verfolgen, andererseits aber wohl auch, um sie moralisch zu unterstützen. Es war ein kleiner Affront gegen Ardghal, den dieser mit einem falschen Lächeln quittierte.

»Da ich mich nun schon in der Minderheit befinde«, versetzte er, »sollte es mir gestattet sein, die Partie zu eröffnen.«

»Bitte sehr«, sagte Alannah ungerührt.

Ardghal machte den ersten Zug, indem er seinen Weisen die erlaubten zwei Felder bewegte. Es war eine beliebige, nichtssagende Eröffnung, die ganz offenbar dazu diente, Alannahs Spielweise zu testen. Sie hätte den Weisen, dem Ardghal offenbar keine allzu große Bedeutung beimaß, schlagen können, aber sie tat es nicht. Stattdessen ließ sie ihren Paladin von der untersten Ebene auf die nächsthöhere wechseln und brachte ihn so in Position, dass er zusammen mit ihrem Krieger Ardghals Berater bedrohte und ihn dadurch in Zugzwang brachte. Ardghal reagierte sofort, indem auch er seinen Paladin in die Schlacht schickte, und während sich die beiden Figuren gegenseitig neutralisierten, schlug Alannah die Beraterfigur, sodass sie wieder auf der untersten Ebene beginnen musste.

»Seht nur, Fürst Ardghal«, meinte König Elidor grinsend. »Wie es aussieht, wird Euer Spiel für eine Weile ohne Berater auskommen müssen.«

Alannah unterdrückte ein Lachen, Ardghal strafte den jungen Monarchen mit einem tadelnden Blick. Dann ging die Partie weiter, und auf den mittleren Ebenen setzte ein heftiger Schlagabtausch ein. Ardghals Forscher schlug Alannahs Heiler, worauf diese den Weisen zum Einsatz brachte, der aufgrund seiner überlegenen Geisteskraft gleich zwei gegnerische Figuren auf die unterste Ebene schickte. Als sie erneut an der Reihe war, attackierte sie Ardghals Paladin, sodass sich dieser zurückziehen musste, und zum ersten Mal konnte sie auf der Stirn des königlichen Beraters eine kleine Sorgenfalte erkennen.

»Was ist, Fürst?«, erkundigte sie sich spitz. »Seid Ihr überrascht, dass jemand, der sich mit den schönen Künsten befasst, dennoch das *Gem'y'twara* beherrscht?«

»Noch ist die Partie nicht zu Ende«, stellte Ardghal klar. »Dieses Spiel zeichnet sich dadurch aus, dass es erst dann verloren ist, wenn es verloren ist. Vielleicht lernt unser junger König heute eine wichtige Lektion.«

»Daran hege ich nicht den geringsten Zweifel, Fürst – und zwar unabhängig davon, wie die Partie ausgeht.«

Es stellte sich heraus, dass Ardghal seinen Paladin nur zum Schein zurückgezogen hatte. Nun ließ er ihn erneut angreifen, in Begleitung des Forschers und des Kriegers, und attackierte Alannahs Rechtskundigen und ihren Schreiber. Vergeblich versuchte Alannah, wenigstens eine der beiden Figuren zu retten; hätte sie es getan, hätte sie ihren Weisen gefährdet, und das wollte sie nicht.

»Sehen Sie, Fürst«, sagte sie, »dies ist der Grund, weshalb ich dieses Spiel nicht mag. Man wird gezwungen, Entscheidungen zu treffen, die man nicht treffen will.«

»Erst unsere Entscheidungen machen uns zu dem, was wir sind, Eingeweihte Alannah. Entscheidungsschwache Kreaturen werden niemals einen Platz in der Geschichte einnehmen.«

»Vielleicht nicht«, räumte Alannah ein, »aber ...«

Sie unterbrach sich, als plötzlich die Tür des Thronsaals aufgestoßen wurde. Ein Herold erschien, dessen Gewand die Farben von Tirgas Lan trug. Im Laufschritt kam er auf Ardghal und den König zu.

»Was gibt es?«, rief der Berater ihm entgegen.

»Krieg!«, rief der Herold zu aller Entsetzen.

»Was?« Ardghal sprang auf. »Was faselst du da?«

»Krieg«, wiederholte der Bote, der soeben atemlos bei ihnen anlangte. »Eine Armee von Orks hat die Grenze der Modermark überschritten und befindet sich auf dem Weg nach Osten. Mehrere Dörfer der Menschen wurden bereits verwüstet.«

Unvermittelt richtete sich Ardghals prüfender Blick auf Alannah. »Habt Ihr davon gewusst?«

»Natürlich nicht.« Sie schüttelte den Kopf. »Ich bin davon ebenso überrascht wie Ihr.«

Er ließ offen, ob er ihr glaubte oder nicht. Mit einem Schnauben wandte er sich wieder dem Boten zu, ohne den König vorher auch nur um seine Meinung gefragt zu haben. »Der vollständige Beraterstab soll sich im Thronsaal einfinden! Und dazu sämtliche Generäle!«

»Sehr wohl, Sire.« Der Bote verbeugte sich, dann machte er auf dem Absatz kehrt und verschwand.

Erst jetzt sprach Ardghal mit dem König. »Ihr wisst, was das bedeutet, Hoheit«, sagte er, als hätte er die Entscheidung darüber längst getroffen.

»Was?«, fragte Elidor, der von der Nachricht völlig überrumpelt schien.

»Ein ganzes Zeitalter lang haben die Unholde die Modermark nicht verlassen. Sie haben jenseits der Gipfel des Schwarzgebirges gelebt, wohin sie vor langer Zeit vertrieben wurden, und abgesehen von vereinzelten Vorstößen hat es seit Jahrhunderten keinen Angriff mehr auf das Reichsgebiet gegeben.«

»Vielleicht handelt es sich auch diesmal nur um ein Überfallkommando«, gab Alannah zu bedenken.

»Nein.« Der Fürst schüttelte entschieden den Kopf. »Ihr dürft mir glauben, wenn ich Euch sage, dass der königliche Geheimdienst in dieser Hinsicht ganz ausgezeichnete Arbeit leistet. Wir haben Beobachter, die uns zuverlässig darüber in Kenntnis setzen, was an den Grenzen dort geschieht. Und wenn sie sagen, dass eine Streitmacht der Orks auf dem Vormarsch ist, dann verhält es sich auch so.«

»Aber was … was sollen wir tun, Fürst Ardghal?«, fragte Elidor kleinlaut. Jede Aufsässigkeit war aus seiner Stimme gewichen.

»Ihr müsst jetzt stark sein, Majestät, und Euer Volk führen. Und Ihr müsst bereit sein, Entscheidungen zu treffen«, fügte Ardghal mit einem Seitenblick auf Alannah hinzu. »Auch solche, die Ihr vielleicht nicht treffen wollt.«

»Und wenn ich das nicht kann?«

»Dann werden Eure Berater Euch zur Seite stehen und Euch sagen, was zu tun ist«, versicherte Ardghal, und in diesem Augenblick wurde Alannah klar, dass Meister Farawyn in seiner Einschätzung nur allzu richtig gelegen hatte: Es war nicht nur so, dass Ardghal bestimmenden Einfluss in Tirgas Lan ausübte; der König war Wachs in seinen Händen …

»Und was werdet Ihr mir raten, Fürst?«

»Wozu jeder aufrechte Untertan Euch raten würde, Majestät. Ihr müsst zum Krieg rüsten und die Grenzen unseres Reiches sichern. Wir können nicht zulassen, dass unser geliebtes Tirgas Lan von Unholden bedroht wird!«

»Tirgas Lan?«, fragte Alannah. »Aber der Bote sagte, dass bereits mehrere Menschendörfer verwüstet wurden.«

»Und?«

»Nun – die Westmark ist ein Teil des Reiches, oder nicht? Sollten wir die Siedlungen der *gywara* also nicht verteidigen?«

»Normalerweise ja«, räumte Ardghal ein. »Aber die Menschen haben sich in jüngster Zeit keineswegs als so treue Vasallen erwiesen, als dass wir wertvolles elfisches Blut vergießen werden, um sie vor den Unholden zu beschützen.«

»Aber Ihr könnt die Menschen nicht sich selbst überlassen!«, wandte Alannah ein. »Die Fürsten und Clansherren der Menschen haben dem König einen Treueid geleistet …«

»… den sie nach Belieben brechen. Jeder weiß, dass es in den Ostlanden gärt und brodelt. Oder muss ich ausgerechnet Euch erzählen, was sich vor zwei Jahren zugetragen hat?«

»Nein«, versicherte Alannah, »das müsst Ihr nicht. Aber Ihr könnt nicht wegen des Verrats eines einzelnen Fürsten einer ganzen Rasse die königliche Huld entziehen.«

»Die Menschen«, entgegnete Ardghal, »sehen sich nicht als Teil des Reichs, sie haben es nie getan – weshalb also sollten wir für sie auch nur einen Finger krümmen? Wie es heißt, sehnen sie sich danach, das Joch der Elfenherrschaft abzuschütteln. Sollen sie nur sehen, wie weit sie ohne unsere Hilfe kommen.«

»Aber damit gebt Ihr den Norden des Reiches der Vernichtung preis!«

»Keineswegs. Kriegerisch, wie die Menschen nun einmal veranlagt sind, werden sie ihre Streitigkeiten beilegen und sich den Unholden zum Kampf stellen. Und unabhängig davon, wie diese Konfrontation ausgeht, werden wir es danach mit geschwächten Gegnern zu tun haben, mit denen wir leichtes Spiel haben. Eine Legion sollte ausreichen, Majestät, um mit dieser Bedrohung fertig zu werden«, fügte der Berater an Elidor gewandt hinzu. »Die fünfte Legion unter General Arrian hat erst vor Kürze ihr Winterlager südlich des Scharfgebirges bezogen. Ich schlage vor, dass Ihr den entsprechenden Marschbefehl augenblicklich unterschreibt.«

»Wenn Ihr meint, Fürst Ardghal …«

»So wartet!«, rief Alannah aus, die nicht glauben konnte, was sich da vor ihren Augen abspielte.

Im einen Augenblick war Ardghal noch entsetzt gewesen über den Einfall der Orks, um die Unholde schon im nächsten Atemzug zum Instrument seiner Politik zu machen. Es war bekannt, dass der Fürst die Menschen nicht mochte, womöglich sogar noch weniger als die Zauberer, und dass er sich seit dem Verrat Erweins von Andaril fortwährend neue Bestrafungen für sie ausdachte. Steuererhöhungen, ein Handelsembargo und diverse Strafexpeditionen schienen jedoch noch nicht genug zu sein; der Einfall der Unholde gab dem Fürsten eine willkommene Möglichkeit an die Hand, sich der aufsässigen Menschen für immer zu entledigen. Es war ein weiterer Beleg dafür, wie perfide der Verstand des königlichen Beraters arbeitete.

»Ja, *Eingeweihte* Alannah?«, fragte Ardghal herablassend. »Solltet Ihr uns noch etwas zu sagen haben?«

»Nun, ich … ich denke nur, dass der König selbst darüber befinden sollte, was in einem solchen Fall zu geschehen hat. Und er sollte zumindest die anderen Berater hören, ehe er seine Entscheidung trifft.«

»Das hätte nur dann Sinn, wenn es Alternativen gäbe, über die nachzudenken sich lohnen würde«, beschied Ardghal. »Aber es kann weder im Interesse der Krone liegen, die Grenzen des Reiches ungesichert zu lassen, noch unsere Krieger um unzuverlässiger Vasallen willen in den Tod zu schicken.«

»Der König hat einen feierlichen Eid geleistet, diese Vasallen zu beschützen!«

»Das ist wahr, Fürst Ardghal«, bekräftigte Elidor, »das habe ich tatsächlich.«

»So wie sie Euch Treue geschworen haben«, pflichtete der Berater bei. »Und haben sie sich daran gehalten? Das Bündnis wurde von den Menschen aufgekündigt, Hoheit, nicht von Euch. Wer einen Treueid bricht, der braucht sich nicht zu wundern, wenn er alleingelassen wird.«

»Aber nicht alle Menschen haben den König verraten«, wandte Alannah ein. »Viele stehen nach wie vor zu ihm!«

»Woher wollt Ihr das wissen? Etwa weil Ihr neuerdings einen Menschen in Euren Reihen habt?« Ardghal schnaubte. »Ich denke nicht, dass Euch dies dazu befähigt, einen Rat bezüglich einer Entscheidung von solcher Tragweite zu erteilen.«

»Wahrscheinlich nicht«, gab Alannah zu. »Ich weiß, dass die Menschen unvollkommen und mit Makeln behaftet sind, aber genau wie einst wir sind auch sie zum Guten fähig und in der Lage, aus ihren Fehlern zu lernen. Wenn Ihr sie jetzt unterstützt, Hoheit«, wandte sie sich direkt an den König, »werden sie es Euch ewig danken. Lasst Ihr sie jedoch fallen, verliert Ihr sie womöglich für immer.«

»Nun, ich …« Elidor wusste sichtlich nicht, was er erwidern sollte. Alannahs Argumente schienen ihm einzuleuchten, aber die Furcht vor Ardghal war groß. Immer wieder wanderten seine Blicke nervös zu ihm hinüber. In dem weiten dunkelblauen Gewand bot der königliche Berater einen respektvollen Anblick. Aufrecht und mit verschränkten Armen stand er da, ein Monument der Entschlossenheit.

»Die Ostlande sind bereits verloren, Majestät«, widersprach er denn auch. »Je eher Ihr das einseht, desto besser. Regieren bedeutet, sich mit der Wirklichkeit zu befassen, und in Wirklichkeit existieren die Verträge mit den Menschen nur noch auf dem Papier. Der Einfall der Unholde kommt überraschend, das ist wahr, aber er kommt für uns zur rechten Zeit. Tut, wozu ich Euch rate. Eine andere Möglichkeit gibt es nicht.«

»Es gibt immer eine andere Möglichkeit, Fürst«, widersprach Alannah, die noch immer am Spieltisch saß und am Zug war. Ganz plötzlich hatte sich ihr ein Ausweg aus dem Dilemma eröffnet, in das Ardghal sie gebracht hatte.

Kurzerhand griff sie nach der Figur des Weisen, brachte den gegnerischen Palatin zu Fall und sprang dank des dadurch errungenen Vorteils auf die oberste Plattform. »Gem'y'twara«, sagte sie mit einem Lächeln. »Ihr habt leider eine Kleinigkeit übersehen – und die Partie verloren.«

6. YMGAINGARUTHAN ESSA

Die Rückreise nach Shakara war eine Qual gewesen.

Nicht nur der eisigen Kälte wegen, die wiederum an den drei Männern nagte, die zusammengekauert auf den Rücken der *draghnada* saßen; sondern infolge des Wissens um das, was in Borkavor geschehen war, und der Folgerungen, die sich daraus ergaben. Die *neidora* waren also noch am Leben. Sie und niemand anders hatten Rurak aus dem Kerker befreit. Und was noch weitaus schlimmer war: Auch der dunkle Wille, der die Echsenkrieger lenkte, trieb noch immer sein Unwesen.

Wie, bei der Macht der Kristalle, war dies möglich? Granock und seine Gefährten hatten alles gegeben, um Margoks Rückkehr zu verhindern. Sie hatten gekämpft und gelitten, waren um ein Haar selbst zu einem Teil des mörderischen Komplotts geworden. Und sie waren selbst dabei gewesen, als Ruraks Pläne vereitelt und der Dunkelelf in seiner dunklen Grube verschüttet worden war.

Etwas schien jedoch überlebt zu haben, und dieser Gedanke erschreckte Granock bis ins Mark. Er hütete sich, Farawyn oder Aldur von seinen Ängsten zu erzählen. Zwar nahm er an, dass die beiden ähnlich empfanden wie er, aber er war sich nicht sicher. Vielleicht war es auch nur seine menschliche Natur, die ihn einmal mehr verriet. Während die Elfen ihre Empfindungen meisterlich zu verbergen vermochten, trug er sie mehr oder minder offen zur Schau. Es war wie mit den Fragen, die ihn beschäftigten und die er niemals lange für sich behalten konnte – in Gefühlsdingen fühlte er sich von den Elfen noch ebenso weit entfernt wie am Tage seiner Ankunft in Shakara.

Ihr erster Weg, nachdem sie nachts und in aller Heimlichkeit nach Shakara zurückgekehrt waren und die *draghnada* in Tavalians Laboratorium zurückgebracht hatten, führte sie zu Vater Semias. Durch leere Korridore, die vom schummrigen Licht der Elfenkristalle beleuchtet wurden, schlichen sie zu seinem Quartier, darauf bedacht, von niemandem gesehen zu werden – schließlich war der Rat nicht über die Reise nach Borkavor in Kenntnis gesetzt worden, und Farawyn wollte unangenehmen Fragen aus dem Weg gehen.

Es war das erste Mal, dass Granock die Kammer des Ältesten betrat – für gewöhnlich fanden Unterredungen in der Kanzlei oder einem der Nebenräume der Ratshalle statt. Es entsprach Semias' bescheidenem Wesen, dass sich seine Kammer trotz seines hohen Amtes in nichts von der eines Novizen unterschied. Ein karges Mobiliar, das lediglich aus einem Tisch, einer Truhe, einem Stuhl und einem Bett bestand, sollte den Bedürfnissen des Körpers genügen, ohne die Freiheit des Geistes zu beeinträchtigen.

Trotz der späten Stunde hatte Semias noch nicht geschlafen und die Zeit damit verbracht, im Licht seines *flasfyn* eine Schriftrolle zu studieren, die ausgebreitet auf dem Tisch lag – offenbar hatte er die Rückkehr der Gesandtschaft bereits erwartet. Sein Blick war wach und verriet gleichermaßen Sorge wie Neugier.

Mit gedämpfter Stimme berichtete Farawyn, was sie erfahren hatten: dass mehrere Elfenwachen bei Ruraks Flucht getötet worden waren und dass es offenkundig die *neidora* gewesen waren, die ihn befreit hatten. Die letzte, entscheidende Schlussfolgerung jedoch überließ er dem Ältesten selbst …

»Dann waren unsere Befürchtungen also berechtigt«, flüsterte Semias tonlos, wobei seine ohnehin schon bucklige Gestalt noch ein wenig tiefer in sich zusammenzusinken schien als sonst. »Der Geist des Dunkelelfen wirkt unverändert.«

»Aber wie kann das sein?«, wandte Farawyn ein. »Die Verschwörung ist zerschlagen, der Tempel zerstört …«

»Das Böse, mein junger Bruder, findet einen Weg, solange es Kreaturen gibt, die willens sind, sich ihm zu unterwerfen«, zitierte

Semias aus dem *Darganfaithan*, dem alten Heldenepos der Sängerin Euriel. »Es ist müßig, darüber nachzudenken, wie es geschehen konnte. Rurak ist entkommen, mit dieser Tatsache müssen wir uns auseinandersetzen. Und wir müssen herausfinden, woher die Macht kam, die stark genug war, die Barrieren Borkavors zu überwinden.«

»Es gibt keine Spur«, wandte Aldur ein.

»Doch, eine«, widersprach Farawyn. »Wenn wir davon ausgehen, dass es tatsächlich Margoks dunkler Geist gewesen ist, der die *neidora* gelenkt und angeführt hat, dann müssen wir dort mit der Suche beginnen, wo wir dem Dunkelelfen zuletzt begegnet sind – oder um ein Haar begegnet wären.«

»In Arun?«, fragte Granock vorsichtig. Schon der Gedanke, an jenen mörderischen Ort zurückzukehren, wo der Tod hinter jedem Baum lauerte, erschreckte ihn. »Ihr sprecht von Arun?«

»Dort verlor sich die Fährte«, bestätigte Farawyn, »und dort sollte sie wieder aufgenommen werden.«

»Geister hinterlassen keine Spuren«, gab Aldur zu bedenken.

»Und wenn mehr überlebt hat als nur ein Geist?«, hielt Farawyn dagegen. »Wir brauchen Gewissheit, deshalb muss unser Weg zurück in den Dschungel führen, in die grüne Hölle von Arun. Nur dort werden wir erfahren, was wir wissen wollen.«

»Ich verstehe«, sagte Granock und gab sich Mühe, möglichst unerschrocken zu klingen. »Ich denke, ich spreche auch für meinen Bruder Aldur, wenn ich sage, dass wir Euch auf dieser Expedition begleiten werden.«

»In der Tat«, bekräftigte des Aldurans Sohn entschlossen.

»Wir wissen euren Einsatzwillen zu schätzen, meine Kinder«, versicherte Semias, »ebenso wie euren Mut und euren Großmut. Doch fürchte ich, dass wir euch noch ungleich mehr in Anspruch nehmen müssen.«

»Inwiefern?«, wollte Granock wissen.

»Als Ältester kann ich es mir nicht mehr leisten, die Ordensburg für längere Zeit zu verlassen«, erläuterte Farawyn. »Man würde meine Abwesenheit bemerken und Fragen stellen, die wir zum gegenwärtigen Zeitpunkt weder beantworten können noch wollen.

Dadurch würden wir in eine Zwangslage geraten, in der wir nur verlieren können. Brächen wir unser Schweigen, würden wir damit wohl eine Panik auslösen; würden wir uns weiter weigern, die uns gestellten Fragen zu beantworten, würde das unseren Gegnern in die Hände spielen.«

»Ihr seht also«, nahm Semias den Gedanken auf, »dass Farawyn unmöglich die Reise nach Süden antreten kann. Stattdessen, meine Kinder, würde es diesmal an euch liegen, euch auf die gefahrvolle Erkundung zu begeben und Informationen über unseren Feind zu sammeln. Vorausgesetzt, ihr fühlt euch der Aufgabe gewachsen und nehmt den Auftrag an.«

»Natürlich«, hörte Granock sich im Brustton der Überzeugung versichern, noch ehe er überhaupt recht wusste, was er da sagte. In Wirklichkeit verspürte er nicht das geringste Verlangen, nach Arun und in den Dschungel zurückzukehren, der Meister Cethegar und so viele andere das Leben gekostet hatte. Aber sein Pflichtbewusstsein drängte ihn dazu, noch einmal das Land jenseits des Cethad Mavur aufzusuchen.

In alter Zeit war die große Mauer errichtet worden, um das Elfenreich vor den barbarischen Wildlanden zu schützen, die im Süden daran grenzten; der Errichtung der Mauer waren mehrere erfolglose Versuche vorausgegangen, Arun zu erobern und zu zähmen. Der Letzte, der danach getrachtet hatte, war König Sigwyn gewesen, aber auch ihm war es nicht gelungen. Der Feldzug hatte in einem Debakel geendet, so man im Bau eines befestigten Schutzwalls schließlich die einzige Möglichkeit gesehen hatte, das Reich dauerhaft nach Süden abzusichern.

Abgesehen von den Berichten, die während Sigwyns Feldzug entstanden waren, stand in den Chroniken so gut wie nichts über Arun zu lesen; von Menschen war die Rede, welche die Grenze irgendwann überquert hatten und daraufhin zu Wilden geworden waren, und von ebenso sagenhaften wie mörderischen Kreaturen, die die Wälder bevölkerten. Aber nirgendwo stand zu lesen, dass Anhänger Margoks offenbar schon vor langer Zeit nach Süden vorgestoßen waren und ihrem finsteren Herrscher zu Ehren einen Tempel errichtet hatten. Dort waren die sterblichen Überreste des

Dunkelelfen beigesetzt worden, und dort hatte Rurak versucht, sie wider jedes Gesetz der Natur ins Leben zurückzuzerren. Schon die Erinnerung daran jagte Granock eisige Schauer über den Rücken, und es gab tausend Orte, an die er lieber gereist wäre, als ausgerechnet nach Arun zurückzukehren. Aber für Farawyn würde er es tun.

»Mein menschlicher Bruder scheint es heute als seine Aufgabe zu betrachten, für mich zu sprechen«, meinte Aldur. »Aber natürlich hat er recht. Wenn Ihr es wünscht, Väter, werden wir nach Süden gehen.«

»Mein Wunsch wäre es«, entgegnete Semias seufzend, »dass alle unsere Kinder hier in Shakara bleiben und sich den Studien der alten Mysterien widmen könnten, so wie es im Kodex unseres Ordens vorgesehen ist. Aber die Zeiten sind andere. Ich habe mich lange geweigert, dies einzusehen, doch wir haben offenbar keine Wahl.«

»Nein, Bruder«, bekräftigte Farawyn, »die haben wir nicht. Wann könnt ihr aufbrechen?«, wandte er sich daraufhin an Granock und Aldur.

»Wann Ihr es wünscht«, gab Aldur zurück.

»Dann möglichst bald, denn die Zeit drängt. Packt eure Sachen noch heute Nacht und verliert zu niemandem ein Wort über euren Auftrag. Wir werden den Dreistern benutzen, um euch nach Tirgas Lan zu bringen. Von dort gelangt ihr rasch weiter …«

Granock verspürte einen zweifachen Stich im Herzen.

Zum einen, weil es stets Anzeichen einer Krise war, wenn der Dreistern verwendet wurde; die Kristallpforten, die es ermöglichten, im Bruchteil eines Augenblicks von einer Metropole des Reiches in eine andere zu reisen, waren Margoks Erfindung, und sie hatten während des Krieges unendlich viel Leid über die Bevölkerung gebracht, sodass sie nur noch in Ausnahmefällen benutzt werden durften.

Zum anderen, weil Farawyn die Hauptstadt Tigas Lan erwähnt hatte und weil Granock wusste, dass *sie* dort war …

»Was ist mit Alannah?«, erkundigte sich Aldur, der denselben Gedanken zu haben schien. »Wird sie uns ebenfalls begleiten? Auch sie ist damals in Arun dabei gewesen.«

»Die Eingeweihte Alannah weilt am Hof des Königs«, erwiderte Farawyn.

»Das wissen wir«, wandte Granock ein, »aber schließlich ist sie dort nur zu Besuch, oder? Es wäre ein Leichtes, sie abzuberufen und …«

Er verstummte, als er die Blicke der beiden Ältesten bemerkte.

»Die Eingeweihte Alannah«, begann Vater Semias schließlich zu erklären, »weilt nicht nur in Tirgas Lan, um alte Bekanntschaften aufzufrischen. Sie hat auch einen Auftrag.«

»Einen Auftrag?« Granock hob die Brauen – davon hörte er gerade zum ersten Mal.

»Einen geheimen Auftrag«, wurde Farawyn deutlicher. »Es geht darum, Fürst Ardghal auf die Finger zu sehen, der aus seiner ablehnenden Haltung uns gegenüber nie ein Hehl gemacht hat. Wir müssen in Erfahrung bringen, auf wessen Seite er steht.«

»Auf wessen Seite? Ihr haltet es für möglich, dass der königliche Berater …«

»Es sind dunkle Zeiten, in denen wir leben, Sohn«, sagte Vater Semias leise. »Seit Palgyr zum Verräter wurde, halten wir viele Dinge für möglich.«

»Aber eine solche Mission ist gefährlich«, wandte Granock ein, »und Alannah ist ganz auf sich gestellt.«

»Sie ist eine Eingeweihte«, erwiderte Farawyn nur, »und sie ist in der Lage, auf sich aufzupassen, das hat sie schon wiederholt bewiesen.«

»Dennoch habe ich kein gutes Gefühl dabei.«

»Hättest du ein besseres Gefühl dabei, sie nach Arun mitzunehmen?«, fragte Aldur mit einem freudlosen Lächeln.

Granock schüttelte den Kopf. Der Freund hatte recht. Alannah in Arun an der Seite zu haben würde bedeuten, sie den Gefahren dieses wilden und ungezähmten Landes auszusetzen, ganz abgesehen von dem, was sie dort vielleicht vorfinden mochten. Dennoch verspürte er das tiefe Bedürfnis, sie in seiner Nähe zu haben, ihr sanftmütiges Wesen, ihre wohlwollende Erscheinung, ihre strahlende Schönheit, die ihm zu jeder Zeit Trost und Hoffnung spendete. Es beschämte ihn, dass er dabei vor allem an sich dachte, aber sein Verlangen war stärker als sein Pflichtbewusstsein.

Er hörte nur mit einem Ohr, was Semias ihnen mit auf den Weg gab – dass sie auf der Hut sein und mit niemandem über ihren Auftrag reden, dass sie niemandem berichten sollten außer ihm und Farawyn. Auch die Warnungen des Ältesten bekam er nur am Rande mit. Granocks Gedanken galten Alannah und der Enttäuschung, die er empfand. Jeden Tag hatte er gehofft, dass sie endlich aus Tirgas Lan zurückkehren, dass er sie eines Morgens im Speisesaal erblicken würde, doch diese Hoffnung war vergeblich gewesen. Nun würde es noch sehr viel länger dauern, bis er sie wiedersah. Wenn sie sich in diesem Leben überhaupt noch wiederbegegnen würden …

Aldur, der besser zugehört zu haben schien, verbeugte sich tief und verabschiedete sich. Granock tat es ihm gleich und folgte dem Freund nach draußen. Auf der Schwelle von Semias' Kammer jedoch blieb er stehen und wandte sich noch einmal um.

»Meister?«, fragte er Farawyn.

»Ja, Junge?«

Granock biss sich auf die Lippen, suchte nach den passenden Worten. »Was Alannah betrifft …«

»Ich bin nicht mehr dein Lehrer«, fiel Farawyn ihm ins Wort, »aber einen guten Rat möchte ich dir dennoch geben: Du solltest lernen, deine Gefühle besser zu kontrollieren. Zumal, wenn sie nicht nur selbstloser Natur sind.«

Die Luft entwich aus Granocks Lungen wie aus einem alten Blasebalg. Verdutzt blickte er seinen alten Meister an, der ihn einmal mehr bis ins Mark zu durchschauen schien.

»Ich habe nicht …«, versuchte er einen halbherzigen Einwand, aber Farawyn ließ ihn erst gar nicht ausreden.

»Unter Zauberern soll ein Gefühl der Verbundenheit herrschen, der gegenseitigen Achtung und der Freundschaft«, zitierte er aus den Statuten des Ordens. »Nicht weniger, aber auch nicht mehr. Diese Regel ist ebenso einfach wie klar. Was geschieht, wenn sie nicht befolgt wird, hast du am Beispiel von Riwanon gesehen.«

Granock schluckte. Dass Farawyn Aldurs abtrünnige Meisterin anführte, die sie alle getäuscht und sich als Verräterin erwiesen hatte, erschreckte ihn. »Aber was hat das eine mit dem anderen zu tun?«, wandte er ein. »Riwanon hatte ganz offenkundig den Verstand verloren. Sie war verrückt.«

»Die Grenze zwischen Wahnsinn und dem, was ihr Menschen Leidenschaft nennt, ist oft fließend«, sagte Farawyn leise, »und bisweilen ist sie überhaupt nicht vorhanden.«

»Mein Bruder hat recht«, stimmte Vater Semias zu, der den Wortwechsel schweigend verfolgt hatte. »Hüte dich, mein junger Freund, vor dem, was in deinem Herzen lauert. Hüte dich davor …«

7. NYS'Y'CYLELLA

Es geschah erneut, und Alannah konnte nichts dagegen tun.

Von Wut und Entsetzen gleichermaßen erfüllt, schaute sie zu, wie blauer Frost aus ihren Fingerspitzen schoss, sich in der Luft zu einer mörderischen Eislanze formte und auf den wehrlosen Jungen zuraste. Der Ausdruck im Gesicht Iweins von Andaril war voller Widersprüche; er war über die Mauern der Ehrwürdigen Gärten geklettert, um verbotene Dinge zu sehen. Nun blickte er dem Tod ins Auge.

»Neeein!«

Nicht er schrie, sondern Alannah, die wusste, was geschehen würde, und es um jeden Preis verhindern wollte. Aber sie war machtlos. In stillem Vorwurf blickte der junge Mensch die Elfin an – im nächsten Moment wurde sein Brustkorb mit brutaler Wucht vom Eis durchbohrt.

Die Wucht des Aufpralls riss Iwein zurück. Blut war überall, und Alannah schrie weiter, brüllte so laut, dass sich ihre helle Stimme überschlug …

… und sie aus dem Schlaf schreckte.

Schweißgebadet fuhr sie hoch. Ihr Atem ging stoßweise, und ihr war übel. Sie schlug die Augen auf und schaute sich um, aber anstelle des zerfetzten Leichnams von Iwein erblickte sie nur die glatten weißen Wände ihres Gastgemachs im Palast der Ehrwürdigen Gärten.

Es war Nacht.

Ein bleicher Mond lugte durch das hohe Fenster, sein fahles Licht wies Alannah den Weg zurück ins Hier und Jetzt. Sie war kein Kind der Ehrwürdigen Gärten mehr, und der Tod des jungen Menschen lag zwei Jahre zurück. Aber weshalb träumte sie plötzlich wieder von den grausigen Ereignissen, die sich damals abgespielt hatten? Sie hatte geglaubt, diese Dinge mit Meister Cethegars Hilfe hinter sich gelassen zu haben, doch nun schienen ihre Schuldgefühle mit neuer Kraft zurückzukehren.

Aus welchem Grund?

Lag es an der Umgebung? Im fernen Shakara hatte sie ihren Frieden gefunden, aber hier, in unmittelbarer Nähe des Ortes, an dem sich der grässliche Vorfall ereignet hatte, schien ihr schlechtes Gewissen sie wieder einzuholen. Der Lordrichter mochte eine Amnestie erlassen haben – sie selbst jedoch hatte sich offenbar noch immer nicht verziehen.

Ist Euch nicht wohl, Herrin?

Flynn, ihr Diener, hielt draußen vor der Tür ihres Schlafgemachs Wache. Sie hatte ihm gesagt, dass es dazu keine Veranlassung gebe, aber der Kobold hatte dennoch darauf bestanden. Vielleicht, weil er schon einmal einen Herrn verloren hatte und nicht wollte, dass sich dies wiederholte.

Ich habe Euch schreien hören.

Alannah gab ihm zu verstehen, dass alles in Ordnung sei, während sie gleichzeitig das Gefühlschaos in ihrem Innern vor ihm abschirmte. Dann schlug sie die Decke zurück und schwang sich aus dem Bett, das sehr viel größer und komfortabler war als ihr Lager in Shakara. Zum Dasein eines Zauberers gehörte es, die weltlichen Bedürfnisse auf ein Mindestmaß zu beschränken und sich auf die wesentlichen Dinge des Lebens zu konzentrieren. Annehmlichkeiten gleich welcher Art lenkten den Geist von seiner eigentlichen Bestimmung ab und minderten die magischen Fähigkeiten.

Nackt, wie sie war, trat sie an das hohe Fenster. Der Mondschein übergoss ihr Haar und ihre Schultern mit weißem Licht. Noch immer hob und senkte sich ihre Brust unter heftigen Atemzügen. Sie schloss die Augen und führte eine Meditationsübung durch, um sich zu beruhigen, was ihr schließlich auch gelang. Inzwischen war sie sicher, dass es die räumliche Nähe war, die ihre Erinnerungen wieder lebendig werden ließ. Bislang hatte sie es vermieden, jenen

Bereich der Ehrwürdigen Gärten zu betreten, wo sich der schreckliche Unfall ereignet hatte. Aber vielleicht war dies notwendig, wenn sie die Geschehnisse von damals endgültig hinter sich lassen wollte.

Entschlossen streifte sie sich ihre Tunika und den Umhang über und schlüpfte in die Filzstiefel, die Flynn wie an jedem Abend peinlich gesäubert hatte, ehe er seinen Wachdienst angetreten hatte. Dann drückte sie die Klinke und öffnete die Tür einen Spalt. Der nicht einmal eine Elle messende Kobold schaute zu ihr auf. Sein grüner Mantel war um die schmalen Hüften gegürtet; zwei Dolche steckten darin, die aus Tierknochen geschnitzt waren und die Haut eines normal großen Angreifers wohl nur hätten ritzen können. Alannah wusste jedoch, dass sie mit dem Gift der Bittereibe getränkt waren, das seinem Opfer ein ebenso langsames wie grauenvolles Ende bescherte. Das Haar des Kobolds war grau; unter seinen großen Augen hingen dicke Tränensäcke, die sich nach der Trauer um seinen vorigen Herrn nie wieder zurückgebildet hatten. Flynn war Alannah ein zuverlässiger und treuer Diener, aber er war nicht mehr derselbe wie vor dem Tod Meister Cethegars.

Wohin geht Ihr, Herrin?

»Ich muss hinaus«, erwiderte sie flüsternd.

In die Gärten?

Sie nickte.

Es lässt Euch noch immer keine Ruhe?

Alannah erwiderte nichts, aber sie verspürte ein Brennen in den Augen.

Es ist schwer, die Vergangenheit ruhen zu lassen, nicht wahr? Der Kobold schaute sie durchdringend an.

»Das ist es.«

Soll ich Euch begleiten?

»Das ist nicht nötig. Ich werde nicht lange bleiben.«

Dann hoffe ich, dass Ihr findet, was Ihr sucht.

Sie nickte und schlüpfte durch die Tür nach draußen. Sie abzuschließen, war nicht nötig – Flynn würde ihre Kammer besser bewachen, als jedes Schloss es vermochte.

Über die gewundene Treppe stieg Alannah in die Tiefe, vorbei an den bunten Bannern, die die Wände schmückten, und den Teppichen, die von der ruhmreichen Geschichte des Elfengeschlechts berichteten. Trotz der Zeit, die verstrichen war, waren ihr die Fluchten und Korridore des Palasts noch immer vertraut, als wäre sie gestern das letzte Mal hier gewesen. Mühelos fand sie den Weg zur kleinen Halle, die den Zugang zu den Ehrwürdigen Gärten bildete. Das silberne Gitter der Pforte war freilich wie in jeder Nacht verschlossen, um den Pflanzen die Ruhe zu verschaffen, die sie brauchten.

Es kostete Alannah kaum Mühe, das Schloss mittels magischer Kräfte zu öffnen. Es klickte leise, und ein Flügel des silbernen Tors schwang lautlos auf. Die Elfin hielt die Luft an, als sie hindurchtrat. Erst auf der anderen Seite atmete sie wieder ein und roch zum ersten Mal nach scheinbar undenklich langer Zeit wieder den Duft von Yasmin, Oleander und Magnolien.

Die Gärten lagen still und verlassen da.

Mondlicht fiel durch die Blätter und beschien die schlafende Blütenpracht, während die leise plätschernden Brunnen funkelnde Diamanten auszuschütten schienen.

Alannah folgte dem Pfad über eine gewölbte Brücke, vorbei an einem Busch, der zu einer kunstvoll gewundenen Säule zurechtgeschnitten worden war. An einer steinernen Bank, die im Schutz einiger Zypressen stand, gabelte sich der Weg. Der linke führte, wie Alannah wusste, zum Obstgarten sowie zum Hort der Düfte, wie das Herbarium genannt wurde. Der rechte durch den kleinen Laubwald und von dort zu dem Teich, in dem die Schüler bisweilen zu baden pflegten. Ein Ort der Unschuld und des kindlichen Vergnügens …

… bis zu jenem schicksalhaften Tag.

Alles in ihr drängte Alannah dazu, den linken Weg einzuschlagen und sich lieber am ewig frischen Duft von Lavendel und Thymian zu erfreuen. Aber sie wusste, dass sie ihre Albträume auf diese Weise niemals überwinden würde, also fasste sie sich ein Herz und ging stattdessen nach rechts. Es war der Weg, zu dem ihr auch Aldur geraten hätte, wenn er hier gewesen wäre.

Und Granock wohl ebenso …

Der Verlauf des Pfades hatte sich nicht verändert. Noch immer folgte er zunächst dem kleinen Wasserlauf, schlängelte sich dann zwischen den beiden großen, moosbewachsenen Felsen hindurch, auf denen, wie es hieß, schon Königin Liadin geruht hatte, und mündete schließlich in den *codana*, den Wald, der eigentlich nicht mehr war als ein großer Hain von Bäumen, die den Rosenteich umlagerten.

Still und schwarz lag das Wasser vor ihr, als Alannah auf die Lichtung trat. Der *levalas* spiegelte sich so scharf umrissen und deutlich darin, dass man hätte zweifeln mögen, welches der echte Himmelskörper war und welches das Abbild. Für Alannah war es, als täte sie einen Schritt zurück in ihre Vergangenheit.

Sie blickte sich um.

Es war schön, wieder hier zu sein, die Grillen zirpen zu hören und zu sehen, dass nichts von den Schrecken geblieben war. Der Rosenteich schien jener Ort des Friedens zu sein, der er immer gewesen war. Dennoch war es Alannah, als würden sich die grässlichen Ereignisse vor ihrem geistigen Auge wiederholen. Wie ein Ungewitter brachen sie über sie herein: Hier war sie damals aus dem Wasser gestiegen, dort hatte der junge Fürstensohn ihr aufgelauert.

Dann war es geschehen …

Entsetzt betrachtete sie ihre Hände, Tränen in den Augen – als sie in ihren Gedanken einen gellenden Schrei vernahm!

Neeein …!

»Flynn!«

Den Namen ihres Dieners auf den Lippen, fuhr Alannah herum. Ihr Blick glitt an der schlanken, mondbeschienenen Form des Turmes empor, der die Gärten weithin sichtbar überragte – und im nächsten Moment wurde das friedliche Bild, welches das Bauwerk eben noch geboten hatte, von grellrotem Feuer zerfetzt.

Eine Stichflamme, die viele Schritte lang war und so hell, dass sie die Nacht für einen Moment zum Tag machte, brach aus einem der Fenster, die die von Efeu umrankte Mauer durchbrachen. Als lodernder Pfeil schoss sie in die Nacht hinaus, der gellende Schrei in Alannahs Kopf verstummte. Jäh wurde ihr bewusst, dass es das Fenster ihrer Kammer war, aus dem die Flammen züngelten. Schreiend begann sie zu laufen, den Pfad zurück, während sie in Gedanken immerzu den Namen ihres Dieners rief. Doch Flynn antwortete nicht. Und noch ehe sie den Turm erreichte, wusste Alannah, dass ihr treuer Diener nicht mehr am Leben war.

In dieser Nacht fand Vater Semias keinen Schlaf.

Früher, wenn die Sorgen seines Amtes so übermächtig geworden waren, dass sie den Ältesten auch nachts nicht hatten ruhen lassen, hatte er sein Schlafgemach verlassen und die Gesellschaft seines alten Freundes und Weggefährten Cethegar gesucht. Obwohl – oder gerade weil? – sie so unterschiedlich gewesen waren, war ihre Freundschaft tief gewesen und die Anrede *Bruder* zwischen ihnen nicht nur ein leeres Wort. Als Cethegar gestorben war, hatte Semias sich gefühlt, als wäre ein Teil von ihm selbst gestorben. Etwas, das er in keinem anderen seiner Mitbrüder wiedergefunden hatte, so sehr er sich auch darum bemühte.

Natürlich, da war Farawyn.

Semias selbst hatte sich dafür eingesetzt, dass sein ehemaliger Schüler in das Amt des Ältesten eingesetzt wurde, denn er liebte ihn wie einen Sohn und vertraute ihm bedingungslos. Aber es war wohl eines der unveränderlichen Gesetze des Lebens, dass die Jugend dem Alter keinen Trost zu spenden vermochte, und so blieb Semias allein mit den Ängsten und Befürchtungen, die ihn vor allem des Nachts ereilten.

Wie oft hatte er in den vergangenen beiden Jahren an die Bedrohung gedacht, die dem Reich im fernen Arun erwachsen war, wie oft sich einen Narren gescholten, weil er blind gewesen war und den Verrat nicht durchschaut hatte! Aber sowohl Palgyr als auch seine stille Verbündete hatten es verstanden, ihre wahren Absichten so zu verschleiern, dass niemand sie erkannt hatte. Semias' einziger Trost war es gewesen, dass die Verschwörung am Ende aufgedeckt und vereitelt worden war. Doch nun zeigte sich, dass dies ein Irrtum gewesen war.

Das Böse hatte – in welcher Form auch immer – überlebt, und es wirkte weiter im Verborgenen. Ruraks Befreiung war dafür ein alarmierendes Beispiel, wenn auch, wie der Älteste sich inzwischen eingestehen musste, bei Weitem nicht das erste.

Die Unruhen jenseits der Grenzen, die Unzufriedenheit, die wie eine Seuche unter den Menschen grassierte, die Zollstreitigkeiten mit den Zwergen, dazu die erschreckende Gleichgültigkeit, mit der viele Elfen – einschließlich ihres noch jungen Königs – den Herausforderungen der neuen Zeit begegneten – all dies waren, wie die Geschichte lehrte, Zeichen einer zu Ende gehenden Ära.

Auch als Iliador der Träumer auf dem Thron von Tirgas Lan saß, war es so gewesen. Die Folge war ein verheerender Krieg gewesen, der Erdwelt an den Rand des Abgrunds gebracht hatte. Dass nicht wenige auch den derzeitigen Herrscher Elidor als *breuthyr*, als Träumer, bezeichneten, mochte nur eine Ironie der Geschichte sein. Semias sah es als unheilvolles Omen an.

Auf dem nackten Fußboden kauernd und die Augen fest geschlossen, suchte sich der Älteste in Meditation zu versenken, um wenn schon nicht seinem Körper, so doch seinem Geist jene Ruhe zu verschaffen, die er so dringend benötigte. Aber auch das war nicht ohne weiteres möglich. Die einfachen Entspannungstechniken, die mit zum Ersten gehörten, das den Novizen nach ihrer Aufnahme in den Orden beigebracht wurde, versagten angesichts der Ängste, die Semias plagten, und so musste er magische Kräfte bemühen, um in all der Wirrnis ein wenig Frieden zu finden.

Er brauchte die Augen nicht zu öffnen, um seinen *flasfyn* zu greifen, der neben ihm auf dem Boden lag. Das Holz, das sich warm in seine knochige Hand schmiegte, vermittelte ihm ein Gefühl von Sicherheit, und er öffnete sich dem Elfenkristall, der ins obere Ende des Zauberstabs eingesetzt war und seine eigene meditative Kraft verstärkte.

Der Trick, den Semias in letzter Zeit immer öfter anwenden musste, funktionierte auch dieses Mal. Er spürte, wie er zur Ruhe fand und seine angespannten Glieder sich entkrampften. Mit einem Mal hatte es den Anschein, als wären alle dunklen Vorzeichen und Bedrohungen in weite Ferne gerückt.

Bis zu dem Augenblick, da Semias das Geräusch hörte.

Es war nur ein leises Schaben, aber den geschärften Sinnen des Ältesten entging es dennoch nicht.

Schlagartig riss er die Augen auf. Der Zustand der tiefen Losgelöstheit, in den er sich selbst versetzt hatte, endete augenblicklich. Vor ihm lag die vom Schein des Elfenkristalls erhellte Kammer – und sonst nichts.

Semias blickte sich um.

Da war sein Lager, dort die Truhe, der Tisch und die säuberlich gestapelten Schriftrollen darauf. Woher war das Geräusch gekommen, das er eben doch so deutlich gehört hatte?

Er sann noch darüber nach, als die leere Luft sich vor ihm teilte und aus dem Nichts heraus ein Schemen auftauchte.

»Ihr ...?«, war alles, was der Älteste hervorbrachte, während er instinktiv den Zauberstab hob.

Eine energetische Entladung zuckte aus dem Kristall und hüllte die fremde Gestalt ein, blieb jedoch ohne Wirkung. Denn seine Kraft schien von etwas aufgesogen zu werden, das der Schemen in den Händen hielt und auf Semias richtete. Kleine Blitze zuckten um den schwarzen Stahl mit der tödlichen Spitze, ehe sie zischend verloschen.

Mit weit aufgerissenen Augen sah Semias seinen Zauber verpuffen. Die Erkenntnis, dass etwas, das stärker und mächtiger war als er, in seine Kammer eingedrungen war, dämmerte ihm und machte ihm klar, dass seine Ängste berechtigt waren. Ein erstickter Schrei entrang sich seiner Kehle.

Dann zuckte die Klinge vor und fraß sich durch Haut und Muskeln bis in sein Herz.

Mit einem Aufschrei fuhr Granock aus dem Schlaf.

Er hatte Bilder gesehen, die mehr gewesen waren als ein bloßer Albdruck, der Vision vergleichbar, die er einst im Tempel von Arun gehabt hatte. Bilder von solcher Deutlichkeit, dass sie von der Wirklichkeit kaum zu unterscheiden waren.

Schwer atmend blickte er sich um. Er erkannte, dass er sich in seiner Kammer im Tempel von Shakara befand, aber die Erkenntnis beruhigte ihn nicht. Noch immer saß ihm der Schrecken in den Gliedern. Sein Pulsschlag raste, sein Atem ging in heftigen Stößen, Schweiß stand ihm auf der Stirn.

Es war nur ein Traum gewesen, redete er sich ein, eine Verbildlichung seiner innersten Ängste.

Aber warum beruhigte er sich dann nicht? Warum hatte er noch immer das Gefühl, dass die Bedrohung echt war?

Er hielt es nicht aus.

Mit einem Satz sprang er aus dem Bett und öffnete die Tür. Nur mit der Schlaftunika bekleidet, trat er auf den Gang hinaus, der still und dunkel vor ihm lag.

Granock begann zu laufen.

Die Quartiere der Meister befanden sich in den höher gelegenen Stockwerken, unweit der Bibliothek und der Lesesäle. Mit fliegenden Schritten eilte Granock den Korridor hinab, in dessen hohen, von Eis überzogenen Säulen sich glitzernd das blaue Licht brach, das die Ordensburg beleuchtete. Er hörte seine Schritte und den eigenen stoßweisen Atem, das Rauschen des Blutes in seinem Kopf. Endlich erreichte er die Treppe und stürmte hinauf – um jäh zurückzufahren, als er am oberen Ende eine Gestalt bemerkte!

Granock riss die Hände empor, um sich zu verteidigen, während die Gestalt sich blitzschnell umwandte und ihren *flasfyn* wirbeln ließ. Granock war schon dabei, einen Gedankenbefehl auf den Weg zu schicken, um einen *tarthan* zu wirken und den anderen Zauberer zu entwaffnen, als er erkannte, wer sein vermeintlicher Gegner war.

»Meister«, keuchte er ebenso verblüfft wie erleichtert.

»Junge«, stieß Farawyn nicht weniger verwundert hervor. »Was, bei der Macht der Kristalle …?«

»I-ich habe im Schlaf Bilder gesehen«, erklärte Granock stammelnd. »Vater Semias …«

»Ebenso wie ich«, bestätigte Farawyn nur, und im nächsten Moment waren sie schon gemeinsam unterwegs, hasteten den Gang entlang zur Kammer des Ältesten, in der sie sich noch am Vortag getroffen hatten.

Wie sie schon von Weitem erkennen konnten, stand die Tür offen. Schwacher Lichtschein fiel von innen nach draußen.

»Semias! Bruder!«, rief Farawyn laut, dass es von der hohen Korridordecke widerhallte, aber er bekam keine Antwort.

Er rief noch einmal, wobei Granock die Sorge hören konnte, die in seiner Stimme mitschwang. Dann hatten sie die Tür erreicht – und sahen auf den ersten Blick, dass sie zu spät gekommen waren.

Semias lag auf dem Boden.

Arme und Beine hatte der Älteste von sich gestreckt. Sein Gesicht war eine Maske des Grauens, Entsetzen sprach aus seinen leblosen Augen, die zur Decke emporgerichtet waren.

Granock wusste, dass der Zauberer tot war, noch ehe er die Schwelle der Kammer überschritt.

Semias' Gewand war blutbesudelt, in seinem Brustkorb klaffte eine schwärende Wunde. Neben ihm auf dem Boden lag ein Dolch, dessen Klinge von so abgrundtief schwarzer Farbe war, dass sie das Licht ringsum zu schlucken schien.

Erst ein einziges Mal in seinem Leben hatte Granock eine solche Waffe gesehen.

Vor wenigen Augenblicken.

Im Schlaf …

8. LAUGURENAI'Y'ANDARIL

Es war ein Kampf auf Leben und Tod.

Immer wieder griffen die widerwärtigen Kreaturen an, deren schmutzig nasses Fell im Licht der Laterne glänzte, und schlugen die Hauer in das Fleisch ihrer Rivalen, während ihre langen nackten Schwänze über den Boden peitschten.

Fürst Ortwein von Andaril verzog angewidert das Gesicht. Nicht so sehr des Anblicks wegen, den die sich balgenden Ratten boten, sondern weil ihn die Tiere, die um das nackte Überleben kämpften, an seine eigene Situation erinnerten.

Wo sie den Knochen mit den fauligen Fetzen erbeutet haben mochten, war schwer zu sagen. Fleisch war schwer zu bekommen in diesen Tagen. Die Handelssperre, die der Elfenkönig über die Menschenstädte verhängt hatte, machte sich mehr und mehr bemerkbar. Nicht nur, dass keine Güter mehr aus dem Süden eintrafen, was vielleicht noch zu verschmerzen gewesen wäre; die Händler fanden auch niemanden mehr, dem sie ihre eigenen Waren verkaufen konnten. Der Geldfluss war ins Stocken geraten, und das bekamen auch die Handwerker und Bauern zu spüren. Die Tatsache, dass bei den Strafexpeditionen des vergangenen Sommers nicht wenige Kornspeicher in Flammen aufgegangen waren, verschärfte die Situation zusätzlich. Elend und Hunger herrschten in den Dörfern und Landstädten, und die wachsende Not entzweite die Menschen und trieb sie dazu, Dinge zu tun, die früher unvorstellbar gewesen waren. Dazu gehörte auch, seine Edlen zu verraten …

Anfangs hatte Ortwein gelacht, als die Krone einhundert Goldstücke für seine Ergreifung ausgesetzt hatte, denn er war überzeugt gewesen, dass niemand den Fürsten von Andaril für eine solch lächerliche Summe verraten würde. Doch im selben Maße, in dem das Elend zugenommen hatte, war das Kopfgeld gestiegen. Inzwischen waren es zehntausend Goldstücke, die für ihn geboten wurden, und in den Straßen und Gassen Andarils wurde schon für weitaus geringere Beträge gemordet.

Niemand konnte sich in diesen Tagen sicher fühlen.

Nicht einmal der Herr von Andaril …

Ortwein lachte heiser auf und nahm einen Schluck aus der Weinflasche. Vorbei die Tage, da er seinen Vater auf die Jagd begleitet und sie abends in der großen Halle gefeiert, das beste Wildbret gegessen und Wein aus goldenen Bechern getrunken hatten. Inzwischen konnte er froh sein, wenn er überhaupt etwas zwischen die Zähne bekam, vom Wein, der dazu diente, die schmerzliche Erinnerung zu unterdrücken, ganz zu schweigen.

Da hockte er, der älteste Sohn des Fürsten von Andaril, Erbe der väterlichen Herrschaft, inmitten von Finsternis und Schmutz und Ratten, die sich um einen faulen Knochen balgten. Der Gestank war so beißend, dass Ortwein ihn noch immer roch, obwohl sie nun schon – wie lange hier unten weilten?

Er versuchte, die Tage zu zählen, aber sein von billigem Fusel benebelter Verstand war dazu nicht in der Lage. Irgendwo im Halbdunkel, das jenseits des Laternenscheins herrschte, übergab sich einer seiner Gefolgsleute, und ein leises Plätschern zeigte an, dass sich ein anderer ungeniert in den Kanal erleichterte. Das also war aus dem einstigen Stolz von Andaril geworden – niederes Pack, das sich in dunklen Kavernen und Jauchegruben verstecken musste aus Furcht vor Verrat.

Erneut hob Ortwein die Flasche. Sie war leicht geworden, nur noch ein einziger Schluck war darin. »Auf dein Wohl, Vater«, knurrte er und kicherte leise in sich hinein. Dann setzte er die Flasche an die Lippen und ließ den letzten Rest Wein in sich hineinlaufen, schluckte ihn wie alles andere, das er im Lauf der vergangenen zwei Jahre geschluckt hatte.

Zuerst die Ermordung seines jüngeren Bruders Iwein.

Dann den Tod seines Vaters.

Die Übergriffe auf seine Ländereien.

Und schließlich die Flucht aus Andaril.

Ortwein wusste, dass sein Vater nie besonders viel von ihm gehalten hatte; dass er ihn als schwach und verweichlicht angesehen und seine Hoffnungen vor allem in Iwein gesetzt hatte. Und vermutlich hatte er damit recht gehabt ...

Aus reiner Gewohnheit führte er die Flasche erneut an die Lippen, nur um daran erinnert zu werden, dass das verdammte Ding ja leer war. Frustriert schleuderte er sie nach den Ratten, die sich nur wenige Armlängen von ihm entfernt um den Knochen stritten. Quiekend stoben die Tiere auseinander, als das Glas mitten unter sie fuhr und klirrend zerbarst. Ein hämisches Grinsen glitt über Ortweins ausgemergelte, vom Leben unter Tage blass gewordene Züge. Wenigstens die Ratten hatten noch Respekt vor ihm.

Plötzlich gab es Unruhe.

Vom anderen Ende des in den Fels gehauenen Stollens drang aufgeregtes Geschrei herab. Ortwein spürte, wie ihm der Schreck in die Glieder fuhr. Seine Nackenhaare sträubten sich, sein Gesicht wurde heiß. War es nun so weit? Trug die Saat des Verrats Früchte? Hatte jemand seinen Fürsten für zehntausend Goldtaler verraten?

Die Furcht ließ Ortwein schlagartig nüchtern werden. Rascher, als er selbst es je für möglich gehalten hätte, sprang er auf und griff nach dem Schwert. Hastig wollte er es aus der Scheide reißen, als er sah, dass sich die Situation bereits geklärt hatte. Der Eindringling – offenbar nur ein einzelner – war von Ortweins Leibwache gestellt worden. Ihn mit ihren Klingen in Schach haltend, brachten die Kämpen den Fremden zu ihrem Fürsten, der einmal mehr angewidert das Gesicht verzog.

Der Eindringling war ein Bettler.

Sein Gewand hing in Fetzen, sein Gesicht war unter der weiten Kapuze nicht zu sehen, zumal er gebückt ging und auf den Boden starrte.

»Diesen hier«, berichtete Ivor, der Hauptmann der fürstlichen Leibwache, »haben wir an der Flussmündung aufgegriffen. Er sagt, dass er zu Euch will, Sire.«

»Hatte er Waffen bei sich?«, erkundigte sich Ortwein vorsichtig.

»Nein, Sire.«

»Sieh an.« Der Fürst von Andaril grinste freudlos. »Du hast es dir wohl recht einfach vorgestellt, an das Kopfgeld heranzukommen, wie? Hättest wohl nicht gedacht, dass ich noch treue Gefolgsleute habe, die mich beschützen?«

»Nichts dergleichen«, entgegnete der Bettler mit einer Stimme, die seine zerlumpte Erscheinung Lügen strafte und um vieles fester und energischer klang als die Ortweins. »Ich wollte lediglich den Fürsten von Andaril sprechen.«

»Was du nicht sagst.« Ortwein hatte Mühe, äußerlich gelassen zu bleiben. Wenn inzwischen jeder dahergelaufene Bettler wusste, dass er sich in diesen Kanälen verbarg, dann war es um seine Sicherheit schlecht bestellt.

Natürlich hätte er abstreiten können, dass er der Gesuchte war, aber diese Blöße wollte er sich vor seinen Männern nicht geben. »Aha«, machte er deshalb und verschränkte in einem letzten Rest von verbliebenem Stolz die Arme vor der Brust. »Und wer bist du, dass du glaubst, den Fürsten von Andaril einfach sprechen zu können?«

»Mit Verlaub, Fürst Ortwein«, entgegnete der Bettler, wobei er sein Haupt weiter gesenkt hielt, »mit deiner Fürstlichkeit ist es nicht mehr weit her. Ich musste eine ganze Weile suchen, bis ich dich fand. Wer käme schon darauf, den Herrscher von Andaril in den Kanälen von Taik zu vermuten? Wird Taik nicht die Stadt der Diebe genannt? Und ein Dieb scheint es mir zu sein, der sich hier unten versteckt hält …«

»Willst du frech werden?« Nun riss Ortwein doch sein Schwert heraus, das infolge der klammen Feuchtigkeit unter Tage Rost angesetzt hatte. Aber die Geste wirkte lächerlich angesichts des unbewaffneten Bettlers, der ohnehin schon von blanken Klingen umringt war.

Das Ärgernis war, dass der Fremde mit jedem einzelnen seiner Worte recht hatte.

Was für ein Fürst ließ seine Ländereien im Stich und floh bei Nacht und Nebel aus seiner Burg, um in einer benachbarten Stadt Zuflucht zu suchen? Und welcher Herrscher hauste in einem verpissten Rattenloch, nur um der Nachstellung durch seine Verfolger zu entgehen?

»Was ist nur aus dir geworden, Ortwein von Andaril?«, fuhr der Bettler ungerührt fort. »Ein Schatten deiner Selbst, das Zerrbild eines Fürsten! Hängst du so sehr an deinem lausigen Leben, dass es all dies hier rechtfertigt? Könnte dein Vater dich so sehen, würde er ...«

»Schweig!«, herrschte Ortwein ihn an. »Was weißt du schon von meinem Vater?«

»Genug, um mich zu erinnern, dass er ein stolzer Krieger gewesen ist, ein Mann mit großen Plänen – die du allesamt verworfen zu haben scheinst. Hast du denn keinen Funken Ehre in deinem hageren Leib?«

»Ruhe!«, schrie Ortwein, dass es von der niederen Decke widerhallte. Der Bettler verstummte daraufhin tatsächlich, doch er hatte nur offen ausgesprochen, was Ortwein insgeheim dachte. Natürlich hätte er den Buckligen auspeitschen, ihm die Zunge herausschneiden oder ihn sogar töten lassen können. Aber die Stimme in seinem Inneren ließ sich dadurch nicht zum Schweigen bringen.

»Sollen wir ihm den Kamm stutzen, Hoheit?«, fragte Ivor pflichtschuldig.

»Später«, meinte Ortwein. »Zuerst will ich hören, was er zu sagen hat.«

»Du verschwendest dein Leben«, fuhr der Bettler fort. »Statt Widerstand zu leisten und den Tod deines Vaters und deines Bruders zu rächen, hast du dich feige verkrochen.«

»Ich habe Widerstand geleistet«, verteidigte sich Ortwein, dem es in mancher Hinsicht so vorkam, als spräche sein Vater zu ihm. »Aber der Feind war zu stark!«

»Hast du alles versucht? Die Bauern zum Militärdienst verpflichtet? Hilfstruppen ausgehoben? Söldner angeworben?«

»Nun, ich ...«

»Du glaubtest, der Sturm würde an dir vorüberziehen«, fiel ihm der Bettler ins Wort. »Du hast gehofft, dass, wenn du dich nur still genug verhalten würdest, der Elfenkönig den Verrat deines Vaters vergessen und dich unbehelligt lassen würde. Das ist jedoch nicht der Fall gewesen, nicht wahr? Tirgas Lan hat deine Felder verwüsten und die Kornkammern niederbrennen lassen. Nun herrschen Mangel und Not in Andaril, und das Volk gibt dir die Schuld daran. Ist es nicht so?«

Ortwein konnte nicht anders, als stumm zu nicken.

»Und statt Gegenwehr zu leisten, statt deinen Feinden ins Gesicht zu lachen und sie mit dem Schwert zu bekämpfen, wie es dein Vater getan hätte, bist du feige geflohen. Den Kampf um die Herrschaft überlässt du anderen, während du dich hier versteckst und den Ratten beim Balgen zuschaust.«

»Ich habe das nicht so gewollt«, wandte Ortwein entrüstet und zugleich hilflos ein.

»Natürlich nicht. Aber deine Pläne wurden vereitelt, nicht wahr? Ebenso wie die deines Vaters. Und weißt du, wer Schuld daran trägt?«

»Natürlich weiß ich das – diese verdammten Elfen.«

»Das ist richtig. Dennoch sind es besondere Elfen gewesen, die sowohl deinen Bruder als auch deinen Vater getötet haben und für dein Unglück verantwortlich sind. Es waren Zauberer.«

Ortwein zuckte merklich zusammen.

»Wusstest du das nicht?«, erkundigte sich der Fremde. Er hob sein Haupt ein wenig, aber noch immer war das Dunkel unter der Kapuze undurchdringlich. »Es ist wahr, Fürst von Andaril. Zauberer sind es gewesen, die deinen Vater und seine Getreuen getötet und seine Pläne zunichtegemacht haben – und sie werden es dabei nicht bewenden lassen. Ihr Einfluss in Tirgas Lan ist noch stärker geworden seit jenen Tagen, und sie haben das Herz des Königs mit ihrem Hass vergiftet. Elidor setzt nicht länger auf ein friedliches Zusammenleben zwischen Menschen und Elfen, und er wird nicht eher ruhen, bis jeder Fürst und Clansherr der Ostlande entmachtet und sein Besitz der Krone zugeschlagen ist.«

»Nein!«, rief Ortwein entsetzt.

»Die Flamme des Krieges schwelt bereits«, versicherte der Bettler, »sie kann nicht mehr gelöscht werden. Was die Ostlande brauchen, ist jemand, der sie eint und gegen das Heer Tirgas Lans in die Schlacht führt. Dich, Ortwein von Andaril.«

»Mich?« Der Fürstensohn glaubte, nicht recht gehört zu haben.

»Wer könnte dazu geeigneter sein? Allem Anschein nach hast du es vergessen, aber in deinen Adern fließt das Blut Erweins, des größten Anführers, den die Ostlande je hervorgebracht haben.«

»Keineswegs«, versicherte Ortwein kopfschüttelnd, »aber vielleicht hast du vergessen, dass nicht nur mein Vater getötet wurde, sondern auch viele der besten Krieger Andarils! Fast die gesamte Leibwache des Fürsten wurde ausgelöscht!«

»Und? Heere sind dazu da, um wieder neu aufgestellt zu werden. Du hast gar keine andere Wahl.«

»Warum nicht?«

»Sehr einfach«, erwiderte der Bucklige und hatte trotz seiner elenden Erscheinung so gar nichts Unterwürfiges mehr an sich. »Dein Vater, Fürst Erwein, hat einen feierlichen Eid geleistet, die Zauberer zu bekämpfen – einen Eid, der auch seine Nachkommen bindet, denn er wurde mit Blut besiegelt.«

Ortwein fühlte einen eisigen Schauer seinen Rücken hinabrieseln. »Woher weißt du davon?«, erkundigte er sich leise. »Wer bist du?«

Endlich hob der Fremde sein Haupt und schlug die Kapuze zurück.

Das kantige Antlitz, das von einem grauen Bart und dünnem Haar umrahmt wurde, das von den Seiten eines ansonsten kahlen Schädels hing, sorgte für einen Aufschrei unter Ortweins Leuten. Auch der Fürstensohn selbst erkannte das Gesicht mit den stechenden Augen und der Raubvogelnase sofort wieder, obwohl es sich seit ihrer letzten Begegnung verändert hatte. Tiefe Falten hatten sich darin eingegraben, die Haut war grau geworden und sah an einigen Stellen aus, als hätte die Verwesung bereits eingesetzt. Gerade so, als wären seit ihrer letzten Begegnung nicht zwei, sondern zweihundert Jahre vergangen …

»Rurak!«, entfuhr es ihm atemlos. Nach allem, was damals geschehen war, hatte er nicht erwartet, den abtrünnigen Zauberer jemals wiederzusehen.

»Bist du überrascht?«

»E-ein wenig«, erwiderte Ortwein stammelnd. »Es gab Gerüchte. Manche besagten, du wärst tot.«

»Nein, Fürst von Andaril. Obwohl ich es mir bisweilen fast gewünscht hätte, denn man hat mich nach Borkavor verbannt.«

»Borkavor!«

Wie ein Echo geisterte das Wort durch die Reihen von Ortweins Leuten. Die Bilder, die es hervorrief, waren unterschiedlich, doch sie alle hatten den Schrecken gemein.

»Aber wie ist das möglich?«, fragte Ortwein schaudernd. »Es heißt, dass es aus Borkavor kein Entkommen gebe.«

»Es ist möglich«, erwiderte der Zauberer, »andernfalls würde ich wohl kaum hier vor dir stehen. Du solltest ›unmöglich‹ rasch aus deinem Wortschatz streichen, Fürst von Andaril, sonst wirst du es nie zu etwas bringen. Und ich habe Großes mit dir vor, genau wie einst mit deinem Vater.«

»Mit mir?« Ortwein blickte an seinem Gewand hinab, das zerschlissen war und verschmutzt und so gar nichts Fürstliches mehr an sich hatte.

»Gewiss. Wie ein Schwein magst du dich im Schlamm gesuhlt haben und wie eine Ratte im Dreck nach Nahrung gewühlt – aber die Zeit ist gekommen, sich aus den Niederungen zu erheben und den Blick nach Süden zu richten, wo die Urheber deines Elends sitzen. Nach Tirgas Lan …«

Ortwein konnte sehen, wie einige seiner Männer beifällig nickten und die Fäuste ballten. Auch auf seine gedemütigte Seele waren Ruraks Worte Balsam. Andererseits spürte er einen Anflug von Eifersucht, weil es dem Zauberer mit wenigen Worten gelungen war, seinen Leuten Mut zu machen. Wäre das nicht eigentlich seine Aufgabe gewesen?

»Und wie stellst du dir das vor?«, erwiderte er deshalb und straffte sich. »Unsere Feinde haben ganze Arbeit geleistet. Nicht nur mein Vater und seine Getreuen sind tot. Der gesamte Widerstand wurde zerschlagen.«

»Das ist nicht wahr.«

»Nein? Aber die Gerüchte …«

»… sind allesamt falsch«, versicherte Rurak. »Der Widerstand existiert noch immer. In diesem Augenblick ist er dabei, sich neu zu formieren, und schon bald wirst du von Dingen hören, die nur zu deutlich machen werden, dass die Feinde des Reiches längst nicht besiegt sind. Der Kampf geht weiter, Ortwein von Andaril!«

»Für dich vielleicht, aber nicht für mich! Glaubst du, ich habe aus purem Übermut meine Burg verlassen und mich in dieses Rattenloch verkrochen? Man hat ein Kopfgeld auf mich ausgesetzt, sodass ich keine andere Wahl hatte – aber das Volk zeigt wenig Verständnis für einen Fürsten, der die Flucht ergreift. Es wird mir nicht mehr folgen.«

»Es wird dir folgen«, war Rurak überzeugt, »denn es erwartet sehnsüchtig deine Rückkehr, ebenso wie die Landlords und Clansherren, die nach Führung dürsten.«

Mit einer fahrigen Geste strich sich Ortwein durch das fettige Haar. »Ist das wahr?«

»Gewiss.«

»Welcher finstere Zauber hat das bewirkt?«

»Kein Zauber, Fürst Ortwein, sondern die Kunde des nahenden Krieges«, gab Rurak zurück. »Schon wurden die ersten Grenzdörfer der Westmark verwüstet, und die Nachricht von massenweise enthaupteten Bauern und geschändeten Frauen zeigen Wirkung bei der Bevölkerung. Elfenkrieger sind auf dem Weg nach Norden, Fürst – und diesmal sind es nicht nur ein paar Hundert, sondern eine ganze Legion. Ihre Vorhut ist bereits eingetroffen.«

»Was? Aber …«

»Wie ich schon sagte, der Einfluss des Hohen Rats ist stärker geworden in Tirgas Lan. Diesmal wird der König nicht eher ruhen, bis auch der letzte Menschenherrscher ausgerottet ist. Die Entscheidung, die du treffen musst, ist nicht die über Krieg oder Frieden, Ortwein, denn sie wurde längst gefällt. Vielmehr musst du dir überlegen, ob du das Schwert erheben und an den Mördern deines Vaters Rache nehmen oder ob du dich weiterhin feige verkriechen willst und darauf warten, dass sie dich finden.«

»Er hat recht!«, tönte es aus den Reihen seiner Krieger. Hier und dort wurden drohend die Klingen emporgereckt.

»Tod den Elfen!«

»Untergang den Zauberern!«

»Rache für Fürst Erwein!«

Ortwein presste die Lippen zusammen, bis nur noch ein schmaler Strich übrig war. Derart entschlossen hatte er seine Männer lange nicht mehr erlebt. Es hatte den Anschein, als hätte ein anderer Geist von ihnen Besitz ergriffen.

Der Geist Erweins von Andaril!

Auch Ortwein konnte sich dem nicht entziehen. Er spürte neue Zuversicht – und er wäre im Leben nicht darauf gekommen, dahinter die Manipulation eines der Dunkelheit verfallenen Zauberers zu vermuten.

»Sei unbesorgt«, redete Rurak ihm weiter zu. »Alles, was du tun musst, ist, ein Heer aufzustellen. Die Lords und Clansherren werden sich dir anschließen aus Sorge um ihren Besitz; die Städte werden dich unterstützten, weil die Handelssperre ihnen die Lebensader abschnürt; und die Bauern werden deinem Banner bereitwillig folgen, weil in den Dörfern Elend und Hunger herrschen und sie um ihre Familien fürchten müssen. Du musst nur das Heft des Handelns ergreifen und das Geschenk annehmen, das die Vorsehung dir so bereitwillig bietet. Die Zeit ist reif, Ortwein von Andaril. Nun ist es an dir, zu vollbringen, was deinem Vater verwehrt blieb, und die Ostlande unter einer Krone zu einen.«

Die Worte des Zauberers waren süß wie Honig. Im Überschwang der Gefühle, die nicht nur ihn, sondern auch seine Männer erfassten, wechselte Ortwein das Schwert in die linke Hand, schloss die Rechte um die Klinge und fuhr daran herab, sodass hellrotes Blut den Stahl benetzte.

»Beim Namen meines ermordeten Vaters erneuere ich hiermit den Schwur, den dieser geleistet hat«, verkündete er feierlich. »Wir haben uns lange genug feige verkrochen. Die Zeit ist gekommen, um zurückzuschlagen!«

Seine Männer ballten die Fäuste und stimmten grölend zu, schrien die Furcht und die Mutlosigkeit der zurückliegenden

Monate hinaus und forderten lauthals Rache für das, was die Elfen ihnen angetan hatten und womöglich noch antun würden. Es dauerte nicht lange, bis sich aus dem wilden Geschrei ein Kriegsruf formte, in den bald alle Kämpfer Andarils einfielen:

»Tod den Elfen! Untergang den Zauberern!«

Unablässig wiederholten sie die Worte, als wären sie eine Beschwörungsformel, legten ihre ganze Leidenschaft und ihren Hass hinein – und Rurak wusste, dass er gewonnen hatte.

9. LAFANOR THWA

Die Nachricht von Vater Semias' grausamem Ende hatte sich wie ein Lauffeuer in Shakara verbreitet.

Natürlich wäre es Farawyn am liebsten gewesen, er hätte den Tod des Ältesten zumindest noch für einen Tag verheimlichen können, um ungestört erste Ermittlungen anstellen zu können. Aber dies hatte sich als unmöglich herausgestellt.

Granock nahm an, dass es die Kobolde gewesen waren, die das Gerücht von der Ermordung des Ältesten verbreitet und ihren Herren zugetragen hatten, und schon bald war Farawyn nichts anderes übrig geblieben, als zuzugeben, dass das schreckliche Gerücht der Wahrheit entsprach.

Der Älteste des Zauberordens war ermordet worden.

In seinem eigenen Schlafgemach.

Im Herzen von Shakara.

Es war, als hätte man in ein Wespennest gestochen. Einige der Ordensbrüder und -schwestern verfielen in nackte Panik, andere riefen lautstark nach Vergeltung, wieder andere zogen sich zur Meditation zurück. Sie alle waren sich jedoch darüber einig, dass der Tod des Ältesten eine Zäsur in der Geschichte Shakaras bedeutete, und nahmen ihn als dunkles Omen.

Natürlich war die gesamte Ordensburg in Alarmbereitschaft versetzt und die Wachen an den Ein- und Ausgängen verstärkt worden. Sogar die Novizen wurden zum Wachdienst herangezogen und gingen in den Korridoren auf Patrouille.

Es waren Stunden der Unruhe und des um sich greifenden Chaos, in denen Granock einmal mehr die Feststellung machte, dass sich Elfen und Menschen weitaus weniger unterschieden, als es bisweilen den Anschein hatte. Sigwyns Söhne und Töchter mochten länger auf Erden weilen und über größere Erfahrung und Weisheit verfügen; sobald jedoch etwas Unvorhergesehenes in ihr Leben brach, fiel die Beherrschtheit von ihnen ab wie ein fadenscheiniger Mantel, und manch niederer, längst vergessen geglaubter Instinkt kam wieder zum Vorschein.

Auch Farawyn schien sich dessen bewusst zu sein, und es war wohl mit ein Grund, warum er Semias' Tod zunächst hatte verheimlichen wollen. Lediglich einige ausgewählte Ratsmitglieder waren ins Vertrauen gezogen worden, darunter die Meisterinnen Maeve und Atgyva und der Schreiber Syolan sowie – auf Granocks ausdrücklichen Wunsch – der Eingeweihte Aldur. Ihnen oblag es, die Ordensburg nach Hinweisen zu durchsuchen, nach Spuren, die der Mörder womöglich hinterlassen haben könnte. Aber sie fanden nichts, ebenso wenig wie sie den Täter selbst fanden. Nur eines war zurückgeblieben: Die Waffe, mit der der grausame Anschlag verübt worden war.

Wie Granock inzwischen erfahren hatte, handelte es sich bei dem Dolch um den *lafanor thwa*, die Schwarzklinge, eine berüchtigte Waffe aus grauer Vorzeit. Ihre Herstellung und ihr Gebrauch waren seit Jahrtausenden verboten, sodass man dergleichen lange nicht in Erdwelt gesehen hatte. Nur Schmieden der Finsternis, wie Farawyn erklärt hatte, vermochten etwas Derartiges hervorzubringen.

Die Klinge des Dolchs war aus Stahl gefertigt, aber mit dunkler Magie gehärtet, und sie war mit Flüchen getränkt, sodass jeder Abwehrzauber dagegen wirkungslos war. Keine Heilkraft vermochte die Wunden zu schließen, die der *lafanor thwa* schlug. Schon die alleinige Existenz der Waffe machte klar, dass die Situation weitaus schlimmer war, als Farawyn und seine Vertrauten es nach Ruraks Flucht aus Borkavor befürchtet hatten.

Nicht nur, dass das Böse immer noch wirksam war in Erdwelt. Es war bereits bis nach Shakara vorgedrungen.

In aller Eile wurde eine Versammlung des Zauberrats einberufen, und nie zuvor hatte Granock die Abgeordneten in größerer

Aufregung erlebt; Chaos herrschte unter dem riesigen Elfenkristall, der unter dem Gewölbe des Ratssaals schwebte, und wäre es nicht um die Statuen der alten Könige gewesen, die mit unverändertem Gleichmut auf die Geschehnisse herabblickten, so hätte man den Eindruck gewinnen können, dass die ehrwürdige Halle selbst unter der allgemeinen Unruhe erzitterte. Viele Ratsmitglieder hatten ihre Augen vor den Zeichen der Zeit verschlossen und sich in ihre Geisteswelt geflüchtet in der Hoffnung, dass der Sturm vorüberziehen werde, ohne Schaden anzurichten. Der Tod des Ältesten jedoch hatte sie jäh aus ihren Träumen gerissen.

Es dauerte lange, bis die Ratsmitglieder ihre Plätze eingenommen hatten; aufgeregt diskutierten sie miteinander, unterstrichen ihre Worte durch wilde Gesten. Schon einmal, vor zwei Jahren, war das Böse nach Shakara gekommen und hatte sich Ruraks bemächtigt. Diesmal jedoch hatte der Feind kein Gesicht, und anders als damals hatte er ein Todesopfer gefordert. Granock hatte elfische Mienen inzwischen gut genug deuten gelernt, um zu sehen, dass sich in einigen von ihnen nackte Furcht spiegelte.

Farawyn, der auf dem Podium an der Stirnseite des Saals stand, unter dem großen Kristall, der ganz Shakara mit Licht und Energie versorgte, hob gebietend die Arme. Granock und Aldur, die vor der großen Pforte am anderen Ende der Halle einen Platz gefunden hatten, tauschten einen Blick. Erst seit sie Eingeweihte waren, war ihnen die Teilnahme an einer Beratung gestattet, allerdings nur als Zuhörer und auf ausdrückliche Einladung der Ältesten. Farawyn hatte mehrfach betont, wie viel ihm daran lag, die beiden jungen Männer zu seiner Unterstützung in seiner Nähe zu wissen. Allmählich begriff Granock, wieso.

Erst nach und nach legte sich die Unruhe. Die Stimmen wurden leiser, aber sie verstummten nicht ganz. Allenthalben wurde irgendwo getuschelt, die Furcht der Ratsmitglieder lag beinahe greifbar in der Luft.

»Schwestern und Brüder«, erhob Farawyn seine Stimme, die bewundernswert fest und sicher klang, »ich bitte Euch alle, Euch zu beruhigen. Was wir jetzt mehr denn je brauchen, sind ein kühler Verstand und eine ruhige Hand.«

»Gut gesprochen, Bruder Farawyn«, rief ein Ratsmitglied vom rechten Flügel – es war Meister Gervan, der nach dem Verrat und der Verstoßung Ruraks zum Sprecher seiner Fraktion aufgestiegen war. »Aber um mit kühlem Verstand zu überlegen und mit ruhiger Hand zu walten, braucht man Informationen. Und ich habe den begründeten Verdacht, dass uns diese vorenthalten werden!«

Wieder Getuschel und zustimmendes Gemurmel. Vor allem von der rechten Seite, aber, wie Granock mit Besorgnis feststellte, auch von Farawyns eigenem Flügel.

»Ich darf euch versichern, Schwestern und Brüder, dass ihr alle notwendigen Informationen bekommen werdet. Im Kodex unseres Ordens steht, dass es keine Geheimnisse geben soll unter den Mitgliedern des Rates, und so wollen wir es halten.«

»Gebt Ihr uns Euer Wort darauf?«, erkundigte sich Gervan.

»Natürlich.« Farawyn nickte. »Ihr alle wisst, was vergangene Nacht in diesen Mauern geschehen ist. Semias, der ehrwürdige Älteste und von allen geliebte Vater unseres Ordens, wurde ermordet, kaltblütig niedergestreckt von einer Waffe dunklen Ursprungs. Das ist alles, was wir bislang wissen.«

»Und was ist mit den Gerüchten?«

»Ich gebe nichts auf Gerüchte«, stellte Farawyn klar, und einmal mehr bewunderte Granock seinen alten Meister für dessen Gelassenheit.

»Auch nicht auf jene, die besagen, dass der Verräter Rurak vor wenigen Tagen aus Borkavor geflohen ist?«, hakte Gervan weiter nach.

Wäre ein Eiswurm durch den Boden des Ratssaals gebrochen, hätte das Entsetzen nicht größer sein können. Ein Aufschrei ging durch die Reihen der Ratsmitglieder.

»Ist das wahr?«, rief eine Angehörige des linken Flügels herüber.

»Unmöglich«, bekundete eine andere, während zwei Räte der rechten Fraktion drohend die Zauberstäbe hoben. Binnen weniger Augenblicke löste sich die soeben erst mühsam wiederhergestellte Ordnung auf. Alle riefen durcheinander, überall wurde wild gestikuliert, sodass Farawyn seine ganze Autorität aufbieten musste, um sich erneut Gehör zu verschaffen.

»Ihr sprecht von Gerüchten, Bruder Gervan«, wandte er sich an den Vertreter des rechten Flügels, »dabei habe ich den Eindruck, dass Ihr der Einzige seid, der bislang von diesen Dingen gehört hat.«

»Das ist unerheblich«, verteidigte sich der Angesprochene und strich die Falten seines weiten Gewandes glatt, als wolle er jede Verdächtigung von sich abwischen. Sein langes, zu einem Pferdeschwanz gebundenes Haar flog hin und her, als er heftig den Kopf schüttelte. »Mich interessiert nur eines, Ältester Farawyn: Ist es wahr, was man erzählt? Ist dem Abtrünnigen tatsächlich die Flucht geglückt?«

Nun kehrte Stille ein, und aller Augen, einschließlich Granocks und Aldurs, richteten sich auf den Ältesten. Granock beneidete seinen ehemaligen Meister nicht. Ihm war klar, dass dieser zum Wohle aller gehandelt hatte, indem er die Nachricht von Ruracks Flucht verschwieg. Das änderte allerdings nichts daran, dass er dem Rat bewusst wichtige Informationen verheimlicht hatte.

»Ja«, bestätigte Farawyn mit fester Stimme, worauf ein Raunen durch die Reihen ging. »Und? Was ändert es? Ist seit der letzten Nacht nicht offenkundig, dass das Böse längst nicht erloschen ist? Dass es weiter sein Unwesen treibt in Erdwelt und sogar in Shakara? Dass all jene, die die Gefahr für immer gebannt glaubten, sich geirrt haben?«

»Ihr versucht, vom eigentlichen Thema abzulenken, Ältester Farawyn«, beharrte Gervan. »Weshalb habt Ihr den Rat über diese alarmierende Entwicklung nicht umgehend in Kenntnis gesetzt?«

»Aus zwei Gründen. Zum einen, weil ich niemanden beunruhigen wollte …«

»Wie rücksichtsvoll von Euch!«

»… zum anderen, weil ich mir zunächst selbst ein Bild von der Situation machen wollte.«

»Ihr seid in Borkavor gewesen?«

»Ja.«

»Ohne das Wissen und den Beschluss des Rates?«

»Ich hatte den Segen meines Amtsbruders Semias«, verteidigte sich Farawyn.

»Ich verstehe.« Gervan nickte. »Wie bedauerlich, dass Vater Semias nicht mehr hier ist, um Eure Aussage zu bestätigen.«

»Was wollt Ihr damit sagen?«

Nicht Farawyn hatte die Frage gestellt, sondern Granock. Die Häme in den Worten des Zauberers und die unausgesprochene Verleumdung, die darin mitschwang, hatte ihm die Zornesröte ins Gesicht getrieben, und er hatte den spontanen Ärger, den er verspürte, laut hinausgebrüllt. Schon im nächsten Moment bereute er es allerdings, denn die Ratsmitglieder drehten sich allesamt zu ihm um, und nun trafen ihre vorwurfsvollen Blicke nicht mehr Farawyn, sondern ihn, und anders als sein alter Meister wusste er keineswegs damit umzugehen.

»Wie überaus anrührend«, kommentierte Gervan spöttisch. »Der Menschenjunge ergreift für seinen Lehrer Partei. Habt Ihr Eurem Schützling nicht beigebracht, Ältester Farawyn, dass es seinem Rang untersagt ist, seine Stimme ungefragt im Rat zu erheben, noch dazu gegen einen Meister?«

»Dem Eingeweihten Granock«, ließ sich Farawyn vom anderen Ende des Saals vernehmen, »wird hiermit eine offizielle Rüge des Zauberrats zuteil. Sollte er noch einmal unaufgefordert das Wort ergreifen, wird er des Saales verwiesen. Ist das klar?«

»Verstanden«, erwiderte Granock kleinlaut. Die Rüge Gervans und auch der anderen Ratsmitglieder hätte er noch ertragen, aber der vorwurfsvolle Blick seines ehemaligen Meisters beschämte ihn zutiefst. »Es tut mir leid«, sagte er und senkte schuldbewusst das Haupt.

»Mein einstiger Schüler«, fuhr Farawyn fort, »mag überstürzt gesprochen und ohne Recht das Wort ergriffen haben, aber das ändert nichts daran, dass seine Frage nur zu berechtigt war. Was wollt Ihr mit Eurer Bemerkung bezwecken, Bruder Gervan? Wollt Ihr behaupten, dass ich aus Vater Semias' Ermordung einen Vorteil ziehe?«

»Der Gedanke, so abwegig er erscheinen mag, ist mir durchaus gekommen«, gab der Befragte zu, ohne mit der Wimper zu zucken, »und daran tragt Ihr selbst Schuld, Ältester Farawyn. Weshalb habt Ihr uns die Flucht des Verräters vorenthalten? Warum habt Ihr uns – Eure Schwestern und Brüder nicht nur im Orden, sondern auch in diesem erlauchten Gremium – nicht ins Vertrauen gezogen, wie es Eure Pflicht gewesen wäre?«

»Wie ich schon sagte: Ich wollte eine Panik vermeiden. Furcht ist Gift für jede Gemeinschaft.«

»Die Unwahrheit ebenso«, versetzte Gervan, wofür er von den Ratsmitgliedern Zustimmung erntete. Selbst Granock konnte in diesem Punkt nicht widersprechen.

Farawyn nickte und schien einen Augenblick nachzudenken. »Ihr habt recht, Bruder Gervan«, sagte er schließlich. »Das Amt, das ich bekleide, bedingt, dass man Entscheidungen treffen muss, und diese Entscheidungen können nicht immer richtig sein. Wahrscheinlich wäre es besser gewesen, den Rat umgehend über die Geschehnisse zu informieren.«

»Wahrscheinlich?«, hakte Gervan nach.

»Es *wäre* besser gewesen«, rang Farawyn sich auch noch dieses Zugeständnis ab, obgleich es ihm sichtlich schwerfiel. »Ich bedaure, Euch die Wahrheit vorenthalten zu haben, und ich bitte Euch alle um Verzeihung, Schwestern und Brüder.«

Gemurmel setzte ein, das darauf schließen ließ, dass die überwältigende Mehrheit der Ratsmitglieder geneigt war, Farawyns Entschuldigung anzunehmen.

»Ich denke«, erhob Rätin Maeve, die Sprecherin des linken Flügels, ihre hohe Stimme und verlieh der allgemeinen Meinung Ausdruck, »dass der Ordnung damit Genüge getan ist. Wenden wir uns nun den wirklich dringlichen Dingen zu.«

»Ihr habt recht, Schwester«, stimmte Gervan großmütig zu. »Also bitte teilt uns mit, ehrwürdiger Farawyn, was zum Stand der Ermittlungen zu sagen ist. Ist es wahr, dass es abgesehen von der Tatwaffe nicht die geringste Spur des Täters gibt?«

»So sehr ich es bedauere«, bejahte Farawyn nickend.

»Und entspricht es auch den Tatsachen, dass unmittelbar nach Entdeckung der schrecklichen Tat die Tore versiegelt wurden? Dass Ihr Patrouillen auf *bóriai* ausgesandt habt, die ebenfalls keine einzige Spur entdecken konnten?«

Die Erwähnung der riesenhaften Eisbären, die den Elfen des Nurwinters als Fortbewegungsmittel dienten, ließ Granock innerlich zusammenzucken. Im Zuge des *prayf*, der ersten Prüfung auf dem Weg zum Zauberer, war er gezwungen gewesen, eines dieser weißen Fellmonstren zu reiten, und hätte es um ein Haar nicht überlebt. Seither hatte er es peinlich vermieden, wieder auf einen *bórias* zu steigen.

»Auch das ist wahr«, gab Farawyn zu. »Diese Patrouillen haben in allen Himmelsrichtungen nach der Fährte des Mörders gesucht, sie jedoch nicht finden können.«

»Was bedeutet, dass er noch immer hier ist, oder nicht?«, hakte Gervan nach. »Hier in Shakara.«

»Möglicherweise«, entgegnete Farawyn zögernd, der bereits zu ahnen schien, worauf der andere hinauswollte.

»Ganz sicher«, verbesserte Gervan unbarmherzig, »denn es ist die einzig logische Schlussfolgerung. Wenn sich der Mörder jedoch noch immer in Shakara aufhält und bislang nicht gefunden wurde, so kann das nur eines bedeuten: Er ist einer von uns!«

Die Worte trafen wie Pfeile.

Obwohl auch dieser Gedanke auf der Hand lag, hatten einige Ratsmitglieder es bislang noch erfolgreich vermieden, ihn konsequent zu Ende zu führen. Die Sehnsucht nach einer heilen Welt überwog noch immer. Granock sah die wachsende Furcht in den Gesichtern, und er wusste, dass es genau das war, was Farawyn hatte verhindern wollen. Gervans harsche Worte bargen genug Zerstörungskraft, um den eben erst von seinen inneren Zwistigkeiten genesenen Zauberrat zu zerreißen, und es war eine bittere Ironie, dass ausgerechnet der Tod von Vater Semias, dem die innere Einheit des Ordens über alles gegangen war, zu einem Prüfstein zu werden drohte.

»Ein gefährlicher Gedanke, den Ihr da äußert, Bruder Gervan«, knurrte Farawyn.

»Dessen bin ich mir bewusst – aber nur für jene, die schuldig sind. Wer ein reines Gewissen hat, der hat nichts zu befürchten.«

»Was Ihr nicht sagt.« Farawyn schnaubte. »Und wie wollt Ihr die einen von den anderen unterscheiden? Ist Euch nicht klar, dass Ihr den Orden einer nie dagewesenen Zerreißprobe aussetzt, wenn Ihr anfangt, wilde Verdächtigungen auszusprechen?«

»Soll Vater Semias' Mörder entkommen, nur weil wir nicht den Mut aufbringen, die Dinge beim Namen zu nennen?«, hielt Gervan dagegen und erntete vor allem von seiner eigenen Fraktion Zustimmung.

»Nicht nach dem Täter sollten wir suchen, sondern nach Hinweisen, die zu seiner Ergreifung führen«, widersprach Meister Cysguran.

»Dass Ihr eine solche Meinung äußert, wundert mich nicht weiter«, zischte Gervan. »Schließlich seid Ihr ein Nutznießer dieser eigenartigen Politik der Beschwichtigung, die dem Bösen Tür und Tor geöffnet hat – sogar hier in Shakara!«

»Nehmt das zurück!«

»Wollt Ihr bestreiten, dass Ihr einst zu Palgyrs Anhängern gehört habt? Dass Ihr sein Parteigänger gewesen seid?«

»Keineswegs«, beteuerte Cysguran, der das graue Haar streng zurückgekämmt trug und dessen Mantel das Zeichen der Kristallgilde aufwies. »Aber das war lange bevor Palgyr sich Rurak nannte und zum Verräter wurde! Mit den dunklen Plänen, die er verfolgte, hatte ich nichts zu tun. Zudem habe ich den Flügel gewechselt.«

»Ich weiß«, entgegnete Gervan zähneknirschend und bedachte Cysguran, der ihm auf der anderen Seite der Halle gegenübersaß, mit einem abweisenden Blick. »Das ist nicht zu übersehen, Bruder.«

»Schluss jetzt!«, ging Farawyn dazwischen. »Hört auf mit diesem kleinlichen Geplänkel! Versteht Ihr nicht, dass es genau das ist, was unsere Feinde erreichen wollen? Unsere stärkste Waffe im Kampf gegen die Finsternis ist unsere Einheit, Schwestern und Brüder. Wenn wir anfangen, uns gegenseitig zu beschuldigen und uns selbst zu zerfleischen, dann haben unsere Feinde leichtes Spiel mit uns. Vater Semias hat immer gewusst, deswegen hat er alles darangesetzt, unsere Einheit zu erhalten. Die Amnestie für Palgyrs ehemalige Anhänger war hierzu ein wichtiger Schritt, an dem zu zweifeln in höchstem Maße töricht wäre.«

»Das findet Ihr töricht?« Gervan breitete effektheischend die Arme aus. »Ein Wolf im Schafspelz ist noch immer ein Wolf, oder nicht? Und man täte gut daran, ihn in einen Käfig zu sperren.«

»Ganz richtig!«, bekräftigte jemand.

»Man muss hart durchgreifen«, rief ein anderes Ratsmitglied aus den hinteren Reihen.

»Aus diesem Grund«, fuhr Gervan fort, »beantrage ich die sofortige Internierung aller Personen, die in begründetem Verdacht stehen, mit der Befreiung Ruraks oder der Ermordung des Ältesten Semias in Verbindung zu stehen, und zwar ungeachtet ihres Alters, ihres Geschlechts oder ihres Amtes!«

Der rechte Flügel spendete fast geschlossen Beifall, nur ein paar wenige enthielten sich.

»Ihr wollt die Verdächtigen internieren?«, fragte Farawyn spitz.

»Ganz recht.«

»Und wer ist verdächtig?«, donnerte der Älteste, der seine Wut und Frustration nicht länger verbergen konnte. »Ich, weil ich Euch bewusst Informationen vorenthalten habe? Mein Koboldsdiener, weil er von meinen Plänen wusste? Der Eingeweihte Granock, weil er vorhin unberechtigt die Stimme erhoben hat? Seht Ihr nicht, wohin das führt?«

»Ich sehe nur einen Ältesten, der nicht willens oder nicht in der Lage ist, dem Gesetz zu seinem Recht zu verhelfen«, konterte Gervan hart. »Wollt Ihr ernstlich bestreiten, dass Euer Schützling in besonderer Weise verdächtig ist?«

»Weshalb?«, fragte Farawyn scharf, noch ehe Granock recht begriff, dass von ihm die Rede war.

»Da fragt Ihr noch?« Gervans ausgestreckter Zeigefinger flog herum und deutete auf Farawyns ehemaligen Novizen, als wolle er ihn durchbohren. »Seht ihn Euch doch nur an, Schwestern und Brüder!«

Wieder fühlte Granock die Blicke der Ratsmitglieder auf sich lasten, aber diesmal waren sie nicht nur unverhohlen vorwurfsvoll, sondern auch noch misstrauisch. Es war, als verpufften all das Wohlwollen und die Anerkennung, die er sich im Lauf der vergangenen beiden Jahre hart erarbeitet hatte, mit einem Schlag. Granocks Puls beschleunigte sich, unwillkürlich ballte er die Fäuste.

»Da!«, rief Gervan. »Seht Ihr es? Seine Gesichtszüge verfärben sich! Bei seiner Art gilt dies als sicheres Anzeichen eines schuldbewussten Gewissens!«

Ein Raunen ging durch die Reihen der Zauberräte. Granock wollte etwas sagen, wollte sich verteidigen, aber nicht nur Farawyns Verbot hinderte ihn daran, sondern auch der dicke Kloß in seinem Hals. Er atmete auf, als sein ehemaliger Meister für ihn das Wort ergriff.

»Sind das die Kriterien Eurer Beurteilung, Bruder Gervan?«, rief Farawyn laut. »Genügt es schon, anders zu sein, um von Euch als verdächtig eingestuft zu werden?«

»Dass Ihr meine Ansicht nicht teilen würdet, war abzusehen, Ältester Farawyn – schließlich seid Ihr selbst es gewesen, der den Menschen nach Shakara gebracht und ihn gegen alle Widerstände in unseren Orden eingeführt hat. Aber Ihr solltet Euch nicht von Eurer Schwäche für die menschliche Rasse blenden lassen.«

»Das tue ich nicht. Der Eingeweihte Granock hat ebenso wie der Eingeweihte Aldur seine Loyalität zum Orden hinreichend unter Beweis gestellt. Beide sind in Arun dabei gewesen und haben dem Grauen ins Auge geblickt.«

»Wer weiß?«, fragte Gervan lauernd. »Vielleicht haben sie das ja ein wenig zu lange getan …«

»Was soll das nun wieder heißen?«

»Ihr sprecht vom Eingeweihten Aldur, der bekanntermaßen ebenfalls zu Euren Günstlingen gehört. Jeder hier im Saal weiß, dass seine Meisterin eine Verräterin war.«

»Und?«, fragte Farawyn, während Granock aus dem Augenwinkel sehen konnte, wie sich Aldur neben ihm verkrampfte. Wie immer, wenn von seiner ehemaligen Meisterin Riwanon die Rede war.

»Ist es wahr, dass Ihr sowohl den Eingeweihten Granock als auch den Eingeweihten Aldur nach Borkavor mitgenommen habt, um Euch bei Euren Ermittlungen zu unterstützen, während Ihr uns, die ehrwürdigen Mitglieder dieses Rates, noch nicht einmal über den Vorfall in Kenntnis gesetzt habt?«, fragte Gervan scharf und sorgte damit erneut für Unruhe unter den Räten. Unwillkürlich fragte sich Granock, woher der Zauberer seine Informationen bekommen haben mochte.

»Ja«, gestand Farawyn, worauf ein unwilliges Murren durch den Ratssaal ging. »Aber ich habe mich dafür entschuldigt.«

»Dass sie an geheimen Unterredungen der Ältesten teilgenommen haben?«, hakte Gervan weiter nach. »An Unterredungen, die womöglich die Zukunft des Ordens betreffen?«

»Da es sich um geheime Absprachen zwischen Vater Semias und mir handelte«, gab Farawyn diplomatisch zur Antwort, »kann ich dazu nichts sagen.«

»Das ist auch nicht nötig. Ich denke, unsere Schwestern und Brüder im Rat haben auch so einen Eindruck bekommen.«

»Einen Eindruck wovon?«

»Ehrwürdiger Farawyn«, ergriff Meister Filfyr, ein weiterer Angehöriger des rechten Ratsflügels, das Wort, »niemand von uns zweifelt an der Lauterkeit Eurer Absichten, aber Ihr müsst verstehen, dass wir beunruhigt sind.«

»Beunruhigt? Weshalb? Weil ich zwei junge Eingeweihte, die unter Einsatz ihres Lebens ihre Loyalität unter Beweis gestellt haben, ins Vertrauen gezogen habe? Ist der Tod des Ältesten Semias nicht weitaus beunruhigender?«

»Ist Euch nie der Gedanke gekommen«, erkundigte sich Gervan, »dass das eine mit dem anderen zusammenhängen könnte? Vielleicht ist es ja nur Eure Gutmütigkeit, die Euren Blick für die Wirklichkeit verschleiert. Vielleicht liegt es aber auch an Aldur, der von seiner alten Meisterin die hohe Kunst des Netzknüpfens erlernt hat. Wir alle wissen, dass Riwanon nicht nur ihre magischen Talente aufgeboten hat, wenn es ihren Willen durchzusetzen galt. Womöglich hat sie ihren Schüler gelehrt, seinen jugendlichen Körper ebenso einzusetzen wie …«

Das war zu viel.

Aldurs Miene färbte sich schlagartig purpurrot. Ob willentlich oder nicht, Rat Gervan hatte seine verwundbarste Stelle getroffen, und der Zorn, den der sonst so beherrschte Elf bislang noch mühsam zurückgehalten hatte, brach in einem heiseren Schrei aus ihm hervor.

»Schweigt!«, brüllte er so laut, dass es von der hohen Decke widerhallte und sogar die steinernen Könige zusammenzuzucken schienen.

»Eingeweihter Aldur!«, rief Farawyn streng.

»Nein«, schrie der junge Elf mit einer Leidenschaft, die selbst Granock überraschte. »Niemand darf es wagen, meine Ehre oder die meiner Meisterin auf derartige Weise zu beschmutzen! Riwanon mag falsch entschieden und den Pfad der Dunkelheit eingeschlagen haben, aber das ändert nichts daran, dass sie eine große Zauberin gewesen ist!«

»Du vergreifst dich im Ton, Eingeweihter Aldur«, beschied Gervan ihm herablassend. »Und du sprichst Drohungen aus, die du nicht halten kannst.« Ein Grinsen huschte über seine schmalen Züge, und selbst Granock, der von Gesprächstaktik nicht allzu viel verstand, merkte, dass es dem Ratssprecher einzig darum ging, Aldur herauszufordern. Der junge Elf jedoch, außer sich vor Wut, tappte blindlings in die Falle.

»Ihr könnt mir glauben, Rat Gervan, dass ich durchaus über die Mittel verfüge, euch zu drohen«, entgegnete er zähneknirschend. »Ebenso, wie ich über die Mittel verfüge, meine Drohungen wahr zu machen!«

»Aldur!«, rief Farawyn abermals, aber die gefährlichen Worte waren bereits ausgesprochen.

»Habt Ihr das gehört, Schwestern und Brüder?«, erkundigte sich Gervan Beifall heischend. »Er hat mich angegriffen! Mich, einen Meister des Ordens und gewähltes Mitglied dieses Rates!«

Wieder setzte empörtes Gemurmel ein, in das sich wütende Schreie vom rechten Flügel mischten. Allerdings machten auch die Abgeordneten des linken Flügels kein Hehl aus ihrem Missfallen. Auch wenn Gervans Bemerkungen provozierend und ehrabschneidend gewesen waren, stand es einem Eingeweihten nicht zu, sich einem Ratsmitglied derart offen zu widersetzen.

»Der Eingeweihte Aldur«, verschaffte sich Farawyn Gehör, »wird hiermit des Saales verwiesen. Er soll sich in seine Kammer zurückziehen und dort so lange meditieren, bis ihm Umfang und Art seiner Bestrafung mitgeteilt werden.«

»Und das ist alles?«, donnerte Gervan, während zwei Elfenwächter vortraten, um Aldur aus dem Saal zu führen. »Nachdem er gezeigt hat, wie viel Aggression in ihm steckt, wollt Ihr ihn mit einer Verwarnung davonkommen lassen?«

»Allerdings.«

»Warum?«, wollte Gervan wissen, und am schlagartig verebbenden Geschrei war zu erkennen, dass er nicht der Einzige war, der sich für die Antwort interessierte.

Farawyn ließ sich Zeit. Sein Blick schweifte durch den Saal, maß zunächst die Ratsmitglieder des rechten, dann jene des linken Flügels. »Ihr alle kennt mich«, erwiderte er dann, »und welcher Fraktion Ihr auch immer angehört, Ihr wisst, dass ich niemand bin, der die Augen vor der Wirklichkeit verschließt. Mein *rhegas* besteht darin, Dinge zu sehen, die anderen verborgen bleiben, und ich kann euch sagen, dass Aldur keine Schuld am Tod von Vater Semias trifft.«

»Nein?« Gervans Augen blitzten. »Aber wer trägt dann Schuld daran? Konntet Ihr den Mörder etwa sehen?«

»Nein.« Farawyn schüttelte den Kopf. »Die Macht der Dunkelklinge verschleiert die Vergangenheit und hat die Spuren verwischt. Ich vermag den Bann nicht zu brechen.«

»Aber was Aldurans Sohn betrifft, seid Ihr Euch sicher.«

»Allerdings.« Farawyn nickte.

»Verzeiht, Ältester, wenn dies nicht sehr plausibel klingt. Vielleicht sind es ja nicht dunkle Kräfte, sondern Eure eigenen Gefühle, die Eure Sicht trüben. Wir alle haben soeben erlebt, wie leidenschaftlich Aldur seine alte Meisterin verteidigt, obwohl jeder von uns weiß, was sie getan hat. Riwanon hatte viele Gründe, Vater Semias zu hassen – womöglich hat er nur zu Ende gebracht, was sie längst geplant hatte.«

»Ein berechtigter Einwand«, pflichtete Cysguran vom anderen Flügel bei. Dass der Zauberer seine Haltung plötzlich geändert hatte, überraschte Granock nicht, schließlich bot sich für ihn dadurch eine willkommene Gelegenheit, sich selbst ins rechte Licht zu rücken und das Misstrauen auf jemand anderen zu lenken; die Ratsmitglieder jedoch werteten die Zustimmung, die er seinem Gegner gab, als Zeichen der inneren Einheit.

Abgeordnete beider Seiten pflichteten bei. Einige rieben, wie unter Elfen üblich, ihre Handflächen aneinander, um ihren Beifall zu bekunden; andere ließen die Kristalle ihrer Zauberstäbe glühen, um ihrer Zustimmung Ausdruck zu verleihen. In seltener Einhelligkeit versammelte Gervan die beiden Ratsflügel hinter sich, und selbst Farawyn war dagegen machtlos.

Betroffen schaute Granock zu Aldur, der kreidebleich geworden war und wie ein Beklagter vor Gericht wirkte. Ihm war anzusehen, dass er nicht begriff, weshalb sich die Stimmung im Ratssaal so plötzlich gegen ihn gewandt hatte. Granock hingegen verstand es umso besser, und das nicht nur, weil er schon sein ganzes Leben lang mit Ignoranz und Vorurteilen zu kämpfen hatte. Sondern auch, weil das, was gerade im Hohen Rat der Elfen vor sich ging, auf so frappierende Weise menschlich war, dass ihm fast davon übel wurde …

»Verdammt noch mal!«, platzte es ungeachtet des Redeverbots aus ihm heraus. »Ist das die elfische Art, sich dankbar zu zeigen? Ist Eure Furcht so groß, dass Ihr jetzt schon Helden zu Verdächtigen machen müsst?«

Die Beifallsbekundungen erstarben. Die Ratsmitglieder wandten sich Granock zu. Unglauben über so viel Unverfrorenheit sprach aus ihren Gesichtern.

»Eingeweihter Granock«, stöhnte Farawyn am anderen Ende des Saales, »ich hatte dich davor gewarnt, das Wort nicht noch einmal unaufgefordert zu ergreifen.«

»Verzeiht, Meister, aber Ihr selbst habt mir beigebracht, dass man nicht schweigen darf, wenn man Zeuge eines Unrechts wird – und was hier geschieht, ist Unrecht!«

»Darüber zu befinden steht dir nicht zu«, befand Meisterin Atgyva. »Wir wissen um deine Verdienste, Eingeweihter Granock, und wir achten sie. Aber noch bist du kein vollwertiger Zauberer und hast folglich auch nicht das Recht, einen Beschuldigten vor dem Rat zu verteidigen.«

»Ich habe das Recht des Freundes«, stellte Granock klar. »Das Recht des Kameraden, der zusammen mit Aldur dem Tod ins Auge geblickt hat. Das Recht des Bruders …«

»… das vor diesem erlauchten Kreis keine Anerkennung findet«, brachte Gervan den Satz zu Ende. »Zudem zählst du in meinen Augen selbst zum Kreise jener, vor denen wir uns in acht nehmen sollten, und schon aus diesem Grund …«

»Aber *ich* habe sowohl die Befugnis als auch das Recht, Aldur zu verteidigen!«, rief Farawyn mit unverhohlenem Zorn. »Ist es schon so weit gekommen, dass ein Mensch uns sagen muss, was rechtens ist und was nicht? Ist Euer Drang nach Ruhe und Frieden so groß, dass Ihr bereit seid, alles dafür zu opfern, selbst die Vernunft?«

»Keineswegs, Ältester Farawyn«, wehrte Gervan ab. »Unvernünftig wäre es, nicht jedem Verdachtsmoment nachzugehen. Und der Eingeweihte Aldur ist verdächtig.«

»Ihr alle steht in seiner Schuld!«

»Wir alle? Auch Vater Semias?«

Der Streit eskalierte.

Farawyns Worte hatten einige Abgeordnete nachdenklich gemacht, und zumindest der linke Flügel schien in der Mehrheit wieder von Gervans Kurs abzuweichen. Der rechte Flügel jedoch stellte sich fast geschlossen hinter seinen Sprecher und forderte lautstark Konsequenzen, während Aldur von den Wachen aus dem Ratssaal geführt wurde.

Granock starrte zu Boden, die Hände zu Fäusten geballt. Er wusste, dass es Gervan nur um Politik ging und darum, seine Gegner zu schwächen, und dass die meisten Ratsmitglieder tatsächlich nichts anderes wollten, als in Ruhe zu ihren Studien zurückzukehren, die ihnen mehr als alles andere bedeuteten. In diesem Augenblick wurde ihm jedoch klar, dass er einer Täuschung erlegen war. Früher hatte er stets geglaubt, dass die Elfen den Menschen überlegen waren und dies der Grund wäre für ihren oft zur Schau gestellten Hochmut.

In Wahrheit war das Gegenteil der Fall.

Im Lauf ihrer jahrtausendelangen Geschichte hatten die Elfen vieles erreicht und waren zu Dingen fähig, die zu bewerkstelligen ein Mensch wohl niemals in der Lage sein würde. Aber wenn die Furcht regierte, verschwanden alle Unterschiede. Menschen wie Elfen wurden dann zu Wachs in den Händen derer, die die Situation auszunutzen verstanden …

Es hatte eine Zeit gegeben, da hatte Granock die Elfen gehasst und gefürchtet. Später dann hatte er sie bewundert. In diesem Augenblick jedoch konnte er nicht anders, als sie zu verachten.

Noch einen Augenblick lang wohnte er dem erbitterten Streit bei, den sich Farawyn und einige seiner Anhänger mit dem Rest des Rates lieferten. Dann machte er auf dem Absatz kehrt und verließ den Saal, ohne auf seine Entlassung zu warten.

Natürlich war dies ein neuerlicher Verstoß, aber die Ratsmitglieder, allen voran der streitbare Gervan, waren so in ihren Disput vertieft, dass sie es noch nicht einmal bemerkten. Mit raschen Schritten passierte er die Pforte, die die Torwächter vor ihm öffneten.

War das klug?, fragte Ariel in die Stille, die entstand, als sich die Türhälften wieder schlossen und das Gezeter der Ratsmitglieder verstummen ließen.

Granock bedachte den Kobold, der vor der Ratshalle auf ihn gewartet hatte, mit einem Seitenblick. »Wahrscheinlich nicht«, gab er zu. »Aber es war menschlich.«

»Idioten! Allesamt sind sie Idioten, deren Verstand ebenso versteinert ist wie ihre Knochen!«

Aldur ließ seiner Frustration freien Lauf. Die Wachen hatten ihn aus dem Saal geführt und ihn dann entlassen, wobei sie ihm nochmals eingeschärft hatten, dass er dem Befehl des Ratsältesten Folge leisten und sich in seine Kammer zurückziehen solle. Aldur hatte nicht vor, sich der Anweisung zu widersetzen – in seinem Quartier hatte er wenigstens Ruhe vor den Verleumdungen der Ratsmitglieder.

Mein armer Herr! Das habt Ihr nicht verdient ...

Die sanfte Stimme seiner Koboldsdienerin Níobe sickerte in sein Bewusstsein und legte sich wie Balsam auf seine aufgebrachte Seele. Trotz seines Zorns musste Aldur lächeln.

»Meine gute Níobe! Wenigstens du hältst zu mir.«

Natürlich, Herr. So wie Ihr zu mir gehalten habt, als es kein anderer tat.

Aldur nickte. Einst war die Koboldin mit dem goldblonden, kunstvoll geflochtenen Haar Riwanons Dienerin gewesen, aber da sie hatte glaubhaft machen können, dass sie von den Plänen ihrer Herrin nichts geahnt hatte, hatte der Amnestieerlass der Ältesten auch sie betroffen. Dennoch mieden die meisten Zauberer und auch viele ihrer Artgenossen Níobes Gesellschaft. Nur Aldur war bereit gewesen, sie als Dienerin aufzunehmen.

»Sie zittern und haben Angst«, murrte Aldur weiter. »So sehr, dass sie fast daran ersticken. Diese Narren sind nicht mehr in der Lage, Freund und Feind zu unterscheiden.«

Nein, Herr, das ist es nicht, widersprach Níobe sanft.

Aldur bedachte die Koboldin, die auf seinem angewinkelten Unterarm saß und ihn aus eng zusammengekniffenen Äuglein musterte, mit einem prüfenden Blick. »Ach nein?«, fragte er unwillig. »Was ist es dann, das diese Idioten daran hindert, ihren Verstand zu gebrauchen?«

Neid, flüsterte die Koboldin, wobei sie nach beiden Seiten spähte, als befürchtete sie, belauscht zu werden.

»Was meinst du damit?«

Ist das nicht offensichtlich? Ihr seid Aldur, der Sohn Aldurans, und Eure Fähigkeiten übertreffen die der meisten Ratsmitglieder bei Weitem, einschließlich jene Gervans.

»Und weiter?«

Ihr wisst doch, wie die Räte sind. Gervan ist nicht Sprecher des rechten Flügels geworden, weil er so einvernehmlich gehandelt, sondern weil er etwaige Gegner beizeiten hinter sich gelassen hat. Er weiß genau, was er will, und unternimmt alles, um seine Ziele durchzusetzen.

»Du meinst …?«

Ist das nicht offensichtlich? Zeiten der Krise, Herr, wurden schon immer dazu genutzt, die bestehenden Verhältnisse zu verändern. Ratsmitglied Gervan fürchtet Euch, denn er weiß sowohl um Eure Fähigkeit als auch um Eure Freundschaft zum Ältesten Farawyn. Er argwöhnt, dass Farawyn auf den Gedanken kommen könnte, Euch eines Tages zu seinem Nachfolger zu küren, und das will er verhindern.

»Durch Verleumdung und üble Nachrede?«, begehrte Aldur auf.

Gervans Worte allein sind es nicht, die Euch verletzt haben, nicht wahr?, fragte Níobe sanft. *Es ist die Zustimmung, die viele Räte ihm gegeben haben.*

Aldur schnaubte. Die Koboldin kannte ihn gut, vielleicht zu gut. Sie hatte die Wurzel seines Zorns erforscht, noch ehe er selbst sie gefunden hatte. Genau wie früher seine Meisterin …

Armer, armer Herr! Nachdem Ihr all dies für sie getan, nachdem Ihr in Arun Euer Leben für sie eingesetzt habt, danken sie es Euch auf diese Weise, flüsterte die Koboldin weiter. *Ich kann Euren Zorn gut verstehen, Herr, denn Ihr wurdet verraten. Verraten! Verraten …*

Das Wort hallte wie ein Echo in Aldurs Bewusstsein nach. Es dauerte einen Moment, bis er merkte, dass Níobe aufgehört hatte zu sprechen, denn sie waren plötzlich nicht mehr allein auf dem Gang. Rasche Schritte näherten sich, und im nächsten Moment bog Granock um die Ecke. Seine Züge waren feuerrot, das Haar hing ihm wild und wirr ins Gesicht. Ariel saß auf seiner Schulter und blickte nicht weniger bekümmert drein als er selbst.

»Aldur! Warte auf mich!«

»Was ist?« Der Elf blieb stehen und bedachte den Freund mit einem fragenden Blick. »Haben sie dich auch hinausgeworfen?«

»Nein.« Granock ließ ein wölfisches Grinsen sehen. »Ich bin vorher gegangen.«

»Sie sind Idioten«, blaffte Aldur, während er sich umwandte und weiterlief. »Einer wie der andere.«

»Selbst wenn du recht hättest«, wandte Granock ein, der Mühe hatte, mit ihm Schritt zu halten, »solltest du deine Meinung für dich behalten. Oder ein wenig leiser sprechen.«

»Weshalb? Glaubst du, ich fürchte mich vor denen?«

»Das nicht. Aber Gervan ist mächtig. Wie die Dinge stehen, könnte er leicht Vater Semias' Nachfolger werden.«

»Und was dann?«, fauchte Aldur. »Hat er dann das Recht, uns nach Gutdünken zu verdächtigen und zu beleidigen?«

»Sicher nicht«, gab Granock zu, »aber wir erweisen Farawyn einen schlechten Dienst, wenn wir …«

»Farawyn ist keinen Deut besser als der Rest dieser vergreisten Narren!«, ereiferte sich Aldur. »Statt sich gegen Gervans Unverschämtheiten zu verwehren und meine Ehre zu verteidigen, hat er mich des Saales verwiesen.«

»Aber doch nur, um dich zu schützen«, wandte Granock ein. »Farawyn hat sich für dich eingesetzt, gegen alle Widerstände.«

»Wirklich? Oder sagst du das nur, um deinen alten Meister in Schutz zu nehmen?«

»Was ist los mit dir?« Granock schaute den Elfen forschend an.
»Der Aldur, den ich kenne, handelt nach seinem Verstand und nicht nach seinen Gefühlen. Seit wann vermag törichtes Geschwätz dich derart aus der Ruhe zu bringen?«

»Wenn dieses törichte Geschwätz meine Ehre beleidigt, habe ich allen Grund, aufgebracht zu sein«, verteidigte sich Aldur. »Aber ein Mensch kann das wohl nicht verstehen.«

»Glaubst du, Menschen hätten kein Ehrgefühl?« Granock schüttelte den Kopf. »Als ich vor zwei Jahren nach Shakara kam, verging kaum ein Tag, an dem ich nicht gekränkt wurde – vor allem von einem gewissen Novizen, der mich behandelte, als wäre ich der Dreck unter seinen Stiefeln.«

Aldur blickte beschämt zu Boden. Er wusste nur zu gut, dass er gemeint war.

»Dennoch«, fuhr Granock fort, »habe ich mich dadurch nicht beirren lassen – und nun sieh, wohin mich meine Beharrlichkeit gebracht hat. Wir sind Freunde geworden, oder nicht?«

»Das sind wir«, bestätigte Aldur.

»Und als dein Freund rate ich dir, diese Dinge nicht zu persönlich zu nehmen. Rat Gervan hat diese Beleidigungen nicht ausgesprochen, weil er sie glaubt, sondern weil er damit bestimmte Ziele erreichen will. Ich bin überzeugt, er will Semias' Nachfolger werden, und je erbitterter wir uns ihm widersetzen, desto eifriger spielen wir ihm in die Hände. Wir sollten vorsichtig sein, Aldur. Farawyn braucht uns an seiner Seite und nicht ...«

Herr, es kommt jemand!

Ariels Warnung erreichte Granock einen Herzschlag, ehe er selbst die Schritte hörte, die sich den Gang entlang näherten. Er verstummte und fuhr herum – um einen überraschten Aufschrei von sich zu geben, als er die schlanke, in eine hellblaue Robe gehüllte Gestalt erblickte, die um die Biegung kam.

»Alannah!«

Granocks Trauer über Vater Semias' Tod und seine Bestürzung über die Vorfälle im Hohen Rat wichen heller Freude, als er die Elfin erblickte. Nun, da er sie wiedersah, merkte er erst, wie sehr er ihre Anmut und ihre Schönheit tatsächlich vermisst hatte.

Doch etwas stimmte nicht.

Ariel hatte ihn erst über Alannahs Eintreffen in Kenntnis gesetzt, als er ihre Schritte schon fast selbst gehört hatte. Für gewöhnlich pflegten die Kobolde befreundeter Zauberer ihr Kommen auf telepathischem Wege einander anzukündigen. Aber Flynn, Alannahs treuer Diener, saß nicht auf ihrer Schulter.

»Du bist wieder hier«, stellte Granock wenig geistreich fest, während Alannah und Aldur sich auf Elfenart begrüßten, indem sie ihre Handflächen aufeinanderlegten. Granock hieß die Freundin willkommen, indem er sie kurzerhand umarmte. Während andere Elfen derart plumpe Körperlichkeit verabscheuten und als roh und bäuerisch ansahen, hatte Alannah nie etwas dagegen einzuwenden gehabt. An diesem Tag jedoch erwiderte sie die Umarmung nur halbherzig, und auch ihre Wiedersehensfreude schien sich in Grenzen zu halten. Nur der Anflug eines Lächelns huschte über ihre blassen Züge, und Granock fühlte einen Stich im Herzen.

»Was ist passiert, Schwester?«, erkundigte sich Aldur. »Du siehst besorgt aus.«

»In der Tat, meine Freunde«, erwiderte Alannah. Es war das erste Mal, dass sie sprach, und Granock erschrak über den matten, krächzenden Klang ihrer sonst so silberhellen Stimme. »Ich muss zu Meister Farawyn. Etwas Schreckliches ist geschehen!«

10. PENTHERFAD

In der Nacht nach dem Streit im Hohen Rat gab es erneut eine geheime Unterredung. Unter dem Siegel absoluter Verschwiegenheit bestellte Farawyn Granock in seine Kammer, um, wie er es ausdrückte, Angelegenheiten von größter Wichtigkeit zu besprechen. Worum es dabei ging, war Granock nur allzu klar.

Wie er inzwischen erfahren hatte, war Alannah durch die Kristallpforte aus Tirgas Lan zurückgekehrt, und die Nachrichten, die sie gebracht hatte, waren in der Tat alarmierend. Nicht genug damit, dass die Orks ins Nordreich eingefallen waren, hatte es auch einen Anschlag auf ihr Leben gegeben. Zwar war dieser durch einen glücklichen Zufall misslungen, doch hatte ihr treuer Koboldsdiener Flynn dabei den Tod gefunden. Granocks Kenntnis der Lage reichte nicht aus, um in vollem Umfang beurteilen zu können, was all dies bedeutete und wie es zusammenhing. Er war nur erleichtert, dass Alannah noch am Leben war, und zugleich wild entschlossen, die Drahtzieher des gemeinen Anschlags, wer immer sie gewesen sein mochten, ausfindig zu machen und zur Rechenschaft zu ziehen.

Im Grunde, dachte er beklommen, während er durch die von mattem Lichtschein beleuchteten Korridore schlich, waren genau jene Befürchtungen wahr geworden, die sowohl Farawyn als auch Semias noch vor wenigen Tagen geäußert hatten. Nun war einer von ihnen nicht mehr am Leben.

Und es schien weiterzugehen …

Granock erreichte die Tür von Farawyns Quartier und klopfte mit dem verabredeten Zeichen. Es dauerte eine Weile, bis drinnen

Schritte zu hören waren, dann wurde die Tür einen Spalt geöffnet. Farawyns besorgtes Gesicht erschien. Die dunklen Augen musterten Granock einen endlos scheinenden Moment, so als wollten sie prüfen, ob er der war, als der er erschien. Dann wurde die Tür vollständig geöffnet, und Granock durfte eintreten. Rasch schlug er die Kapuze seines Gewandes zurück, die er tief ins Gesicht gezogen hatte.

Wie er feststellte, war Farawyn nicht allein. Auch Alannah und Aldur hielten sich in der Kammer des Ältesten auf. Ihren verwunderten Mienen entnahm Granock, dass Farawyn auch sie im Glauben gelassen hatte, sie wären allein zu der nächtlichen Unterredung bestellt – wohl eine Vorsichtsmaßnahme, die der listige Zauberer ergriffen hatte.

Granock begrüßte seine Freunde mit einem knappen Nicken. Den leisen Schmerz, den er fühlte, als er Alannah sah, unterdrückte er. Ihre Erscheinung war so vollendet wie immer. Das Kleid, das bis zum Boden reichte, umfloss ihre schlanke Gestalt, und das helle Haar war zu einem langen Zopf geflochten, der ihren zarten Nacken entblößte. Es kostete Granock einige Mühe, nicht unentwegt auf sie zu starren.

»Meine jungen Freunde«, begann Farawyn flüsternd, »bitte verzeiht mir die kleine Unaufrichtigkeit, mir der ich euch zu diesem Treffen gelockt habe. Ich wollte nicht, dass einer vom anderen weiß für den Fall, dass … dass ihm etwas zugestoßen wäre«, brachte er den Satz nach kurzem Zögern zu Ende.

»Dass ihm etwas zugestoßen wäre?« Granock schluckte hart. »Ist es denn schon so weit gekommen?«

»Ich fürchte ja«, bestätigte Farawyn mit grimmiger Miene. »Nach den jüngsten Ereignissen kann sich niemand von uns mehr wirklich sicher fühlen, weder hier noch an irgendeinem anderen Ort. Deshalb habe ich euch zu mir gerufen, meine Kinder. Ich brauche eure Hilfe, und ich muss wissen, ob ich darauf bauen kann.«

»Natürlich, Meister, das wisst Ihr doch«, versicherte Granock ohne Zögern. »Ihr könnt jederzeit auf mich zählen.«

»Ebenso wie auf mich«, versicherte Alannah.

Farawyn schnitt eine Grimasse. »Die Jugend spricht leicht und ohne die Folgen zu bedenken. Hört euch erst an, was ich zu sagen habe, und trefft dann eure Entscheidung. Ich möchte nicht, dass ...«

Er unterbrach sich, als plötzlich erneut an die Tür geklopft wurde.

»Erwartet Ihr noch jemanden?«, fragte Aldur und wandte sich der Tür zu, wobei er abwehrbereit die Hände hob.

»In der Tat«, bestätigte Farawyn, trat zur Tür und zog den Riegel zurück, der, wie Granock wusste, auch eine magische Barriere war und Bannflüche verschiedenster Art abzuwehren vermochte. Erneut öffnete der Zauberer die Tür einen Spaltbreit. Wer draußen stand, war im spärlichen Licht nicht auszumachen. Erst als Farawyn vollends öffnete und eine hagere Gestalt eintrat, die die Kapuze ihres Gewandes zurückschlug, erkannten die drei Eingeweihten den nächtlichen Besucher.

Es war Meisterin Maeve.

Granock war überrascht. Er hatte gewusst, dass die Zauberin zu Farawyns Anhängern im Hohen Rat zählte, aber er hätte nicht erwartet, sie unter seinen engsten Vertrauten zu finden. Maeve war Caias Meisterin; nach menschlichen Maßstäben war sie um die fünfzig Jahre alt und hatte angegrautes Haar, das sie hochgesteckt zu tragen pflegte, was ihre grazile Gestalt noch betonte. Ihre Nase war leicht gebogen, und ein Paar wasserblauer Augen blickte aus Zügen, die gleichermaßen würdevoll wie unnahbar wirkten. Granock konnte sich nicht erinnern, die Meisterin jemals lachen gesehen zu haben, aber von Caia wusste er, dass sich hinter dem beherrschten Äußeren ein ebenso sanftmütiges wie gütiges Wesen verbarg.

»Ich habe Schwester Maeve zu dieser Unterredung hinzugezogen«, erklärte Farawyn, als er die verwunderten Blicke der drei Eingeweihten bemerkte, »weil sie von nun an dem Zirkel des Vertrauens angehört.«

»Wie das?«, fragte Granock und biss sich sogleich auf die Lippen – schließlich stand es ihm nicht zu, die Entscheidung eines Ältesten anzuzweifeln. Aber in Anbetracht der Lage schien Farawyn gewillt, über derlei Dinge hinwegzusehen.

»Weil ich es gesehen habe«, sagte er nur und gab damit zu verstehen, dass er einmal mehr von seiner Gabe Gebrauch gemacht hatte. »Darüber hinaus habe ich vor, Schwester Maeve für die Nachfolge von Bruder Semias vorzuschlagen.«

»Eine Frau?« Aldur hob eine schmale Braue.

»Warum nicht? Im Kodex unseres Ordens steht nichts darüber, dass eine Frau nicht Älteste werden dürfte.«

»Ihr werdet Schwierigkeiten bekommen«, prophezeite Aldur nur. Was er persönlich von der Idee einer Ehrwürdigen Mutter als Ordensvorsteherin hielt, war ihm nicht anzusehen.

»Daran bin ich gewohnt«, erwiderte Farawyn gelassen. »Außerdem wird mein Antrag Gervan und seine Parteigänger für eine Weile beschäftigen und sie von meinem eigentlichen Vorhaben ablenken.«

»Was für ein Vorhaben?«, wollte Granock wissen. Er ahnte, dass nun er und seine Freunde ins Spiel kommen würden.

»Ihr selbst habt erlebt, in welchem Zustand sich der Hohe Rat befindet. Die jüngsten Ereignisse haben die Ratsmitglieder in Angst und Schrecken versetzt, was Ehrgeizlinge von Gervans Schlag für sich zu nutzen versuchen. Unsere eben erst zurückgewonnene Einheit droht daran zu zerbrechen.«

»Und?«, erkundigte sich Aldur. »Was lässt sich dagegen unternehmen?«

»Vermutlich nichts«, antwortete Farawyn mit entwaffnender Ehrlichkeit. »Semias und ich haben nach Ruraks Verrat alles darangesetzt, die Einheit unter uns Zauberern wiederherzustellen. Aber nur ein Narr würde versuchen, mit bloßen Händen einen Damm am Brechen zu hindern.«

»Was habt Ihr dann vor?«

»In seiner gegenwärtigen Verfassung«, erklärte der Seher weiter, »ist der Rat nicht beschlussfähig. Für solche Fälle sieht der Kodex vor, dass den Ältesten die uneingeschränkte Entscheidungsgewalt übertragen wird.«

»Das stimmt nicht ganz«, wandte Alannah leise ein, »und das wisst Ihr vermutlich.«

»Im Kodex ist von der formellen Erklärung des Notstands die Rede, die vorher durch den Rat erfolgen muss«, räumte Farawyn ein. »Eine solche Erklärung ist im Augenblick wohl nicht zu bekommen, obschon der Zustand des Zauberrates allein Grund genug wäre, sie zu erlassen. Eine Situation wie diese konnten die Gründer unseres Ordens nicht vorhersehen, als sie den Kodex verfassten. Wir müssen die Notstandserklärung also gewissermaßen ... als gegeben betrachten.«

»Als gegeben betrachten?«, hakte Alannah nach. »Ihr erwartet von uns, dass wir den Kodex offen brechen und uns gegen den Hohen Rat stellen?«

»Nein, mein Kind, das erwarten wir keineswegs von euch«, stellte Farawyn klar. »Deshalb sagte ich vorhin, dass ihr euch erst entscheiden sollt, wenn ihr wisst, worum es geht.«

»Und worum geht es genau?«, erkundigte sich Granock.

»Im Augenblick«, erwiderte Meisterin Maeve an Farawyns Stelle, »kann sich niemand von uns sicher fühlen. Der Orden ist einem Angriff ausgesetzt, aber weder wissen wir, von welcher Seite dieser Angriff erfolgt, noch wer dahintersteckt. Das muss ein Ende haben.«

»Was wir brauchen«, fügte Farawyn grimmig hinzu, »sind Antworten: Wer hat Rurak tatsächlich aus Borkavor befreit? Wer hält die Echsenkrieger am Leben? Wer hat Vater Semias getötet, und wer steckt hinter dem Anschlag in Tirgas Lan? All diese Dinge sind gewiss nicht zufällig geschehen, sondern stehen in einem Zusammenhang. Es muss jemanden geben, der all dies plant und im Geheimen die Fäden zieht, und wir brauchen Gewissheit.«

Granock, Aldur und Alannah tauschten Blicke. Ihnen allen war klar, worauf der Älteste anspielte. Die Befürchtung, dass die Macht des Dunkelelfen noch immer nicht erloschen sein könnte, war in den letzten Tagen wiederholt geäußert worden. Nun schien sie konkrete Gestalt anzunehmen.

»Margoks Geist«, sagte Farawyn, als wollte er selbst den letzten Zweifel ausräumen, »scheint noch immer zu wirken. Seine Diener sind unter uns. Sogar hier in Shakara.«

»Seine Diener?« Granock blickte seinen Meister fragend an. »Glaubt Ihr, dass Meister Gervan ...?«

»Was ich glaube, ist nicht von Belang, mein Junge«, sagte Farawyn matt. »Wir wurden schon einmal von einem Bruder hintergangen, der Mitglied des Hohen Rates war, und ich habe mir geschworen, niemals mehr so blind zu sein. Andererseits habe ich auch nicht vor, Gervans Fehler zu begehen und in jedem einen Feind zu sehen. Was wir brauchen, um die Lage verlässlich beurteilen und Freund von Feind unterscheiden zu können, sind verlässliche Informationen. Und ich fürchte, dass es in ganz Erdwelt nur einen Ort gibt, wo wir sie bekommen können.«

»Wo?«, fragte Alannah. Es war nicht mehr als ein tonloses Flüstern, denn ebenso wie Granock und Aldur konnte auch sie sich die Antwort bereits denken.

»In Arun«, sagte Meisterin Maeve.

»Ihr wollt uns nach Arun entsenden?«, fragte Aldur zweifelnd. »Der Rat wird niemals seine Zustimmung erteilen, drei Eingeweihte dorthin zu schicken. Und nach allem, was geschehen ist, wird Meister Gervan lieber selbst gehen wollen, als ausgerechnet mich ...«

»Der Rat«, stellte Farawyn fest, »wird nichts davon erfahren, denn dieser Beschluss wird nur von mir getroffen, unter Berufung auf das Notstandsgesetz.«

»Aber man wird unsere Abwesenheit bemerken.«

»Soweit es Bruder Gervan und seine Anhänger betrifft, werden Aldurans Sohn und der Eingeweihte Granock in die Eiswüste verbannt, wo sie im Lauf einiger Wochen in sich gehen und über ihre Verfehlungen vor dem Hohen Rat nachdenken sollen«, erklärte Farawyn schlicht.

»U-und was ist mit mir?«, fragte Alannah verblüfft.

»Die Eingeweihte Alannah ist bislang nicht offiziell aus Tirgas Lan zurückgekehrt«, gab Meisterin Maeve zur Antwort. »Weder hat die Kanzlei des Ältesten eine Rückmeldung erhalten, noch wurde sie bislang auf öffentlichen Plätzen gesehen.«

»Aber die Wächter an der Kristallpforte ...«, wandte Alannah ein. »Sie haben mich gesehen.«

»Ich habe ihnen einen magischen Eid abverlangt, der sie daran hindern wird, ihr Schweigen jemals zu brechen«, erwiderte die Zauberin ohne erkennbare Regung, was Granock ganz und gar nicht gefiel. Zaubereide hatten für denjenigen, der sie brach, äußerst dramatische Folgen für Leib und Leben. Sie jemandem abzuverlangen, galt unter Zauberern als Geste äußerster Hilflosigkeit und war verpönt. Was es bedeutete, wenn eine Meisterin des Rates ohne Zögern zu solch drastischen Maßnahmen griff, darüber wollte Granock gar nicht nachdenken.

»Ihr seht also, es wird euch niemand vermissen, wenn ihr Shakara morgen Nacht verlasst«, folgerte Farawyn mit einem Lächeln, das verriet, dass er sich den Plan wenn auch in aller Eile, so doch sehr genau zurechtgelegt hatte.

»Bereits morgen?«, fragte Granock.

»Ganz recht – die Sache duldet keinen Aufschub. Die Vorbereitungen für eure Reise werdet ihr in aller Stille treffen müssen und ohne Aufsehen zu erregen. Meisterin Maeve und ich werden euch dabei unterstützen.«

»Und was genau werden wir in Arun tun?«, wollte Aldur wissen.

»Ihr werdet jenen Ort aufsuchen, an dem der Dunkelelf begraben liegt – oder vielmehr das, was noch von ihm übrig ist. Was wir brauchen, ist Gewissheit. Wir müssen wissen, ob wir es lediglich mit Margoks unheilvollem Vermächtnis zu tun haben, das noch immer unter seinen Anhängern wirkt, mit den vernichtenden Gedanken und bösen Irrlehren, die er zu seinen Lebzeiten verbreitet hat, oder ob ...«

»... oder ob der Dunkelelf selbst ins Diesseits zurückgekehrt ist«, brachte Alannah den Satz zu Ende, und Granock bewunderte sie dafür, wie gelassen sie Dinge aussprach, die er selbst nur mit viel Mühe über die Lippen gebracht hätte. Schon der Gedanke, an jenen finsteren Ort im undurchdringlichen Dschungel Aruns zurückzukehren und die Ängste und das Grauen noch einmal zu durchleben, erschreckte ihn. Die Vorstellung jedoch, dass es dort noch etwas Grässlicheres geben könnte als jene Schrecken, auf die seine Kameraden und er beim letzten Mal gestoßen waren, schnürte ihm die Kehle zu und ließ ihm kaum Luft zum Atmen.

»Ganz recht«, bestätigte Farawyn nickend. »Wenn es so ist, so haben wir keine Erklärung dafür, denn wir glaubten die Rückkehr des Dunkelelfen verhindert. Doch nur ein Narr würde seine Augen vor dem Offensichtlichen verschließen.«

134

»Nun wisst ihr, worum es geht«, sagte Meisterin Maeve, »und nun trefft eure Entscheidung: Werdet ihr gehen und tun, worum wir euch im Interesse nicht nur unserer Gemeinschaft, sondern des ganzen Reiches bitten?«

»Wenn nicht, so verlasst jetzt diese Kammer«, fügte Farawyn hinzu. »Vorher allerdings wird Schwester Maeve auch euch einen Eid abverlangen, auf dass ihr niemals ein Wort über das verlieren werdet, was innerhalb dieser Wände gesprochen wurde.«

Nicht nur Granock, sondern auch Aldur und Alannah waren sichtlich schockiert. Die Tatsache, dass Farawyn ihnen, seinen engsten Vertrauten, einen Zaubereid abnötigen würde, zeigte deutlich, wie weit das Misstrauen bereits vorangeschritten war. Es war wie eine Seuche, die um sich griff und einen nach dem anderen erfasste. Wenn nicht bald etwas geschah, würde ganz Shakara davon befallen werden, und die Zauberer würden anfangen, sich gegenseitig zu bekämpfen ...

»Ich habe gesagt, dass Ihr Euch auf mein Wort verlassen könnt, Meister«, hörte Granock sich deshalb selbst sagen, »und dabei bleibt es.«

»Auch auf das Wort eines Elfen ist Verlass«, fügte Aldur hinzu, dem es trotz seiner Vorbehalte Farawyn gegenüber nicht schwerzufallen schien, seine Entscheidung zu treffen. Vielleicht, dachte Granock, weil ihm der Gedanke gefiel, ohne das Wissen des Rates zu handeln; vielleicht aber auch nur, weil Aldur nach den Ereignissen des Vortags den Eindruck hatte, ohnehin nichts verlieren zu können.

Anders als Alannah.

Die Elfin zögerte, nicht etwa weil es ihr an Mut oder Entschlossenheit gebrach, sondern weil sie eben erst in den Genuss einer lordrichterlichen Amnestie gekommen war. Alannah wusste besser als jeder andere, was es bedeutete, auf der falschen Seite des Rechts zu stehen und von den Hütern des Gesetzes verfolgt zu werden, und sie verspürte offenbar kein Verlangen danach, diese Erfahrung so bald schon zu wiederholen.

»Nun, mein Kind?«, drängte Farawyn sie zu einer Entscheidung.

»Los doch«, forderte Aldur sie auf, »worauf wartest du?«

»Du musst das nicht tun«, machte Granock ihr klar, obschon die Vorstellung, erneut von ihr getrennt zu sein, ihm das Herz nur noch schwerer machte. »Du hast in Tirgas Lan schon genug durchgemacht.«

»Das ist wahr«, flüsterte die Elfin und nickte, »und eben deshalb muss ich mit euch kommen. Ich will herausfinden, wer hinter diesem feigen Anschlag steckt und meinen getreuen Flynn ermordet hat.«

»Bist du sicher?«

Alannah nickte.

»Also ist es beschlossen«, sagte Farawyn mit der Endgültigkeit eines Richterspruchs. »Schwester Maeve wird in der Zwischenzeit nach Tirgas Lan entsandt. Bis dorthin reicht Rat Gervans spitze Zunge nicht, und ihre Fähigkeit wird uns am königlichen Hof sehr von Nutzen sein.«

»Ich vermag in die Herzen empfindender Wesen zu blicken, Bruder, aber nicht ihre Gedanken zu lesen«, schränkte die Zauberin ein.

»Dann blickt in das Herz von Fürst Ardghal«, trug Farawyn ihr auf. »Ich muss wissen, was sich dort verbirgt.«

»Fürchtet Ihr Verrat?«, fragte Granock.

»In diesen Tagen, mein Junge, können wir nicht vorsichtig genug sein. Freund und Gegner sehen einander gleich und sind kaum zu unterscheiden. Erdwelt geht dunklen Zeiten entgegen, meine Freunde, dunklen Zeiten.«

Granock erschauderte unter dem Blick, den ihm sein ehemaliger Lehrer schickte – denn einmal mehr hatte er das Gefühl, dass dieser Blick Dinge gesehen hatte, die jenseits der Gegenwart lagen, in einer düsteren Zukunft, die in dieser Nacht ein Stück nähergerückt war.

11. PARÁTHANA

Woher Rurak seine Informationen auch immer bezogen hatte – er behielt recht.

In dunkler Nacht und klammheimlich hatte Ortwein von Andaril die Stadt seiner Väter verlassen, um sich wie ein geprügelter Hund in dunklen Löchern zu verkriechen. Seine Rückkehr fiel gänzlich anders aus.

Hatte der junge Fürst anfangs noch Zweifel gehabt, so schwanden sie mit jeder Meile, die er und die Seinen auf dem Weg nach Andaril zurücklegten. Gerüchte machten die Runde, dass es zu Überfällen auf die westlichen Siedlungen gekommen wäre. Elfenkrieger, die der König entsandt hätte, um die widerspenstigen Menschen ein für alle Mal zu unterwerfen, hätten ein entsetzliches Blutbad unter den Siedlern angerichtet und seien nun auf dem Vormarsch nach Osten. Panische Furcht griff im hungernden Volk um sich, sodass es nur zu gern bereit war, den heimkehrenden Fürsten als seinen Herrn und Beschützer willkommen zu heißen.

Wie ein dunkler Herold eilte die Kunde von den nahenden Legionen König Ortweins voraus und ebnete seinen Weg wirkungsvoller als jede Streitmacht. Die befestigten Dörfer, die in den Senken zwischen Taik und Andaril lagen, öffneten ihm bereitwillig die Tore, und um ihre Familien und die wenige Habe zu schützen, die ihnen verblieben war, folgten die Bauern seinem Ruf zu den Waffen. Als er am vierten Tag nach dem Neumond Andaril erreichte, war sein einstmals versprengter Haufen bereits zu einer beträchtlichen Schar von fast fünfhundert Mann herangewachsen. Sein Einmarsch in die Stadt der Väter geriet zum Triumphzug.

Die Hauptstraßen waren festlich geschmückt; zu Hunderten jubelten die Bürger dem Fürsten zu, der an der Spitze seiner Kämpfer in die Stadt einritt und den Weg zur Burg einschlug, die inmitten des Häusermeers auf einem großen Felsen thronte. Das Banner Andarils flatterte auf dem höchsten Turm, und zum ersten Mal nach langer Zeit empfand Ortwein wieder etwas wie Stolz in seiner Brust.

Nicht weniger als acht Clansherren waren gekommen, die sich mit ihm verbünden wollten, und selbst das ferne Suln und die Diebesstadt Taik hatten Boten geschickt, die bewaffnete Unterstützung zusagten für den Fall, dass sich Ortwein den Elfen entgegenstellen wolle. Der junge Fürst nahm die Angebote dankbar an und ließ sich die Ehrerbietungen gefallen. Zwar hatte er den Eindruck, dass ein gewisser Zauberer an diesen Entwicklungen einen nicht unbeträchtlichen Anteil hatte, aber er wischte die Bedenken allesamt beiseite und zog es vor, die Früchte seines neuen Ruhmes zu genießen.

Anders als sein Schwertführer Ivor …

»Was hast du?«, erkundigte sich Ortwein mit schwerer Zunge, als sie in der Halle der Burg beisammensaßen. Es war spät nachts, und Ortwein hatte dem Wein mehr zugesprochen, als es gut für ihn war. Nur mit einem Lendenschurz bekleidet, saß er vor dem flackernden Kamin, einen gefüllten Becher in der Hand, während zwei junge Mädchen, die noch spärlicher bekleidet waren als er selbst, seinen ausgemergelten Körper mit duftenden Essenzen einrieben. »Ivor, alter Freund, du siehst so sauertöpfisch drein! Gefällt es dir nicht, wieder in Andaril zu sein? War dir das Dasein in den Kanälen lieber? Oder bist du nur neidisch, weil ein Schwertstreich dich so unansehnlich gemacht hat, dass sich die Weiber vor dir erschrecken?«

Er lachte über seinen eigenen Scherz, und auch die beiden Mädchen kicherten. Sie waren noch Jungfrauen, Bräute, die in der nächsten Woche verheiratet werden sollten. Ortwein gedachte die Gunst der Stunde zu nutzen, um das Recht der ersten Nacht einzufordern. Die Brautväter würden es ihm gern gewähren …

»Das ist es nicht, Fürst« Der junge Hauptmann der Wache, über
dessen linke Gesichtshälfte eine tiefe Narbe verlief, schüttelte den
Kopf. »Aber mir gefällt nicht, was ich sehe.«

»So?« Ortwein starrte auf die Brüste einer der beiden Frauen,
die dicht vor seinem Gesicht schwebten. Seinen gierig lodernden Augen war anzusehen, dass er am liebsten hineingebissen
hätte. »Weißt du, ich bin mit meiner Aussicht durchaus zufrieden.«

»Siehst du denn nicht, was hier vor sich geht? Das alles ist nicht,
wie es sein sollte!«

»Glaub mir, mein Freund.« Ortwein grunzte genussvoll, während das andere Mädchen ihm den Nacken massierte. »Wärst du an
meiner Stelle, würdest du das nicht sagen.«

»Genau das meine ich. Noch vor einigen Tagen haben wir ge-
haust wie die Ratten, waren noch weniger wert als der Dreck unter
unseren Stiefeln – und nun plötzlich feiert man uns als Helden! Wo
sind der Argwohn und die Feindseligkeit geblieben, die man uns
nach dem Tod deines Vaters entgegengebracht hat? Wo die Verräter, die dir nachgestellt haben?«

»Das will ich dir sagen – sie sind verschwunden. Aufgefressen
von der Furcht vor den Elfen. Diese heuchlerischen Bastarde können es sich nicht mehr leisten, uns zu hassen, denn sie erwarten,
dass wir sie vor Elidors Legionen beschützen.«

»Und das können wir?«, fragte Ivor.

Ortwein, der bequem in seinem Sessel gefläzt hatte, richtete sich
auf. Den Mädchen befahl er mit einer herrischen Geste, von ihm
abzulassen. »Was versuchst du mir zu sagen?«, erkundigte er sich.
»Bereust du, die Gosse von Taik verlassen zu haben? Möchtest du
lieber zurück?«

»Ganz sicher nicht.« Ivor schüttelte den Kopf. »Aber ich frage
mich, ob du die Folgen deines Handelns recht bedacht hast, mein
Fürst.«

»Oho.« Ortwein schürzte in gespielter Anerkennung die Lippen.
»Würde ein anderer so mit mir zu sprechen wagen, würde ich ihn
auf der Stelle auspeitschen lassen. Du hast Glück, dass wir von
Jugend an Freunde sind!«

»Und nicht als dein Schwertführer, sondern als dein Freund spreche ich zu dir, Ortwein«, erwiderte Ivor beschwörend. »Ein Krieg mit dem Elfenkönig ist nichts, worauf du dich leichtfertig einlassen solltest, ganz gleich, wozu andere dich drängen mögen.«

»Sie drängen mich nicht dazu. Es ist meine Bestimmung.«

»Glaubst du das wirklich? Auch dein Vater war überzeugt davon, und sieh, wohin es ihn gebracht hat.«

»Mein Vater hat nichts damit zu tun, Ivor«, stellte Ortwein klar. »Dies ist mein Krieg!«

»Nein, Fürst. Es ist vor allem Ruraks Krieg, nicht mehr und nicht weniger. Der Zauberer ist es, der am meisten Nutzen daraus zieht.«

»Du willst Nutzen daraus ziehen? Darum geht es dir? Bitte sehr, wie du willst! Ich schenke dir diese beiden Rosenblüten! Wenn du es wünschst, werden sie heute Nacht nicht mir zu Gebote stehen, sondern dir.« Die beiden jungen Frauen, die sich in einer Mischung aus Unsicherheit und Scham aneinanderdrängten, warfen Ivor furchtsame Blicke zu, wagten jedoch nicht zu widersprechen.

»Darum geht es nicht«, lehnte der Hauptmann ab. »Ich will, dass du die Augen öffnest und siehst, was dort draußen vor sich geht! Der Zauberer hat alle verhext – oder wie willst du dir sonst erklären, dass sie plötzlich auf deiner Seite stehen?«

»Glaubst du, darüber hätte ich nicht nachgedacht?«, fragte Ortwein dagegen. »Hältst du mich für so einfältig?«

»Und welche Antwort hast du dir gegeben?«, wollte Ivor wissen.

»Das sagte ich dir schon – die Abneigung gegen die Elfen hat all dies bewirkt. Zauberei, wie du sie fürchtest, war dazu nicht nötig. Der Hass und die Angst, die Tirgas Lan seit langer Zeit gesät hat, haben völlig ausgereicht. Die Menschen verlangen danach, dass jemand dem elfischen Hochmut Einhalt gebietet. Weißt du, was man über den Wald von Trowna erzählt?«

»Was, mein Fürst?«

»Es heißt, dass sich die Ebene von Scaria einst von den Ausläufern des Scharfgebirges bis hinab ans Meer erstreckte – weites Land, wild und ungezähmt. Die Elfen waren es, die den verdammten

Wald wachsen ließen, um das Südreich vor Einfällen aus dem Norden zu schützen.«

»Und?«

Ortwein spuckte den Wein aus, den er gerade hatte trinken wollen. »Ich habe es satt, dass sie unsere Welt verändern, mein Freund, und ich ertrage es nicht länger, dass sie über Erdwelt gebieten, als wäre es ihr Eigentum. Ich habe geschworen, den Tod meines Vaters zu rächen und die Ostlande von der Elfenherrschaft zu befreien, und genau das werde ich tun.«

»Indem du Erdwelt in einen Krieg stürzt? Noch niemals sind Menschen aus einem Kampf mit den Elfen als Sieger hervorgegangen!«

»Dann wird es das erste Mal sein«, entgegnete Ortwein überzeugt. »Denn diesmal sind wir nicht allein.«

»Sei vorsichtig«, warnte Ivor. »Der abtrünnige Zauberer wählt große Worte, aber wird er wirklich halten, was er verspricht? Auch dein Vater hat ihm vertraut, und das war ein Fehler …«

»Verdammt!« Mit einem Satz sprang Ortwein aus dem Sessel und schleuderte den Becher von sich, sodass er zersprang und die Scherben in alle Richtungen spritzten. Die Mädchen zuckten ängstlich zusammen. »Ich habe dir gesagt, du sollst meinen Vater aus dem Spiel lassen! Denkst du, ich hätte vor, seine Fehler zu wiederholen?«

»I-ich …« Der Schwertführer sah ein, dass er in seiner Kritik zu weit gegangen war. Errötend senkte er den Blick. »Verzeih mir, mein Fürst. Es ist nur … ich sorge mich um dich.«

»Das brauchst du nicht«, versicherte Ortwein, der sich rasch wieder gefasst hatte. »Rurak soll glauben, dass er sich unserer bedient, um seine Pläne zu verwirklichen – in Wirklichkeit jedoch ist es umgekehrt. Ich werde ihn benutzen, solange ich mir einen Vorteil davon verspreche, und mich dann seiner entledigen.«

Ivor sah den jungen Fürsten an, der nur wenige Monate älter war als er selbst. Gemeinsam waren sie aufgewachsen, gemeinsam hatten sie gejagt und gefochten, gemeinsam waren sie ins Exil geflüchtet. Noch nie zuvor jedoch waren sie einander so fremd gewesen wie in diesem Augenblick.

»Du spielst mit dem Feuer, Ortwein«, flüsterte er.

»Ich weiß, mein Freund.« Der Fürst nickte. »Aber wer tut das nicht in diesen Tagen?«

Reisevorbereitungen zu treffen, ohne selbst dabei in Erscheinung zu treten, erwies sich für Granock, Alannah und Aldur als weitaus schwieriger als angenommen. Wären Farawyn und Maeve nicht gewesen, die ihnen jede erdenkliche Unterstützung zukommen ließen, wäre es fast unmöglich gewesen, all jene Dinge zusammenzutragen, die für die Expedition benötigt wurden.

Mit Proviant und anderen Gegenständen des täglichen Bedarfs würden die drei Eingeweihten sich in Tirgas Lan oder später dann in Narnahal eindecken; ungleich wichtiger war es, aus der Bibliothek entsprechendes Kartenmaterial zu beschaffen und sich mit Waffen und Rüstzeug zu versorgen. Da sie noch über keine eigenen Zauberstäbe verfügten – ein *flasfyn* pflegte seinen späteren Besitzer erst im Lauf des *hethfánuthan* zu finden –, mussten welche aus dem Übungsarsenal genügen, in die Elfenkristalle eingesetzt waren, die jedoch nur eingeschränkte Wirkung hatten. Granock und seine Freunde beschlossen daher, sich zusätzlich mit Elfenklingen zu bewaffnen, die elegant zu führen waren und ihnen auch dann noch zu Gebote stehen würden, wenn ihre Zauberkräfte von einem Bann unterbunden wurden, so wie es schon einmal in Arun der Fall gewesen war. Unter ihren weiten Roben trugen sie außerdem Kettenhemden, die nach Farawyns Angaben von den Elfenschmieden der alten Zeit gefertigt worden waren und nur vergleichsweise geringes Gewicht hatten. Schulterpanzer und Beinschienen aus ebenso leichtem wie widerstandsfähigem Leder komplettierten die Rüstung.

Zu den breiten Hüftgürteln, an denen sich sowohl die Wasserschläuche als auch kleine Säckchen mit nützlichen Gegenständen befestigen ließen, trugen sie lederne Rucksäcke, in die sie neben ihrer Ausrüstung auch ihren Proviant packen konnten. Als Alannah mit drei kleinen Paketen erschien, von denen sie je eines in jeden Rucksack gab, sah Granock sie fragend an.

»Was ist das?«, wollte er wissen.

»*Bysgéthena*«, erwiderte sie. »Meisterin Maeve hat es mir gegeben.«

»Aha«, machte Granock nur und schnitt eine Grimasse.

»Was soll das heißen?«

»Nichts weiter.«

»Elfisches Gebäck schmeckt dir wohl nicht?«

Granock schaute sie herausfordernd an. »Die Wahrheit?«, fragte er.

Sie nickte. »Natürlich.«

»Das Zeug ist widerlich«, gestand er mit entwaffnendem Grinsen. »Wahrscheinlich muss man ein Elf sein, um daran Geschmack zu finden – oder ein Ork.«

»Das ist nicht witzig«, wies Alannah ihn zurecht. »Schon die alten Könige wussten die Vorzüge von *bysgéthena* zu schätzen. Außerdem ist es lange haltbar und überaus sättigend. Ein Stück genügt, um eine ganze Garnison satt zu bekommen.«

Granock antwortete nichts darauf. Das grunzende Geräusch, das er durch die Nase entließ, war Erwiderung genug.

»Was ist nun wieder?«

»Das ist eine maßlose Übertreibung«, gestand Granock. »Als ich noch ein Novize war und erst ein paar Wochen in Shakara, habe ich ein ganzes Dutzend *bysgéthenai* gegessen.«

»Hast du nicht.«

»Doch«, versicherte er. »Farawyn hatte mich dazu verdonnert, eure Sprache zu erlernen, und da ich den ganzen Tag über in meiner Kammer sitzen musste und nichts anderes zu tun hatte …«

»… hast du aus Langeweile Elfengebäck gegessen.«

»*Vanda*«, bestätigte er nickend.

»Den ganzen Tag.«

»*Vanda.*«

Einen Augenblick lang schien Alannah nur fassungslos zu sein. Mit in die Hüften gestemmten Armen stand sie vor Granock und starrte ihn an, um im nächsten Moment in schallendes Gelächter auszubrechen. Es tat Granock gut, sie nach der Anspannung der vergangenen Tage einmal so ausgelassen zu erleben. Er lachte mit, und für kurze Zeit schien es ringsum keine Festung zu geben, keine bevorstehende Mission und keine Bedrohung, die sich über Erdwelt zusammenzog … nur einen jungen Mann und eine junge Frau, die für eine kleine Weile ihre Pflichten vergaßen. Ihr Gelächter hallte von der Eisdecke der Kammer wider, die sich tief im Keller der Ordensburg befand, und es schien, als würde ein klein wenig von der Furcht und der Bedrückung, die sie eben noch empfunden hatten, von ihnen genommen. Viel zu früh jedoch holte die Wirklichkeit sie wieder ein. Ihr Lachen verlor sich wie eine Welle, die am Strand verebbt, und ein Augenblick der Stille folgte der ausgelassenen Heiterkeit.

»Du machst mich fröhlich«, stellte Alannah fest, und Granock glaubte, ein zärtliches Funkeln in ihren wunderschönen Augen zu erkennen. Ein wenig beschämt senkte er den Blick.

»Und?«, fragte er leise.

»Einem Elfen ist das noch selten gelungen.«

»Naja«, meinte Granock und verzog das Gesicht. »Vielleicht wisst ihr ja nur einfach nicht, was *Spaß* ist.« In Ermangelung eines elfischen Begriffs hatte er das Wort aus der Menschensprache gebraucht.

»Spaß«, echote Alannah.

»Ganz recht.«

»Was ist das?«

»Nun ja, so wie gerade eben …« Granock machte eine unbestimmte Handbewegung; er war nicht sehr geübt darin, Dinge zu erklären. »Wenn man lacht und zusammen an etwas Freude hat. Spaß eben.«

»Du meinst – *rhiw*?«, erkundigte sie sich und schaute ihn dabei so ahnungslos an, dass es ihn fast um den Verstand brachte.

»Nicht unbedingt«, schränkte er ein und hätte sich am liebsten selbst geohrfeigt, als er den Anflug von Enttäuschung auf ihren Zügen bemerkte. »Ich meine, auch das kann natürlich Spaß machen, aber ich weiß nicht, ob … ob …« Er schnappte nach Worten wie ein Fisch auf dem Trockenen nach Luft und kam sich vor wie ein Idiot.

»Du bist seltsam«, stellte Alannah fest.

»Stimmt.« Er zuckte mit den Schultern. »Ich rede andauernd dummes Zeug, nicht wahr?«

»Ja, aber das meinte ich nicht.« Sie schüttelte den Kopf. »Warum nur, frage ich mich immerzu, fühle ich mich in deiner Nähe so geborgen? Immerhin bist du nur ein Mensch.«

»Na, herzlichen Dank auch«, knurrte Granock und warf ein zusammengerolltes Seil in seinen Rucksack.

»Du weißt, wie ich es meine. Es ist nur, du … du bist …«

»Ja?«, fragte er. Ihre Blicke begegneten sich, und einen Herzschlag lang schien es etwas zwischen ihnen zu geben, ein unsichtbares Band, das sie vereinte – das jedoch schon einen Lidschlag später wieder zerriss, als jemand verhalten an die Tür der Kammer klopfte. Es war das Zeichen, das sie vereinbart hatten. Dennoch verlangte Alannah nach der Losung.

»Cethegar«, drang Aldurs Stimme leise zu ihnen herein, und die Elfin zog den Riegel zurück, um den Freund einzulassen, während Granock noch immer dastand und sie anstarrte, so als hätte sie einen ihm unbekannten Zauber gewirkt.

»Seid ihr fertig mit den Vorbereitungen?« Aldur trat in die Kammer, einige Schriftrollen unter dem Arm. »Diese Karten schickt uns Farawyn. Wir sollen sie uns genau einprägen, aber keinesfalls Abschriften erstellen. Kurz nach Mitternacht werden Meisterin Maeve und er die Kristallpforte für uns öffnen.«

»Verstanden«, sagte Granock nur, während sein Blick noch immer auf Alannah ruhte.

»Außerdem will Farawyn dich sehen, jetzt gleich«, fügte Aldur an Granock gewandt hinzu. »Aber pass auf, dass dich niemand sieht.«

»Verstanden«, sagte Granock wieder. Noch einen Augenblick verharrte er, dann riss er sich vom Anblick der Elfin los und verließ die Kammer mit raschen Schritten.

»Sehr gesprächig ist unser Freund heute nicht«, stellte Aldur fest, als er die Tür hinter Granock schloss und verriegelte.

»Er sorgt sich«, meinte Alannah. »So wie wir alle.«

»Wann willst du es ihm sagen?«, fragte Aldur und trat auf sie zu, um in einer zärtlichen Geste die Hände auf ihre schlanken Hüften zu legen.

»Noch nicht, Geliebter. Es wäre noch zu früh.«

»Zu früh?« Er beugte sich vor und küsste sie sanft auf den Mund.

»Was meinst du damit? Ich habe dir meinen *essamuin* genannt, Alannah. Du hast mein wahres Wesen erblickt.«

»So wie du das meine, Ru. Dennoch will ich nicht, dass Granock von uns erfährt. Es könnte unsere Freundschaft trüben, gerade jetzt ...«

Ein nachsichtiges Lächeln huschte über Aldurs bleiche Züge. »Du bist zu mild mit den Menschen. Das ist schon immer so gewesen.«

»Granock ist auch dein Freund«, brachte sie ihm in Erinnerung. »Er würde alles für dich tun.«

»Und ich für ihn«, versicherte er. »Aber ich liebe nur dich«, fügte er hinzu, und als er sie diesmal küsste, war es nicht weich und zaghaft, sondern voller Verlangen.

12. ARFA'Y'TAITH

Die Zitadelle, die sich auf dem Felsplateau erhob und deren spitze Türme sich gegen den glutroten Himmel abzeichneten, stammte aus grauer Vorzeit.

Jene Wesen, die einst die riesigen Quadern aufeinandergetürmt und die Festung errichtet hatten, waren von der Geschichte längst vergessen worden, ebenso wie die Schrift, die in den jahrtausendealten Stein gemeißelt, und die Sprache, in der sie gehalten war. Im Großen Krieg hatten Margoks Kreaturen das Bollwerk besetzt; *rark ur'ful* hatten sie es genannt, die »Blutburg«, und von den hohen Zinnen aus das Nordreich in Angst und Schrecken versetzt. Seither waren Jahrtausende vergangen, und natürlich hatte die Festung schon bessere Zeiten gesehen. Aber anders als die übrigen Bastionen entlang der Grenze zur Modermark war *rark-ur'ful* nie von den Elfen erobert worden und im Lauf der Zeit einfach in Vergessenheit geraten – zumindest bei jenen, die die Chroniken nicht so eingehend studiert hatten wie Rurak der Zauberer.

In einer der verbotenen Schriften hatte er einen Hinweis auf die Festung gefunden, die an den nördlichsten Ausläufern des Schwarzgebirges lag, unweit des von tiefen Schluchten durchzogenen Ödlandes, das die Orks *sgudar'hai ur-torga* nannten – Torgas Eingeweide. Mit ihrer versteckten Lage, den umgebenden Schluchten und ihrer Position am äußersten Ende eines Plateaus, das nur über eine schmale Passstraße erreicht und somit gut verteidigt werden konnte, bot sie einen geeigneten Schlupfwinkel. Hier hatte sich der Abtrünnige nach seiner Flucht verborgen. Von hier aus zog er die

147

Fäden seiner sorgsam gesponnenen Intrige, und hier würde auch der Feldzug beginnen, den er im Namen seines Herrn und Meisters zu führen gedachte.

Auf dem Balkon des höchsten Turmes stehend, beobachtete Rurak das Schauspiel, das sich zu seinen Füßen vollzog: Ein Kriegstrupp nach dem anderen kam über die heruntergelassene Zugbrücke und traf im Innenhof der Festung ein. An dem endlosen Band lodernder Fackeln, das sich an den schroffen Berghängen entlang den Pass heraufwand und in der dunklen Ferne verlor, war zu erkennen, dass es die ganze Nacht so weitergehen würde. Knochenbrecher, Pestfresser, Blutbiersäufer, Kotzbalger und wie sie sich sonst noch nennen mochten – nahezu alle Ork-Stämme waren dem Ruf nach Blut und Beute gefolgt. Was in den vergangenen Jahrtausenden keinem Unhold gelungen war, hatte Rurak bewerkstelligt: die Stämme der Orks zu einen und ihren Hass auf den gemeinsamen Feind zu konzentrieren.

Die Elfen.

»*Korr*«, knurrte eine kehlige Stimme hinter ihm. »Bist du zufrieden, Zauberer?«

Rurak wandte sich nicht um. Er wusste auch so, dass Borgas hinter ihm stand, der Häuptling der Knochenbrecher und sein besonderer Günstling. Weshalb er ausgerechnet ihn ausgesucht hatte, wusste Rurak inzwischen nicht mehr zu sagen. Wohl weil er rücksichtslos und grausam genug war, um alle Befehle ohne Zögern zu befolgen – und auch dumm genug.

»In der Tat«, stimmte er zu. »Du bist dabei, deinen Teil des Paktes zu erfüllen, Borgas.«

»Und wie sieht es mit deinem Teil aus, Zauberer? Vergiss nicht, dass du mich zum Herrscher der Modermark machen wolltest!«

Angesichts der Aufsässigkeit, die aus der Stimme des Orks herauszuhören war, hielt Rurak es nun doch für angezeigt, seine Aufmerksamkeit ganz dem Häuptling zuzuwenden. Er wandte sich um und trat vom Balkon zurück in die Halle, wobei sein schwarzes Gewand seine hagere Gestalt umrauschte. »Ich habe es nicht vergessen«, beteuerte er mit mühsam geheuchelter Freundlichkeit.

»Aber bei aller Gier nach Macht vergiss niemals, wer dein Herrscher ist, Borgas.«

Der Häuptling der Knochenbrecher merkte, dass er zu forsch gewesen war. Seine gedrungene grünhäutige Gestalt, die vor roher Muskelkraft zu platzen schien, duckte sich ein wenig. Der Schopf, zu dem er das lange schwarze Haar zusammengeknotet hatte, wackelte hin und her, als er das hässliche, narbenübersäte Haupt schüttelte. Seine Augen – sowohl das blutunterlaufene gesunde als auch das milchig trübe, dessen Sehkraft ein Messerstich hatte verlöschen lassen, nahmen einen treuherzigen Ausdruck an. »Niemals«, versicherte er. »Mein Hass gehört dir, Zauberer. Dir und dem dunklen Herrscher.«

»Das will ich hoffen. Bislang hast du deine Aufgabe gutgemacht, Borgas. Du hast den Stämmen der Orks meine Nachricht gebracht, und viele sind dem Aufruf gefolgt.«

»*Iomash*«, bestätigte der Ork beflissen. »Die Furcht vor den Todbringern hat sie dazu gebracht, ihren Streit zu begraben und sich mir anzuschließen.«

»Aber noch nicht alle Stämme.«

»Genug, um einen ehrenvollen Sieg zu erringen und mir das Anrecht auf die Vorherrschaft zu sichern.« Borgas fletschte die gelben Zähne und ballte die Klaue langsam zur Faust, so als stellte er sich vor, jemanden darin zu zerquetschen.

Rurak lachte leise.

Sollte der Unhold ruhig denken, dass er Herr der Lage war – in Wahrheit zogen andere an den Fäden. Der Zauberer selbst war es gewesen, der einst die Todbringer entsandt und die Orks damit in Aufruhr versetzt hatte, und auch seine zweijährige Abwesenheit hatte nichts daran geändert, dass sie Wachs in seinen Händen waren, allen voran der einfältige Borgas …

»Es wird Zeit für einen Sieg«, maulte der Ork weiter. »Die Überfälle auf die Siedlungen der Milchgesichter haben uns kaum Ehre eingetragen. Ein wenig Vieh und einige Skalpe, aber keine Beute, auf die ein Krieger stolz sein könnte. Nicht mal genug Blut, um die Spitze des *saparak* darin zu baden.«

»Du wirst deine Beute bekommen«, beschwichtigte Rurak.

»Wann?«

»Schon sehr bald, mein ungeduldiger Freund. Sobald das Heer der Orks vollständig versammelt ist, werden wir die Festung verlassen und entlang der Berge nach Süden vorstoßen.«

»Endlich«, schnaubte der Ork und schlug sich gegen die mit rostigen Eisenplatten gepanzerte Brust.

»Wir werden die Modersee umrunden und den Pass überschreiten«, kündigte Rurak an, »und dann werden wir ins Südreich einfallen. Zahllos wie die Maden in einem faulenden Kadaver werden die Orks über das Gebirge quellen, und wie flüssige Gallerte werden sie die Täler überschwemmen und alles Leben dort ersticken.«

Borgas' Gelächter klang wie das Röcheln eines verendenden Trolls. »Deine Sprache gefällt mir, Zauberer«, erklärte er grinsend.

»Es wird bald noch viel mehr geben, das dir gefällt, mein grüngesichtiger Verbündeter«, beschied Rurak. »Wenn Margok erst wieder unter uns weilt …«

»Der dunkle Herrscher ist also tatsächlich noch am Leben?«, erkundigte sich Borgas neugierig.

»Aber natürlich. Er hat mich in Borkavor gerufen. Seine Stimme durchdrang die Kerkermauern, und er hat mich allen Barrieren zum Trotz befreit.«

»Er … er spricht zu dir?«

»Ganz recht.« Rurak deutete auf sein kahles Haupt. »In meinen Gedanken.«

»*Korr*«, schnappte der Ork mit argwöhnischem Blick, »und wer sagt mir, dass der Dunkelelf nicht *nur* in deinem Kopf zu dir spricht? Ich habe Krieger erlebt, die nach einem Schlag auf den Schädel rote Gnomen gesehen haben!«

Der Häuptling bereute seine unbedachten Worte schon im nächsten Augenblick, denn plötzlich war ihm, als träfe ihn ein Keulenhieb. Die Wucht des Aufpralls war so stark, dass sie Borgas von den Beinen riss und ihn zurücktaumeln ließ. Dabei verhedderten sich seine kurzen Beine, und er landete auf dem *asar*. Als er verdutzt aufblickte, sah er Rurak über sich stehen.

»Wage es nie wieder, so mit mir zu sprechen!«, fauchte der Zauberer. »Hast du verstanden?«

»*K-korr*«, würgte Borgas hervor, der immer noch herauszufinden versuchte, woher der Schlag gekommen war, der ihn so unvermittelt getroffen hatte. Nirgendwo war eine Keule zu sehen, also musste es wohl ein unheilvoller Zauber gewesen sein, der dies bewirkt hatte.

»Bezweifle noch einmal, dass Seine dunkle Erlauchtheit zu mir gesprochen hat, und du wirst dein Hirn an dieser Wand wiederfinden«, knurrte Rurak, dessen Augen die Farbe von glühenden Kohlen angenommen hatten. »Sieh her, ich werde dir etwas zeigen.«

Mit einer beiläufigen Geste hatte er nach der Kugel gegriffen, die, wie Borgas wusste, Dinge zeigen konnte, die sich an weit entfernten Orten abspielten oder schon vor langer Zeit ereignet hatten.

»Die Kristallkugel«, stellte der Ork furchtsam fest. »Als ich das letzte Mal hineingeschaut habe, habe ich die Todbringer darin gesehen.«

»Diesmal wird es anders sein«, versprach Rurak verheißungsvoll. »Sieh nur her.«

Von Neugier getrieben, wandte Borgas den Blick und starrte mit dem gesunden Auge in die Kugel. Zunächst waren nur neblige Schleier zu erkennen, die sich jedoch schon im nächsten Moment lichteten; und was der Häuptling dann zu sehen bekam, ließ ihn grinsend die Zähne blecken.

Es waren Waffen.

Gepanzerte Belagerungstürme, Pfeilschleudern und Katapulte – aber auch Kriegsgerät, wie er es noch nie zuvor erblickt hatte. Riesige Ungetüme aus Stahl, Kampfkolosse, deren einziger Zweck es zu sein schien, Hunderte von Feinden auf einen Streich in Kuruls Grube zu befördern ...

Borgas schnaubte aufgeregt durch die rüsselförmige Nase, dass gelbes Sekret auf seinen Brustpanzer spritzte. Sein fieberndes Auge hatte sich noch längst nicht sattgesehen, als die Kristallkugel wieder verlosch. Und schon einen Lidschlag später wusste der Häuptling nicht mehr zu sagen, ob er all diese Dinge wirklich erblickt hatte oder ob er einer Täuschung erlegen war.

»Dieser Ort, den du mir gerade gezeigt hast, Zauberer«, keuchte er, »gibt es ihn wirklich?«

»Gewiss.«

»Wo ist er?« Ein Kloß wanderte Borgas' Krötenhals hinauf und wieder hinab, als er gierig schluckte. »Wo sind diese Waffen?«

»Das ist ein Geheimnis«, stellte Rurak klar. »Aber jene Maschinen wurden nicht gefertigt, um in unterirdischen Gewölben zu verrosten, sondern um in die Schlacht geführt zu werden. Der Dunkelelf hat sie für seine Getreuen anfertigen lassen, damit sie Orgien der Vernichtung feiern und in seinem Auftrag glanzvolle Siege erringen.«

»*Korr*«, meinte Borgas zustimmend und rieb sich die Pranken. »Das hört sich gut an.«

»Zweifelst du immer noch an Margoks Existenz?«

»*Douk*.« Borgas schüttelte den klobigen Schädel. »Jetzt nicht mehr. Aber wo ist der dunkle Herrscher? Warum zeigt er sich uns nicht?«

»Das wird er«, versicherte der Zauberer, »sobald sein Heer sich am vereinbarten Ort eingefunden hat. Und wenn es so weit ist«, fügte er hinzu und beugte sich so weit vor, dass sein Gesicht dicht vor dem des Orks schwebte und er dessen fauligen Atem riechen konnte, »werden deine Leute und du ihm treu ergeben sein. Ihr werdet ihm folgen, wie ihr noch nie zuvor einem Anführer gefolgt seid. Ihr werdet ihm die Treue halten, wie ihr noch nie zuvor jemandem die Treue gehalten habt, und ihr werdet für ihn kämpfen, wie ihr noch nie zuvor in eurem Leben gekämpft habt.«

»U-und wenn wir das nicht tun?«, erkundigte sich Borgas.

»Dann«, entgegnete Rurak ungerührt, »werde ich am Pass eiserne Speere errichten lassen, auf denen ich dich und deine ganze verkommene Horde pfählen werde, auf dass die Blutfeste ihren Namen zu Recht tragen soll.«

Für einen Augenblick herrschte eisiges Schweigen in der Halle; nur das Knacken der brennenden Fackeln war zu hören. Aus weit aufgerissenen Augen starrte Borgas den Zauberer an, während er angestrengt überlegte, ob die Drohung ernst gemeint war. Schließlich schien er für sich zu einem Ergebnis zu kommen und brach in schallendes Gelächter aus.

Rurak wartete einen Augenblick. Dann fiel er in das Gelächter mit ein, und ihre Stimmen vereinten sich zu einem schaurigen Zweiklang, der von der Gewölbedecke zurückgeworfen wurde und durch die Festung scholl.

Aber nur einer von ihnen war der Ansicht, dass Rurak einen Scherz gemacht hatte.

13. GYBURTHAITH ESSA

»Lasst mich gehen! Auf der Stelle!«

Blitze schienen aus Aldurs Augen zu schlagen, während er Meisterin Atgyva wütend anblitzte. Vergeblich versuchte er, sich aus dem Kraftfeld zu befreien, das sie rings um ihn errichtet hatte, ohne dass es sie auch nur die geringste Mühe zu kosten schien.

»Auf gar keinen Fall«, beschied sie ihm. »Nicht bevor wir mit Bruder Farawyn gesprochen haben ...«

Atgyva war die *gwarshura'y'gyburthaith* – die Wissenshüterin und Vorsteherin der Bibliothek von Shakara. In dieser Eigenschaft wurde die hagere Elfin, die ihr graues Haar kurz geschnitten trug, sodass ihre schlanken, spitz zulaufenden Ohren deutlich zu sehen waren, von allen Mitgliedern des Ordens geachtet und respektiert. Unabhängig davon, ob man Meister oder Novize war oder welchem Ratsflügel man angehörte – wer nach Wissen suchte, der kam an Atgyva nicht vorbei.

Weder gab es einen Katalog noch ein Gesamtverzeichnis, das über alle in der Bibliothek gelagerten Schriften und Speicherkristalle Aufschluss gegeben hätte; es war ein Geheimnis, das von einem Wissenshüter an den anderen weitergegeben wurde, seit Tausenden von Jahren. Argyva war die vierte *gwashura*, die der Orden im Lauf seiner langen Geschichte hervorgebracht hatte. Ihre Erinnerung reichte weiter zurück als die der meisten anderen Zauberer, und ihre eisgrauen Augen hatten vieles gesehen, das die jüngeren Ordensmitglieder nur aus den Geschichtsbüchern kannten. Es hieß, dass sie des Daseins in der Welt der Sterblichen überdrüssig wäre und sich nach den Fernen Gestaden sehnte, aber noch war kein Nachfolger gefunden, der wie sie über über die Gabe des *dysbarthan* verfügte – die Fähigkeit, geschriebene Worte mittels Gedankenkraft in Elfenkristalle zu übertragen und sie auf diese Weise für die Ewigkeit zu bewahren.

»Der Älteste hat nichts damit zu schaffen«, behauptete Aldur, während er sich weiter gegen das Energiefeld zur Wehr setzte, das nicht zu sehen, dafür aber umso deutlicher zu spüren war. Wie eine unsichtbare Wand umgab es ihn, die immer noch massiver zu werden schien, je heftiger er sich dagegen wehrte. »Er braucht es nicht zu erfahren.«

»Da bin ich anderer Ansicht«, beschied ihm Atgyva kühl, »und ich rate dir, deine Kräfte zu sparen, damit du ihm Rede und Antwort stehen kannst, wenn er hier eintrifft. Ich habe ihn bereits gerufen.«

»Und ihr glaubt, der Älteste hätte mitten in der Nacht nichts Besseres zu tun, als Eurem Ruf zu folgen?«, fragte Aldur aufgebracht dagegen. In Gedanken probierte er eine Reihe von Gegenzaubern aus, die das Kraftfeld aufheben oder es zumindest schwächen sollten, aber keiner davon zeigte Wirkung.

»Sieh an«, meinte Atgyva und verzog den schmalen Mund zu einem freudlosen Lächeln. »Offenbar gibt es Dinge, die du noch lernen musst, Eingeweihter.«

Aldur antwortete nicht. Mit zusammengebissenen Zähnen ging er weiter gegen das Kraftfeld an, versuchte sogar, sein *reghas* zum Einsatz zu bringen.

Vergeblich …

»Was ist hier los?«

Aldur wusste nicht, ob er bestürzt oder erleichtert sein sollte, als Farawyn den Vorraum der Bibliothek betrat, von dem aus unzählige, sich immer weiter verzweigende Korridore in die Kristallkammern führten. Der Älteste sah nicht aus, als ob er geruht hätte; er trug seine vollständige Robe, Sorgenfalten hatten sich in seine hohe Stirn gegraben.

»Verzeiht, Bruder, wenn ich Euch zu nächtlicher Stunde stören muss«, bat Atgyva, »aber dieser Vorfall verlangt Eure Aufmerksamkeit.«

»Aldur«, stieß Farawyn hervor, als er den jungen Elfen in dem Eindämmungsfeld erkannte. »Gefangen wie ein Dieb!«

»Und das aus gutem Grund«, versicherte Atgyva. »Ich habe ihn dabei erwischt, als er sich unerlaubten Zugang zur Bibliothek verschafft hat.«

»Das ist bedauerlich«, schnaubte Farawyn, wobei er Aldur mit einem tadelnden Blick streifte, »und ich kann nicht anders, *gwarshura*, als Euch um Entschuldigung für das Verhalten dieses Eingeweihten zu bitten. Dennoch ersuche ich Euch gleichzeitig um Nachsicht, denn ich habe des Aldurans Sohn mit einer Aufgabe betraut, die es womöglich vonnöten macht, dass er sich zusätzliches Wissen ...«

»Auch Wissen aus dem verbotenen Bereich?«, fragte die Bibliothekarin.

Farawyn starrte sie verständnislos an. »Was?«

»Als ich den Eingeweihten Aldur fand, war er dabei, in den dunklen Büchern nach Wissen zu suchen.«

Farawyn fuhr herum. Nicht mehr nur milder Tadel, sondern unverhohlene Anklage sprach jetzt aus seinen Augen. »Ist das wahr?«, wollte er wissen.

Aldur wich seinem Blick aus. »Ja und nein, Vater«, erwiderte er. »Ich wusste nicht, dass es ein verbotenes Buch war, in dem ich las. Alles, was ich wollte, waren Informationen.«

»Worüber?«, erkundigte sich Atgyva scharf, aber Aldur blieb eine Antwort schuldig. Stattdessen blickte er Hilfe suchend zu Farawyn, der den Hinweis wohl verstand.

»Der Eingeweihte Aldur«, erklärte er leise, »wurde mit einer Mission betraut.«

»Ich verstehe«, sagte die Wissenshüterin ohne mit der Wimper zu zucken. »Und worin besteht diese Mission? Unerlaubt in die Bibliothek einzudringen und verbotenes Wissen zu stehlen?«

»Ich wusste nicht, dass es verboten ist«, beteuerte Aldur noch einmal. »Ich wollte nur ...«

»Was?«, hakte sie nach.

»Wissen, womit wir es zu tun haben«, entgegnete er leiser und mit hängenden Schultern.

»Mit wem du es zu tun hast?« Argyva schnaubte. »Das hättest du schon sehr bald zu spüren bekommen! In diesen Büchern, Aldur, des Aldurans Sohn, lauert der Wahnsinn! Niemand kann lange in ihnen lesen, ohne dabei den Verstand zu verlieren, selbst ich nicht oder der Älteste Farawyn.«

»Entschuldigt.« Er senkte schuldbewusst das Haupt. »Dieser Gefahr war ich mir nicht bewusst.«

»Woher wusstest du überhaupt, wo jene Kristalle zu finden sind?«, hakte die Bibliothekarin weiter nach.

»Ich wusste es nicht«, beteuerte Aldur. »Ich bin lediglich meinem Gefühl gefolgt. Jene Kristalle …«

»Ja?«

»Es war ein wenig, als ob sie mich gerufen hätten«, gab Aldur flüsternd zur Antwort. »Seltsam, nicht wahr?«

»In der Tat.« Atgyva nickte, ihr Zorn schien schlagartig nachzulassen.

»Was denkt Ihr, Schwester?«, fragte Farawyn.

»Nun, ich … ich weiß nicht, was ich denken soll«, gestand die *gwarshura* offen. »Solange ich lebe, ist es nur ein einziges Mal vorgekommen, dass ein Eingeweihter von Büchern gerufen worden wäre.«

»Tatsächlich?« Farawyn hob eine Braue. »Und wer war das?«

»Das war ich selbst, Bruder«, erwiderte Atgyva flüsternd. »Wenn Aldur die Wahrheit sagt, so hat er möglicherweise die Fähigkeit des *dysbarthan* …«

»Ihr meint, er könnte Euer Nachfolger werden?«

»Vielleicht.« Sie nickte. »Ich müsste ihn einer eingehenden Prüfung unterziehen.«

»Zu gegebener Zeit«, stimmte Farawyn zu. »Vorerst ist der Eingeweihte mit einer Aufgabe betraut, deren Erfüllung keinen Aufschub duldet.«

»Keinen Aufschub?« Atgyva sah ihn verständnislos an. »Was soll das heißen? Jemand hat sich widerrechtlich Zugang zur Bibliothek verschafft und verbotenes Wissen gesucht. Natürlich muss umgehend der Hohe Rat informiert werden.«

»Ihr habt mich informiert«, sagte Farawyn. »Dabei wollen wir es bewenden lassen.«

»Das kann ich nicht. Als Hüterin des Wissens und Oberste Bibliothekarin bin ich nicht Euch, sondern dem Rat Rechenschaft schuldig.
Ich habe Euch nur aus Freundschaft vorab informiert und weil ich
weiß, dass dieser Eingeweihte zum Kreis Eurer Vertrauten gehört.«

»Ebenso wie Ihr, Schwester«, erwiderte Farawyn, »deshalb werde
ich Euch jetzt etwas anvertrauen, das bislang nur sehr wenige in
Shakara wissen …«

Und der Älteste berichtete. Von den Hinweisen, die er gesam-
melt hatte; von dem grässlichen Verdacht, den er insgeheim hegte;
und von der geheimen Mission, auf die er die drei Eingeweihten zu
entsenden gedachte.

»Wenn wir nicht wollen«, fügte er abschließend hinzu, »dass
Furcht und Misstrauen unter den Ordensmitgliedern immer weiter
um sich greifen, so brauchen wir zuvorderst verlässliche Informationen. Solange wir nicht wissen, wer unser Feind ist, können wir
ihn auch nicht bekämpfen.«

»Das verstehe ich«, versicherte Atgyva.

»Dann versteht Ihr auch, weshalb der Rat nichts von diesem
Zwischenfall erfahren darf. Rat Gervan hat ohnehin schon versucht, Aldur anzugreifen und meine Position auf diese Weise zu
schwächen. Einen Vorfall wie diesen wird er womöglich zum Anlass nehmen, mich zu entmachten. Was dann geschieht, dürfte klar
auf der Hand liegen. Angst und Argwohn werden um sich greifen,
und die soeben erst notdürftig verheilten Wunden, die Ruraks Verrat verursacht hat, werden wieder aufbrechen. Wenn meine Vermutungen jedoch zutreffen, so brauchen wir einen Orden, der
stark und handlungsfähig ist.«

Atgyva hatte aufmerksam zugehört. Als Farawyn endete, schien
sie einen Augenblick nachzudenken. Dann hob sie mit einer beiläufigen Geste den Arm, und so unvermittelt, wie es erschienen war,
erlosch das Kraftfeld wieder, das Aldur gefangen hielt.

»Ich danke dir, Schwester«, sagte Farawyn, und es war deutlich,
dass nicht der Älteste sprach, sondern der um seinen Schützling be-
sorgte Freund.

»Ich handle gegen meine Überzeugung«, stellte die Bibliothekarin fest, »und ich tue es nicht, weil ich diesem da vertraue« – sie

deutete auf Aldur – »sondern weil ich Euch schätze, Bruder Farawyn. Bitte tragt dafür Sorge, dass diese Wertschätzung nicht enttäuscht wird. Sorgt dafür, dass der Eingeweihte seinen Fehler einsieht. Und dass er sich nicht wiederholt.«

»Das werde ich«, versicherte Farawyn und verbeugte sich vor der Bibliothekarin, die sich daraufhin abwandte und in einem der Korridore verschwand. Aldur würdigte sie keines Blickes.

»Alles in Ordnung?«, erkundigte sich Farawyn bei seinem Schützling. Die höfliche Zuvorkommenheit, die er Atgyva gegenüber an den Tag gelegt hatte, wich harter Strenge.

»Ja, Vater.« Aldur nickte.

»Was hattest du in der Bibliothek zu suchen? Wir hatten Euch alle Karten besorgt, die ihr benötigt.«

»Ich dachte, ich könnte noch mehr Informationen beschaffen, damit wir wissen, was uns in Arun erwartet. Ihr erwähntet einst einen Bericht über König Sigwyns Expedition, die Schriften des Geografen Ruvian. Sie wollte ich finden.«

»Aber das hast du nicht, oder?«

»Nein«, bestätigte der Eingeweihte. »Dafür stieß ich auf andere Aufzeichnungen und ich begann zu lesen … Ich erfuhr von ungeahnten Möglichkeiten, Vater. Von unglaublichen Dingen, die die Magie zu bewerkstelligen vermag …«

»Verbotene Dinge«, verbesserte Farawyn scharf. »Was du gesehen hast, war verbotenes Wissen. Die Wissenshüterin hat recht, wenn sie sagt, dass es gefährlich ist.«

»Vielleicht«, räumte Aldur ein. »Aber es gibt Zauberer, die es dennoch erforscht haben, oder nicht?«

»Jene Zauberer«, erwiderte Farawyn düster, »sind entweder dem Wahnsinn verfallen oder wurden Diener des Bösen. Es gibt keinen Weg, dieses Wissen zu nutzen, ohne ihm zu verfallen, Aldur. Deshalb ist es so bedrohlich.«

»Ich verstehe«, versicherte der junge Elf. »Aber warum werden diese Bücher dann überhaupt in der Bibliothek aufbewahrt? Warum wurden sie nicht längst vernichtet?«

»Aus zwei Gründen. Zum einen, weil jenes Wissen ein Teil unserer Vergangenheit ist und nur ein Narr seine eigenen Wurzeln abschlagen würde. Zum anderen, weil sich Wissen nicht töten lässt, indem man die Aufzeichnungen darüber vernichtet. Dazu ist weitaus mehr vonnöten, wenn es überhaupt möglich ist. Diese Schriften, werden nicht aufbewahrt, um gelesen zu werden, Aldur. Das Gegenteil ist der Fall.«

Der Eingeweihte nickte. »Verzeiht, Vater«, sagte er schließlich, »das wusste ich nicht. Bei allem, was ich tat, hatte ich nur das Gelingen unserer Mission vor Augen.«

»Das weiß ich, junger Freund«, versicherte Farawyn, nun etwas milder gestimmt als zuvor. »Dennoch muss ich dich zur Vorsicht mahnen. Dein Eifer ist mitunter größer als die Verantwortung, die zu tragen du in der Lage bist. Wäre Atgyva nicht bereit gewesen, auf eine Anzeige beim Hohen Rat zu verzichten, hätte die Sache böse für dich enden können – und für mich ebenso.«

»Ich weiß, Vater. Und es tut mir leid.«

»Wir werden nicht mehr darüber sprechen«, entschied Farawyn. »Mit niemandem, hast du verstanden? Nicht einmal mit deinen Freunden.«

»Verstanden, Vater.«

»In einer Hinsicht jedoch hast du recht gehabt«, meinte Farawyn und rang sich ein Lächeln ab.

»In welcher?« Aldur schaute fragend auf.

»Dass ihr womöglich noch mehr Informationen braucht. Wissen über die Gegner, die womöglich auf euch lauern.«

»Dann werdet Ihr mir helfen, Ruvians Bericht zu bekommen?«, fragte Aldur hoffnungsvoll.

»Nein, Eingeweihter«, erwiderte Farawyn, wobei ein rätselhaftes Grinsen um seine edlen Züge spielte. »Ich hatte dabei an etwas anderes gedacht …«

14. FARWYLA

In der Kammer der Kristallpforte, die sich unweit der großen Rathalle befand, waren sie zusammengekommen.

Sowohl Farawyn als auch Meisterin Maeve hatten sich eingefunden, um Granock, Alannah und Aldur zu verabschieden und ihnen Glück für ihre bevorstehende Mission zu wünschen. Gemeinsam würden sie den Dreistern öffnen, der es den drei Eingeweihten ermöglichen würde, im Bruchteil eines Augenblicks die riesige Distanz nach Tirgas Lan zu überbrücken.

Schon der Gedanke daran war Granock unangenehm.

Nicht nur, weil die Kristallpforten eine Erfindung des Bösen waren und Erdwelt einst Tod und Verderben gebracht hatten; sondern auch, weil das Öffnen der Pforten nur in Sonderfällen erlaubt war und stets bedeutete, dass sich das Reich in Gefahr befand und am Rande einer Krise.

Schon einmal, vor ziemlich genau zwei Jahren, hatte Granock die Pforte durchschritten. Anfangs hatte er das Gefühl genossen und den Eindruck von Allmacht, der einen dabei durchströmte; aber dann hatte er Dinge gesehen und erlebt, die er nie wieder vergessen hatte und von denen er noch immer in seinen Träumen eingeholt wurde. Wenn er etwas ganz gewiss nicht wollte, dann diese Erfahrung wiederholen – und dennoch stand er hier, um genau das zu tun ...

Es war früher Morgen.

Die Nacht hatten die Eingeweihten genutzt, um sich jeder auf seine Weise auf die bevorstehende Reise vorzubereiten. Während

Granock versucht hatte, noch ein wenig Schlaf zu bekommen, hatte Alannah noch einmal ihre Ausrüstung überprüft und sich danach in tiefe Meditation zurückgezogen. Was Aldur getrieben hatte, wussten sie nicht – er war den größten Teil der Nacht verschwunden gewesen und erst am Morgen in seine Kammer zurückgekehrt. Auf Granocks Frage, wo er gewesen sei, hatte er nur einsilbig geantwortet, und Granock war auch nicht weiter in ihn gedrungen; schließlich war es jedem von ihnen selbst überlassen, womit er die womöglich letzte Nacht auf Erden verbrachte.

Sie standen nebeneinander aufgereiht wie Soldaten. Die Kettenhemden aus Elfensilber trugen sie unter ihren Roben, damit sie nicht auf den ersten Blick erkennbar waren, die Schwerter an ihren Gürteln und das lederne Rüstzeug ließen jedoch keinen Zweifel am Charakter ihrer Mission. Jedem von ihnen war klar, dass sie Shakara womöglich nie mehr wiedersehen würden, und zumindest Granock hatte Mühe, die Schatten zu vertreiben, die dieser Gedanke auf sein Gemüt warf. Nach außen gab er sich unbeeindruckt, aber er war sicher, dass zumindest Meisterin Maeve die Furcht und die Unsicherheit spüren konnte, die er insgeheim empfand. Und er war ihr dankbar dafür, dass sie kein Wort darüber verlor.

»Meine jungen Freunde«, hob Farawyn zu einer kurzen Ansprache an, »ich brauche euch nicht noch einmal zu sagen, wie viel von diesem Auftrag abhängt. Es muss euch gelingen, Licht in das Dunkel der jüngsten Ereignisse zu bringen, oder der Rat wird daran zerbrechen. Lieber würde ich selbst nach Arun gehen, aber es ist unabdingbar, dass ich in Shakara bleibe, denn meine Gegner würden meine Abwesenheit unbarmherzig für sich nutzen. Das«, fügte er mit wehmütigem Lächeln hinzu, »hätte ich wohl bedenken sollen, ehe ich Cethegars Nachfolge antrat. Aber wenn ihr drei geht, so ist es fast, als wäre ich selbst dabei. Ihr alle seid in Arun gewesen und genießt mein uneingeschränktes Vertrauen.«

Der Blick des Zauberers wanderte von einem zum anderen, dennoch glaubte Granock zu bemerken, dass er auf Aldur ein wenig länger ruhte – oder war es nur Einbildung?

»Ihr alle«, fuhr der Älteste fort, »befindet euch im letzten Abschnitt eurer Ausbildung. Nutzt das Wissen, das ihr erworben habt, und wendet es klug und weise an. Verbergt eure Identität, und sagt niemandem, wer euch geschickt hat. Solltet ihr unterwegs gefangen oder gar getötet werden, so werde ich um der Einheit des Ordens Willen leugnen, von eurer Expedition gewusst zu haben.« Der Gedanke schien Farawyn selbst zu missfallen, denn er biss sich auf die Lippen und blickte zu Boden. »Als Trost«, fuhr er schließlich fort, »kann ich euch nur mit auf den Weg geben, dass das Leben in Shakara nicht mehr dasselbe sein wird, wenn ihr scheitert. Wir alle, vom Novizen bis zum Ältesten, sind auf das Gelingen eurer Mission angewiesen. Bringt uns Antworten – und bringt sie uns bald.«

»Verstanden, Meister«, erwiderte Granock stellvertetend für alle drei. »Wir werden unser Bestes geben.«

»Das weiß ich, Junge«, versicherte Farawyn – und ehe Granock wusste, wie ihm geschah, trat der Zauberer auf ihn zu und schloss ihn in die Arme wie einen Sohn.

Es war eine menschliche Geste, eines Ältesten in jeder Hinsicht unwürdig, aber keiner der Anwesenden störte sich daran. Von Aldur und Alannah verabschiedete sich Farawyn auf elfische Weise, aber auch dies schien inniger und unter größerer Gefühlsbewegung vonstattenzugehen als sonst. Jeder schien sich der Endgültigkeit des Augenblicks bewusst zu sein.

Auch Meisterin Maeve wünschte ihnen Glück, ebenso wie Ariel und Níobe, die sich beide in der Torkammer eingefunden hatten, um sich von ihren Gebietern zu verabschieden. Zunächst hatte Granock überlegt, seinen Diener mitzunehmen, aber die Reise war zu weit und zu beschwerlich, als dass die zerbrechliche Konstitution eines Kobolds ihr standgehalten hätte, von den unzähligen Gefahren, die unterwegs lauerten, ganz zu schweigen.

Leb wohl, Herr. Und nimm dich in acht. Der gute Ariel ist nicht in der Nähe, um auf dich aufzupassen.

»Keine Sorge«, versicherte Granock lächelnd, »ich werde vorsichtig sein.«

Der Kobold nickte, während er unruhig von einem Fuß auf den anderen trat. Sein kleines Gesicht blickte verdrießlich drein, der Blütenkelch auf seinem Kopf schien an diesem Morgen zu welken.

In seinen winzigen Äuglein blitzte es feucht. *Werden wir uns wieder-sehen?*, fragte er.

»Natürlich«, versicherte Granock wider seine eigenen Befürch-tungen. Es war kaum vorstellbar, dass es erst zwei Jahre her war, da Ariel ihn in seiner Eigenschaft als Ratsdiener in Shakara begrüßt und ihn als ungehobelten Klotz beschimpft hatte. Vieles hatte sich seither geändert.

Und manches auch nicht ...

»Die Zeit drängt«, sagte Farawyn. »Die Wachen werden bald zu-rückkehren. Ihr müsst gehen.«

»Ich bin bereit«, versicherte Granock.

»Wir ebenso«, sprach Alannah für sich und Aldur.

»Schwester?«, wandte sich Farawyn fragend an Maeve.

»Ich weiß es nicht«, entgegnete diese kopfschüttelnd. »Sie sollten längst hier sein. Verzeiht, Bruder – aber vielleicht war es doch keine so gute Idee.«

»Vielleicht«, kam Farawyn nicht umhin zuzugeben.

»Was für eine Idee?«, erkundigte sich Granock unverblümt. Seine menschliche Angewohnheit, Fragen zu stellen, hatte er sich nie ganz abgewöhnen können.

»Aldur«, antwortete Farawyn, »hat mich darauf hingewiesen, dass es für euch von Vorteil wäre, einen Informanten bei euch zu haben. Jemanden, der wie ihr in Arun gewesen ist, jedoch auch die Schliche des Bösen kennt.«

»Was?« Granock schaute Aldur fragend an, der jedoch genauso überrascht zu sein schien wie er selbst. »Von wem sprecht Ihr?«

»Ich spreche von ...«, begann der Älteste – als es an die Tür der Torkammer klopfte. Meisterin Maeve eilte, um zu öffnen, und zwei Gestalten traten über die Schwelle und schlugen ihre langen Kapu-zen zurück.

Unter der einen kam das hübsche Gesicht der Elfin Caia zum Vorschein, mit der zusammen Granock seinerzeit den *prayf* abge-legt hatte. Da sie als Schülerin Maeves in den Plan eingeweiht war, war es nicht weiter verwunderlich, sie anzutreffen.

Unter der anderen Kapuze jedoch – Granock traute seinen Augen nicht – erschien das hässliche Gesicht eines Orks!

Es dauerte einen Moment, bis der Unhold den Stoff ganz von seinem unförmigen Haupt gezerrt hatte, wobei ihm ein ganzer Schwall übler Verwünschungen über die wulstigen Lippen kam. Dann präsentierte er sich den Anwesenden in seiner ganzen abscheulichen Hässlichkeit. Er war nicht besonders groß und für einen Ork eher schmächtig. Sein Schädel war kahl, und eine Mischung aus Argwohn und Furcht stand in seinen tief liegenden Augen zu lesen. Normalerweise hätte die Anwesenheit eines Unholds in Shakara – noch dazu in der Torkammer! – namenloses Entsetzen ausgelöst. Dieser spezielle Unhold jedoch war den Eingeweihten bekannt. Sein Name war Rambok, und er hatte bei den Ereignissen in Arun eine zwar unrühmliche, jedoch höchst wichtige Rolle gespielt, die ihm das Wohlwollen Farawyns eingetragen hatte.

Da der Ork, der sich selbst als Schamanen bezeichnete, obwohl seine Zauberkraft nicht über die von einem Stück Holz hinausreichte, nicht zu seinesgleichen zurückkonnte, ohne um Leib und Leben fürchten zu müssen, hatte der Hohe Rat ihm Asyl gewährt. Als eine Art Botschafter seines Volkes war Rambok bei den Zauberern geblieben; in Erscheinung trat er allerdings nur höchst selten – meist begnügte er sich damit, in seiner Kammer zu sitzen, die sich tief unten im Keller befand, und dort vor sich hinzubrüten. Eine entwurzelte, einsame Kreatur, für die Granock im Grunde nur Mitleid empfand.

»Was hat er hier zu suchen?«, zischte Aldur, der das Mitgefühl des Freundes nicht zu teilen schien.

»Rambok wird euch begleiten«, erklärte Farawyn ruhig. »Als eine Art Führer ...«

»Wir brauchen keinen Unhold als Führer«, stellte des Aldurans Sohn klar und deutete auf den Ork, der unruhig von einem Fuß auf den anderen trat und sich in seiner grünen Haut äußerst unwohl zu fühlen schien. »Auf seinesgleichen ist kein Verlass, Vater, das wisst Ihr so gut wie ich.«

»Ich habe auch nicht gesagt, dass ihr euch auf ihn verlassen sollt«, beschwichtigte Farawyn. »Darum geht es nicht.«

»Worum dann, Vater?«

»Rambok ist anders als ihr. Er denkt anders, zieht andere Schlüsse und fasst andere Pläne. Er soll euch helfen zu verstehen, wie die dunkle Seite handelt.«

»Kann er das denn?«, fragte Alannah, die ihren ersten Ekel bereits überwunden zu haben schien.

»Unter seinesgleichen gilt Rambok als zauberkundig und war lange Jahre Berater des Häuptlings Borgas«, brachte Farawyn in Erinnerung. »Über das, was in dunklen Gemütern vor sich geht, weiß er mehr als jeder von uns, und er hat sich bereit erklärt, sein Wissen mit euch zu teilen.«

»Tatsächlich?« Aldur starrte feindselig in Ramboks Richtung. »Dann sollten wir dir wohl dankbar sein, was?«

»Rambok tut, was kann«, entgegnete der Unhold in erbärmlich schlechtem Elfisch und verbeugte sich unterwürfig.

»Er hat unsere Sprache gelernt?«, staunte Alannah.

»Nur einige Worte.« Farawyn nickte. »Offen gestanden bin ich überrascht, dass seine Zunge überhaupt dazu fähig ist.«

»*Achgosh douk, Rambok. Soulbh urku chl sul'hai coul**«, entgegnete Alannah lächelnd in Ramboks Richtung.

Der Ork war überrascht. »*Achgosh douk, sul'hai-coul-boun*«, erwiderte er. »*Tounga ur'ork buchg ann kulas'mo.*«

»Was sagt er?«, wollte Granock wissen.

»Dass die Sprache der Orks sich wie ein Stich in seinem Ohr anfühlt«, übersetzte Alannah. »Ich nehme an, das ist seine Art, mir ein Kompliment zu machen.«

»Du ... du sprichst seine Sprache?« Aldur starrte sie verständnislos an.

»Warum nicht? Narvan der Gelehrte hat eine Abhandlung darüber verfasst, schon vor sehr langer Zeit. Zudem sind ihre Sprache und die unsere miteinander verwandt, wie du weißt.«

Aldurs Antwort war ein geräuschvolles Schnauben. Wie alle Elfen wurde auch er nicht gerne daran erinnert, dass sie und die Orks dieselben Wurzeln hatten. Die Unholde waren nichts anderes als die Nachkommen jener, die einst aus Margoks verbotenen Ex-

---

* Guten Tag, Rambok. Es ist gut, dass du auf der Seite der Elfen bist.

perimenten hervorgegangen waren – Versuche, die zum Ziel gehabt hatten, eine neue, überlegene Rasse zu schaffen. Die Orks waren das traurige Ergebnis …

»Mit einem Unhold möchte ich nichts zu tun haben«, erklärte Aldur und verschränkte in ablehnendem Stolz die Arme.

»Tatsächlich?«, fragte Farawyn. »Ein kluger Mann hat mir erst vor Kurzem gesagt, dass es notwendig ist, seinen Gegner zu kennen, und er hat recht gehabt.«

»Vielleicht«, räumte Aldur ein. »Aber ganz gewiss hat er nicht daran gedacht, gemeinsam mit einem Ork in den Kampf zu ziehen.«

»Die Zeiten ändern sich. Unsere Welt ist grau geworden, Aldur, undurchschaubar selbst für uns. Wir können es uns nicht mehr leisten, Freund und Feind nach der Zugehörigkeit zu ihren Rassen zu beurteilen. In dem Konflikt, der uns womöglich bevorsteht, werden wir lernen müssen, ins Innere einer Kreatur zu blicken, um ihre Absichten zu erkennen.«

»Und ins Innere dieses Orks habt Ihr geblickt?«, fragte Aldur mit einem Anflug von Spott.

»Ich habe etwas gesehen, schon vor langer Zeit«, räumte Farawyn ein. »Eine Vision von Dingen, die einst kommen mögen oder auch nicht. In jedem Fall hat sie mich nachdenklich gemacht.«

»Und was genau habt Ihr gesehen, Vater?«, wollte Alannah wissen.

Farawyn hielt den forschenden Blicken stand, mit denen die drei Eingeweihten ihn betrachteten. »Dass es dereinst Unholde sein werden, die unsere Welt vor dem Bösen bewahren«, erklärte er knapp.

In einer spontanen Reaktion wollte Granock laut auflachen, so absurd hörte sich an, was sein ehemaliger Meister da sagte. Aber er ließ es bleiben. Farawyn wurde nicht von ungefähr der Seher genannt. Er hatte schon öfter bewiesen, dass sein *reghas* nicht zu unterschätzen war, und er schien immer besser darin zu werden, es zu benutzen …

»Oder«, fügte der Älteste fragend hinzu, wobei ein unheimliches, geisterhaftes Lächeln über seine Züge glitt, »soll ich euch noch von anderen Dingen erzählen, die ich gesehen habe?«

»Das wird nicht nötig sein«, versicherte Aldur. »Wenn Ihr es wünscht, so soll der Unhold uns begleiten. Aber ich warne ihn: Sollte er die Unwahrheit sagen oder auch nur den Versuch unternehmen, uns zu täuschen, so werde ich ihn bei lebendigem Leibe rösten.«

»Das wird er nicht«, war Alannah überzeugt und schenkte dem Ork ein weiteres Lächeln, das Granock zu seiner eigenen Verblüffung mit einem Hauch von Eifersucht zur Kenntnis nahm.

»So ist es beschlossen«, sagte Farawyn. »Zwei Elfen, ein Mensch und ein Ork begeben sich auf den Weg, um das zu tun, was die Weisen von Shakara tun sollten – welch seltsamen Verlauf die Geschichte bisweilen nimmt. Traut nichts und niemandem, meine Kinder, nicht einmal euren Augen, denn selbst sie vermögen euch zu täuschen. Mögen Albons Licht, Glyndyrs Geist und Sigwyns Tatkraft euch begleiten«, fügte er leiser hinzu, »denn die Zeiten, denen wir entgegengehen, sind dunkel.«

Und einmal mehr fragte sich Granock, ob sein alter Meister etwas wusste, das er ihnen verheimlichte.

Ihr Geschrei war weithin zu hören.

Heiseres, seelenloses Gebrüll aus Kehlen, die nach Blut dürsteten, dazu der Klang der Kriegstrommeln, der die Nacht erfüllte und von den Mauern der Burg widerhallte.

Rurak wusste nicht, wie viele es waren. Längst hatte er aufgehört, sie zu zählen, aber er schätzte, dass es wenigstens zweitausend Unholde waren, die den Weg zur Blutfeste gefunden hatten. Längst lagerten sie nicht nur mehr im Inneren des Hofes, der nur einer begrenzten Anzahl von Kriegern Platz bot, sondern auch auf den Türmen und Wehrgängen sowie außerhalb der Burg. Überall entlang der schmalen Straße, die sich am steilen Fels entlang den Berg heraufwand, sowie an den umliegenden Hängen sah man Fackeln lodern, vor denen grässliche Gestalten bizarre Schatten warfen.

Ein Lächeln der Genugtuung spielte um das schmale Gesicht des abtrünnigen Zauberers, während er auf dem Balkon des höchsten Turmes stand und auf das grausige Spektakel blickte. So musste es gewesen sein, damals, als Margok das Heer der Finsternis versammelt hatte – und so würde es wieder werden.

Nun?

Wie immer, wenn sein Herr und Meister zu ihm sprach, fühlte er zunächst eisiges Entsetzen. Sofort beruhigte er sich jedoch und labte sich an der Präsenz reiner Bosheit, die ihn erfüllte.

»Es ist geschehen, mein Gebieter«, berichtete er. »Die Streitmacht Eurer Diener ist versammelt.«

Was ist mit den Menschen?

Rurak lächelte. »Sie sind zu jung, um zu begreifen, was geschieht. Diese Narren glauben, ihre Häuser und Höfe zu verteidigen und für ihre Freiheit zu kämpfen – dabei sind sie nicht weniger unsere Diener wie die Orks, und sie werden Euch ebenso bereitwillig folgen.«

Du hast gute Arbeit geleistet.

»Ich danke Euch, Majestät.« Der Abtrünnige verbeugte sich, als ob der Herr der Finsternis direkt vor ihm stünde. »Ist die Zeit nun gekommen, um der Welt Eure Rückkehr zu offenbaren?«

Noch nicht. Nimm das Heer und ziehe an seiner Spitze nach Süden. Am Fuß des Schwarzgebirges, wo die Flüsse sich von alters her teilen und das Bild des Prächtigen steht, werdet ihr euch mit den Menschen vereinen. Und dort werde auch ich zu euch stoßen. Die Zeit ist reif, um zum vernichtenden Schlag gegen die Welt der Sterblichen auszuholen.

»Ich habe verstanden, Gebieter«, versicherte Rurak unterwürfig und verbeugte sich abermals. Dann war die Stimme in seinem Inneren verstummt.

Unterdessen dämmerte weit im Osten der neue Tag über dem Elfenreich herauf und schickte seine ersten zaghaften Strahlen über den gezackten Rand der Berge.

Ein neues Zeitalter begann.

BUCH 2

CRYSALION'Y'GWAITH
(Blutkristalle)

1. UR'Y'DORWATHAN

Der Weg war weit gewesen.

Die erste Etappe von Shakara nach Tirgas Lan hatten die Gefährten dank des Dreisterns innerhalb eines Herzschlags hinter sich gebracht; dann jedoch hatte die eigentliche Reise begonnen.

Auf Pferden, die sie in Tirgas Lan erworben und unterwegs noch viermal gewechselt hatten, waren Granock, Alannah, Aldur und Rambok nach Süden gelangt. Sie hatten Trowna hinter sich gelassen und ohne Zwischenfälle Narnahal erreicht, wo sie sich mit Proviant eingedeckt und zum ersten Mal nach Tagen wieder mit einem Dach über dem Kopf geschlafen hatten, auch wenn es nur das einer Scheune gewesen war. In den Gasthöfen oder Handelsstationen entlang der Straße haltzumachen, konnten sie nicht wagen, denn die Gesellschaft eines Menschen, zweier Elfen und eines Orks erregte zu viel Aufsehen.

Den kleinen Siedlungen, die sich entlang der Südpassage erstreckten, blieben sie ebenso fern und verließen die Straße, sobald sich Reisende oder eine Karawane näherten. Je geheimer ihr Ausflug gen Süden blieb, desto besser war es für sie alle. Farawyn hatte ihnen eingeschärft, dass sie niemandem vertrauen geschweige denn das Ziel oder den Zweck ihrer Reise offenbaren sollten. Denn wenn es stimmte, was der Älteste vermutete, so mochten überall am Wegesrand Spione lauern, die den Feind über ihre Pläne in Kenntnis setzen würden.

Als die vier schließlich das Niemandsland im Südosten erreichten, verspürten sie gleichermaßen Erleichterung wie Beklemmung.

Erleichterung, weil sie wussten, dass ihnen von nun an keine Bauern oder Kaufleute mehr begegnen würden; Beklemmung, weil das karge Land unmittelbar an Arun grenzte, das Ziel ihrer Reise. Nur noch ein Hindernis galt es zu überwinden: den Cethad Mavur, die große Mauer, die vor Unzeiten errichtet worden war, nachdem man festgestellt hatte, dass die Territorien im Süden nicht zu zivilisieren waren.

Über Tausende von Jahren hatten Elfenkrieger auf den Zinnen des Cethad Mavur gewacht und nach Feinden Ausschau gehalten. Die lange Zeit des Wartens hatte sie zermürbt, und als die Attacke schließlich tatsächlich erfolgt war, hatten sie längst nicht mehr damit gerechnet. Die Besatzung der Grenzfeste Carryg-Fin war von den *neidora*, Margoks gefürchteten Echsenkriegern, niedergemetzelt worden, und der Hohe Rat von Shakara hatte daraufhin drei seiner Mitglieder entsandt, um den Hergang des Überfalls zu ergründen. So hatte vor zwei Jahren alles begonnen, und als Granock die Türme und Mauern Carryg-Fins am Horizont auftauchen sah, musste er schaudernd an die grässlich entstellten Leichen denken, die sie damals vorgefunden hatten.

Inzwischen waren sowohl die Festung als auch der Grenzwall wieder besetzt. Nachdem er von den Vorfällen in Arun erfahren hatte, hatte König Elidor eine ganze Legion Elfenkrieger in Marsch gesetzt, um die Südgrenze des Reiches zu sichern. Seither war alles ruhig geblieben – aber was bedeutete das schon in Zeiten wie diesen?

Da sie keinen offiziellen Passierschein und also auch keine Befugnis hatten, die Grenze zu überschreiten, hielten Granock und seine Begleiter sich bis Einbruch der Dunkelheit verborgen. Ein gutes Stück südwestlich von Carryg-Fin hatten sie eine Stelle im Grenzwall ausgemacht, die sich für ihre Zwecke besonders eignete. Zwar gab es weit und breit kein Tor, aber nur wenige Soldaten besetzten dort die Mauer.

Der Plan der drei Eingeweihten war einfach, und sie setzten ihn ohne Zögern um: Indem Granock sein *reghas* zum Einsatz brachte, hielt er die Zeit auf dem Wehrgang an. Die Soldaten schienen zu erstarren; wenn die Wirkung des Zaubers nachließ, würden sie weder etwas gesehen haben noch sich an etwas erinnern. Über Stufen aus Eis, die Alannah kraft ihrer besonderen Fähigkeit errichtete, erklommen die vier ungleichen Gefährten die Mauer und gelangten auf der anderen Seite wieder hinab. Aldur nutzte seine feurige Gabe, um das Eis rasch wieder zu schmelzen. Wenn die Wächter aus dem Bann erwachen würden, den Granock über sie verhängt hatte, würden sie nichts weiter vorfinden als Wasser, das in der Erde versickerte. Und vier herrenlose Pferde …

Der Dschungel von Arun, der jenseits des Cethad Mavur wucherte, verschlang die vier Wanderer mit unersättlicher Gier. Von nun an waren sie ganz auf sich gestellt und auf die magischen Kenntnisse, die sie im Lauf ihrer Ausbildung erworben hatten. Farawyn würde ihnen diesmal nicht zu Hilfe eilen können; er durfte es nicht, um seine eigene Position nicht zu gefährden.

Schon zwei Jahre zuvor hatte Granock kein gutes Gefühl dabei gehabt, die Grenze nach Süden zu überschreiten. Diesmal wurde er den Verdacht nicht los, dass sie auf verlorenem Posten kämpften.

Je weiter es nach Süden ging und je tiefer sie in den Dschungel vordrangen, dessen von Moos und Flechten überwucherte Baumriesen ein schier undurchdringliches Blätterdach formten, desto mehr hatten die Gefährten das Gefühl, ein Teil davon zu werden. Dämmerlicht herrschte allenthalben, die feuchtwarme Luft roch nach Moder und Verwesung, und überall waren Geräusche, die vom beständigen Werden und Vergehen zeugten, vom Fressen und Gefressenwerden.

Nicht nur das Dickicht machte das Vorankommen beschwerlich, sondern auch der morastige Boden und das welke Laub, das den Wanderern mitunter bis zu den Knien reichte, sodass sie das Gefühl hatten, in Fäulnis und Verfall zu versinken. Von den unzähligen Insekten ganz zu schweigen …

»*Mark douk, mark douk*«, murmelte Rambok unablässig, während er nach den blutrüstigen kleinen Biestern drosch. »Nicht gut, nicht gut …«

»Was meinst du damit?«, wollte Granock irgendwann von ihm wissen. »Was, verdammt noch mal, ist nicht gut?«

Der Unhold, der vor ihm ging, blieb stehen und wandte sich zu ihm um. Der Blick aus seinen blutunterlaufenen Augen war düster und unheilvoll. »Verderben wartet«, krächzte er kehlig. »Knochen mir verraten.«

»Die Knochen?«, fragte Aldur, der die Nachhut bildete. »Welche Knochen meinst du? Die, die du um den Hals baumeln hast? Oder dein eigenes verkommenes Gestell?«

»Aldur«, zischte Alannah, die an der Spitze ging und dabei war, das Unterholz mit ihrem *flasfyn* zu teilen.

Rambok reagierte nicht auf die Beleidigung. Er blickte nur an sich herab und auf die unzähligen Gegenstände und Talismane, die an Lederschnüren und rostigen Ketten hingen – von kleinen Knochen und Vogelfedern bis hin zu getrockneten Gnomenkrallen war so ziemlich alles dabei. »Nicht spotten über Knochen«, bat er. »Sagen immer die Wahrheit.«

»Sieh an«, knurrte Aldur. »Dann haben sie dir ja schon etwas voraus.«

»Warum bist du so feindselig zu ihm?«, wollte Alannah wissen. »Rambok steht auf unserer Seite, hast du das schon vergessen?«

»Margoks Kreaturen«, stellte Aldur klar, »stehen immer nur auf einer Seite, nämlich auf ihrer eigenen.«

»Aber hast du nicht gehört, was Meister Farawyn gesagt hat? Die Zeiten ändern sich.«

»Die Zeiten vielleicht«, räumte der Elf bitter ein, »aber ein Ork ganz gewiss nicht. Für uns ist dies hier keine lebensfreundliche Umgebung – Unholde jedoch lieben den Duft von Fäulnis und Verwesung. Ist es nicht so?«

»*Korr*«, stimmte Rambok zu. »Aber auch Unholde sterben nicht gerne. Das niemals vergessen.«

Als sie ihren Marsch am darauffolgenden Tag fortsetzten, stieg das Gelände steil an. Ein schmaler Pfad wand sich in engen Serpentinen an einer Felswand empor, die sich fast senkrecht aus dem Dschungel erhob, und die Wanderer mussten aufpassen, damit sie auf dem feuchten und von Moos überzogenen Gestein nicht ausglitten und in die Tiefe stürzten. Zudem konnten sie schon bald die Hand nicht mehr vor Augen sehen, denn obwohl es heller wurde, als sie die Baumkronen hinter sich ließen, hüllte sie schon bald ein dichter weißer Dunst ein, der wie ein Leichentuch über dem Dschungel lag.

Schwermut senkte sich auf ihre Herzen, aber die vier Wanderer marschierten unbeirrt weiter. Stück für Stück arbeiteten sie sich empor und erreichten schließlich die sogenannte Doppelspitze – das Tor nach Arun, das schon der Geograf Ruvian in seinem Bericht erwähnt hatte.

Die beiden moosüberwucherten Obelisken, von denen niemand wusste, ob der Keil eines Künstlers oder eine Laune der Natur sie geformt hatte, ragten drohend in die Höhe, und das Wissen, dass nicht einmal Sigwyn der Eroberer es seinerzeit gewagt hatte, sie zu passieren, empfand Granock als nicht gerade ermutigend. Von hier an erinnerte er sich genau an den Weg.

Jeder Baum und jeder Fels, jeder Stein und jede Biegung hatten sich unauslöschlich in sein Gedächtnis eingebrannt – vermutlich deshalb, weil er diesen Pfad seit ihrem letzten Besuch in Arun unzählige Male gegangen war … in den Albträumen, die ihn seither verfolgten.

Sie überquerten die Schlucht, die der Grenzfluss Carryg im Lauf von Jahrtausenden in den Fels gegraben hatte, und gelangten an Orte und Schauplätze, die sie kannten. Sie schauderten, als sie den Kreis der Steine passierten, wo die *neidora* nach Jahrtausende währender Ruhe wieder zum Leben erweckt worden waren. Trauer ergriff von ihnen Besitz, als sie die von Wurzeln und Schlinggewächsen überwucherte Ruine erreichten, wo der weise Cethegar sein Leben gegeben hatte, um das seiner Freunde zu retten.

Es gab kein Grab und keinen Gedenkstein, kein Monument, das auf sein selbstloses Opfer hingewiesen hätte. Aber Granock, Aldur und Alannah würden Cethegars Heldentat niemals vergessen.

Eriod.

Niemals …

In stiller Andacht verharrten sie für eine kleine Weile, dann setzten sie ihren Marsch durch den Dschungel fort, bis sich endlich die Überreste jenes Tempels aus den Nebelschwaden schälten, in dessen tiefen Gewölben der Dunkelelf ins Leben hatte zurückgeholt werden sollen.

Granock kam es vor, als würden all die dunklen Träume, die ihn seit damals verfolgten, plötzlich wieder Wirklichkeit werden. Alannah blickte betreten zu Boden, während Aldurs Gesicht zu einer reglosen Maske erstarrte. Sie hatten alle drei die Macht der Magie genutzt, um ihre Körperkraft und Ausdauer auf dem langen Marsch zu verstärken. Als sie jedoch das Areal des Bösen betraten, fühlten sie sich gleichermaßen erschöpft und ausgelaugt. Selbst Rambok, der ungleich robuster war, schien es zu bemerken – ein Gefühl drückender, niederschmetternder Verzweiflung.

Granock hatte nicht gewusst, dass auch Unholde Furcht empfinden konnten – die ergrauten und von tiefen Sorgenfalten zerfurchten Züge des Orks sprachen in dieser Hinsicht jedoch Bände. Auch ihm schien nicht wohl dabei zu sein, an den Schauplatz jener schaurigen Ereignisse zurückzukehren, bei denen er eine so wesentliche Rolle gespielt hatte, wenn auch wohl ungewollt.

In der einen Hand den *flasfyn*, die andere am Griff des Schwertes, blickte Granock sich wachsam um. Er hatte das Gefühl, dass hinter der undurchdringlichen Wand aus milchigem Weiß Tausende von Augen lauerten, die auf ihn und seine Gefährten starrten, und die Geräusche, die hin und wieder aus dem Nebel drangen, schienen dies zu bestätigen.

»Was war das?«, zischte er, als es im Unterholz leise knackte.

»Nur ein Tier«, versuchte Aldur ihn zu beruhigen, aber die Stimme des Elfen bebte dabei, und er streckte abwehrend den Zauberstab in die Richtung, aus der das Geräusch gedrungen war.

Vorsichtig gingen sie weiter. Mit jedem Schritt, den sie sich der Tempelanlage näherten, lichtete sich der Nebel ein wenig, und schließlich standen sie am Fuß eines riesigen Berges von Trümmern. Die Schatten von Arun hatten sie eingeholt.

Hier, an diesem Ort, war Margoks Leichnam über all die Jahrtausende aufbewahrt worden. Hier hatten seine Anhänger versucht, ihn ins Leben zurückzuholen. Hier hatte Rurak seine größte Niederlage erlebt. Und hier war es auch gewesen, wo sich Aldurs Meisterin Riwanon als Verräterin erwiesen hatte.

Die ganze Zeit über hatte sie für die Gegenseite gearbeitet, war eine Spionin des Feindes gewesen, die sich gegen das Gesetz der Zauberer und die Werte ihrer Gemeinschaft verschworen hatte. Es war für Granock unbegreiflich, dass keiner ihrer Schwestern und Brüder im Orden etwas davon bemerkt hatte. Einmal hatte er Farawyn nach den Gründen dafür gefragt, und die Antwort des Ältesten hatte er nie vergessen: »Bisweilen«, hatte Farawyn gesagt, »sind es gerade jene, denen wir vertrauen, die uns am meisten zu täuschen vermögen.«

Von der Pyramide und ihren vier Türmen war kein Stein auf dem anderen geblieben. Die zerstörerischen Elemente, die Alannah und Aldur entfesselt hatten, hatten das Bauwerk zum Einsturz gebracht. Mit Donnergrollen war es in sich zusammengestürzt und hatte sowohl Margok als auch seine Anhänger unter sich begraben, Elfen wie Menschen. Nichts und niemand, sagte sich Granock, konnte eine solche Katastrophe überlebt haben.

Oder doch?

Es knirschte, als Aldur den Trümmerberg ein Stück hinaufstieg. Die schwarzen Quader, aus denen die Pyramide errichtet gewesen war, waren infolge der enormen Hitzeeinwirkung teils geschmolzen, um dann in bizarren Formationen zu erstarren, die sich unheimlich im Nebel abzeichneten. Mehrmals glaubten Granock und seine Gefährten, darin einen Angreifer zu erkennen, und erschraken. Aber außer ihnen schien sich niemand bei der Ruine aufzuhalten, jedenfalls im Augenblick.

»Kommt her und seht euch das an!«

Aldurs Stimme klang seltsam dumpf im Nebel. Mit dem *flasfyn*, dessen Kristall schwach leuchtete, signalisierte er den anderen seine Position.

»Was ist?«, fragte Granock. »Hast du etwas entdeckt?«

Aldur gab keine Antwort. Stattdessen ging er in die Knie und betrachtete den Boden aus erstarrter Schlacke. Offenbar war er tatsächlich auf etwas gestoßen.

»Was ist?«, wollte auch Alannah wissen, als sie bei ihm angelangten. Aldur deutete auf die Vertiefung, die sich vor ihm im schwarzen Gestein abzeichnete.

Auf den ersten Blick hätte man es für eine Scharte im Fels halten mögen, aber beim näheren Hinsehen erkannte Granock, dass die Form zu regelmäßig war, um zufällig entstanden zu sein. Es war ein Fußabdruck – jedoch stammte er weder von einem Menschen noch von einem Elfen, sondern allem Anschein nach von einem Tier, das allerdings aufrecht auf zwei Beinen ging.

»*Neidora*«, sprach Alannah das schreckliche Wort flüsternd aus. »Die Echsenkrieger sind hier gewesen.«

»In der Tat«, stimmte Aldur nickend zu, »und zwar, solange das Gestein noch weich gewesen ist.«

»Aber weshalb?«, fragte Granock.

»Vielleicht haben sie nach Überlebenden gesucht«, schlug Alannah vor.

»Die *neidora*?« Aldur lachte bitter auf. »Alles, was diese Kreaturen tun, ist töten und zerstören.«

»Meister Farawyn sagte, dass die Echsenkrieger nicht überleben können ohne den dunklen Willen ihres Meisters«, brachte Granock in Erinnerung. »Vielleicht war es Margok, den sie finden wollten.«

Ein Windstoß wehte plötzlich über das Trümmerfeld und wirbelte Staub auf. »Vorsicht«, warnte Alannah. »Du solltest den Namen des Dunkelelfen nicht so leichtfertig aussprechen. Vor allem nicht an einem Ort wie diesem ...«

»Wenn schon, er hat recht«, wandte Aldur ein, der bereits nach weiteren Spuren suchte und dazu noch ein Stück den Trümmerberg hinaufstieg. Die erstarrte Schlacke knirschte hässlich unter seinen Füßen. »Ohne Grund sind die *neidora* ganz bestimmt nicht in den schwelenden Trümmern herumgewandert.«

Granock und die anderen folgten ihm, wobei sie trotz der drückenden Schwüle des nahen Dschungels merkten, wie Furcht mit klammer Hand nach ihren Herzen griff. Tod und Vernichtung schienen den Boden überall dort zu tränken, wo die Echsenkrieger ihre Spuren hinterlassen hatten, und schließlich waren nicht nur mehr einzelne Abdrücke zu sehen, sondern eine vollständige Fährte.

»Hier müssen die *neidora* herabgekommen sein«, sagte Aldur.

»Die Abdrücke sind tiefer als die weiter unten«, stellte Granock fest. »Das Gestein muss also noch weicher gewesen sein, als sie es betraten.«

»Oder die *neidora* waren schwerer«, gab Alannah zu bedenken. »Möglicherweise haben sie etwas getragen.«

Die drei Freunde tauschten vielsagende Blicke. Dann gingen sie weiter, die Zauberstäbe abwehrbereit erhoben – auch wenn Granock sich ein wenig lächerlich dabei vorkam. Die Echsenkrieger allein waren schon schreckliche Gegner, selbst Farawyn fürchtete sie. Wenn aber tatsächlich der Dunkelelf …

»Seht euch das an!«

Aldurs Schrei riss ihn aus seinen Gedanken. Vor ihnen lag ein leicht ansteigender Hang aus Schlacke, in dessen Mitte eine Öffnung klaffte. Kein Eingang, sondern nur ein Loch von etwa eineinhalb Ellen Durchmesser. Und die Spuren der *neidora* führten geradewegs darauf zu.

»Was das ist?«, erkundigte sich Rambok.

»Wenn ich das wüsste, Unhold«, entgegnete Granock trocken, »wäre ich längst nicht mehr hier.«

Vorsichtig näherten sie sich der Öffnung, die ihnen wie ein dunkles Auge entgegenstarrte. Mit einer Handbewegung bedeutete Aldur Alannah, zurückzubleiben und ihnen Deckung zu geben; nur Granock und er schlichen weiter.

Von zwei Seiten bewegten sie sich auf das Loch zu, ahnend, dass es die Antwort auf ihre Fragen barg. Denn die Spuren der *neidora* endeten hier, und die Aura des Bösen schien sich ins Unermessliche zu steigern. Granock musste all seine Disziplin aufwenden, um nicht in Tränen der Verzweiflung auszubrechen und die Flucht zu ergreifen. Den Zauberstab in der Hand, besann er sich auf das, was Farawyn ihm für Fälle wie diesen beigebracht hatte.

Die Ruhe bewahren.

Sich seiner Fähigkeiten besinnen.

Den Blick auf das innere Selbst nicht verlieren …

Vorsichtig, so als erwarteten sie, dass jeden Augenblick das blanke Grauen aus der Öffnung hervorbrechen würde, legten sie die letzten Schritte zurück. Dann standen sie unmittelbar davor und blickten in die dunkle Schwärze.

Aldur streckte seinen Zauberstab aus und flüsterte einen Befehl. Der Elfenkristall am oberen Ende begann zu leuchten, und Aldur bückte sich und schob ihn ein Stück weit in die Öffnung. Das Elfenlicht war nicht stark genug, um die Finsternis in dem Schacht zu vertreiben; weder ließ es erkennen, wohin er führte, noch erreichte es den Grund. Das Einzige, was im bläulichen Schein des Kristalls zu sehen war, waren Tausende und Abertausende von Maden, die sich auf dem schwarzen Gestein tummelten. Angewidert verzog Granock das Gesicht.

»Der Schacht führt offenbar weit hinab«, stellte Aldur fest. »Irgendetwas scheint aus ihm hervorgekrochen zu sein.«

»Und die Echsenkrieger haben es mitgenommen«, fügte Granock beklommen hinzu.

»Es«, bestätigte Aldur. »Oder ihn.«

»Ihr glaubt wirklich, dass es der Dunkelelf war?«, fragte Alannah, die noch immer einige Schritte hinter ihnen stand, bereit, Speere aus Eis auf alles zu werfen, was ihnen aus der Öffnung entgegenkommen sollte.

Der Blick, den Aldur ihr sandte, war düster. »Nach allem, was wir wissen, ist dies wohl die einzig zulässige Schlussfolgerung. Nur der Dunkelelf konnte die *neidora* so lange am Leben erhalten. Und nur er verfügte über die Macht, Rurak aus Borkavor zu befreien.«

»Aber ... wie kann er zurückgekehrt sein?«, stammelte Granock. »Ich meine, wir haben das Ritual doch verhindert!«

»Zumindest dachten wir das«, stimmte Aldur zu. »Aber etwas scheint dennoch überlebt zu haben. Etwas Dunkles, Böses.«

»Dann sollten wir umkehren und dem Rat davon berichten«, sagte Alannah tonlos.

»Dem Rat berichten?« Aldur lachte auf. »Wie stellst du dir das vor? Willst du erzählen, dass wir ein paar Spuren gefunden haben und ein dunkles Loch? Man wird uns niemals glauben.«

»Farawyn schon«, erwiderte Granock überzeugt.

»Er vielleicht. Aber was ist mit den anderen? Mit Cysguran, diesem kriecherischen Feigling? Und mit Gervan? Dieser elende Verräter wartet nur auf den geeigneten Augenblick, um Farawyn zu entmachten. Sollen wir diejenigen sein, die ihm den Grund dazu liefern?«

»Aldur!«, rief Alannah entsetzt. So verbittert hatte sie den Freund noch selten erlebt. Offenbar hatte er die Demütigung vor dem Hohen Rat noch immer nicht verwunden.

»Verzeiht meine harschen Worte, aber wir haben nicht einen stichhaltigen Beweis. Nichts, was wir dem Rat vorlegen und womit wir unsere Aussage belegen könnten. Nach allem, was vorgefallen ist, wird man uns niemals Glauben schenken. Mir nicht, weil ich angeblich zum Kreis der Verdächtigen gehöre. Dir nicht, weil du ein Mensch bist, Granock. Alannah wird man vorhalten, eine begnadigte Mörderin zu sein, und deshalb an ihrer Glaubwürdigkeit zweifeln. Und auf das Wort eines Unholds würde ich nicht einmal selbst vertrauen. Der Rat wird sich also spalten in jene, die Farawyn folgen, und solche, die ihn bekämpfen, und alles wird nur noch schlimmer werden – es sei denn, es gelingt uns, einen unwiderlegbaren Beweis dafür zu liefern, dass Margok tatsächlich überlebt hat.«

Als er den Namen des Dunkelelfen aussprach, war es, als dringe ein dumpfer Laut aus der düsteren Öffnung. Sie schauderten, selbst Rambok wand sich mit Grausen. Der Drang, diesen unwirtlichen Ort so rasch wie möglich zu verlassen, war übermächtig, aber Aldurs Argumente waren so überzeugend, dass seine Gefährten nicht widersprechen konnten.

»Du hast recht«, gab Granock widerstrebend zu. »Wir werden mehr brauchen als Worte, um den Rat zu überzeugen.«

»Farawyn hat uns ausgesandt, um Antworten zu finden, nicht um nach Beweisen zu suchen«, gab Alannah zu bedenken. »Aber ich fürchte, dass wir ihm einen schlechten Dienst erweisen würden, wenn wir jetzt umkehren.«

»Der Älteste sagte, dass er Gewissheit braucht«, bekräftigte Aldur, »und die wollen wir ihm verschaffen.«

»Und wie?«, fragte Granock.

Sein Freund deutete auf die Abdrücke im Boden. »Wir werden den Spuren der *neidora* folgen.«

»Und wenn sie … noch weiter nach Süden führen?«, wollte Granock wissen.

»Dann werden auch wir dorthin gehen.«

»*Douk*«, knurrte Rambok und schüttelte den Kopf. »Das keine gute Idee, ich euch sagen.«

»Warum nicht?«, fragte Granock. »Weißt du etwas, von dem wir nichts wissen?«

»Unter uns Orks«, erwiderte der Schamane, »gibt es Gerüchte …«

»Was für Gerüchte?«

»Über den *kriok ur'sochgal*«, ächzte der Unhold, und Granock konnte die Furcht sehen, die dabei in seinen Augen aufloderte.

»Und?«, erwiderte Aldur unbeeindruckt. »Auch bei uns erzählt man sich Geschichten wie diese. Das ist nichts weiter als dummes Zeug, wie jeder weiß.«

»Wirklich?« Der Ork schaute ihn giftig an. »Wie du so sicher, Schmalauge?«

»Einen Augenblick«, bat Granock, der nicht verstand, worum es eigentlich ging. »Habe ich etwas nicht mitbekommen? Von was für Gerüchten redet ihr? Und von welchen Geschichten?«

»Hast du niemals vom *agaras* gehört?«, fragte Alannah nur.

Granock hob eine Braue. »Sollte ich?«

»In den alten Überlieferungen, die noch aus den Zeiten vor der Ankunft stammen und die lange vor Ruvian und den anderen Geografen verfasst wurden, ist von einem großen Abgrund die Rede, der sich weit im Süden befinden soll, jenseits der Berge und der Wälder«, erklärte die Elfin. »Wie es heißt, stieg Erdwelt einst aus diesem Abgrund empor, zusammen mit den Drachen, die es bevölkerten. Die Elfen der Vorzeit nannten ihn den *agaras*.«

»Den Schnitt«, übersetzte Granock in seine Sprache.

»So ist es.« Alannah nickte.

»Und was hat es damit auf sich?«

Granock konnte sehen, wie sich ein Schatten über die Züge der Elfin legte. »Der Überlieferung nach«, erwiderte sie, »markiert der *agaras* den Ort, an dem Erdwelt endet …«

2. TRYASAL

»Maeve, Meisterin des Ordens von Shakara und Mitglied des Hohen Rates der Zauberer!«

Die Stimme des Hofmarschalls hallte von der hohen Decke des Thronsaals wider, und ein Raunen ging durch die Reihen der hohen Damen und Herren, die der königlichen Audienz beiwohnten und sich zwischen den kunstvoll verzierten Säulen drängten. Die Tür an der Stirnseite der Halle wurde geöffnet, und eine Frau trat ein, deren hohes Amt ihr auf den ersten Blick nicht anzusehen war.

Das graue Gewand, das bis zum Boden reichte und ihr beim Gehen um die Beine schlug, war äußerst schlicht gehalten; das eingestickte Emblem des Hohen Rates war die einzige Verzierung darauf. Ihr Haar trug sie hochgesteckt, was sie bieder wirken ließ und womöglich älter, als sie tatsächlich war. Ihr selbstsicherer Gang jedoch und ihre aufrechte Haltung ließen vermuten, dass sie sich sowohl ihrer Macht als auch ihrer Bedeutung nur zu bewusst war.

Die Zauberin war nicht allein. Eine junge Elfin folgte ihr mit einigen Schritten Abstand, deren Robe ebenso schlicht und schmucklos war. Ihr langes blondes Haar war kunstvoll geflochten, und mit einigem Unbehagen stellte Fürst Ardghal fest, dass sie eine Schönheit war. Dunkle Augen, eine kleine Nase und ebenmäßige, makellose Züge zierten das Gesicht der jungen Frau, die fraglos eine Schülerin Maeves war.

Die Angehörigen des Hofadels, die zu beiden Seiten des Thronsaals Aufstellung genommen hatten, wechselten verstohlene Blicke und tuschelten miteinander. Ardghal brauchte nicht lange nachzudenken, um zu wissen, worüber sie sprachen.

Es war gemeinhin bekannt, dass er kein Freund des Hohen Rates war und für eine strikte Trennung von Königtum und Magie eintrat. Im Lauf der Geschichte hatte Shakara immer wieder versucht, auf die Entscheidungen Einfluss zu nehmen, die in Tirgas Lan getroffen wurden. Begründet wurde dies mit der Vergangenheit, mit den Verfehlungen Sigwyns, der einer der größten Herrscher gewesen war, die Erdwelt je gesehen hatte, am Ende seiner Regierungszeit jedoch seiner Eifersucht erlegen und zum Despoten geworden war. Diesen Vorfall, der Jahrtausende zurücklag und sich noch lange vor dem Krieg ereignet hatte, nahmen die Zauberer von jeher zum Anlass, um Druck auf die Krone auszuüben und ihre Macht zu beschneiden. In Zeiten, in denen starke Herrscher auf dem Thron gesessen hatten, war der Einfluss Shakaras kaum zu bemerken gewesen. Wann immer die Elfenkrone jedoch auf dem Haupt eines schwachen Königs ruhte, erwachte der Machthunger der Zauberer zu neuem Leben.

Und Elidor *war* ein schwacher König …

»Vorsicht«, raunte Ardghal dem jungen Monarchen zu, der neben ihm auf dem Thron saß. Elidors ebenso blasse wie schlanke Finger hatten sich in den Armlehnen verkrallt, während er der Zauberin unruhig entgegenblickte. »Sie wird versuchen, Euch zu beeinflussen. Bleibt standhaft, mein König.«

Die Warnung war überflüssig. Elidor war auch so schon nervös genug; kleine Schweißperlen standen ihm auf der Stirn. Unmissverständlich hatte Ardghal ihm klargemacht, was es bedeutete, wenn Shakara zu viel Einfluss in Tirgas Lan gewann. Dass es dann Zauberer sein würden, die die Regierungsgeschäfte bestimmten, dass er das Erbe seines Vaters Gawildor verraten und zum Büttel seines eigenen Reiches werden würde. Und früher oder später, daran hegte Ardghal nicht den geringsten Zweifel, würde sich der Hohe Rat nicht mehr damit begnügen, indirekte Macht auszuüben, sondern offen nach der Elfenkrone greifen …

Die Zauberin und ihre Novizen gelangten vor dem Thron an. Sie verbeugten sich tief und – so kam es Ardghal vor – in geheuchelter Unterwürfigkeit.

»Als Mitglied des Hohen Rates und Abgesandte des Ordens von Shakara entbiete ich Euch meinen Gruß, Elidor, König des Elfenreichs«, sagte Maeve, und selbst Ardghal musste zugeben, dass ihre Stimme weit weniger autoritär und anmaßend klang, als er es befürchtet hatte. Im Gegenteil glaubte er Fürsorge und Mitgefühl darin zu erkennen – eine gefährliche Mischung. »Außerdem soll ich Euch die Empfehlung des Ältesten Farawyn aussprechen, des Vorstehers unseres Ordens.«

»Ich danke Euch, Meisterin Maeve«, entgegnete Elidor, und Ardghal schämte sich dafür, dass die Stimme des jungen Königs dabei vor Aufregung zitterte. »Im Namen meines Hofstaats und des gesamten Reiches heiße ich Euch in Tirgas Lan willkommen.«

»Ich bin es, die zu danken hat, Hoheit«, erwiderte die Zauberin beredsam und verbeugte sich abermals. »Der freundliche Empfang, den Ihr mir bereitet, wird den Hohen Rat in seiner Überzeugung bestätigen, dass der König von Tirgas Lan ein Freund und Förderer des Ordens ist.«

Spätestens jetzt sah sich Ardghal bemüßigt einzugreifen. »Verzeiht meine Impertinenz, Meisterin Maeve«, wandte er ein, »aber wenn der Hohe Rat so überzeugt davon ist, dass er in Tirgas Lan keine Feinde hat, weshalb seid Ihr dann hier?«

»Das wisst Ihr so gut wie jeder andere in diesem Saal, Fürst«, erwiderte die Zauberin ungerührt. »Um zu beobachten und die Aufgabe zu erfüllen, die dem Orden von alters her obliegt.«

»Ich bin mir der Vergangenheit nicht weniger bewusst als Ihr, Rätin Maeve«, konterte der königliche Berater, »dennoch ist viel Zeit verstrichen seit Sigwyns Tagen, und ich frage mich, ob der Hohe Rat noch in der Lage ist, die Aufgabe zu bewältigen, die ihm einst übertragen wurde. Immerhin hat sich die vorletzte Beobachterin, die nach Tirgas Lan entsandt wurde – ein Mitglied des Hohen Rates, genau wie Ihr – als Verräterin erwiesen. Und die letzte war, wenn ich mich recht entsinne, eine überführte Mörderin.«

Ein Raunen ging durch die Reihen der Höflinge. Ardghals Beschlagenheit in der hohen Kunst der Diplomatie wurde weithin gerühmt. Es kam nur selten vor, dass er so deutliche Worte gebrauchte.

»Die Eingeweihte Alannah, auf die Ihr Euch wohl bezieht, wurde vom obersten Lordrichter von allen Anschuldigungen freigesprochen«, konterte Maeve. »Zudem ist sie nicht als Beobachterin nach Tirgas Lan geschickt worden.«

»Gleichwohl haben sich während ihrer Anwesenheit hier dunkle Vorfälle ereignet, die uns alle sehr beunruhigt haben. Was also, frage ich mich, wird während Eures Aufenthalts am königlichen Hof geschehen, Ratsmitglied Maeve?«

Die Zauberin tat so, als überhörte sie die geschliffene Mischung aus Vorwurf und Spott, die in den Worten des Beraters mitschwang. In einer Unschuldsgeste hob sie stattdessen die Arme. »Dies vorauszusagen, Fürst Ardghal, liegt ebenso wenig in meiner Macht wie in Eurer. Aber Ihr dürft mir glauben, wenn ich Euch sage, dass uns jene Vorfälle nicht weniger beunruhigt haben als Euch.«

»Zumindest das«, räumte Ardghal ein, »will ich Euch gerne glauben, wenngleich der König ...« Er wandte sich Elidor zu, um ihn in den Disput miteinzubeziehen. Zu seiner Verblüffung stellte der Berater jedoch fest, dass sein königlicher Schützling den Wortwechsel überhaupt nicht verfolgt hatte. Elidors Züge wirkten entrückt, und seine Augen waren offenbar die ganze Zeit über nur auf eine einzige Person gerichtet gewesen.

»Wie ist dein Name, mein Kind?«, erkundigte er sich bei Maeves junger Begleiterin.

»Caia«, entgegnete diese mit einer Stimme wie ein Windhauch. Dabei starrte sie verlegen zu Boden.

»Bist du eine Novizin?«

»Eine Aspirantin, Majestät«, verbesserte sie.

»Somit hast du den *prayf* bereits abgelegt.« Caia nickte.

Nun schaute sie auf. Der Blick ihrer rehbraunen Augen schien dazu angetan, Steine zu erweichen. Ardghal konnte fühlen, wie Elidor neben ihm erbebte.

»Der Ablauf des *áthysthan* ist Euch bekannt, Majestät?«, erkundigte sie sich verwundert.

»Nur in Teilen«, gab Elidor zu. »Unglücklicherweise sind die Angehörigen des Ordens nicht sehr freigiebig im Umgang mit ihren Geheimnissen.«

»Der Verlauf der Ausbildung zum Zauberer unterliegt keiner Geheimhaltung«, versicherte Meisterin Maeve. »Wenn Ihr es wünscht, so wird Caia Euch darüber in allen Einzelheiten in Kenntnis setzen, Majestät.«

»Das wünsche ich in der Tat«, bekräftigte der König, der den Blick noch immer nicht von der Aspirantin wenden konnte. »Vielleicht kann ich dich im Austausch mit einigen Liedern erfreuen, die ich zur Laute singe.«

»Das wäre wunderbar, Majestät«, erwiderte Caia ohne Zögern, und es schien ihr ernst damit zu sein – jedenfalls konnte Ardghal kein Falsch in ihren Augen erkennen. »Wie ich gehört habe, seid Ihr ein sehr talentierter Sänger.«

»Unglücklicherweise«, unterbrach Ardghal die Unterhaltung, »wird König Elidor wohl kaum Zeit finden, seine Sangeskünste unter Beweis zu stellen. Die Einfälle der Orks und der Krieg im Norden erfordern seine ganze Aufmerksamkeit, und er wird nicht …«

»Nun«, fiel Elidor ihm ins Wort, »dann werde ich mir die Zeit dafür eben nehmen müssen, Fürst.«

Seine Stimme klang ungewohnt selbstbewusst, nicht wie die eines Knaben, sondern wie die eines Mannes, der sich der Macht, die in seinen Händen lag, allmählich bewusst wurde. Und in diesem Moment dämmerte Ardghal von Tirgas Lan, seines Zeichens oberster Berater des Elfenkönigs, dass die Dinge eine für ihn ungünstige Wendung genommen hatten.

Die Meditation war zu Ende.

Wie die meisten Mitglieder des Ordens nutzte auch Farawyn die Stunde vor der Nachtruhe, um den Pfad der Weisen zu beschreiten und sich in jenen Zustand zu versenken, der den irdischen Bedürfnissen entrückt war und dadurch viele Dinge umso deutlicher hervortreten ließ. Schon die Zauberer der alten Zeit hatten sich jener Technik bedient, um ihren *asbryd* zu erfrischen und ihr *lu* zu stärken, und es geschah häufig im Zustand der Versenkung, dass Farawyn Visionen hatte.

An diesem Abend jedoch war die Meditation ereignislos geblieben. Farawyn hatte gehofft, Kunde von Granock und den anderen zu erhalten, aber es hatte sich einmal mehr gezeigt, dass er nicht in der Lage war, die Natur seiner Wahrnehmungen zu beeinflussen. Im Gegenteil – je mehr er es wollte, desto weniger schien seine Gabe ihm zu gehorchen.

So hatte er keine rätselhaften Bilder gesehen, die der Deutung bedurften, sondern lediglich in sein eigenes Inneres geblickt. Antworten hatte er dort keine gefunden, sondern immer nur neue Fragen, und mit der Erkenntnis, dass die Meditation diesmal ihre Wirkung verfehlt hatte, schlug der Älteste die Augen auf.

Die vertraute Umgebung seiner Kammer spendete ihm ein wenig Trost, der freilich nur eine Täuschung war. Die Situation im Rat hatte sich weiter zugespitzt. Gervan bestand noch immer darauf, dass alle Ordensmitglieder, die sich eines Bündnisses mit der dunklen Seite verdächtig gemacht hatten, inhaftiert und strengen Verhören unterzogen wurden, und er hatte einen Katalog von Forderungen vorgelegt, denen, wie er sagte, jeder Zauberer von Ehre zustimmen sollte.

Es ging darin um die Beschneidung der Redefreiheit, um die Aufhebung des Versammlungsrechts und eine verstärkte Kontrolle der Lehrinhalte, die die Meister ihren Novizen vermittelten. Ferner hatte Gervan verlangt, dass es ein Gremium geben müsse, das sich aus ausgewählten Ratsmitgliedern zusammensetze und in der Lage sein solle, rasch auf Bedrohungen aller Art zu reagieren. Natürlich, so Gervan weiter, müssten diesem Gremium umfangreiche Machtzugeständnisse gemacht werden, und mit einer Dreistigkeit, die Farawyn verärgert hatte, hatte er sich selbst als Oberhaupt jener Einrichtung ins Gespräch gebracht. Und als wäre das alles noch nicht genug, hatte Gervan weiter angeregt, die telepathischen Fähigkeiten der Kobolde dazu zu nutzen, die geheimen Gedanken der Ordensmitglieder zu erforschen, notfalls auch gegen deren Willen. Wer ein reines Gewissen habe, so sein Argument, habe schließlich nichts zu fürchten.

Farawyns Innerstes verkrampfte sich bei dem Gedanken an solche Maßnahmen, die den Kodex und die Grundprinzipien des Ordens mit Füßen traten. Aber es gab durchaus Ratsmitglieder, die Gervans Ansinnen unterstützten. Furcht hatte sich seit Vater

Semias' Tod in Shakara breitgemacht, und diese Furcht sorgte dafür, dass manche Zauberer bereit waren, ihre Freiheit gegen die vermeintliche Sicherheit einzutauschen, die Gervans Maßnahmen ihnen versprachen.

Der Älteste schüttelte den Kopf. Ein Teil von ihm empfand Mitleid mit diesen Narren. Der andere, weitaus größere Teil verachtete sie.

Mit einem Seufzen erhob er sich. Er verwarf sein ursprüngliches Vorhaben, wie an jedem Abend noch ein Kapitel von Royans Abhandlung über das Wesen der Zeit zu lesen, die er aufgeschlagen auf dem Tisch liegen hatte. Er war müde und wollte ruhen. Der neue Tag wartete wie ein lauerndes Untier am Ende der Nacht, und Ferawyn würde seine ganze Kraft brauchen, um ihn zu überstehen.

Zum ungezählten Mal an diesem Abend schweiften seine Gedanken ab und zogen gen Süden, ins ferne Arun, und er fragte sich, wie es Granock, Alannah und Aldur ergehen mochte. Hatten sie bereits eine Spur gefunden? Hatten sie Gewissheit bekommen, was seinen Verdacht betraf? Oder hatte sie dasselbe düstere Schicksal ereilt, das auch Cethegar …?

Farawyn schüttelte den Gedanken ab wie ein lästiges Insekt. Er durfte die Hoffnung nicht aufgeben. In einer Zeit, in der Angst und Furcht regierten und selbst die Rechtschaffenen zu Werkzeugen des Bösen zu werden drohten, war sie alles, was ihnen geblieben war.

Der Älteste wollte nach seinem Diener rufen, damit er ihm half, sich seiner Robe zu entledigen, als er eine Veränderung inmitten der vertrauten vier Wände wahrnahm.

Etwas war anders als sonst. Vermutlich war es schon vorhin so gewesen, aber in seiner Erschöpfung war es ihm nicht aufgefallen. Offenbar hatte die Meditation zumindest in dieser Richtung ein wenig Wirkung gezeigt.

Farawyn griff nach dem Zauberstab. Ein kurzer Befehl und eine Handbewegung, und die Beleuchtung in der Kammer erlosch. Nur noch der unwirkliche Schein des Elfenkristalls an seinem *flasfyn* blieb übrig. Mit zu Schlitzen verengten Augen blickte sich Farawyn um. Das Leuchten des Kristalls verstärkte sich – und schien plötzlich beantwortet zu werden. Unter der Schlafstatt des Ältesten loderte eine zweite Lichtquelle auf, die ganz sicher nicht dorthin gehörte!

Farawyn gab einen Laut der Genugtuung von sich. Er stellte die ursprüngliche Beleuchtung wieder her, dann bückte er sich, um unter das Bett zu sehen. Ein bläulich schimmernder Gegenstand lag dort, und in Erinnerung an seinen ehemaligen Schüler, der die Auffassung vertrat, dass auch ein Zauberstab letztlich vor allem ein Stab war, benutzte er den *flasfyn* dazu, den Gegenstand unter der Schlafstatt hervorzuholen.

Es war, wie Farawyn zu seiner Verblüffung feststellte, ein etwa faustgroßer, länglicher Kristall, der nur von einem einzigen Ort stammen konnte.

Aus der Bibliothek von Shakara …

Sie saßen am Feuer und starrten gedankenverloren in die Flammen, erschöpft und müde.

Die Aura des Bösen, die über dem Plateau lag, setzte nicht nur ihren Seelen zu. Auch körperlich fühlten sie sich matt und ausgelaugt, und Granock kam es vor, als hätte er seit tausend Tagen nicht geschlafen.

Sie hatten lange überlegt, ob sie ein Feuer entzünden sollten, es schließlich aber doch getan, um die Kreaturen fernzuhalten, die den nächtlichen Dschungel bevölkerten. Allerdings hatte sich Granock eines Tricks bedient, den er früher oft angewandt hatte, wenn er als Dieb auf der Flucht gewesen war und nicht hatte gesehen werden wollen: Er hatte für das Feuer eine Grube ausgehoben, sodass nur der Widerschein, nicht aber die Flammen selbst zu sehen waren, was die Gefahr der Entdeckung erheblich verringerte. Raubtiere wagten sich dennoch nicht heran, nur ihr schreckliches Gebrüll war allenthalben zu hören und jagte Granock kalte Schauer über den Rücken.

»Granock?«

Alannah saß neben ihm. Er genoss ihre Nähe und schöpfte Trost aus ihrer Gesellschaft, selbst an einem Ort wie diesem.

»Ja?«

»Glaubst du, dass Farawyn recht hat? Dass wir tatsächlich dunklen Zeiten entgegengehen und es Krieg geben wird?«

Granock schürzte die Lippen. »Ich will es nicht glauben«, erwiderte er leise. »Aber nach allem, was wir vorgefunden haben, wird sich seine Vision wohl einmal mehr bewahrheiten.«

»Beängstigend«, flüsterte sie. Er merkte, wie sie neben ihm erschauderte, aber er widerstand der Versuchung, seinen Arm um sie zu legen. »Es muss grässlich sein, die Zukunft zu kennen und zu wissen, was geschehen wird.«

»Farawyn weiß es nicht«, widersprach Granock. »Er kennt die Zukunft ebenso wenig wie wir. Er hat lediglich Visionen, und es liegt an ihm, sie zu deuten.«

»Dann scheint er immer mehr Übung darin zu bekommen«, konterte die Elfin und sandte ihm einen düsteren Blick. »In letzter Zeit pflegen seine Vorhersagen nämlich mit besorgniserregender Regelmäßigkeit einzutreffen.«

»Vielleicht«, gab Granock zu. »Oder er lebt nur einfach schon lange genug auf dieser Welt, um die Sterblichen und ihre Fehler genau zu kennen.«

»Du denkst auch, dass Margok zurückgekehrt ist, nicht wahr?«, flüsterte sie. »Aldur ist überzeugt davon, dass es seine Spur ist, der wir folgen …«

Granock erwidert nichts. Zu gefesselt war er vom Anblick ihres ebenmäßigen Gesichts, auf das die Flammen flackernde Schatten warfen, zu gebannt von ihrer Schönheit, der auch das umgebende Böse nichts anhaben konnte.

»Was hast du?«, fragte sie.

»Nichts, ich …« Verlegen wandte er sich ab und starrte wieder in das Feuer. Warum nur fühlte er sich in ihrer Nähe die meiste Zeit wie ein verdammter Trottel?

»Gibt es etwas, das du mir gerne sagen möchtest?«

Es lag so viel Milde und Zärtlichkeit in ihrer Stimme, dass er sich spontan ermutigt fühlte, ihr die Wahrheit zu sagen. Womöglich, sagte er sich, war dies ihre letzte Mission. Vielleicht würden sie schon in wenigen Tagen sterben, und er wollte nicht gehen, ohne ihr nicht wenigstens ein einziges Mal gezeigt zu haben, was er in Wahrheit für sie empfand. Vom dem Augenblick an, da er sie zum ersten Mal gesehen hatte, nackt und vollkommen, vor dem silbernen Licht des Kristalls von Shakara …

Vorsichtig streckte er seine Hand aus, berührte Alannah an der Stirn und strich ihr eine Strähne des hellen Haars aus dem Gesicht. Die Elfin regte sich nicht. Weder tadelte sie ihn für die Vertraulichkeit, noch wich sie zurück. Und Granock beschloss, noch einen Schritt weiterzugehen.

Das Herz schlug ihm heftig in der Brust, während er ein wenig näher an sie heranrückte. Wieder rührte sie sich nicht, und indem er alles auf eine Karte setzte, beugte er sich zu ihr hinüber und bewegte seine Lippen auf die ihren zu.

Er konnte ihre Nähe spüren, ihren Atem, ihren betörenden Duft, der sie selbst an diesem Ort umgab, und wartete darauf, dass sich ein sehnlichster Wunsch erfüllen und ihre Münder einander berühren würden.

Doch es kam nicht dazu.

Jäh war jenseits des Feuers ein Rascheln zu vernehmen. Alarmiert sprang Alannah auf und zog ihr Schwert – aber es war nur Aldur, der von seiner Wachschicht zurückkehrte.

»Alles in Ordnung?«, erkundigte er sich. »Ihr beide seht aus«, als hättet ihr einen Geist gesehen.«

»Unsinn«, entgegnete Alannah ungewohnt barsch und rammte das Schwert in den Boden, wo es bebend stecken blieb. »Mit derlei Dingen treibt man keine Scherze. Nicht hier.«

»Schon gut.« Aldur setzte sich zu ihnen ans Feuer, um sich zu wärmen. Die Nächte waren klamm in dieser Höhe, und der Nebel schien einem in die Glieder und Gelenke zu kriechen. Der Elf griff nach einigen Zweigen und gab den Flammen noch ein wenig Nahrung. »Du bist mit der Wachschicht an der Reihe, Granock.«

Granock erwiderte etwas Unverständliches. Dann griff er nach seinem *flasfyn* und verließ die Lichtung, um den Faryn-Baum aufzusuchen, von dem aus sich nicht nur der Schuttberg des Tempels, sondern auch das angrenzende Tal einsehen ließ. Dabei mied er jeden Blickkontakt mit Alannah.

Die Sache war ihm unangenehm.

Was würde sie nun von ihm denken? Hatte er ihre Freundschaft verspielt, weil er seinen Gefühlen nachgegeben hatte? Wie würde sie reagieren, nun, da er ihr offenbart hatte, was er für sie empfand?

Ein Sturm von wirren und widersprüchlichen Regungen tobte in ihm, während er den Baum erklomm. Auf der breiten Astgabel kauernd, die sie als Posten ausgewählt hatten, griff er nach seiner Feldflasche und nahm einen tiefen Schluck. Das Wasser war bitter und schal, genau wie die Gefühle in seinem Innern, und einmal mehr tadelte er sich für seine Unbeherrschtheit. Was, verdammt noch mal, hatte er sich nur dabei gedacht?

Er ließ sich nieder und legte das Schwert griffbereit neben sich. Den Zauberstab behielt er in den Händen. Manche Kreaturen, die in den Wäldern Aruns hausten, schlugen so schnell und unerwartet zu, dass man nicht einmal mehr dazu kam, nach seiner Waffe zu greifen.

Indem er sich auf sein Pflichtgefühl besann und sich ganz und gar auf seine Aufgabe konzentrierte, gelang es ihm, seine Gedanken an Alannah zumindest vorübergehend zu verbannen. Wachsam spähte er in die Nacht hinaus, die von einem bleichen, fast vollen Mond beschienen wurde, unter dem sich der Urwald und die Ruinen als blaue Schatten abzeichneten.

Anfangs zuckte Granock bei jeder Bewegung zusammen, die er registrierte, aber schon bald hatte er sich an den Anblick der sich im Wind wiegenden Baumkronen und der unzähligen kleinen und großen Schatten gewöhnt, die zwischen den Trümmern umherhuschten und das alte Spiel des Überlebens spielten. Ein Schwarm Vögel flatterte kreischend in die Höhe, als irgendetwas seine Ruhe zu stören schien. Schon im nächsten Moment zuckte ein schlanker Schatten mit einem langen Schweif über den Himmel heran. Wie ein Blitz fuhr er in den Vogelschwarm und riss eines der Tiere, um dann ebenso rasch zu verschwinden, wie er aufgetaucht war. Das Recht des Stärkeren regierte mit unnachgiebiger Härte im Wald von Arun, und es kannte keine Nachsicht.

Plötzlich – Granock vermochte nicht zu sagen, wie viel Zeit bereits verstrichen war – hörte er am Fuß des Baumes ein Rascheln.

Und es war nicht das eher zufällige, willkürliche Geräusch, das Tiere verursachten.

Er fasste den Zauberstab fester und spähte hinab, doch im Dickicht, das rings um den Faryn-Baum wucherte, konnte er nichts erkennen. Dennoch – etwas war dort unten!

Granock biss die Zähne zusammen. Falls es ein Feind war, musste er ihn erledigen, ehe er auf das Lager stieß. Er konzentrierte sich, bereitete sich darauf vor, einen Zeitzauber zu wirken ...

Und wenn es ein *neidor* war? Die Echsenkrieger waren berüchtigt dafür, gegen viele Bannsprüche immun zu sein.

Granock blieb keine Zeit, darüber nachzudenken, denn unvermittelt löste sich ein schlanker Schatten aus dem Gebüsch und schickte sich an, auf den Baum zu klettern. Schon wollte er ihn erstarren lassen, als er erkannte, dass es Alannah war!

»Hier«, zischte er halblaut, um auf sich aufmerksam zu machen. Die Elfin schaute zu ihm herauf und winkte, dann erklomm sie den Baum mit katzenhafter Behändigkeit.

Granock fühlte, wie sein Herz plötzlich schneller schlug. Weshalb kam sie zu ihm? Wollte sie mit ihm reden über das, was vorgefallen war? Was sollte er ihr sagen?

Einmal mehr wünschte er sich, vorhin nicht wie ein Narr gehandelt zu haben. Aber was geschehen war, war geschehen, es ließ sich nicht rückgängig machen. Nicht einmal dann, wenn man in der Lage war, einen Zeitzauber zu wirken.

Ihr Gesicht tauchte zwischen den Blättern auf, und zu seiner Erleichterung lächelte sie. Er streckte ihr die Hand entgegen, um ihr auf die Astgabel zu helfen, aber sie schaffte es aus eigener Kraft. Lautlos ließ sie sich neben ihm nieder, und eine Weile lang schwiegen sie, während er merkte, wie sein Verlangen zurückkehrte, stärker noch als zuvor.

»Alannah«, stieß er schließlich hervor, »ich ...«

Sie antwortete nicht. Stattdessen legte sie die Hand auf seinen Mund und bedeutete auch ihm zu schweigen. Und im nächsten Moment tat sie etwas, das er sich stets erträumt, jedoch niemals zu hoffen gewagt hatte: Sie nahm seine Hand, führte sie an ihre Lippen, liebkoste sie – und schob sie dann in den Ausschnitt ihrer Robe.

Sie trug nichts darunter.

Ihr Kettenhemd und auch ihr Untergewand hatte sie abgelegt, sodass er ihre alabasterweiße Haut zum ersten Mal befühlen konnte. Sie war kälter, als er angenommen hatte, dabei aber makellos und glatt. Granock stockte der Atem, als sich seine Hand den sanften Rundungen ihrer Brüste näherte.

Obwohl er schon viele Frauen gehabt und das Geld, das er in den Städten der Menschen zusammengestohlen hatte, oftmals ins nächste Freudenhaus getragen hatte, empfand er zum ersten Mal in seinem Leben etwas für die Frau, mit der er zusammen war. Mit einer Zärtlichkeit, die ihn selbst überraschte, liebkoste er ihre Brüste. Als Alannah die Augen schloss und unter seiner Berührung erbebte, gab er jede Zurückhaltung auf.

Zum zweiten Mal in dieser Nacht bewegte er seine Lippen auf die ihren zu, diesmal allerdings nicht vorsichtig und sanft, sondern drängend und voller Verlangen. Die Elfin wich nicht zurück. Ihre Münder und ihre Zungen begegneten einander auf eine Weise, die Granock nicht erwartet hatte. In unzähligen einsamen Nächten hatte er sich ausgemalt, wie es sein würde, mit ihr das zu tun, was die Söhne und Töchter Sigwyns so unschuldig als *rhiw* bezeichneten. Aber ganz bestimmt hatte er nicht vermutet, dass die sonst so sanftmütige Elfin in solcher Leidenschaft entbrennen würde.

Voller Verlangen warf sie sich auf ihn, presste ihn nieder mit der ganzen Wucht ihres vollendeten jugendlichen Körpers, während sie ihn weiter küsste, in scheinbar unstillbarer Gier, so als wolle sie das Leben aus ihm saugen. Als sie fühlte, wie seine Begehrlichkeit erwachte, verlor sie keine Zeit. Zielstrebig wanderten ihre Hände unter seine Robe und die Tunika und umfassten seine Männlichkeit, und noch ehe er wusste, wie ihm geschah, hatte sie bereits ihr Gewand hochgeschlagen und sich über ihn gestülpt. Nur in seinen kühnsten Träumen hatte sich Granock diesen Augenblick vorzustellen gewagt, und zumindest für einen Moment wähnte er sich am Ziel seiner Wünsche. Alannah schlang die Beine um seine Leibesmitte, als wolle sie ihn nie wieder loslassen. Dabei bewegte sie sich so geschickt, dass er glaubte, vor Wollust vergehen zu müssen.

Weder fiel ihm auf, dass sie die Augen noch immer geschlossen hielt, noch dass sie kein einziges Wort gesprochen hatte. Erst als der Druck ihrer Schenkel so stark wurde, dass er stechenden Schmerz empfand und das Gefühl hatte, als müsse er zerbersten, dämmerte ihm, dass ihm ein folgenschwerer Irrtum unterlaufen war.

Und in dem Augenblick, als sich die weiße Haut seiner Geliebten grün verfärbte und ihre Augen so schwarz wurden wie die Nacht, ging ihm auf, dass sie nicht Alannah war …

3. CERWYD'RAI TAITHAI

Das Heer der Menschen befand sich auf dem Weg nach Westen, und Ortwein von Andaril ritt an der Spitze.

Die Tage, in denen der junge Fürst das Gefühl gehabt hatte, das Amt und der Titel, die ihm von seinem Vater hinterlassen worden waren, würden ihn erdrücken, waren endgültig vorüber. Stolz saß er auf seinem Pferd, umgeben vom Tross seiner Getreuen, und hätte es jemand gewagt, ihn daran zu erinnern, dass er noch vor nicht allzu langer Zeit ein elendes Dasein in den Gossen von Taik gefristet hatte, so hätte er diese Dreistigkeit mit dem Leben bezahlt.

Ortwein zog es vor, so zu tun, als wären diese Dinge nie geschehen. Sein Einritt in Andaril hatte einem Triumphzug geglichen, und als er die Stadt seiner Väter wieder verlassen hatte, hatte er es nicht als kümmerlicher Spross eines großen Herrschers getan, sondern als mächtiger Heerführer. Die Armee, die sich innerhalb kürzester Zeit unter seinem Banner versammelt hatte, war größer war als jede, die Erwein von Andaril jemals aufgestellt hatte.

Zu den rund zweihundert Kämpen Andarils hatten sich jene der anderen Handelsstädte gesellt. Selbst der erbitterte Rivale Sundaril hatte Unterstützung geschickt, sodass rund fünfhundert berittene Kämpfer das Heer anführten. Die Clansherren des Ostens hatten mehr als tausend Krieger entsandt, dazu kamen rund eintausend mit Pfeil und Bogen oder Steinschleudern bewaffnete Bauern. Siebenhundert Söldner aus den Oststädten komplettierten Ortweins Heer, und sogar eine Meute Eisbarbaren, unter denen sich dem

Vernehmen nach einige Berserker befanden, hatte sich ihnen angeschlossen. Insgesamt hatte Ortwein somit mehr als dreitausend Mann unter Waffen – genug, um die Elfen das Fürchten zu lehren.

»Nun?«, erkundigte sich der Fürst bei Ivor, der wie stets neben ihm ritt. »Bist du immer noch so misstrauisch wie zuvor?«

Sein Freund und Schwertführer, der über seinem Schuppenpanzer den Waffenrock Andarils mit dem Wappen des Fürstenhauses trug, sandte ihm einen undeutbaren Blick. »Ich wäre beruhigter, wenn wir in Andaril geblieben wären, um unseren Besitz und unsere Ländereien zu verteidigen.«

»Und damit in Kauf nähmen, dass diese spitzohrigen Bastarde die Flamme des Krieges erneut zu uns tragen?« Ortwein schüttelte den Kopf. »Nein, mein Freund. Wir tun das, wozu Rurak uns geraten hat, und ziehen ihnen entgegen. Diesmal sollen die Elfen am eigenen Leib spüren, was es heißt, Krieg zu verbreiten. Diesmal sollen ihre Felder verwüstet werden, und ihre Häuser sollen brennen.«

»Und du glaubst, dass sie dann von den Ostlanden ablassen werden?«, fragte Ivor zweifelnd.

»Wenn sie erst erfahren haben, was es heißt, den Zorn der Menschen heraufzubeschwören, werden sie es sich zweimal überlegen, ehe sie sich wieder mit uns anlegen.«

»Ich höre deinen Vater reden«, sagte Ivor, »und ich höre Rurak reden. Aber dich höre ich nicht.«

»Da ist kein Unterschied«, behauptete Ortwein. »Mein Vater hatte recht, als er sich mit Rurak gegen die Elfen verbündete. Es ist an der Zeit, das Joch abzuschütteln, das sie uns auferlegt haben.«

»Aber erst, nachdem wir uns gegen sie erhoben haben«, brachte Ivor in Erinnerung.

»Nachdem wir Jahrhunderte der Bevormundung und des Unrechts ertragen mussten«, versetzte Ortwein prompt. »Warum willst du nicht einsehen, dass dies der Kampf um unser Schicksal ist? Um unsere Zukunft und unsere Freiheit?«

»Weil ich nicht begreife, was ein abtrünniger Zauberer damit zu tun hat«, gab Ivor schlicht zur Antwort. »Warum hilft uns Rurak, der selbst ein Elf ist, gegen seinesgleichen?«

»Was weiß ich?« Der Fürst machte eine unbestimmte Handbewegung. »Uns kann es letztlich egal sein, wenn wir nur unsere Ziele erreichen.«

»Das dachte dein Vater vermutlich auch. Aber ein Zauberer lässt sich nicht so leicht hintergehen. Vielleicht sind es ja in Wahrheit seine Ziele, die wir verfolgen. Hast du daran schon einmal gedacht?«

Ortwein lachte spöttisch auf. »Was bringt dich auf diesen törichten Gedanken?«

»Ich habe das Gefühl, dass Rurak uns etwas verheimlicht.«

»Und was sollte das sein?« Der Fürst von Andaril bedachte seinen Freund mit einem durchdringenden Blick. »Bislang hat der Zauberer in jeder Hinsicht recht behalten. Er hat vorausgesagt, dass wir unter Jubel zurückkehren und sich die Landlords und Clansherren auf unsere Seite stellen würden – und genauso ist es gekommen.«

»Und wo ist das Elfenheer, von dem er gesprochen hat? Wo sind die Krieger, die angeblich ausgesandt wurden, um die Ostlande anzugreifen? Wir haben Scaria fast erreicht; dennoch haben unsere Kundschafter bisher nichts entdeckt.«

»Sie halten sich verborgen«, erwiderte Ortwein überzeugt. »Sie fürchten unsere Stärke. Rurak hat es vorausgesagt. Er war es, der uns riet, nach Westen zu ziehen.«

»Ich weiß.«

»Aber du traust ihm nicht.«

»Nein, mein Fürst.« Ivor schüttelte den Kopf. »Wäre es nicht möglich, dass er in Wahrheit andere Pläne verfolgt? Und dass wir darin nur eine untergeordnete Rolle spielen?«

»Was für Pläne sollten das sein?«

»Ich weiß es nicht«, musste der Schwertführer zugeben. »Aber ich habe kein gutes Gefühl bei all dem. Ich ahne, dass Rurak etwas im Schilde führt, auch wenn ich nicht ermessen kann, worum es dabei geht.«

»Geduld«, beschwichtigte Ortwein ihn. »Wenn wir erst mit Elfenschätzen beladen nach Andaril zurückkehren, wirst du deine Meinung ändern.«

»Mit Elfenschätzen beladen?« Ivor runzelte die Stirn.

»Gewiss – oder glaubst du, ich werde mich damit zufriedengeben, die Elfen in einer offenen Feldschlacht zu besiegen? Rurak sagt, dass unser Ziel letztlich Tirgas Lan sein muss.«

»Rurak, und immer wieder Rurak. Er hat dich geblendet, Ortwein. Du bist nicht mehr du selbst.«

»Im Gegenteil, mein Freund«, versicherte Ortwein. »Ich sehe die Dinge klarer als je zuvor, und du tätest gut daran, mich zu unterstützen, statt dich gegen mich zu stellen. Alle Welt huldigt mir in diesen Tagen, also solltest du keine Ausnahme machen.«

»Ja, mein Fürst«, entgegnete Ivor bitter. »Aber alle Welt ist auch nicht dein Freund.«

Beim ersten Sonnenstrahl brachen sie ihr Lager ab.

Obschon die Umgebung nicht dazu angetan war, hatten sowohl Aldur als auch Alannah ein wenig Ruhe gefunden. Wenn man den Zustand, in den sie verfallen waren, überhaupt als Schlaf bezeichnen konnte, so war er weder besonders tief gewesen noch sehr erholsam, aber immerhin fühlten sie sich wieder kräftig genug, um den Marsch fortzusetzen.

Da Granock nicht wie verabredet zum Lagerplatz zurückgekehrt war, um seine Gefährten zu wecken, ging Alannah los, um ihn zu holen. Vielleicht, so hoffte sie, würden sie ein paar Worte unter vier Augen wechseln können und über das sprechen, was sich gestern am Lagerfeuer zugetragen hatte.

»Granock?«, rief sie halblaut in die Krone des großen Faryn-Baumes, der ihnen als Wachturm diente.

Sie bekam keine Antwort.

»Granock …?«

Erst auf ihren zweiten Ruf hin war ein Rascheln zu vernehmen. Das dichte Geäst teilte sich, und das Gesicht ihres Freundes erschien.

»Da bist du ja! Warum bist du nicht längst zurückgekehrt? Wir wollen aufbrechen!«

Er nickte und kam aus seinem Versteck, kletterte ein Stück an der knorrigen Rinde herab. Schließlich sprang er und landete weich im welken Laub. Ohne Alannah eines weiteren Blickes zu würdigen, wollte er zum Lager zurückeilen.

»Granock«, sprach sie leise und berührte ihn am Arm.

Er blieb stehen und sah sie fragend an.

Alannah holte tief Luft. Seit den frühen Morgenstunden war sie wach gewesen und hatte sich zurechtgelegt, was sie ihm sagen wollte, aber nun, da es so weit war, lag etwas so Fremdes, Abweisendes in seinem Blick, dass ihr die Worte nicht über die Lippen wollten.

»Nichts«, sagte sie deshalb und schüttelte den Kopf. »Es ist nicht wichtig.«

Er nickte nur, dann ging er zum Lager. Alannah wollte ihm folgen, als sie etwas bemerkte. Am Fuß des Faryn-Baumes klebte etwas an der Rinde, das im Licht der Morgensonne glitzerte.

Die Elfin bückte sich und nahm es in Augenschein. Es war ein hauchdünnes, transparentes Gewebe, das natürlichen Ursprungs zu sein schien, jedoch offenbar abgestorben war, so als hätte sein Besitzer es abgestoßen. Der Vergleich mit einer Schlange drängte sich Alannah auf – aber was für eine Kreatur nannte eine solch eigentümliche Haut ihr Eigen?

Schaudernd blickte sich die Elfin um und hatte plötzlich das Gefühl, das umgebende Dickicht würde geradewegs auf sie starren. Rasch richtete sie sich auf und kehrte zum Lagerplatz zurück, wo ihre Gefährten bereits die Rucksäcke schulterten. Der Missmut in Aldurs Zügen war dabei nicht zu übersehen.

»Alles in Ordnung?«, erkundigte sie sich.

»Wie man es nimmt. Der Unhold ist verschwunden.«

»Rambok?« Alannah schaute sich auf der Lichtung um. Es stimmte, sie hatte den Ork den ganzen Morgen über noch nicht gesehen. »Bist du sicher?«

»Er ist jedenfalls nicht mehr hier. Dafür habe ich Spuren von ihm gefunden, die in diese Richtung führten.« Er deutete zum anderen Ende der Lichtung.

»Du meinst, er ist …«

»… geflohen, genau das.« Aldurs Miene verriet Abscheu. »Ich habe es von Anfang an für eine schlechte Idee gehalten, ihn mitzunehmen, aber Farawyn hat ja darauf bestanden. Nun seht ihr, was ihr davon habt.«

»Aber ich … ich kann nicht glauben, dass …«

»Dass er sich feige verzogen hat?« Aldur schüttelte den Kopf. »Wach auf, Alannah. Nicht alle Kreaturen Erdwelts denken so wie du. Vor allem dann nicht, wenn sie grüne Haut und gelbe Augen haben.«

»Das weiß ich«, versicherte sie gereizt. »Ich dachte nur, er wäre unser Verbündeter.«

»Ein Ork ein Verbündeter? Da würde ich mein Glück eher mit einem Eisbarbaren versuchen. Der Unhold wollte schon gestern nicht weitergehen. Nun hat er sich einfach aus dem Staub gemacht, das sieht seinesgleichen ähnlich.«

»Sollten wir nicht nach ihm suchen?«

»Wozu? Um ihn umzustimmen? Er würde uns bei der nächstbesten Gelegenheit wieder verraten. Außerdem verlieren wir dadurch nur unnötig Zeit. Unser Weg führt nach Süden.«

»Und Granock?«, fragte Alannah. »Was sagt er dazu?«

»Gar nichts«, entgegnete Aldur knapp und griff entschlossen nach seinem Zauberstab. »Unser menschlicher Freund ist heute Morgen etwas wortkarg. Er hat noch nicht ein einziges Wort gesagt, seit er von seiner Wachschicht zurück ist.«

»Ich weiß«, erwiderte Alannah nur.

Was hätte sie auch sagen sollen?

Dass sie wusste, weshalb er so schweigsam war? Dass niemand anderer als sie der Grund dafür war?

Ihr war klar, dass Aldur nie davon erfahren dürfte – denn dies würde das Ende ihrer Freundschaft bedeuten.

4. DALUN!

Als Granock wieder zu sich kam, wusste er nicht, was ihm mehr weh tat – sein Schädel oder seine malträtierte Leibesmitte. Es dauerte einen Moment, bis die Erinnerung an die zurückliegenden Geschehnisse zurückkehrte, und als sie es schließlich tat, hätte er sie am liebsten gestrichen.

Wie, beim Licht sämtlicher Elfenkristalle, hatte er nur so dämlich sein können?

Was auch immer ihn dort oben auf dem Baum besucht hatte und mit der Wucht eines Sommergewitters über ihn hereingebrochen war, mochte wie Alannah ausgesehen haben, aber sie war es ganz gewiss nicht gewesen. Hätte er auf seinen Verstand gehört statt auf sein bestes Körperteil, wäre ihm diese Einsicht fraglos früher aufgegangen. So aber …

Wo war er überhaupt?

Er versuchte, sich zu bewegen, aber es gelang ihm nicht. Also wollte er die Augen öffnen – nur um festzustellen, dass er sie schon die ganze Zeit über offen hatte.

Was, verdammt noch mal, war nur los mit ihm?

Er schaute sich um, aber er konnte nichts erkennen. Milchiges Weiß hüllte ihn zu allen Seiten ein, durch das nur hier und dort das sanfte Grün der Bäume schimmerte. Im ersten Moment dachte er an Nebel, aber es war feste Materie, die ihn umgab und am Bewegen hinderte. Hilflos schaute er an sich herab. Seinen Umhang und das Kettenhemd hatte man ihm genommen; er fand seinen Körper eingesponnen in ein Geflecht unzähliger klebrig weißer Fäden, die sich über seiner Haut und seiner Tunika spannten. Wo sein Schwert und sein *flasfyn* geblieben waren, fragte er besser gar nicht erst.

»Verdammt«, knurrte er leise. »Wo bin ich? Was haben die mit mir gemacht?«

Mit Unbehagen ging ihm auf, dass er noch nicht einmal wusste, wer »die« eigentlich waren.

Welche Kreatur war in der Lage, die Gestalt einer anderen anzunehmen und sich als deren Doppelgänger auszugeben? Granock zweifelte nicht daran, dass dabei dunkle Magie im Spiel gewesen war, und so gab er sich keinen Illusionen hin, was die Absichten seiner Häscher betraf. Sie hatten ihm eine Falle gestellt – und er war blindlings hineingetappt.

Das Letzte, woran er sich erinnerte (abgesehen von dem ebenso kurzen wie teuer bezahlten Vergnügen, das ihm vergönnt gewesen war), war entsetzlicher Schmerz, so als würde er in der Mitte seines Körpers auseinandergerissen. Ein unheimliches Augenpaar war über ihm erschienen, das aus einer glatten, konturlosen Fratze starrte.

Dann hatte er das Bewusstsein verloren.

Wie lange das zurücklag, wusste er nicht zu sagen, aber dem Licht nach, das durch die milchig weiße Schicht sickerte, musste inzwischen der neue Tag angebrochen sein.

Granock dachte an seine Gefährten. Sicher hatten sie seine Abwesenheit längst bemerkt und suchten nach ihm. Er musste einen Weg finden, diesem seltsamen Gefängnis zu entkommen und auf sich aufmerksam zu machen …

Erneut versuchte er, sich zu bewegen, aber wieder gelang es ihm nicht. Die Fäden, die in unzähligen Schlingen um seinen Körper gewunden waren, fesselten ihn nicht nur, sie verbanden ihn gleichzeitig auch mit der Hülle und fixierten ihn auf diese Weise. Unwillkürlich fühlte sich Granock an einen Kokon erinnert – mit dem Unterschied, dass er sich ganz sicher nicht in einen Schmetterling verwandeln würde, und wenn die Kerle, die ihn gefangen hatten, noch solange darauf warteten.

Wut überkam ihn, und er begann laut zu schreien. »He!«, rief er. »Kann mich jemand hören? Holt mich gefälligst hier raus!«

Seine Stimme klang dumpf, so als schlucke der Kokon seine Worte. Granock bezweifelte, dass auch nur ein Laut nach außen drang – schließlich konnte er auch nicht hören, was um ihn herum vor sich ging. Er versuchte es trotzdem noch einmal, dann versagte ihm die Stimme, und er ließ es bleiben.

Frustriert kauerte er in seinem bizarren Gefängnis und überlegte, was er tun sollte. Seine Gabe hatte ihm schon in manchen Fällen das Leben gerettet – aber wie konnte sie ihm hier von Nutzen sein? Vergeblich versuchte er, nach draußen zu spähen. Er vermochte nicht mehr zu erkennen als hier und dort einen Hauch von Grün, der darauf schließen ließ, dass er sich noch immer im Dschungel befand, und ab und an einen Schatten, der auf die lichtdurchlässige Hülle fiel. Eine endlos scheinende Weile verging auf diese Weise – bis Granock endlich einen seiner Häscher zu sehen bekam.

Die Kreatur ging aufrecht auf zwei Beinen und war von geringerem Wuchs – oder lag es daran, dass der Schatten, der auf den Kokon fiel, ihre Körperformen verzerrt wiedergab? Eine zweite Gestalt kam hinzu, und sie schienen sich zu unterhalten, aber Granock konnte nichts verstehen. Er bezweifelte, dass die Wände des Kokons in der Lage waren, Zauberkraft aufzuhalten, und so erwog er für einen Moment, die beiden Schemen dort draußen erstarren zu lassen.

Aber was dann?

Weder konnte er sie dazu zwingen, ihn zu befreien, noch konnte er die Zeit für immer anhalten. Nicht einmal für einen plumpen Racheakt war seine Gabe geeignet, denn seine Häscher würden es wohl kaum merken, dass sie einem Zeitzauber ausgesetzt gewesen waren.

Granock schnaubte. Bislang hatte er seine Fähigkeit immer für eine tolle Sache gehalten, für eine mächtige Waffe, die sich überall einsetzen ließ. In diesem Augenblick wurde er jedoch eines Besseren belehrt, und er konnte nicht verhindern, dass ihn leise Furcht beschlich.

Vielleicht, sagte er sich, hatte man ihn ja absichtlich in ein Gefängnis gesteckt, in dem ihm seine Fähigkeit nicht helfen konnte. Das würde bedeuten, dass man von seiner Anwesenheit in Arun gewusst hatte, und somit natürlich auch von der seiner Gefährten. Angst um Alannah und Aldur erfüllte ihn, und noch stärker als zuvor empfand er den Wunsch, sich aus seinem Gefängnis zu befreien und sie zu warnen.

Wenn sie nicht genau wie er schon längst gefangen waren ...

Die Ungewissheit sog an ihm wie ein Egel, aber er konnte nichts tun, als abzuwarten – bis irgendwann ein riesiger dunkler Schatten auf ihn fiel.

Granock war so in seine Gedanken versunken gewesen, dass er jedes Zeitgefühl verloren hatte. War es bereits Abend und brach die Nacht herein? Verwirrt blickte er sich um und versuchte, aus dem wenigen, das er erkennen konnte, schlau zu werden.

Soweit er es beurteilen konnte, war der Tag noch keineswegs zu Ende; vielmehr hatte sich etwas vor die Sonne geschoben, das von geradezu riesenhafter Größe sein musste – und das am Leben war! Granocks Augen weiteten sich vor Entsetzen, als er sah, wie sich der riesige Schemen bewegte.

Dann ging alles blitzschnell.

Jäh wurde der Kokon gepackt und in die Höhe gerissen. Granock stieß einen erstickten Schrei aus, als er hoch in die Luft gewirbelt wurde und sich überschlug. Einen Herzschlag lang fürchtete er, irgendwo hart aufzutreffen, doch das war nicht der Fall. Er landete zwar nicht gerade sanft, aber ohne sich sämtliche Knochen zu brechen. Das Licht um ihn herum flackerte, und dunkle Schatten strichen über den Kokon hinweg, während der Untergrund zu schwanken begann.

Vergeblich versuchte Granock, sich aufzurichten, seine Fesseln hielten ihn unnachgiebig an Ort und Stelle. Erneut schrie er laut, aber niemand schien ihn zu hören – und im nächsten Moment erfasste ihn bleierne Müdigkeit. Mehr noch, gegenüber seinem Schicksal empfand der Eingeweihte plötzlich eine Gleichgültigkeit, die ihn selbst erschreckte.

Granock blieb noch lange genug bei Bewusstsein, um zu erkennen, dass es an der Atemluft lag, die im Inneren des Kokons immer knapper wurde – und dass er jämmerlich ersticken würde, wenn man ihn nicht bald befreite.

»Was? Wiederhole das!«

Der sonst so überlegen wirkende Fürst Ardghal war in heller Aufregung. Misstrauen und Zweifel sprachen aus dem Blick des königlichen Beraters.

Der Offizier der königlichen Armee, der vor ihm im Thronsaal stand, trat unruhig von einem Fuß auf den anderen. »Ich sagte, die Menschen rüsten zum Krieg gegen uns, Hoheit«, wiederholte er mit leiser Stimme.

»Und das ist sicher?« Es waren weder Ardghal noch König Elidor, der eingeschüchtert auf seinem Thron saß und einmal mehr den Eindruck erweckte, als wäre die Elfenkrone auf seinem Kopf zu groß für ihn, sondern Meisterin Maeve, die diese Frage stellte. Die Zauberin stand zusammen mit ihrer Schülerin Caia und den übrigen Beratern des Königs ein wenig abseits. Dennoch schien sie gewillt, ihrer Aufgabe als Beobachterin gerecht zu werden.

»Unsere Späher entlang des Scharfgebirges haben Truppenbewegungen gemeldet«, erklärte der Hauptmann. »Eine große Streitmacht ist von Andaril aufgebrochen und bewegt sich in südwestlicher Richtung.«

»Scaria entgegen«, folgerte Ardghal schnaubend.

»Oder auch der Westmark, um sich den Orks entgegenzustellen«, wandte Maeve ein. »Seid nicht Ihr selbst es gewesen, der die Menschen dazu gezwungen hat, in dem er ihnen den königlichen Schutz entzogen hat?«

»Ich habe sie dazu gebracht, Verantwortung zu übernehmen und sich zu verteidigen«, bestätigte der Berater mit mühsam zurückgehaltenem Zorn. »Ganz gewiss habe ich ihnen keinen Grund gegeben, sich gegen den König zu wenden.«

»Das ist nicht ganz korrekt, Sire«, wandte Maeve ein. »Wenn ich mich recht entsinne, ging es Euch darum, die Menschen und die Unholde gegeneinander auszuspielen und die Menschen dann für ihren Ungehorsam gegenüber der Krone zu bestrafen …«

»Und? Was gilt es Euch? Der Plan wurde nicht in die Tat umgesetzt – und Eure Vorgängerin hatte daran einen nicht unerheblichen Anteil.«

»Bei allem Respekt, Fürst Ardghal. Wie ich schon sagte, ist die Eingeweihte Alannah weder ein Mitglied des Rates, noch hatte sie eine offizielle Legitimation. Wollt Ihr mir weismachen, dass Ihr Euch von ihr hättet aufhalten lassen?«

»Keineswegs – ich bin das gewesen«, stellte Elidor klar. »Ich habe Fürst Ardghals Vorschlag verworfen, weil mir die Argumente Eurer Schwester überzeugend erschienen. Man kann nicht alle Menschen bestrafen, nur weil ein paar wenige zu Verrätern geworden sind.«

»Dennoch wurde eine Legion an den Nordrand von Trowna entsandt«, fügte Ardghal giftig hinzu. »Zumindest darauf habe ich bestanden – wie sich nun zeigt, in weiser Voraussicht.«

»Vielleicht war es in Wahrheit ja auch andersherum«, gab einer der anderen Berater zu bedenken, ein blassgesichtiger Elf mit tief liegenden Augen. »Vielleicht haben die Menschen von der Verlegung der fünften Legion erfahren und sie irrtümlich als kriegerischen Akt gedeutet.«

»Was wollt Ihr tun, Narwan?«, schnaubte Ardghal. »Mit den Menschen verhandeln? Viel eher sollten wir dafür sorgen, dass ihnen die Lust an Verrat und Revolte ein für alle Mal vergeht!«

»Vorsicht«, warnte Maeve. »Ihr seid dabei, eine Entscheidung über Krieg oder Frieden zu treffen. Wenn Ihr den Menschen jetzt eine Legion entgegenschickt, wird auf jeden Fall Blut fließen.«

»Was schlagt Ihr stattdessen vor? Sich diesen Barbaren kampflos zu ergeben? Ihnen die Tore von Tirgas Lan zu öffnen? Ihnen gar die Elfenkrone zu übergeben?«

Die übrigen Berater reagierten empört. Ardghal war einmal mehr dabei, sie auf seine Seite zu ziehen.

»In Shakara folgen wir dem Grundsatz, dass eine friedliche Verhandlung stets bessere Ergebnisse zeitigt als eine kriegerische Auseinandersetzung. Entsendet eine Abordnung und stellt fest, was die Menschen wollen.«

»Da gibt es nichts festzustellen«, schnaubte der Fürst und machte eine Handbewegung, als wolle er jeden Widerspruch beiseitewischen. »Wenn die Menschen widerrechtlich unser Gebiet betreten, noch dazu bewaffnet und in großer Anzahl, dann ist dies ein feindseliger Akt und wird entsprechend geahndet.«

»Das ist allerdings wahr«, gab selbst Narwan zu, und auch die anderen Berater und Hofbeamten schienen ihre Haltung zu überdenken. Maeve merkte, dass genau das einzutreten drohte, was Farawyn befürchtet hatte: Ardghal, dessen Machtfülle ohnehin schon größer war als die jedes anderen am Hofe, einschließlich des Königs, nutzte die Gunst der Stunde, um vollständige Regierungsgewalt zu erlangen. Denn wenn es tatsächlich zum Krieg mit den Menschen käme, würden die Generäle das Sagen haben, und diese waren weniger dem König, als vielmehr dem Fürsten treu ergeben ...

Die stahlblauen Augen des obersten Beraters blitzten wie die eines Raubtiers. »Und wer weiß«, fügte er mit einem freudlosen Lächeln hinzu, »womöglich sollten wir nur denken, dass die Orks die Westmark angreifen.«

»Was meint Ihr damit?«, wollte Maeve wissen.

»Vielleicht war es ja eine Finte, ein Ablenkungsmanöver, damit die Menschen ungestört ihre Kriegsvorbereitungen treffen konnten. Sie wollten uns glauben machen, es ginge gegen die Unholde – in Wahrheit haben sie die ganze Zeit über den Angriff auf uns vorbereitet.«

Eisige Stille war im Thronsaal eingekehrt. Aller Blicke waren auf Ardghal gerichtet, der dies sichtlich genoss. Der junge König war der Erste, der die Sprache wiederfand. »Wollt Ihr damit sagen, Fürst«, fragte er leise, fast flüsternd, »dass Menschen und Unholde gemeinsame Sache machen? Dass sie sich gegen mich verbündet haben?«

Ardghal antwortete nicht sofort, sondern ließ den ungeheuerlichen Gedanken noch einen Augenblick wirken. »Wir wissen es nicht mit Bestimmtheit«, räumte er dann ein, »aber es wäre möglich. Wie Ihr wisst, Majestät, hat sich Andaril in der Vergangenheit schon einmal als Unruheherd erwiesen. Die Flamme des Widerstands schwelt dort noch immer. Gut möglich, dass sie neue Nahrung gefunden hat. Und wenn es so ist, sollten wir gewappnet sein.«

Maeve konnte die Angst in den Augen Narwans und der anderen königlichen Berater sehen. Und, was noch schwerer wog, sie konnte sie fühlen. Anfangs hatte das Misstrauen gegen Ardghal überwogen, dessen Machtbestrebungen in Tirgas Lan ein offenes Geheimnis waren. Nun jedoch dominierte die Furcht vor einem möglichen neuen Krieg das Denken der Höflinge.

Die Zauberin wandte ihre Aufmerksamkeit dem König zu, auf dessen jungen Schultern die Entscheidung ruhte. Noch reichten Ardghals Befugnisse nicht weit genug, um über Krieg und Frieden zu bestimmen. Elidor, den er mit allen Mitteln zu beeinflussen suchte, war seine Schwachstelle …

»Was wollt Ihr tun, Hoheit?«, fragte sie.

»Ihr müsst augenblicklich einen Angriffsbefehl erteilen, Hoheit«, sagte Ardghal, noch ehe der König etwas erwidern konnte. »Wenn die Menschen uns tatsächlich angreifen wollen, woran ich nicht den geringsten Zweifel hege, müssen wir sie möglichst früh aufhalten.«

»Und ich empfehle Euch, zunächst Boten zu entsenden, die mit den Menschen verhandeln sollen«, erklärte Maeve.

»Ihr seid keine Beraterin«, knurrte Ardghal.

»Nein, aber die Abgesandte Shakaras, und als solche steht es mir frei, dem König Vorschläge zu unterbreiten. Was Ihr braucht, ist Gewissheit, Majestät. Wenn Ihr es wünscht, werden die Zauberer von Shakara nicht zögern, Euch jede Unterst…«

»Daran zweifle ich nicht«, fiel Ardghal ihr spöttisch ins Wort. »Ich wette, dass der Hohe Rat nichts lieber täte, als den König in seiner Entscheidungsfreiheit zu beschneiden. Aber daraus wird nichts werden, das versichere ich Euch.« Erneut wandte er sich Elidor zu. »Wir sind den Menschen gegenüber zu nachgiebig gewesen, mein König. Es ist an der Zeit, ein Exempel zu statuieren. Ein Zeichen zu setzen, das überall im Reich verstanden wird und das unseren Feinden zeigt, wer der wahre Herrscher von Erdwelt ist.«

»So schürt man Hass und Furcht«, bemerkte Maeve. »Aber man erhält weder Liebe noch Respekt.«

»Hass und Furcht genügen vollauf«, war Ardghal überzeugt, »zumal in diesen unruhigen Zeiten. Was werdet Ihr also beschließen, Majestät?«

Elidor schaute seinen Berater aus großen Augen an. Die Tragweite der Entscheidung, die man von ihm verlangte, schien ihm bewusst zu sein. Dennoch – oder vielleicht gerade deshalb – war er nicht gewillt, sie zu treffen.

»Ich will darüber nachdenken«, kündigte er an. »Bringt mir meine Laute.«

»Aber Hoheit …«

»Ich sagte, dass ich beim Lautenspiel darüber nachdenken werde«, stellte Elidor klar. Eine senkrecht verlaufende Zornesfalte hatte sich zwischen seinen schmalen Brauen gebildet, aus seiner Stimme sprach ungewohnte Entschlossenheit. »Sollte ich mich nicht deutlich genug ausgedrückt haben?«

Ardghal zögerte einen Moment. »Doch, natürlich«, sagte er dann und verbeugte sich. »Bitte verzeiht.«

Elidors Zorn schien von einem Moment zum anderen wie weggeblasen. »Meine Liebe«, wandte er sich mit freundlichem Lächeln an Caia, die neben ihrer Meisterin gestanden und den Wortwechsel schweigend verfolgt hatte. »Willst du mir die Freude machen, mir beim Lautenspiel Gesellschaft zu leisten?«

Ein beschämtes Lächeln glitt über das Gesicht der jungen Elfin. »Wollt Ihr es gestatten, Meisterin?«, wandte sie sich zaghaft an Maeve.

Die Zauberin maß ihre Schülerin mit ruhigem Blick. Der Ausdruck, den sie in Caias braunen Augen bemerkte, gefiel ihr nicht, denn er verhieß nur noch mehr Ungemach.

Dennoch gab sie ihre Erlaubnis.

Es war nicht der Tag, an dem man dem Willen eines Königs widersprach.

5. TAVÁLWALAS

Südlich des Trümmerfeldes gab es keine Spuren der *neidora* mehr; die Fährte der Echsenkrieger verlor sich im weichen Boden des Waldes. Dennoch bestand Aldur darauf, dass sie ihren Marsch fortsetzten, weiter auf der Suche nach einem Beweis.

Der Dschungel des Hochlandes unterschied sich von jenem der tiefer gelegenen Regionen. Zwar waren die Bäume nicht weniger groß und mächtig und hallte der Wald auch hier von den Lauten unzähliger Kreaturen wider; jedoch gab es weniger Moos und Farn, und die Vegetation auf dem Boden war weniger dicht. Die Feuchtigkeit ließ etwas nach, und auch die Hitze nahm ab. Dafür merkten die Wanderer, wie die Luft immer dünner wurde.

Ihr Pulsschlag beschleunigte sich, und obschon der Boden fester wurde und besseren Tritt bot, spürte Alannah, wie der Marsch an ihren Kräften zehrte. Selbst Aldur wirkte schon bald matt und ausgezehrt, während Granocks menschlicher Organismus, der doch um so vieles schwächer war, keinerlei Ermüdungserscheinungen zeigte. Unermüdlich setzte er einen Fuß vor den anderen – gesprochen hatte er allerdings noch immer nicht, und Alannah gab sich nach wie vor die Schuld daran.

Weshalb nur hatte sie es in jener Nacht so weit kommen lassen? Warum hatte sie Granock nicht Einhalt geboten und ihn dadurch noch ermutigt? Warum, in aller Welt, hatten Aldur und sie ihm nicht gesagt, dass sie in Wirklichkeit mehr waren als nur Freunde?

Hatte – und dieser Gedanke entsetzte sie – Granock ihr Lügenspiel am Ende längst durchschaut? Hatte er sie am Lagerfeuer nur auf die Probe gestellt? War dies der Grund, warum er mit ihnen kein Wort mehr wechselte? Weil sie seinen Stolz verletzt und sein Vertrauen missbraucht hatten?

Je länger sie darüber nachdachte – und während des langen Marsches hatte sie dazu eine Menge Gelegenheit –, desto mehr neigte sie zu der Erkenntnis, dass dies der Grund für sein abweisendes Verhalten sein musste. Als sie am späten Nachmittag eine kurze Rast einlegten und Aldur vorausging, um das Gelände zu erkunden, entschied sie sich, Granock zur Rede zu stellen.

»Wie steht es?«, erkundigte sie sich bei ihm. »Willst du ewig schweigen?«

Er wandte den Kopf und schaute sie durchdringend an, sagte jedoch kein Wort.

»Ich weiß, dass ich einen Fehler gemacht habe«, versicherte sie, »und ich weiß auch, dass du allen Grund hast, um auf mich böse zu sein. Aber ich ertrage das nicht, Granock. Nicht an einem Ort wie diesem. Spürst du es nicht? Das Gefühl von Bedrohung, den Tod, der uns zu allen Seiten umgibt?«

Er hörte ihr zu, aber in seinem Blick war kein Verständnis. Im Gegenteil sah er sie an, als wüsste er überhaupt nicht, wovon sie sprach. Sie musste wohl noch deutlicher werden.

»Ich weiß, was du für mich empfindest«, gestand sie leise, während sie schuldbewusst den Blick senkte. Sie konnte es nicht ertragen, ihm dabei in die Augen zu sehen. »Nicht erst seit jener Nacht am Feuer ... Ich weiß es schon sehr viel länger, und ich ... ich habe es genossen. Du hast dich so sehr um mich bemüht, mir etwas gegeben, das ich niemals zuvor ...«

Sie unterbrach sich und hob nun doch den Blick. Es erschien ihr unaufrichtig, ihm diese Dinge zu sagen, ohne ihn dabei anzusehen. »Ich habe mit dir gespielt, Granock«, flüsterte sie mit versagender Stimme. Tränen traten ihr heiß und brennend in die Augen. »Weder wollte ich dich damit verletzen, noch hätte ich jemals angenommen, dass ich selbst ...« Sie verstummte erneut und schüttelte den Kopf. »Kannst du mir verzeihen?«

Er hielt ihrem fragenden Blick stand, aber weder antwortete er, noch zeigte er sonst eine Reaktion. Er war ihr auf eine Art und Weise fremd, wie es nie zuvor der Fall gewesen war.

»Granock?«, fragte sie.

Er wandte sich ab und ließ sie stehen.

»Granock, bitte! Ich ertrage diese Ablehnung nicht! Bitte rede doch mit mir!«

Aber er schwieg weiter. Indem er ihr den Rücken zuwandte, setzte er sich auf einen umgestürzten Baum und starrte dumpf brütend vor sich hin.

Alannah wischte die Tränen beiseite. Sie überlegte, ob sie ihm nachgehen und ihn erneut zur Rede stellen sollte – schließlich konnte er nicht für immer schweigen –, als sich Schritte näherten. Es war Aldur, der von seiner Erkundung zurückkehrte. Alannah brauchte nur in sein Gesicht sehen, um zu wissen, dass etwas vorgefallen war.

»Was ist?«, wollte sie wissen. »Hast du etwas gefunden?«

Der Elf nickte nur. »Kommt mit«, forderte er seine Gefährten dann auf. »Da ist etwas, das ihr euch unbedingt ansehen müsst!«

Er hatte das Gefühl, keine Luft mehr zu bekommen.

Vergeblich rang Granock nach Atem – das eiserne Band, das sich um seine Brust gelegt zu haben schien, ließ nicht zu, dass sich seine Lungen weiteten. Die Erinnerung an sein enges Gefängnis kehrte zu ihm zurück, und er fühlte Panik in sich aufsteigen, während seine Lungen wie Feuer zu brennen begannen. Er wollte um Hilfe rufen, aber nur ein kläglicher Laut kam ihm über die Lippen. Hilflos und mit ermattenden Kräften schlug er um sich und suchte sich aus dem Gewebe zu befreien, in das man ihn eingesponnen hatte, während er gleichzeitig an seine Freunde denken musste, die wohl niemals erfahren würden, was mit ihm geschehen war.

An Aldur, den einstmals so hochmütigen Elfen, der sein bester Freund gewesen war.

Und natürlich an sie.

Alannah …

Ihr Bild, das vor ihm auftauchte, die Erinnerung an ihre Anmut und Schönheit erfüllten ihn mit eigenartiger Kraft und Ruhe, selbst in dem Augenblick, da er diese Welt zu verlassen glaubte. Es war derselbe Moment, in dem Granock feststellte, dass das ihn umgebende Gespinst gar nicht mehr da war – und dass er von tiefer Ohnmacht umgeben gewesen war.

Er riss Augen und Mund gleichzeitig auf.

Die erste Überraschung war, dass er frei atmen konnte. Gierig sog er die Luft in seine Lungen. Dass sie beißend und bitter roch, bemerkte er noch nicht. Die zweite Überraschung bestand darin, dass der Kokon um ihn herum verschwunden war. Er war frei!

Granock brauchte einen Moment, um diese Neuigkeit zu verdauen. Sein Puls raste, und er keuchte noch immer, und in seinem Kopf konnte er das Blut rauschen hören. Erst als sich sein Zustand ein wenig besserte, kam er dazu, seine Umgebung als etwas anderes wahrzunehmen als eine Anordnung verschwommener Flecke. Er rieb sich die Augen, und sein Blick gewann an Schärfe. Mit einiger Verblüffung stellte Granock fest, dass er sich in einem Verlies befand. Offenbar hatte man ihn nur aus dem Kokon herausgeholt, um ihn in ein anderes – wenn auch etwas größeres – Gefängnis zu stecken.

Es war ein niederes Gewölbe, das von steinernen, schimmelüberzogenen Wänden getragen wurde. Die Front bildete ein massives Eisengitter, das zwar Rost angesetzt hatte, jedoch massiv genug erschien, um jeden Ausbruchsversuch zu vereiteln. Darin eingelassen war eine ebenfalls vergitterte Tür, die mit einer schweren Eisenkette gesichert war. Jenseits des Gitters loderte eine Fackel, die in einer Wandhalterung steckte und flackernden Schein verbreitete. Und in den unsteten Schatten der Flamme entdeckte Granock plötzlich eine gedrungene Gestalt!

Mit einem überraschten Aufschrei sprang er auf die Beine, nur um festzustellen, dass diese ihren Dienst noch sehr nachlässig versahen. Um ein Haar wäre er eingeknickt und wieder auf den Boden geschlagen. Ganz aufrichten konnte er sich allerdings nicht, das ließ die niedere Decke nicht zu.

»Wer ist da?«, stieß er hervor, während seine Augen fieberhaft nach dem Schemen suchten, den er eben noch ausgemacht zu haben glaubte. Schon hatte er den Eindruck, einer Täuschung erlegen zu sein, als er die Gestalt im Halbdunkel wiederfand.

Sie war nicht besonders groß und reichte Granock allenfalls bis an die Hüften; dennoch ging unverhohlene Bedrohung von ihr aus. Der Mantel aus schwerem Leder, der fast bis zum Boden reichte und um die Schultern mit einem Kragen aus Kettengeflecht versehen war, ließ sie noch bulliger wirken, als sie es ohnehin schon war. Ihr Schädel war kahl geschoren bis auf einen schmalen Streifen borstigen Haars, der von der Stirn bis zum Hinterkopf verlief und fast wie eine Helmzier aussah. Die Hände waren schwielige Pranken, die an schwere Arbeit gewohnt zu sein schienen. Darin hielt der Fremde eine etwa faustgroße Kugel von mattschwarzer Farbe, deren Zweck Granock nicht bekannt war.

Er zweifelte nicht daran, einen Zwerg vor sich zu haben. Zwar hatte er mit den bärtigen Bewohnern des Scharfgebirges, die sich vor allem auf die Herstellung und den Handel mit Geschmeide und Waffen verlegt hatten, nie viel zu tun gehabt. Aber die Übereinstimmungen in Körperbau und Größe waren unübersehbar, auch wenn sich dieser Zwerg in mancher Hinsicht von seinen nördlichen Brüdern unterschied. Zum einen trug er keinen Bart, sodass die Gesichtszüge mit dem Ungetüm von Nase und dem grausam verzogenen Mund deutlich zu erkennen waren. Zum anderen sprach aus seinen Augen, die das Lodern der Fackel immer wieder aus der Dunkelheit riss, auch nicht jene grantige Leutseligkeit, die Granock vertraut war, sondern unverhohlene Bosheit.

»Wer bist du?«, wollte Granock wissen.

Der Zwerg gab keine Antwort.

»Hör mir gut zu«, knurrte Granock und hatte Mühe, dabei ruhig zu bleiben. »Ich weiß weder, wo ich hier bin, noch, warum ich hier festgehalten werde. Also wenn du nicht dein blaues Wunder erleben willst …«

»Was willst du tun?«, kam es mit entwaffnender Offenheit zurück. Der Zwerg bediente sich der Elfensprache, seine Stimme klang wie knarrendes Leder. »Mich erstarren lassen? Ich glaube nicht, dass dir das in deiner Lage sehr viel nützen würde, Granock.«

Im ersten Augenblick wusste Granock nicht, worüber er mehr entsetzt sein sollte: darüber, dass der Zwerg seinen Namen kannte? Dass er über seine Fähigkeit Bescheid wusste? Oder darüber, dass der Einwand nur zu berechtigt war?

Er war hinter einem Gitter aus massivem Eisen gefangen, sodass sein *reghas* ihm einmal mehr nicht von Nutzen sein würde. Anders als im Kokon konnte er sich jedoch frei bewegen und zu seinem Häscher Blickkontakt aufnehmen. Und, was noch wichtiger war, er konnte mit ihm reden.

»Komm her«, sagte Granock, wobei er sich konzentrierte, um sich der Kunst des *dailánwath* zu bedienen – jenes Zaubers, den ihn sein Meister Farawyn gelehrt hatte und bei dem es darum ging, anderen seinen Willen aufzuzwingen.

»Was?«, fragte der Zwerg.

»Komm her«, forderte Granock noch einmal, wobei er sich bemühte, möglichst viel Autorität in seine Stimme zu legen.

»Was soll das werden?« Der Zwerg grunzte wie ein Schwein. »Versuchst du, einen deiner lächerlichen Zauber zu wirken?«

»Komm«, versuchte Granock es noch einmal und streckte verlangend die Hand in Richtung seines Häschers aus – aber der verfiel nur in spöttisches Gelächter.

»Was auch immer du versuchst«, prophezeite ihm der Zwerg, es wird dir nicht gelingen. »Zum einen wurde ich vor dir gewarnt, und zum anderen …«

Er kam nicht dazu, den Satz zu Ende zu sprechen – ein Stoß ereilte ihn, so als würde ihn eine unsichtbare Faust treffen, und ließ ihn gegen die Stollenwand taumeln.

»Offenbar kennst du nicht alle meine Tricks«, knurrte Granock, der den *tarthan* angebracht hatte – in Ermangelung eines Zauberstabs war er freilich nur schwach ausgefallen.

Der Zwerg, aus dessen unförmiger Nase ein dünner Blutfaden rann, lachte hämisch auf. »Du kannst nichts tun, gar nichts«, beharrte er, »denn keine deiner törichten Zaubereien wird dich aus dieser Zelle befreien. Das kann nur ich, also solltest du mich am Leben lassen. Oder willst du in diesem Verlies verrotten?«

Wieder lachte er, und Granock ballte wütend die Fäuste. Schon lange hatte er sich nicht mehr derart hilflos gefühlt. Zuletzt hatte es sich so verhalten, als er vor zwei Jahren nach Shakara gekommen war, als der einzige Mensch unter Elfen und der Erste seiner Art, der als Novize in den Orden der Zauberer aufgenommen wurde. Damals war Granock den Eindruck nicht losgeworden, dass er sich übernommen hatte. Wenn er ehrlich zu sich selbst war, musste er sich eingestehen, dass es ihm auch jetzt so erging. Aber anders als damals hatte er gelernt, seine negativen Gefühle zu beherrschen.

Statt seinem Zorn nachzugeben und seinen Kerkermeister zu beschimpfen, wie er es früher wohl getan hätte, setzte er sich auf den Boden und versuchte, seine verlorene Ruhe zurückzugewinnen. Der Zwerg deutete dies als Zeichen dafür, dass der Gefangene seinen Widerstand aufgegeben hatte und sich in sein Schicksal fügte.

»So ist es gut, Junge«, beschied er ihm mit falschem Wohlwollen. »Wenn du am Leben bleiben willst, ist dies deine einzige Möglichkeit.«

»Wo bin ich?«, erkundigte sich Granock leise.

»In Nurmorod«, erwiderte der Zwerg ohne Zögern.

»Nurmorod?« Granock durchforstete das geografische Wissen, das seine Ausbilder in Shakara ihm hatten angedeihen lassen, stieß jedoch nicht auf den geringsten Hinweis. »Von einem solchen Ort habe ich nie gehört«, stellte er klar.

»Natürlich nicht, wie solltest du?« Das Grinsen in dem von Pusteln übersäten Gesicht des Zwergs wurde noch breiter. »Die wenigsten haben das wohl. Aber das wird sich ändern, das kann ich dir versichern. Schon sehr bald.«

»Warum?«, wollte Granock wissen, einmal mehr um Gelassenheit ringend. »Was wird sich schon bald ändern?«

»Die Antwort auf diese Frage kennst du bereits, Junge, sonst wärst du wohl kaum hier.«

»Ich bin nicht freiwillig an diesen Ort gekommen, wo immer er auch sein mag«, brachte Granock in Erinnerung. »Ihr habt mich entführen lassen durch eines von diesen …«

»Die Baumgeister sind nützliche Diener«, räumte der Zwerg ein. »Einfältig und dumm, aber mit ihrer Fähigkeit, ihr Äußeres nach Belieben zu verändern, sind sie die geborenen Jäger. Und dazu noch überaus schweigsam.« Erneut lachte er.

»Baumgeister?«

»*Nev'rai*«, nannte der Zwerg ein Wort, das zwar der Elfensprache zu entstammen schien, das Granock jedoch noch nie zuvor gehört hatte. Womöglich, dachte er schaudernd, gehörte es zu jenen Bezeichnungen, die seit dem Ende des Krieges gemieden wurden, weil sie an die dunklen Zeiten erinnerten.

Erst jetzt nahm Granock wahr, dass es in dem Gewölbe keineswegs so still war, wie es ihm anfangs vorgekommen war. Ein fernes metallisches Dröhnen war ebenso zu vernehmen wie ein dumpfes, unheilvolles Stampfen, dessen Ursprung er sich nicht erklären konnte. Da ihm der Zwerg ohnehin keine Auskunft geben würde, unterließ Granock es zu fragen. Stattdessen begann er, auf Grundlage der wenigen Informationen, die ihm zur Verfügung standen, eigene Überlegungen anzustellen.

Dieses Wesen, das ihn im Wald überfallen hatte, war also ein Baumgeist gewesen und stand ganz offenbar in den Diensten dieses Zwergs. Daran, wie sich der Gestaltwandler sein Vertrauen erschlichen und ihn auf diese Weise hatte übertölpeln können, verschwendete er lieber keinen Gedanken mehr – er kam sich auch so schon vor wie ein ausgemachter Idiot. Viel beunruhigender war allerdings, dass der Baumgeist ganz offenbar von seiner Leidenschaft für Alannah gewusst hatte. Entweder, rätselte Granock, war der menschliche Verstand für diese Kreaturen ein ebenso offenes Buch wie für die Kobolde von Shakara, oder aber das Wesen hatte ihn beobachtet und mitbekommen, was sich zuvor am Feuer ereignet hatte.

Für keine dieser beiden Möglichkeiten konnte sich Granock besonders erwärmen, zumal er noch immer nicht wusste, in welchem Zusammenhang seine Entführung mit dem düsteren Ort stand, an den man ihn gebracht hatte.

»Nurmorod«, knurrte er leise.

»Ganz recht.«

»Und wieso bin ich hier?«

»Dieser Ort ist der Vervollkommnung gewidmet«, beschied der Zwerg ihm grinsend. »Alles hier dient diesem Zweck. Auch du.«

»Der Vervollkommnung.« Granock fragte sich, ob der Zwerg überhaupt wusste, was er da faselte. »Was meinst du damit?«

»Sei unbesorgt – das wird dir spätestens klar werden, wenn sich Dolkon um dich kümmert.«

»Dolkon? Wer ist das? Ist das dein Name?«

»Keineswegs. Ich bin Thanmar von Karst, oberster Aufseher von Nurmorod.«

»Ein Aufseher? Über wen?«

Der Zwerg lächelte nur. Eine Antwort gab er nicht.

»Und dieser Dolkon?«, bohrte Granock weiter nach. »Wer ist er, verdammt noch mal? Willst du mir wenigstens das sagen?«

»Natürlich.« Das Grinsen des Zwergs setzte für einen Moment aus, und seine Augen starrten so durchdringend aus dem hässlichen Gesicht, dass Granock schauderte. »Dolkon«, erklärte er, »ist der Herr dieses Verlieses – ein Zauberer der Schmerzen und ein wahrer Meister, wenn es darum geht, verstockte Zungen wie die deine zu lösen.«

»Ihr wollt mich foltern?«, fragte Granock ungerührt.

»Wirst du uns freiwillig verraten, was du weißt?«, hielt Thanmar dagegen.

»Nein.«

»Dann muss ich deine Frage wohl bejahen«, sagte der Zwerg und wandte sich ab, wobei er wieder sein hämisches Lachen vernehmen ließ. Dabei blickte er auf die Kugel, die er in seiner schwieligen Pranke hielt.

»Ich denke, Ihr habt genug gesehen, Meister«, murmelte er und schlurfte schwerfällig davon.

»He«, rief Granock ihm hinterher, »warte!«

Aber der Zwerg drehte sich nicht um und war im nächsten Moment den Gang hinab verschwunden.

Zurück blieb nur die brennende Fackel an der Wand – und das bedrückende Gefühl von wachsender Furcht.

»Alannah«, flüsterte Granock.

Aber er war allein.

6. MARWENT'Y'ILFANTODION

Als Alannah auf die Lichtung trat und den Blick über die enge, von Felsen umrandete Schlucht schweifen ließ, konnte sie Aldurs Reaktion verstehen.

Der Anblick war überwältigend.

Fast sah es aus, als wäre der Dschungel durch eine andere Sorte Wald ersetzt worden, dessen Bäume sich nicht weniger dicht, jedoch völlig bleich und kahl in den grau bewölkten Himmel reckten; aber das war nicht der Fall. Was dort in der Schlucht lag, waren Knochen.

Tausende, teils riesige Knochen …

Riesenhafte Skelette häuften sich neben verstreut liegenden Gebeinen, blanke Schädel neben solchen, an denen noch fauliges Fleisch hing, an dem sich geflügelte Aasfresser gütlich taten. Als die drei Eingeweihten die Schlucht betraten, flatterten die Vögel auf und stiegen kreischend in den Himmel. Ihre Schreie wurden von den Felsen zurückgeworfen und verschmolzen zu einem schaurigen Chor, der einem Trauergesang gleich über der Schlucht hing. Erst allmählich verhallte er und wich träger Stille, die sich schwer und drückend über den Todesacker breitete.

Einen Ort wie diesen hatte Alannah noch nie zuvor gesehen. Was, fragte sie sich, mochte hier geschehen sein? Sie ließ den Blick über das Knochenfeld schweifen; dabei entdeckte sie, dass es nur die Überreste einer einzigen Spezies waren, die sich über die Schlucht verteilten und dem allmählichen Verfall preisgegeben waren: mächtige Wirbelsäulen; Beinknochen, so dick wie Bäume;

Rippenbogen, deren bleiche Knochen wie eine kampfbereite Phalanx aufragten; und schließlich riesige Schädel, aus denen gefährlich aussehende Stoßzähne wuchsen, die fast kreisförmig gebogen waren und sich zum Ende hin verjüngten.

Obwohl Alannah derlei Kreaturen noch nie in Wirklichkeit zu Gesicht bekommen hatte, wusste sie, worum es sich handelte. Es waren die Überreste unzähliger *ilfantodion*.

In Büchern hatte sie von den riesenhaften Tieren gelesen, die einst weite Teile Erdwelts bevölkert hatten und die es in Arun angeblich noch immer gab. Aber abgesehen von den Schnitzereien aus *ilfúldur*, die Sigwyns Expedition seinerzeit aus den Südlanden mitgebracht hatte und die bis zum heutigen Tag in der Schatzkammer von Tirgas Lan aufbewahrt wurden, gab es keinen Beweis für ihre Existenz, sodass manche Gelehrte behaupteten, das *ilfantodon* wäre schon vor langer Zeit ausgestorben. Die unzähligen Skelette, vor allem jene, die noch jüngeren Ursprungs waren und an denen noch verwesendes Fleisch hing, bewiesen jedoch das Gegenteil.

»Sieht fast wie ein Friedhof aus«, kommentierte Aldur leise. »So als wären die Tiere hierhergekommen, um zu sterben.«

»Wie riesig sie sind«, befand Alannah angesichts eines Stoßzahns, der an seiner dicksten Stelle rund eine Armlänge maß.

»Die größten Kreaturen Erdwelts, riesiger selbst als die *bóriai* und die Drachen – so jedenfalls beschreibt Tyclan sie in seiner ›Chronik des Lebens‹.«

»Viele haben an seiner Schilderung gezweifelt, manche ihn gar einen Lügner genannt«, flüsterte Alannah. »Dies ist der Beweis dafür, dass er recht hatte.«

»Allerdings«, stimmte Aldur grimmig zu. »Wir wollen die Schlucht rasch durchqueren«, entschied er sodann. »Granock übernimmt die Nachhut!«

Der Freund, der ein Stück abseits gestanden und sich mit keiner Silbe zu dem ungewöhnlichen Schauplatz geäußert hatte, bestätigte mit einem knappen Nicken. Alannah wusste noch immer nicht, was sie von seinem Schweigen halten sollte, doch der Anblick des *ilfantodon*-Friedhofs war zu überwältigend, als dass sie weiter darüber nachgedacht hätte.

Sie folgte Aldur, der die Führung übernahm, und durchquerte die Senke. Die Zeit schien dabei stillzustehen.

Instinktiv atmete Alannah nur noch flach. Zwar war der Verwesungsgeruch weit weniger durchdringend, als sie angenommen hatte, was wohl den unzähligen Aasfressern zu verdanken war. Dennoch empfand die Elfin die Gegenwart des Todes und des Verfalls als bedrückend. Mit beiden Händen umklammerte sie ihren Zauberstab, so als wäre er ihre letzte Verbindung zu Licht und Leben.

»Warum gerade hier?«, fragte sie leise.

Aldur wandte sich zu ihr um. »Was meinst du?«

»Ich frage mich, wieso die *ilfantodion* gerade hierherkommen, um zu sterben.«

Der Elf zuckte mit den Schultern. »Vielleicht, weil ihre Natur sie dazu drängt«, mutmaßte er.

»Oder weil etwas sie an diesen Ort gerufen hat«, murmelte Alannah so leise, dass er es nicht hören konnte.

Es lag ihr fern, ihren Gefährten zu beunruhigen, aber je weiter sie in die Schlucht vordrangen, desto mehr hatte sie den Eindruck, dass etwas nicht stimmte. Sie wandte sich zu Granock um, der mit einigen Schritten Abstand hinter ihr ging. Er kam ihr anders vor als sonst. Seine Körperhaltung und seine Art zu gehen unterschieden sich grundlegend von dem Granock, den sie zu kennen geglaubt hatte. Gleichgültigkeit sprach aus jeder seiner Bewegungen, er kam ihr vor wie ein Fremder.

Was, so fragte sie sich, war nur mit ihm geschehen?

»Bleib du hier«, wies Aldur ihn unvermittelt an. »Alannah und ich werden uns ein wenig umblicken. Gib Alarm, wenn du etwas Verdächtiges bemerkst, in Ordnung?«

Granock nickte knapp, und Aldur fasste Alannah am Handgelenk und zog sie mit, um sich einige der Skelette aus der Nähe anzusehen. Es war unübersehbar, dass die *ilfantodion* eine besondere Faszination auf ihn ausübten.

»Siehst du das?«, fragte er, auf zwei herrenlose Stoßzähne deutend, die aus den Knochen aufragten. »Fast sieht es aus, als bildeten sie ein Tor.«

»Ja«, bestätigte Alannah, während sie vorsichtig umherspähte. »Glaubst du, die *neidora* sind hier durchgekommen?«

Aldur nickte. »Seit sie zum Leben erweckt wurden, sind die Echsenkrieger Kreaturen aus Fleisch und Blut und brauchen Nahrung. Gut möglich, dass sie sich an einem der Kadaver gütlich getan haben, um Zeit zu sparen.«

Alannah blickte schaudernd auf einen der Fleischhaufen, die in der schwülen Hitze verwesten und in unmittelbarer Nähe einen entsetzlichen Gestank verströmten. Die Vorstellung, dass jemand seine Zähne hineinschlagen und Fetzen fauligen Fleischs herausreißen könnte, war ihr unerträglich. Aber natürlich hatte Aldur recht. Die *neidora* waren auch Aasfresser, wenn die Not sie dazu trieb.

»Vielleicht finden wir dort drüben ein paar Spuren«, sagte der Elf und wollte vorausgehen.

»Aldur?«

»Ja?«

»Ich sorge mich«, sagte Alannah leise, während sie einen verstohlenen Blick in Granocks Richtung warf. »Etwas stimmt nicht mit unserem Freund.«

»Er benimmt sich eigenartig, das ist wahr – aber tun Menschen das nicht immer?«

»Ich scherze nicht«, stellte Alannah klar. »Seit wir den Lagerplatz verlassen haben, hat er noch kein Wort gesprochen. Anfangs dachte ich, es könnte daran liegen, dass er etwas herausgefunden hat. Ich meine, was uns betrifft.«

»Und?«

Sie schüttelte den Kopf. »Ich denke nicht. Viel eher hat es den Anschein, als ob ...«

»Was?«

»Als ob er nicht er selbst wäre«, brachte sie den Satz flüsternd zu Ende. »Womöglich ist er krank. Vielleicht hat ihn eine Giftschlange gebissen, oder die Aura dieses Ortes ist ihm nicht bekommen. Oder aber ...«

»Worauf willst du hinaus?« Aldur schaute sie direkt an.

»Ich weiß nicht. Ich frage mich nur, ob ...«

Sie kam nicht dazu, den Satz zu beenden, denn in diesem Augenblick war ein sirrendes Geräusch zu vernehmen, und unmittelbar neben ihr bohrte sich etwas in den weichen, von Knochenstücken übersäten Boden.

Ein Pfeil!

Alannah erschrak, als sie den noch bebenden Schaft erblickte, der mit Vogelfedern versehen war. Das Geschoss hatte ihr gegolten!

Sie fuhr herum und sah ein ganzes Rudel weiterer Pfeile, die hoch in den grauen Himmel stiegen, um dann die Spitzen zu senken und auf sie herabzuprasseln. Dass keiner von ihnen sein Ziel erreichte, lag an dem Feuerball, der plötzlich aufflammte und die Geschosse von einem Moment zum anderen in Asche verwandelte.

Mithilfe seiner Gabe hatte Aldur eingegriffen, aber wenn er geglaubt hatte, dass eine Flammenkugel die Angreifer abschrecken würde, so hatte er sich geirrt. Aus dem Wald drang plötzlich zorniges Geschrei, und schon brachen mehrere Gestalten aus dem Unterholz.

»*Gytai!*«, schrie Alannah.

Wildmenschen …

Sie waren fast nackt; ihre einzigen Kleidungsstücke waren Lendenschurze aus Fell, ihre Haut hatten sie mit Lehm und Dreck beschmiert, um sich zu tarnen. Ihr Haar hing in wirren Mähnen von ihren Köpfen, aus denen weiß leuchtende Augen starrten. Bewaffnet waren sie mit einfachen Bogen und den dazugehörigen Pfeilen, die sie nun erneut von den Sehnen schnellen ließen.

Ein ganzer Schwarm stieg in den Himmel, diesmal zu weit gestreut, als dass Aldur sie alle hätte vernichten können. Es war Alannah, die rasch eingriff, indem sie einen Schild aus Eis errichtete. Innerhalb eines Augenblicks wuchs er vor ihnen empor, sodass die Pfeile daran zersplitterten. Aber sowohl Alannah als auch Aldur war klar, dass keiner von ihnen in der Lage sein würde, die feindlichen Geschosse dauerhaft abzuwehren. Jeder Ausbruch von Feuer und jeder Schild aus Eis kostete wertvolle Kraft.

»*Granock!*«, rief Aldur deshalb. »*Zeitzauber!*«

Sie warteten, dass der Freund sich nach ihren Verfolgern umdrehen, ihnen die Spitze des Zauberstabs zuwenden und sie kraft seiner Gabe erstarren lassen würde – aber nichts dergleichen geschah. Granock schaute ihn mit derselben Gleichgültigkeit an, die er auch zuvor schon zur Schau getragen hatte, während immer noch mehr Wildmenschen aus dem Wald brachen, gellendes Kriegsgeschrei auf den Lippen und die beschmierten Gesichter zornverzerrt.

»Wir sind in ihr Territorium eingedrungen«, meinte Alannah.

»Schlimmer«, knurrte Aldur. »Ich könnte mir vorstellen, dass sie die *ilfantodion* als Götzen verehren. In ihren Augen haben wir heiligen Boden entweiht.«

»Das würde einiges erklären«, stieß Alannah heiser hervor, während ein weiteres Rudel Pfeile vom Waldrand aufstieg.

»Los, weg hier!«

Sie ergriffen die Flucht.

Natürlich hätten sie bleiben und sich mit den Wildmenschen ein Gefecht liefern können, das sie mit großer Wahrscheinlichkeit gewonnen hätten. Aber zum einen waren die Dschungelbewohner, die Nachkommen von Menschen waren, welche vor langer Zeit widerrechtlich den Cethad Mavur überschritten hatten, nicht ihre eigentlichen Feinde. Zum anderen hätte ein längerer Kampf sie nur unnötig geschwächt und womöglich Aufmerksamkeit auf sich gezogen, die sie vermeiden wollten.

Zu fliehen war die beste Lösung.

Im Laufschritt rannten Alannah und Aldur durch den Irrgarten der Skelette, gefolgt von Granock, der seine Schritte zwar ebenfalls beschleunigte, jedoch ganz offenbar nichts zu ihrer Rettung beitragen wollte. Die Wildmenschen nahmen die Verfolgung auf. Schreiend rannten sie den Eindringlingen hinterher und schossen im Laufen weitere Pfeile ab, die allerdings schlecht gezielt waren und ihre Ziele deshalb verfehlten.

»Hier entlang!«, entschied Aldur und zog Alannah in ein wahres Spalier von Knochen – Rippenbogen, die zu beiden Seiten aufragten, sodass sie fast ein Gewölbe bildeten. Alannah bezweifelte, dass die Knochen von ganz allein in diese Position gekommen waren. Wahrscheinlich hatten die Wildmenschen nachgeholfen, um auf diese Weise eine Art Tempel zu errichten – das faulige Obst und die Kadaver kleiner Tiere, die auf dem Boden lagen, bestätigten diesen Eindruck.

Opfergaben ...

»Nun haben wir ihr Heiligtum entweiht«, konstatierte die Elfin trocken. »Das wird ihre Laune nicht bessern.«

Aldur ließ einen mürrischen Laut vernehmen. In Augenblicken wie diesen kamen seine Vorbehalte Menschen gegenüber wieder zum Tragen. Und Granock leistete auch weiterhin keinen Beitrag, dies zu ändern.

Hals über Kopf hasteten sie durch das Spalier und darüber hinaus, durchquerten im Laufschritt ein wahres Labyrinth aus Knochen und Schädeln, die teils schon so lange lagen, dass sie von Gras überwuchert waren. Sobald ihr empfindliches Elfengehör das Sirren von Pfeilen vernahm, schlugen Alannah und Aldur Haken oder flüchteten sich in den Schutz einer Deckung, und nicht selten zeigte das Geräusch von zersplitterndem Gebein, dass sie dem Tod nur knapp entgangen waren. Dann tauchte endlich der Ausgang der Schlucht vor ihnen auf!

»Schneller! Schneller1«, ermahnte Aldur seine Gefährten, und sie rannten mit fliegenden Schritten über die Knochenhalde, den schützenden Bäumen entgegen. Ihre Verfolger waren längst nicht mehr zu sehen, das Gewirr des Friedhofs hatte sie verschluckt, aber das aufgebrachte Geschrei war noch immer zu hören. Und nach wie vor stiegen Pfeile auf ...

»Achtung!«

Alannahs Warnung ließ Aldur zur Seite springen – und das keinen Augenblick zu früh. Mit einem dumpfen Geräusch bohrte sich das Geschoss dort in den weichen Boden, wo er sich eben noch befunden hatte. Rasch legte er die verbliebene Distanz zum Unterholz zurück, Alannah zog er dabei mit sich – und im nächsten Moment umfing sie das schützende Blätterdach.

Sie warteten, bis Granock zu ihnen aufgeschlossen hatte, dann hasteten sie weiter. Erinnerungen an ihre letzte Begegnung mit den Wildmenschen kamen auf, die sich im Nachhinein als Teil einer sorgsam gestellten Falle erwiesen hatte. Standen die *gytai* mit ihren

Feinden im Bunde? Waren Alannah und ihre Gefährten erneut dabei, genau das zu tun, was andere vorausgeplant hatten?

Der Gedanke erschreckte die Elfin, aber sie verwarf ihn sogleich wieder. Schließlich hatte niemand wissen können, dass sie diese Richtung einschlagen würden, und die Wildmenschen handelten diesmal auch nicht nach fremdem Willen, sondern verteidigten lediglich ihr Territorium.

Oder …?

Ein Rest von Unsicherheit blieb, aber er war vorerst ohne Bedeutung. Atemlos rannten die drei Gefährten weiter, hetzten durch das Unterholz, in dem sie freilich eine deutlich erkennbare Spur hinterließen. Plötzlich konnte Alannah ein Plätschern hören, das von irgendwo vor ihnen kam – Wasser!

Sie folgten dem Geräusch und standen kurz darauf vor einem etwa fünf Schritt breiten Bach, der sich durch den Urwald wand. Das dunkle Wasser sah nicht eben vertrauenerweckend aus, aber natürlich bot es die Gelegenheit, sich abzusetzen, ohne Spuren zu hinterlassen.

Aldur zögerte keinen Augenblick und sprang hinein, das Nass reichte ihm nur bis zu den Knien. Alannah folgte ihm und schließlich auch Granock. Aldur bedeutete ihnen, stromabwärts zu waten, er selbst blieb stehen, um ihren Rückzug zu decken. Kaum hatten sie sich ein Stück entfernt, hob er die Hände und entließ einen lodernden Feuerstoß.

Die Flammen züngelten auf das Wasser, das sofort zischend verdampfte. Die Folge war eine weiße Wolke, die aufstieg und sich mit dem allgegenwärtigen Dampf zu einer Nebelwand vermischte. Aldur verdichtete sie, bis er halbwegs sicher sein konnte, dass kein Wildmensch sie mehr mit Blicken durchdringen konnte. Dann folgte er seinen Freunden den Bach hinab.

7. DAI CODANA

»Bist du nun zufrieden?«

Ortwein von Andaril stand am Ende des großen Tischs, der im Zelt des Feldherrn aufgebaut worden war. Vor ihm ausgebreitet lag eine Landkarte der Umgebung, angefertigt von seinen Spähern. Im Norden war die Ebene von Scaria zu erkennen, im Süden die Ausläufer des *Codana Trowna*. Entlang des Waldrands waren rot bemalte Steine verteilt, die die feindlichen Stellungen markierten.

»Zufrieden?« Ivor, sein Schwertführer, hob den Blick. »Wie darf ich das verstehen, mein Fürst?«

»Warst nicht du es, der sich beschwert hat, dass wir noch keinen einzigen Elfenkrieger zu sehen bekommen haben? Nun endlich ist es so weit!« Ortwein hieb mit der Faust auf den Tisch, dass es dumpf krachte. »Eine ganze verdammte Legion hat am Wald Posten bezogen und den Zugang nach Süden abgeriegelt. Willst du jetzt immer noch behaupten, der Zauberer hätte nicht die Wahrheit gesagt?«

»Und willst du immer noch behaupten, es wäre ein Leichtes, gegen die Armee des Elfenkönigs zu bestehen?«, hielt Ivor dagegen.

Ortweins Gesichtszüge verzerrten sich vor Zorn. Eine Kanne aus Zinn, die auf einem Beistelltisch stand und Wein enthielt, bekam seine Wut zu spüren. Mit einem blechernen Geräusch landete sie auf dem Boden, der Inhalt versickerte im Sand. »Hüte dich«, knurrte er. »Ich brauche keine klugen Ratschläge, sondern treue Vasallen.«

»Mein Leben gehört dir, und das weißt du«, entgegnete Ivor, ohne mit der Wimper zu zucken. »Ich habe dir Gefolgschaft geschworen und würde jederzeit für dich in den Tod gehen – von Rurak kannst du das wohl kaum behaupten. Wo steckt der Zauberer, nun, da es darauf ankommt?«

Ortwein knurrte unwillig. »Ich weiß es nicht«, gab er schließlich zu. »Er sagte, wir würden zu gegebener Zeit Hilfe erhalten.«

»Und Hilfe haben wir bitter nötig«, entgegnete Ivor und deutete auf die Karte. Den roten Steinen gegenüber lagen andere, die blau bemalt waren und die Abteilungen des eigenen Heeres anzeigten.

Ortweins ursprünglicher Plan war es gewesen, in einem überraschenden Vorstoß den Widerstand des Feindes zu brechen und nach Süden zu marschieren, doch daraus würde nichts werden. Ganz offenbar hatten die Elfengeneräle diesen Schritt vorausgesehen und eine Verteidigungslinie errichtet, die zu überwinden alles andere als einfach sein würde. Und in Anbetracht der Tatsache, dass er sein Heer in aller Eile ausgehoben und keine Zeit gehabt hatte, den Feldzug von langer Hand vorzubereiten, verfügte Ortwein auch nicht über die Mittel, um über längere Zeit hinweg einen Belagerungszustand aufrechtzuerhalten. Die Entscheidung musste gesucht werden, und das möglichst bald.

»Zahlenmäßig sind wir den Elfen weit überlegen«, führte der Fürst an, als wolle er sich selbst Mut machen. »Unsere Späher haben höchstens achthundert von ihnen gezählt.«

»Achthundert«, bestätigte Ivor, »aber jeder von ihnen wiegt fünf von unseren Bauern und wenigstens zwei unserer Söldner auf. Muss ich dich daran erinnern wie gefährlich sie sind?«

»Nein, das musst du gewiss nicht!« Ortwein blitzte ihn wütend an. »Nicht dein, sondern mein Vater ist es gewesen, der im Kampf gegen das Elfenpack gefallen ist. Aber wenn wir nach Süden vordringen wollen, haben wir keine andere Wahl, als sie anzugreifen – und zwar hier.« Er deutete auf einen Einschnitt, der sich ein Stück in den Wald erstreckte und wo der Karte nach nur eine kleine Abteilung von Elfenkriegern postiert war. »Wenn wir unsere Kräfte bündeln und sie hier attackieren, sollten wir in der Lage sein, ihre Linien zu durchbrechen.«

»Und dann?«, wollte Ivor wissen. »Sie werden sich uns nicht zum Kampf stellen, sondern sich zurückziehen, damit wir ihnen folgen, denn sie kennen den Wald besser als wir. Ihre Krieger sind in der Lage, mit den Bäumen so zu verschmelzen, dass sie fast unsichtbar werden. Und während die Spitze unseres Heeres von einem Feind angegriffen wird, den man nicht einmal sehen kann, werden die weiter westlich stationierten Einheiten in unsere ungeschützte Flanke einfallen und versuchen, unsere Streitmacht zu trennen. Und wenn ihnen das gelingt, dann werden sie uns einkesseln und uns einzeln vernichten. Es ist eine Falle, mein Fürst, die nur darauf wartet zuzuschnappen.«

Ortwein nickte. Seinem Gesicht war anzusehen, dass ihm die Argumente des Freundes nicht gefielen – aber dennoch schienen sie ihm einzuleuchten. »Was schlägst du stattdessen vor?«, fragte er.

»So wie die Dinge liegen, können wir den Kampf auf lange Sicht nicht gewinnen«, eröffnete Ivor unumwunden. »Die Beschaffenheit des Geländes, die Stärke des Gegners, unser Problem, das Heer zu versorgen – all das spricht gegen unser Vorhaben. Und es wird nicht mehr allzu lange dauern, bis der Winter hereinbricht und auch das Wetter sich gegen uns wendet.«

»Worauf willst du hinaus?«, fragte Ortwein, obwohl er die Antwort bereits ahnte.

»Schicke eine Gesandtschaft zu den Elfen«, schlug Ivor vor, »und nenne ihnen Bedingungen für einen sofortigen Abzug. Auch den Elfen kann nicht an einem sinnlosen Blutvergießen gelegen sein, also werden sie möglicherweise auf einige deiner Forderungen eingehen.«

»Sofortiger Abzug?« Ortwein starrte ihn ungläubig an. »Du sprichst von Rückzug!«

»Ich spreche davon, die Gegebenheiten zu erkennen und entsprechend zu handeln«, drückte Ivor es anders aus. »Wenn du es wünschst, werde ich die Verhandlungen führen. Ich fürchte mich nicht, der Wahrheit ins Auge zu sehen.«

»Natürlich nicht«, versetzte der Fürst. »Dein Name ist es auch nicht, über den in den Chroniken Schimpf und Schande ausgeschüttet werden wird. Geschichte, du Narr, wurde noch nie von jenen geschrieben, die sich nach den Gegebenheiten richten, sondern von denen, die ihren Visionen folgen!«

»Was ist deine Vision, Ortwein? Den Boden mit dem Blut unschuldiger Männer zu tränken?«

»Großmaul werden sie mich nennen«, fuhr der Fürst in seinem Lamento fort, »den ewigen Zauderer. Und was wird Yrena sagen, meine geliebte Schwester?«

»Worum geht es dir? Um das Wohl deines Volkes oder um deinen persönlichen Ruhm?«

»Was war das?« Ortwein starrte seinen Schwertführer fassungslos an. Ivor war sich bewusst, dass er eine Grenze überschritten hatte.

»Verzeih«, sagte er deshalb sogleich und deutete zum Ausgang des Feldherrenzelts, »aber diese Leute dort draußen vertrauen dir. Sie sind deinem Banner gefolgt, weil sie ihre Heimat, ihren Besitz und ihre Familien verteidigen wollen.«

»Und?«

Ivor biss sich auf die Lippen. Ihm war klar, dass der Fürst von Andaril die nächsten Worte nicht gerne hören würde, aber sie mussten dennoch ausgesprochen werden. »Als ihr Anführer ist es deine Pflicht, zuvorderst an sie zu denken. Es steht dir nicht zu, sie nur um deines Ruhmes willen zu opfern.«

»Schweig!«, brüllte Ortwein. »Dir steht es nicht zu, meine Motive infrage zu stellen! Du bist es nicht, den Rurak dazu ausersehen hat, der Herrscher über die gesamten Ostlande zu werden. Ich bin es!«

»Er hat dich verhext«, war Ivor überzeugt. »Dieser elende Zauberer hat deinen Verstand benebelt!«

»Schweig, sage ich!«, rief Ortwein. Er verließ seinen Platz am Ende des Kartentischs und stampfte wütend auf Ivor zu.

»Das kann ich nicht – weder als dein Freund noch als dein oberster Schwertführer!«

»Ich habe gesagt, du sollst schweigen!«

»Nein, Ortwein! Wenn du herrschen willst, dann verhalte dich entsprechend und handle so, wie man es von einem König erwar...«

Ivors Worte blieben ihm im Halse stecken.

Ein heiseres Keuchen kam ihm über die Lippen, gefolgt von einem dünnen roten Rinnsal, das ihm über das Kinn rann und auf seinen Schuppenpanzer troff.

Mit einer Mischung aus Unglauben und Entsetzen starrte er den Freund an, der unmittelbar vor ihm stand. Dann glitt sein Blick an sich selbst herab und erfasste den Stahl, der bis zum Heft in seinen Leib gedrungen war. Blitzschnell hatte Ortwein seinen Dolch aus der Scheide gerissen und ihn in einem jähen Zornesausbruch durch die Schuppen von Ivors Panzer getrieben.

»Schweig«, wiederholte der Fürst von Andaril, die Augen leuchtend vor Wut.

Ivor wollte etwas erwidern, der Anordnung zum Trotz, aber es gelang ihm nicht mehr. Er wankte und trat einen Schritt zurück, wobei die Klinge aus seinem Leib fuhr und Blut hervorsprudelte. Einen Augenblick lang hielt sich der Schwertführer noch aufrecht, dann brach er in die Knie. Der letzte Blick, den er Ortwein sandte, war voller Vorwurf und Bedauern zugleich. Dann fiel er nach vorn und blieb reglos liegen, der Boden ringsum verfärbte sich dunkel.

Ortwein stand über ihm, die blutige Klinge noch in der Hand und wie zur Statue erstarrt. Erst ganz allmählich begann sein von Gier und Ehrgeiz zerfressener Geist zu begreifen, was er angerichtet hatte.

»Ivor«, flüsterte er atemlos. »Was habe ich nur getan?«

Der Dolch entrang sich seinem Griff und fiel zu Boden, und auch Ortwein sank von Grauen geschüttelt nieder – als der Eingang des Zeltes plötzlich zurückgeschlagen wurde und einer der Wachtposten erschien.

»Sire!«

»Was?«, fragte Ortwein mit Tränen in den Augen. »Siehst du nicht, dass ich trauere?«

Der Soldat, ein Angehöriger der Leibwache und damit einer von Ivors Untergebenen, starrte entsetzt auf den Leichnam seines Anführers. Die unausgesprochene Frage stand deutlich in seinen Zügen, aber er stellte sie nicht, sondern stammelte stattdessen: »E-ein Besucher verlangt Euch zu sprechen!«

»Er soll warten!«

»Das haben wir ihm auch gesagt, aber er will nicht warten. Er sagt, Ihr hättet mit ihm gerechnet ...«

Ortwein schaute auf.

Sein erster Gedanke galt Rurak und dem Versprechen, das ihm der Zauberer gegeben hatte. War er gekommen, um es einzulösen?

»Nun gut«, erklärte er schlicht und raffte sich auf. Den Leichnam des Freundes würdigte er keines Blickes mehr, während er an dem Wächter vorbei nach draußen trat.

Es war eine kalte Nacht.

Wind strich über die Ebene, die nur vereinzelt von Büschen und Sträuchern bewachsen war, und wehte welkendes Laub vom Wald herüber, wo Ortwein die feindlichen Stellungen wusste. Das Feldherrenzelt stand ein gutes Stück hinter den eigenen Linien, damit es auch im Fall eines Überraschungsangriffs der Elfen sicher war. Zusammen mit den Zelten der Unterführer gruppierte es sich um einen freien Platz, der von mehreren in den Boden gerammten Fackeln beleuchtet wurde. Inmitten dieses Platzes stand eine Sänfte, die von zwei kräftigen Gestalten getragen worden war, die schwarze Hauben über den Köpfen trugen und zur Unkenntlichkeit vermummt waren. Die Vorhänge der Sänfte, die aus dunklem Holz gefertigt war und eine eigentümliche Form besaß, waren geschlossen, sodass man nicht hineinsehen konnte.

»Wer verlangt mich zu sprechen?«, verlangte Ortwein zu wissen. »Bist du das, Zauberer?«

»Nein«, drang es so dumpf und unheimlich aus der Sänfte hervor, dass Ortwein und seine Leibwächter erschauderten. Die Stimme hörte sich an, als dringe sie aus großer Tiefe zu ihm, und Ortwein musste an sich halten, um bei ihrem Klang nicht in Panik zu verfallen.

»Wer seid Ihr dann?«, erkundigte er sich vorsichtig.

»Derjenige, den ihr erwartet habt«, sagte die Stimme nur, die zugleich so respektgebietend war, dass Ortwein nicht anders konnte, als sich ihr zu fügen.

»Wir haben Euch erwartet?«

»Rurak sagte euch, dass ihr Hilfe erhalten würdet, oder nicht?«, fragte die Stimme. »Und Hilfe könnt ihr auch bitter gebrauchen«, fügte sie hinzu und bediente sich dabei zu Ortweins Entsetzen genau jener Worte, die vorhin Ivor gebraucht hatte.

»Wer seid Ihr?«, verlangte er noch einmal zu wissen.

»Warum«, lautete die Gegenfrage, »verlangt ihr Menschen nach der Wahrheit, wenn ihr sie doch nicht ertragt? Ich weiß alles über dich, Fürst von Andaril. Ich weiß, wer du bist und wer dein Vater war, und ich kenne deine Ängste ebenso, wie ich deine Hoffnungen und alle deine Pläne kenne. Du wolltest Rurak also hintergehen? Wolltest deine Ziele zu seinen machen?«

»Das … das… stimmt so nicht«, stritt Ortwein ab. Furcht schnürte ihm die Kehle zu, er war nicht mehr in der Lage, klar zu denken. Die Bedrohung, die von der Sänfte ausging, hatte ihn völlig in Bann geschlagen.

Die Stimme lachte – ein kaltes, grausiges Gelächter, das Ortwein klarmachte, dass es sinnlos war zu leugnen, selbst wenn er dadurch vor seinen Männern das Gesicht verlor.

»Seid Ihr ein Seher?«, fragte er.

»Ein Seher, Fürst von Andaril, sieht Dinge, die geschehen werden – ich jedoch blicke auf Dinge, die schon vor langer Zeit geschehen sind und die sich nicht mehr ändern lassen.«

Wieder lachte er, dunkel und schaurig.

»Ihr sagtet, dass Ihr mir helfen wollt«, brachte Ortwein in Erinnerung. »Worin besteht diese Hilfe?«

»Das will ich dir sagen. Du scheust dich, den Feind anzugreifen, weil du das Gelände nicht kennst und nicht weißt, wie der Kampf ausgehen wird. Ich bin hier, um die Kräfteverhältnisse ein wenig zu deinen Gunsten zu verändern.«

»Zu meinen Gunsten?«

Die Stimme sprach einige Worte in einer kehligen und hässlichen Sprache, die Ortwein noch nie zuvor gehört hatte. Daraufhin griffen die beiden Sänftenträger nach den Hauben, um sie sich vom Kopf zu ziehen. Ein Raunen des Entsetzens ging durch die Reihen von Ortweins Leibwächtern – denn was zum Vorschein kam, waren die grausigen Fratzen von Echsen!

Auch Ortwein stieß einen Schrei aus, als er die beiden Kreaturen gewahrte, und er fragte sich unwillkürlich, welchem widernatürlichen Vorgang sie entsprungen sein mochten. Bereits im nächsten Augenblick wischte er jedoch alle Bedenken beiseite.

Rurak hatte Wort gehalten und ihm Hilfe geschickt – was galt es ihm, woher diese Wesen stammten oder wem die dunkle Stimme gehörte, die aus der Sänfte drang?

Wenn er dadurch erreichte, was seinem Vater versagt geblieben war, und die Herrschaft über die Ostlande errang, war ihm jedes Mittel recht. Und einen Schwertführer, der ihm ins Gewissen redete und ihm mit immer neuen Zweifeln zusetzte, gab es nicht mehr.

Sie waren dem Wasserlauf ein gutes Stück gefolgt. Als sie ihn wieder verließen, konnten sie in der Ferne noch immer das aufgeregte Geschrei der Wildmenschen hören, also rannten sie weiter, durchquerten weite Haine und enges Gestrüpp, kletterten über Wurzeln und Felsbrocken, bis sie schließlich im Schutz eines Hohlwegs Zuflucht fanden.

Alannah atmete schwer, auch Aldur rang nach Luft. Granock hingegen wirkte weder sonderlich erschöpft, noch schien sich sein Herzschlag nennenswert beschleunigt zu haben. Und natürlich sprach er noch immer nicht.

»Warum, bei allen Söhnen Glyndyrs, hast du sie nicht aufgehalten?«, stieß Aldur wütend hervor, nachdem er wieder Atem geschöpft hatte. »Es wäre doch nicht weiter schwer gewesen, die Wildmenschen erstarren zu lassen – so hast du uns unnötig einer Gefahr ausgesetzt!«

Granock stand unbewegt vor ihm. Einmal mehr zeigte er keine Reaktion.

»Willst du noch immer nicht antworten?«, blaffte Aldur. »Nicht einmal, wo wir ihren Pfeilen nur um Haaresbreite entgangen sind? Was ist nur los mit dir?«

»Das will ich dir sagen«, entgegnete Alannah bitter und trat an Aldurs Seite. »Er ist nicht der, für den wir ihn halten.«

»Was?« Der Elf starrte sie an, als hätte sie den Verstand verloren.

»Dieser da ist nicht Granock«, bekräftigte sie, während sie sich gleichzeitig eine Närrin schalt, weil sie so lange gebraucht hatte, um dahinterzukommen. Wären ihre Sinne nicht so verwirrt gewesen von der vergangenen Nacht …

»Was bringt dich auf einen solchen Gedanken?«, fragte Aldur, dessen Blicke verwirrt zwischen den beiden Freunden hin und her pendelten. »Seid ihr alle beide verrückt geworden?«

»Keineswegs.« Alannah schüttelte den Kopf. »Aber du wirst dich erinnern, dass dieser da den ganzen Tag über noch kein einziges Wort gesprochen hat.«

»Und? Er ist ein Mensch! Er tut öfter Dinge, die ich nicht verstehe!«

»Außerdem hat sein Organismus nicht die geringste Reaktion auf die Strapaze oder die veränderten Luftverhältnisse gezeigt«, fuhr Alannah fort. »Zudem habe ich heute Morgen etwas gefunden, das mich nachdenklich machte.«

»Was?«, wollte Aldur wissen.

»Ein Stück Haut«, antwortete sie. »Zunächst konnte ich nichts damit anfangen, aber dann musste ich an etwas denken, das ich als Kind in den Ehrwürdigen Gärten gehört habe: die Sage von den Baumgeistern oder *nev'rai*, wie wir sie nannten.«

»Die *nev'rai*?« Aldur deutete auf Granock, maßloses Erstaunen im Gesicht. »Du du willst sagen, er ist ein …«

»… ein Gestaltwandler«, brachte sie den Satz zu Ende. »Warum so überrascht? Auch die Weisen von Shakara kennen Wege, ihr Äußeres zu verändern.«

»Nicht wirklich«, wandte Aldur ein. »Ein Blendzauber kann bewirken, dass andere etwas in dir sehen, das du in Wirklichkeit nicht bist, aber er wechselt nicht deine Gestalt.«

»Bei den *nev'rai* ist es anders«, war Alannah überzeugt. »Ihre Haut vermag jedwede Form anzunehmen. Wollen sie sich verändern, so muss die alte Hülle jedoch abgestoßen werden.«

»Ist das wahr?« Aldur – der noch immer nicht glauben konnte, dass es nicht Granock sein sollte, der da vor ihm stand – wandte sich zweifelnd an den Freund. Der aber fuhr auf dem Absatz herum und ergriff die Flucht.

»Hiergeblieben!«

Alannah hatte damit gerechnet. In einer blitzschnellen Geste hob sie den *flasfyn*, und aus dem Nichts heraus materalisierte blauer Frost, der sich um die Beine des Flüchtlings legte. Von einem Augenblick zum anderen steckte der vermeintliche Granock bis zu den Knien in einem Eisklotz fest.

»Gib auf«, forderte Alannah ihn auf, »oder es wird dir schlecht bekommen.«

Der *nev'ra* zuckte. Durch halb geschlossene Lider taxierte er die beiden Elfen und schien fieberhaft zu überlegen, was er tun sollte. Zwar waren es noch immer Granocks Züge, die sein Gesicht bedeckten, jedoch hatten sich die darunter liegenden Formen verändert, sodass sie fremd und unheimlich wirkten. Risse bildeten sich auf der Haut, und im nächsten Moment griff der Gestaltwandler danach und zog sie ab. Darunter kamen blassgrüne Züge zum Vorschein, die glatt waren und konturlos. Die Augen wechselten ihre Farbe und wurden schwarz wie die Nacht. Feindselig starrten sie die beiden Elfen an.

»Beim Licht des großen Kristalls«, murmelte Aldur, »du hattest recht! Ich dachte immer, diese Kreaturen würden nicht existieren.«

»Vermutlich sollten wir das denken«, erwiderte Alannah. »In den alten Geschichten heißt es, Margok hätte die Baumgeister gezüchtet, indem er Elfen mit Pflanzen kreuzte – doch wie alles, was er ins Leben gerufen hat, sind auch sie unvollkommen. Zwar sind sie in der Lage, sich jedweder Umgebung anzupassen und ihre Gestalt zu verändern – ihre Fähigkeit zu sprechen haben sie jedoch verloren. Sie sind so stumm wie die Bäume, von denen sie abstammen.«

»Das erklärt, warum er den ganzen Tag über kein Wort gesagt hat«, knurrte Aldur, der allmählich die Fassung wiedergewann. »Aber es erklärt nicht, was mit dem echten Granock passiert ist. Was habt ihr mit ihm gemacht?«, wollte er von dem Baumgeist wissen. »Woher bist du gekommen? Wer hat dich geschickt?«

Natürlich antwortete die Kreatur nicht. Stattdessen war sie dabei, sich weiter zu häuten – und sich auf diese Weise aus ihrem frostigen Gefängnis zu befreien. Denn im selben Maß wie ihr Gesicht veränderte sich auch ihre übrige Physiognomie. Ihre Beine wurden dünner, und schon im nächsten Moment konnte das Eis sie nicht mehr festhalten.

Mit einer blitzschnellen Bewegung befreite sie sich, fuhr herum und setzte mit bloßen Klauen auf Aldur zu.

Alannah reagierte nicht rasch genug. Sie hob den Zauberstab, um den *nev'ra* erneut in Eis erstarren zu lassen, aber Aldur war schneller.

»Nein!«, rief sie entsetzt, als sie sah, wie ihr Gefährte die Hände hob. Doch es war bereits zu spät.

Ein blendend heller Feuerstoß züngelte aus den Handflächen des Elfen und dem Baumgeist entgegen, der entsetzt zurückfuhr. Doch Aldur beließ es nicht dabei, die Kreatur nur einzuschüchtern. Er verstärkte den Feuersturm noch, der den *nev'ra* bald ganz einhüllte und ihn bei lebendigem Leib verzehrte.

»Aldur, nicht!«, schrie Alannah, aber er hörte nicht auf sie, zumal das Fauchen der Flammen und die grellen Schreie des Baumwesens sie übertönten. Entsetzt sah sie, wie sich der *nev'ra* vor ihren Augen in ein bizarres schwarzes Etwas verwandelte, während die lodernden Flammen die Züge seines Peinigers beleuchteten – Züge, die zur hassverzerrten Fratze geworden waren.

»Aldur!«

Erst jetzt schien der Freund sie wahrzunehmen. Nachdem er eine letzte feurige Eruption auf den Weg gebracht hatte, ließ er von seinem Gegner ab, von dem nur noch schwelende Überreste geblieben waren, von denen gleichermaßen der Geruch von verkohltem Holz wie von verbranntem Fleisch aufstieg. Erschüttert wandte sich Alannah ab, Übelkeit befiel sie.

»Was hast du?«, wollte Aldur wissen.

»Du hast ihn getötet.«

»Er hat mich angegriffen.«

»Ich weiß.« Sie nickte und drehte sich wieder zu ihm um, mied es jedoch, den verbrannten Torso anzusehen. »Aber du hättest ihn nicht töten müssen.«

»Wäre er entkommen, hätte er den Feind gewarnt«, brachte Aldur zu seiner Verteidigung vor. »Außerdem haben sie Granock entführt, hast du das schon vergessen?«

»Nein.« Sie schüttelte den Kopf. »Aber du scheinst vergessen zu haben, dass der *nev'ra* unsere einzige Fährte war. Wie sollen wir Granock jetzt finden?«

»Du glaubst, dieses … Ding hätte uns etwas verraten? Du hast selbst gesagt, dass sie stumm sind. Und als Führer hätte er sich wohl kaum erboten.«

»Vielleicht nicht«, räumte Alannah ein, während ihr Tränen in die Augen stiegen. »Dennoch war es unnötig, ihn zu töten.«

»Du trauerst?«, fragte er fassungslos. »Um eine von Margoks Kreaturen?«

»Nein, Aldur«, widersprach sie. »Deinetwegen bin ich traurig. Denn ich konnte vorhin deine Augen sehen.«

»Und?«

»Du hast es genossen«, flüsterte sie. »Du hast es genossen, ihn zu töten. Und du hast die Macht genossen.«

»Was?« Er schüttelte ungläubig den Kopf. »Was bringt dich nur auf so einen Gedanken?«

»Sie«, sagte Alannah nur.

»Wer?«

»Sie hat schon damals mit mir um deine Seele gerungen. Und bisweilen habe ich das Gefühl, dass sie noch immer bei dir ist, auch wenn sie längst nicht mehr unter uns weilt.«

»Von wem sprichst du?«, verlangte er zu wissen.

»Von Riwanon. Deiner alten Meisterin.«

Aldur holte tief Luft. »Fängst du auch noch damit an?«, schnappte er. »Genügt es nicht, dass mir der Hohe Rat misstraut? Bist auch du jetzt gegen mich, *cariada*?«

Als sie die Verzweiflung in seiner Stimme hörte und er sie mit dem Kosenamen ansprach, den er ihr gegeben hatte, schmolz ihr Widerstand. Noch immer war sie entsetzt über seine Tat, aber das helle Licht ihrer Zuneigung ließ die Schatten an ihm verblassen.

»Nein, Ru«, erwiderte sie, und ihre angespannten Gesichtszüge wurden wieder sanfter. »Ich werde niemals gegen dich sein.«

»Wirst du es schwören?«, fragte er. »Beim Licht des großen Kristalls?«

»Wozu?«

»Wirst du es tun?«

»Was du verlangst, ist ungehörig.«

»Ungehörig war es, mich einem gemeinen Verdacht auszusetzen«, verbesserte er sie. »Also, wie steht es? Ich muss wissen, woran
ich bin.«

Ihr Zögern währte nur einen Augenblick. Ganz offenbar hatte
sie ihn tief verletzt, und wenn dies der Weg war, es wiedergutzumachen, so war sie dazu bereit. Als sie jedoch den Mund öffnete,
um ihren Schwur zu tun, erklang ein fernes Hornsignal.

Granock war in unruhigen Schlaf gefallen. Auf dem Boden seiner
Zelle kauernd, hatte er eine Meditationsübung nach der anderen
absolviert, um sein inneres Gleichgewicht zurückzuerlangen. Dabei
hatte ihn schließlich die Erschöpfung übermannt – bis ihn ein
ohrenbetäubendes Rattern in die Wirklichkeit zurückriss.

Er fuhr hoch und war sofort hellwach. Das Erste, was er sah,
war die Eisenstange, mit der jemand über die rostigen Gitterstäbe
strich und so den grässlichen Lärm verursachte. Erst dann nahm er
die kleinwüchsige Gestalt wahr, die das Ding in ihren schwieligen
Händen hielt.

Es war ein Zwerg, und dazu das hässlichste Exemplar seiner Gattung, das Granock je gesehen hatte. Sein Gesicht, aus dem ein übel-
wollendes Augenpaar starrte, war eine einzige Narbe, die wohl von
einer schweren Verbrennung herrührte, seine Nase nicht mehr als
ein unförmiger Brocken Fleisch. Sein Schädel war kahl wie ein
Felsklotz, Bartwuchs nur in Ansätzen vorhanden und auch nur an
den wenigen Stellen, wo die Haut nicht vernarbt war. All das hinderte den Kerl jedoch nicht daran, sein lückenhaftes Gebiss zu
einem ebenso breiten wie hämischen Grinsen zu entblößen. Über
seiner Kleidung trug er eine Schürze aus braunem Leder, die so
speckig und schmutzig war, dass sie wohl auch ohne ihn gestanden
hätte; unzählige Flecken in den verschiedensten Schattierungen
von Dunkelrot übersäten ihn. Granock zweifelte nicht daran, dass
es Blut war, der Lebenssaft unschuldiger Opfer …

»Bist du endlich aufgewacht?«, erkundigte sich der Zwerg mit
einer Stimme, die sich anhörte, als würde mit den Fingernägeln

über Schiefer gekratzt. Er bediente sich der Menschensprache, die er fast ohne Akzent beherrschte – ein Anzeichen dafür, dass er unter Menschen gelebt haben musste. Granock bezweifelte allerdings, dass dies ein Vorteil war ...

»Wie du siehst«, entgegnete er ruhig. Er verzichtete darauf aufzustehen und blieb einfach auf dem Boden sitzen. »Bist du Dolkon?«

Der Zwerg lachte leise. »Thanmar hat dir also bereits von mir erzählt?«

»Das hat er – und du siehst genauso aus, wie ich dich mir vorgestellt habe.«

Das Lachen ging in ein heiseres Kichern über, das Granock eine Gänsehaut verursachte. »Du liebst es, Scherze auf Kosten anderer zu machen, was?«, erkundigte er sich, und plötzlich verschwand die Heiterkeit aus seinen entstellten Zügen. »Das werde ich dir austreiben, du eingebildeter Bastard – das und noch manches andere. Du bist nicht der Erste, dem Dolkon Manieren beibringt.«

»Davon bin ich überzeugt«, konterte Granock mit Blick auf die Schürze des Folterknechts.

»Thanmar erzählte mir, dass du dich weigerst zu sagen, wer dich geschickt hat? Dass du nicht verraten willst, worin deine Mission besteht und wo deine Gefährten sind?« Die Art, wie er fragte, machte deutlich, dass er keine Antwort erwartete. Wahrscheinlich wollte er nicht einmal, dass Granock sein Schweigen brach, denn das hätte ihn um das Vergnügen der Folter gebracht.

»So ist es«, tat Granock ihm den Gefallen.

»Dann, fürchte ich, werden wir uns eingehender unterhalten müssen«, verkündete der Zwerg mit breitem Grinsen und stieß einen lauten Befehl aus, allerdings weder in der Menschensprache noch in seiner eigenen.

»*Krich-dok!*«

Das Wort war kaum verklungen, als auch schon stampfende Schritte zu vernehmen waren. Zwei Orks erschienen vor dem Zellengitter, die beide nicht weniger brutal und hässlich aussahen als ihr kleinwüchsiger Anführer. Über ihren Kettenhemden trugen auch sie blutbesudelte Schürzen; ihre Augen leuchteten bei der Aussicht, eine weitere wehrlose Kreatur quälen zu dürfen.

»Du machst gemeinsame Sache mit Unholden?«, erkundigte sich Granock, der sich Mühe gab, gelassen zu bleiben. Furcht war der größte Feind des Zauberers, das hatte Farawyn ihn gelehrt. Wenn er sich ihr ergab, hatte er den Kampf bereits verloren.

»Sie sind nützliche Diener«, bestätigte Dolkon, nun wieder in der Menschensprache, die die Orks nicht zu verstehen schienen. »Und bisweilen sind sie mir eine echte Inspiration.«

»Darauf möchte ich wetten«, sagte Granock.

Auf den Gefangenen deutend, erteilte der Zwerg seinen Schergen einige Anweisungen, worauf sie sich anschickten, die Zellentür zu öffnen. Kaum hatte der erste von ihnen jedoch seine Pranke an die Kette gelegt, erstarrte er inmitten seiner Bewegung. Der andere Unhold kam noch dazu, fragend zu grunzen, dann stand auch für ihn die Zeit still.

Statt überrascht zu sein, lachte Dolkon nur. »Man hat mir von deiner Fähigkeit berichtet. Allerdings muss dir klar sein, dass sie dich nicht dauerhaft vor mir bewahren wird.«

»Durchaus«, gab Granock zu, während er den Bann weiter aufrechterhielt. In Shakara hatte er gelernt, den Umgang mit seiner Gabe zu vervollkommnen, und er war selten so dankbar dafür gewesen wie in diesem Augenblick.

»Du kannst uns nicht ewig aufhalten. Irgendwann wirst du erschöpft sein …«

»Irgendwann«, gab Granock zu. »Aber bis dahin wird noch einige Zeit vergehen. Und es wird euch einige Mühe kosten, mich aus meiner Zelle zu holen.«

»Ich könnte einen Bogenschützen holen und dich erschießen lassen«, gab Dolkon zu bedenken.

»Ja – aber dann würde Thanmar als Nächstes dich erschießen, denn er würde nie erfahren, was ich weiß.«

Der Schatten, der sich auf das Gesicht des Zwergs legte, zeigte, dass Granock richtig vermutet hatte. Dolkon war Thanmars Untergebener und ihm zur Rechenschaft verpflichtet; sein Auftrag lautete, Informationen aus Granock herauszupressen, und nicht, ihn zu töten …

»Schön«, knurrte der Zwerg, »dann werde ich dich eben persönlich aus deiner verdammten Zelle schleifen!«

Wütend stampfte er auf das Gitter zu, um zu Ende zu bringen, was den Orks nicht gelungen war. Der Zeitenbann, den Granock wirkte, prallte von Dolkon ebenso wirkungslos ab wie zuvor von seinem Anführer – offenbar hatten die Zwerge die Fähigkeit, sich dagegen abzuschirmen. Der *tarthan* allerdings, den Granock hinterherschickte, erwischte den Folterknecht mit voller Wucht, riss ihn von den Beinen und schleuderte ihn gegen die rückwärtige Stollenwand.

Dolkon, der darauf nicht gefasst gewesen war, stieß sich den Schädel mit derartiger Wucht, dass er das Bewusstsein verlor und benommen niedersank.

»Wie gesagt«, knurrte Granock trocken, »es wird dich einige Mühe kosten, mich aus meiner Zelle zu holen.«

Aber im Grunde seines Herzens wusste er, dass die Zeit, die stets sein Verbündeter gewesen war, diesmal gegen ihn arbeitete.

8. CERACA'Y'MARGOK

Der Anblick war entsetzlich.

Eine Nacht lang hatte die Schlacht am Waldrand gedauert, dann war der Feind geschlagen und besiegt. Und Ortwein von Andaril und seine Mannen hatten kaum einen nennenswerten Beitrag dazu geleistet.

Gewiss, sie waren aufmarschiert, hatten den feindlichen Linien gegenüber Aufstellung bezogen, und zumindest die Bogenschützen und die Reiterei hatten vereinzelt auch Angriffe vorgetragen. Aber nur selten hatte ein Pfeil sein Ziel gefunden, und wohin auch immer die Lanzenreiter vorgestoßen waren, der Tod hatte bereits im Lager des Feindes Einzug gehalten.

Inzwischen hatte Ortwein erfahren, dass sie *neidora* genannt wurden – die unheimlichen Echsenkrieger, von denen es nicht nur zwei, sondern noch mehr gab. Woher sie kamen, wusste Ortwein noch immer nicht, und er wollte es auch nicht wissen, denn er ahnte, dass ihn die Antwort noch mehr verängstigt hätte als die leblosen, teils grässlich entstellten Körper, die den Weg des Heeres säumten.

Die ganze Nacht über waren fürchterliche Schreie aus den Lagern der Elfen zu hören gewesen und vereinzelt auch das Geklirr von Waffen; gegen Morgen jedoch war es immer stiller geworden, bis schließlich auch der letzte Laut verstummt war. Totenstille hatte sich über dem Waldrand verbreitet, und nun sah Ortwein auch den Grund dafür …

Der Mund des Elfen war weit geöffnet. Fast hätte man erwartet, einen Schrei des Entsetzens daraus zu vernehmen, wären da nicht die Augen gewesen. Leblos starrten sie aus dem abgetrennten Haupt, das auf einem Spieß steckte, den jemand in den Boden gerammt hatte – und es war nicht der Einzige.

Ein ganzer Wald von Lanzen, auf denen die Köpfe ihrer ehemaligen Besitzer staken, ragte entlang des Haines auf, dazwischen lagen die Torsos der erschlagenen Feinde, an denen sich bereits die Krähen gütlich taten. Obwohl längst nicht alle Gefallenen enthauptet worden waren, war kaum ein Leichnam unversehrt geblieben. Einige waren ihrer Gliedmaßen beraubt, andere regelrecht zerfetzt worden. Den *neidora* schien es Vergnügen bereitet zu haben, über die Truppen Tirgas Lans herzufallen und Angst und Schrecken in ihre Reihen zu tragen. Die Folge war ein Massaker, dessen Ausmaß alles überstieg, was Ortwein in seinem noch jungen Leben gesehen hatte. So weit er es ermessen konnte, war kein einziger der achthundert Elfenkrieger am Leben geblieben. Die *neidora* jedoch waren ins Lager der Menschen zurückgekehrt, wo ihr geheimnisvoller Anführer, der die Sänfte seit seiner Ankunft noch nicht ein einziges Mal verlassen hatte, auf sie gewartet hatte.

Mit dunkler Stimme hatte er die Schlacht für beendet erklärt und Ortwein aufgefordert, das Lager abzubrechen und am Grenzfluss entlang nach Süden zu marschieren – und der Fürst von Andaril hatte gehorcht.

Übelkeit befiel ihn, während er im Sattel saß und auf die grauenvoll entstellten Leichen blickte. Immer wieder schnaubte sein Pferd und hob unruhig den Kopf, so als wittere es den Tod und das Unheil. Nicht, dass Ortwein etwas für Elfen übriggehabt hätte; sie waren seine erklärten Feinde, und er wünschte sich nichts mehr, als das Joch ihrer Herrschaft abzuschütteln und sich selbst zum König auszurufen. Aber was er sah, ließ selbst ihn zweifeln.

Edle Recken, die ausgeweidet worden waren wie Schlachtvieh, aufrechte Kämpfer, die bei lebendigem Leib zerfetzt worden waren. Offiziere und Mannschaften, Herren und Knechte hatte das Schicksal gleichermaßen ereilt. Die *neidora* hatten vor niemandem haltgemacht und mit unbeschreiblicher Grausamkeit gewütet. Und obwohl es ein Sieg war, über den er sich hätte freuen müssen, obwohl es sein Weg war, der geebnet worden war, und die Echsenkrieger die Hilfe gebracht hatten, die Rurak der Zauberer versprochen hatte, blieb ein bitterer Nachgeschmack. Denn Ortwein ahnte, dass nicht der Elfenkönig, sondern kein anderer als er selbst der Empfänger jener blutigen Botschaft war, die die *neidora* hinterlassen hatten.

Dass es sinnlos war, sich ihrem finsteren Herrn zu widersetzen …

»Nun, Fürst von Andaril?«, tönte es aus der Sänfte, neben der Ortwein in langsamem Trab herritt, während zwei der Echsenkrieger sie trugen. »Bist du beeindruckt?«

»Beeindruckt, in der Tat«, log Ortwein. Das Grauen in seiner Stimme war unüberhörbar. »Eine ganze Legion des Feindes ist innerhalb einer Nacht vernichtet worden – wie könnte ich nicht beeindruckt sein?«

Die tiefe Stimme lachte nur – und Ortwein musste unwillkürlich an Ivor denken, den Freund, der ihn gewarnt und den er im Zorn erstochen hatte. Er hatte nicht das Gefühl gehabt, ein Unrecht zu begehen, als er Ivor getötet hatte – schließlich hatte er sich ihm widersetzt und damit seinen Treueid gebrochen. Aber er bedauerte die Tat dennoch, denn angesichts dieses Massakers sehnte er sich mehr denn je nach einem Freund. Er fühlte sich einsam und wurde den Eindruck nicht los, einen Pfad beschritten zu haben, auf dem es kein Zurück mehr gab.

»Was hat Eure Krieger veranlasst, so unter dem Feind zu wüten?«, fragte er schaudernd, als eine weitere Phalanx mit körperlosen Häuptern versehener Lanzen in Sichtweite kam.

»Das will ich dir sagen, Fürst von Andaril«, entgegnete die tiefe Stimme. »Es war Margoks Zorn.«

»Nein!«

Mit einem entsetzten Schrei fuhr Elidor aus dem Schlaf. Das Herz schlug heftig in seiner Brust, er zitterte am ganzen Körper, das blonde Haar klebte schweißnass an seinem Kopf.

Verwirrt blickte sich der König um. Er befand sich in seinem Privatgemach im Palast von Tirgas Lan. Ausgestreckt lag er auf einem samtenen Lager, seine Laute neben sich. Er wusste noch, dass er sich zurückgezogen hatte, weil die nicht enden wollenden Dispute seiner Berater ihn erschöpft hatten. Danach musste er eingeschlafen sein …

»Was ist Euch, mein König?«

Die Frauenstimme, so sanft wie eine Frühlingsbrise, ließ ihn zusammenzucken. Er richtete sich halb auf und wandte den Kopf. Caia, die junge Aspirantin und Schülerin Maeves, saß neben ihm. Die ganze Zeit über, während er geschlafen hatte, schien sie über ihn gewacht zu haben.

Der Anblick ihrer schönen, wie immer leicht geröteten Gesichtszüge besänftigte ihn ein wenig.

»Ich habe geträumt«, flüsterte er. »Die Legion, die ich auf Fürst Ardghals Drängen in Marsch gesetzt habe …«

»Was ist mit ihr?«

»Sie wurde vernichtend geschlagen.« Elidor blickte Caia durchdringend ein. »Ich habe schreckliche Dinge gesehen. Abgetrennte Häupter, die aufgespießt waren, grässliche Kreaturen, die Blut tranken …«

»Wie entsetzlich.« Ihr Blick verriet echtes Mitgefühl, und obwohl er wusste, dass es sich für einen König nicht geziemte, schmiegte er sich an sie und suchte bei ihr Trost. Für einen Moment war Caia wie erstarrt. Dann legte sie zaghaft eine Hand auf seinen Scheitel und strich behutsam darüber.

»Es war ein Traum«, sprach sie dabei beruhigend auf ihn ein, »nur ein Traum, mein König …«

»Aber es war so wirklich!«

»Träume, sagt der Kodex von Shakara, sind der Spiegel unserer Seele. Sie geben das wieder, was wir am meisten hoffen und wovor wir uns am meisten fürchten.«

»Meinst du?« Ein Lächeln huschte über seine Züge, das sie zaghaft erwiderte. »Du bist schön«, stellte er unumwunden fest.

Caia errötete. »Mein König, ich …«

»Unter all den Seelen, die mir in meinem bisherigen Leben begegnet sind, war keine wie du«, fuhr er leise fort. »Niemand, bei dem ich dieses Wohlwollen fand und dieses Verstehen. Niemand, dessen Wesen so sehr dem meinen entsprochen hätte.« Er hielt inne. »Ich möchte dir meinen *essamuin* anvertrauen«, erklärte er dann.

»Euren geheimen Namen?« Caia erschrak. »Majestät, diese Ehre kann ich nicht …«

»Er lautet Laylon«, sagte Elidor, ohne ihre Antwort abzuwarten. »Nun kennst du ihn.«

»Ja«, entgegnete sie flüsternd. »Nun kenne ich ihn.«

Ihre Blicke fanden sich, und einen endlosen Augenblick lang schien jeder die Seele des anderen zu erforschen, nur um dort sich selbst zu finden. Die Zauberer von Shakara glaubten an das *tingan*, das waltende Schicksal, und nichts anderes musste es gewesen sein, dass sie zueinandergeführt hatte, zwei suchende Seelen in einer verlorenen Welt …

Ihre Lippen bewegten sich aufeinander zu, ohne dass sie etwas dagegen tun konnten. Beide wussten, dass sie ein Tabu brachen; dass es einer Aspirantin nicht gestattet war, sich der Lust des *rhiw* hinzugeben, und dass es sich für den König von Tirgas Lan nicht geziemte, sich mit einer Abgesandten Shakaras zu verbinden. Aber es war ihnen gleichgültig, denn dieser Augenblick gehörte ihnen ganz allein.

9. FAD DORWY AWYRA

Alannah und Aldur waren in die Richtung gegangen, in der sie den Ursprung des Hornsignals vermuteten, und es hatte nicht lange gedauert, bis sie im tiefen Dschungel auf einen breiten Pfad gestoßen waren, der sich in südwestlicher Richtung über das bewaldete Hochplateau zog. Den Spuren nach mussten unzählige *ilfantodion* diesen Weg beschritten haben – wohl um, wie Aldur vermutete, zu ihrem Sterbeplatz in jener Schlucht zu gelangen, und das wohl schon seit undenklich langer Zeit. Dabei hatten sie eine Schneise durch den Dschungel gebahnt, die sich nicht wieder geschlossen hatte.

Über den Pfad der Tiere waren die beiden Elfen rasch vorangekommen. Bis zum Einbruch der Dunkelheit waren sie ihm gefolgt, dann hatten sie ihren Marsch unterbrochen und im Schutz einer Baumkrone die Nacht verbracht.

Bei Tagesanbruch setzten sie ihren Weg fort, und es dauerte nicht lange, bis sie im morastigen Boden auf weitere Spuren stießen. Zuerst dachten sie an die *gytai*, aber dann erkannten sie, dass die Urheber der Abdrücke genagelte Stiefel getragen hatten, sodass es folglich unmöglich Wildmenschen gewesen sein konnten. Auch eine rostige Gürtelschnalle, die Alannah fand, belegte diese Vermutung. Aber wer war es dann, der sich so weit im Süden herumtrieb?

Die Antwort erhielten sie gegen Mittag. Heftiger Regen hatte eingesetzt, der sich mit dumpfem Rauschen über das Blätterdach des Dschungels ergoss. Zwar blieb man unter den Kronen der Baumriesen weitgehend trocken, jedoch sorgte die Feuchtigkeit dafür, dass sich sowohl der Boden als auch die Kleider vollsogen und das Marschieren erschwerten. Die dichten Wolken, die den Himmel bedeckten, ließen den Wald in dämmrigem Halbdunkel versinken, und wo immer sich eine Lichtung öffnete, fielen graue Regenschleier herab.

In ihren Umhängen, deren Kapuzen sie hochgeschlagen hatten, waren Alannah und Aldur kaum gegen die knorrigen Baumwurzeln auszumachen. Im Gegenzug wurde ihre Sicht aber auch durch den Regen und das spärliche Licht eingeschränkt, was ihnen um ein Haar zum Verhängnis wurde. Denn als Alannah die rauen, tiefen Stimmen hörte, war es schon fast zu spät.

Abrupt blieb sie stehen und schlug in einer fließenden Bewegung ihre Kapuze zurück.

»Was ist?«, fragte Aldur.

»Schhh.« Sie legte einen Finger auf den Mund. Dann lauschte sie angestrengt. Dass der Blattbewuchs über ihr spärlich war und ihr der Regen deshalb ungehindert auf den Kopf prasselte, schien sie nicht einmal wahrzunehmen. Ihr feines Gehör suchte im allgegenwärtigen Rauschen nach den Stimmen, fand sie – und stellte fest, dass sie näher kamen!

Rasch packte sie Aldur, der sie fragend anschaute, und zog ihn in den Schutz eines moosüberwucherten Felsens. Dass sich Waldmaden und anderes Gewürm darauf ringelten, scherte sie nicht. Eng pressten Aldur und sie sich gegen das Gestein, während die Stimmen auf der anderen Seite lauter wurden.

Alannahs feines Elfengehör unterschied fünf verschiedene Männer. Was sie sagten, konnte sie nicht verstehen, jedoch erkannte sie die hart klingende Sprache der Zwerge!

Aldur, der offenbar dieselbe Feststellung machte, sah fragend zu ihr herüber. Bewohner des Scharfgebirges in Arun? Was hatte das zu bedeuten?

Alannah hielt es nicht aus.

Vorsichtig löste sie sich vom Gestein und ging in die Hocke, um einen Blick auf die andere Seite zu werfen. Aldur blieb hinter ihr, den *flasfyn* halb erhoben, um ihr zu Hilfe zu kommen, falls sie entdeckt würde.

Ganz langsam beugte sich Alannah vor und konnte endlich an dem Felsen vorbeispähen.

Sie hatte sich nicht geirrt.

Es waren tatsächlich fünf Mann, die auf der Lichtung standen – und es waren Zwerge. Allerdings waren es die heruntergekommensten Vertreter ihrer Art, die Alannah je erblickt hatte.

Anders als die zwar ein wenig einfältigen, aber stolzen Söhne des Scharfgebirges trugen diese hier weder lange Bärte noch die für ihr Volk so charakteristische Kleidung aus reich besticktem Leinen; vielmehr waren sie mit Leder und Kettenhemden aus schwarz brüniertem Eisen angetan, und ihr Haar war nach einer Art drapiert, die eher an Unholde denn an Zwerge gemahnte. Zwei der Krieger hatten ihre schwarzen Mähnen zusammengebunden, die übrigen hatten ihre Schädel kahl rasiert. Ihre Bärte – wenn sie überhaupt welche hatten – waren kurz gestutzt, borstig umrahmten sie die groben Gesichter. Bewehrt waren sie mit langen Holzstangen, die sie in ihren kurzfingrigen Pranken hielten, sowie mit Breitäxten, die sie auf dem Rücken trugen und die fast so groß waren wie sie selbst. Allerdings wusste Alannah, dass Zwerge dennoch trefflich damit umzugehen verstanden.

Die fünf Krieger schienen sich über etwas uneins zu sein. Aufgeregt diskutierten sie miteinander, dann war der heisere Ruf eines Horns zu hören, und ein Warnschrei erklang. Die Zwerge wichen beiseite, und aus den Regenschleiern und den Schatten trat eine riesenhafte Kreatur.

Alannah biss auf die Lippen, um nicht laut zu schreien. Nach all den Knochen, die sie in der Schlucht gesehen hatten, hatte sie geglaubt, eine ungefähre Vorstellung von einem lebenden *ilfantodon* zu haben.

Das war ein Irrtum gewesen.

Kein Knochenfund der Welt konnte auch nur annähernd so dramatisch sein wie das riesige Tier, zu dem sie nun emporblickte: Auf vier Beinen, die so dick waren wie die marmornen Pfeiler des Portals der Ehrwürdigen Gärten, ruhte ein ungeheurer Körper, der die Masse von zwei ausgewachsenen *bóriai* besaß; das riesige Haupt mit den großen Augen war konisch geformt und lief in ein spitzes

Maul aus, das zu beiden Seiten von gebogenen Stoßzähnen ge-
säumt wurde. Der ungeheure Rüssel reichte bis zum Boden und
war dick und kräftig genug, um ein Dutzend Männer ohne Federlesens zu erschlagen; umhüllt war die Kreatur von runzliger, grün-
brauner Haut, die an Baumrinde erinnerte und ungeheuer zäh und
widerstandsfähig aussah.

Vielleicht mit Ausnahme des Eisriesen Ymir, der nicht wirklich
gewesen war, sondern nur eine Projektion der Hunla, stellte das
ilfantodon die gewaltigste Kreatur dar, die Alannah jemals zu sehen
bekommen hatte. Die Vorstellung, dass diese Tiere einst auf den
Schlachtfeldern eingesetzt und als Kampfkolosse gegen das Elfenheer in die Schlacht geschickt worden waren, erfüllte sie im Nachhinein mit Entsetzen.

Erst jetzt sah sie, dass auch dieses *ilfantodon* von einem fremden
Willen gelenkt wurde. Im Genick der Kreatur, wo ihr fliehender
Hinterkopf in den massigen Rumpf überging, saß ein weiterer
Zwerg, der das Tier dirigierte. Die Tatsache, dass sich ein so gewal-
tiges Geschöpf von einem Wesen lenken ließ, das um so vieles kleiner war, entbehrte nicht einer gewissen Ironie, aber das machte das
ilfantodon nicht weniger gefährlich.

Im Gegenteil …

Alannah begriff, dass die anderen Zwerge Treiber waren. Einer
von ihnen ging dem riesigen Tier voraus, die anderen bezogen jeweils an einem der pfeilerartigen Beine Posten und versetzten dem
ilfantodon bei Bedarf gezielte Stöße mit ihren Holzstangen, auf die
die Kreatur sofort reagierte. Auf diese Weise bugsierten sie sie weiter vorwärts, an dem Felsen vorbei, hinter dem Alannah und Aldur
Zuflucht gesucht hatten.

Erschrocken zuckte die Elfin in ihre Deckung zurück. Eng an
den Fels gepresst, hob sie den Blick – nur um die ungeheuren Formen des Tieres zu sehen, die hoch über ihr vorbeizogen. Dem
ilfantodon schien der Regen nichts auszumachen. Träge setzte es
einen Fuß vor den anderen, wobei der Waldboden jedes Mal erbebte. Dann, endlich, war es an Alannahs und Aldurs Versteck vorbei und folgte dem Pfad, der offenbar nicht nur von Tieren benutzt
wurde, die ihre letzte Ruhestätte suchten.

»Hast du gesehen?«, hauchte Alannah ihrem Gefährten zu.

»Ja«, erwiderte Aldur. »Die Frage ist, ob ich es auch glaube.«

»Diese Zwerge – woher kommen sie? Siedler aus dem Scharfgebirge?«

»So weit südlich?« Aldur schüttelte den Kopf. »Zwerge sind Handwerker, Bergleute und Schmiede. Sie graben Stollen, fertigen Waffen und horten Schätze, aber sie sind keine Entdecker. Die wenigen Kolonien, die sie errichtet haben, befinden sich alle oben im Norden. Mir ist kein einziger Fall bekannt, bei dem sich Zwerge weiter als ein paar Tagesmärsche von ihrem angestammten Gebiet entfernt niedergelassen hätten. Sie lieben die Berge, die Kälte – und ihr Bier.«

»Diese hier sind anders«, stimmte Alannah zu. »Ich habe noch nie zuvor einen Zwerg ohne Bart gesehen.«

»Natürlich nicht – weil du dann nicht mehr am Leben wärst«, war Aldur überzeugt. »Auf ihr Haar sind diese knorrigen kleinen Kerle mindestens ebenso stolz wie auf das, was sie mit ihrer Hände Arbeit den Tiefen des Berges entreißen. Seinen Bart zu verlieren gilt unter ihnen als Zeichen höchster Schande.«

»Diesen scheint es nichts ausgemacht zu haben«, meinte Alannah. »Dennoch sind es Zwerge gewesen, daran besteht kein Zweifel. Aber woher kommen sie?«

»Das werden wir sehr bald wissen«, erwiderte Aldur und schlug die Kapuze wieder hoch. Dass der Regen seinen Umhang durchnässt hatte und das Wasser von der Kapuze geradewegs in seinen Kragen rann, kümmerte ihn nicht. Unannehmlichkeiten wie diese zu ignorieren gehörte zu den ersten Dingen, die ein Novize in Shakara lernte.

»Was hast du vor?«

»Ihnen folgen«, erklärte der Elf und deutete in die Richtung, in der das *ilfantodon* in den Regenschleiern verschwunden war. »Nach offiziellem Kenntnisstand dürfte es weder diese Zwerge noch die Tiere geben, auf denen sie reiten. Worauf auch immer wir also stoßen werden, es wird die Alten Chroniken Lügen strafen und uns zwingen, die Dinge in einem neuen Licht zu sehen.«

»Und – Granock?«

Aldur nickte grimmig. »Gut möglich, dass die *nev'rai* mit den Zwergen unter einer Decke stecken. Oder dass sie gemeinsam einem anderen Herrn und Meister dienen.«

Alannah fragte nicht erst, wem die Anspielung galt. Über zahllose Generationen hinweg war der Cethad Mavur die Südostgrenze des Reiches gewesen. Keinem Gelehrten wäre es in den Sinn gekommen, jenseits der Großen Mauer etwas anderes zu vermuten als schwärzeste, unbezähmbare Wildnis. Und genau diese Tatsache schienen dunkle Elemente ausgenutzt zu haben.

Die Elfen folgten der Spur des *ilfantondon*, die schon bald nicht mehr die einzige war. Unzählige Abdrücke zeichneten sich im gestampften Waldboden ab, und es stellte sich bald heraus, dass der Pfad nur einer von vielen war, die sich durch den Dschungel zogen. Aldur und Alannah rätselten darüber, welcher Fährte sie nun den Vorzug geben sollten, als sie aus nicht allzu weiter Entfernung den Klang eines Signalhorns vernahmen.

»Das kam von dort drüben«, war Aldur überzeugt, und sie nahmen den nächstbesten Pfad, der in diese Richtung führte. Das Horn ertönte ein zweites Mal, und ein Sirren war zu hören, das keiner der beiden recht einzuordnen wusste.

»Da vorn!«, zischte Alannah und deutete geradeaus.

Ein gutes Stück vor ihnen schien der Dschungelpfad jäh zu enden. Graue Wolken waren am Ende des Blättertunnels zu sehen, dazu die Umrisse eines *ilfantodon* und mehrerer Zwerge.

Es war ein anderes Tier als jenes, das ihnen zuvor im Wald begegnet war – dieses trug eine breite Lastplattform auf seinem Rücken, auf der sich mehrere unförmige weißliche Gebilde stapelten. Alannah und Aldur wechselten einen fragenden Blick. Würden sie nun endlich ein paar Antworten erhalten?

Sie wollten sich näher heranpirschen, als die riesige Kreatur plötzlich schnaubte und unruhig zu stampfen begann, so als könnte sie die Nähe der ungebetenen Beobachter wittern. Rasch flüchteten sich die Elfen hinter einen Baum und pressten sich an dessen feuchte Rinde. Einige Augenblicke lang warteten sie ab. Die Zwerge, die das *ilfantodon* bewachten, schienen sie jedoch nicht bemerkt zu haben.

Lautlos huschten sie weiter, nun nicht mehr auf dem offenen Pfad, sondern zwischen den Bäumen hindurch, in gebückter Haltung und damit rechnend, jeden Augenblick entdeckt zu werden.

Plötzlich war der Wald zu Ende.

Schlagartig wurde es heller, das Grün der Baumkronen lichtete sich. Alannah, die die Vorhut übernommen hatte, nahm an, dass sie sich auf eine Lichtung zubewegten, und verlangsamte deshalb ihre Schritte, was ihr das Leben rettete. Denn nicht nur die Bäume endeten, sondern auch der Boden, auf dem sie standen!

Die Elfin gab einen erstickten Schrei von sich, als sie in die bodenlose Tiefe blickte, die sich plötzlich vor ihr öffnete. Jäh fiel der Waldboden ab. Nur einige Büschel Gras bewuchsen die Abbruchkante, hinter der gähnende Leere herrschte, ein nebliger Abgrund, dessen Boden nicht zu erkennen war. Schwindel ergriff von Alannah Besitz, und sie drohte nach vorn zu kippen. In einer blitzschnellen Reaktion packte Aldur sie am Gürtel und riss sie zurück. Er tat es mit derartiger Kraft, dass sie zusammenprallten und zu Fall kamen. Schwer atmend blieben sie liegen, nur eine Armlänge vom Abgrund entfernt.

»Was ist das?«, presste Alannah schockiert hervor.

»Ich weiß es nicht«, gab Aldur zu. »Aber ich kann mir denken, was Granock jetzt sagen würde: Da geht's nicht weiter.«

Alannah rang sich ein Lächeln ab. Ihr war klar, dass er sie aufheitern wollte, aber die Erwähnung des verschwundenen Freundes war nicht dazu angetan.

Sie richtete sich auf und starrte hinaus in die nebelverhangene Leere, die nahtlos in den tristen Himmel überging. Dass es zu regnen aufgehört hatte, nahm sie nur am Rande wahr. »Weißt du noch, was Rambok gesagt hat?«, fragte sie leise. »Die Sage vom *agaras*?«

»Und?«

»Hast du je daran gedacht«, hauchte sie atemlos, »dass es diesen Ort tatsächlich geben könnte?«

Aldurs Mienenspiel war unmöglich zu deuten. Er stand auf und trat vor an die Kante, als erneut ein Hornsignal erklang. Schaurig und dumpf drang es durch Wolken und Nebel, und wiederum war das Sirren zu hören. Und im nächsten Moment, Alannah und Aldur trauten ihren Augen nicht, löste sich etwas aus den milchig weißen Schleiern.

Zuerst war es nur ein verschwommener Fleck, aber je näher er kam, desto deutlicher traten seine Formen hervor. Es war ein dunkler Kasten, der die Länge und Breite eines Fuhrwerks haben mochte. Allen Naturgesetzen trotzend, schien er über dem Abgrund zu schweben, wobei er leicht vor und zurück schaukelte, während er sich langsam vorwärtsbewegte. Schließlich verschwand er aus Alannahs und Aldurs Blickfeld und schien einige Dutzend Schritte weiter anzulanden. Dort, wo die Zwerge waren.

Ein Rumpeln war zu hören und gedämpfte Stimmen, dann erschien das Fuhrwerk wieder. Diesmal war es mit jenen weißen Gebilden beladen, die das *ilfantodon* zuvor auf seinem Rücken getragen hatte, und schwebte dadurch ein gutes Stück tiefer. Durch den veränderten Lichteinfall wurde Aldur und Alannah klar, dass sie es keineswegs mit dunkler Magie zu tun hatten, sondern lediglich mit einer mechanischen Vorrichtung.

»Ein Seilzug«, stellte Aldur fest. »Sie benutzen ihn, um Material auf die andere Seite zu transportieren.«

»Auf die andere Seite?«, fragte Alannah.

Aldurs blasses Gesicht dehnte sich zu einem Grinsen. »Offenbar haben wir wohl doch nicht das Ende der Welt entdeckt.«

»Das habe ich auch nicht angenommen. Aber womöglich den Ort, der jener Sage zugrundeliegt.«

Er sah sie an, als hätte er ihr einen solch scharfsinnigen Gedanken nicht zugetraut. Es war einer der seltenen Augenblicke, in denen sie einen Hauch von Verunsicherung an ihm zu erkennen glaubte. Schon im nächsten Moment jedoch war Aldur wieder ganz er selbst. Mit den beunruhigenden Folgerungen, die sich aus ihrer Annahme ergaben, schien er sich erst gar nicht abgeben zu wollen.

»Was auch immer auf der anderen Seite ist«, entschied er stattdessen, »dort müssen wir hin.«

Sie widersprach nicht, auch wenn ihr die Vorstellung, die abgrundtiefe Kluft zu überqueren, nicht besonders angenehm war. »Wie willst du …«

»Das werden wir sehen, wenn wir da sind«, entgegnete Aldur knapp. »Lass uns gehen.«

Nun musste Alannah doch ein wenig lächeln. »In mancher Hinsicht«, bemerkte sie, »bist du Granock ähnlich geworden.«

»Findest du?«

Sie nickte. »Das gefällt mir«

»So?« Sein Blick war unmöglich zu deuten. »Ich hoffe, das ist nicht das Einzige, was dir an mir gefällt.«

Damit wandte er sich ab und huschte davon – während sie sich erschrocken fragte, wie viel Wahrheit in seinen rasch dahingesagten Worten stecken mochte.

Nur mit Mühe konnte Rurak den Blick von dem wenden, was die Kristallkugel ihm zeigte. Wer hätte gedacht, dass er den Menschen Granock, der damals wider seinen Willen nach Shakara gekommen und in den Orden der Zauberer aufgenommen worden war, schon so bald wiedersehen würde?

Bei der Aufdeckung der Verschwörung und den Vorgängen, die vor zwei Jahren um ein Haar zur endgültigen Vernichtung Margoks geführt hätten, hatte Granock als Zögling Farawyns eine maßgebliche Rolle gespielt, und es war abzusehen gewesen, dass sie einander erneut begegnen würden. Schon deshalb, weil sich der abtrünnige Zauberer für alles, was ihm angetan worden war, zu rächen gedachte.

Es war ihm ein Vergnügen gewesen, den verhassten Menschen in seiner Kerkerzelle sitzen zu sehen und darauf zu warten, dass die Folterknechte Nurmorods sich seiner annahmen. Bedauerlicherweise zeigte die Kugel nicht, was in den Köpfen der abgebildeten Personen vor sich ging. Bedauerte Granock, was er getan hatte? Bereute er, jemals nach Shakara gekommen und sich dem anmaßenden Wunsch verschrieben zu haben, ein Zauberer zu werden? Verfluchte er seinen Mentor Farawyn inzwischen bereits dafür, dass er ihn auf diese Mission entsandt hatte?

Ein Grinsen huschte über Ruraks ausgemergelte Züge. Farawyn, dieser alte Fuchs ...

Von seinem Informanten in Shakara wurde der Abtrünnige sehr genau über die Geschehnisse im Hohen Rat auf dem Laufenden gehalten. Doch das höchste Gremium des Ordens war nicht über Granocks Entsendung in Kenntnis gesetzt worden, was nur bedeuten konnte, dass Farawyn einmal mehr auf eigene Faust gehandelt hatte.

Fast bewunderte Rurak seinen Erzfeind dafür. Farawyn war ein Diener des Lichts, geradezu lächerlich in seiner Rechtschaffenheit; dennoch hatte er etwas an sich, für das selbst Rurak ihm Anerkennung zollen musste, nämlich einen unbeirrbaren Zug zur Macht, der im Zweifelsfall auch nicht davor haltmachte, die Gesetze des Ordens wenn schon nicht zu brechen, so doch zu umgehen. Im Grunde, kam Rurak nicht umhin zu denken, waren Farawyn und er zwei Seiten derselben Münze: Beide waren sie wild entschlossen, mit allen Mitteln zu kämpfen und ihrer Sache zum Sieg zu verhelfen. Nur dass sie auf unterschiedlichen Seiten des Krieges standen, dessen endgültiger Beginn nur noch eine Frage von Tagen war …

Fahles Tageslicht drang plötzlich herein, als der Eingang des Zeltes zurückgeschlagen wurde.

»Zauberer?«

Mit einem unwilligen Knurren wandte sich Rurak um. Er hasste es, in seinen Überlegungen gestört zu werden.

»Ja?«

Es war Borgas. Der feiste Ork stand im Eingang, in voller Kampfmontur, die von einem rostigen Kettenhemd über stachelbewehrte Arm- und Beinschienen bis hin zu einem breiten Ledergürtel reichte, an dem nicht nur ein Totschläger und mehrere Dolche baumelten, sondern auch das herrenlose Kopfhaar einiger besiegter Gegner. Auf dem hässlichen Schädel des Unholds saß ein unförmiger Helm, der mehrfach ausgebeult und an einigen Stellen geflickt war. Der Wangenschutz war auf beiden Seiten hochgeklappt, sodass es aussah, als stünden seitlich kleine Flügel vom Haupt des Häuptlings ab.

»Das Heer ist zum Abmarsch bereit«, meldete Borgas beflissen.

Angesichts des widerwärtigen Geruchs, der zum offenen Eingang hereinwehte, verzog Rurak das Gesicht. Er hatte schon viel über den Gestank gehört, der über einem Feldlager der Orks zu liegen pflegte, von der unbeschreiblichen Mischung aus Urin, Körpergasen, Exkrementen und fauligem Fleisch, die sich jedem, der sie einmal gerochen hatte, unauslöschlich in die Nasenschleimhäute einbrannte, einem Unhold jedoch zu höchstem Behagen verhalf. Sie allerdings tatsächlich ertragen zu müssen, zusammen mit der Gesellschaft von zweitausend Orks, die nur darauf warteten, ihre *saparak'hai* in die Körper besiegter Feinde zu stoßen und in deren Blut zu waten, übertraf alle Vorstellungen.

Im Hintergrund waren die Kriegstrommeln zu hören, die schon die ganze Nacht über geschlagen worden waren. Ein metallisches Klirren gesellte sich dazu, als die Krieger mit den geballten Fäusten auf die Schilde droschen – das Signal, dass sie bereit waren, in die Schlacht zu ziehen.

»Gut so.« Rurak nickte zufrieden. »Lass mein Pferd satteln. Ich werde die Hauptstreitmacht anführen.«

»Du?«, fragte der Häuptling, dem diese Vorstellung nicht zu gefallen schien.

»Hast du etwas dagegen?«

»*Korr*«, knurrte der Ork. »Ich frage mich, wie ich unter den *faihok'hai* der anderen Stämme Anerkennung finden soll, wenn ich nicht an ihrer Spitze in die Schlacht ziehe.«

Rurak schnaubte abwertend. »Es steht dir frei, dich zusammen mit deinen grünhäutigen Raufbolden in den Kampf zu stürzen, Borgas«, beschied er ihm, »solange du nicht vergisst, wer dein Herr und Meister ist.«

»*Douk*«, wiederholte der Unhold und schüttelte das klobige Haupt, »das werde ich nicht.«

»Sieh dich vor, Borgas – schon manchem, der mit lautem Gebrüll in die Schlacht gezogen ist, wurde allzu bald das Maul gestopft. Und jetzt lass uns aufbrechen.«

»Wohin?«, wollte der Häuptling wissen.

»Zum Mahnmal der Niederlage«, entgegnete der Zauberer rätselhaft. »Dort werden wir die Geschichte ändern und unseren großen Sieg erringen.«

10. DARGANFAITHIAN

»Brån! Brån!«

Man brauchte die Sprache der Zwerge nicht zu kennen, um zu verstehen, dass das eine Wort, das sie wieder und wieder riefen, während sie aufgeregt durcheinanderrannten, »Feuer« bedeutete.

Mithilfe seiner Gabe hatte Aldur einen abgestorbenen Baum in Flammen gesetzt – die Folge war Chaos, das unter den Zwergen und ihrem riesigen Nutztier ausbrach. Das *ilfantodon*, das soeben dabei gewesen war, die etwa mannsgroßen, weißlichen Gebilde in die Lastengondel zu verladen, die erneut diesseits des Abgrunds angekommen war, verfiel beim Anblick des Feuers in helle Panik und wich entsetzt zurück. Die aufgeregt schreienden Treiber versuchten, dem Tier mit ihren Stangen Einhalt zu gebieten, aber die Versuche muteten geradezu lächerlich an angesichts der schieren Masse der Kreatur.

Mit der Wucht von Steinschlägen stampften die Beine des *ilfantodon* umher und erfassten tatsächlich einen seiner kleinwüchsigen Herren. Der Zwerg begriff vermutlich nie, was ihm widerfuhr – das Gewicht des Riesen zerquetschte ihn im Bruchteil eines Augenblicks. Von Panik und Furcht getrieben, fuhr das Tier herum und rannte den Pfad hinab, zurück in den Wald, den schreienden Reiter im Genick. Die übrigen Zwerge rannten der entfesselten Kreatur in heller Aufregung hinterher. Dazu, sich zu fragen, woher das Feuer so plötzlich gekommen sein mochte, kamen sie zum Glück nicht. Im nächsten Moment waren sie verschwunden.

»Nicht schlecht«, lobte Aldur sich selbst. »Das war einfacher, als ich dachte.«

Auf sein Zeichen hin huschten sie aus ihrem Versteck und legten die kurze Entfernung zur Lastengondel zurück, die mit zweien der weißlichen Gebilde beladen war. Von einem tief hängenden Ast baumelte an einem Strick das Horn herab, dessen Klang sie vorhin gehört hatten – Aldur nahm an, dass es sich um das Signal zum Hinüberziehen der Fracht handelte.

Kurzerhand stieß er hinein und entlockte dem primitiven Instrument einen schaurigen Ton, der sich im unergründlichen Nebel verlor. Dann sprang er mit Alannah auf die Plattform, und sie kauerten sich hinter die nur etwa kniehohe Bordwand.

Sie brauchten nicht lange zu warten.

Schon wenige Augenblicke später setzte sich das Gefährt in Bewegung, verließ die Andockstelle und schwebte hinaus in die drohende Leere. Nicht nur die mehrfach geflochtenen, armdicken Seile knarrten dabei, sondern auch das Holz der Gondel. Alannah versuchte, nicht daran zu denken, was geschehen würde, wenn das eine oder das andere nachgab. Vor der bodenlosen Tiefe vermochte weder Aldurs Feuer noch ihr Eis sie zu schützen.

Zug um Zug ging es voran.

Auf der anderen Seite der Schlucht musste eine Winde sein, die mit großer Kraft angetrieben wurde und die sie Stück für Stück über den Abgrund brachte.

Was, so fragte sich Alannah, würde sie dort erwarten?

Und wenn es nun doch das sagenumwobene Weltenende war, auf das Aldur und sie in den Tiefen des unbekannten Kontinents gestoßen waren? Der messerscharfe Verstand der Elfin wischte die übersteigerten Ängste rasch beiseite. Aber schon die Tatsache, dass sie sich diese Frage stellte, machte ihr klar, an was für einem Ort sie sich befanden.

»Fühlst du es auch?«, flüsterte sie Aldur zu.

»Ja«, entgegnete dieser. »Dunkelheit und Furcht – genau wie an der Tempelruine.« Er wandte sich den beiden unförmigen Gebilden zu, die in der Gondel lagen. »Wenn ich nur wüsste, was das ist. Die Oberfläche ist weich, scheint aber sehr widerstandsfähig zu sein.«

Mit einem Blick in den Nebel vergewisserte sich Alannah, dass ihr Ziel noch nicht zu sehen war. Dann nahm auch sie die rätselhaften Formen in Augenschein. »Es sieht aus wie ein Gespinst aus unzähligen dünnen Fäden«, stellte sie fest. »Fast wie der Kokon einer Raupe oder …«

Sie verstummte und wechselte einen Blick mit Aldur. Beide hatten denselben schrecklichen Verdacht.

Aldur verlor keine Zeit. Kurzerhand zückte er seine Klinge und schnitt das Gewebe auf. Zu beider Entsetzen kam die Hand eines Menschen zum Vorschein.

Und sie bewegte sich!

Panisch schlug sie um sich, dabei traf sie Aldur und stieß ihn zurück. Ein ganzer Arm erschien, dann ein zweiter, und schließlich der kahle Schädel eines jungen Mannes.

Es war ein *gyta* – ein Wildmensch.

Dem entsetzten Ausdruck in seinen dunklen Gesichtszügen war zu entnehmen, dass er keine rechte Vorstellung davon hatte, was mit ihm geschehen war. Ein paar Worte seiner fremden Sprache kamen ihm über die Lippen, dabei zuckten seine Blicke hilflos zwischen Alannah und Aldur hin und her. Die Elfen schauten sich ihrerseits an, zu erschrocken, um etwas zu unternehmen.

Dann überstürzten sich die Ereignisse.

In einem Ausbruch von roher Kraft befreite sich der Mensch vollends aus seinem engen Gefängnis. Dabei brachte er die Gondel bedenklich ins Wanken.

»Nicht!«, versuchte Alannah ihn in der Sprache der Menschen zu beruhigen. »Wir sind Freunde … Elfen!«

Der Krieger schien sie nicht zu verstehen. Wütend stieß er den Kokon von sich, dann richtete er sich zu seiner vollen Größe auf. Seine Gestalt war sehnig und muskulös, das einzige Kleidungsstück bestand aus einem Lendenschurz.

»Freunde«, wiederholte Alannah und hob beschwichtigend die Hände, und für einen Moment glaubte sie etwas wie Verständnis in den Zügen des Wilden aufflackern zu sehen – als er von einem unsichtbaren Hieb getroffen wurde.

Benommen taumelte der Krieger zur Seite, stieß gegen die niedere Bordwand und kippte darüber hinweg. Mit einem dumpfen Aufschrei, den der Nebel noch zusätzlich dämpfte, verschwand er in der bodenlosen Tiefe.

Alannah wusste sofort, was dem Menschen widerfahren war – ein *tarthan.*

Ein Gedankenstoß ...

»Warum hast du das getan?«, erkundigte sie sich entsetzt bei Aldur, der den leeren Kokon packte und ihn ebenfalls über Bord warf. »Der *gyta* hatte uns nichts getan!«

»Nein«, gab Aldur ungerührt zu, »aber er hätte uns verraten. Es war die einzige Möglichkeit.«

Die Elfin starrte ihren Gefährten noch immer an. Sie wusste, dass er recht hatte, aber die Kaltblütigkeit seines Handelns hatte sie dennoch erschreckt. Zumal sie wie schon zuvor bei dem *nev'ra* den Eindruck gehabt hatte, dass ...

»Sieh«, raunte Aldur ihr plötzlich zu und deutete geradeaus.

Alannah wandte sich um und hielt den Atem an. Denn wie ein Traum, aus dem man langsam erwacht, schälte sich die gegenüberliegende Seite aus dem Nebel.

Zunächst war es nicht mehr als eine Ahnung. Der Dunst schien plötzlich dichter zu werden, aber dann wurde klar, dass die dunkle Wand, die dräuend vor ihnen aufragte, nicht aus feuchter Luft, sondern aus massivem Fels bestand. Senkrecht erhob sie sich und nahm ihr gesamtes Blickfeld ein – ganz offenbar befanden sie sich am Fuß eines gewaltigen Gebirges. Was für eine Naturgewalt das Land einst gespalten und die tiefe Kluft geschaffen haben mochte, wusste Alannah nicht zu sagen – vielleicht dieselbe, die vor Unzeiten das Land Anwar geteilt hatte und den *dwaímaras* hatte entstehen lassen.

Je näher die Gondel der gegenüberliegenden Seite kam, desto mehr Einzelheiten traten hervor. Alannah sah den nackten grauen Fels, der von Rissen und Spalten zerfurcht war. Vegetation schien auf dieser Seite der Kluft nicht zu gedeihen, dafür gab es eine dunkle Öffnung, die wie ein drohendes Maul inmitten der Felswand klaffte und in der das Zugseil verschwand.

Das Ziel ihrer Reise …

»Bei Parthalons Erben«, hauchte Aldur atemlos. »Was für ein Ort ist das nur?«

»Einer, von dem die Welt nichts ahnt«, entgegnete Alannah beklommen, während sie sich der Öffnung unaufhaltsam näherten. Was immer sich jenseits davon verbarg, hatte über einen langen Zeitraum hinweg im Verborgenen gelebt, abgeschirmt von einer Lüge, im Schatten der Geschichte.

Sie hatten die Felswand fast erreicht, als sie erkannten, dass es tatsächlich ein Maul war, das sie verschlang – die Kiefer eines Drachen, die aus dem Gestein gehauen worden waren, einschließlich riesiger, gefährlich aussehender Zähne. Darüber lagen zwei dunkle leere Augenhöhlen. Unwillkürlich fühlte sich Aldur an einen Ort erinnert, den er erst vor Kurzem besucht hatte …

Dunkelheit stülpte sich über sie, als das Drachenmaul die Gondel verschlang. Der Nebel fiel zurück, von einem Augenblick zum anderen sahen sich die Elfen von schummrigem Halbdunkel umgeben. Die Öffnung im Fels entpuppte sich als Tunnel, der in eine geräumige, von Fackelschein beleuchtete Höhle führte.

Dutzende von Zwergen, die ähnlich gekleidet und beschaffen waren wie jene im Wald, wimmelten geschäftig umher. Mithilfe von Seilzügen, die an schwenkbaren Auslegern von der Decke hingen, luden sie die Kokons, die von der anderen Seite der Schlucht angeliefert wurden, auf großrädrige Karren um, die von Bergtrollen gezogen wurden.

Alannah hatte noch nicht viele Trolle in ihrem Leben gesehen, aber doch genug, um zu wissen, dass diese hier besonders große und hässliche Exemplare waren. Mit einem Zuggeschirr und Scheuklappen versehen und von den Peitschenhieben ihrer kleinwüchsigen Herren angetrieben, zogen die Unholde die Karren in Stollen, die von der Höhle abzweigten und in tiefer gelegene Bereiche der Anlage zu führen schienen.

Inmitten der Höhle, deren Durchmesser gut an die einhundert Schritte betragen mochte, war ein metallenes Gerüst errichtet worden, das bis knapp unter die Decke reichte und in dem sich die riesige Rolle drehte, über die das Zugseil lief. Angetrieben wurde sie über eine Welle, an deren anderem Ende ein halbes Dutzend Trolle zum dumpfen Klang einer Trommel eine Winde betätigte.

»Zeit auszusteigen«, raunte Aldur seiner Begleiterin zu – wenn sie in der Gondel blieben, bis sie das Gerüst erreichten, würden sie fraglos entdeckt werden. Noch hatten sie den Tunnel nicht ganz passiert, noch konnten sie sich mit einem Sprung in Sicherheit bringen.

Vorausgesetzt, sie wurden nicht dabei gesehen.

Aldur machte den Anfang.

In seinen Kapuzenumhang gehüllt, dessen Grau mit dem umgebenden Gestein zu verschmelzen schien, setzte er aus der Gondel und erklomm einen Vorsprung. Alannah spähte verstohlen nach den Zwergen, aber es blieb keine Zeit, um sich zu vergewissern, dass keiner von ihnen in ihre Richtung schaute. Sie sprang einfach, hoffend, dass die kleinwüchsigen Bergbewohner zu beschäftigt waren, um sich um etwas anderes zu kümmern – und sie hatte Glück.

Hart landete sie auf dem schroffen Fels und klammerte sich daran ein, bis Aldurs Rechte sich ihr helfend entgegenstreckte. Dankbar griff sie danach, und er zog sie zu sich hinauf auf den Vorsprung, der gerade groß genug war, um ihnen beiden Platz zu bieten. Von hier aus hatten sie einen guten Ausblick, ohne von unten gleich gesehen zu werden.

Die Gondel erreichte das Gerüst, und der verbliebene Kokon wurde abgeladen, wobei es einige Unruhe gab – offenbar ereiferten sich einige der Zwerge über die Platzverschwendung. Mithilfe einer Zugvorrichtung wurde der Kokon, in dem sich vermutlich ein gefangener Mensch befand, auf einen der Karren verladen. Die Peitsche knallte, und mit einem Knurren, das Alannah eisige Schauer über den Rücken jagte, setzte sich der Troll in Bewegung. »Wohin bringen sie ihn?«, raunte sie Aldur zu. »Was haben sie mit den Gefangenen vor?«

Der Elf schüttelte den Kopf – er konnte es sich nicht denken. Atemlos sahen sie zu, wie der Wagen in einem der Stollen verschwand. Die übrigen Trolle betätigten unterdessen wieder die Winde. Die Gondel umrundete die Entladestation und verschwand auf demselben Weg, auf dem sie hereingekommen war – und mit ihr jede Gelegenheit, von diesem Ort zu entkommen.

»Komm schon«, sprach Aldur nicht nur Alannah, sondern auch sich selbst Mut zu. »Wir sind hergekommen, um herauszufinden, was hier vor sich geht, oder nicht?«

Sie nickte ihm zu, und er huschte erneut voraus. Dabei hielt er sich vom Fackelschein abgewandt und nutzte einmal mehr den grauen Umhang als Tarnung. Alannah folgte ihm; natürlich hätten sie wiederum ein Ablenkungsmanöver starten können, aber damit hätten sie die Zwerge in helle Aufregung versetzt, und das wollten sie nicht – das Überraschungsmoment sollte auf ihrer Seite bleiben. Die Elfin hätte einiges darum gegeben, Granock bei sich zu haben. Er war der eigentliche Spezialist, wenn es darum ging, Wachen auszuschalten oder ungesehen an einem Posten vorbeizukommen – dass ausgerechnet er verschwunden war, gehörte zu den vielen Widrigkeiten, mit denen sie auf dieser Expedition zu kämpfen hatten.

Lautlos glitten sie an der Felswand hinab, an deren Fuß sie reglos verharrten. Die Fackeln, die in metallenen Leuchtern steckten, reichten nicht aus, um die ganze Höhle zu erhellen; lediglich die Mitte mit der Entladestation war hinreichend beleuchtet. Im Schutz des Halbdunkels, das entlang der Wände herrschte, huschten Aldur und Alannah auf den Stollen zu, in dem das Fuhrwerk verschwunden war. Dabei blieben sie in gebückter Haltung und hielten ihre Gesichter abgewandt, damit sie den Fackelschein nicht reflektierten und sie so verrieten. Die Rucksäcke waren beim Laufen hinderlich, ebenso wie die Kettenhemden, die sie noch immer trugen und die nur deshalb nicht beim Laufen klirrten, weil sie aus Elfensilber gefertigt waren. Sie abzulegen hätte allerdings bedeutet, Spuren zu hinterlassen.

Aldur erreichte den Stollen zuerst. Rasch schlüpfte er hinein und wartete, bis seine Gefährtin zu ihm aufgeschlossen hatte. Mit der Lautlosigkeit einer Raubkatze setzte Alannah ihm nach und bog ebenfalls in den Felsengang ein, der an die sechs Schritte breit und mindestens ebenso hoch sein mochte – und in dem es erbärmlich nach Trolldung roch.

»Bah«, machte Aldur und verzog missbilligend das Gesicht. »Es grenzt an Zauberei, dass sie noch nicht an ihrem eigenen Gestank erstickt sind.«

Er bedeutete Alannah, sich eng im Schutz der Felswand zu halten, dann drangen sie weiter ins Innere des Berges vor, aus dem ihnen schaurige Geräusche entgegendrangen.

Heisere Schreie.

Grässliches Gebrüll.

Metallisches Dröhnen.

»Majestät! Majestät!«

Das quälende Organ, das immerzu nach ihm rief, riss Elidor aus dem Schlaf. Noch einmal wälzte sich der König des Elfenreichs auf den seidenen Kissen seines Lagers herum in der Hoffnung, dass die Stimme verstummen und ihn in Ruhe lassen würde, aber das war nicht der Fall.

»Majestät«, plärrte sie unnachgiebig weiter. »Ich flehe Euch an, erwacht endlich …«

Elidor blinzelte.

Soweit er feststellen konnte, war es finstere Nacht. Wieso, bei der Krone seiner Väter, störte man ihn in seiner Ruhe? Konnte er nicht einmal in seinen Privatgemächern ungestört sein?

Seine Gedanken stockten, als er die Augen vollends öffnete und Fürst Narwan am Fußende der königlichen Schlafstatt bemerkte. In der Hand hielt der Berater eine Laterne, die er auf Gesichtshöhe hielt, sodass sie seine von Schrecken gezeichneten Züge beleuchtete.

»Narwan …?«

Elidor richtete sich im Bett auf und rieb sich den Schlaf aus den Augen. Dem Stand des Mondes nach, der durch das hohe Fenster des Schlafgemachs zu sehen war, war die zweite Nachthälfte bereits angebrochen. »Was tut Ihr hier? Wo sind meine Diener?«

»Keiner von ihnen hat gewagt, Eure Ruhe zu stören, Hoheit. Sie sagten, Ihr hättet angeordnet, dass Ihr in keinem Fall geweckt werden wollt.«

Elidor nickte. Aufrecht im Bett sitzend, straffte er seinen nackten Oberkörper. »Und das entspricht den Tatsachen«, bekräftigte er. »Welcher Grund also ist gut genug, sich meinen Anordnungen zu wider...«

»Niederlage!«, ächzte Narwan nur. »Eine vernichtende, schreckliche Niederlage!«

Elidor war schlagartig hellwach. »Was soll das heißen?«, verlangte er zu wissen. »Hört auf, in Rätseln zu sprechen, Fürst! Werdet gefälligst deutlicher, oder ich ...«

»Die fünfte Legion«, erklärte der Berater mit bebender Stimme und schien dabei Mühe zu haben, nicht in Tränen auszubrechen.

»Was ist mit ihr? So redet endlich!«

»Sie wurde vernichtend geschlagen, Hoheit! Aufgerieben bis auf den letzten Mann. General Arrian ist tot, ebenso seine Offiziere.«

»Was?« Elidor sprang aus dem Bett, sich um seine Nacktheit nicht im Geringsten scherend. »Wann ist das geschehen?«

»Schon vor zwei Tagen.«

»Und warum erfahre ich erst jetzt davon?«

»Weil«, entgegnete Narwan leise, »nicht ein einziger Eurer Krieger überlebt hat. Waldelfen, die zufällig auf Spuren des Kampfes stießen, sind nach Tirgas Lan gekommen, um Euch zu berichten. Sie warten im Thronsaal auf Euch.«

»Vernichtet! Bis auf den letzten Mann«, echote Elidor atemlos – und musste unter Schaudern an den Traum denken, den er gehabt, an die schrecklichen Bilder, die er gesehen hatte. »Wie konnte das nur geschehen? Heißt es nicht, die königliche Legion wäre unbesiegbar?«

»So heißt es«, bestätigte Narwan, der die Tränen nun nicht länger zurückhalten konnte. »Aber die Menschen haben ihnen keine Möglichkeit gegeben. Unbarmherzig haben sie gekämpft und ...« Der Fürst sprach nicht weiter, sondern schlug die Hand vor den Mund.

»Was?«, wollte Elidor wissen.

»Unsere Soldaten wurden abgeschlachtet, die Gefallenen geschändet«, erwiderte der Berater zu seinem Entsetzen. »Was auch immer man jemals an Schlechtem über die Menschen gesagt hat, es entsprach der Wahrheit. Rohe Bestien sind sie, nichts weiter – und allem Anschein nach befinden sie sich auf dem Weg nach Süden.«

»Nach Süden?« Elidor, der zuletzt aufgeregt auf und ab gelaufen war, blieb stehen. »Wollt Ihr damit sagen, die Menschen kämen hierher? Nach Tirgas Lan?«

»Es wäre möglich, Hoheit«, stimmte Narwan zu, der erst jetzt die längliche Ausbeulung unter der seidenen Bettdecke bemerkte sowie den blonden Haarschopf, der hervorlugte. Seiner ausgeprägten Neugier folgend, drehte er die Laterne ein wenig, sodass ihr Schein das ganze Bett erfasste – und gab ein heiseres Stöhnen vor sich, als das Gesicht einer jungen Frau zum Vorschein kam.

Obwohl ihr Haar in schrecklicher Unordnung war und sie ihn flehend anschaute wie jemand, der sich vor Strafe fürchtete, war deutlich zu erkennen, wie wunderschön sie war. Nicht auf aufdringliche Weise, sondern auf eine ruhige und schlichte Art, die Narwan für seinen König als durchaus passend erachtete. Allerdings nur so lange, bis ihm klar wurde, dass er das Mädchen kannte – es war die Aspirantin, die zusammen mit der Zauberin Maeve aus Shakara gekommen war.

»Beim Barte Eoghans!«, rief der Berater erschrocken aus.

»Was habt Ihr?«, fragte Elidor, der die Zeit genutzt hatte, um in seine Tunika zu schlüpfen.

»Nichts«, behauptete der Berater, ließ rasch die Lampe sinken und wandte sich von der königlichen Schlafstatt ab. Die lange Zeit, die er bei Hofe verbracht hatte, hatte ihn gelehrt, dass es bisweilen am klügsten war, sich blind zu stellen.

»Dann ist es ja gut«, sagte Elidor nur. »Und nun lasst nach Fürst Adghal schicken! Ohnehin frage ich mich, weshalb nicht er, sondern Ihr mir diese Nachricht überbracht habt.«

»Das fragen wir uns alle, Hoheit.«

»Was soll das heißen?«

»Ich habe bereits nach ihm schicken lassen«, gestand Narwan.

»Und? Wo bleibt er? Wo ist mein oberster Berater, wenn ich ihn am nötigsten brauche?«

Narwans Blick war unmöglich zu deuten.

»Fürst Ardghal«, antwortete er leise, »ist spurlos verschwunden.«

11. CIMATH DAI ANGAN

Immer wieder passierten sie Quergänge, die den Stollen kreuzten, und da sie nicht wussten, wohin sie sich wenden sollten, folgten sie weiter dem Hauptkorridor.

Bis sie Gesellschaft erhielten.

Das Erste, was Alannah und Aldur hörten, war das metallische Klirren von Rüstungen. Dann stampfende Schritte, und schließlich Stimmen, die sich in einer rohen, grausamen Sprache unterhielten, die nur Alannah verstand.

»Orks«, zischte sie – und sie und Aldur zogen sich rasch in einen Nebengang zurück. Die Flamme, die dort loderte, brachte die Elfin mit eisigem Frost zum Verlöschen.

Im Halbdunkel, eng an die Stollenwand gepresst und darauf vertrauend, dass ihre Umhänge sie den Blicken der Unholde entzogen, warteten Alannah und Aldur ab.

Die Geräusche näherten sich und auch die Stimmen, und im nächsten Moment zogen die Orks nur wenige Schritte von ihnen entfernt vorbei. Es waren zehn, und sie waren bis an die Hauer bewaffnet – ein ganzer Kriegstrupp.

Alannah hielt den Atem an und fasste den Zauberstab fester, bereit, den Unholden eisiges Verderben entgegenzuschicken, falls auch nur einer den hässlichen Schädel zur Seite drehen sollte. Auch Aldur war entschlossen, sich zu verteidigen. Für zwei Eingeweihte, die sich mit Eis und Feuer zur Wehr setzen konnten, stellten zehn Orks kaum eine Bedrohung dar. Aber der Kampf hätte Spuren hinterlassen und ihnen Aufmerksamkeit eingetragen, die sie lieber vermeiden wollten …

Sie hatten Glück.

Ihrer einfältigen Natur gemäß, blickten die Orks weder zur einen Seite noch zur anderen, sondern stampften stur geradeaus, ihrem Anführer hinterher. Aldur und Alannah warteten, bis sie sich ein Stück entfernt hatten, erst dann lösten sie sich aus ihrem Versteck.

»Warum müssen diese Kreaturen nur so stinken?«, fragte Aldur voller Abscheu.

»Mich interessiert eher, seit wann Margoks Kreaturen mit Zwergen paktieren«, meinte Alannah. »Ich dachte immer, Zwerge und Orks wären unversöhnliche Todfeinde.«

»Gewöhnlich ist das auch so, aber mit diesen Zwergen hier stimmt etwas nicht.« Aldur hielt inne, legte den Kopf in den Nacken und lauschte den grässlichen Geräuschen, die durch das Gewölbe hallten. »Mit diesem ganzen Ort stimmt etwas nicht«, fügte er nachdenklich hinzu. »Irgendetwas geht hier vor sich. Etwas Böses …«

»Lass uns weitergehen«, forderte Alannah ihn auf. Von den Orks war weit und breit nichts mehr zu sehen, sie mussten in einen Nebenstollen abgebogen sein.

Zur Verblüffung der beiden Eingeweihten verbreiterte sich der Korridor, je weiter er ins Innere des Berges führte. Sowohl der Boden als auch Decke und Wände waren völlig glatt, was Aldur bekannt vorkam, Alannah jedoch in höchstes Staunen versetzte.

»Wer, bei der Macht der Kristalle, ist in der Lage, so etwas zu bauen?«, fragte sie. »Es ist bekannt, dass die Zwerge in der Steinmetzkunst beschlagen sind, aber das …«

»Sie waren es nicht«, war Aldur überzeugt.

»Nein?«

Der Elf schüttelte den Kopf. »Ich habe so etwas schon einmal gesehen, Alannah. Stollen, die in den Stein geschnitten wurden, als bestünde er aus weicher Butter. Fels, dessen Oberfläche so glatt ist wie das Wachs einer Kerze.«

»Wo?«, wollte sie wissen.

»In Borkavor«, sprach er den Verdacht aus, den er nicht mehr losgeworden war, seit sie den Eingangstunnel passiert hatten. »Als ich mit Farawyn und Granock dort war, um Nachforschungen über Ruraks Flucht anzustellen.«

Alannah sah ihn verblüfft an. »Du … du meinst …?«

»Ich denke, dass diese Anlage einst von Drachen gebaut wurde«, bestätigte er. »Das würde die Beschaffenheit der Stollen erklären. Und es verrät uns auch, weshalb es keine Brücke über die Schlucht gibt …«

»Weil geflügelte Wesen so etwas nicht brauchen«, folgerte Alannah. »Du hast recht. Aber weshalb wissen wir nichts von diesem Ort?«

»Weil seit Anbeginn der Geschichte kein Elf so weit nach Süden vorgedrungen ist«, gab Aldur zurück. »Die Diener der Finsternis hingegen scheinen das Land jenseits der Großen Mauer weitaus besser zu kennen als wir, und ich nehme an, dass sie ihr Wissen vom Dunkelelfen selbst erhalten haben. Margok hat die verbotenen Schriften durchforscht und dort womöglich Kenntnis von Dingen erlangt, die bis an die Anfänge von *amber* zurückreichen, in die Zeit der Drachen.«

»Wusstest du, dass ein Drache das Zeichen Margoks war, als er noch ein Mitglied des Ordens war?«, fragte Alannah gepresst.

»Ja«, bestätigte Aldur, »und ich beginne zu verstehen, warum. Bei Nevian heißt es, die Entdeckung des Dreisterns durch Qoray sei damals völlig überraschend erfolgt, aber das ist ein Irrtum. Qoray ist nicht erst zu Margok geworden, nachdem er die Kristallpforten geöffnet hatte. Er wusste schon sehr viel früher, was er wollte.«

»Du meinst, er hatte seinen Verrat die ganze Zeit über geplant? Sogar schon damals, als er noch ein Novize war?«

»Er wusste, was in ihm steckte, und er war sich bewusst, dass er es nicht würde werden können, ohne vorher den Rat und das Reich zu vernichten«, bestätigte Aldur.

»Das hört sich fast an, als ob …«

»Was?«, hakte der Elf nach.

»Als ob du ihn bewundern würdest«, sagte Alannah so leise, als schäme sie sich dafür.

»Nicht für das, was er getan hat«, erwiderte Aldur, »aber für das, was er gewesen ist. Margok hatte alle Möglichkeiten. Er hat sie nur falsch genutzt, genau wie Riwanon.«

»Sieh dich vor«, riet Alannah ihrem Geliebten, »dass das Andenken an deine Meisterin deinen Blick für die Wahrheit nicht trübt. Der Dunkelelf war ein Scheusal, das Tausende unschuldiger Kreaturen in den Tod getrieben hat. Ich glaube nicht, dass er jemals die Wahl hatte.«

»Was verstehst du schon davon?« Er fuhr sie so scharf an, dass sie zurückschreckte, und er schickte eine knappe Entschuldigung hinterher.

»Was ist nur in dich gefahren?«, wollte sie wissen.

»Ich weiß nicht.« Aldur schüttelte den Kopf. »Wahrscheinlich ist es dieser Ort. Schon vor zwei Jahren sind wir im Dschungel auf ein Bauwerk gestoßen, von dem diese Träumer im Rat nicht die geringste Ahnung hatten – nun ist es gleich eine ganze Festung! Wären sie nicht so verdammt träge und würden sie ihre Augen nicht fortwährend verschließen, hätte uns das alles erspart bleiben können! Vermutlich existiert dieser Stützpunkt schon seit der Zeit des Großen Krieges, nur wurde er nie entdeckt. Ist es da ein Wunder, wenn aus allen Winkeln und Ritzen Diener des Dunkelelfen kriechen?«

»Erdwelt ist groß«, gab Alannah zu bedenken. »Der Rat kann nicht überall sein, und auch der König nicht. Man hat immer vermutet, dass es noch Schlupfwinkel des Feindes gibt, aber ...« Sie verstummte und blieb stehen, schien sich innerlich zu verkrampfen. Ihr Gesicht nahm einen fremden, entrückten Ausdruck an.

»Was hast du?«

Alannah zuckte zusammen, als erwache sie aus tiefer Trance. Verblüfft sah sie ihn an. »Ich konnte gerade etwas fühlen«, hauchte sie atemlos. »Eine Empfindung, so stark wie ein Sinneseindruck.«

»Und?«, wollte Aldur wissen.

Alannah brauchte einen Moment, um sich über die Bedeutung ihrer Gefühle klar zu werden. »Granock«, sagte sie dann.

»Was ist mit ihm?«

»Er ist hier. In dieser Festung.«

»Was? Bist du sicher?«

Sie nickte.

»Aber wie …?«

»Ich habe es gefühlt. Tief in meinem Innern.«

»So etwas ist unter Zauberern möglich«, meinte Aldur. »Voraussetzung dafür ist allerdings eine tiefe innere Verbundenheit.«

»Er ist hier«, wiederholte Alannah mit einer Überzeugung, die auch die letzten Zweifel ausräumte.

Aldur schaute sie prüfend an, sein Zögern währte nur einen kurzen Augenblick. »Dann werden wir ihn suchen und befreien«, entschied er.

Solange er es vermochte, hatte Granock Widerstand geleistet.

Er hatte sich gegen den Fluss der Zeit gestemmt, sich mit aller Kraft dagegen gewehrt, die Unholde aus dem Bann zu entlassen – aber irgendwann war die Erschöpfung stärker gewesen, und der Damm war gebrochen.

Die beiden Orks, denen nicht klar gewesen war, dass sie unter der Wirkung eines Zaubers gestanden hatten, waren in seine Zelle gestürmt. Zunächst hatte er sie noch mit Gedankenstößen abwehren können, dann hatten sie sich auf ihn gestürzt, ihn mit grober Gewalt gepackt und nach draußen geschleift, wo Dolkon bereits gewartet hatte, mit einer blutenden Wunde am Schädel, aber einem breiten Grinsen im hässlichen Gesicht.

Durch wie viele Stollen und Korridore sie ihn gezerrt hatten, wusste Granock schon kurz darauf nicht mehr zu sagen; irgendwann erreichten sie ein Gewölbe, das von Fackelschein und einer mit glühenden Kohlen gefüllten Esse beleuchtet wurde, in der mehrere Eisen steckten; der glutrote Schein beleuchtete Folterbänke und rostige Käfige, die von der Decke baumelten und in denen sich die traurigen Überreste derer befanden, die vor Granock Dolkons Gastfreundschaft genossen hatten. An den Wänden waren Ketten angebracht, in denen halbnackte, ausgemergelte Gestalten mit blicklosen Augen darauf warteten, dass ein gnädiger Tod sie von ihrem irdischen Dasein erlöste. Welcher Rasse sie angehörten, war nicht mehr zu erkennen – die Behandlung, die der sadistische Zwerg ihnen hatte zukommen lassen, hatte sie in gestaltlose Schatten verwandelt.

Sie schnallten Granock auf eine der Folterbänke, und Dolkon, der darauf zu brennen schien, die Beule an seinem Hinterkopf zu rächen, verlor keine Zeit.

»Wohlan denn«, feixte er, »wollen wir also beginnen! Um dich für deinen Ungehorsam zu bestrafen, werde ich dir zuerst ein paar Knochen brechen lassen. Danach werde ich dich mit einem glühenden Eisen bekannt machen. Vielleicht steche ich dir damit auch ein Auge aus, aber das werden wir sehen, wenn es so weit ist. Womöglich hast du dich bis dahin ja bereits entschieden zu plaudern.«

Granocks Antwort fiel stumm aus – er sammelte allen Speichel, den er aufbringen konnte, und spuckte ihn dem Zwerg kurzerhand vor die Füße. Als Quittung dafür senkte sich die geballte Faust eines Orks mit derartiger Wut in seine Magengrube, dass er das Gefühl hatte, sein Rückgrat würde brechen.

»Das nächste Mal würde ich mir eine solche Unverschämtheit an deiner Stelle gut überlegen«, beschied ihm Dolkon grinsend und sagte ein paar Worte auf Orkisch. Die Folge war ein weiterer Hieb, der mit der Wucht eines Schmiedehammers in Granocks Eingeweide fuhr, sodass er sich augenblicklich übergeben musste. Das wenige, das er vor seiner Gefangennahme zu sich genommen hatte, stürzte aus seinem Rachen, aber da er an Armen und Beinen festgeschnallt war und den Kopf nicht vollständig drehen konnte, verblieb das Erbrochene in seinem Mund. Er würgte und spuckte, bis er sich endlich davon befreit hatte, sehr zur Erheiterung der Unholde und ihres kleinwüchsigen Herrn.

»Gut«, lobte Dolkon. »Ich sehe, du hast die Regeln des Spiels verstanden. Also fangen wir an: Wer ist dein Auftraggeber?«

»Du kannst mich mal«, stieß Granock zwischen zusammengebissenen Zähnen hervor. Es war nicht sehr phantasievoll und eines Zauberers wohl auch nicht würdig, aber es war das Beste, was ihm einfiel.

»Wir wissen, dass du aus Shakara gekommen bist. Aber wer genau hat dich geschickt? Und aus welchem Grund?«

Granock blieb die Antwort auch weiterhin schuldig. Stattdessen schloss er die Augen, versuchte seinen Atem, der wild und stoßweise ging, wieder unter Kontrolle zu bringen und den inneren Fokus zu finden …

… als sein linker Arm zu explodieren schien.

Granock konnte nicht anders, als lauthals zu schreien. Er riss die Augen auf und sah den grinsenden Unhold, der mit einer Eisenstange auf seinen linken Unterarm gedroschen hatte. Schon holte der Ork aus, um ein zweites Mal zuzuschlagen.

»Nein!«, hörte Granock sich selbst schreien – aber es war zu spät.

Mit erschütternder Gleichgültigkeit fiel die Stange ein zweites Mal herab, traf genau dieselbe Stelle – und diesmal gab der Knochen nach.

Granock konnte es knacken hören. Tränen schossen ihm in die Augen. Der Schmerz, der vom Arm aus in seinen Kopf und von dort bis in die Zehenspitzen schoss, war so überwältigend, dass er glaubte, die Besinnung zu verlieren, aber zu seiner eigenen Enttäuschung blieb er bei Bewusstsein. Mit vor Entsetzen weit aufgerissenen Augen starrte er auf das malträtierte Körperglied, das sich grotesk verformt hatte. Erst als ihm die Luft ausging, wurde ihm klar, dass er die ganze Zeit über wie von Sinnen geschrien hatte. Er verstummte jäh und rang nach Luft, sein Herz raste wie ein wilder Keiler. Seine Blicke flogen zwischen seinen Peinigern hin und her, so als hätte er Mühe zu begreifen, dass sie ihm dies angetan hatten.

»Nun?«, höhnte Dolkon. »Bist du auf den Geschmack gekommen?«

Granock biss die Zähne zusammen. Zu seinem Schmerz und seiner Furcht gesellte sich ohnmächtige Wut. Eine erneute Welle von Übelkeit befiel ihn, aber da sich sein Magen bereits entleert hatte, wurde er nur von Würgekrämpfen geschüttelt.

»Nicht schön, oder?«, fragte Dolkon mitleidlos. »Du kannst dir das ersparen, wenn du mir ein paar einfache Fragen beantwortest: Wer ist dein Auftraggeber? Und was sind seine Pläne?«

Granock kniff die Augen zusammen. Zu Beginn hatte sein Trotz ausgereicht, um dem Zwerg die Antworten zu verweigern, inzwischen war dazu einige Willensanstrengung nötig. Und Granock begann zu ahnen, dass mit Fortschreiten der Folter auch bloßer Wille allein nicht mehr genügen würde.

Geschwächt und aufgewühlt, wie er war, suchte er nach seinem inneren Ruhepol, aber er fand ihn nicht. Das Gleichgewicht zu wahren, so hatte Farawyn ihm immer wieder eingeschärft, war das Wichtigste für einen Zauberer. Aber was, fragte sich Granock panisch, wenn man das beschissene Ding einfach nicht mehr fand?

Er wartete darauf, dass auch sein anderer Arm in einer Eruption von Schmerz zerbersten würde, ebenso wie seine Beine. Aber Dolkon schien seine Pläne geändert zu haben. Vermutlich gehörte es zu seiner Taktik, sein Opfer stets im Unklaren darüber zu lassen, was als Nächstes geschah, und sie verfehlte ihre Wirkung nicht.

»Verdammt«, würgte Granock, »was hast du mit mir vor?«

»Das will ich dir verraten«, erwiderte der Zwerg, der an die Esse getreten war und nach dem geeigneten Brandeisen suchte. Die Glut beleuchtete sein grinsendes Gesicht und ließ es vollends zur Fratze werden. »Ich werde dich auseinandernehmen, Junge, Stück für Stück, und ich werde das so langsam tun, dass dir genügend Zeit bleibt, um dir zu überlegen, ob es sich wirklich lohnt, deinen elfischen Herren die Treue zu halten. Schließlich«, fügte er feixend hinzu, »bist du nur ein Mensch, nicht wahr?«

Endlich schien er das richtige Eisen gefunden zu haben. Entschlossen zog er das Folterinstrument seiner Wahl heraus – es war wie eine Gabel geformt und hatte mehrere Zinken, die alle orangerot glommen. Drohend kam er damit auf Granock zu.

»Gibt es ein Mädchen, das auf deine Rückkehr wartet?«, erkundigte er sich dabei.

»Wieso … interessiert dich das?«

»Weil ich mich gerade frage, wie sie es finden würde, wenn ich dieses hübsche Werkzeug in deine Visage drücke. Damit würdest du fast aussehen wie ich.«

»Was ist dir widerfahren, Dolkon?«, wollte Granock zähneknirschend wissen. Nicht, dass es ihn wirklich gekümmert hätte, aber es schien ihm der einzige Weg, um Zeit zu gewinnen. Zeit, die er brauchte, um sich zu erholen.

Zeit, Granock! Gewinne Zeit …

»Jemand hat mich ähnlich zuvorkommend behandelt wie dich«, beschied der Zwerg ihm grinsend, »und hat mir glühende Kohlen ins Gesicht geschüttet.«

»Wer? Die Unholde?«

Dolkon ließ sein krächzendes Gelächter vernehmen. »Weit gefehlt. Es war meinesgleichen.«

»Was hast du getan? Jemanden ermordet?« Granock versuchte ein Grinsen, was ihm nicht recht gelang.

Dolkon lachte auf. »Wenn es nur das gewesen wäre.«

Granock durchforschte das wenige Wissen, das er über Zwerge besaß. Welches Verbrechen konnte bei ihnen noch schlimmer geahndet werden als Mord? Plötzlich dämmerte ihm die Antwort.

»Du bist ein Ausgestoßener«, presste er hervor. »Deine Gilde hat dich ausgeschlossen.«

»Verraten wäre das passendere Wort«, berichtigte Dolkon.

»Was ist … passiert? Bist du deshalb zu einem solchen … Scheusal geworden?«

Der Zwerg grinste nur. »Jeder tut, was er am besten kann. Diesen einfachen Grundsatz haben meine Brüder nie verstanden.«

»Und was genau … war es, das du am besten konntest? Anderen Kreaturen … Schmerz zufügen?«

»Nein.« Dolkon lachte auf. »Es mag dich überraschen, aber es hat eine Zeit gegeben, da ich einer anderen Tätigkeit nachgegangen bin.«

»Du hast verbotenen Künsten gefrönt«, mutmaßte Granock. »Deshalb haben sie dich verstoßen, nicht wahr?«

»Nach Gewinn zu streben und Geschäfte zu machen, verstößt nicht gegen das Gesetz der Gilde.«

»Nein – aber sie mit den Anhängern Margoks abzuschließen, tut es sehr wohl. Das ist dein Geheimnis, nicht wahr? Und Thanmars ebenso. Deshalb haben sie euch eurer Bärte beraubt, und deshalb seid ihr hier. Ihr seid Zwerge ohne Gilde. Ohne Heimat. Ohne Ehre …«

»Genug gequatscht, Bürschchen«, beschied ihm der Folterknecht und hob das glühende Eisen. »Wollen sehen, ob du immer noch so klug daherredest, wenn ich dir ein paar zusätzliche Löcher in den Pelz gebr...«

Weiter kam er nicht.

Der Gedankenstoß, den Granock unter Aufbietung seiner allerletzten Kräfte einsetzte, traf den Zwerg vor die Brust und ließ ihn zurücktaumeln. Dabei ruderte er mit den Armen und zeichnete mit der Glut wilde Formen in die Luft.

»Hund!«, schrie er, während seine orkischen Helfer Granock bereits packten. Schon spürte er eine rostige Klinge an seinem Hals, die vor Blutdurst bebte.

»Nein!«, brüllte Dolkon außer sich. »Das könnte dieser Made vielleicht passen. So einfach lasse ich ihn nicht davonkommen!«

Wutschnaubend stampfte er zurück, augenscheinlich entschlossen, das Eisen mit den vier glühenden Zinken zur hellen Freude der Orks ins Gesicht des Gefangenen zu drücken.

Granock sah das Verderben auf sich zukommen, spürte die sengende Hitze. Er schloss die Augen, aber das Leuchten drang durch seine Lider, und er wartete nur darauf, den entsetzlichen Schmerz zu fühlen.

In diesem Moment flog die Tür der Folterkammer auf.

»Was, bei Normars Hammer ...?«, hörte Granock Dolkon fluchen.

»Thanmar geschickt«, entgegnete eine Stimme, die Granock trotz der Qualen, die er litt, bekannt vorkam. »Zunge des Gefangenen lösen.«

Dolkon lachte spöttisch auf. »Dazu brauche ich deine Hilfe nicht, Schwächling! Das wäre der erste Gefangene, den ich nicht zum Sprechen bringe.«

»Aber ist ein Zauberer! Kann dir helfen.«

»Was du nicht sagst. Und wie?«

»Ich dir zeigen ...«

Der Besucher trat ein, und Granock hob die Lider ein wenig, um durch die Tränenschleier einen Blick auf ihn zu erheischen. Als der Fremde schließlich in sein Blickfeld trat, wurde Granock jäh klar, warum ihm die Stimme so bekannt vorgekommen war. Sie gehörte keinem anderen als Rambok dem Ork!

»Du«, war alles, was Granock hervorbrachte. Er hatte Rambok seit seiner Entführung nicht mehr gesehen – was, beim großen Kristall, tat er hier?

»Der Gefangene kennt dich?«, erkundigte sich Dolkon misstrauisch. »Wie das?«

Rambok kicherte leise. »Habe ihn begleitet. Dachte, wäre auf seiner Seite. In Wahrheit Spion, zu euch geführt.«

»Ist das wahr?«

Der Folterknecht schien nach wie vor skeptisch zu sein – für Granocks malträtierten Verstand jedoch ergab in diesem Moment alles Sinn. Deshalb also war ihm im Dschungel aufgelauert worden, und deshalb hatte der Baumgeist von seiner Schwäche für Alannah gewusst. Rambok hatte sie verraten!

»Elender Schweinehund!«, brüllte Granock und brachte es irgendwie fertig, seine gesunde Hand zur Faust zu ballen. Ausrichten konnte er infolge der Fesseln damit freilich nichts. »Verdammter Verräter!«

Der Wutausbruch seines Gefangenen amüsierte Dolkon und ließ sein Misstrauen dem fremden Ork gegenüber in den Hintergrund treten. »Er scheint dich zu mögen, Unhold, das muss man dir lassen«, stellte er anerkennend fest.

»Er Mensch«, entgegnete Rambok, als erkläre das alles. »Menschen vertrauensselig und dumm.«

»Verräter!«, schrie Granock außer sich.

»Habe hier etwas«, sagte der Ork und durchsuchte das Bündel der unzähligen Talismane, die um seinen dürren grünen Hals baumelten. »Wird seine Kräfte bannen. Dann du leichtes Spiel.«

»Ein Schamane bist du also auch noch?«, donnerte Dolkon und hielt sich den Bauch vor Lachen.

»Korr – und noch manches andere.«

Rambok bedeutete den anderen Orks, zur Seite zu treten. Im nächsten Moment erschien seine hässliche Miene über Granock. Der fletschte die Zähne wie ein Raubtier und hätte dem Verräter am liebsten die Nase abgebissen.

»Nun, Mensch«, erkundigte sich der Unhold mit breitem Grinsen, »du dich erinnerst, was Farawyn gesagt? Über das, was in dunklen Gemütern, weiß Rambok mehr als ihr ...«

Granock, der dem Ork eine Sammlung der übelsten Schimpfwörter aus den dunkelsten Gassen Andarils hatte zukommen lassen wollen, hielt plötzlich inne. Der Name seines alten Meisters hatte ihn aufhorchen lassen, aber sein gepeinigter Verstand erfasste dennoch nicht, was die Stunde geschlagen hatte. Erst als die eiserne Spange um sein rechtes Handgelenk aufsprang und er plötzlich den Griff eines Messers in seiner Rechten fühlte, da wurde es ihm klar.

Dolkons Gelächter brach plötzlich ab. »He, was machst du da?«, schrie er, während seine Schergen in argwöhnisches Grunzen verfielen.

»Gehört zum Zauber«, behauptete Rambok – und dann überstürzten sich die Ereignisse.

Mit einer Schnelligkeit, die ihm niemand, am allerwenigsten seine hünenhaften Artgenossen, zugetraut hätte, wirbelte Rambok herum, in seiner Klaue eine weitere Klinge, die er unter seinem Gewand hervorgezogen hatte.

Der Ork, der ihm am nächsten stand, bekam sie direkt in den Hals. Bis zum Heft fuhr sie hinein, sodass der Unhold zum Entsetzen seines verbliebenen Artgenossen und Dolkons gurgelnd niederging.

»Zerquetsche ihn!«, wies der Zwerg seinen Handlanger an, nachdem er die erste Überraschung verwunden hatte, und während sein Scherge mit geballten Fäusten auf Rambok zurollte, wandte Dolkon selbst sich Granock zu. Der hatte seine Hand bereits aus der Spange gezogen, und als das Gluteisen auf ihn herabfiel, drehte er sich blitzschnell zur Seite.

Keinen Augenblick zu früh!

Die Zinken bohrten sich in das morsche Holz, von dem bitterer Brandgeruch aufstieg. Fluchend versuchte Dolkon, sein Folterwerkzeug wieder freizubekommen, aber es gelang ihm nicht. Dafür handelte Granock mit der Kraft der Verzweiflung und rammte dem Folterknecht das Messer in die Brust.

Dolkon stand wie vom Blitz getroffen.

Sein Narbengesicht, das nur wenige Fingerbreit vor Granock schwebte, wurde lang, der Unterkiefer fiel ihm herab. In ungläubigem Erstaunen starrte der Zwerg auf Granock, dann kippte er zurück und brach neben der Folterbank zusammen. Hastig befreite Granock auch noch seinen zweiten Arm und richtete sich stöhnend auf – nur um zu sehen, dass Rambok in arge Bedrängnis geraten war.

Der Schamane mochte gut darin sein, unerwartet zuzuschlagen und aus dem Verborgenen heraus zuzustechen, und vermutlich wusste er auch, wo man einen Gegner treffen musste, damit er keinen Ärger mehr machte; im offenen Kampf gegen einen Artgenossen hatte er jedoch nicht die geringste Aussicht auf Erfolg.

Hals über Kopf hatte er sich hinter eine Folterbank geflüchtet, die anders als Granocks mit Löchern versehen war. Darüber schwebte ein Gegenstück, das dieselben Abmessungen hatte, jedoch mit mörderischen Metallstacheln versehen war und an einer Kette herabgelassen werden konnte.

Dafür freilich hatte der Schamane keine Augen – er quiekte wie ein Ferkel, während sein Artgenosse mit einem Eisenspieß nach ihm stocherte, den er sich kurzerhand geschnappt hatte. Und da Rambok mit dem Rücken zur Wand in einer Ecke kauerte, würde es wohl nicht mehr lange dauern, bis die Spitze ihr Ziel finden würde.

Was sollte Granock nur tun?

Beispringen konnte er dem Schamanen nicht, denn zum einen war er selbst noch an den Fußgelenken gefesselt, zum anderen wäre er in seinem Zustand wohl keine Hilfe gewesen. Einen Zeitbann zu wirken, wäre am einfachsten gewesen, aber auch daran war im Augenblick nicht zu denken. Einen Gedankenstoß hätte er vielleicht noch zuwege gebracht, aber er würde ganz sicher nicht stark genug sein, um einen in *saobh* verfallenen Ork zu beeindrucken …

Wie von Sinnen stach Dolkons verbliebener Handlanger auf Rambok ein, der reaktionsschnell hin und her zuckte und so den Hieben auswich, was seinen Häscher immer noch wütender machte.

Unter zornigem Gebrüll warf sich der Ork nach vorn über die Folterbank, um Rambok aus einem anderen Winkel zu erwischen.

In diesem Moment fiel Granocks Blick auf den Hebel der Kettenwinde – und er handelte.

Sein *tarthan* war gerade stark genug, um den Hebel umzulegen. Von Kettengeklirr begleitet, fiel die stachelbewehrte Abdeckung der Folterbank herab und schlug geradewegs auf den rasenden Unhold.

Es gab ein hässlich schmatzendes Geräusch, dunkles Orkblut besudelte die Bank und troff durch die Löcher zu Boden. Noch ein paar Mal zuckte der massige Körper des Unholds, und seine Beine, die nach wie vor auf dem Boden standen, stampften wütend auf. Dann war es vorbei, und Stille kehrte in der Folterkammer ein.

»Was für ein *umbal* ...«

Während Rambok zögernd aus seinem Versteck hervorkroch, den Leichnam seines Artgenossen noch immer misstrauisch musternd, machte sich Granock daran, sich mit der unverletzten Hand von den Fußfesseln zu befreien. Hastig löste er die Splinte und zog seine Beine heraus. Sein gebrochener Arm bereitete ihm heftige Schmerzen, aber wenn er ihn eng an seinen Körper gepresst hielt, ging es einigermaßen.

»Weißt du, das war Hilfe in höchster Not«, beteuerte er atemlos. »Wenn du nicht gekommen wärst ...«

»Du mir nicht vertrauen, was?«, erkundigte sich Rambok und brachte es fertig, trotz der überstandenen Schrecken beleidigt auszusehen. »Du denken, ich Verräter ...«

»Entschuldige.« Granock nickte. »Das war ziemlich dämlich von mir. Ich hätte es besser wissen müssen.«

»*Douk*«, beschied ihm der Schamane. »Orks halten Versprechen nur wenn wollen. Nichts übrig für Menschen.«

»Warum hast du mir dann geholfen?«

Rambok streifte Dolkon, der reglos auf dem Boden lag, mit einem geringschätzigen Seitenblick. »Weil für Zwerge noch weniger übrig«, erklärte er knapp.

»Wie hast du mich überhaupt gefunden?«

»Ich gesehen, was Baumgeist mit dir angestellt. Dann deiner
Spur gefolgt. Durch Dschungel. Geladen auf großes Tier mit vielen Schwänzen …«

»Ein *ilfantodon*«, folgerte Granock – das also war es gewesen, was
er durch die milchige Haut des Kokons gesehen oder zumindest
erahnt hatte. »Und wo sind wir hier?«

»Böser Ort«, erklärte der Unhold nur.

»Wo sind die anderen, Alannah und Aldur?«

»*Douk.*« Rambok schüttelte den Kopf. »Nicht wissen. Ich dir folgen in jener Nacht. Seither nicht wiedersehen.«

»Ich verstehe.« Granock nickte. »Danke, Rambok.«

Das Grinsen des Unholds war unmöglich zu deuten. »Gern geschehen«, behauptete er. »Du können gehen?«

Granock, der sich vollends auf der Folterbank aufgesetzt hatte
und die Beine herabbaumeln ließ, nickte. »Ich denke schon.« Er gab
sich einen Ruck und rutschte von den blutbesudelten Holzbohlen,
die beinahe zu seiner letzten Ruhestätte geworden wären. Hart
kam er auf dem Boden auf und er wäre um ein Haar gestürzt. Erst
in der Senkrechten ging ihm auf, wie elend ihm tatsächlich war.
Sein Kopf fühlte sich an, als sei er doppelt so groß, seine Leibesmitte war ein einziger pulsierender Schmerz, seine Beine zitterten
und sein linker Arm brachte ihn halb um den Verstand, sobald er
ihn auch nur ein wenig bewegte. Aber es gelang ihm, sich auf den
Beinen zu halten.

»Hier«, meinte Rambok und wollte ihm die Schlinge eines Stricks
um den Hals legen, den er in der Folterkammer gefunden hatte.
Granock zuckte instinktiv zurück.

»Was soll das?«

»Du mein Gefangener. So wir nicht auffallen«, erklärte der Ork
mit entwaffnender Logik.

Granock war geneigt, dem Strick um seinen Hals zuzustimmen,
als ihm plötzlich ein hässlicher Verdacht kam.

»Moment!«

»Was wollen?«

»Wer sagt mir, dass du der echte Rambok bist und nicht einer
von diesen Baumgeistern?«, fragte Granock. »Vielleicht sollst du

mich ja nur von hier fortbringen, damit ich dich zu meinem Auftraggeber führe ...« Seinem fiebrigen Geist schien dies plausibel, auch die Leichen Dolkons und der beiden Orks änderten nichts daran. Für die Anhänger des Dunkelelfen war ein Leben so wenig wert wie das andere. Warum sollten sie nicht ein paar ihrer Leute opfern, um dafür an wichtige Informationen zu gelangen?

»Dämlicher *umbal*!«, schnauzte Rambok ihn an. »Ich dir die ganze Zeit folgen, um dein hässliches Milchgesicht zu retten, und du nichts Besseres tun als zweifeln, wer ich bin? Außerdem«, fügte er leiser hinzu, »Baumgeister nicht reden.«

»Woher weißt du das?«, fragte Granock. Es stimmte – die falsche Alannah hatte kein Wort gesprochen, als sie sich in jener Nacht zu ihm geschlichen hatte ...

»Er nichts sagen, als gefangen.«

»Du hast einen Baumgeist gefangen?«

»*Korr.* Den, der dich geschnappt. Wollte wissen, wohin dich bringen.«

»Und?«

»Nichts gesagt. Also folgen.«

»Ich verstehe«, sagte Granock, dem in diesem Augenblick zwei Dinge klar wurden: dass man Unholde erstens nie unterschätzen durfte und er sie zweitens wohl niemals verstehen würde.

»Schwestern und Brüder!«

Schweigen war im Ratssaal von Tirgas Lan eingekehrt, und Farawyn, der sich vom Sitz des Ältesten erhoben hatte, sprach mit lauter und klarer Stimme, die bis in den letzten Winkel der großen Halle drang.

»Ich danke Euch, dass Ihr meinem Aufruf zu einer sofortigen Zusammenkunft so zahlreich gefolgt seid«, fuhr der Zauberer fort, während er den Blick über die Sitzreihen zu beiden Seiten schweifen ließ. Soweit er es beurteilen konnte, war kein einziges der in Shakara weilenden Ratsmitglieder der Versammlung ferngeblieben. Auch Rat Gervan und sein Gefolge waren vollzählig versammelt, was allerdings nicht zwangsläufig Gutes bedeutete. »Die Nachrichten, die Schwester Maeve uns soeben aus Tirgas Lan gebracht hat, sind so alarmierend, dass ich keinen Augenblick säumen wollte, sie Euch mitzuteilen.«

»Soeben?«, echote Rat Gervan, ohne dass ihm eine Redeerlaubnis erteilt worden wäre. »Soll das bedeuten, dass Ihr erneut den Dreistern benutzt habt?«

»Wie es in Angelegenheiten von großer Dringlichkeit gestattet ist«, bestätigte Farawyn.

»In letzter Zeit pflegen sich derlei Angelegenheiten in verdächtiger Weise zu häufen«, hielt sein Gegner ihm vor. »Wie es heißt, haben kürzlich sogar einige Eingeweihte die Kristallpforte durchschritten.«

Farawyn ließ sich seine Betroffenheit nicht anmerken, aber natürlich fragte er sich, woher Gervan Kenntnis von jenen Vorgängen hatte. Gab es eine undichte Stelle? Hatte jemand sie heimlich beobachtet?

»In Zeiten der Not«, erwiderte er, ohne auf den Vorwurf einzugehen, »sind manche Maßnahmen erforderlich, die wir unter normalen Voraussetzungen nicht ergreifen würden.«

»Und in solchen Notzeiten leben wir?«

»Ich denke ja, Bruder Gervan.« Nicht Farawyn hatte geantwortet, sondern Rätin Maeve, die auf dem Rednerpodest stand, um von den Vorgängen in Tirgas Lan zu berichten. »Elidor, Herrscher des Reiches und Träger der Elfenkrone, hat sich mit einem offiziellen Hilfegesuch an uns gewandt.«

Dieser eine Satz veränderte alles.

Vergessen waren die Vorwürfe, die eben noch erhoben worden waren, vorüber das kleinliche Gezänk. Mit wenigen Worten hatte Maeve auch dem Letzten im Saal klargemacht, dass eine neue Zeitrechnung begonnen hatte.

Jedes einzelne Mitglied des Rates spürte den eisigen Hauch der Geschichte, der durch die Halle wehte, und zumindest Farawyn kam es vor, als strafften sich die Statuen der alten Könige und richteten sich zu noch beeindruckenderer Größe auf. Dass sich der Elfenkönig Hilfe suchend an die Zauberer von Shakara wandte, war ein epochales Ereignis, vergleichbar nur mit der Krönung Glyndyrs oder der Landnahme durch Sigwyn den Eroberer. Über Jahrhunderte hinweg war der Einfluss des Ordens am königlichen Hof immer weiter beschnitten worden, in erster Linie durch weltliche Berater, die die Kontrolle durch die Weisen von Shakara als ungebührliche Bevormundung abgelehnt hatten. Dass ausgerechnet der Sohn des Königs, der die endgültige Abkehr von Shakara vollzogen hatte, sich an den Orden wandte, war nicht nur eine historische Sensation. Für Farawyn war es auch ein persönlicher Triumph, die Wiedergutmachung eines Fehlers, den er selbst vor vielen Jahren begangen hatte ...

Heftiges Stimmengewirr war im Ratssaal ausgebrochen. Die Mitglieder diskutierten die Neuigkeit aufgeregt miteinander, allenthalben wurde wild gestikuliert. Farawyn hatte damit gerechnet, dass die Nachricht einige Aufregung verursachen würde, doch das Ausmaß der Reaktion überraschte selbst ihn. In seinen Träumen hatte er kommen sehen, dass sich etwas ereignen würde – dies nun schien die Antwort zu sein.

Jedoch nicht alle Räte sahen in der unerwarteten Wendung einen Vorteil. Gervan war anzumerken, dass ihm die Entwicklung nicht behagte, und so wartete er nur, bis sich das Gemurmel ein wenig gelegt hatte, um dann erneut das Wort zu ergreifen. »Und das wisst Ihr mit Bestimmtheit?«, fragte er Farawyn.

»Allerdings. Schwester Maeve genießt mein volles Vertrauen.«

»Und wollt Ihr uns weismachen, Bruder, dass sich Tirgas Lan aus purer Höflichkeit zu diesem Schritt durchgerungen hat?«

»Keineswegs«, wehrte Farawyn ab. »Wenn der König unsere Hilfe erbittet, dann, weil er sie dringend benötigt.«

»Hilfe wobei?«, fragte einer von Gervans Gefolgsleuten.

»Wie es aussieht«, sagte Farawyn langsam, »haben sich die Ostlande gegen den König erhoben. Ein Heer, das unter der Führung des Fürsten von Andaril stehen soll, hat die Grenze zum Nordreich überschritten.«

»Aber Erwein von Andaril ist tot, schon seit zwei Jahren! Habt nicht Ihr selbst uns dies berichtet, als Ihr aus Arun zurückgekehrt seid?«

»Das habe ich, aber nicht von ihm ist die Rede, sondern von Ortwein, seinem ältesten Sohn. Offenbar ist ihm gelungen, was seinem

Vater versagt blieb, nämlich die Städte und die Clans unter einem Banner zu vereinen.«

»Sieh an«, meinte Rat Gervan wenig beeindruckt. »Und warum wendet sich der König an uns? Warum schickt er diesen impertinenten Menschen nicht einfach eine Legion entgegen?«

»Das hat er getan«, erwiderte Farawyn hart. »Kein einziger dieser glorreichen Legionäre ist mehr am Leben.«

»Was?« Ein Raunen ging durch den Saal, Fassungslosigkeit und Entsetzen schwangen gleichermaßen darin mit.

»Die Streitmacht, die König Elidor entsandt hat, um die Menschen am Rand von Scaria abzufangen, wurde bis auf den letzten Mann vernichtet«, wiederholte Farawyn das Unglaubliche.

»Wie ist das möglich?«

»Das wissen wir noch nicht«, gab Farawyn zu. »Die Lage ist im Augenblick sehr verworren, sodass wir noch nicht genau sagen können, was in Scaria geschehen ist. Nur so viel ist sicher: Das Reich sieht sich einem Angriff ausgesetzt – zum ersten Mal nach vielen Jahrhunderten –, und der König hat uns, die Zauberer, um Unterstützung gebeten. Ich zweifle keinen Augenblick daran, dass wir sie ihm gewähren sollten.«

»Wirklich nicht?« Es war Cysguran, der gesprochen hatte, und aller Augen richteten sich auf ihn. »Müssen wir dem Hilferuf eines Herrschers Folge leisten, der bis vor Kurzem noch nicht einmal geahnt hat, dass wir überhaupt existieren? Der nichts unversucht gelassen hat, um unserem Orden zu schaden?«

»Das ist nicht wahr«, wandte Maeve ein. »Ich bin in Tirgas Lan gewesen, und ich habe Elidor als zwar jungen und entschlossenen, jedoch wohlwollenden Herrscher erlebt. Sein Berater Ardghal ist es gewesen, der gegen uns intrigiert hat.«

»Und wo ist Ardghal jetzt?«

»Sein Aufenthaltsort ist nicht bekannt«, musste die Zauberin zugeben. »Er verschwand in der Nacht, in der die Kunde von der vernichtenden Niederlage überbracht wurde.«

»Ich verstehe.« Über Cysgurans kantiges, von grauem Haar umrahmtes Gesicht glitt ein hämisches Lächeln. »Also wusste sich der

Knabe auf dem Thron nicht anders zu helfen, als sich Hilfe suchend an uns zu wenden.«

»Es gehört von jeher Größe dazu, einen Fehler einzusehen und sein Verhalten zu ändern«, konterte Farawyn.

»Und? Sollen wir seinem Ruf deshalb folgen? Sollen wir die Jahrhunderte der Schmach und der Herabsetzung einfach vergessen, nur weil ein paar Menschen revoltieren?«

»Es sind nicht nur ein paar Menschen, Rat Cysguran«, stellte Farawyn unmissverständlich klar. »Ortwein von Andaril hat das größte Heer in der Geschichte der Ostlande aufgestellt. Doch vermutlich wisst Ihr so gut wie ich, dass ein noch so gut gerüstetes Heer der Menschen keine Aussicht hat, gegen eine Legion von Elfenkriegern zu bestehen. Die Folgerung, dass die Menschen Hilfe hatten, liegt also nahe – und dass es nicht ihr eigener Wille ist, der sie lenkt, sondern der eines Gegners, den wir alle längst besiegt glaubten. Zuerst Ruraks Befreiung. Dann die Ermordung von Vater Semias. Nun die Vernichtung einer Elfenlegion. Wie viele Zeichen benötigt Ihr noch, um zu erkennen, was Schwester Maeve und ich längst erkannt haben?«

Allgemein war Zustimmung zu vernehmen, vom linken wie vom rechten Flügel. Nur Cysguran schien noch immer nicht überzeugt. »Hört auf, den Rat mit Euren pathetischen Reden zu beeinflussen!«, ging er Farawyn an. »Und bildet Euch nicht ein, dass Ihr irgendetwas ohne meine Zustimmung entscheiden könntet! Als neuer Ältester des Rates …«

»Noch seid Ihr nicht gewählt, Rat Cysguran«, brachte ausgerechnet Gervan in Erinnerung. Als Reaktion auf Farawyns Ankündigung, Meisterin Maeve zur Ältesten küren lassen zu wollen, hatten seine Anhänger und er Cysguran als Gegenkandidaten ins Spiel gebracht.

»Aber – Ihr habt zugesagt, für mich zu stimmen«, erklärte Cysguran einigermaßen verblüfft. Ihm war anzusehen, dass er sich verraten vorkam. Schon zum zweiten Mal in seinem Leben …

»Das ist eine gute Idee, Bruder«, pflichtete Farawyn bei. »Wir wollen diese Entscheidung, die die wichtigste in der Geschichte unseres Ordens sein könnte, nicht in die Hände Einzelner legen.

Lasst uns darüber abstimmen, wie wir verfahren und ob wir dem Hilfegesuch des Königs entsprechen sollen.«

»Wenn es darum geht, das Reich zu verteidigen und dem Schwur gerecht zu werden, den wir alle einst geleistet haben«, entgegnete Gervan, »so sollen unsere Zwistigkeiten schweigen, und ich bin bereit, Eurem Antrag zuzustimmen. Aber wer garantiert uns, dass Ihr die Macht, die wir Euch geben, nicht für Euch nutzen werdet? Wenn wir in den Krieg ziehen, so bedeutet dies, dass die Macht des Rates faktisch erloschen ist und die Befehlsgewalt über den Orden beim Ältesten liegt.«

»So ist es«, stimmte Farawyn zu.

»Und Ihr verlangt von uns, dass wir in unserem Vertrauen so weit gehen? Ihr selbst habt gesagt, dass wir in dunklen Zeiten leben …«

Farawyn nickte. So sehr ihn die kleinlichen Einwürfe seines Gegners schon geärgert hatten – diesmal musste er zustimmen. Auch er selbst wäre wohl nicht bereit gewesen, Gervan derartiges Vertrauen entgegenzubringen, als dass er die Zukunft des Ordens bedenkenlos in seine Hände gelegt hätte.

»Ich mache Euch einen Vorschlag«, erklärte er deshalb. »Ich werde einen Späher aussenden, um uns über das, was in Scaria geschehen ist, einen Überblick zu verschaffen. Unterdessen werde ich selbst nach Tirgas Lan gehen und mit dem König sprechen. Auf diese Weise werden wir Klarheit bekommen. Aber wenn es so ist«, fuhr der Älteste fort, »wenn sich unser Verdacht bestätigen und es tatsächlich der Dunkelelf sein sollte, der hinter all dem steckt – was soll ich dem König dann sagen? Wie viele von Euch sind dafür, dass wir Tirgas Lan unterstützen und das Reich verteidigen helfen?«

»Ihr verlangt eine Entscheidung?«, fragte Cysguran. »Jetzt gleich?«

»So ist es, denn die Zeit drängt.«

»Ihr sprecht große Dinge sehr leichtfertig aus. Immerhin geht es darum, einen Krieg zu beginnen, dessen Ausgang für uns alle unabsehbar ist.«

»Nein«, widersprach Farawyn kopfschüttelnd. »In Wirklichkeit ist dieser Krieg niemals zu Ende gegangen. Wie steht es also, Schwestern und Brüder? Wollt Ihr dem König die Treue halten oder ihm die Gefolgschaft verweigern? Wer ist dafür, dass wir den Schwur einlösen, den wir einst gegeben haben?«

Meisterin Maeve war die Erste, die ihren Zauberstab leuchten ließ. Atgyva und Syolan folgten ihr, und zu Farawyns Erstaunen war auch Gervan unter denen, die sogleich ihre Zustimmung zu seinem Antrag bekundeten. Die Meister Filfyr und Daior und viele andere folgten – die meisten aus Überzeugung, andere, weil der Druck der Gemeinschaft sie dazu zwang. Nur wenige Zauberer verweigerten das Licht ihrer Kristalle, unter ihnen Cysguran.

»Nun, Bruder?«, erkundigte sich Farawyn bei ihm. Die Brust des Ältesten dehnte sich vor Stolz, als er in das Lichtermeer blickte, das ihm aus der Halle entgegenfunkelte. Offenbar waren die Zeiten, in denen Mut und Ehre in Shakara geherrscht hatten, noch nicht unwiderruflich vorüber. »Wollt Ihr Euch uns nicht anschließen?«

Cysguran brauchte nicht lange nachzudenken. »Das kann ich nicht«, erklärte er, »denn diese Entscheidung wird das Ende unseres Ordens herbeiführen. Das wisst Ihr so gut wie ich, Bruder Farawyn.«

Ihre Blicke begegneten sich, und für einen Moment hatte Farawyn den Eindruck, als vermochte der andere geradewegs in seine Seele zu schauen. Er ließ es sich nicht anmerken, aber er erschrak bis ins Mark, denn Cysguran hatte laut ausgesprochen, was er selbst in seinen dunkelsten Visionen gesehen hatte.

Aber was hatte das zu sagen?

Visionen waren Eindrücke, Spiegelbilder einer *möglichen* Zukunft. Was Farawyn gesehen hatte, mochte eintreten oder auch nicht. Getroffene Entscheidungen konnten dazu beitragen, das Gesehene zu verhindern – oder es erst recht heraufbeschwören.

»Es ist beschlossen«, verkündete er knapp und endgültig und stieß seinen Zauberstab auf den steinernen Boden. Der Impuls, der davon ausging, markierte eine Kerbe in der Zeit und brannte sich jedem Ratsmitglied unauslöschlich ins Gedächtnis. Niemand, der an der Sitzung teilgenommen hatte, würde später behaupten können, sich nicht daran zu erinnern. Die Verantwortung lastete nun auf allen Schultern.

Farawyn wartete nicht auf die Reaktionen der anderen Räte. Kurzerhand wandte er sich um und verließ das Podium des Ältesten – er brauchte ein paar Augenblicke für sich allein, um Ordnung in die Wirrnis seiner Gedanken zu bringen.

Er hatte den Ratssaal noch nicht ganz verlassen, als er eilige Schritte hinter sich hörte.

»Bruder Farawyn …!«

Der Älteste brauchte weder sein Gehör noch seine Sehergabe zu bemühen, um zu wissen, dass es Hüterin Atgyva war, die ihn zu sprechen wünschte.

»Ja, Schwester?«, fragte er, noch während er sich umwandte. Es kostete ihn Mühe, nicht ungehalten zu klingen.

»Ich habe alarmierende Neuigkeiten«, presste die Vorsteherin der Bibliothek hervor. Schuldbewusstsein schwang in ihrer Stimme mit, aber auch ein Hauch von Vorwurf.

»Welcher Art?«, wollte Farawyn wissen.

»Jemand ist in den verbotenen Bereich der Bibliothek eingedrungen und hat einen Wissenskristall entwendet. Er enthält unter anderem detaillierte Aufzeichnungen über …«

»Ist es dieser hier?«

Mit einer beiläufigen Bewegung hatte Farawyn unter seine Robe gegriffen und den Kristall hervorgezogen, den er nächtens in seiner Kammer gefunden hatte.

Atgyvas hatte vieles kommen und gehen sehen. Kaum noch etwas konnte die Wissenshüterin von Shakara überraschen, doch in diesem Moment weiteten sich ihre Augen in maßlosem Erstaunen. »J-ja«, stammelte sie nickend. »Bruder, wenn ich gewusst hätte …«

»Ich war es nicht, der den Kristall entwendet hat«, stellte Farawyn klar. »Als Ältester stehe ich nicht über dem Gesetz.«

»Aber wer dann?«, fragte sie, während sie den Kristall entgegennahm und in den Falten ihres eigenen Gewandes verschwinden ließ. »Ich meine, wer würde …?«

Ein Verdacht überkam sie plötzlich, der sie innerlich zusammenfahren ließ. Ihr fragender Blick richtete sich auf Farawyn, der jedoch nichts erwiderte. Auch so war offenkundig, dass sie dasselbe dachten.

»Die Macht der Kristalle möge uns schützen«, flüsterte die Hüterin. Dann wandte sie sich rasch ab und entfernte sich.

12. AM CWYSTU SHA FENDU

Sie drangen immer weiter in das Labyrinth vor, das vor ungezählten Jahrtausenden Drachenfeuer in den massiven Fels gebrannt hatte.

Alannah und Aldur folgten dem Ruf, den die Elfin gehört hatte und der tief aus dem Inneren des Berges gekommen war. Es war kein geordneter Gedanke gewesen, sondern ein Hilfeschrei, panisch und voller Agonie, der sie um das Leben des Freundes bangen ließ.

»Wohin?«, fragte Aldur, als sie an eine Gabelung gelangten.

Alannah folgte ihrem ersten Instinkt. »Dort entlang«, entschied sie, und sie zweigten in den rechten Stollen ab, der von Fackelschein beleuchtet wurde. Das unheimliche Stampfen, das sie begleitete, seit sie ihren Fuß in die Festung gesetzt hatten, schien mit jedem Schritt lauter zu werden.

»Irgendetwas ist dort vorn«, murmelte Aldur. »Ich kann flackerndes Licht am Ende des Stollens erkennen.«

»Wir müssen vorsichtig sein«, flüsterte Alannah.

Die Düsternis des Ortes lastete schwer auf ihrer Seele, was zum einen den Felsmassen geschuldet war, die sich über ihnen türmten, zum anderen aber auch der Allgegenwart des Bösen. Das Wissen, dass Granock irgendwo inmitten dieses dunklen Labyrinths um das Überleben kämpfte und sie womöglich zu spät kommen würden, um ihn zu retten, bedrückte die Elfin noch zusätzlich, und sie fürchtete sich vor dem, was sie in den Tiefen des Berges entdecken mochten.

Die Geräusche nahmen zu.

Zu dem Stampfen gesellte sich heiseres Schnauben und Quietschen, dazu ein metallisches Klirren, das in den empfindlichen Ohren der Elfen schmerzte. Und über allem lag ein Zischen, das so bedrohlich und durchdringend klang, dass man hätte meinen können, die Erbauer der Anlage wären noch immer am Leben. Natürlich war das nicht der Fall, aber was Alannah und Aldur schließlich am Ende des Stollens vorfanden, war kaum weniger bestürzend, als wenn sie auf ein Drachennest gestoßen wären.

Die Höhle, in die der Gang als einer von vielen mündete, war von erschreckender Größe, die tatsächlichen Abmessungen des von Glut und Feuerschein beleuchteten Gewölbes nur zu erahnen. Im Vordergrund loderten unzählige Essen; Zwergenschmiede waren dabei, auf Ambossen große Metallteile mit ihren Hämmern zu bearbeiten. Dahinter ragten riesige, im Bau befindliche Gebilde auf, und man brauchte in der Kriegskunst nicht besonders beschlagen zu sein, um zu erkennen, dass es sich um Belagerungsmaschinen handelte.

Alannah und Aldur sahen Katapulte und Pfeilschleudern, Brustwehren und Schilde und sogar einen Belagerungsturm, der von Zwergen montiert wurde, während Trollsklaven die unförmigen Bauteile herantrugen.

Noch bedrohlicher anzusehen waren jedoch die Vorrichtungen, die sich auf der anderen Seite der Höhle erhoben: trutzige, mit eiserner Panzerung versehene Türme, die zahllose Schießscharten für Bogenschützen aufwiesen und an Windmühlen erinnerten, mit dem Unterschied, dass ihre Flügel aus vier riesigen Klingen bestanden! Das Stampfen, das allenthalben zu hören war, drang aus dem Inneren dieser Gebilde, und es schien dafür verantwortlich zu sein, dass sich die mörderischen Windmühlenflügel drehten, wobei sie für das bedrohliche Zischen sorgten, das die von Ruß und Rauch getränkte Luft erfüllte.

»Was ist das?«, flüsterte Alannah atemlos. Gemeinsam mit Aldur hatte sie sich hinter einen Stapel Fässer geflüchtet, die dem Geruch nach Öl enthielten. Von hier aus hatten sie das Gewölbe im Überblick, ohne selbst dabei gesehen zu werden. »Ist das dunkle Zauberei?«

»Nein«, widersprach Aldur, während eines der riesigen Gebilde Dampf spie und dazu weiter im Takt der Vernichtung stampfte. »Diese Maschinen treibt etwas anderes an. Die Kräfte der Natur wurden hierzu entfesselt.«

»Aber wer tut so etwas? Und aus welchem Grund?«

Der Blick, den Aldur ihr sandte, machte Alannah klar, wie überflüssig ihre Fragen waren. Sie kannten die Antworten bereits. Was sie hier fanden, war nur ein Beweis für das, was sie ohnehin vermutet hatten.

»Granock?«, fragte der Elf stattdessen.

Sie schüttelte den Kopf. »Ich kann nichts mehr hören, diese Geräusche übertönen alles andere.«

»Dann lass uns nach ihm suchen«, erwiderte Aldur, nahm sie an der Hand und zog sie in den benachbarten Stollen.

Sie liefen, so schnell sie konnten.

Hätte man Granock irgendwann geweissagt, dass er sich eines Tages an einem Ork festhalten und froh darüber sein würde, diesen an seiner Seite zu haben, hätte er nur darüber gelacht. Doch während sie gemeinsam durch die dunklen Kavernen Nurmorods flohen, wurde ihm klar, dass Rambok im Augenblick für ihn das war, was einem Freund am nächsten kam, auch wenn es nicht so aussehen mochte.

»Du schwer«, beschied ihm der Unhold schnaufend.

»Was du nicht sagst«, stieß Granock schwer atmend und unter Schmerzen hervor. »Und du stinkst.«

Von der Folterkammer aus waren sie einem wilden Gewirr von Stollen gefolgt. Rambok hatte zwar die ganze Zeit über beteuert, sich genau an den Weg zu erinnern, für Granock jedoch hatte es eher so ausgesehen, als ob der Ork völlig die Orientierung verloren hätte – bis sie auf einen Hauptkorridor gestoßen waren, der breiter war und heller beleuchtet. Allem Anschein nach, dachte Granock, fanden sich Unholde in unterirdischen Gewölben besser zurecht als Menschen, und einmal mehr war er Farawyn dankbar dafür, dass er Rambok am der Expedition hatte teilnehmen lassen.

Sie erreichten eine Treppe, die über große Stufen nach oben führte, dem Tageslicht entgegen. Und Granock, der den gebrochenen Arm unter sein Gewand geschoben hatte und bei jedem Schritt entsetzliche Schmerzen verspürte, hegte die vage Hoffnung, ihr Irrlauf durch die Eingeweide Nurmorods könnte womöglich doch noch glücklich enden. Schon kurz darauf jedoch wurde diese Hoffnung brutal zerstört.

Sie waren noch auf der Treppe, als sie hinter sich das Geklirr von Rüstungen und das Stampfen schwerer Tritte vernahmen.

»*Faihok'hai*«, zischte Rambok entsetzt. »Sie folgen uns!«

Granock fragte nicht erst, woher sein orkischer Begleiter sein Wissen bezog. Er war vollauf damit beschäftigt, eine Stufe nach der anderen zu erklimmen und nicht bei jedem Schritt in lautes Geschrei auszubrechen. Der Schmerz war so überwältigend, dass er ihn mehrmals an den Rand einer Ohnmacht brachte, aber mit eisernem Willen blieb Granock bei Bewusstsein. Wenn er jetzt zusammenbrach, wäre alles vorbei.

Sie hasteten weiter, erklommen Stufe für Stufe, während die Schritte ihrer Verfolger näher kamen. Kurz blickte Granock zurück, konnte weiter unten flackernden Fackelschein und grobschlächtige Gestalten erkennen, die blanke Klingen in ihren Klauen hielten. Er nahm sich zusammen und versuchte, zum ersten Mal nach seiner Flucht aus der Folterkammer einen Zeitzauber zu wirken.

Es gelang.

Die Schritte ihrer Verfolger verstummten jäh, wie gebannt verharrten sie auf den Stufen.

Granock wusste nicht, wie lange der Bann anhalten würde, da er noch immer geschwächt war und nicht seine volle mentale Kraft entfalten konnte. Aber immerhin würde er ihnen ein wenig Vorsprung verschaffen.

Sie erreichten das obere Ende der Treppe und gelangten in einen Felsengang, der um eine enge Biegung führte und daher nicht vollständig einsehbar war. Als sie das höhnische Gelächter hörten, war es bereits zu spät – sie liefen den von einem Zwerg angeführten

Ork-Trupp, der den Gang vor ihnen besetzte, geradewegs in die Arme.

»Sieh an, da sind ja unsere Flüchtlinge«, höhnte der bartlose Hammersohn, während seine grünhäutige Gefolgschaft vor Blutdurst bereits geiferte.

»F-Flüchtlinge?«, fragte Rambok wenig überzeugend. »Der Mensch ist mein Gefangener!«

»Natürlich – und ich bin Rolk der Donnergurgler«, konterte der Zwerg. »Habt ihr wirklich geglaubt, uns mit einem so dämlichen Trick täuschen zu können?«

Als Antwort verfiel Rambok in entsetztes Winseln und murmelte in stockendem Orkisch etwas, das sich wie eine Unschuldsbeteuerung anhörte. Granock hingegen hob den unverletzten Arm und bemühte seine letzten Kräfte, um noch einmal von seiner Gabe Gebrauch zu machen.

Vergeblich.

Der Zeitenbann misslang, die Unholde hörten noch nicht einmal zu geifern auf.

»Schnappt sie euch«, wies ihr kleinwüchsiger Anführer sie an. Die Orks setzten sich stampfend in Bewegung, die schartigen Äxte und Kriegsspeere zum tödlichen Streich erhoben.

Rambok schrie entsetzt, und Granock wich instinktiv zurück, obwohl er wusste, dass es nichts helfen würde. Zwei hünenhafte Krieger, deren grüne Muskelpakete das rostige Geflecht ihrer Kettenhemden fast zu sprengen schienen, hielten auf ihn zu, die Augen vor Blutdurst leuchtend und heisere Kriegsschreie auf den Lippen. Beide holten mit ihren Waffen aus, und Granock bezweifelte nicht, dass ein einziger Streich genügen würde, um ihn in zwei Hälften zu teilen.

In einer hilflosen Abwehrgeste riss er den unverletzten Arm empor, als die Unholde zuschlugen – doch sie kamen nicht dazu, ihr Mordhandwerk auszuüben.

Der Angriff der beiden endete jäh, als sie etwas in den Rücken traf und sie mit urtümlicher Wucht durchbohrte. Einen Augenblick lang standen die Orks wie erstarrt, während ihre Augen glasig wurden. Dann kippten sie leblos nach vorn. In ihren breiten Rücken steckten Schäfte aus Eis!

Noch ehe Granock aufatmen konnte, flammte im Rücken der übrigen Orks und ihres klein geratenen Anführers grelles Feuer auf, das fauchend über sie hinwegstrich.

»In Deckung!«, rief Granock Rambok zu, der nicht recht begriff, was da vor sich ging, und beide flüchteten sich in eine Nische im Fels, während draußen auf dem Gang ein wahrer Feuersturm entbrannte.

Das Geschrei des Zwergs und seiner Mordkumpane war entsetzlich. Im grellen Feuerschein konnte Granock sie umherirren sehen, am ganzen Körper brennend. Lebenden Fackeln gleich, rannten sie im Stollen umher, bis sie endlich zusammenbrachen. So plötzlich, wie das Feuer gekommen war, verlosch es wieder. Zurück blieben nur bitterer Rauch und der grässliche Gestank von verbranntem Fleisch – sowie zwei in lange Mäntel gehüllte Gestalten, die auf dem Gang standen und sich in den sich lichtenden Schwaden umblickten.

»Granock …?«

»Alannah! Aldur!«

Granocks Freude darüber, seine Freunde wiederzusehen, war grenzenlos. Rambok und er lösten sich aus der Nische und wankten auf die beiden zu.

»Granock, da bist du ja! Und Rambok auch! Und ihr seid beide am Leben!«

Alannahs Stimme, deren heller Klang Granock für alle durchstandenen Qualen entschädigte, klang gleichermaßen dankbar wie erleichtert. Er wollte etwas erwidern, wollte sich für die unverhoffte Rettung bedanken, aber er konnte es nicht. Die Stimme versagte ihm angesichts all der Gefühle, die ihn in diesem Augenblick überkamen, aber die Tränen, die ihm in die Augen traten, sagten mehr als Worte.

Doch sie waren nicht außer Gefahr!

Der Zeitbann, den Granock über ihre Verfolger verhängt hatte, war inzwischen erloschen, und wie zuvor waren ihre Schritte zu hören, die sich stampfend näherten. Alannah reagierte prompt und bemühte ein weiteres Mal ihre Fähigkeit, indem sie den rückwärtigen Korridor mit einer Wand aus massivem Eis versiegelte. Dann trat sie auf Granock zu und wollte ihn mit einer Umarmung begrüßen, aber er schrie auf, als sie seinen verletzten Arm berührte.

»Beim großen Sigwyn!«, rief sie, als sie das malträtierte Körperglied erblickte. »Was haben sie dir nur angetan?«

»Gefoltert«, brachte Granock knapp hervor. »Sie wollten wissen, wer uns geschickt hat.«

»Und?«, fragte Aldur statt einer Begrüßung. »Hast du ihnen etwas verraten?«

»Natürlich nicht, und das haben sie mir übel genommen. Hätte Rambok mich nicht befreit ...«

»Das hast du getan?« Aldur machte kein Hehl aus seinem Zweifel, während er den Unhold abschätzig musterte.

»*Korr.* Du wohl nicht geglaubt?«

»Nein«, gestand der Elf ungerührt.

Alannah war unterdessen dabei, Granocks Arm auf die Schnelle zu untersuchen. Als Tochter der Ehrwürdigen Gärten war sie in den Grundprinzipien der Heilkunst unterwiesen worden, die sie wiederum mit dem in Einklang gebracht hatte, was sie in Shakara gelernt hatte. Nachdem sie den Bruch kurz in Augenschein genommen hatte, packte sie den Arm und riss daran – und Granock stieß einen gellenden Schrei aus. Schon im nächsten Moment jedoch legte sich der Schmerz wieder. Alannah hatte ihre Gabe benutzt, um den Arm zu betäuben.

»Der Knochen ist jetzt gerade gerichtet«, erklärte sie, während sie einen Streifen aus ihrem Umhang riss, um damit eine Schlinge zu formen. »Meister Tavalian könnte ihn auf der Stelle zusammenwachsen lassen, aber das vermag ich nicht.«

»Das ... ist auch nicht nötig«, versicherte Granock. »Es geht schon viel besser.« Er schaute sie dankbar an, und für einen Moment glaubte er, in ihrem Blick nicht nur Erleichterung zu erkennen, sondern ein wenig mehr.

»Lasst uns rasch weitergehen«, drängte Aldur, der sich wachsam an der offenen Seite des Korridors postiert hatte. »Wenn sie zurückkommen, werden es viel mehr von ihnen sein.«

»Ja«, knurrte Granock, während Alannah ihm die Schlinge umlegte, »und sie wissen, wer wir sind.«

»Was?« Aldur fuhr herum. »Ich dachte, du hättest ihnen nichts gesagt?«

»Hab ich auch nicht. Sie wussten es schon vorher.«

»Wie ist das möglich?«, fragte Alannah bestürzt, während sie den Stollen hinabeilten.

»Wie wohl? Natürlich durch Verrat«, knurrte Aldur. »Es muss einen Spion in Shakara geben.«

Alannah nickte. »Also hatte Farawyn recht.«

»Gervan«, war Aldur überzeugt. »Ich hätte den Feigling vernichten sollen, als ich die Gelegenheit dazu hatte.«

»Einen Meister des Ordens offen angreifen?«, fragte Granock. »Ohne einen stichhaltigen Beweis?«

»Was brauchst du noch mehr Beweise? Gehörst du auch zu den Narren, die ihre Augen vor der Wirklichkeit verschließen? Gervan ist der Verräter, daran besteht kein Zweifel. Deshalb hat er versucht, den Rat zu spalten und den Verdacht auf mich zu lenken.«

»Ich weiß nicht.« Alannah schüttelte den Kopf. »Das erscheint mir zu einfach.«

»Das Böse ist einfach, deshalb ist es so überaus wirksam«, stellte Aldur fest. »Wir müssen augenblicklich nach Shakara zurückkehren und Farawyn warnen.«

»Nein«, widersprach Granock, der Mühe hatte, ihm auf den Fersen zu bleiben. Als er strauchelte, kamen Alannah und Rambok ihm zu Hilfe und stützten ihn von beiden Seiten. »Zuerst müssen wir herausfinden, was für ein Ort dies ist und welchem Zweck er dient.«

»Das wissen wir bereits«, versicherte Aldur, ohne sich umzudrehen. »Es ist eine riesige Waffenschmiede.«

»Eine Waffenschmiede?«

»Der Dunkelelf ist zurück und rüstet zum Krieg. Dieser Ort ist dazu da, sein Heer mit neuartigen Waffen zu versorgen, wie sie noch nie in Erdwelt gesehen wurden.«

»Ist das dein Ernst?«

»Allerdings«, bestätigte Alannah gepresst. »Wir haben Belagerungstürme gesehen und riesige Kampfmaschinen, die sich wie von selbst bewegen.«

»Wie von selbst?« Granock begann, die Zusammenhänge zu erahnen. »Allmählich verstehe ich …«

»Was meinst du?«

»Der Zwerg, der mich folterte, sagte, dass er aus seiner Gilde verstoßen worden sei.«

»Und?«

»Die Zwergengilden sind der Tradition verpflichtet. Sie vertrauen auf ihre Kunstfertigkeit und ihrer Hände Arbeit. Der Bau von Maschinen ist ihnen verboten. Wer es dennoch tut, wird aus seiner Gilde ausgestoßen und gilt als vogelfrei.«

»Dann wissen wir jetzt, mit wem wir es hier zu tun haben«, folgerte Aldur. »Margok hat sich der Dienste abtrünniger Zwerge versichert, die für ihn arbeiten.«

»Wie können sie nur?«, fauchte Alannah.

»Zwerge sind für alles zu haben, was wertvoll ist und glänzt. Oder vielleicht«, mutmaßte Aldur, »wollen sie sich auch nur an ihresgleichen rächen.«

»Aber damit beschwören sie ihren eigenen Untergang herauf!«

»Glaubst du denn, das schert sie?« Der Elf lachte auf.

»Aber wie konnte es Margoks Dienern gelingen, diese Waffenschmiede zu errichten?«, fragte Granock.

»Das brauchten sie nicht, er ist schon immer da gewesen. Es ist eine alte Drachenfeste, genau wie Borkavor, und ebenso uneinnehmbar. Vermutlich wurde sie schon im Krieg als Versteck genutzt.«

Granock sandte Alannah einen betroffenen Blick. Sie hatten die Nachricht von der Rückkehr des Dunkelelfen noch nicht ganz verdaut, da erfuhren sie bereits von neuen alarmierenden Vorgängen: Der dunkle Herrscher besaß offenbar nicht nur die Macht, um in die diesseitige Welt zurückzukehren, sondern auch die Mittel, um sie sich zu unterwerfen …

»Es wird also Krieg geben«, folgerte Alannah.

»Allerdings«, bestätigte Granock matt. Daran konnte nun kein Zweifel mehr bestehen.

»Aber wo sind all die Soldaten, die diese Waffen in die Schlacht führen werden?«, fragte die Elfin, während sie weiter den Stollen hinabhasteten.

»Nach denen braucht Margok nicht lange zu suchen«, meinte Aldur, der ihnen vorauseilte. »Schon Rurak ist es mühelos gelungen, Menschen zu finden, die sich gegen Tirgas aufwiegeln lassen.«

»Ja«, sagte Alannah leise, »weil ich ihm den Grund dafür geliefert habe.«

»Nur den Anlass«, verbesserte Aldur. »Die Menschen waren auch schon vorher unzufrieden. Iweins Tod war nur der Tropfen, der das Fass zum Überlaufen brachte, und Rurak hat seinen Teil dazu beigetragen.«

»Aber Fürst Erwein ist tot«, wandte Granock ein, »und sein Nachfolger Ortwein hat sich feige verkrochen. Niemand weiß, wo er sich gegenwärtig aufhält.«

»Wenn es Nacht wird«, war Aldur überzeugt, »kommen auch die magersten Ratten wieder aus ihren Löchern. Außerdem«, fügte er mit einem Seitenblick auf Rambok hinzu, »sind die Menschen nicht die einzigen Feinde des Elfenreichs.«

»Du fürchtest, Margok könnte versuchen, ein Bündnis zwischen Menschen und Orks herbeizuführen?«, fragte Granock.

»Ist dieser Gedanke denn so abwegig?«

»Und ob er das ist!«, schnaubte Granock. »Ein Menschenherrscher von Ehre würde niemals …«

»Auch du hast in der Not die Hilfe eines Unholds angenommen, oder nicht?«, fragte Aldur spitz. »Die Menschen haben ein schlechtes Gedächtnis. Den Treueid gegenüber ihrem König haben sie rasch dahingesagt und ebenso schnell wieder vergessen.«

Granock hätte gern widersprochen, aber er konnte es nicht. Aldur hatte recht. Die Stadtfürsten und Clansherren hatten wiederholt bewiesen, dass ihnen die eigenen Interessen weit mehr am Herzen lagen als jene der Krone. Zudem hatten die Strafexpeditionen, die Elidor als Reaktion auf Ortweins Revolte hatte durchführen lassen, in den Ostlanden für nur noch mehr Unruhe gesorgt. Gut möglich, dass Margok dies für seine Zwecke genutzt hatte.

»Aber das ergibt keinen Sinn«, wandte Alannah ein. »Angenommen, Aldur hätte recht und es gäbe tatsächlich ein vereintes Heer von Orks und Menschen – wie sollte es in den Besitz der Waffen kommen, die hier gefertigt werden? Schließlich sind wir Hunderte von Meilen vom Südreich entfernt ...«

»Ist das nicht offensichtlich?«, fragte Aldur, ohne sich umzuwenden.

»Du meinst ...?«

»Aber natürlich – es muss eine Kristallpforte geben!«

»Was?« Granock und Alannah schauten einander entsetzt an. Ihr erster Impuls war es, Aldurs Vermutung als Hirngespinst abzutun – aber war sie das wirklich?

»Denkt nach«, forderte der Freund sie auf. »Kein anderer als Margok ist es gewesen, der den Dreistern entdeckt hat, und aus den Chroniken wissen wir, dass er ihn nutzte, um die Wächter unseres Volkes zu täuschen und Erdwelt mit Krieg zu überziehen. Was, wenn er damals noch eine weitere, geheime Verbindung geschaffen hat, die über all die Zeit hinweg unentdeckt geblieben ist?«

Granock wusste nicht, was er darauf erwidern sollte. Aber ihm wurde plötzlich klar, wonach Aldur suchte. »Wir sind nicht auf dem Weg zur Oberfläche, oder?«

»Nein«, gab Aldur unumwunden zu. »Ich will die Kristallpforte finden.«

»Aber wir wissen weder, wo sie ist, noch, wohin sie führt«, gab Alannah zu bedenken. »Vorausgesetzt, es gibt sie tatsächlich.«

»Sie existiert«, war Aldur überzeugt. »Auch Farawyn wusste das. Oder hat es zumindest geahnt.«

»Ausgeschlossen«, lehnte Granock ab.

»Meinst du?« Aldur blickte über die Schulter zurück. »Deine Ergebenheit deinem alten Meister gegenüber in allen Ehren, aber Farawyn weiß mehr, als er uns verraten hat, das steht fest. Ich bin sicher, dass er seit Ruraks Flucht aus Borkavor eine entsprechende Vermutung hatte.«

»Willst du damit sagen, dass auch der Verräter durch eine Kristallpforte entkommen ist?«, fragte Granock.

»Es würde erklären, woher die *neidora* so plötzlich kamen, und ebenso, wie Rurak nach seinem Ausbruch aus der Zelle so plötzlich verschwinden konnte«, wandte Aldur mit bestechender Logik ein. »Glaubt ihr wirklich, dass Farawyn nicht auch auf diesen Gedanken gekommen ist?«

»Wenn es so wäre, hätte er es uns sicher gesagt«, vermutete Granock.

»Denkst du das wirklich?« Aldur schüttelte den Kopf. »Vielleicht hatte er ja auch Angst, dass wir uns seinen Plänen widersetzen könnten, wenn wir davon erfahren hätten.«

»Was für Pläne?«

»Komm schon.« Der Blick, den sein Elfenfreund ihm sandte, hatte etwas Herablassendes. »Glaubst du wirklich, Farawyns einziges Ansinnen ist es, die Einheit des Rates zu erhalten? Farawyn ist nicht das, was ihr in ihm sehen wollt. Er manipuliert den Rat nicht weniger, als Gervan es tut, und er zögert auch nicht, sich über geltendes Recht hinwegzusetzen.«

»Das ist wahr«, räumte Granock ein. »Aber bei allem, was er tut, hat Meister Farawyn stets das Wohl des Ordens und des Reiches im Sinn.«

»Das Wohl?« Aldur lachte bitter auf. »Bist du wirklich so naiv? Was des einen Wohl, ist des anderen Wehe. Die Wahrheit liegt immer im Auge des Betrachters.«

»Schluss ihr beiden, hört auf!«, zischte Alannah. »Habt ihr den Verstand verloren? Statt euch zu streiten, solltet ihr lieber einen Weg nach draußen suchen.«

»Die Kristallpforte ist der beste Weg«, beharrte Aldur. »Wohin auch immer sie führt, sie wird uns zurück ins Reich bringen, und zwar schneller als jedes andere Fortbewegungsmittel. Auf diese Weise werden wir den Rat warnen können, noch bevor Margoks Kampfmaschinen Erdwelt erreichen. Außerdem gibt es noch einen weiteren Grund, die Schlundverbindung zu nutzen.«

»Welchen?«, wollte Alannah wissen.

»Indem wir innerhalb weniger Augenblicke dorthin zurückkehren, wo unsere Reise ihren Anfang nahm, liefern wir den Zweiflern im Hohen Rat auch noch das, wonach wir bislang vergeblich gesucht haben.«

»Nämlich?«, fragte Granock.

Das Grinsen, das Aldur über seine Schulter schickte, war undurchschaubar.

»Einen eindeutigen Beweis«, erwiderte er leise.

13. UNUTHAN NEWITHA

»Farawyn! Bruder!«

Die Erleichterung in Maeves Gesicht war unübersehbar, als der Ratsälteste den Thronsaal von Tirgas Lan betrat. Gemessenen Schrittes und eskortiert von zwei Elfenwächtern, legte er die Entfernung zum Thron zurück, wo nicht nur Maeve auf ihn wartete, sondern auch ein sichtlich nervöser König.

Farawyn sah keinen Grund zu übertriebener Eile. Ein alter Grundsatz des Ordens besagte, dass gerade in Zeiten großer Veränderungen und sich überschlagender Ereignisse ein besonnener Geist gefragt war. Schon seine Entscheidung, sich nach Tirgas Lan zu begeben, barg unvorhersehbare Risiken, denn zweifellos würden Gervan und seine Gefolgsleute seine Abwesenheit zu nutzen versuchen, um mehr Macht im Rat zu gewinnen, und Farawyn war sich nicht sicher, ob Atgyva, die er in Ermangelung eines zweiten Ältesten zu seiner Stellvertreterin ernannt hatte, ihren Ränken lange würde standhalten können. Aber so angespannt die Lage war, bot sie auch eine historische Gelegenheit.

Der Zauberer umging die kreisrunde Öffnung, die inmitten des Thronsaals klaffte und einen Blick auf jene Schätze zuließ, die tief im Herzen der Königsstadt lagerten und die Macht und den Wohlstand Tirgas Lans begründet hatten. Wenn es stimmte, was man ihm berichtet hatte, so war jedoch nicht nur der materielle Besitz in Gefahr, den die elfische Kultur im Lauf von Jahrtausenden zusammengetragen hatte, sondern – und diese Aussicht war ungleich bedrohlicher – auch ihr geistiger. Denn Gemmen und Geschmeide, so prunkvoll sie auch sein mochten, ließen sich ersetzen, Ideale hingegen nicht. Waren sie erst verloren, so war dies der Anfang vom Ende.

Es war ein seltsames Gefühl, nach so langer Zeit wieder in Tirgas Lan zu sein. Farawyn grüßte Maeve, indem er ihr wohlwollend zunickte und ihr zu erkennen gab, dass er sie in keiner Weise für die jüngsten Ereignisse verantwortlich machte. Im Gegenteil – hätte Shakara keinen Beobachter an den königlichen Hof entsandt, hätte er vermutlich erst sehr viel später von den jüngsten Entwicklungen erfahren.

»Seid gegrüßt, Hoheit!«, sagte Farawyn und senkte sowohl das Haupt als auch seinen Zauberstab als Zeichen der Ergebenheit. Es war, wohlgemerkt, nicht jener blassgesichtige Jüngling, der auf dem Thron saß und ihm mit erkennbarer Sorge entgegenblickte, vor dem sich der Zauberer verneigte, sondern die Krone, die auf Elidors Haupt saß und die auch schon Glyndyrs Stirn geziert hatte.

»Seid auch Ihr mir gegrüßt, Ältester Farawyn«, entgegnete der junge König. Die unruhigen Blicke, die er nach beiden Seiten warf, galten seinen Beratern, die es allerdings vorzogen, sich diskret im Hintergrund zu halten. Seit Fürst Ardghals Verschwinden war keiner mehr unter ihnen, der es gewagt hätte, sich mit dem Orden zu messen. »Und habt meinen Dank dafür«, fügte Elidor mit bebender Stimme hinzu, »dass Ihr meinem Ruf so rasch gefolgt seid.«

Farawyn runzelte die Stirn. Nach allem, was ihm berichtet worden war, hatte er jugendlichen Leichtsinn und einen gewissen Hochmut erwartet. Aber Elidor vermittelte weder das eine noch das andere. Ganz offenbar hatte Gawildors Sohn aus den Fehlern der jüngsten Vergangenheit gelernt. Oder er hatte einfach nur begriffen, in welcher Gefahr das Reich schwebte.

»Mein König«, erwiderte der Zauberer deshalb mit größerer Milde, als er es zunächst beabsichtigt hatte, »die Weisen von Tirgas Lan haben von jeher treu zur Krone gestanden, auch wenn unsere Sorge um das Reich oftmals falsch gedeutet wurde.«

»Ich weiß, was damals geschehen ist«, versicherte Elidor. »Und ich bin Euch dankbar, dass Ihr mir nicht nachtragt, was mein Vater einst getan hat.«

Farawyn nickte. Er konnte nicht verhehlen, dass die Worte des Jungen ihm eine gewisse Genugtuung verschafften. Aber er ermahnte sich selbst, denn aus diesem Grund war er nicht nach Tirgas Lan gekommen. »Euer Vater, mein König, war ein guter und nobler Herrscher. Der einzige Fehler, den er beging, war es, jenen sein Ohr zu leihen, die das Reich weniger liebten als er. Sie waren dafür verantwortlich, dass der Thron und der Orden von Shakara sich voneinander entfernten.«

»So war es«, räumte Elidor ein und erweckte zum ersten Mal den Eindruck, die Krone auf seinem Haupt zu Recht zu tragen, »aber so wird es nicht länger sein. Wir werden die Bande erneuern, die einst zwischen Shakara und Tirgas Lan geschlossen wurden, auf dass das Reich bewahrt werde vor inneren wie vor äußeren Feinden.«

»So soll es sein«, entgegnete Farawyn mit der üblichen Formel und senkte abermals das Haupt – diesmal auch, um dem Träger der Krone Respekt zu erweisen. Es bedurfte großen Mutes, für eine Meinung einzustehen, und noch ungleich größeren Mutes, eine falsche Haltung einzugestehen.

»Und nun sagt mir, Hoheit«, forderte Farawyn Elidor auf, »ob es wahr ist, was mir berichtet wurde.«

»Es ist wahr, Meister Farawyn! Die Legion, die wir nach Norden entsandt haben, um die Grenzen zu sichern, wurde vernichtend geschlagen, und das Heer der Menschen befindet sich auf dem Weg nach Süden!« Der Zauberer konnte den Angstschweiß sehen, der in kleinen glänzenden Perlen unter der Elfenkrone hervortrat. »Diesmal«, fügte Elidor heiser hinzu, »sind es nicht nur ein paar Aufständische, sondern eine ganze Streitmacht! Die Ostlande befinden sich in Aufruhr, die Städte haben sich gegen mich erhoben! Ich weiß nicht, was ich tun soll. Fürst Ardghal hat vorausgesagt, dass dies eines Tages geschehen würde.«

»Ardghal«, echote Farawyn. Sein Tonfall verriet Verachtung. »Wo ist er, mein König? Ich sehe Eure Berater, aber den ersten unter ihnen sehe ich nicht.«

»Fürst Ardghal«, sagte Elidor so leise und kleinlaut, als gestehe er ein Vergehen, »ist nicht mehr hier.«

»Was soll das heißen?«, fragte der Zauberer, obwohl er die Antwort bereits kannte.

»Er ist verschwunden – seit jener Nacht, in der wir die Kunde von unserer Niederlage erhielten. Dies ist der Grund, weshalb ich nach Euch schicken ließ, verehrter Meister Farawyn«, fügte Elidor hinzu. »Ich weiß nicht, was ich in dieser Lage tun soll.«

»Ihr habt weise gehandelt, Euer Majestät«, bekräftigte Farawyn, während auch noch der letzte Rest von Missachtung verschwand, den er für den schwachen König gehegt hatte.

In gewisser Weise konnte Elidor nichts für das, was geschehen war. Als sein Vater Gawildor dem weltlichen Leben entsagt und zu den Fernen Gestaden aufgebrochen war, da war er noch ein Knabe gewesen, unwissend und jung. Ein Heer von Beratern, allen voran Ardghal, hatte es daraufhin übernommen, die Regierungsgeschäfte zu lenken, und es hatte nicht wenige gegeben, die behaupteten, der Fürst wäre der wahre Herrscher des Elfenreichs. Über Jahrzehnte hinweg hatte er die Macht in Tirgas Lan kontrolliert, mit einem jungen und willensschwachen König, den er wie eine Puppe hatte tanzen lassen. Und nun war er über Nacht verschwunden …

»Habt Ihr nach Ardghal suchen lassen, mein König?«, wollte Farawyn wissen.

»Natürlich.«

»Auch mit einer lordrichterlichen Vollmacht?«

»Worauf wollt Ihr hinaus?«

»Wir leben in dunklen Zeiten, Majestät«, entgegnete Farawyn leise. »Fürst Ardghal wäre nicht der Erste, der sich im entscheidenden Augenblick als Verräter erweist. Aber er ist nicht unsere größte Sorge.«

»Natürlich«, stimmte Elidor beflissen zu, »unser Augenmerk hat den Menschen zu gelten, die es wagen, gegen die Krone aufzubegehren! Ich werde …«

Er verstummte jäh, als der Marschall das Eintreffen eines weiteren Abgesandten Shakaras meldete – es war der Aspirant Ogan, der Schüler Tavalians, den Farawyn mit einer besonderen Mission betraut hatte.

Ogan, ein junger Elf, der anders als die meisten Abkömmlinge seiner Art nicht schlank und hager, sondern kleinwüchsig und von untersetzter Postur war, kam hastigen Schrittes die Halle herab. Sein rundes Gesicht war puterrot, der Umhang umwehte seine füllige Gestalt. In respektvollem Abstand vor dem Thron blieb er stehen und wusste sichtlich nicht, ob er zuerst dem König oder dem Ältesten seines Ordens Respekt erweisen sollte. Er entschied sich für eine knappe Verbeugung vor Elidor, dann huschte er zu Farawyn, um ihm einige Worte ins Ohr zu flüstern.

»Ältester Farawyn«, ließ sich daraufhin einer der königlichen Berater vernehmen, »hättet Ihr die Güte, uns zu sagen, was dies zu bedeuten hat?«

»Gewiss, meine Freunde«, versicherte Farawyn, »und bitte verzeiht meine Geheimniskrämerei. Ich musste bis zu diesem Augenblick warten, um endgültige Gewissheit zu erhalten.«

»Gewissheit?«, fragte Elidor. »Worüber?«

»Von dem Augenblick an, da ich von der Niederlage Eurer Legion erfuhr«, entgegnete der Zauberer, »hatte ich einen Verdacht. Um diesen Verdacht zu überprüfen, habe ich einen Späher ausgesandt.«

»Einen Späher?«, fragte ein anderer Berater, der den Harnisch und die Robe eines Generals trug und ungläubig auf Ogan deutete. »Ihr meint diesen Jüngling hier?«

»Ganz recht.« Farawyn nickte. »Lasst Euch nicht von seinem unscheinbaren Äußeren täuschen. Er ist dem Orden ein ergebener Diener.«

»Daran zweifle ich nicht. Auch wir haben Späher ausgesandt, die jedoch noch längst nicht zurückgekehrt sind. Wie also kann dieser Jüngling innerhalb von so kurzer Zeit den Weg nach Scaria und von dort nach Tirgas Lan bewältigt haben?«

»Den Weisen stehen Wege offen, die anderen verschlossen sind«, gab Farawyn rätselhaft zur Antwort. Er sah keinen Sinn darin, dem General zu erklären, was ein *draghnad* war – der militärisch nüchterne Sinn eines Soldaten wusste ohnehin nur wenig mit Magie anzufangen. »Doch darum geht es nicht, sondern um das, was jener junge Mann mir mitgeteilt hat.«

»Und das wäre?«, wollte Elidor wissen.

»Majestät, diese Dinge zu erfahren, wird nicht einfach für Euch sein, aber ich versichere Euch, dass die Gefahr gebannt werden kann, wenn wir nur entschlossen genug zusammenstehen.« Farawyn schürzte die Lippen. Er merkte, wie das Gemurmel der Berater und Höflinge verstummte und sich aller Augen auf ihn richteten. Wenn es uneingeschränkte Aufmerksamkeit war, nach der er gesucht hatte – er hatte sie gefunden.

»Die Kunde, die der Aspirant Ogan mir gebracht hat, ist äußerst beunruhigend, denn sie besagt, dass in Scaria keine Schlacht stattgefunden hat, sondern ein blutiges Massaker. Eure Soldaten, Majestät, wurden grausam niedergemetzelt, der Feind hingegen hat kaum nennenswerte Verluste erlitten.«

»Woher wollt Ihr das wissen?«

»Weder wurden entlang des Waldrands die Leichen erschlagener Menschen gefunden noch frisch aufgeschüttete Gräber – dafür die zerfetzten Körper unzähliger Elfenkrieger, über die der Feind mit roher Wildheit hergefallen ist.«

»Ihr wollt sagen, die Menschen hätten unsere Legionäre besiegt, ohne auch nur einen Mann zu verlieren?«

»Nein.« Farawyn schüttelte den Kopf. »Ich habe Euch lediglich mitgeteilt, was mir berichtet wurde. Die Schlußfolgerung, die ich daraus ziehe, ist eine andere – und sie deckt sich mit dem Verdacht, den ich von Beginn an hegte. Die Menschen mögen eine aufstrebende Rasse sein, sie sind jung und voller Tatendrang. Aber weder wären sie in der Lage, eine königliche Legion zu bezwingen, ohne selbst beträchtliche Verluste hinzunehmen, noch wären sie zu einer solch sinnlosen Brutalität fähig.«

»Seid Ihr Euch da auch ganz sicher, was das Letztere betrifft?«, fragte der General.

»Allerdings. Unseren Soldaten dort im Norden ist etwas anderes widerfahren. Nicht die Menschen haben die königliche Legion besiegt, sondern Krieger, die aus einer anderen Zeit stammen und denen die Kämpfer Tirgas Lans nichts entgegenzusetzen hatten – die *neidora*.«

»*Neidora* ...«

Wie ein Echo geisterte das Wort durch die Reihen. Elidor und nicht wenige seiner Hofschranzen starrten Farawyn entsetzt an. Jeder von ihnen wusste, wer die gefürchteten Echsenkrieger waren, auch wenn keiner von ihnen sie je gesehen hatte.

»Aber die *neidora* sind tot«, wandte jemand hilflos ein.

»Das waren sie auch«, räumte Farawyn ein, »doch der abtrünnige Zauberer Rurak und seine Anhänger haben sie in einem verbotenen Ritual wieder zum Leben erweckt, mit dem Blut von zehn Unschuldigen. Schon vor zwei Jahren verbreiteten die Echsenkrieger Furcht und Schrecken – nun scheinen sie zurückgekehrt zu sein. Jedenfalls erklärt das, was Eurer Legion widerfahren ist, mein König.«

»Ihr behauptet also, die Diener des Bösen hätten unsere Legion besiegt, hätten achthundert unserer Kämpfer grausam massakriert?«, verlangte der General zu wissen, dessen soldatisch strenge Gesichtszüge sich in unverhohlener Ablehnung verzerrt hatten. »Ist es das, was Ihr uns glauben machen wollt?«

»Es geht nicht um das, was Ihr glaubt«, verteidigte sich Farawyn, »sondern um das, was tatsächlich geschehen ist. Hier geht es nicht um ein Hirngespinst, General, sondern um eine Bedrohung, die dem Reich erwachsen ist.«

»Oder um einige Zauberer, die ihre schwindende Macht dadurch wiederherstellen wollen, dass sie Angst vor übernatürlichen Gegnern verbreiten und sich selbst als letzten Ausweg darstellen«, konterte der Offizier. »Vielleicht hatte Fürst Ardghal ja recht, was sein Misstrauen gegenüber dem Orden betraf.«

»Fürst Ardghal, General, ist nicht mehr hier«, brachte Farawyn in Erinnerung. »Wo auch immer er sich derzeit aufhalten mag, er hat es vorgezogen, sowohl den König als auch Euch alleinzulassen und Tirgas Lan den Rücken zu kehren – ich hingegen, als oberster Repräsentant meines Ordens, bin just in der Stunde der Bedrohung an Eurer Seite!«

»Und dafür sind wir Euch überaus dankbar, Meister Farawyn«, versicherte Elidor. »Aber sagt, besteht nicht vielleicht die Möglichkeit, dass Ihr Euch irrt?«

Anstatt etwas zu erwidern, nickte Farawyn dem jungen Ogan zu – und dieser griff unter seinen Umhang und zog etwas hervor, das die Anwesenden mit Grauen erfüllte.

Es war eine schuppenbesetzte Klaue, deren Finger lang und mit Krallen besetzt waren. Dennoch sah sie nicht aus wie die eines Tieres, sondern ähnelte auf beunruhigende Art und Weise der Hand eines Elfen …

»Diese Klaue«, verschaffte sich Farawyn über das Raunen hinweg Gehör, das durch die Reihen der Berater und Höflinge ging, »stammt vom Leichnam eines Echsenkriegers – wohlgemerkt der einzige tote *neidor*, der sich auf dem Schlachtfeld auffinden ließ.«

»Soll das heißen, der Feind hat nur einen einzigen Verlust erlitten, wohingegen wir …« Der General geriet ins Stocken. »Wohingegen wir achthundert unserer Legionäre verloren haben?«

»Genau das«, versicherte Farawyn und blickte herausfordernd in die Runde der Versammelten. »Die *neidora* stehen mit einer dunklen Macht im Bunde, und Ihr alle wisst, von wem ich spreche, oder etwa nicht?«

Kaum jemand hielt den Blicken des Zauberers stand. Die Höflinge, Männer wie Frauen, deren Mienen wegen ihrer bunten Gewänder nur noch blasser wirkten, sahen betreten zu Boden, ebenso wie die Berater und die Wachen der königlichen Garde. Sogar der König selbst schaute zur Seite, so als könnte er damit nicht nur Farawyns bohrendem Blick, sondern auch der Antwort auf seine Frage ausweichen.

»Eure Herzen kennen längst die Wahrheit«, sagte der Älteste überzeugt, »dennoch betrügt Ihr Euch weiter mit dem schönen Schein. Aber diese Taktik verfängt nicht länger. Achthundert Elfenkrieger, eine glorreiche Legion, wurden vernichtet, weil sie nicht vorbereitet waren auf das Grauen, das sie erwartete. Eine solche Katastrophe darf sich nicht wiederholen. Deshalb spreche ich, Farawyn, Ältester des Ordens von Shakara, hier und jetzt laut aus, was sonst offenbar niemand wagt: Kein anderer als Margok ist es, der die *neidora* geschickt und die Menschen zum Aufstand bewogen hat. Der Dunkelelf ist zurückgekehrt!«

Hätte ein Blitz in den Thronsaal von Tirgas Lan eingeschlagen und den Boden fünfzig Klafter tief gespalten – die Reaktion wäre nicht heftiger ausgefallen.

Einen endlos scheinenden Augenblick lang herrschte eisiges Schweigen, in dem man das Haar eines *bórias* fallen gehört hätte. Die Blicke der Anwesenden hatten sich erneut auf Farawyn gerichtet. In den meisten Mienen war Entsetzen zu lesen, aber es war auch Misstrauen dabei und brüske Ablehnung.

»Ihr glaubt, dass ich übertreibe?«, fragte Farawyn in die Runde. »Ihr denkt, dass ich mir diese Dinge nur ausgedacht habe, um Machtpolitik zu betreiben? Um den Einfluss Shakaras am Königshof wieder zu vergrößern?«

»Es wäre nicht das erste Mal, dass …«, begann der General, doch weiter kam er nicht.

Mit einer ausholenden Geste hob Farawyn seinen Zauberstab und stieß ihn zu Boden. Ein ohrenbetäubender Knall war die Folge, der Elfenkristall am Knauf leuchtete blendend hell auf. »Ihr Narren!«, rief der Zauberer. »Wacht endlich auf! Das friedliche Zeitalter, in dem Ihr Euch alle wähnt, ist vorüber, es versank in einem Strom von Blut! Der Angriff der Echsenkrieger auf die königlichen Truppen ist ein unwiderlegbarer Beweis dafür, dass der Dunkelelf wieder am Wirken und dass er ungleich stärker geworden ist, als er es vor zwei Jahren war. Damals war er nur ein Schatten – heute ist er auf dem Weg, so mächtig und gefährlich zu werden wie einst. Natürlich steht es Euch frei, Eure Augen auch weiterhin vor der Wahrheit zu verschließen, aber in diesem Augenblick marschiert das Heer der Menschen am Grenzfluss entlang nach Süden, und Ihr alle wisst, welcher andere Feind hinter den Wällen des Schwarzgebirges lauert. Es ist nicht auszuschließen, dass Menschen und Unholde sich miteinander verbünden werden. Zumindest in dieser Hinsicht hatte Fürst Ardghal recht!«

»*Crēunai'y'margok! Crēunai'y'margok…!*«

Schon die bloße Erwähnung der Orks löste Entsetzen unter den Höflingen und Beratern aus – die Vorstellung, Unholde und Menschen könnten gemeinsame Sache machen, brachte sie an den Rand einer Panik. Einzig die Angehörigen des Kriegerstandes schienen ihre erste Überraschung überwunden zu haben; wachsende Entschlossenheit stand in ihren Mienen zu lesen.

»Dies ist nicht die Stunde«, fuhr Farawyn fort, sanfter nun und fast beschwörend, »in der wir uns mit Misstrauen und gegenseitigen Vorwürfen begegnen sollten. Die Geschichte hat uns gelehrt, dass der Dunkelelf nicht unbezwingbar ist. Aber es bedarf unserer gemeinsamen Anstrengung, um das Reich und all das, woran wir glauben und was uns wichtig ist, zu schützen und zu verteidigen. Euer König«, sagte er, auf Elidor deutend, »ist bereit, den Ballast der Vergangenheit hinter sich zu lassen, und Ihr, die Ihr seine Berater und Helfer seid, solltet das ebenfalls tun. In dieser Stunde ist unser aller Entschlossenheit gefragt. Andernfalls haben wir der Macht des Bösen nichts entgegenzusetzen.«

Erneut wurde es still im Thronsaal. Niemand widersprach, der trotzige Zorn war aus den Blicken gewichen.

»Meister Farawyn?«, fragte Elidor leise.

»Ja, mein König?«

»Ihr sagtet, dass wir gegen den Dunkelelfen zusammenstehen müssen.«

»Das ist wahr.«

»Aber welchen Sinn hat das noch?« Verzweiflung sprach aus den Worten des jungen Herrschers. »Wenn eine Handvoll *neidora* in der Lage sind, eine ganze Legion zu vernichten.«

»Die Echsenkrieger sind keine gewöhnlichen Kämpfer, Majestät. Magie hat sie entstehen lassen, und nur Magie kann sie bekämpfen. Wenn Ihr Euch entschließt, die Trägheit aufzugeben, in die Ihr durch Fürst Ardghals Zutun verfallen seid, und Euer Heer zu entsenden, auf dass es den Horden des Bösen entgegenziehe, so werden die Zauberer von Shakara Euch unterstützen und Euch in die Schlacht folgen.«

»Gebt Ihr Euer Wort darauf?«, fragte der General.

»Mein Wort«, bestätigte Farawyn und streckte seine Rechte in Elidors Richtung aus, »sowohl als Weiser als auch als Ältester des Ordens.«

Ein Lächeln huschte über das Gesicht des Königs. Farawyns Zusicherung schien nicht nur seinen Hofstaat, sondern auch ihn zu beruhigen. Auf die ausgestreckte Hand des Zauberers allerdings starrte er mit einiger Verblüffung.

»Schlagt ein, Majestät«, forderte Farawyn ihn auf. »Ein guter Freund, der mir mehr beigebracht hat, als er selbst jemals erahnen wird, pflegt Abmachungen auf diese Weise zu besiegeln. Ein Bündnis von Fleisch und Blut.«

Elidor zögerte, aber als er die Rechte des Zauberers schließlich ergriff, tat er es fest und entschlossen. Ein Rauschen war ringsum zu vernehmen, als die Höflinge in elfischer Art die Handflächen rieben, um ihrer Zustimmung Ausdruck zu verleihen.

»Also ist es besiegelt.« Farawyn nickte. »Und nun lasst uns keine Zeit verlieren, Majestät. Entscheidungen müssen rasch getroffen, ein Aufmarschplan erstellt werden. Der Feind ist uns um viele Tage voraus.«

»Natürlich.« Elidor nickte, und es hatte den Anschein, als wäre der König, den viele nur den Träumer genannt hatten, in dieser Stunde um einige Jahre gereift. »General Tullian!«

»Majestät?« Der Offizier, der Farawyn so erbitterten Widerstand geleistet hatte, trat vor und verbeugte sich.

»Lasst Landkarten in das Observatorium bringen und beruft eine Versammlung der höchsten Offiziere ein. Ich wünsche den gesamten Generalstab zu sprechen, habt Ihr verstanden?«

»Ja, Majestät.« Tullian verbeugte sich erneut und verließ dann den Thronsaal, um die Anweisung auszuführen.

»Folgt mir ins Observatorium, Meister Farawyn«, forderte Elidor, erhob sich vom Thron und kam die Stufen herab. »Dort wollen wir planen, wie wir dem Feind begegnen können.«

»So spricht ein König, Majestät«, erwiderte der Zauberer.

Eskortiert von Wachen der königlichen Garde, wandten sie sich zum Gehen, als Meisterin Maeve zu Farawyn trat.

»Ich danke Euch, Schwester«, sagte er nur. »Ihr habt gut und weise gehandelt.«

»Habt Ihr schon Nachricht von …«

Farawyn schüttelte den Kopf. Er wusste nicht, was den drei Eingeweihten widerfahren war, die sie nach Arun entsendet hatten – nur dass sie längst hätten zurück sein sollen. Die bittere Ironie der

Geschehnisse lag darin, dass ein Beweis für Margoks Wirken nicht länger erforderlich war. Der Dunkelelf hatte ihn selbst geliefert, und Granock, Aldur und Alannah hatten womöglich ihr Leben völlig sinnlos ge…

Er untersagte es sich, den Gedanken zu Ende zu führen.

Wäre es nach ihm gegangen, hätte er allen Pflichten seines Amtes entsagt und wäre selbst aufgebrochen, um in den tiefen Dschungeln Aruns nach den dreien zu suchen. Aber diese Möglichkeit stand ihm nicht offen. Erdwelt brauchte ihn noch dringender als sein ehemaliger Schüler und dessen Freunde.

Es war sein Schicksal.

»Und da ist noch etwas«, fügte Maeve hinzu. »Verzeiht, Bruder, wenn ich Euch zu dieser Stunde damit belästige, aber …«

Sie sprach nicht weiter. Stattdessen trat ihre Schülerin vor, die bislang schweigend dabeigestanden hatte, und kniete mit gesenktem Haupt vor Farawyn und Elidor nieder.

»Verzeiht, Vater«, flüsterte sie, und Tränen benetzten den steinernen Boden. »Ich habe gegen den Kodex verstoßen. Ich habe getan, was einer Aspirantin nicht zusteht.«

»Ich weiß«, sagte Farawyn nur. Maeve hatte ihn schon vorab über Caias Verfehlung berichtet.

»Und – könnt Ihr mir verzeihen?« Sie wagte nicht aufzuschauen.

Farawyn seufzte tief. »Mein Kind«, erwiderte er dann, wobei er sanft über ihr gescheiteltes Haar strich, »in diesen dunklen Zeiten können wir es uns nicht leisten, unseresgleichen zu verdammen. Der Orden verzeiht dir, wenn du selbst es tust. Aber du wirst dich entscheiden müssen. Das Leben einer Aspirantin ist von Entbehrung und Verzicht geprägt, bis zu dem Tag, da sie eine Eingeweihte wird und den *hethfánuthan* beginnt.«

Zum ersten Mal hob Caia ihren Blick. Tränen schwammen in ihren braunen Augen. »Mein ganzes Leben lang«, flüsterte sie, »habe ich mir nichts sehnlicher gewünscht, als eine Zauberin zu werden und dem Orden anzugehören. Dabei habe ich übersehen, dass es auch noch andere Dinge gibt. Dinge, die nicht weniger wichtig sind als die Magie.«

»Dann hast du in Shakara zumindest etwas gelernt«, meinte Farawyn lächelnd.

»Meine Fähigkeit ist nur schwach ausgeprägt. Eine große Zauberin wird wohl niemals aus mir werden. Womöglich schaffe ich es nicht einmal, eine Eingeweihte zu werden.«

»Das weißt du nicht«, entgegnete der Älteste. »Wenn du den Orden verlässt, opferst du viel.«

»Ich weiß, Vater.« Ihr Blick ging in Elidors Richtung, und zum ersten Mal lächelte sie. »Aber ich gewinne noch mehr.«

»Dann gebe ich dir meine Erlaubnis und den Segen des Ordens, mein Kind«, sagte Farawyn und zog sie auf die Beine. »Nicht länger bist du eine Aspirantin, nicht länger dem Kodex der Weisen verpflichtet, aber wahre seine Geheimnisse.«

»Das werde ich.« Sie nickte, und er küsste sie auf die Stirn. Dann nahm er ihre Hand und legte sie in die von Elidor. »Mir will scheinen, mein König«, sagte er dazu, »dass dieser Tag in mehrfacher Hinsicht für Euch von Bedeutung ist. Und nun lasst uns nicht länger säumen. Unsere Feinde versammeln sich, und wir haben schon viel zu lange gewartet – ziehen wir ihnen entgegen!«

14. OGYFA'Y'GELAN

Im Laufschritt hetzten sie durch die Felsengänge, ohne genau zu wissen, in welche Richtung sie sich wenden sollten – bis Granock irgendwann stehen blieb.

»Wartet!«

»Was ist?« Aldur hielt ebenfalls inne und wandte sich zu ihm um. »Brauchst du eine Pause?«

»Nein«, behauptete Granock schwer atmend. »Ich frage mich nur, wo unsere Verfolger geblieben sind.«

»Das stimmt«, pflichtete Alannah ihm bei. »Die Eisbarriere, die ich errichtet habe, ist nicht von unbegrenzter Dauer. Inzwischen sollten sie sie längst eingerissen haben.«

»Und warum gibt es hier unten keine Wächter?«, fügte Granock keuchend hinzu, der sich auf Rambok stützen musste, um nicht zusammenzubrechen. Der Ork ließ es mit leicht säuerlicher Miene über sich ergehen.

»Was weiß ich?«, blaffte Aldur. »Womöglich haben sie nicht genügend Leute, um die ganze Festung nach uns zu durchkämmen, oder …«

»Oder?«, hakte Granock nach.

Aldur überlegte, aber er tat so, als fiele ihm keine andere Möglichkeit ein, und schüttelte den Kopf.

»Oder sie wissen längst, wo wir sind, und bereiten uns einen Hinterhalt«, antwortete Granock an seiner Stelle.

»Und?«, fragte Aldur dagegen. »Was sollen wir deiner Ansicht nach tun? Umkehren?«

»Wir sollten zusehen, dass wir zurück zur Oberfläche kommen und aus dieser verdammten Festung verschwinden.«

»Nichts anderes habe ich vor – aber auf meine Weise.«

»Du scheinst wirklich überzeugt davon zu sein, dass es hier unten eine Kristallpforte gibt«, knurrte Granock. »Obwohl wir bislang keine Spur davon gefunden haben.«

»Allerdings bin ich das. Denk einfach nach. Eine andere Möglichkeit gibt es nicht.«

»Aber wenn du recht hättest, müssten hier unten doch Wachtposten sein. Ich meine, wenn es tatsächlich eine Schlundverbindung gäbe …«

»Still!«, fiel Alannah ihren Freunden plötzlich ins Wort. »Hört ihr das auch?«

Sie lauschten angestrengt, und zumindest Aldurs feines Elfengehör stellte fest, dass sich zu den unheimlichen Lauten, die fortwährend durch die Festung geisterten, zu dem Zischen und Stampfen und zu den entsetzlichen Schreien, noch ein weiteres Geräusch gesellt hatte. Ein leises Plätschern …

»Wasser«, sagte er.

»Mich dürft ihr nicht fragen«, stöhnte Granock. »Alles, was ich höre, ist das Rauschen von Blut in meinem Kopf.«

»Es kommt von über uns«, meinte Alannah und hob ihren Zauberstab, dessen Kristall sie genau wie Aldur als Lichtquelle benutzte. Der bläuliche Schein erfasste den glatten Fels der leicht gewölbten Decke und riss ihn aus der Dunkelheit. Unmittelbar darunter verlief eine Konstruktion, die ganz eindeutig nicht auf die ursprünglichen Erbauer Nurmorods zurückging, sondern auf die Zwerge: eine Leitung aus aneinandergefügten Eisenrohren, die die Quelle des plätschernden Geräuschs war.

»Nicht weiter ungewöhnlich«, meinte Granock. »Sie brauchen Wasser für die Herstellung ihres Stahls.«

Unvermittelt löste sich von einer der Fugen, an der die Rohre aneinanderstießen, ein Tropfen. Er fiel geradewegs auf Aldurs Schulter – und hinterließ einen roten Fleck.

»Was, bei Sigwyns Krone …?«

Der Elf trat zurück und nahm den Boden in Augenschein, wo sich bereits eine dunkle Lache gebildet hatte, die ihnen nur deshalb nicht aufgefallen war, weil sie gegen den dunklen Fels kaum auszumachen war. Vorsichtig streckte Aldur die Hand aus und berührte die Flüssigkeit. Seine Fingerspitzen färbten sich schreiend rot.

Aldur schaute auf und blickte in die betroffenen Gesichter seiner Gefährten. »Das ist kein Wasser«, stellte er fest, während erneut ein grässlicher Schrei durch die Stollen der Festung drang.

Südwestlich des Waldes von Trowna, in einem Gebiet, das »Thurwyns Revier« genannt wurde, weil dort vor langer Zeit König Thurwyn und sein Gefolge zur Falkenjagd ausgeritten waren, lagerte das Heer der Elfen.

Als Lagerplatz hatten sie eine längliche Senke ausgesucht, die nach Westen hin von einem bewaldeten Höhenzug begrenzt wurde. Von diesem aus bot sich ein weiter Ausblick auf das vom Grenzfluss durchzogene Tal, auf dessen anderer Seite die schroffen Ausläufer des Schwarzgebirges dunkel und drohend in den Abendhimmel wuchsen. Davor, ein Stück südlich des großen Felsens, der den Grenzfluss teilte, zeugten unzählige lodernde Feuer von der Gegenwart des feindlichen Heeres.

Anstatt den Wald von Trowna zu durchqueren und sich auf diese Weise der Gefahr eines Angriffs aus dem Hinterhalt auszusetzen, hatten die Menschen ihn in einem Gewaltmarsch umrundet und sich jenseits des Flusses festgesetzt. Sie waren zu weit entfernt, als dass man etwas anderes als die Lichtpunkte ihrer Lagerfeuer hätte erkennen können. Aber der Wind, der von Westen heranstrich, trug leisen Trommelschlag herüber, den Klang des Krieges.

Eine der vier Legionen, die König Elidor in aller Eile aufgeboten hatte – mehr war in der Kürze der Zeit nicht möglich gewesen –, sicherte den Lagerplatz nach Westen, während die anderen nach den ungeschützten Seiten hin Schanzarbeiten vornahmen. Ein Graben wurde ausgehoben und ein Wall aufgeworfen, sodass das Lager notfalls verteidigt werden konnte. Die Zelte, die die Elfenlegionäre zusammen mit ihrem Marschgepäck auf dem Rücken trugen, wurden in konzentrischen Kreisen um einen Mittelpunkt errichtet, den das Zelt des Königs einnahm. Dort, im Licht zahlloser Kerzen, die entzündet worden waren, um nicht nur das Dunkel der hereinbrechenden Nacht zu vertreiben, sondern auch die Furcht aus Elidors Herzen, beriet sich der junge Herrscher des Elfenreichs mit den Befehlshabern seines Heeres – und mit Farawyn, der seinem Versprechen gemäß die Streitmacht begleitet hatte.

Vor ihnen ausgebreitet lag eine der Karten aus dem Observatorium von Tirgas Lan – eine schematische Darstellung des Südreichs, die von den Ausläufern des Schwarzgebirges im Nordwesten bis nach Tirgas Dun im Südosten reichte. Farawyns Befürchtung war es gewesen, dass das feindliche Heer versuchen könnte, zu der Hafenstadt vorzustoßen, um sich Zugang zur See zu verschaffen und die Nachschubwege der Königsstadt abzuriegeln; doch wie es aussah, verfolgte der Feind andere Pläne.

»Ich frage mich, was die Menschen im Schilde führen«, sagte General Tullian, dessen vergoldeter Brustpanzer das Emblem von Tirgas Lan zierte. »Unseren Spähern zufolge sind sie bereits seit ein paar Tagen hier. Warum greifen sie nicht an, statt in aller Ruhe abzuwarten, bis wir unser Lager befestigt haben?«

»Vielleicht warten sie auf etwas«, gab Elidor zu bedenken.

»Mit Verlaub, Euer Majestät, worauf sollten sie warten? Die Menschen haben alles, was sie brauchen, während wir gerade erst dabei sind, unseren Posten zu beziehen. Sie hätten uns längst überrennen können.«

»Vielleicht wollten sie das ja«, wandte Farawyn ein, der am Ende des Kartentischs stand und sich mit beiden Armen darauf stützte. »Aber wir dürfen nicht vergessen, dass in Wahrheit nicht die Menschen das Kommando führen. Ortwein mag wie einst sein Vater davon überzeugt sein, ein großer Anführer zu sein, in Wahrheit ist er jedoch nur Margoks Marionette.«

»Wir kennen Eure Vermutungen, Meister Farawyn«, ergriff ein anderer General das Wort, der auf den Namen Irgon hörte. »Aber für uns macht es keinen Unterschied, welcher Natur unser Feind ist. Wir werden jeden Gegner Tirgas Lans mit aller Entschiedenheit bekämpfen.«

»An Eurer Entschlossenheit zweifle ich nicht, General«, beteuerte Farawyn, »aber dieser Krieg ist anders als jeder, in dem Ihr zuvor gefochten habt. Wenn Ihr Euch fragt, worin der Unterschied zwischen einem gewöhnlichen Gegner besteht und einem, der sich finsterer Mächte bedient, so bittet die Soldaten der fünften Legion um Auskunft.«

Irgon straffte sich, seine Züge gefroren. »Mäßigt Euch, Zauberer. Man erwähnt jene, die für das Reich gefallen sind, nicht leichtfertig und im Spott.«

»Das tue ich nicht, General. Ich wollte Euch nur klarmachen, was es bedeutet, gegen den Dunkelelfen zu kämpfen. Margoks Erinnerung reicht weiter zurück als die jeder anderen Kreatur Erdwelts. Er wurde im Großen Krieg geschlagen und kennt seine Schwächen – und er wird alles daransetzen, seine Fehler von einst nicht zu wiederholen.«

»Und was bedeutet das?«, fragte Tullian.

»Ich denke, dass unser junger König recht hat. Es muss einen Grund dafür geben, dass Margok uns noch nicht angegriffen hat – ebenso wie es einen Grund gibt, weshalb er sich ausgerechnet die Flussgabelung als Lagerplatz ausgesucht hat.«

»Weil die beiden Flüsse einen natürlichen Schutz bilden. Jeder militärische Führer, der halbwegs bei Verstand ist, würde diese Stelle auswählen.«

»Richtig, aber das allein ist es nicht«, beharrte Farawyn. »Die Flussgabelung ist historischer Boden, General. Hier war es, wo einst das Bündnis zwischen Elfen und Drachen geschlossen und durch einen Felsen besiegelt wurde, der fortan den Grenzfluss teilte. Und hier war es, wo im Großen Krieg eine der entscheidenden Schlachten zwischen den Mächten des Lichts und der Finsternis ausgetragen wurde. Die Orks wurden darin vernichtend geschlagen – nicht von ungefähr haben wir auf dem Buthúgolaith, dem Siegstein, ein Denkmal zu Ehren unserer Kämpfer errichtet. Es ist also nur folgerichtig, wenn sich der Dunkelelf ausgerechnet diesen Ort für seine Rückkehr ausgesucht hat. Er will uns damit zu verstehen geben, dass er wieder da ist – und dass er Rache für das nehmen will, was damals geschehen ist.«

»Und weshalb ist er dann noch nicht erschienen?«

»Ich nehme an, dass er auf Verstärkung wartet«, erwiderte der Zauberer, »und zwar von hier.« Er deutete auf die schroffen Kämme des Schwarzgebirges, die auf der Karte eingezeichnet waren. »Die Orks sind Margoks Kreaturen, und wir wissen, dass sie in letzter Zeit wiederholt die Grenze überschritten haben. Weshalb also sollte er nicht auch sie unter sein dunkles Banner gerufen haben?«

»Nach allem, was wir von unseren Kundschaftern wissen, ist Ortweins Heer etwas über dreitausend Kämpfer stark«, fasste Tullian zusammen, »was bedeutet, dass wir ihnen mit unseren vier Legionen an Zahl ebenbürtig und somit an Kampfkraft überlegen sind. Wenn die Menschen jedoch durch Orks verstärkt werden, so könnten sich die Verhältnisse rasch zu unseren Ungunsten verschieben.«

»Von den *neidora* ganz zu schweigen«, fügte Farawyn hinzu. »Margoks Leibwächter haben Eurer Armee schon einmal eine vernichtende Niederlage beigebracht, vergesst das nicht.«

»Und Ihr habt versprochen, uns diese elenden Schimären vom Leib zu halten«, konterte Irgon. »Wo ist die Unterstützung, die Ihr uns zugesagt habt? Wo bleiben Eure Brüder aus Shakara, die uns im Kampf unterstützen wollten?«

»Habt Geduld«, beschwichtigte Farawyn, »sie werden kommen.«

»Wann? Wenn es zu spät ist? Wenn wir alle erschlagen in unserem Blut liegen und der Feind gegen Tirgas Lan marschiert?«

»Einstweilen«, erwiderte der Zauberer, »nehmt meine Anwesenheit und die von Meisterin Maeve als Pfand dafür, dass auch noch andere Ordensangehörige zu uns stoßen werden.«

»Schön und gut, Meister Farawyn – aber Eure Anwesenheit allein wird uns weder die Unholde noch die *neidora* vom Hals schaffen, oder?«

Der Zauberer bemerkte die Aggression, die in Irgons Worten mitschwang, aber er verübelte sie ihm nicht. Es waren nicht Vorbehalte gegenüber dem Orden, die den General so sprechen ließen, sondern die Furcht davor, von einem Feind überrannt zu werden, gegen den Tapferkeit und Mut allein nichts auszurichten vermochten. Zu gern hätte Farawyn ihm gesagt, dass seine Sorge unnötig und die Verstärkung aus Shakara bereits unterwegs war – in Wahrheit jedoch war er sich selbst nicht sicher. Seit sie Tirgas Lan verlassen hatten, hatte er keine Nachricht vom Hohen Rat erhalten.

Er wusste nicht, was dort vor sich ging – hatte Gervan es sich noch einmal anders überlegt und seine Zusage zurückgezogen? Hatte Cysguran die Macht im Rat an sich gebracht und den Beschluss, dem König zu helfen, wieder rückgängig gemacht? Auch wenn Farawyn es nicht offen zugab und der Gedanke ihn an den Rand einer Panik brachte – beides war möglich. Wenn es so war, würde die Katastrophe unausweichlich sein, aber es gab nichts, was Farawyn dagegen unternehmen konnte. Wenn er jetzt das Heerlager verließ und nach Tirgas Lan zurückkehrte, so würde sich dies wie ein Lauffeuer unter den Soldaten verbreiten. Die Nachricht, dass die Zauberer von Shakara an ihrer Seite kämpften, hatte den Männern Mut gemacht; entsprechend verheerend würde es sich auswirken, wenn er sich jetzt scheinbar von ihnen abwandte. Nein – Farawyn hatte keine andere Wahl, als auf dem Platz auszuharren, den ihm das Schicksal zugewiesen hatte.

Elidor, der den Wortwechsel größtenteils schweigend verfolgt hatte, räusperte sich.

»Ja, Hoheit«, fragte Tullian. »Ihr möchtet etwas sagen?«

»Nun«, entgegnete der König, »offen gestanden habe ich mich gefragt, ob es in Anbetracht der Lage nicht angezeigt wäre, eine Gesandtschaft ins Lager der Menschen zu schicken.«

»Ihr wollt verhandeln?«, fragte Irgon.

»Ich will verhindern, dass sinnlos Blut vergossen wird«, berichtigte Elidor. »Möglicherweise finden wir einen Weg, uns mit Fürst Ortwein zu einigen.«

»Dann müsstet Ihr bereit sein, die Einheit des Reiches zu opfern«, stellte Tullian klar. »Mein König, ich kann nicht glauben, dass Ihr so etwas ernsthaft in Erwägung zieht.«

»Ich ziehe alles in Erwägung, was meinem Volk dient und dazu beiträgt, Schaden von ihm abzuwenden, General«, versicherte Elidor mit einem Selbstbewusstsein, das neu war und, so vermutete Farawyn, mit einer gewissen ehemaligen Aspirantin zu tun hatte, deren Gesellschaft der König neuerdings suchte. Vielleicht, dachte er, diente Caia dem Reich an dieser Stelle besser als im Orden. »Wenn wir den Krieg dadurch abwenden können, bin ich bereit, auch hier ein Opfer zu bringen.«

»Und diese Haltung ehrt Euch, Majestät«, versicherte Farawyn. »Wären es nur die Menschen, die dort im Flusstal aufmarschiert sind, würde ich Euch zu diesem Schritt raten – doch mit den Mächten, die hinter ihnen stehen, gibt es kein Verhandeln. Der Dunkelelf will das Elfenreich nicht schwächen, er will es beherrschen, und er wird sich nicht mit ein paar Brocken zufriedengeben, wenn er alles haben kann. Vor dieser Konfrontation gibt es kein Entrinnen – es sei denn, wir finden uns damit ab, geschlagen und vernichtet zu werden und Erdwelt in Dunkelheit versinken zu sehen. Ist es das, was Ihr wollt?«

Elidor schaute ihn aus großen Augen an. Die ohnehin schon blassen Züge des Königs waren kalkweiß geworden. »Sicher nicht«, erwiderte er tonlos. »Ich werde ...« Er unterbrach sich, als der Zelteingang plötzlich zurückgeschlagen wurde und ein Offizier eintrat. Seiner waldgrünen Kleidung nach gehörte er zu einem der Spähtrupps, die am frühen Abend ausgeschickt worden waren, um den Feind auszukundschaften.

»Mein König«, stieß er atemlos hervor und verbeugte sich. »Ich bringe Nachrichten von der Front.«

»Von der Front?« Elidor verkrampfte sich sichtlich. Die Sprache des Krieges war noch neu und ungewohnt für ihn, und sie schien ihm nicht zu behagen. »Was gibt es?«

»Orks, Euer Hoheit«, berichtete der Späher knapp. »Sie treffen soeben im Heerlager der Menschen ein – und es sind Tausende!«

15. ARFA CUTHÍUNA

Es war niederschmetternd.

Bis tief ins Innere der feindlichen Festung waren Granock und seine Freunde vorgedrungen, und hatten geglaubt, das Rätsel Nurmorods längst entschlüsselt zu haben. Doch das wahre Geheimnis dieses Ortes, den es nach offizieller Auffassung nicht einmal geben dürfte, schien noch weitaus grässlicher zu sein.

»Das Blut war rot. Menschenblut zweifellos«, flüsterte Alannah, während sie weiter durch den Stollen vordrangen, jetzt noch vorsichtiger und sich wachsam umblickend.

»Damit dürfte ziemlich klar sein, was mit den gefangenen Wildmenschen geschieht, die ihr gesehen habt«, meinte Granock düster. Seine Freunde hatten ihm berichtet, was sie nach seiner Entführung im Wald entdeckt hatten und wie sie schließlich in die Festung gelangt waren, und die Folgerung, dass die Zwerge von Nurmorod die Baumgeister Menschen jagen ließen, um sie anschließend zu töten, war für ihn die einzig schlüssige.

»Zumindest diese Frage wäre also geklärt«, bestätigte Aldur trocken. Das Schicksal der *gytai* schien ihn kaltzulassen. Sein Interesse galt mehr der Lösung des Rätsels.

»Aber was bezwecken die Zwerge damit?«, fragte Alannah. »Welchen Sinn kann es haben, Menschen zuerst lebend einzufangen und sie dann umzubringen?«

»Dem Blut eines Lebewesens wohnen besondere Eigenschaften inne, das solltest du wissen«, beschied ihr Aldur. »Nicht von ungefähr wurden die *neidora* zum Leben erweckt, indem man zehn Unschuldige opferte.«

»Aber wieso ausgerechnet Wildmenschen?«, fragte Granock.

»Womöglich eignet sich Orkblut dafür nicht«, vermutete Aldur mit einem Seitenblick auf Rambok. »Oder aber, es wird in großen Mengen benötigt. Die *gytai* sind in diesen Wäldern so zahlreich wie die Vögel; dennoch wird es niemandem auffallen, wenn sie verschwinden.«

Granock nickte. Was sein Freund sagte, entbehrte nicht einer gewissen Logik – zumindest, wenn man die Maßstäbe des Dunkelelfen anlegte. Aber was war der Zweck all diesen Mordens? Die Antwort, davon war er überzeugt, lag am Ende der Rohrleitung, auf die sie gestoßen waren, und ihnen allen war klar, dass sie diese Antwort finden mussten, ehe sie Nurmorod verließen, auf welchem Weg auch immer.

Von ihren Verfolgern war nach wie vor nichts zu sehen oder zu hören, auch Wachen schien es hier keine zu geben. Der Grund dafür wurde offenbar, als der Boden unvermittelt endete.

Aldur, der wie immer vorausging, stieß einen dumpfen Laut aus, als er plötzlich ins Leere trat.

»Aldur«, schrie Alannah, aber es war zu spät.

Der Elf stürzte nach vorn in die Dunkelheit – und klatschte bäuchlings in eiskaltes Nass.

Panik überkam ihn, aber schon im nächsten Moment merkte Aldur, dass das Becken, in das er gestürzt war, nur etwa Hüfttiefe hatte. Seine Füße fanden den Boden, er stützte sich ab und tauchte sofort wieder auf.

Keuchend kam er an die Oberfläche, den Zauberstab noch immer in der Hand und wütend über das Missgeschick, das ihm unterlaufen war. »Verdammt«, wetterte er, »was …?«

»Da ist etwas!« Granock, der mit Alannah und Rambok an der Abbruchkante stand, deutete auf das dunkle Wasser, mit dem das Becken bis zum Rand gefüllt war, sodass es vom glatten Boden kaum zu unterscheiden war. »Es kommt auf dich zu!«

Aldur fuhr herum, und tatsächlich konnte er mehrere leuchtende Schemen erkennen, die dicht unter der Oberfläche schwammen und pfeilartig auf ihn zuschossen. Der Elf begriff, dass er verschwinden musste. Solange er sich im Wasser aufhielt, konnte er seine Fähigkeit nicht nutzen, ohne sich selbst zu gefährden, also musste er raus, und das so schnell wie möglich!

»Aldur! Rasch!«

Als Alannahs Warnruf gellte, hatte er sich bereits umgewandt. Hals über Kopf stürzte er zum Rand des Beckens, von wo sich ihm die helfenden Hände seiner Gefährten entgegenstreckten. Sein schwimmender Verfolger jedoch holte rasch auf. Den *flasfyn* warf Aldur aufs Trockene, dann ergriff er Granocks und Alannahs Hände und setzte aus dem Becken. Gleichzeitig spürte er, wie etwas seinen linken Fuß packte.

Der Elf warf sich herum, um zu sehen, was es war – und bemerkte den Fisch, der sich in seinen Stiefel verbissen hatte. Das Tier war nur etwa eine Elle lang, und seine weißliche, matt leuchtende Färbung verriet, dass es in völliger Dunkelheit lebte. Entsprechend hatte es keine Augen – das Gebiss, mit dem es augestattet war, war dafür umso mörderischer.

»Verdammt!«, schrie Aldur. »Befreit mich von diesem Ding!«

Alannah reagierte prompt. Ihre Elfenklinge flog sirrend heran, und schon im nächsten Moment flog die hintere Hälfte des Fischs zurück ins Becken. Kaum war der Kadaver im Wasser aufgetroffen, schossen von allen Seiten noch mehr lumineszierende Schemen heran, die sich gierig auf die Beute stürzten. Fast hatte es den Anschein, als beginne das Wasser an der betreffenden Stelle zu kochen, so brodelte und schäumte es, und schon wenige Herzschläge später waren von dem Fisch nur noch ein paar abgenagte Gräten übrig.

»Was, beim großen Kristall, ist das gewesen?«, erkundigte sich Aldur, während er mit zitternden Händen den Kopf des Fischs von seinem Stiefel zerrte und ebenfalls zurück ins Wasser warf. »Fische wie diese habe ich noch nie gesehen!«

»Ich auch nicht«, gab Alannah zu.

»*Korr*«, pflichtete Rambok bei. »Jetzt wissen, warum keine Wachen. Nicht brauchen.«

»Ganz recht«, stimmte Aldur dem Ork in seltener Einmütigkeit zu, während er sich auf die Beine raffte und den Zauberstab wieder an sich nahm. »Und es bedeutet wohl auch, dass wir uns auf dem richtigen Weg befinden. Wenn sie hier eine Falle gestellt haben, dann heißt das, dass es etwas zu verbergen gibt.«

»Und wie weiter?«, fragte Granock.

»Es muss eine Brücke geben oder einen Mechanismus, der sich …«, begann Granock, als plötzlich frostkalte Luft den Stollen erfüllte. Ein markiges Knacken war zu hören, und im nächsten Moment war die Wasseroberfläche zu Eis erstarrt.

»Bitte sehr«, sagte Alannah nur und machte eine einladende Handbewegung. »Ihr wolltet eine Brücke? Hier ist sie.«

Es war genau so, wie Rurak es vorausgesagt hatte: Zahllos wie die Maden in einem faulenden Kadaver quollen die Orks über den Hügelkamm, der den südöstlichsten Ausläufer des Scharfgebirges markierte, und wie flüssige Gallerte ergossen sie sich in das Tal, wo das Heer der Menschen lagerte.

Von einem Felsblock aus, den er erklommen hatte, verfolgte der Abtrünnige das bizarre Schauspiel. Nach einem Marsch von mehreren Tagen, der sie am Rand des Dämmerwaldes entlang und dann über die ebenso schroffen wie unwirtlichen Grate des Scharfgebirges geführt hatte, waren sie endlich im Südreich angekommen. Der Plan des dunklen Herrschers war kurz davor, sich zu erfüllen.

In einer nicht enden wollenden Kolonne wälzte sich die Streitmacht der Unholde den steilen Hang hinab. Nicht wenige von ihnen stimmten in der Erwartung auf das bevorstehende Schlachten heiseres Gegröle an, andere brüllten ihre Kampfeslust und ihren Blutdurst einfach laut in die Nacht hinaus. Rurak konnte es nur recht sein. Je mehr Angst und Schrecken die Orks verbreiteten, desto besser.

Ein Stück weiter südöstlich, wo sich der Grenzfluss gabelte, hatte das Heer der Menschen sein Lager aufgeschlagen. Sie hielten sich im Schatten des Felsens, der an die große Niederlage erinnerte. Der abtrünnige Zauberer verzog das missgestaltete Gesicht zu einem Grinsen.

Wie begeistert seine Mitbrüder im Rat gewesen waren, als er vor vielen Jahren den Bau eines Denkmals für die Helden von einst angeregt hatte! Als Ratsmitglied Palgyr hatte er sich stets für die Wahrung traditioneller Werte eingesetzt und dafür, dass die Vergangenheit nicht in Vergessenheit geriet. So hatte es niemanden verwundert, als er die Errichtung eines großen Monuments gefordert hatte, das der Nachwelt für alle Zeit den großen Sieg vor Augen führen sollte. Selbst Farawyn und der immer kritische Cethegar hatten eifrig zugestimmt, und so war das Denkmal auf dem Siegfelsen errichtet worden, aus Granit gehauen von einigen der besten Steinmetzen des Zwergenreichs. Dass diese längst von ihren Gilden ausgeschlossen worden waren und in Wahrheit für einen anderen Auftraggeber arbeiteten, hatte niemand je erfahren.

Bis heute …

Rurak konnte nicht anders, als beim Anblick der sich vereinenden Heere in lautes Gelächter auszubrechen. Hoch oben auf dem Felsen stehend, brüllte er seinen Triumph laut hinaus – bis er plötzlich eine Stimme vernahm.

Du bist gekommen …

»Ja, mein Herr und Meister«, versicherte der Zauberer beflissen. »Genau wie Ihr es befohlen habt. Hier sind die Unholde, die Ihr wolltet. Sie gehören Euch.«

Einmal mehr hast du gute Arbeit geleistet, mein Diener. Dies wird nicht vergessen werden, nun, da die Stunde der Rache gekommen ist.

»Endlich«, bestätigte Rurak mit fieberndem Blick.

Die Heere sollen sich vereinen, aber lass die Unholde oberhalb der Gabelung ihr Lager beziehen. Wir wollen nicht, dass sie mit den Menschen aneinandergeraten. Ihr gemeinsamer Zorn soll sich auf unsere Feinde richten.

»Verstanden, Hoheit. Gibt es sonst noch etwas, das Euer niederer Diener für Euch tun kann?«

Ja, Rurak. Teile meinen Kreaturen mit, dass ich mich freue, sie nach all der Zeit zu sehen, die vergangen ist. Offenbar sind sie noch stärker geworden – und noch einfältiger und leichter zu lenken.

»Sie fragen immerzu nach Euch, Hoheit. Wann werdet Ihr Euch ihnen zeigen?«

Schon sehr bald. Sag meinen Kriegern, dass sie sich nicht mehr lange gedulden müssen. Bereits im Morgengrauen greifen wir an, und wenn die Sonne morgen untergeht, wird sie auf eine veränderte Welt blicken.

16. CARTRAL'Y'CRYSALION

Aldur übernahm erneut die Führung, und sie überquerten die gefrorene Fläche, wobei sie sich vorsehen mussten, nicht auszugleiten. Wie sich herausstellte, war das Becken sehr viel länger, als es zunächst den Anschein gehabt hatte – wer versucht hätte, es ohne Zuhilfenahme von Magie zu durchqueren, der wäre lebendigen Leibes gefressen worden.

Der Stollen endete vor einer Tür aus rostigem Metall, die fest verschlossen schien. Darüber verschwand die Deckenleitung im Felsgestein. Aldur blieb stehen. Den Zauberstab kampfbereit in den Händen, wartete er, bis seine Gefährten zu ihm aufgeschlossen hatten.

»Ich nehme an«, flüsterte er, »dass wir hinter dieser Pforte finden werden, wonach wir suchen. Seid ihr bereit?«

Die Gefährten nickten, auch Granock, obwohl ihm nicht danach zumute war. Wenn er sich konzentrierte und arg zusammennahm, konnte er inzwischen wieder den einen oder anderen *tarthan* vortragen. An einen Zeitzauber jedoch war vorerst nicht zu denken.

»Dann los!«

Der Gedankenstoß, den die drei Eingeweihten gemeinsam wirkten, war von solch urtümlicher Kraft, dass er die Türflügel aufsprengte. Krachend flogen sie aus den Angeln, der Weg in die dahinterliegende Kammer war frei.

»Vorwärts!«, rief Aldur.

Das Erste, was sie sahen, waren Schwaden von Dampf, die ihnen aus der Kammer entgegenwehten. Dann spürten sie die feuchte

Hitze und hörten das Brodeln. Granock kam es vor, als wären sie unversehens in einer Küche gelandet. Zu beiden Seiten blubberte und schäumte es in steinernen Becken. Aber es war keine Suppe, die darin kochte, sondern siedend heißes, mineralisches Wasser, das offenbar aus den Tiefen des Berges kam – und das versetzt war mit Menschenblut.

Die Röhre, der Granock und seine Gefährten gefolgt waren, verzweigte sich unterhalb der Decke, sodass zu jedem der in den Fels gehauenen Becken eine eigene Leitung führte, die dieses mit rotem Lebenssaft versorgte. Aber zu welchem Zweck? Was ging an dieser bizarren Stätte vor sich?

Vorsichtig traten die Eingeweihten an eines der Becken. Da nicht daran zu denken war, mit der Hand in das kochend heiße Wasser zu greifen, steckte Aldur kurzerhand das Ende des *flasfyn* hinein und rührte herum. Der Schaum verflüchtigte sich, und die Gefährten konnten einen Blick auf das erhaschen, was sich unter der brodelnden Oberfläche befand.

Es war ein Kristall.

Ein künstlich gezüchteter Kristall, nur eine Handspanne lang, denen nicht unähnlich, die in Shakara verwendet wurden, jedoch von tiefroter Farbe, die fraglos auf die Verwendung von Menschenblut zurückging.

»Also das ist es«, rief Aldur aus. »Darum geht es ihnen in Wirklichkeit!«

»Was meinst du?« Alannah schaute ihn verständnislos an.

»Sie lassen Kristalle wachsen, um sie als Waffen zu verwenden. Das ist das eigentliche Geheimnis von Nurmorod!«

»Kristalle als Waffen?« Alannah schüttelte den Kopf. »Aber das ist unmöglich! Alle existierenden Elfenkristalle stammen vom Annun ab, dem Urkristall, der seine Heimat an den Fernen Gestaden hat. Albon, der Stammvater aller Elfen, hat sie uns einst hinterlassen, und sie sind von *calada* erfüllt, dem Licht des Lebens. Man kann sie nicht als Waffe verwenden!«

»Margok konnte es«, widersprach Aldur. »Im Zuge seiner Experimente hatte er einen Weg gefunden, das Wachstum von Kristallen auf solche Weise zu manipulieren, dass sie sich auch für das

Böse einsetzen lassen, zu Zerstörung und Vernichtung. Der einzige Grund, warum sie damals nicht zum Einsatz kamen, ist der, dass der Krieg zu Ende ging, noch ehe Margoks jüngste Erfindung zur Herstellung gelangen konnte. Wäre es ihm gelungen, hätte der Krieg wohl einen anderen Ausgang genommen.«

»Woher weißt du das alles?«, fragte Alannah verwundert.

»Es existieren alte Aufzeichnungen, die sich des Themas annehmen«, erwiderte Aldur unbestimmt.

»Und wie hast du davon erfahren?«, bohrte Alannah weiter. »Hat Riwanon dir das erzählt?«

»Das eine oder andere«, bestätigte er. »Den Rest habe ich mir auf eigene Faust erschlossen.«

»Auf eigene Faust?« Alannah schaute ihn aus großen Augen an. »Aber dieses Wissen ist verboten.«

»Sie hat recht«, pflichtete Granock ihr bei. »Das alles sind Dinge, von denen du nichts wissen solltest.«

»Verdammt, warum seid ihr nur immer so ängstlich?«, fuhr Aldur sie beide an. »Ihr seid ja noch schlimmer als der Hohe Rat. Habt ihr denn gar nichts gelernt?«

»Was sollten wir denn deiner Ansicht nach gelernt haben?«, wollte Granock wissen.

»Da draußen«, zischte Aldur und deutete in die Richtung, aus der sie gekommen waren, »wird ein Krieg vorbereitet – und nach allem, was wir gesehen haben, wird dieser Krieg mit keinem zu vergleichen sein, der jemals in Erdwelt ausgetragen wurde. Hier geht es nicht um Politik, Granock, nicht um die Hinzugewinnung einzelner Gebiete oder die Erweiterung von Einfluss, sondern es geht um absolute Macht, und das einzige Ziel des Feindes lautet Vernichtung: die Vernichtung unserer Welt, die Vernichtung unserer Freiheit, die Vernichtung von allem, was wir kennen.«

»Schon gut, ich hab's begriffen«, versicherte Granock. »Aber was hat das mit diesen Kristallen zu tun?«

»Überlegt doch: Da alle bisherigen Mittel, den Dunkelelfen zu besiegen, kläglich gescheitert sind, haben wir nur eine Wahl: Wir müssen Margok mit den eigenen Waffen bekämpfen.«

»Was soll das heißen?« Alannah starrte ihn entsetzt an. »Du willst diese … diese Blutkristalle an dich nehmen?«

»Nur einen davon. Wir werden ihn nach Shakara bringen und erforschen. Danach werden wir in der Lage sein, so viele von ihnen herzustellen, wie wir brauchen.«

»Um was zu tun? Margok zu besiegen? Oder selbst zum Dunkelelfen zu werden?«

»Alannah, du verstehst nicht …«

»Nein, Aldur – du bist es, der hier nicht versteht. Margok ist das personifizierte Böse, und er ist ein Meister darin, andere Wesen zu manipulieren und zu missbrauchen. Viele, die glaubten, ihn zu bekämpfen, standen in Wahrheit längst in seinen Diensten!«

»Ich nicht«, sagte Aldur bestimmt. Seine Augen, fand Granock, hatten einen fiebrigen Glanz angenommen, aber vielleicht lag es auch nur an der brodelnden Hitze, die in der Kammer herrschte. »Alles, was ich will, ist Erdwelt und das Reich retten!«

»Indem du dich eines dunklen Zaubers bedienst? Das Blut unschuldiger Menschen haftet an diesen Kristallen, Aldur! Sie sind davon durchdrungen.«

»Vielleicht finden wir einen Weg, sie auf andere Weise herzustellen«, wandte Aldur ein. »Aber wenn wir sie nicht erforschen, werden wir das nie erfahren. Komm schon, Alannah – benutze dein Eis, um einen der Behälter abzukühlen. Dann nehmen wir uns den Kristall und verschwinden, noch ehe …«

»Nein.« Sie schüttelte den Kopf.

»Farawyn würde genauso handeln«, sagte Aldur überzeugt. »Glaubst du, er würde eine Möglichkeit ausschlagen, das Reich vor der sicheren Vernichtung zu bewahren?«

Die Elfin blieb bei ihrer ablehnenden Haltung – Granock hingegen wurde durch Aldurs Worte nachdenklich.

Hätte sein alter Meister es tatsächlich wie Alannah rundweg abgelehnt, die Waffen des Feindes einzusetzen? Selbst dann, wenn der Verzicht darauf womöglich Tausende von Unschuldigen das Leben kostete? Oder hätte Farawyn der Notwendigkeit gehorcht und versucht, die Errungenschaften des Bösen ihrer Natur zum Trotz zum Guten einzusetzen?

Granock wusste es nicht.

Hätte man ihm die Frage in Shakara gestellt und hätte er ausreichend Zeit gehabt, um in der Stille seiner Kammer darüber nachzudenken, wäre er vielleicht zu einem eindeutigen Ergebnis gekommen. In diesem Augenblick jedoch vermochte er nicht zu sagen, welcher von seinen Freunden nun recht hatte, und auch die flehenden Blicke, mit denen Alannah ihn bedachte, änderten daran nichts.

»Möglicherweise liegt Aldur richtig«, gab er zu bedenken. »Womöglich ist es wirklich der einzige Weg …«

»Ich habe recht«, war der Elf überzeugt. »Eine Gelegenheit wie diese bietet sich uns nicht noch einmal. Wenn wir sie nicht ergreifen, sind wir nicht besser als diese Zauderer im Rat!«

»Diese Zauderer«, widersprach Alannah mit bebender Stimme, »sind die weisesten Männer und Frauen von Erdwelt. Willst du behaupten, du wärst klüger als sie?«

»Keineswegs«, wehrte Aldur ab. »Aber nicht sie sind hier, sondern wir, und nicht sie haben zu entscheiden, sondern wir, und aus diesem Grund müssen wir handeln. Verstehst du nicht, dass wir keine andere Wahl haben?«

Sein Blick war streng geworden, sein Tonfall scharf und schneidend. Auch Alannah kam nun ins Zweifeln. »Granock?«, fragte sie.

»Ich denke, wir sollten es tun«, stimmte dieser zu. »Wenn Farawyn der Ansicht sein sollte, dass wir einen Fehler begangen haben, kann er den Kristall noch immer vernichten.«

Ernüchterung zeichnete sich auf ihren Zügen ab. Es war ihr anzusehen, dass sie gegen ihre Überzeugung handelte, aber um ihrer Gefährten willen lenkte sie ein. Noch einen Augenblick zögerte sie, dann senkte sie ihren Zauberstab über das Becken und streckte eine Hand aus. Es kostete sie kaum Mühe, die Temperatur des Wassers mittels des Eises so weit abzusenken, dass Aldur hineingreifen und den Kristall an sich nehmen konnte. Aber auch als er ihn in den Händen hielt und unter seiner Robe verschwinden ließ, machte Alannah kein Hehl daraus, dass sie nicht billigte, was er tat.

Der Elf kümmerte sich nicht darum. »Das war's«, meinte er leichthin. »Nun lasst uns verschwinden.«

»Kammer noch ein Ausgang«, berichtete Rambok, der sich inzwischen umgesehen hatte. »Vielleicht von dort Weg hinaus …«

Sie beschlossen, ihr Glück zu versuchen, und entriegelten die Tür, die sich auf der anderen Seite der Kristallkammer befand. Ein Gang schloss sich an, in den die vier Gefährten rasch hinaushuschten, froh darüber, die Hitze und die stickige Enge hinter sich zu lassen.

Sie kamen jedoch nicht weit.

Granock und Rambok, die diesmal die Vorhut übernommen hatten, fuhren erschrocken zurück, als unmittelbar vor ihnen ein Gitter aus der Decke fiel und ihnen den Weg versperrte.

»Verdammt!«

Abrupt fuhren sie herum und wollten in die andere Richtung fliehen, aber auch hinter Aldur und Alannah ratterte im nächsten Moment ein Fallgitter herab und schlug mit hässlichem Knirschen zu Boden.

Sie waren gefangen!

Aldur schoss die Zornesröte ins Gesicht. »Was ist das?«, rief er wütend.

»Eine Falle«, bemerkte Alannah trocken. »Granocks Vermutung war richtig.«

Aldur knurrte wie ein Raubtier. Die Vorstellung, dass sein menschlicher Freund recht gehabt haben könnte und er unrecht, machte ihn nur noch wütender. »Wie können sie es wagen?«, fauchte er. »Dafür werden sie bezahlen, so wahr ich Aldur bin, des Aldurans Sohn!«

Er fletschte die Zähne und packte seinen Zauberstab fester, entschlossen, seine Haut so teuer wie möglich zu verkaufen, als sich den Gang herab auch schon Schritte näherten. Die Gefährten rotteten sich zusammen. Mutig blickten sie dem Feind entgegen, der jeden Augenblick aus dem Dunkel des Stollens auftauchen würde. Sie rechneten mit Zwergen, mit Orks, vielleicht sogar mit einem Trollwächter – darauf, sich selbst zu begegnen, waren sie allerdings nicht gefasst.

Blankes Entsetzen erfasste Granock, als er sich selbst in die Augen blickte. Für einen Moment war er nicht fähig, zu handeln oder auch nur zu denken.

Dann traf ihn der Betäubungspfeil, und noch ehe er recht begriff, was geschah, verlor er das Bewusstsein.

Das königliche Heerlager war in Aufruhr.

Die Nachricht vom Eintreffen der Unholde hatte sich wie ein Lauffeuer verbreitet, und obwohl Elfenkrieger für ihre Disziplin bekannt waren und dafür, keinen noch so grausamen Gegner zu fürchten, griff wachsende Unsicherheit um sich, die Meisterin Maeve beinahe körperlich fühlen konnte.

Die Tatsache, dass eine ganze Legion am Nordrand von Trowna vernichtet worden war, hatte den Nimbus der Unbesiegbarkeit, mit dem sich das Elfenheer gern umgeben hatte, brutal zerstört. Als es nun auch noch hieß, Orks und Menschen hätten sich gegen das Elfenreich verbündet und würden gemeinsam in die Schlacht ziehen, da drohte die Stimmung gefährlich zu kippen. Farawyn zweifelte nicht, dass Margok dies beabsichtigt hatte. Andere Kreaturen einzuschüchtern und zu verängstigen war auch schon vor Tausenden von Jahren die Taktik des Dunkelelfen gewesen, und sie war oft genug aufgegangen.

Aber nicht dieses Mal.

Waren einige Generäle, unter ihnen auch der wackere Tullian, zuvor noch dafür gewesen, einen Frontalangriff auf das gegnerische Lager durchzuführen und den Feind zu überraschen, war man von dieser Möglichkeit nun abgerückt. Die Gefahr, dass das zahlenmäßig unterlegene Heer der Elfen zwischen Menschen und Orks aufgerieben wurde, war zu groß; vielmehr galt es, die Position am Hügelkamm, die das Tor nach Trowna und damit nach Tirgas Lan bildete, um jeden Preis zu halten und den Ansturm der feindlichen Horden abzuwehren.

Da die Verstärkung eingetroffen war, war es nur noch eine Frage der Zeit, wann Margoks Truppen angreifen würden. Der Generalstab hatte deshalb noch in der Nacht Alarm geben lassen. Die Soldaten wurden geweckt und auf den Hügelkamm geführt, um diesen in den bis zum Morgengrauen verbleibenden Stunden mit zusätzlichen Verteidigungsanlagen zu verstärken.

Die Nacht hallte wider von heiseren Befehlen und vom Geräusch der Äxte, die ein um das andere Mal ins Holz der Bäume geschlagen wurden. Farawyn war klar, dass man dies auch in Margoks Lager hören würde, sodass der Feind gewarnt sein würde, aber darauf kam es nicht mehr an.

Im Morgengrauen, daran hegte der Zauberer nicht den geringsten Zweifel, würden Menschen und Orks gemeinsam zum Sturm auf das Elfenheer ansetzen, und die Soldaten des Reiches mussten dem Angriff um jeden Preis standhalten.

Es ging nicht nur darum, in dieser ersten Schlacht einen Sieg davonzutragen, sondern auch, eine Grenze zu ziehen, ein Zeichen zu setzen, das deutlich machte, dass Erdwelt sich dem Dunkelelfen nicht ohne Gegenwehr unterwerfen würde. Gelang dies nicht, würde Tirgas Lan als Nächstes fallen; der Damm würde brechen und die Flut des Verderbens alles hinfortreißen, was das Elfengeschlecht als wichtig und wahr erachtete. Die Herrschaft der Dunkelheit, die einst unter hohem Blutzoll verhindert worden war, würde anbrechen, und die freien Völker Erdwelts würden ein Dasein in Finsternis und Sklaverei fristen, dem Tod näher als dem Leben.

»Meister Farawyn?«

Der Zauberer war Elidor dankbar dafür, dass er ihn aus seinen düsteren Gedanken riss. Gemeinsam standen sie auf dem Hügelkamm und beobachteten die Schanzarbeiten, die im Licht der Fackeln vonstattengingen.

»Ja, mein König?«

»Da ist etwas, das ich nicht verstehe.«

»Was meint Ihr?«

»Nun«, begann Elidor, der über seiner Tunika ein glitzerndes Kettenhemd und darüber den Harnisch mit dem königlichen Wappen trug. Statt seiner Krone hatte er den Königshelm auf dem Kopf, in dessen polierter Oberfläche sich der Fackelschein hundertfach spiegelte. Der Nachtwind bauschte seinen Umhang und ließ ihn leise flattern. »Die Unholde sind Margoks Kreaturen, richtig?«

»So ist es, mein König«, bestätigte Farawyn. »Der Dunkelelf hat sie einst aus Abkömmlingen unseres Volkes gezüchtet, die sich zu diesem Frevel bereit erklärt haben.«

»Somit verstehe ich, warum sie ihm dienen. Aber was ist mit den Menschen? Ortwein von Andaril begehrt gegen meine Herrschaft auf, weil er sich von mir unterdrückt fühlt …«

»Nicht von Euch persönlich, Majestät, aber von der königlichen Politik. Fürst Ardghals Taktik, die Menschen im Kollektiv für die Verfehlungen von Ortweins Vater zu bestrafen, hat großen Unmut erzeugt.«

»Das ist mir klar – aber glauben die Menschen ernstlich, dass es ihnen unter der Herrschaft des Dunkelelfen besser ergehen wird?«

»Die Menschheit ist noch jung, mein König. Ihre Erinnerung reicht nicht in die Zeit des Großen Krieges zurück. Sie wissen nicht, mit wem sie sich eingelassen haben, und Margok wird es ihnen auch nicht gesagt haben. Wahrscheinlich wähnen sie sich ihm gegenüber im Vorteil. Sie glauben, den Dunkelelfen für ihre Ziele arbeiten zu lassen, dabei sind sie schon längst ein Teil seiner Pläne geworden. Margok hat es von jeher verstanden, sich anderer Kreaturen nach Belieben zu bedienen, sogar als er noch Zauberer in Shakara war. Aus diesem Grund trifft den Orden eine besondere Verantwortung, wenn es um den Dunkelelfen geht.«

Farawyn merkte, wie Elidor ihn von der Seite anschaute, aber er blickte weiter starr geradeaus auf das Tal und das feindliche Lager, das sich in Gestalt ferner Lichter abzeichnete.

»Wenn es so ist, wie Ihr sagt«, begann der junge König leise, »weshalb sind Eure Schwestern und Brüder dann nicht längst eingetroffen, um unsere Truppen zu verstärken?«

»Das werden sie noch«, versicherte Farawyn.

»Glaubt Ihr das wirklich?«

Jetzt wandte der Zauberer doch den Blick und sah dem König, der eineinhalb Köpfe kleiner war als er und zu ihm aufschaute wie ein Novize zu seinem Meister, mitten ins blasse Gesicht. »Ich weiß«, sagte er im Brustton der Überzeugung, »dass es im Orden viele gibt, die nicht zögern werden, Euch im Kampf gegen das Böse beizustehen, mein König.«

»Dann sollten sie sich damit beeilen«, entgegnete Elidor, »denn in wenigen Stunden bricht der neue Tag an, und dann …« Er unterbrach sich, und Farawyn konnte die Furcht sehen und das Grauen, die sich in den Zügen des jungen Herrschers widerspiegelten.

»Denkt an unsere Vorfahren, Hoheit«, sprach er ihm Mut zu. »Vergesst nicht, dass wir hier auf historischem Grund und Boden stehen und Margoks Heer an diesem Ort schon einmal vernichtend geschlagen wurde. Der Buthúgolaith trägt seinen Namen zu Recht, und nicht von ungefähr wurde auf ihm das Denkmal unserer siegreichen Ahnen errichtet, auf das wir uns ewig an ihre Opfer …« Farawyn unterbrach sich.

Die Worte blieben ihm förmlich im Halse stecken, als plötzlich gleißendes Licht über dem Flusstal zu sehen war, eine flackernde energetische Entladung, die unmittelbar über dem feindlichen Heerlager niederging.

»Was ist das?«, fragte Elidor verblüfft.

»Ich bin mir nicht sicher …«

Das Denkmal unserer siegreichen Ahnen …

Wie ein Echo hallten die Worte in Farawyns Bewusstsein nach, und jedes Mal, wenn er sie vernahm, hatte der Zauberer das Gefühl, etwas übersehen zu haben. Erneut flackerte es, und ein Blitz zuckte aus dem nachtschwarzen Himmel und schlug in den Siegstein ein – und plötzlich kam dem Zauberer ein entsetzlicher Verdacht.

Ein Stöhnen entrang sich seiner Kehle, und er wankte, sodass Elidor ihm einen besorgten Blick zuwarf. »Was habt Ihr, Meister Farawyn? Ist Euch nicht wohl?«

Die Gedanken des Ältesten drehten sich im Kreis.

Plötzlich schien alles Sinn zu ergeben, und einmal mehr fragte er sich, wie er hatte so blind sein können.

»Das Denkmal, das auf dem Siegstein errichtet wurde«, ächzte er.

»Was ist damit?«

»Wisst Ihr, wie es entstand?«

»Nicht genau.« Der junge König schüttelte den Kopf. »Es steht dort auf dem Fels, solange ich zurückdenken kann. Aber Fürst Ardghal hat mir einst erzählt, dass es auf Betreiben der Zauberer von Shakara errichtet wurde.«

»Das ist richtig«, bestätigte Farawyn tonlos. »Ein Zauberer namens Palgyr, der vorgab, die Helden der alten Zeit ehren zu wollen, hat sich dafür eingesetzt. Er war es, der den Bau des Denkmals in Auftrag gab und es überwachte.«

Elidor brauchte einen Moment, um zu begreifen, was der Zauberer ihm zu verstehen geben wollte. »Aber Meister Farawyn«, stammelte er dann, »sagtet Ihr nicht, dass Palgyr ...«

»Genau das, mein König. Genau das. Und ich beginne zu ahnen, was er damals getan hat.«

1. DYNA TAITHA

»Granock? Kannst du mich hören?«

Wäre es jemand anders gewesen, der ihn rief, wäre Granock vermutlich gar nicht zu sich gekommen.

Sein Schädel war ein einziger pulsierender Schmerz, und seine linke Leibeshälfte mit dem gebrochenen Arm spürte er kaum noch. Übelkeit befiel ihn, sobald sich seine Sinne regten, und am liebsten wäre er sofort wieder in die Bewusstlosigkeit zurückgestürzt. Alannahs sanfte Stimme hinderte ihn jedoch daran.

»Granock …?«

Zögernd blinzelte er, dann war er wach. Sein Blick fokussierte sich, und er sah die Gesichter der beiden Gefährten, die besorgt auf ihn herabblickten – das eine strahlend und schön wie die Morgenröte, das andere hässlich wie die Nacht.

»Alannah«, stieß er heiser hervor. »Rambok …«

»Du lebst«, stellte die Elfin erleichtert fest.

»Ich glaube schon.«

»Sprich nicht. Es dauert eine Weile, bis die Wirkung des Schlafmittels nachlässt.«

»Schlafmittel …?«

Granock stöhnte, als die Erinnerung zu ihm zurückkehrte. Er war die ganze Zeit über das dumpfe Gefühl nicht losgeworden, dass die Zwerge von Nurmorod ihnen eine Falle stellten. Leider hatte er recht behalten …

»Wo ist Aldur?«, fragte er und drehte den Kopf, um sich umzusehen. Er lag auf feuchtem Erdboden, und soweit er es beurteilen konnte, befanden sie sich in einer Art Behausung oder Zelt. Ihre Füße lagen in Ketten, auch ihre Handgelenke waren gefesselt, daher rührte der Schmerz in seinem Arm. Von seinem elfischen Freund allerdings war weit und breit nichts zu sehen.

»Ich weiß es nicht.« Alannah schüttelte den Kopf.

»Was soll das heißen? War er nicht hier?«

Die Elfin verneinte abermals. Dabei traten Tränen in ihre Augen. »Als ich erwachte, war er verschwunden«, berichtete sie leise. »Nur du und Rambok waren hier.«

»Das muss nichts bedeuten. Möglicherweise haben sie ihn in ein anderes Zelt gebracht. Wo sind wir hier überhaupt?«

»In einem Heerlager der Menschen.«

»Ein Heerlager der Menschen?« Granock schaute die Freundin aus großen Augen an. »Demnach sind wir nicht mehr in Nurmorod?«

»Ich glaube nicht.«

»Also – war Aldurs Vermutung richtig? Existierte dort tatsächlich eine Kristallpforte? Und sind wir womöglich hindurchgereist?«

Alannah schüttelte den Kopf. »Ich weiß es nicht. Niemand von uns weiß es, denn wir sind alle ohne Bewusstsein gewesen. Und deshalb haben wir auch keine Ahnung, was mit Aldur geschehen ist. Womöglich«, fügte sie mit brüchiger Stimme hinzu, »hat er die Reise nicht mehr mitgemacht ...«

»Unsinn«, widersprach Granock in einem Reflex, aber natürlich musste er zugeben, dass die Möglichkeit bestand. Das Letzte, woran er sich erinnerte, war sein eigener Doppelgänger, der jenseits des Fallgitters aufgetaucht war – ein Baumgeist zweifellos, der sich sein Aussehen ...

Granock zuckte zusammen, sein Innerstes verkrampfte sich.

»Was hast du?«, fragte Alannah.

»Wer sagt mir, dass du keine *nev'ra* bist?«

»*Shnorsh*«, maulte Rambok. »Du fängst wieder damit an?«

»Die *nev'rai* können nicht sprechen«, brachte Alannah etwas sanfter in Erinnerung. »Weißt du nicht mehr?«

Granock blieb misstrauisch. »Womöglich haben sie es inzwischen gelernt«, vermutete er hilflos. »Vielleicht bin ich ja nur hier, weil ihr beide mich befragen sollt. Oder mich langsam in den Wahnsinn treiben …«

»Glaubst du das wirklich?«

»Woher soll ich das wissen?«, begehrte Granock auf. »Ich weiß nicht mehr, was ich glauben soll und was nicht!«

»Genau wie ich«, beschied Alannah ihm ruhig. »Also nenne mir einen guten Grund, warum ich dich nicht ebenfalls für einen Doppelgänger halten sollte.«

»Den kann ich dir nicht nennen.«

»Ebenso wenig wie ich«, bestätigte die Elfin. »Aber wenn wir jetzt anfangen, uns gegenseitig zu misstrauen, dann brauchen wir den Kampf gegen den Dunkelelfen erst gar nicht mehr aufzunehmen, denn wenn es unter Freunden kein Vertrauen gibt, ist unsere Welt ohnehin verloren!«

Sie hatte immer lauter gesprochen, bis sich ihre Stimme zuletzt überschlagen hatte. So aufgebracht hatte Granock sie noch niemals erlebt, und es erschreckte ihn, sie so zu sehen. »Bitte verzeih mir«, flüsterte er, »ich bin …«

»… ein Narr«, brachte sie den Satz zu Ende.

»Das war es eigentlich nicht, was ich sagen wollte.«

»Ach nein?«

»Nein.« Er lächelte schwach. »Ich wollte sagen, dass ich nur ein Mensch bin, mit allen Fehlern und Vorzügen, die meinesgleichen nun einmal anhaften.«

»Vorzüge? Welche Vorzüge?«, schnaufte Rambok.

In diesem Moment erhielten sie Gesellschaft.

Der Zelteingang wurde beiseitegeschlagen, herein trat jemand, den sie nur zu gut kannten, auch wenn er sich seit ihrer letzten Begegnung sehr verändert hatte.

Abgrundtiefe Falten durchzogen seine Haut, die wie gegerbtes Leder aussah und von Narben und Schwielen übersät war. Die Augen schienen in den Höhlen zu versinken, ihr stechender Blick jedoch war noch immer derselbe …

»Palgyr!« Granock spuckte den Namen aus wie eine verdorbene Speise.

»Bitte.« Der Zauberer, dessen Züge um ein Äon gealtert schienen, obwohl seit ihrem letzten Zusammentreffen nur zwei Jahre verstrichen waren, schüttelte angewidert das kahle Haupt. »Mein Name ist Rurak, wie ihr sehr wohl wisst.«

»Rurak oder Palgyr, wo ist der Unterschied?«, fauchte Alannah. »Ihr seid ein Verräter!«

»Mir kommen gleich die Tränen«, versicherte der Abtrünnige, dessen Gewand so schwarz war, dass es das spärliche Licht im Zelt noch zu schlucken schien. »Das letzte Mal, als ich euch sah, wart ihr weniger aufsässig.«

»Das letzte Mal waren wir noch Novizen«, knurrte Granock, »jetzt sind wir in die Geheimnisse des Ordens eingeweiht.«

»Und das soll mich beeindrucken?« Der Schurke lachte, wobei sich sein Raubvogelgesicht brutal verzerrte. »Ihr törichten Kinder! Habt ihr eine Ahnung, wie meine Macht und mein Einfluss seit unserer letzten Begegnung gewachsen sind?«

»Wenn schon«, beschied Alannah ihm ungerührt, »Ihr seid nichts weiter als ein gewöhnlicher Verbrecher!«

»Natürlich.« Der abtrünnige Zauberer schüttelte mitleidig den Kopf. »Ich hatte fast vergessen, wie einseitig und naiv ihr seid, das Produkt eurer Meister. Der gute Cethegar war ebenfalls nie in der Lage, das Wesentliche zu sehen.«

»Ihr solltet seinen Namen besser nicht erwähnen«, warnte Alannah.

»Warum nicht? Reißt das etwa alte Wunden auf?« Rurak lachte kurz auf, dann verschwand jede Heiterkeit aus seinem entstellten Gesicht. »Ich werde euch etwas von alten Wunden erzählen: Ihr beide habt dazu beigetragen, dass meine Pläne vereitelt wurden und man mich nach Borkavor steckte, in dieses Loch, das finsterer ist als jede Nacht.«

»Ihr hattet es verdient«, war Alannah überzeugt.

»Unwissende! Was weißt du schon davon, was es bedeutet, seine Zeit in absoluter Finsternis zu verbringen, abgeschieden von der Welt, mit dem Wahnsinn als einzigem Begleiter? Man verliert dabei den Verstand …«

»Offensichtlich«, knurrte Granock.

»Schweig!«, fuhr Rurak ihn an, dass sich seine Stimme überschlug und seine Augen aus ihren tiefen Höhlen zu treten schienen. »Du hast keine Ahnung, was es bedeutet, über einen so langen Zeitraum hinweg eingeschlossen zu sein – du hast ja nicht einmal Dolkons Folter ertragen, sondern gewinselt wie ein kleines Kind!«

»Was?« Granock glaubte nicht recht zu hören. »Ihr wisst, was geschehen ist?«

»Natürlich«, versicherte der Schurke grinsend, »und ich darf dir versichern, dass es mir großes Vergnügen bereitet hat, dir bei deinen Qualen zuzusehen.«

»Die Kristallkugel«, brachte Alannah in Erinnerung, was Granock völlig entfallen war. »Er verfügt über die Fähigkeit, mittels eines präparierten Elfenkristalls weit entfernte Geschehnisse zu sehen …«

Granock holte scharf Luft – in diesem Augenblick erinnerte er sich an den seltsamen, kugelförmigen Gegenstand, den Thanmar in den Händen gehalten hatte. Der Aufseher von Nurmorod hatte sogar zu seinem Herrn und Meister gesprochen …

»Ganz recht«, bestätigte Rurak. »Ich wusste zu jeder Zeit, was ihr tut. Euer lächerlicher kleiner Fluchtversuch war von Beginn an zum Scheitern verurteilt.«

»Was Ihr nicht sagt«, konterte Granock. »Wenn es so ist, warum habt Ihr uns dann nicht sofort wieder einfangen lassen?«

»Wir haben es versucht, aber wie ich feststellen konnte, seid ihr in den letzten beiden Jahren einfallsreicher geworden. Also habe ich einfach abgewartet und euch eine Falle gestellt. Mir war klar, dass ihr der Versuchung nicht widerstehen und früher oder später die Kristallkammer aufsuchen würdet. Ich brauchte Thanmar und seine Leute nur anzuweisen, dort auf euch zu warten.«

»Das ist nicht wahr!«

»Oh doch, mein Junge. Ihr mögt manches gelernt und eure Zauberkräfte verfeinert haben – aber ihr seid ebenso leicht zu durchschauen wie jene, die euch all das beigebracht haben. Farawyn war nie sehr gut darin, seine Ziele zu verschleiern, entsprechend leicht ist er zu durchschauen.«

»Farawyn ist ein großer Zauberer«, behauptete Granock.

»Ein großer Zauberer?« Rurak lachte spöttisch auf. »Mein Junge, ich fürchte, du hast keine Ahnung, was wahre Größe bedeutet. Mit deiner Gabe, über die Zeit zu gebieten, könntest du einer der mächtigsten Zauberer werden, die Erdwelt je gesehen hat. Hat Farawyn dir das jemals gesagt?«

Granock schüttelte den Kopf. »Nein.«

»Natürlich nicht. Weil er sich insgeheim vor deiner Fähigkeit fürchtet – ebenso wie vor deiner, Tochter der himmlischen Gärten. In seiner Welt dreht sich alles um Unterdrückung und Kontrolle. Ich hingegen bin frei, das zu tun, was mir beliebt. *Das* ist wahre Macht und Größe!«

»Ihr seid nicht frei, sondern ein Sklave Eurer eigenen Gier und Bosheit«, widersprach Alannah. »Farawyn geht es nicht darum, Macht auszuüben. Er möchte die Welt geordnet sehen und in Frieden …«

»Das ist auch unser Ziel«, behauptete der Abtrünnige, »und wir stehen kurz davor, es zu erreichen. Noch während wir sprechen, bereitet sich das gemeinsame Heer von Menschen und Orks darauf vor, das Elfenreich zu überrennen – nichts und niemand wird es aufhalten können.«

»Menschen und Orks?« Granock schüttelte trotzig den Kopf. »Das ist nicht wahr!«

»Es ist wahr«, versicherte Rurak, »das weißt du genau, denn du kennst die Abgründe der Menschen besser als jeder von uns, nicht wahr? In ihrem Streben nach Macht und Ruhm sind sie einfach zu beeinflussen und schrecken auch nicht davor zurück, sich mit ihren Erzfeinden zu verbünden, wenn es ihren Zwecken dient.«

Granock biss sich auf die Lippen. Er hätte nur zu gern widersprochen, aber er konnte es nicht. Der Zauberer hatte recht, genau wie Aldur damals.

»Wo sind wir?«, fragte Alannah unvermittelt. »Wohin habt Ihr uns bringen lassen?«

Rurak lachte triumphierend. »Wir befinden uns im Tal des Grenzflusses, dort, wo sich das Wasser teilt.«

»Am Siegstein?«, fragte die Elfin verwundert.

»Genau dort – denn das Zeichen des Sieges soll zum Fanal der Niederlage werden. Die Heere sind bereits versammelt, und sie brennen darauf, ihre Klingen in Elfenblut zu tauchen. Wenn der Morgen graut, werden sie den Fluss überschreiten und gegen das lächerliche Aufgebot ziehen, das dieser Grünschnabel Elidor ins Feld geschickt hat.«

»Täuscht Euch nicht«, warnte ihn Granock. »Die Krieger des Elfenreichs werden sich tapfer behaupten.«

»Vielleicht – aber sie werden ebenso verloren sein wie diese Narren, die sich den *neidora* widersetzen wollten.« Der Zauberer sah das Unverständnis, das seine Worte auf den Gesichtern der Gefangenen hervorriefen, und grinste noch breiter. »Ihr wisst wohl noch nichts davon, wie? Eine ganze Legion eurer ach so tapferen Krieger wurde nördlich von Trowna vernichtet. Die Echsenkrieger haben ganze Arbeit geleistet.«

»Unmöglich!« Granock schüttelte den Kopf. »Ihr lügt! Selbst die *neidora* können es nicht mit einer ganzen Legion aufnehmen!«

»Ich gebe zu, dass die Macht des Dunkelelfen wohl ebenfalls ihren Teil dazu beigetragen hat. Aber das Massaker von Trowna hat den Elfen gezeigt, dass sie nicht unbesiegbar sind. Es hat ihnen Angst gemacht, und sie werden feststellen, dass diese Angst nur zu begründet ist. Denn«, fuhr der Abtrünnige fort, »noch während wir sprechen, wird Kriegsgerät herangeschafft, wie Erdwelt es noch nie zuvor gesehen hat. Ihr wisst, wovon ich spreche …«

Alannah antwortete nicht, aber ihren verkrampften Zügen war anzusehen, dass Rurak nur zu Recht hatte. Natürlich erinnerte sie sich an die fremdartigen Kampfmaschinen, die Aldur und sie in Nurmorod gesehen hatten – aber wie sollten sie plötzlich ins Flusstal gelangt sein?

»Ich weiß, was du jetzt denkst«, beschied der Zauberer ihr hämisch. »Du fragst dich, wie all diese Waffen die große Entfernung überbrücken sollen, die zwischen hier und Nurmorod liegt. Dabei hatte ich geglaubt, dass ihr zumindest dieses Rätsel inzwischen gelöst hättet – wie sonst hättet ihr selbst hierhergelangen sollen?«

»Es stimmt also«, schnaubte die Elfin. »Aldurs Vermutung war richtig. Es gibt eine Kristallpforte.«

»Natürlich.« Ruraks Lächeln war voller Genugtuung. »Die Voraussetzung dafür war schon vor langer Zeit geschaffen worden, es musste nur ein Austrittspunkt gefunden werden – und da kam ich ins Spiel. Und es mag euch wundern, dass eure Meister auch ihren Beitrag dazu geleistet haben.«

»Ihr lügt!«, begehrte Granock auf.

»Keineswegs. Sie alle waren der Ansicht, dass es auf dem Siegstein eines Denkmals bedurfte, eines Monuments, das die Nachwelt auf ewig an den Sieg des Lichts über die Finsternis erinnern solle, und so haben sie meinem Antrag bereitwillig zugestimmt.«

»Eurem Antrag?« Granock traute seinen Ohren nicht.

»Es stimmt«, beteuerte Alannah. »Der Bau des steinernen Bildnisses auf dem Buthúgolaith, das Krieger und Zauberer im Augenblick des Triumphs über die Orks zeigt, wurde auf Betreiben von Rat Palgyr errichtet ...«

»... der den Bau genutzt hat, um am Siegstein einige Veränderungen vorzunehmen«, fügte Rurak grinsend hinzu.

»Also habt Ihr schon damals für Margok gearbeitet.«

»Sagen wir, ich habe schon damals erkannt, dass der Hohe Rat eine überkommene Institution ist. Es liegt eine gewisse Zwangsläufigkeit darin, dass ihm seine eigene Eitelkeit nun zum Verhängnis wird.«

»Aber warum haben die Zauberer nichts davon bemerkt?«, fragte Granock hilflos. »Wie konnte die Existenz weiterer Kristallpforten verborgen bleiben?«

»Das ist das Beste daran«, beschied ihm der Schurke genüsslich, »denn unsere Schlundverbindung bezieht ihre Energie aus ebenjenen Elfenkristallen, die auch den Dreistern versorgen, sodass es nie einen Anstieg von Kristallenergie gegeben hat, der einen Verdacht hätte erregen können. Anders gewendet, heißt das aber auch, dass die Macht des Dreisterns von Shakara versiegt, sobald unsere Kristallpforte sich öffnet.«

»Aber das bedeutet ja, dass ... dass ...«

»Ganz recht.« Das Grinsen in Ruraks Gesicht wirkte mehr und mehr wie das eines Totenschädels. »Es bedeutet, dass die Zauberer die Ordensburg nicht verlassen können und dass jeder Ruf nach Hilfe sie zu spät erreichen wird – und deshalb, so fürchte ich, wird dieser Krieg zu Ende und gewonnen sein, noch ehe er richtig begonnen hat.«

Der Verräter brach in dröhnendes Gelächter aus, das wie stinkende Jauche auf die Gefangenen niederging. Granock und Alannah verständigten sich mit einem knappen Blick – und handelten in stillem Einvernehmen.

Ihre Mission war gescheitert, was aus Aldur geworden war, wussten sie nicht, und allem Anschein nach stand der Feind kurz davor, die Heimat zu überrennen.

Alles, was sie tun konnten, war, einen der Urheber des Übels für seine Vergehen zu bestrafen und ihn unschädlich zu machen, hier und jetzt, ganz gleich, was die Folgen sein mochten.

Blitzschnell sprang Granock auf und richtete die unverletzte Hand auf den abtrünnigen Zauberer, wollte ihn erstarren lassen, während Alannah sich darauf vorbereitete, ihn mit einer Lanze aus Eis zu durchbohren – aber weder das eine noch das andere geschah. Beide Eingeweihten hatten das Gefühl, gegen eine unsichtbare Mauer zu rennen. Benommen sanken sie nieder, worüber Rurak nur noch lauter lachen musste.

»Wolltet ihr das wirklich versuchen?«, keifte er. »Habt Ihr wirklich gedacht, dass Ihr mich angreifen könnt? Wisst ihr denn nicht, dass die Gegenwart des Dunkelelfen eure Fähigkeiten unterbindet?«

»D-die Gegenwart des Dunkelelfen?«, stammelte Alannah erschrocken. »Margok ist hier?«

»In unmittelbarer Nähe«, verriet Rurak ihnen genüsslich. »Und falls ihr euch gefragt haben solltet, wo euer übereifriger Elfenfreund steckt – er ist in diesem Augenblick bei ihm …«

Mit offenem Mund, die Augen weit aufgerissen, beobachtete Farawyn, wie sich seine Vermutungen bestätigten.

Immer wieder flackerten in der Ferne Blitze und erhellten sowohl den Siegfelsen mit dem Denkmal darauf als auch die feindlichen Heerlager, und jedes Mal, wenn sie es taten, waren riesige, schemenhafte Gestalten zu erkennen, die aus dem Felsgestein zu wachsen schienen und auf pfeilerartigen Beinen vorwärtsstampften.

Es stimmte also.

Es gab eine verborgene Schlundverbindung, und kein anderer als Rurak hatte sie vor den Augen des Rates am Buthúgolaith installiert. Der Älteste verwünschte sich dafür, dass er selbst einer der ersten gewesen war, die der Errichtung des Denkmals zugestimmt hatten. Wie sehr hatte er nach der Aufdeckung von Ruraks Verschwörung darauf geachtet, nicht noch einmal hinters Licht geführt zu werden – dabei musste er nun feststellen, dass er bereits Jahrzehnte zuvor noch viel schlimmer getäuscht worden war.

Warum, so fragte er sich, hatte er dies nicht vorausgesehen? Was nutzte ihm seine Gabe, wenn sie ihm nicht die wesentlichen Dinge zeigte?

Farawyn war Verstandesmensch genug, um zu wissen, dass er sich mit derlei Überlegungen nicht aufhalten durfte. Es war sinnlos, sich zu fragen, wie es dem Feind gelungen war, eine zweite Schlundverbindung einzurichten. Sie existierte, und es galt zu entscheiden, was nun unternommen werden sollte.

»Meister Farawyn«, hauchte Elidor, der neben ihm stand und eingeschüchtert auf das unheilvolle Schauspiel blickte, das sich in der Ferne abspielte. »Was sind das für Kreaturen, die aus dem Nichts zu kommen scheinen? Welcher dunkle Zauber hat sie zum Leben erweckt?«

»Kein Zauber, Hoheit«, wehrte der Älteste ab. »Jene Kreaturen werden *ilfantodion* genannt, und sie entstammen den schwärzesten Dschungeln Aruns. Sigwyn begegnete ihnen einst auf seiner Fahrt, und auch auf den Schlachtfeldern des Krieges wurden sie eingesetzt.«

»Ich habe von ihnen gehört, sie aber noch nie mit eigenen Augen gesehen.«

»Die wenigsten haben das, Hoheit. Aber in den Chroniken wird berichtet, dass sich die *ilfantodion* auf dem Schlachtfeld in rasende Bestien verwandeln, die jedwedes Hindernis aus dem Weg räumen.«

»Aber ... gegen solche Kreaturen können wir nichts ausrichten«, entgegnete der König mit einem bedauernden Blick auf die Schanzungen, die an der Westflanke des Höhenzugs errichtet worden waren und mit ihren Gräben und zugespitzten Pfählen dazu angetan sein mochten, angreifendes Fußvolk oder auch feindliche Reiterei aufzuhalten – aber ganz gewiss keine Monstren von solcher Größe.

»Ich weiß, Hoheit«, stimmte Farawyn zu, »und deshalb müssen wir angreifen.«

»Was?« General Tullian, der ebenfalls dabeistand, schüttelte unwillig das behelmte Haupt. »Was redet ihr da?«

»Ich spreche davon, den Feind zu attackieren, ehe er immer noch mehr Verstärkung erhält«, erklärte der Zauberer. »Jener Fels dort unten ist eine Kristallpforte, General – eine Verbindung an einem weit entfernten Ort, durch die Margoks Armee ohne Unterlass Verstärkung erhalten wird. Die Kampfkolosse sind vermutlich nur der Anfang – wer weiß, was Margok noch alles aufbieten wird, um seiner Armee den Zugang nach Tirgas Lan zu öffnen? Er hatte lange Zeit, um diesen Krieg vorzubereiten.«

»Aber – die Verteidigungsstellungen zu verlassen und sich dem Feind unter diesen Voraussetzungen entgegenzuwerfen, wäre reiner Selbstmord«, prophezeite Tullian zu Elidors sichtlichem Entsetzen. »Einen solchen Angriff würden wir nicht lange durchstehen.«

»Jedenfalls sehr viel länger, als wenn wir abwarten, bis Margoks Heer sich ganz formiert hat«, konterte Farawyn. »Wenn wir ihm noch mehr Zeit geben, wird er unsere Legionen hinwegfegen, als hätte es sie nie gegeben, und das Massaker von Trowna wird nichts sein im Vergleich zu dem, was uns bevorsteht! Wenn wir dem Dunkelelfen die Stirn bieten wollen, dann müssen wir es jetzt tun, andernfalls wird ohnehin alles verloren sein. Also?«

Farawyn schaute den General herausfordernd an, während Elidors Blicke unsicher zwischen beiden hin und her pendelten. Es war dem König anzusehen, dass er Tullians Bedenken teilte, aber die Einwände des Zauberers waren nicht von der Hand zu weisen. So oder so, ein Beschluss musste gefasst werden, und Elidor ahnte, dass ihm dies niemand abnehmen konnte.

Er war der König des Elfenreichs.

Es war seine Entscheidung …

»Mein König?«, fragte Tullian.

Elidor hielt dem prüfenden Blick des Generals stand, und als er sprach, tat er es nicht als der verträumte Jüngling, den ein widriges Schicksal auf den Thron von Tirgas Lan verschlagen hatte, sondern als jemand, der sich seiner Verantwortung bewusst geworden war, als der König von Tirgas Lan. »Ihr habt Meister Farawyn gehört«, sagte er laut und mit fester Stimme. »Unsere einzige Aussicht zu überleben besteht in einem Angriff – also greifen wir an. Der Dunkelelf soll nicht denken, dass wir uns kampflos ergeben, und seine Schergen sollen erfahren, was es heißt, das Elfenreich zum Krieg herauszufordern.«

Das Zögern des Generals währte nur einen kurzen Augenblick. »Zu Befehl, mein König«, bestätigte er dann – und ließ die Kriegstrommeln zum Angriff schlagen.

2. DOTHAINUR

Aldur, hörst du mich? Ich rede mit dir …

Weich und säuselnd drang die Stimme an Aldurs Ohr und kitzelte sein Bewusstsein. Sie weckte Erinnerungen …

Weißt du denn nicht mehr, wer ich bin? Erinnerst du dich nicht mehr an mich?

Er erinnerte sich, aber er konnte nicht antworten. Einerseits, weil er sein Bewusstsein noch nicht ganz wiedererlangt hatte, andererseits, weil eine Stimme im hintersten Winkel seines Verstandes ihm sagte, dass er diese nicht hören durfte. Es war unmöglich …

Du zweifelst an mir?, fragte sie, als könnte sie seine Gedanken lesen. *Nachdem ich alles darangesetzt habe, dich in den Geheimnissen der Magie zu unterrichten? Nachdem ich dir Dinge gezeigt habe, die du ohne mein Zutun für unmöglich gehalten hättest? Ich habe dir alles gegeben, Aldur …*

Ein Stöhnen entrang sich Aldurs trockener Kehle. Er war kurz davor, die Fesseln der Ohnmacht abzustreifen und zu erwachen, aber er tat es nicht aus Furcht, die Stimme könnte verstummen. Womöglich war sie nur eine Täuschung, die ihm die Bewusstlosigkeit vorgaukelte.

»Meisterin«, flüsterte er mit noch immer geschlossenen Augen. »Seid Ihr es?«

Du erinnerst dich also doch, stellte die Stimme zufrieden fest. *Ich glaubte schon, du hättest mich vergessen – mich und alles, was ich für dich getan habe.*

»Wie kommt Ihr darauf?«

Wie ich darauf komme? Warst nicht du es, der sich gegen mich gewandt und mich verraten hat? Der sich auf die Seite meiner Feinde schlug und mich im entscheidenden Moment verlassen hat?

»Ich konnte nicht anders handeln«, widersprach Aldur. »Ihr habt den Orden verraten und alles, woran ich glaube …«

Woran du glaubst? Die Stimme wurde schärfer. *Junger Narr, wäre ich nicht gewesen, so gäbe es nichts, woran du glauben könntest! Dein Vater, dieser blutarme Feigling, hat nie erkannt, was in dir steckt. Ich erst habe dich zu dem gemacht, was du bist – zum mächtigsten Zauberer, den Erdwelt seit langer Zeit hervorgebracht hat.*

»Denkt Ihr das wirklich?«

Wer will sich mit dir messen? Der eitle Farawyn? Dieser Emporkömmling Granock? Oder gar dieser Speichellecker Rurak, der sich wie ein Wurm vor mir am Boden krümmt, weil er sich dadurch noch mehr Macht verspricht? Sie alle können dir nicht das Wasser reichen, Aldur – das ist schon damals so gewesen, und es hat sich nicht geändert.

»Schon damals? Ich verstehe nicht …«

Behaupte nicht, dass du es nicht bemerkt hättest. Sage nicht, dass dir nicht aufgefallen wäre, wie sie dich behandeln. Dass sie dich mit Argwohn und Misstrauen beäugen und nicht selten auch mit Neid. Dass sie alles unternehmen, um deinen Einfluss in Shakara gering zu halten und dafür auch vor Verleumdung und übler Nachrede nicht zurückschrecken …

»Von wem sprecht ihr?«

Vom Hohen Rat natürlich, von dem heuchlerischen Gewürm, das die Geschicke des Ordens lenkt und dabei zerfressen ist von Missgunst und Feigheit. Haben sie etwa nicht versucht, dich in Misskredit zu bringen? Haben sie dich nicht beschuldigt, mit dunklen Mächten zu paktieren?

»Doch, das haben sie.«

Und dennoch stehst du auf ihrer Seite? Dann bist du nicht jener Aldur, der einst mein Novize gewesen ist, denn jener war erfüllt von eisernem Willen und unbeugsamem Stolz.

»Ich bin es«, versicherte Aldur.

Dann beweise es! Zeige mir, dass du nicht einer von ihnen geworden bist und dass noch immer das Herz eines Zauberers in dir schlägt, eines wahren Magiers, der die Geheimnisse der Schöpfung kennt und sie für sich zu nutzen weiß; der nicht zurückschreckt vor dem, was andere als verboten erachten, nur weil sie selbst nicht in der Lage sind, es zu begreifen. Erwache, mein junger Schüler!

Nun erst schlug Aldur die Augen auf.

Zu seiner Verblüffung fand er sich am Boden liegend, in einer Art Zelt, das von Fackelschein beleuchtet wurde, und an Händen und Füßen mit Ketten gefesselt. Vor ihm, im Mittelpunkt des Zeltes, stand eine Sänfte. Die Vorhänge waren verschlossen, gleichwohl konnte man die schemenhaften Umrisse einer Gestalt mit langen Haaren erkennen.

Jetzt erst wurde Aldur bewusst, dass jener Wortwechsel, den er durch die Schleier der Benommenheit wahrgenommen hatte, tatsächlich stattgefunden hatte. Schnell rappelte er sich auf. Die Ketten klirrten.

»Meisterin?«, fragte er leise. »Seid Ihr es wirklich?«

Die Gestalt in der Sänfte regte sich. »Du zweifelst noch immer?«

Aldur erbebte innerlich. Es war die Stimme seiner alten Meisterin, die er hörte. »Ich … sah Riwanon sterben, mit meinen eigenen Augen«, stammelte er hilflos.

»Habe ich dir nicht beigebracht, dass du dich nicht auf das Offensichtliche verlassen sollst, auf den Schein?«

»Es war nicht nur der Schein. Ich habe den Tod meiner Meisterin gefühlt. Das Entsetzen, die Trauer …«

»Ich weiß, mein ehemaliger Schüler – denn wäre es nicht so gewesen, wärst du nicht hier.«

»Und wo bin ich?«, wollte Aldur wissen. Kein einziger Laut drang von außerhalb in das Zelt. Die Stille war so vollkommen, dass er nicht daran zweifelte, dass sie magischen Ursprungs war.

»In Sicherheit.«

»Was bedeutet das? Wo sind meine Freunde?«

»Ich sagte dir schon einmal, dass es falsche Freunde sind. Weißt du noch?«

»Wo sind sie?«, verlangte Aldur dennoch zu wissen.

»Sie sind am Leben.«

»Darf ich sie sehen?«

»Noch nicht. Es gibt noch einige Dinge, die wir zu klären haben, Aldur.«

»Was für Dinge?«

Die Gestalt in der Sänfte schnaubte. »Ist dein Verlangen danach, die kleine Elfin wiederzusehen, denn so groß? Bist du mir untreu geworden?«

»Ich … liebe sie«, beteuerte Aldur stammelnd und fühlte sich schlecht dabei.

»Und liebt sie dich auch?«

»Gewiss.«

»Und du hast keine Furcht, dass ein anderer sie dir wegnehmen könnte? Womöglich jemand, der sich als dein Freund ausgibt? Der sich dein Vertrauen und deine Zuneigung erschlichen hat …«

»So jemanden gibt es nicht«, war Aldur überzeugt.

»Und wenn ich dir das Gegenteil beweisen würde?«

»Das könnt Ihr nicht.«

Die Silhouette ließ ein Lachen vernehmen. »Du hast dich nicht geändert seit der Zeit, als du mein Novize warst, mein junger Ru…«

Aldur holte scharf Luft. Er hatte seinen *essamuin*, seinen geheimen Namen, nur zwei Personen verraten. Die eine war Alannah, die andere war Riwanon gewesen. War es also tatsächlich seine Meisterin, mit der er sprach?

»Was denn, bist du überrascht?«, fragte die Silhouette mit einer Spur von Spott in der Stimme.

»Ein wenig.«

»Weshalb?«

»Weil ich Euch niedersinken sah«, antwortete Aldur, der bei der Erinnerung an die schrecklichen Ereignisse in Margoks finsterer Gruft erschauderte, »durchbohrt von der Klinge, die Farawyn auf Euch schleuderte, und dann …«

»… dann seid ihr getürmt, nicht wahr? Was weiter geschehen ist, hast du nicht gesehen.«

»Nein.«

»Dann lass dir berichten, Aldur, wie ich mich trotz der grässlichen Schmerzen, die mich quälten, über den Boden geschleppt habe, während ich meinen eigenen Gedärmen dabei zusah, wie sie aus mir quollen. In jenen Augenblicken habe ich Farawyn blutige Vergeltung geschworen, und mein Hass hat mir die Kraft gegeben, lange genug am Leben zu bleiben.«

»Lange genug?« Aldur zog die Brauen zusammen. »Wofür?«

»Um jenen Pfuhl zu erreichen, in dessen Tiefen der Geist des Dunkelelfen darauf wartete, mit neuer Lebensenergie erfüllt zu werden, und ihm durch mein unbedeutendes Opfer die Rückkehr zu ermöglichen.«

»Das habt Ihr getan?« Aldur schüttelte den Kopf, wollte nicht aussprechen, was sein Verstand in diesem Moment bereits begriffen hatte. »Aber dann ... dann ...«

»Ganz recht, mein junger Novize – ich bin es gewesen, die Margok die Rückkehr in diese Welt ermöglicht hat. Meine Energie hat ihn mit neuer Kraft erfüllt, und meine Erinnerungen sind mit ihm verschmolzen. Mit anderen Worten – ich bin Margok!«

Während sie sprach, hatte sich ihr Tonfall verändert, und die sanfte, so vertraute Stimme Riwanons hatte sich mehr und mehr in ihr krasses Gegenteil verkehrt – ein Organ, das kalt war wie Eis und so tief und tödlich wie ein Abgrund.

Entsetzt fuhr Aldur zurück, doch im selben Augenblick schickte sich die geheimnisvolle Gestalt an, die Sänfte zu verlassen. Eine Klauenhand erschien, die den Vorhang zurückschlug, bizarre Formen wurden dahinter erkennbar.

»Riwanon ...?«

Der Name seiner Meisterin gefror Aldur auf den Lippen, denn es war nicht Riwanon, die nun die Sänfte verließ – jedenfalls nicht so, wie er sie in Erinnerung hatte.

Die Netzknüpferin war eine Frau von atemberaubender Schönheit gewesen, deren Sinnlichkeit berühmt und deren Einfluss auf das männliche Geschlecht geradezu berüchtigt gewesen waren. Jene Kreatur jedoch, die der Sänfte entstieg, war von grotesker, geradezu abscheulicher Hässlichkeit.

Sie war groß, größer als ein Mensch oder ein durchschnittlicher Elf, und ihr hagerer Wuchs ließ keinen Schluss darauf zu, welchen Geschlechts das Wesen war. Die Haut, die das Gesicht und die

Hände bedeckte, war von schiefergrauer Farbe und von dunklen Adern durchzogen, dabei wirkte sie an vielen Stellen so, als wäre sie nur notdürftig zusammengewachsen und in Wahrheit längst im Zerfall begriffen. Das lange Gesicht mit den hohen Wangenknochen wurde von einem tief liegenden Augenpaar beherrscht, das in roter Glut leuchtete. Schwarzes Haar, das in dünnen Strähnen vom Haupt der Kreatur hing, umrahmte die bizarren Züge. Ihre Hände waren langfingrige Klauen, deren Nägel so lang und spitz wie die eines Raubtiers waren. Bekleidet war sie mit einer Rüstung aus schwarzem Leder, deren unzählige Gurte und Schnallen die Aufgabe zu haben schienen, die zerbrechlich wirkende Physiognomie ob der dunklen Kraft, die sie durchströmte, am Auseinanderfallen zu hindern. Ein pechschwarzer Umhang, den ein widernatürliches Eigenleben zu erfüllen schien, umwölkte die Gestalt wie unheilvoller Nebel. Eine Aura ungeheurer Bedrohung ging von ihr aus, die Aldur wie ein Sog erfasste.

»Margok«, presste er mit Mühe hervor, während er erschrocken zurückzuweichen versuchte, was ihm jedoch nicht gelang. »Ihr seid Margok ...!«

»Ich bin Margok«, wiederholte die Kreatur mit ihrer abgrundtiefen Stimme, während sie langsam auf den jungen Elfen zutrat. »Der mächtige Zauberer, der aus dem Grab zurückgekehrt ist, um zu beenden, was er vor Unzeiten begonnen hat. Aber auch ein Teil deiner Meisterin Riwanon ist in mir, Aldur – genug, um über deine Dreistigkeit und deine Verblendung hinwegzusehen.«

»Was wollt Ihr von mir?«

Aldur konnte sich nicht erinnern, jemals zuvor in seinem Leben solches Entsetzen gefühlt zu haben. Er wollte sich abwenden und die Flucht ergreifen, aber er konnte nicht, gerade so, als hätte Granock einen seiner Zeitzauber gewirkt. Mit dem Unterschied, dass er sehr wohl mitbekam, was um ihn herum geschah ...

Sein Atem ging stoßweise. Schweiß trat ihm auf die Stirn, während er verzweifelt einen klaren Gedanken zu fassen suchte. Er wusste nicht, wie viel von seiner alten Meisterin in jenem bizarren Wesen steckte, das der Sänfte entstiegen war, aber allein der Gedanke war entsetzlich. Riwanon war bis zu dem Zeitpunkt, da sie sich als Verräterin erwiesen hatte, nicht nur seine Lehrerin gewesen. Er hatte sie auch geliebt, obwohl sie ihm deutlich gesagt hatte, dass sie nicht in der Lage wäre, seine Gefühle zu erwidern. Die Vorstellung, dass ihre Schönheit und ihr verführerisches Wesen in jener grässlichen Gestalt aufgegangen waren, verstörte Aldur zutiefst.

»Von meiner treuen Dienerin Riwanon weiß ich, dass großes Potenzial in dir steckt«, fuhr der Dunkelelf fort, »und ich möchte dich nicht vernichten, ohne dir wenigstens die Möglichkeit gegeben zu haben, deine Fähigkeit in meine Dienste zu stellen.«

»Was?« Aldur traute seinen Ohren nicht.

»Ich weiß, dass du dem Hohen Rat ebenso misstraust, wie ich es einst tat, und du hast recht damit. Im Orden ist kein Platz für einen jungen Mann, der die Geheimnisse der Magie zu erforschen sucht. Du wirst immer an deine Grenzen stoßen und deine Fähigkeiten niemals frei entfalten können. Ich hingegen biete dir an, das zu werden, was du dir am meisten wünschst …«

»Und das wäre?«

»Der größte und mächtigste Zauberer zu werden, den Erdwelt je gesehen hat«, antwortete Margok, worüber Aldur zutiefst erschrak. Es stimmte, dies war das Ziel, dem er sich verschrieben hatte, seit er ein kleiner Junge gewesen und im väterlichen Hain die ersten Schritte auf dem Pfad der Magie getan hatte. Aber aus dem Mund des Dunkelelfen hörte es sich vermessen und anmaßend an.

»Ihr irrt Euch«, behauptete Aldur deshalb, »das will ich nicht«– aber es klang nicht sehr überzeugend.

»Das Schicksal«, fuhr Margok unbeirrt fort, »hat dich mit einer großen und mächtigen Gabe ausgestattet. Beim Orden ist sie verschwendet, denn keiner der altersschwachen Narren dort weiß ihre Vorzüge auch nur annähernd zu schätzen. Ich hingegen werde dir zeigen, was du vermagst – und dich mächtiger machen, als du es dir je erträumt hast …«

Auf dem Hügelgrat waren sie aufmarschiert.

Zuvorderst die schwer gerüsteten Lanzenträger, dicht gefolgt von den Schwertkämpfern, hinter ihnen die Leichtbewaffneten, die

die Angriffslinie überall dort verstärken sollten, wo sie einzubrechen drohte.

Flankiert wurde die Streitmacht von den Bogenschützen, die auf dem linken Flügel Aufstellung genommen hatten, sowie von der Reiterei, die während des Frontalangriffs der Fußsoldaten auf die Menschen eine Attacke auf die Orks vortragen und deren ohnehin nur ansatzweise vorhandene Schlachtordnung zerschlagen sollt. Dies war die Taktik, mit der sie Margoks Heer zu begegnen dachten – für ausgefeiltere Pläne fehlte die Zeit. Nicht militärisches Kalkül hatte den Zeitpunkt des Angriffs festgesetzt, sondern bittere Notwendigkeit.

Elidor, der auf seinem weißen Pferd saß, flankiert von den Zauberern Farawyn und Maeve sowie von seinen Generälen und Leibwächtern, ließ den Blick über die Schlachtreihen schweifen. Es war deutlich zu sehen, wie die Brust des jungen Königs vor Stolz anschwoll.

In der Tat boten die vielen hundert gerüsteten Kämpfer, deren Helme und Brünnen im Licht des Mondes blitzten, einen eindrucksvollen Anblick, der Erinnerungen an Sigwyn und die goldenen Tage des Elfenreichs aufkommen ließ – aber man brauchte nur in Richtung Tal zu sehen, um zu wissen, dass die wunderbare Ordnung nicht lange anhalten würde. Sechs *ilfantodion* hatte die Schlundverbindung schon ausgespuckt, die alle zum Kampf gerüstet und mit Eisenplatten gepanzert waren, bereit, wie eine entfesselte Naturgewalt in die Reihen des Elfenheeres zu brechen, und mit jedem Augenblick, der verstrich, wuchs die Gefahr, dass es noch mehr wurden.

Der Angriff musste jetzt gleich erfolgen, jedes weitere Zögern würde dem Dunkelelfen nur zuarbeiten – auch wenn die erhoffte Verstärkung aus Shakara noch immer nicht eingetroffen war.

Die Verunsicherung der Männer war entsprechend groß, und es gehörte nicht viel dazu, sich vorzustellen, dass ihre Reihen rasch ins Wanken geraten würden. Elidor schien dies zu fühlen, und ohne dass die Zauberer oder die Generäle ihn dazu aufgefordert hätten, lenkte er sein Pferd vor die Reihen seiner Krieger und ergriff das Wort – nicht mit jener dünnen Fistelstimme, mit der er im heimischen Palast zur Laute gesungen hatte, sondern laut und vernehmlich.

»Legionäre!«, rief er in die Nacht, »Kämpfer von Tirgas Lan! Ich weiß, dass Ihr verunsichert seid und dass es manche unter Euch gibt, die sich fürchten, aber das müsst ihr nicht, denn das Gesetz und die Geschichte sind auf unserer Seite. Jene dort«, damit zeigte er Richtung Tal, »sind widerrechtlich in unser Land eingedrungen und bedrohen alles, was wir sind! Dass Menschen und Orks sich miteinander verbündet haben, um dem Elfenreich zu schaden, ist an sich schon abscheulich, doch wir haben allen Grund zu der Annahme, dass sie nicht unser eigentlicher Gegner sind. Das Böse aus alter Zeit, das wir längst ausgerottet glaubten, hat sich erneut erhoben und bedroht unsere Existenz, und es ist an uns, das Reich zu verteidigen. In dieser Schlacht, meine Brüder, geht es um alles oder nichts. Scheitern wir, wird die Welt eine Zeit der Finsternis erleben, also kämpft so erbittert, wie ihr noch nie zuvor gekämpft habt, und denkt daran, dass der Boden, auf dem wir stehen, schon einmal einen bedeutenden Sieg des Elfengeschlechts gesehen hat. Die Könige der alten Zeit schauen auf uns, und sie sind erfüllt von Stolz darüber, dass wir die Flamme, die sie uns einst hinterlassen haben, nicht verlöschen lassen. Und genau wie sie werde auch ich, Elidor, an Eurer Seite kämpfen.«

Damit griff er nach seinem Schwert, zog es aus der Scheide und stieß es lotrecht in die Höhe. »Für das Elfenreich und die Freiheit!«, rief er so laut, dass es den Klang der Kriegstrommeln noch übertönte, und gab damit die Losung aus.

»Für das Elfenreich und die Freiheit!«, echote es tausendfach zurück, dass die kühle Nachtluft zu erzittern schien. Dann kehrte wieder Stille ein, die jedoch nicht länger von Unsicherheit bestimmt, sondern geladen war von Tatendrang und Kampfeslust. Elidor nickte zufrieden, dann lenkte er sein Pferd zum Feldherrenhügel zurück, wo die Zauberer und die Generäle auf ihn warteten.

»Gut gesprochen, Majestät«, anerkannte Farawyn, »aber seid Ihr sicher, dass Ihr das wirklich tun wollt? Ich fürchte, Euer zartes Gemüt könnte dem Grauen auf dem Schlachtfeld nicht gewachsen sein.«

»Ihr müsst nicht kämpfen, Hoheit«, pflichtete auch Tullian bei, der ähnlich zu denken schien. »Bleibt zurück als Zeichen der Hoffnung und des Sieges.«

Elidor blickte von einem zum anderen, dann schüttelte er den Kopf, dass der Helmbusch aus weißem Pferdehaar hin und her flog. »Was die Männer brauchen, General, ist kein Symbol, sondern jede Schwerthand, derer sie habhaft werden können. Fürst Ardghal pflegte stets zu behaupten, dass ein König nur zur Laute greift, um seine eigenen Taten zu besingen«, fügte er grimmig hinzu. »Vielleicht ist es an der Zeit, dass ich mir dieses Recht erwerbe.«

Farawyn und Tullian wechselten einen verwunderten Blick, und einmal mehr konnte der Zauberer dem jungen Herrscher nur Respekt zollen, der in der Stunde der Bewährung über sich hinauszuwachsen schien. Er beschloss dennoch, in der Schlacht ein Auge auf ihn zu haben.

»Wie Ihr wünscht, Majestät«, entgegnete Tullian, »aber bleibt in der Nähe Eurer Leibwächter. Wollt Ihr mir zumindest das versprechen?«

»Wenn es Euch beruhigt, General.« Ein verwegenes Grinsen huschte über Elidors jugendliche Züge, dann klappte er das Helmvisier herab, das dem Antlitz seines Vaters Gawildor nachempfunden war und nur zwei schmale Sehschlitze frei ließ.

Tullian ließ eine Fackel schwenken, und ein Hornsignal erklang.

Der Angriff begann.

Die erste Abteilung, die sich in Bewegung setzte, waren die Bogenschützen, die vorgeschobene Positionen einnehmen und den Feind von dort aus unter Beschuss nehmen sollten, um den eigenen Verbänden das Vorrücken zu erleichtern. Als Nächstes wurden die Lanzenträger in Marsch gesetzt. Schwerfällig kamen die Schlachtreihen in Bewegung. Das Klirren der Rüstungen erfüllte die Nacht, und fast hatte es den Anschein, als ergieße sich eine Kaskade aus schimmerndem Metall auf breiter Front den Hang hinab und ins Tal.

Es war Farawyn klar, dass man das Elfenheer von Weitem nahen sehen würde, dennoch hoffte er, dass der Angriff den Feind unerwartet treffen oder seine Pläne zumindest stören würde – eine Hoffnung, die sich schon kurz darauf zerschlug.

Nachdem die Schwertkämpfer und Leichtbewaffneten unter Irgons Kommando losgestürmt waren, kam auch der Befehl für die Reiterei unter Tullian, die unterstützt wurde vom König und den beiden Zauberern.

»Für das Elfenreich und die Freiheit!«, wiederholte Elidor noch einmal, dann gab er seinem Pferd die Sporen. Der Schimmel aus dem königlichen Gestüt trat wiehernd an und sprengte den Hang hinab, dicht gefolgt von den Leibwächtern. Auch Farawyn trieb sein Pferd an, und es hatte den Anschein, als würden die Hufe des Tieres, das den Zauberer trug, den Boden kaum berühren. Pfeilschnell flog es über die Ebene, den feindlichen Reihen entgegen – als abermals ein Blitz die Nacht erhellte und die Kristallpforte sich öffnete.

Farawyn erwartete, erneut die riesenhaften Formen eines *ilfantodions* zu sehen, die aus dem Nichts heraus erwuchsen, aber er irrte sich.

Kein Kampfkoloss, noch nicht einmal eine lebende Kreatur schob sich aus dem Schlund, sondern ein gigantisches Etwas, das wie eine Windmühle aussah und wie ein Drache Dampf spie.

»Was, bei Albons Licht …«, murmelte der Zauberer erschrocken.

3. GWYR SHA TWAILUTHAN

»Hörst du das?«

Die Kreatur, die der Sänfte entstiegen war, hatte das bizarre Haupt schiefgelegt und schien zu lauschen, und für einen Moment wich die Stille, die über dem Zelt lag, und ließ die Außengeräusche hereindringen.

Aldur hatte das Gefühl, davon erschlagen zu werden.

Er hörte dumpfes Geschrei und heiser gebrüllte Befehle, dazu das Klirren von Waffen und Rüstungen und das Summen energetischer Entladungen. Aus weiter Ferne war zudem Trommelschlag zu hören. Kriegshörner wurden geblasen, und Aldur ging auf, dass es die letzten Augenblicke vor einer Schlacht waren, deren Zeuge er wurde.

»Was geht dort draußen vor sich?«, fragte er. »Wo sind wir überhaupt?«

»Im Tal des Siegsteins, wo der Fluss sich teilt«, lautete die knappe Antwort. »Dort haben sich die feindlichen Heere versammelt, und dort wird es zur Schlacht kommen.«

»Die feindlichen Heere?«

Margok lachte leise. »Menschen und Unholde auf der einen, Elfen auf der anderen Seite.«

»Es gibt ein Bündnis zwischen Orks und Menschen?«

»Genau wie du vermutet hast, nicht wahr? In diesem Augenblick durchqueren sie den Fluss, um sich dem Elfenheer entgegenzustellen. Und sie alle sind der Ansicht, für ihre Sache einzutreten und für ihre eigenen Ziele zu kämpfen – das ist die Kunst dabei.«

»Ihr werdet scheitern«, behauptete Aldur in hilflosem Trotz.
»Wenn König Elidor seine Legionen aufgeboten hat …«

»Sie sind nicht unverwundbar«, fiel ihm der Dunkelelf ins Wort.
»Aber das kannst du ja noch nicht wissen. Während du in Nurmorod warst, wurde eine von Elidors Legionen bereits vernichtet. Es
hat mir weit weniger Mühe bereitet, als man annehmen sollte, und
wenn ich meine Kampfkolosse in die Schlacht werfe und die Mühlen des Todes erst zu mahlen beginnen, wird das glorreiche Elfenheer schon bald der Vergangenheit angehören.«

»Die Mühlen des Todes?«

»Du hast sie in Nurmorod gesehen – Kampfmaschinen, wie es
noch keine gab, gebaut nur zu dem einen Zweck, die feindlichen
Reihen zu dünnen. Es wird deinen erbärmlichen Freunden dort
draußen nichts nützen, dass sie, genau wie ich es vorausgesehen
habe, in diesem Augenblick zum Gegenangriff übergehen. Die
Schlacht ist schon jetzt entschieden, ihr Ausgang steht fest.«

»Wenn diese Kampfmaschinen hier sind, bedeutet es, dass ich
recht hatte«, folgerte Aldur schaudernd. »Es gab tatsächlich eine
Kristallpforte in Nurmorod …«

»Gewiss – und die Tatsache, dass du dies erkannt hast, zeigt
mir, dass du mir ähnlicher bist, als du es dir eingestehen willst«,
gab der Dunkelelf zur Antwort. Von einem Augenblick zum
anderen waren sie wieder von jener drückenden Stille umgeben,
die Aldur das Gefühl gab, völlig allein und auf sich gestellt zu
sein.

»Ihr irrt Euch«, sagte er so entschlossen, wie er es nur vermochte. »Ich bin keineswegs so wie Ihr.«

»Woher willst du das wissen? Du hast mich nicht gekannt, damals,
als ich noch Qoray hieß und ein Eingeweihter war, so wie du jetzt.
Genau wie du habe ich danach gestrebt, ein großer Zauberer zu
werden und die Geheimnisse der Magie zu ergründen – auch jene,
die mir verboten waren.«

»Das unterscheidet uns«, behauptete Aldur. »Mich verlangt es
nicht danach, Geheimnisse zu ergründen.«

»Natürlich nicht.« Der Dunkelelf lachte. »Betrüge dich selbst,
wenn dir danach ist – mich kannst du nicht täuschen. Ebenso wenig

wie deine törichten Freunde dort draußen. Die Mühlen des Todes stehen bereit, sie zu zermalmen.«

Aldur fühlte wachsendes Entsetzen. Nicht nur der abgrundtiefen Bosheit wegen, die Margok verströmte, sondern auch, weil ihm die Ausweglosigkeit der Situation mehr und mehr bewusst wurde. Der Dunkelelf war zurückgekehrt, und er war mächtiger denn je …

»Verstehst du, was ich dir zu sagen versuche?«, erkundigte sich das Monstrum, und ein Lächeln glitt über seine Züge, das Aldur einen schaurigen Moment lang an Riwanon erinnerte. »Das Elfenreich ist schon jetzt geschlagen, seine Vernichtung nur noch eine Frage der Zeit. Aber es besteht kein Grund, dass du mit ihm untergehen solltest. Sage dich von deinen falschen Freunden los und schließe dich mir an, und ich verspreche dir, dass du auf der Seite der Sieger stehen wirst!«

»Das kann ich nicht«, behauptete Aldur und schüttelte heftig den Kopf. »Das darf ich nicht …«

»Warum nicht? Weil du einen Eid geleistet hast? Weil Farawyn es dir verboten hat?« Margok lachte auf. »Eide sind dazu da, um gebrochen zu werden, junger Narr. Und was Farawyn betrifft, so verdient er deine Loyalität nicht – oder glaubst du, er würde dir die Treue halten, wenn die Situation andersherum wäre? Auch der Älteste von Shakara beugt die Regeln, wenn es seinen Zwecken dient, oder nicht?«

»Das stimmt«, kam Aldur nicht umhin zuzugeben. »Aber er würde mich niemals verraten.«

»Bist du dir da wirklich so sicher?« Ein Grinsen spielte um die leblos wirkenden Gesichtszüge. »Lass mich dir etwas zeigen, Aldur …«

Der Dunkelelf hielt für einen Moment inne, und es kam Aldur so vor, als konzentrierte er sich auf etwas. Kurz darauf wurde der Zelteingang geöffnet, und kein anderer als Rurak erschien. Aldur zuckte zusammen, als er den Verräter erblickte, der um Jahrzehnte gealtert, ansonsten jedoch wohlauf zu sein schien.

»Ihr!«, rief er laut und wollte sich in einem jähen Zornesausbruch auf ihn stürzen – als er die Gestalten gewahrte, die hinter dem Zauberer das Zelt betraten.

Alannah.

Granock.

Rambok.

Seine Gefährten lebend anzutreffen, ließ die Wut des Elfen schlagartig verpuffen. Er freute sich sogar, Rambok wiederzusehen, auch wenn er das niemals zugegeben hätte.

»Aldur!«

Alannah wollte zu ihm eilen, um ihn zu umarmen, aber ihre Ketten erlaubten es nicht. Einen Augenblick lang standen sie da und hielten einander an den Händen wie Schiffbrüchige in einem tosenden Sturm, während das höhnische Gelächter Margoks wie eine Welle über ihnen zusammenschlug.

»Rührend, in der Tat!«

Jetzt erst wurden die Neuankömmlinge der dunklen Gestalt gewahr, die im rückwärtigen Teil des Zeltes stand und deren glühendes Augenpaar sie geringschätzig musterte. Granock stieß eine Verwünschung aus, Alannah schlug sich die Hände vors Gesicht, Rambok verfiel in leises Wimmern – denn sie alle wussten sofort, wer vor ihnen stand.

»Worauf wartet ihr?«, fuhr Rurak sie an. »Werft euch vor dem Herrscher in den Staub!«

»Niemals!«, widersprach Alannah – aber schon im nächsten Moment fühlte sie, wie sie von einer unwiderstehlichen Macht niedergedrückt wurde. Sie konnte nicht anders, als die Knie zu beugen und ehrerbietig das Haupt zu senken, ebenso wie ihre Gefährten.

»So ist es gut«, anerkannte Margok mit bedrohlichem Wohlwollen. »Ich weiß höfliche Gäste stets zu schätzen.«

»Unsere Körper könnt ihr brechen«, zischte Alannah, »aber nicht unseren freien Willen.«

»Mein Kind«, eröffnete ihr der Dunkelelf, »ich versichere dir, dass auch das möglich ist. Aber ihr solltet es nicht darauf ankommen lassen, denn ihr habt alle drei mein Interesse geweckt. Eure Fähigkeiten sind überaus beeindruckend, und obwohl ihr meine Gegner gewesen seid und um ein Haar meine Rückkehr verhindert hättet, werde ich euch vor der Vernichtung bewahren – wenn ihr dafür in meine Dienste tretet.«

»*Korr*«, erklärte Rambok sofort.

»Wer hat dich gefragt, Unhold? Für dich habe ich keine Verwendung. Du wirst die Strafe bekommen, die du verdienst – nach allem, was du getan hast. Die Eingeweihten jedoch …«

»… werden den Schwur, den sie geleistet haben, auf keinen Fall brechen!«, rief Granock, indem er seinen ganzen Mut zusammennahm. Alannahs Beispiel hatte ihn tief beeindruckt, und er wollte nicht zurückstehen, auch wenn es vermutlich das Letzte war, was er in seinem Leben tat. »Farawyn zählt auf uns! Wir werden ihn nicht verraten!«

»Und wenn er euch verraten würde?«

»Das würde er niemals tun«, war Granock überzeugt.

»Rurak?«, wandte sich Margok an den Abtrünnigen.

»Mein Gebieter?«

»Tu, was ich dir befohlen habe …«

Der Ansturm des Elfenheeres war ins Stocken geraten.

Nicht nur die Legionäre, auch ihre Anführer starrten schockiert auf das Gebilde, das sich hoch in den Nachthimmel reckte und sogar die *ilfantodion* an Größe weit übertraf.

Es war schwer zu sagen, was die Kämpfer mehr entsetzte – die riesigen schwertartigen Klingen, die sich wie Windmühlenflügel drehten und die kalte Luft mit wuchtigen Schlägen geißelten, oder die Tatsache, dass das Ding zischend Dampfwolken ausstieß und sich dabei wie von selbst bewegte! Auf großen metallenen Rädern rollend, bewegte es sich Stück für Stück auf die Linien der Angreifer zu, begleitet von Horden lauthals brüllender Orks, die es umtanzten wie einen Götzen. Und während es sich weiterwälzte und immer näher kam, flammte die Kristallpforte ein weiteres Mal auf und entließ einen zweiten Turm, nicht weniger groß und furchteinflößend als der erste.

»Was ist das nur?«, erkundigte sich König Elidor, der sein Pferd an Farawyns Seite gezügelt und Mühe hatte, das nervös tänzelnde Tier in Zaum zu halten.

»Ich wünschte, ich könnte es Euch sagen, Majestät«, entgegnete der Zauberer. »Etwas Vergleichbares habe ich noch nie erblickt, und ich …«

»Meister Farawyn! Schaut!«

Einer von Elidors Leibwächtern hatte gerufen und deutete aufgeregt an der Frontseite eines der Türme empor. Farawyn folgte seinem Fingerzeig, und was er sah, ließ ihm das Blut in den Adern gefrieren.

Nicht nur, dass die riesigen Gebilde heißen Dampf spien und sich wie von Geisterhand bewegten; nicht genug damit, dass sie mit dicken Eisenplatten gepanzert waren und dadurch schier unzerstörbar wirkten. Der Feind hatte sich noch einer anderen Maßnahme bedient, um sie vor gegnerischem Beschuss zu bewahren: Ganz oben auf den Türmen waren je zwei Gefangene angekettet, die als lebende Schutzschilde dienen sollten, und Farawyns Entsetzen war grenzenlos, als er die angesichts der schieren Größe der Maschinen dünn und zerbrechlich wirkenden Gestalten erkannte.

Auf dem einen Turm standen Alannah und Granock.

Auf dem anderen Rambok und Aldur.

Das also war ihnen widerfahren!

Die Erkenntnis traf den Zauberer mit der Wucht eines Axthiebs und hätte ihn fast aus dem Sattel geworfen. Nur mit Mühe hielt er sich aufrecht, während Maeve neben ihm in Tränen ausbrach. Wie oft hatten sie in den letzten Tagen an die drei Eingeweihten gedacht, wie sehr gehofft, dass sie wohlbehalten zurückkehren würden – aber all diese Hoffnungen wurden in diesem Augenblick zunichtegemacht Und, was noch schlimmer war: Die Mission, auf die Farawyn seine jungen Schützlinge entsandt hatte, hatte sich im Nachhinein als völlig sinnlos erwiesen.

»Elfen! Das sind Elfen! Sie halten Elfen gefangen …!«

Wie ein Lauffeuer verbreitete sich die Nachricht, zunächst in der Reiterei, dann auch im Fußvolk, dessen Vormarsch ebenfalls zum Stillstand gekommen war. Von den Offizieren bis hinab zu den niedersten Rängen griff das Entsetzen wie eine Seuche um sich. Der Anblick der Gefangenen, die sich dort oben hilflos in ihren Ketten wanden und die Münder zu lautlosen Schreien geöffnet hatten, erschreckte die Soldaten noch ungleich mehr als jener der Unholde, und Farawyn wusste, dass er etwas unternehmen musste. Einen Augenblick lang überlegte er. Dann traf er eine Entscheidung.

»Bogenschützen!«, befahl er mit lauter Stimme. »Wir brauchen die Bogenschützen!«

»Was habt Ihr vor?«, fragte Elidor.

»Ein Zeichen setzen«, gab Farawyn tonlos zur Antwort.

Er bemerkte den furchtsamen Blick, den Maeve ihm zuwarf, aber er reagierte nicht darauf aus Sorge, ins Zweifeln zu geraten. Der Zauberer wusste, dass kein Elfensoldat seine Waffe erheben würde, solange der Feind ein solch schreckliches Druckmittel in der Hand hatte, und es gab nur einen Weg, es ihm zu nehmen …

Ein Trupp Bogenschützen eilte atemlos heran. »Die Gefangenen!«, rief Farawyn nur und deutete zu den Türmen hinauf. »Sie sind das Ziel! Befreit sie aus ihrer irdischen Gefangenschaft!«

»Nein!«, widersprach Maeve laut. »Das könnt Ihr nicht tun!«

»Glaubt Ihr denn, es fiele mir leicht, Schwester? Wir haben keine andere Wahl, sonst hat der Dunkelelf diese Schlacht gewonnen, noch ehe sie begonnen hat!«

Die Zauberin widersprach nicht. Sie wusste, dass er recht hatte, aber es schien ihr das Herz aus der Brust zu reißen. Farawyn zögerte noch einen Augenblick.

»Schießt!«, wies er dann die Bogenschützen an.

»Aber – die Entfernung ist viel zu weit, Sire! Unsere Pfeile vermögen sie nicht zu überbrücken!«

»Überlasst das mir«, beschied der Zauberer ihnen barsch, und die Soldaten taten, was von ihnen verlangt wurde.

Hastig legten sie Pfeile auf die Sehnen, zogen sie kraftvoll zurück, sodass sich die elfischen Langbogen bis zum Zerreißen spannten – und entließen sie hinaus in die Nacht.

»Tut es nicht, Bruder«, raunte Maeve Farawyn schluchzend zu. »Es ist ein Frevel, an allem, woran wir glauben …«

Doch Farawyn hatte sich entschieden.

In dem Augenblick, da die Pfeile ihre Spitzen senkten und noch lange vor dem feindlichen Heer niederzugehen drohten, ergriff eine unsichtbare Kraft von ihnen Besitz und trug sie weiter. Allen Naturgesetzen zum Trotz überbrückten sie die weite Distanz, und von zielsicherer Hand geführt, bohrten sie sich in die Herzen der unglücklichen Gefangenen.

»Neeein!«, schrie Maeve. »Was habt Ihr nur getan?«

»Was ich tun musste«, erwiderte der Zauberer, ehe er in einer entschlossenen Geste seinen *flasfyn* in die Höhe stieß und seinem Pferd die Sporen gab. »Und nun zum Angriff. Für das Elfenreich und die Freiheit!«

Selbst als die Pfeile schon in der Luft gewesen waren, hatte Granock noch nicht glauben können, dass Farawyn so kaltblütig sein würde. In dem Moment jedoch, als ihre Doppelgänger durchbohrt worden waren, war ihm nichts anderes übrig geblieben, als der Wahrheit ins Auge zu blicken, die sie in Ruraks Kristallkugel gesehen hatten.

Sein alter Meister hatte sie kaltblütig geopfert.

»Nun?«, erkundigte sich die hämische Stimme des Dunkelelfen. »Was habe ich euch gesagt? Farawyn schert sich nicht um euch. Ihm ist gleichgültig, was aus euch wird.«

»Das ist nicht wahr!«, widersprach Granock so verzweifelt, als müsse er sich selbst überzeugen.

»Hast du es nicht soeben mit eigenen Augen gesehen? Dein geliebter Meister hat nicht gezögert, euch zu töten! Und das nach allem, was ihr für ihn getan habt.«

»Das waren wir nicht«, zischte Alannah, »und natürlich hat er den Betrug durchschaut.«

»Glaubt ihr das wirklich?« Margok lachte hämisch, und einmal mehr hatte Granock das Gefühl, dass man nichts vor ihm verbergen konnte. »Ich denke, ihr alle wisst es besser. Farawyn hat euch für seine Ziele eingesetzt, solange ihr ihm nützlich wart, als seine Werkzeuge hat er euch missbraucht. In dem Augenblick jedoch, da er euch hätte helfen sollen, hat er euch schmählich im Stich gelassen.«

»Nein!«, schrie Granock – aber die Wahrheit war, dass der Dunkelelf ihm aus der Seele sprach. Es waren genau die dunklen Gedanken, die Granock tief in seinem Innern hegte, auch wenn er es niemals gewagt hätte, sie laut zu äußern.

»Ihr alle habt es mit eigenen Augen gesehen, warum leugnet ihr es noch länger? Ich kann euren Zorn fühlen, die Wut in eurem Herzen und die Enttäuschung.«

Granock biss sich auf die Lippen. Er schämte sich dafür, es sich einzugestehen, aber auch in dieser Hinsicht hatte Margok recht. Er *war* wütend und er *war* enttäuscht, konnte nicht glauben, dass Farawyn nicht einmal den Versuch unternommen hatte, sie zu befreien. Lag dem Zauberer tatsächlich so wenig an ihnen? Hatte er sie über all die Jahre getäuscht?

»Wenn es nach euren sogenannten Freunden ginge, nach dem Orden, dem ihr die Treue geschworen habt, so wärt ihr jetzt tot«, fuhr der Dunkelelf fort. »Ich jedoch habe euch am Leben gelassen, und ich biete euch weit mehr als das. Straft jene, die euch verraten haben, und schließt euch mir an. Ich, Margok, bin gewillt, euch in meine Reihen aufzunehmen.«

Der Dunkelelf streckte seine rechte Klauenhand nach den Eingeweihten aus, so als wollte er sie packen und an sich ziehen. »Ich weiß genau, wie ihr fühlt, denn ich war einst jung wie ihr. Ich weiß, was es heißt, die Kraft der Magie in seinen Adern zu spüren und vom Hohen Rat beständig in seine Schranken gewiesen zu werden, kleingehalten zu werden von Zauberern, deren Fähigkeiten ungleich geringer und die von Neid zerfressen sind. Ihr wisst doch, wovon ich spreche, nicht wahr?«

»Allerdings«, bestätigte Aldur.

»Nein!«, widersprach Alannah entschieden. »Das wissen wir nicht! Du darfst dich seiner Sichtweise nicht ergeben!«

»Aber er hat recht! Hat der Rat etwa nicht versucht, uns in Misskredit zu bringen? Hat Farawyn uns etwa nicht verraten?«

»Der Hohe Rat ist nicht vollkommen, das stimmt«, räumte die Elfin ein, »aber er setzt sich für die Belange des Reiches ein – dem Dunkelelfen hingegen geht es nur darum, alles zu vernichten, was unsere Welt ausmacht.«

»Wer sagt das?«, fauchte Margok und trat auf sie zu, das furchterregende Haupt drohend gesenkt und die faulig grünen Zähne zu einem Grinsen entblößt. »Hat Farawyn euch das erzählt? Ist es das, was er euch glauben macht? Dass ich alles zerstören will?«

»Das brauchte er nicht«, konterte die Elfin tapfer, während sie gleichzeitig das Gefühl hatte, den Verstand zu verlieren angesichts der tödlichen Kälte, die ihr entgegenschlug. »Ein einziger Blick in die Chroniken genügt, um zu zeigen, wozu ihr fähig seid.«

»Ich«, brüllte der Dunkelelf voller Zorn, »bin die Zukunft! Wer soll das Elfengeschlecht führen? Der Knabe auf dem Königsthron? Die alten Männer und Frauen im Rat? Sie alle werden den Niedergang nicht aufhalten können – ich hingegen kann das Reich zu neuen Horizonten führen!«

»Indem Ihr es unterjocht und eine Schreckensherrschaft errichtet?« Es kostete Alannah ihre ganze Überwindung, nicht vor der Bosheit zu kapitulieren, die von der grässlichen Gestalt ausging. Sie blickte ihr in die glutenden Augen, und für einen Moment fürchtete sie, Margok könnte sie in seinem Zorn zerschmettern. Aber der Dunkelelf beherrschte sich.

»Was Erdwelt mehr als alles andere braucht, ist Erneuerung«, stellte er klar.

»Durch einen Toten?«, schrie Alannah.

»Ich habe mehr Leben in mir, als du es dir vorzustellen vermagst«, versicherte Margok – und noch ehe die Elfin oder einer ihrer Kameraden begriff, was geschah, war der Dunkelelf von dunklem Rauch umhüllt. Dumpfes Hohngelächter erklang, das in weiter Ferne zu verebben schien, und als der Rauch sich wieder auflöste, war Margok verschwunden.

In diesem Augenblick begann jenseits des Flusses die Schlacht.

4. BARWYDOR CYNTA

Als die Lanzenträger der Elfen auf das Heer der Menschen trafen und die Reiterei kurz davor stand, in die Reihen der Unholde zu fahren, nahmen die Mühlen des Todes ihre Arbeit auf.

Die Türme, die vor den heranpreschenden Reitern riesenhaft in die Höhe wuchsen, bewegten sich nicht mehr vorwärts, doch die Kräfte in ihrem Inneren waren längst nicht versiegt. Fauchend entwich Dampf aus metallenen Nüstern, und nicht nur die Flügel drehten sich, sondern die ganze gigantische Konstruktion begann, um ihre Achse zu rotieren.

Mit furchtbarer Wucht gingen die Klingen nieder und erreichten die Krieger, die an vorderster Front stürmten. Messerscharf geschliffener Stahl schnitt ohne auf Widerstand zu treffen durch Pferde und Reiter.

Entsetzt sah Farawyn, wie ein stolzer Elfenkrieger samt seinem Ross halbiert wurde, ein anderes Tier wurde enthauptet und galoppierte noch ein Stück weiter, ehe es zusammenbrach und sein Herr sich beim Sturz aus dem Sattel das Genick brach.

So ging es weiter.

Mit hässlichem Fauchen und im grausamen Rhythmus der Vernichtung, gingen die Klingen ein ums andere Mal nieder und fanden reichlich Nahrung. Zwar versuchten die heranstürmenden Reiter, den mörderischen Windmühlenflügeln auszuweichen, jedoch setzten sich die beiden Türme nun wieder in Bewegung, fuhren mitten in ihre Reihen und säten nach allen Seiten Verderben.

Sie waren wie Klippen, an denen sich die Wellen der Angreifer brachen, in einer Gischt aus Blut und durchtrennten Gliedmaßen. Aber so sehr sie unter den Elfenreitern wüteten – viele von ihnen entgingen der tödlichen Maschinerie, jedoch nur, um schon im nächsten Augenblick auf ein nicht weniger gefährliches Hindernis zu treffen. Die Orks ...

In Ermangelung einer organisierten Schlachtordnung drängten sich die Unholde dicht aneinander, getrieben von der Gier nach Blut und Beute. Die Speere, die die heranjagenden Reiter schleuderten, fanden ohne Ausnahme ihr Ziel und kosteten die Orks die ersten Todesopfer. Dann trafen Reiter und Unholde aufeinander, und Elfenklinge und *saparak* kreuzten sich.

Der Lärm war unbeschreiblich, nicht nur das Geklirr der Waffen, die Funken schlagend aufeinandertrafen, sondern auch das Gebrüll der Orks, die allesamt in blutrünstige Raserei verfallen waren. Mit der Wucht ihres Angriffs trieben die Elfen einen Keil in sie hinein. Die einen Unholde wurden von Schwerthieben gefällt, andere kurzerhand niedergeritten. Im nächsten Moment fanden sich die Elfenkrieger inmitten eines blutigen Gemetzels, das in den Reihen der Orks entbrannte – und der König selbst befand sich im Zentrum des Kampfes.

»Für das Elfenreich und die Freiheit!«, führte Elidor den Schlachtruf auf den Lippen, den er selbst ausgegeben hatte, während seine schlanke Klinge abwechselnd nach beiden Seiten fuhr. Ein großer Ork, dem er damit die Kehle durchschnitt, brach gurgelnd zusammen, ein anderer Unhold drosch mit einer Keule nach ihm. Seinen jugendlichen Reflexen gehorchend, riss der König seinen Schild empor und wehrte den Hieb ab, der jedoch so heftig war, dass er das Metall verbeulte und es Elidor vom Arm riss. Der König schrie entsetzt auf, als er seinen Schild davonfliegen sah, und der Ork setzte nach, um ein zweites Mal zuzuschlagen. Dass er nicht dazu kam, lag an dem *tarthan*, der ihn erfasste, fast senkrecht in die Höhe riss und in die Kriegsspeere zweier nachrückender Artgenossen stürzen ließ, die ihn durchbohrten.

»Lasst Vorsicht walten, Majestät«, riet Farawyn dem jungen Herrscher, der unter dem Visier seines Helmes vor Kampfeslust schnaubte. »Ihr dient Euren Männern nicht, indem Ihr Euch erschlagen lasst!«

Elidor bedankte sich, indem er die Klinge kurz vors Gesicht führte, um sich schon im nächsten Moment wieder den Unholden zuzuwenden, die ihn von beiden Seiten bedrängten. Farawyn blieb an seiner Seite und streckte einen weiteren Ork nieder, indem er ihn durch die Luft schleuderte. Dann kam ein Unhold heran, dessen verbeulter Helm erkennen ließ, dass er schon viele Kämpfe ausgetragen und überlebt hatte – und das Grinsen, das die gelben Hauer entblößte, verriet, dass der Ork auch diesen Kampf zu überstehen gedachte.

»Bas dhruurz!«, brüllte er und wollte mit dem *saparak* zustoßen, um den Zauberer aus dem Sattel zu heben. Der Angriff erfolgte so schnell, dass Farawyn keinen weiteren Gedankenstoß wirken konnte. Stattdessen riss er sein Pferd herum und versetzte dem Unhold einen harten Tritt vor die Brust. Der Ork taumelte und schrie erbost auf – und in diesem Moment fuhr das Ende des Zauberstabs in seinen Schlund.

Der Unhold zuckte und röchelte, während die Energie, die aus dem Ende des *flasfyn* zuckte, sein Inneres verzehrte. Rauch quoll ihm aus den Nüstern und aus den Ohren, dann brach er leblos zusammen.

Farawyn riss seinen Zauberstab aus dem leblosen Kadaver und wandte sich abermals um, nur um zu sehen, wie General Tullian in einer Meute grüner Leiber und rostiger Rüstungen unterzugehen drohte.

Der Offizier hatte den Fehler begangen, sich von einer Schar Angreifer vom Pulk der Reiter fortlocken zu lassen und sah sich nun von Orks umzingelt. Farawyn überlegte, sich zu ihm durchzuschlagen, aber dann hätte er Elidor ungeschützt zurücklassen müssen. Er begnügte sich notgedrungen damit, einen *tarthan* zu vollbringen und einige der Angreifer beiseitezufegen. Angesichts der Massen, die auf Tullian einstürmten, war dies jedoch nur ein Tropfen auf den heißen Stein – und im nächsten Moment zuckte ein *saparak* vor, glitt am Harnisch des Generals ab und drang oberhalb davon in seinen Hals.

Blut trat hervor, als die mit Widerhaken versehene Waffe brutal aus der Wunde gerissen wurde, und die Orks jubelten, als Tullian seitwärts aus dem Sattel glitt. Grobe Pranken packten ihn und rissen ihn zu Boden, und einen Atemzug lang war nichts mehr vom Oberbefehlshaber der Elfenarmee zu sehen – bis eine grüne Klaue erschien, die triumphierend ein abgeschlagenes Haupt schwenkte.

Farawyn Innerstes empörte sich ob dieser Barbarei. Auch er griff zum Schwert und spaltete einem unbehelmten Ork den Schädel, dann brachte er wieder den *flasfyn* zum Einsatz und schmetterte eine ganze Reihe von Angreifern zurück, die sich dem König genähert hatten.

»Was soll das?«, beschwerte sich Elidor, der sich als sehr viel geschickterer Streiter erwies, als Farawyn angenommen hatte. »Lasst mich kämpfen!«

»Habt Geduld«, konterte der Zauberer düster, »der Tod kommt noch früh genug« – und obwohl sie ihn den Seher nannten, hatte er keine Ahnung, wie recht er mit dieser Bemerkung behalten sollte.

Denn just in dem Augenblick, als es der elfischen Reiterei gelungen war, die Reihen der Orks zu durchbrechen und ihren ungeordneten Haufen in zwei Teile zu trennen, tauchte hinter ihnen eine zweite Schlachtreihe aus der Dunkelheit auf.

Die *ilfantodion!*

Nachdem sie durch die Kristallpforte gekommen waren, hatten die Tiere den Westfluss durchquert und stampften nun die Uferböschung herauf. Inzwischen waren es noch mehr geworden. Farawyn zählte zehn von ihnen, und er begann zu ahnen, wie sich Königin Rainna einst in der Schlacht von Scaria gefühlt haben musste.

In breiter Front griffen die Monstren aus grauer Vorzeit an, Seite an Seite, sodass sie wie eine Mauer wirkten, die sich auf die Elfen zuwälzte. Ihre Stoßzähne waren furchterregend anzusehen, ebenso wie die pfeilerartigen Beine, die alles unter sich zu zermalmen schienen. Stirn und Rüssel waren gepanzert, auf dem Rücken trugen die Tiere Körbe, in denen Armbrustschützen kauerten – Zwerge, wie Farawyn zu seinem Entsetzen erkannte. Der Zauberer wusste nicht, wie der Dunkelelf sie aufgeboten hatte, aber es waren weitere Gegner, die es zu bekämpfen galt.

Der Anblick der herannahenden Kampfkolosse verfehlte seine Wirkung nicht.

Viele Pferde scheuten, als sie die Gefahr erkannten. Manche brachen zur Seite aus, andere warfen ihre Reiter ab. Und einige Elfenkrieger zügelten ihre Tiere angesichts des nahenden Verderbens, das die Erde erbeben ließ.

Gehetzt schaute sich Farawyn um. Die Attacke der Reiterei hatte an Schwung verloren, das Feld sich aufgefächert; und in diesem Moment erklang noch ein weiterer schauriger Warnruf …

»Die Todesmühlen! Sie kommen zurück!«

Farawyns schneeweißes Streitross wieherte, als er es am Zügel riss. Es bäumte sich auf, und er drehte es auf der Hinterhand herum. Sein Blick fiel auf die Kampfmaschinen, die auf der anderen Seite des Schlachtfelds standen und die sie längst überwunden glaubten, und tatsächlich: Die beiden Türme hatten sich wieder in Bewegung gesetzt!

Mit rotierenden Flügeln rollten sie jetzt in die entgegengesetzte Richtung, der Reiterei hinterdrein und offenbar in der Absicht, sie zwischen sich und den herannahenden *ilfantodion* zu zermalmen. Dass dabei auch Scharen von Orks niedergemetzelt würden, die sich ebenfalls zwischen den Polen der Vernichtung befanden und in heftige Scharmützel verstrickt waren, scherte niemanden. Es war Margoks Art, Krieg zu führen.

Farawyns Blicke flogen hin und her.

Nach den Seiten ausweichen konnten sie nicht. Im Süden tobte der Kampf zwischen den Menschen und dem Fußheer, sodass es dort kein Weiterkommen gab; wichen sie nach Norden aus, gaben sie den Boden preis, den sie eben erst so mühsam erkämpft hatten, und ermöglichten es den Orks, den elfischen Fußkämpfern in die ungeschützte Flanke zu fallen.

Fieberhaft suchte der Zauberer nach einem Ausweg – und kam zu dem Schluss, dass eine der beiden herannahenden Fronten weichen musste. Wenn schon nicht die Todesmühlen, so doch wenigstens die *ilfantodion* …

»Kümmert Euch um Elidor!«, wies er Maeve an, die ihr unruhig schnaubendes Pferd neben seinem gezügelt hatte. Beide Enden ihres *flasfyn* waren mit dunklem Orkblut besudelt, ebenso wie ihre Robe und der Harnisch, den sie darübertrug.

»Was habt Ihr vor?«

»Etwas ändern«, schnaubte der Älteste, »oder diese Schlacht wird in wenigen Augenblicken zu Ende sein!«

Damit ließ er die Zügel schnalzen und trieb sein Pferd an. Der Hengst schritt kräftig aus und trug seinen Reiter in einer Fontäne von aufgeworfenem Erdreich davon, der Front der Kampfkolosse entgegen.

Es war ein atemberaubender Anblick, den Zauberer einsam und allein auf die heranstampfenden Monstren zureiten zu sehen, den Zauberstab erhoben und mit wehendem Umhang, während sich fern im Osten der neue Tag als zaghafter Lichtschein andeutete – ein Hauch von Hoffnung, der jedoch schwand, je näher Farawyn den *ilfantiodion* kam.

Riesenhaft wuchsen sie vor ihm in die Höhe und verdeckten mit ihren ungeheuren Körpern den grauenden Himmel. In diesem Moment lösten sich die ersten Armbrustbolzen und schwirrten dem Zauberer mit tödlicher Präzision entgegen …

»Tötet sie! Tötet sie alle! Nehmt Rache für Erwein von Andaril!«

Ortweins Kriegsschrei gellte durch das Zwielicht des dämmernden Morgens, während er gleichzeitig sein Schwert niederfahren ließ. Die blutige Klinge bohrte sich tief in die Schulter des Elfenkriegers, der vor ihm am Boden kauerte, verwundet durch einen Pfeil. Der Legionär – dem Aussehen nach ein junger Mann, aber wer vermochte das bei Elfen schon mit Bestimmtheit zu sagen? – riss entsetzt die Augen auf und kippte dann nach vorn auf die blutdurchtränkte Erde.

Schnaubend wie ein Stier und am ganzen Körper bebend vor wilder Kampfeswut, riss Ortwein seine Klinge heraus und fuhr herum. Seinen Schild hatte er längst eingebüßt, stattdessen führte er das Schwert mit beiden Händen. Unentwegt ließ er es kreisen, während überall ringsum ein entsetzliches Gemetzel im Gang war.

Die Schlachtordnung hatte sich aufgelöst. Schon der Pfeilhagel, den die Elfen hatten niedergehen lassen, hatte viele von Ortweins Kämpfern das Leben gekostet. Vor allem unter den Bauern und Leichtbewaffneten, die über keine Schilde verfügten, hatten die Elfenpfeile für erhebliche Verluste gesorgt. Die Gegenwehr von Ortweins Bogenschützen hingegen war an den mandelförmigen Elfenschilden beinahe wirkungslos abgeprallt.

Die Katapulte und Pfeilschleudern, die ihr unheimlicher Befehlshaber auf magische Weise herangeschafft hatte, hatten daraufhin die Arbeit aufgenommen. Die Geschosse waren wie Blitze in die Reihen der Elfen gefahren und hatten viele von ihnen das Leben gekostet – aufgehalten hatte es sie jedoch nicht. Denn kurz darauf waren die beiden Heere aufeinandergetroffen, und viele der Clansmänner und der Söldner aus den Oststädten hatten schon beim ersten Ansturm der elfischen Lanzenträger ein unrühmliches Ende gefunden.

Mit einer Verbissenheit, mit der Ortwein nicht gerechnet hatte, hatte der Feind die tödliche Phalanx vorangetrieben, und erst durch das Eingreifen der gepanzerten Reiterei war es gelungen, sie aufzuhalten. Den Kordon der Angreifer durchbrochen jedoch hatten die Eisbarbaren, die in Ortweins Armee kämpften. In wilde Raserei verfallen und den Tod deshalb nicht fürchtend, hatten sie sich in die Reihen der Elfenkrieger geworfen und mit ihren Keulen und Äxten um sich geschlagen – mit dem Erfolg, dass eine Bresche entstanden war, in die Ortwein und seine Kämpen nachgesetzt waren. Daraufhin war die Schlacht voll entbrannt.

Solange er zu Pferde gekämpft hatte, hatte Ortwein noch einigermaßen die Übersicht behalten. Dann jedoch hatte ein verirrter Pfeil seinen Rappen in den Hals getroffen, und das Tier war unter ihm zusammengebrochen. Den Elfenkrieger, den es halb unter sich begraben hatte, hatte der Fürst von Andaril mit einem gezielten Streich enthauptet. Dann hatte er sich, begleitet von den Kämpfern seiner Leibgarde, in das blutige Getümmel gestürzt. Und während er wie von Sinnen um sich schlug und sah, wie seine Getreuen rings um ihn fielen, musste er an das denken, was Ivor zu ihm gesagt hatte.

Als ihr Anführer ist es deine Pflicht, zuvorderst an sie zu denken. Es steht dir nicht zu, sie nur um deines Ruhmes willen zu opfern ...

Wie hatten ihn diese Worte erbost, so sehr, dass er den Dolch gezückt und den Freund für immer zum Schweigen gebracht hatte. Doch nun, inmitten des blutigen Hauens und Stechens, das ringsum vor sich ging, musste Ortwein erkennen, dass Ivor recht gehabt hatte – auch was Rurak betraf.

Der Zauberer hatte in der Tat seine eigenen Pläne verfolgt, und während Ortwein noch davon geträumt hatte, gegen Tirgas Lan zu marschieren und die Elfenstadt zu plündern, hatte ihr unheimlicher Befehlshaber das Heer bereits nach Südwesten geführt, um sich mit den Orks zu verbünden. An vieles hatte Ortwein gedacht, aber gewiss nicht daran, mit Unholden gemeinsame Sache zu machen. Doch der Pakt, den er geschlossen hatte, zwang ihn dazu – und so blieb ihm nur, weiterzukämpfen und zu versuchen, inmitten des wogenden Chaos die Oberhand zu behalten ...

Plötzlich fühlte er zwischen den Schulterblättern einen schmerzhaften Stich. Blitzschnell fuhr er herum und hieb die Pike beiseite, die von irgendwo aus dem Getümmel herangezuckt war. Er wollte seine Leibwächter zurechtweisen, die die Aufgabe hatten, ihm den Rücken freizuhalten – aber sie waren nicht mehr da. Alle lagen sie erschlagen in ihrem Blut, und es war an den Söldnern aus Girnag und Taik, den Fürsten Andarils zu verteidigen.

Wie sich die Zeiten änderten ...

Mit einem lauten Schrei auf den Lippen, der mehr Verzweiflung denn Kampfesmut zum Ausdruck brachte, drang Ortwein auf die Elfenlegionäre ein, die von der linken Flanke herandrängten. Der Hieb, den er führte, war so heftig, dass er einem der Krieger den Helm vom Kopf riss. Der Elf lebte noch lange genug, um den Hass in Ortweins Augen lodern zu sehen. »Für meinen Vater!«, schrie der Fürst – und stach zu.

Der Elf fiel, und ein weiterer Krieger sprang an seine Stelle, der jedoch nicht wie ein gewöhnlicher Legionär gekleidet war. Seiner aufwendigen Rüstung und dem von Rosshaar gezierten Visierhelm nach handelte es sich um einen hohen Offizier, wenn nicht gar einen General – und Ortwein wusste, dass er ihn töten musste, wenn er die Schlacht gewinnen wollte.

»Du!«, schrie er, als müsste er die Aufmerksamkeit des Kriegers erst noch auf sich ziehen, dann schlug er auch schon auf ihn ein.

Der General, der noch seinen Schild hatte, brachte diesen empor und wehrte den Hieb scheinbar mühelos ab, um dann seinerseits einen Ausfall vorzutragen. Ortwein entging der Klinge, indem er ihr blitzschnell auswich, dann führte er seine eigene Waffe senkrecht empor. Die Stichwunde zwischen seinen Schulterblättern schmerzte dabei, aber er scherte sich nicht darum. Sein einziges Ansinnen war es, den Elfengeneral zu töten und den Feind so eines Anführers zu berauben. Das blutige Morden ging ringsum weiter, begleitet vom Geklirr der Waffen und den Schreien der Sterbenden und Verwundeten, aber Ortwein nahm es nicht mehr wahr. Der Fürst von Andaril hatte nur noch Augen für seinen Gegner, auf den er seinen ganzen Hass und seine Aggression lenkte.

Zwar entging der General seiner Attacke um Haaresbreite, doch sofort setzte Ortwein nach und brachte einen zweiten Hieb an, der so kräftig geführt war, dass er den Elfen ins Wanken brachte. Mit einem dumpfen Aufschrei warf sich Ortwein nach vorn und rempelte ihn an, und der Elfenkrieger stolperte über eine Leiche, die hinter ihm lag und die so mit Blut und Dreck überzogen war, dass man nicht mehr feststellen konnte, auf welcher Seite der Gefallene gekämpft hatte.

Der General stürzte und ging zu Boden. Sofort war Ortwein über ihm, um ihm mit einem Triumphschrei die Klinge in den Hals zu rammen – aber einmal mehr war ihm der Schild des Elfen im Weg. In rascher Folge drosch Ortwein darauf ein, bis das verbeulte Metall am Arm des Generals wertlos geworden war. Mehrmals hintereinander trafen ihre Klingen aufeinander, dann gelang es dem Fürsten von Andaril, eine Finte vorzutragen, die den Elfen dazu brachte, einen entscheidenden Fehler zu begehen.

In der Absicht, seinen Gegner zu durchbohren, stieß er die Klinge empor, doch Ortwein hatte damit gerechnet und wich rechtzeitig aus. In einer fließenden Bewegung fuhr er herum und durchtrennte den Schwertarm des Elfen mit einem einzigen Hieb.

Der General schrie auf, als seine Hand davonflog, die gebogene Elfenklinge noch umklammernd, und ein Blutschwall aus dem Stumpf stürzte, der sein Gewand und seine Rüstung besudelte. Hohnlachend warf sich Ortwein auf ihn, um das Schwert, dessen Spitze nach unten zeigte und das er mit beiden Händen umklammerte, in sein Herz zu rammen. Der Elfenkrieger, der wusste, dass er besiegt war, stieß das Visier seines Helmes auf. Die Blicke der beiden Männer begegneten sich, und für einen Augenblick sah Ortwein die Fassungslosigkeit in den Augen seines Gegners.

»Hochmütiger Bastard«, stieß er zwischen zusammengebissenen Zähnen hervor und wollte erbarmungslos zustoßen, als plötzlich ein Schatten auf ihn fiel und etwas aus der Luft heranschoss.

Ortwein von Andaril begriff nie, was aus dem Halbdunkel heranfegte, ihn mit knochigen Krallen packte und in die Höhe riss. Er schrie, als es senkrecht emporging, und für einen Augenblick genoss er das zweifelhafte Vergnügen, hoch über dem Geschehen zu schweben und auf das wogende Chaos und die im Morgengrauen blitzenden Klingen und Rüstungen zu blicken.

Es war ein Moment der Entrückung, in dem Ortwein nichts anderes hörte als das Geräusch des Windes und seinen eigenen stoßweisen Atem – und in dem er es bitter bereute, den Schwur seines Vaters erneuert zu haben.

Einen Herzschlag später ließen die Krallen ihn los, und Ortwein stürzte zu Boden, dem Schlachtfeld entgegen.

Farawyn hatte nichts mitbekommen von dem, was sich am anderen Ende des Schlachtfeldes ereignete. Mit einem gezielten Gedankenstoß hatte er die Bolzen abgewehrt, die die Zwerge in den Schützenkörben auf ihn abgegeben hatten, und hielt weiter auf die *ilfantodion* zu, ein einsamer Streiter gegen einen übermächtigen Gegner – der jedoch plötzlich Gesellschaft erhielt.

Zwei Reiter waren plötzlich neben ihm, der eine links, der andere rechts, und sein Erstaunen war grenzenlos, als er Meisterin Maeve erkannte – und Elidor …

»Was soll das?«, schrie er.

»Wir begleiten Euch«, verkündete der König entschieden.

»Nein! Kehrt sofort um! Erdwelt braucht Euch lebend!«

»Auf keinen Fall werde ich umkehren«, entgegnete der junge Monarch trotzig. »Ihr habt mir beigebracht, was es bedeutet, König zu sein – ich werde Euch jetzt nicht im Stich lassen!«

Farawyn widersprach nicht länger. Elidors Haltung beeindruckte ihn, und er sagte sich, dass er ganz offenbar den Starrsinn seines Vaters Gawildor geerbt hatte – nur dass er ein sehr viel besserer Herrscher war als dieser …

Gemeinsam jagten sie weiter, bereit, den aussichtslosen Kampf auszutragen. Farawyn konzentrierte sich, um einen weiteren *tarthan* zu wirken, der so stark ausfallen musste, dass er einen der Kampfkolosse aus der Bahn warf – aber der Zauberer bezweifelte ernstlich, ob so etwas überhaupt möglich war.

Jetzt!

Die *ilfantodion* waren bis auf fünfzig Schritte heran. Furchterregend groß ragten sie vor ihnen in die Höhe, und erneut schwirrten Armbrustbolzen durch die Luft, die Maeve abwehrte.

Farawyn konzentrierte sich und entließ einen Gedankenstoß, der so heftig war, dass der Sog, den er entwickelte, das Erdreich emporriss und den Boden durchpflügte. Man konnte sehen, wie er auf die Phalanx der Kampfkolosse zuschoss – um im nächsten Moment beinahe wirkungslos daran zu zerplatzen.

Der Bulle, auf den der Zauberer seine Attacke gerichtet hatte, wankte ein wenig, trampelte jedoch unbeirrt weiter. Noch wenige Herzschläge, dann waren die vierbeinigen Giganten heran.

»Flieht!«, schrie Farawyn seinen beiden Begleitern zu und zügelte abermals sein Pferd. »Kehrt sofort …!«

Das letzte Wort blieb ihm im Hals stecken, als er einen scharfen Einstich in seiner Schulter fühlte.

Ein Pfeil!

In einem Augenblick der Unaufmerksamkeit hatte eines der feindlichen Geschosse die Abwehr durchdrungen und ihn getroffen. Farawyn schrie auf und verlor für einen Moment die Kontrolle über sein Pferd. Angesichts der heranstürmenden Kolosse scheute das Tier und warf ihn ab.

Der Zauberer wusste nicht, wie ihm geschah, als er sich plötzlich auf dem Erdboden liegend wiederfand, der unter den Tritten der *ilfantodion* erzitterte. Entsetzt schaute Farawyn an ihnen empor, sah die gewaltigen Stoßzähne und rechnete damit, im nächsten Moment entweder aufgespießt oder zertrampelt zu werden – als plötzlich eine schwere Erschütterung den Boden durchlief, gegen die das Getrampel der gepanzerten Dickhäuter nur ein leises Flüstern war.

Fast im selben Augenblick nahm Farawyn einen Schatten wahr, der dicht über dem Boden dahinraste, unmittelbar vor den *ilfantodion*. Die Tiere reagierten panisch. Eines von ihnen scheute und richtete sich auf den Hinterbeinen auf, worauf die Insassen des Schützenkorbes schreiend in die Tiefe purzelten, nur um unter den Beinen ihres eigenen Reittiers ein grässliches Ende zu finden. Der Vormarsch der Giganten kam schlagartig ins Stocken. Gleichzeitig durchlief ein neuerlicher Erdstoß den Boden, diesmal noch heftiger als zuvor – und entlang der Flugbahn des Schattens, unmittelbar zwischen Farawyn und den *ilfantodion*, entstand mit einem berstenden Geräusch ein Riss im Boden.

»Was, bei Albons Licht …?«

Verwirrt sah der Zauberer, wie sich der Riss verbreiterte. Der Boden tat sich auf, und ein Graben von mehreren Klaftern Breite entstand. Einer der Kampfkolosse kam ihm zu nahe. Das Erdreich an der Abbruchkante rutschte ab, und das Tier brach mit den Vorderläufen ein. Panisch brüllend ging es nieder, während es seine Reiter von seinem breiten Rücken schüttelte.

Und das Erbeben dauerte an!

Eine schwere Erschütterung nach der anderen ließ den Boden erzittern und immer noch mehr Risse entstehen. Ein weiterer *ilfantodion*, dessen Besatzung noch abzuspringen versuchte, versank in einer Erdspalte, und unter markigem Getöse, welches das panische Trompeten der Tiere übertönte, wurden bis hinüber zum Flussufer ganze Bodenschollen aufgeworfen, die sich übereinanderschoben. Die Schlachtordnung der Kampfkolosse hatte sich längst aufgelöst. Die Tiere rannten wild durcheinander und rammten sich gegenseitig, und wer von den Reitern noch nicht abgeworfen worden war, der bemühte sich verzweifelt, die sich wie von Sinnen gebärdenden Giganten wieder unter Kontrolle zu bringen.

Betroffen schaute Farawyn auf das chaotische Schauspiel, das sich auf der anderen Seite des Grabens abspielte, der sich so unvermittelt gebildet hatte. Erst ganz allmählich dämmerte ihm, dass er gerettet war – und er begriff auch, wem er diese Rettung zu verdanken hatte ...

»Bruder! Ist alles in Ordnung mit Euch?«

Maeve und Elidor, die seine Warnung zunächst befolgt hatten, dann aber, als sie gesehen hatten, was den *ilfantodion* widerfuhr, wieder umgekehrt waren, zügelten ihre Rösser unmittelbar vor ihm.

»Es geht schon«, versicherte der Zauberer und raffte sich auf die Beine, worauf er mit einem beherzten Griff den Pfeil aus der Schulter zog. Offenbar war die Spitze mit einem leichten Gift getränkt gewesen, aber seine Selbstheilungskräfte würden damit fertig werden.

»Wie konnte mein Vater nur je an Euch zweifeln, Meister Farawyn?«, fragte Elidor, während er vom Rücken seines Pferdes aus die Kampfkolosse beobachtete – oder vielmehr das, was noch von ihnen übrig war. Zwei hatten sich auf dem Boden gewälzt, um ihre Reiter loszuwerden, und sie dabei zermalmt. Der Rest war zum Fluss geflüchtet. »Ihr seid in der Tat ein mächtiger Zauberer!«

»Ich danke Euch, mein König«, erwiderte Farawyn bescheiden, »aber Euer Lob hat nicht mir zu gelten, sondern denen, die die Rettung brachten.«

»Von wem sprecht Ihr?«

In diesem Augenblick senkte sich erneut jener dunkle Schatten aus dem grauenden Himmel, der soeben an Farawyn vorbeigerast war. Und nun endlich war zu erkennen, worum es sich dabei handelte – um einen *draghnad*.

Unheimlich breitete die untote Kreatur ihre löchrigen Schwingen aus und sank herab. Auf ihrem Rücken saßen zwei von weiten Umhängen umwehte Gestalten, für deren plötzliches Auftauchen Farawyn dem Schicksal von Herzen dankte.

Der eine war Ogan, der junge Aspirant. Der andere war Meister Daior, der über die Fähigkeit verfügte, kraft seines Willens die Erde erbeben zu lassen.

Gewöhnlich brachte er seine Gabe nur zum Einsatz, um Zauberschüler einer Prüfung zu unterziehen. Nun jedoch hatte er sie erstmals als Waffe gebraucht …

»Brüder!«, rief Farawyn hocherfreut aus. »Wie ich mich freue, Euch zu sehen!«

»Die Freude ist auf unserer Seite«, versicherte Ogan und winkte. »Mein Meister Tavalian schickt uns, der Euch herzlich grüßen lässt …«

5. GRAIM'Y'HUTH

Daior und Ogan waren nicht die Einzigen, die dem bedrängten Elfenheer zu Hilfe gekommen waren. Noch drei weitere *draghnada* sanken aus dem Himmel herab, in deren Sätteln die Meister Filfyr, Sunan und Tarana saßen, jeweils zusammen mit ihren Schülern Zenan, Haiwyl und Larna.

Sie alle ließen die Aspiranten absteigen, ehe sie wieder in die Lüfte stiegen, um andernorts in das Schlachtgeschehen einzugreifen. Farawyn konnte nicht anders, als Ogan und seine Gefährten dankbar in die Arme zu schließen.

»Meine guten Kinder!«, rief er dabei. »Das war Rettung in höchster Not!«

»Verzeiht, dass wir nicht schon früher kamen, Vater«, entgegnete Ogan schuldbewusst, »aber die Kristallpforte ließ sich nicht mehr öffnen.«

»Ja«, knurrte der Zauberer nur, »ich habe es geahnt …«

»Gervan und einige andere stimmten daraufhin dafür, einen Zug von *bóriai* auszurüsten, der nach Süden aufbrechen sollte, aber Meisterin Atgyva war klar, dass dieser viel zu spät eintreffen würde. Also schlug Meister Tavalian vor, die *draghnada* zu benutzen, um die Strecke zu überbrücken.«

»Der gute Tavalian!«, seufzte Farawyn erleichtert, und auch Maeve und Elidor brachten ihre Dankbarkeit zum Ausdruck.

Doch ihnen allen war klar, dass die Schlacht noch nicht gewonnen war …

»Die Türme!«, rief der junge König und deutete nach den beiden stählernen Ungetümen, die sich noch immer unbeirrt drehten und Dampf spien, während sie auf Orks und Elfen zurollten. Die Bedrohung durch die *ilfantodion* mochte beseitigt sein, die Todesmühlen jedoch mahlten noch immer – und sie hatten die Elfenkrieger, die noch immer in heftige Gefechte mit den Orks verwickelt waren, inzwischen fast erreicht!

»Auf die Pferde!«, rief Farawyn. »Halten wir sie auf!«

Der Zauberer nahm die Zügel seines braven Hengstes, der reumütig zu ihm zurückgekehrt war, und stieg in den Sattel. Die Wunde in seiner Schulter, über der sich sein Umhang dunkel verfärbt hatte, ignorierte er. Ogan und die anderen Aspiranten riefen herrenlose Pferde herbei, von denen es auf dem Schlachtfeld bestürzend viele gab. So ritten sie den beiden Türmen entgegen, an der Seite Elidors, des Königs des Elfenreichs.

Die Anerkennung Farawyns hatte sich der junge Herrscher längst verdient. Das Schwert in der Hand, galoppierte er den Kämpfenden entgegen und stürmte mitten in ihre Reihen. Mit der Klinge nach beiden Seiten dreschend, tötete er mehrere Unholde, unterstützt von Farawyn und Maeve, die einen Gedankenstoß nach dem anderen wirkten. Auf diese Weise gelangten sie näher an die Türme heran, deren Klingenflügel bereits Nahrung fanden.

Ein Elf und ein Ork, die einander so erbittert bekämpften, dass sie das nahende Unheil nicht hatten kommen sehen, wurden die ersten Opfer. Der fauchende Stahl erwischte sie, und von dem, was davonflog, war es unmöglich zu sagen, ob es zum Elfen oder zum Ork gehört hatte. Mit vernichtender Wucht fuhren die Klingenflügel in das Feld der Kämpfenden und sorgten dort für Panik. Orks und Elfen ergriffen gleichermaßen die Flucht, und der Vorteil, den Elidors Reiterei errungen hatte, drohte verloren zu gehen, denn von den Flanken drängten die übrigen Unholde heran.

Die Türme mussten verschwinden, einer nach dem anderen!

»Wir nehmen uns zuerst den linken vor!«, wies Farawyn seine Begleiter an. »Haiwyl!«

Der Aspirant, der seinerzeit zusammen mit Granock und Aldur nach Shakara gekommen war und dessen Gabe darin bestand,

Metall mit Gedankenkraft zu verformen, streckte die Hände aus und wirkte seinen Zauber. Schon im nächsten Moment gerieten die Flügel der rechten Mühle ins Stocken.

Ein metallisches Ächzen war zu vernehmen, als sich der Mechanismus im Inneren gegen den plötzlichen Widerstand stemmte, und immer noch mehr Dampf entwich aus den seitlich angebrachten Öffnungen. Ruckartig drehten sich die Klingen noch ein Stück weiter – dann konnte man beobachten, wie sich eine von ihnen unnatürlich deformierte.

Es knirschte entsetzlich, als der Stahl zurückgebogen wurde, sodass er gegen den Turmaufbau stieß und damit die Drehbewegung blockierte. Die tumbe Maschine arbeitete dennoch weiter – und zerstörte sich damit selbst. Mit lautem Krachen durchbrach der verbogene Stahl die Turmpanzerung und drang in die stampfenden Eingeweide. Der Koloss wankte – und in diesem Augenblick übernahmen Farawyn und die anderen.

»Gedankenstoß – jetzt!«, wies der Zauberer Maeve und die Aspiranten an, und alle bis auf Haiwyl, den der Gebrauch seiner Gabe erschöpft hatte, schlossen sich dem *tarthan* an, den der Älteste ihres Ordens im nächsten Moment verübte.

Die Wucht des Stoßes war entsprechend beträchtlich, und er erwischte den Turm genau in dem Moment, als sich dieser ohnehin gefährlich zur Seite neigte. Der Stahlkoloss wurde hart getroffen und geriet noch ein Stück weiter in Schräglage. Als der Boden unter ihm nachgab, besiegelte das sein Schicksal.

Ächzend und schnaubend schien sich Margoks Todesmaschine noch einen Augenblick lang gegen das Unausweichliche zu wehren – dann kippte sie endgültig und stürzte geradewegs in die Masse der sich dicht aneinanderdrängenden Orks.

Die Unholde hatten bis zuletzt darauf vertraut, dass ihr unförmiges Mordinstrument allen Angriffen trotzen und sich wieder aufrichten würde – ein folgenschwerer Irrtum, der viele von ihnen das Leben kostete. Zwar spritzten sie auseinander wie aufgescheuchtes Federvieh, als der stürzende Turm seinen Schatten auf sie warf, doch kam für viele die Einsicht zu spät. Ein letztes Mal machte die Todesmühle ihrem Namen alle Unehre, als sie Dutzende von Unholden unter sich zerquetschte, ehe sie selbst in einer Eruption von Feuer und Dampf zerbarst.

Trümmerstücke wurden davongeschleudert und sorgten für noch mehr Opfer unter den Orks, und auch mancher Elfenkrieger wurde davon ereilt – dennoch war der Jubel unbeschreiblich, als Elidors Kämpfer das Monstrum niedergehen sahen. Neuen Mutes und noch verbissener als zuvor drangen sie auf die Orks ein, die nun nicht mehr von der einen, dafür aber von der anderen Seite herandrängten, und Farawyn und seine Getreuen wollten sich dem anderen Turm zuwenden – aber wie sie feststellten, war dieser bereits in besten Händen.

Zwei untote Drachen umkreisten das stählerne Monstrum, das sich um seine Achse drehte und Tod und Verderben nach allen Seiten schickte. Auf dem einen *draghnad* saß wiederum Daior, auf dem anderen Sunan, der im nächsten Moment von seiner Gabe regen Gebrauch machte.

Der Ton, der über dem Schlachtfeld erklang, war so durchdringend, dass sich nicht nur viele Elfenkrieger, sondern auch zahllose Unholde die Ohren zuhielten und einen Moment lang nicht mehr fähig waren zu kämpfen. Am heftigsten jedoch wirkte sich Sunans Schrei auf den Turm aus, dessen Konstruktion in Schwingung versetzt wurde. Anfangs waren es nur kleine, kaum wahrnehmbare Bewegungen, schon wenige Augenblicke später jedoch begann der Turm zu wackeln, als bestünde er nicht aus festem Stahl, sondern aus weich gewordenem Wachs. Immer heftiger wurden die Ausschläge, bis sich die ersten Platten der Panzerung lösten und mit Getöse in die Tiefe sausten – und in diesem Augenblick schlug Meister Daior zu und gab dem Ungetüm den Rest.

Seinen *draghnad* dicht über dem Boden lenkend, stieß der Zauberer seinen *flasfyn* herab – und dort, wo der Zauberstab die Erde berührte, entstand einen Lidschlag später ein Riss im Boden. Eine Erschütterung folgte, die viele der Kämpfenden zu Fall brachte – vor allem aber den Kriegsturm, der in dem sich sprunghaft verbreiternden Riss versank.

Sobald die ihrer Stabilität beraubten Klingenflügel auf den Erdboden trafen, zerbarsten sie, die Bruchstücke stoben Funken schlagend davon. Und nach einem entsetzlichen Ächzen, das von Feuer und Rauch begleitet wurde, tat auch diese Maschine ihren letzten zischenden Atemzug.

Das Geschrei, in das sowohl Elfen als auch Orks daraufhin verfielen, war unbeschreiblich. Die Söhne Sigwyns jubelten, weil sie erstmals seit Beginn der Schlacht das Gefühl hatten, dass sie gewinnen konnten; die Unholde brüllten vor Wut.

Zwar drangen sie weiter auf die Elfenkrieger ein, doch hatten ihre Attacken an Wildheit verloren – oder lag es daran, dass Elidors Recken, beflügelt durch die Unterstützung der Zauberer, mit neuer Kraft und frischen Mutes fochten?

Auch der junge König und die Zauberaspiranten brachen in lauten Jubel aus, selbst Farawyn gönnte sich ein triumphierendes Lächeln. Er war sicher, dass die Zerstörung der Türme auch auf der anderen Seite des Schlachtfelds nicht unbemerkt bleiben und womöglich die Wende im Kampfgeschehen bedeuten würde.

Zum ersten Mal nach Jahrhunderten gegenseitiger Entfremdung kämpften Elfenkrieger und Zauberer wieder Seite an Seite, um gemeinsam dem Bösen zu trotzen, das in ihre Welt eingefallen war. Womöglich war es ein historischer Tag, der heraufzog und den Himmel im Osten in Brand gesteckt zu haben schien.

»Das ist der Sieg!«, war Ogan überzeugt, während er vom Rücken seines Pferdes aus auf die nördliche Hälfte des Ork-Heeres deutete. »Seht Ihr das? Die Unholde fliehen! Sie ergreifen vor unseren Kämpfern die Flucht …«

Der untersetzte Zauberschüler unterstrich seine Erleichterung mit einem silberhellen Lachen, das ihm jedoch im nächsten Moment auf den Lippen erstarb.

»Ogan …?«

Farawyn fuhr zu dem Aspiranten herum. Mit weit aufgerissenen Augen und starrem Blick saß Ogan im Sattel. Blut rann aus seinen Mundwinkeln.

»Ogan!«

Farawyn riss sein Pferd herum und wollte zu dem Jungen eilen, aber jede Hilfe kam zu spät. Ogan kippte nach vorn und fiel seitwärts aus dem Sattel. In seinem Rücken steckte ein Pfeil. Und im selben Moment erhob sich vom Siegstein her wüstes Geschrei, und eine Meute gedrungener Gestalten war zu erkennen, die in gebückter Haltung heranstürmten und dabei mehr an Tiere denn an Menschen erinnerten.

Die *neidora* …

»Ogan! Nein!«

Granock sah den Freund leblos aus dem Sattel kippen. Fassungslos starrte er in die Kristallkugel. Eben noch war er Zeuge gewesen, wie die Zauberer von Shakara über Margoks Mordwerkzeuge triumphiert hatten. Nun plötzlich hatte dieser Triumph einen bitteren Beigeschmack bekommen.

Ogan war gefallen, der Elfenjunge, dessen *reghas* darin bestanden hatte, es regnen zu lassen, und der niemandem je etwas zu leide getan hatte. Und alles, was Rurak dazu einfiel, war spöttisch zu lachen.

»Was denn?«, fragte der Zauberer mit hämischem Grinsen, das verriet, dass Ogans Tod ihm Genugtuung verschaffte. »Habt ihr geglaubt, dass wir euch den Sieg überlassen würden? Eure Freunde dort draußen mögen einen kleinen Vorteil errungen haben, die Schlacht hingegen haben sie noch längst nicht gewonnen. Vielleicht hat sich euer dicklicher kleiner Freund einfach ein wenig zu früh gefreut …«

»Dafür werdet Ihr bezahlen!«, konterte Granock. »Ihr alle werdet dafür bezahlen, das schwöre ich Euch!« Hilflos zerrte er an seinen eisernen Fesseln, aber natürlich gaben sie nicht nach. Rurak hingegen lachte nur noch ein wenig lauter.

»Deine Drohungen sind wie das Zischeln einer zahnlosen Schlange, Granock von den Menschen! Was willst du tun? Deine Ketten sprengen? Dich mir zum Kampf stellen? Oder gar dem Dunkelelfen selbst?« Wieder lachte er, doch Granock hörte gar nicht zu.

»Ogan war noch ein halbes Kind«, knurrte er. »Es war ihm noch nicht einmal vergönnt, seine Ausbildung zum Eingeweihten zu beenden …«

»Oh, oh.« Ruraks ohnehin schon von Falten zerfurchtes Gesicht zerknitterte sich noch ein wenig mehr. »Es betrübt mich wirklich, das zu hören. Aber vielleicht hätte er sich einfach aus Dingen heraushalten sollen, die ihn nichts angingen – genau wie du, Mensch! Hast du im Ernst geglaubt, etwas gegen mich oder den Dunkelelfen ausrichten zu können?«

»Befreit mich von diesen Ketten«, forderte Granock ihn auf, »dann werdet Ihr sehen, was ich gegen Euch ausrichten kann!«

»Dein lächerlicher kleiner Zeitzauber wirkt nicht bei allen Kreaturen, das solltest du inzwischen bemerkt haben. Oder willst du es im direkten Schlagabtausch mit mir aufnehmen?« Der Abtrünnige schüttelte das kahle Haupt. »Was seid ihr Menschen nur für eigenartige Kreaturen. Unbekümmert wagt ihr euch hinaus in die Geschichte, ohne auch nur zu ahnen, was euch dort erwartet, und beschwert euch, wenn euer törichter Leichtsinn Opfer fordert. Dort draußen ist Krieg, also was erwartest du?«

»Schwein!«, beschimpfte Granock ihn in seiner eigenen Sprache. »Diesen ganzen Krieg gäbe es nicht, wenn Ihr uns nicht alle verraten hättet!«

»Falsch. Dieser Krieg war unausweichlich. Siehst du nicht, dass das Elfenreich an einem Punkt angekommen ist, wo es nicht mehr weitergeht? Die glorreichen Tage des Reiches, wo sind sie geblieben? Menschen und Zwerge, Orks und Gnomen pochen an seine Pforten und begehren Einlass, und dieser Narr Elidor öffnet ihnen bereitwillig die Pforten. Niedergang ist die Folge. Was Erdwelt braucht, ist Führung, und Margok wird sie uns geben.«

»Er wird sich alles unterwerfen«, verbesserte Alannah, »und alles Schöne und Wunderbare vernichten. Margok ist der Tod allen Lebens, wie wir es verstehen.«

»Vielleicht«, räumte Rurak gelassen ein, »aber ich kann euch trösten, meine jungen Freunde – wenn ihr euch Margok widersetzt, werdet ihr alle nicht mehr lange genug in Erdwelt weilen, um dies mitzuerleben.«

»Mistkerl!« Erneut zerrte Granock an seinen Ketten, dass es nur so klirrte. Dass er dabei entsetzliche Schmerzen litt, war ihm gleichgültig.

»Nur zu, Mensch«, forderte der Zauberer ihn auf, »weiter so. Dein Zorn steht dir gut zu Gesicht ...«

»Mein Zorn wird dein Ende sein, Verräter«, prophezeite Granock, wobei er eine Wut in sich spürte, die alles vorher Dagewesene übertraf. Ohnehin hatte sich seine einstige Abneigung gegen Rurak in Hass verwandelt – Ogans Tod jedoch hatte dafür gesorgt, dass dieser Hass zu einem Monstrum wurde, das in ihm tobte und nach Ausbruch verlangte. Seine Gliedmaßen begannen zu zittern, die Adern an seinen Schläfen schwollen an, während er die Zähne fletschte wie ein Raubtier kurz vor dem Sprung. »Warte nur ...«

»Granock, nicht!«, warnte ihn Alannah. »Siehst du nicht, dass es genau das ist, was er will? Dein Hass wird dich zerstören, gründlicher und endgültiger, als er es jemals könnte!«

»Ja«, stichelte Rurak weiter. »Höre auf die Elfin, denn sie hat mehr Verstand als du. Ohnehin frage ich mich, wie man jemandem wie dir je die Pforte Shakaras öffnen konnte. Andererseits haben wir dir viel zu verdanken ...«

»Was faselt Ihr da?«

»Aber Granock! Hast du dich nie gefragt, wie es Farawyn trotz meines erbitterten Widerstandes gelingen konnte, deine Aufnahme in den Orden durchzusetzen? Ich will es dir sagen: weil er dabei Hilfe hatte! Im Geheimen habe ich seine Pläne unterstützt, denn ich wusste genau, dass du der Schlüssel zur Verwirklichung meiner Pläne warst, jener Splitter, der meinem Mosaik noch zur Vollendung fehlte.«

»Ihr lügt!«, herrschte Granock ihn an.

»Glaubst du?« Rurak schüttelte den Kopf. »Was, wenn ich dir sagen würde, dass Margok diese Situation schon vor langer Zeit vorausgesehen hat? Dass er wusste, dass wir uns hier gegenüberstehen würden?«

»Ich würde Euch für einen verdammten Lügner halten«, presste Granock hervor, obgleich ihn jedes Wort, das der Zauberer sprach, wie ein Peitschenhieb traf. In seiner Wut zerrte er an den eisernen Schellen, dass sie ihm die Handgelenke blutig schnitten.

»Nicht«, versuchte Alannah ihn zu beruhigen. »Siehst du nicht, dass er genau das will?«

»Das ist mir gleichgültig! Wenn es sein eigener Untergang ist, den er herbeiführen will, so soll er ihn haben!«

»Du drohst mir also tatsächlich?« Rurak lachte wieder. »Mein einfältiger Freund, wenn du glaubst, dass du gegen mich bestehen kannst …« Er machte eine beiläufig wirkende Handbewegung – und die Ketten um Granocks Hand- und Fußgelenke lösten sich und fielen klirrend zu Boden.

»Nein!«, rief Alannah, noch ehe er etwas unternehmen konnte, »tu es nicht, Granock! Greife ihn nicht an!«

»Warum nicht? Ich habe keine Angst vor ihm!«

»Aber er hat Angst vor dir«, wandte die Elfin ein.

»Was soll das heißen?«, fuhr Rurak sie an. »Was redest du da, du Närrin?«

»Es ist wahr. Ihr lügt, wenn Ihr sagt, dass Ihr Granocks Aufnahme in den Orden unterstützt habt. Die Wahrheit ist, dass Ihr ihn fürchtet, weil Ihr ihn nicht berechnen könnt. Aus diesem Grund versucht Ihr, seinen Hass zu schüren, denn auf diese Weise wird er Euch ähnlich.«

»Gewäsch!«

»Es ist die Wahrheit«, beharrte Alannah und wandte sich Granock zu, der schwer atmend neben ihr stand, sich die blutigen Handgelenke reibend. »Willst du wie er werden?«, fragte sie ihn. »Von Hass und Rachsucht zerfressen sein?«

»Nein«, gab Granock zu, auch wenn es ihm schwerfiel. Der Gedanke, seiner Wut freien Lauf zu lassen und sich auf den Abtrünnigen zu stürzen, war weitaus verlockender.

»Aber genau das wird geschehen, wenn du dich jetzt deinem Zorn ergibst. Das ist nicht der Weg, den Farawyn dich gelehrt hat, Granock. Denke daran und vertraue auf das Licht. Farawyn und die Seinen werden den Sieg erringen. Wir müssen ihnen nur vertrauen.«

»Glaubst du das wirklich, Elfin?«, fragte Rurak mit mitleidigem Grinsen.

»Allerdings.«

»Dann kennst du Margok nicht – denn der Dunkelelf ist noch längst nicht am Ende seiner Kräfte. Er wusste, dass wir hier stehen würden, denn aus seiner Sicht ist all dies längst geschehen …«

Die Echsenkrieger griffen an.

Neun von ihnen waren noch am Leben – und sie alle hatte Margok aufgeboten, um die Zauberer von Shakara unschädlich zu machen.

»Sie kommen!«, rief Farawyn seinen magischen Gefährten zu, die er mithilfe seines Zauberstabs gerufen hatte. Um ihren König zu schützen und sich nach allen Seiten verteidigen zu können, hatten die Zauberer um Elidor einen Kreis gebildet und standen Schulter an Schulter.

Farawyn.

Haiwyl.

Sunan.

Daior.

Filfyr.

Zenan.

Tarana.

Larna.

Maeve.

Neun Kämpfer Shakaras gegen neun Ausgeburten der Finsternis. Das Kräfteverhältnis schien ausgeglichen, aber Farawyn wusste, dass dieser Eindruck täuschen konnte …

»Haltet Euch bereit!«, forderte er seine Getreuen auf. »Lasst sie nahe herankommen und setzt erst dann eure Fähigkeiten ein. Und«, fügte er in Erinnerung an seinen ehemaligen Schüler hinzu, den an seiner Seite zu haben er sich in diesem Augenblick mehr als alles andere wünschte, »setzt den *flasfyn* nicht nur zum Zaubern ein – zur Not ist er auch ein vortrefflicher Prügel!«

Gefasst blickten sie den Angreifern entgegen. Farawyn konnte die Furcht der Aspiranten spüren, zumal sie alle gesehen hatten, was Ogan widerfahren war. Aber sie hielten ihre Stellung, getreu dem Eid, den sie geleistet hatten.

Unter schaurigem Gebrüll schossen die *neidora* heran, reptilienartige Kreaturen mit glühenden Augen. Einige von ihnen rannten auf zwei Beinen, andere katapultierten sich auf allen vieren über den Boden wie Raubtiere, die geifernden Mäuler weit aufgerissen. Pfeile zuckten durch die Luft, die Farawyn abwehrte, sodass sie diesmal kein Ziel fanden.

403

»Jetzt!«, rief der Zauberer – und der Kampf entbrannte.

Die ersten, die ihre *reghai* zum Einsatz brachten, waren Daior und Tarana. Während der eine erneut seinen Zauberstab in den Boden rammte und damit einen Erdspalt erzeugte, der zwei der Angreifer vorübergehend verschlang, ließ die andere einen Blitz aus heiterem Himmel herabzucken, der einen der *neidora* erfasste, ihn einhüllte und bei lebendigem Leib röstete. Mit einem Stöhnen der Erschöpfung sank die Meisterin nieder – im selben Moment waren die Echsenkrieger heran.

Farawyn senkte den *flasfyn* und schickte dem vordersten Angreifer, der gerade auf ihn hatte zusetzen wollen, einen Gedankenstoß entgegen. Der *tarthan* erwischte die Kreatur mitten in ihrer Flugbahn und schmetterte sie beiseite, einem ihrer Artgenossen entgegen. Der Echsenkrieger stürzte, aber schon im nächsten Moment war er wieder auf den Beinen und stürmte weiter, auf Haiwyl zu.

Der Aspirant sog scharf nach Atem, ehe er ebenfalls einen Stoß anzubringen versuchte, der jedoch nur halbherzig vorgetragen war. Meister Filfyr sprang ihm bei, dessen Fähigkeit, Gelerntes blitzschnell anzuwenden, ihm auch in dieser Situation nützlich war – denn schon hatte er sich auf den Angreifer eingestellt und lieferte sich mit dem *neidor* einen wilden Schlagabtausch, bei dem das magische Holz des *flasfyn* gegen blanken Stahl bestand.

Sunan und Maeve hatten es mit zwei weiteren Angreifern zu tun, die den Kordon der Zauberer umgangen hatten und aus der anderen Richtung angriffen. Farawyns Taktik, sich nach allen Seiten zu verteidigen, zahlte sich bereits aus.

Sunan versetzte die barbarische Sägeklinge, die einer der Angreifer führte, in Schwingung, sodass sie ihm nicht mehr gehorchen wollte. Noch während die brutale, aber einfältige Kreatur über die Gründe nachsann, stieß Sunan zu und durchbohrte ihre Kehle mit dem Ende des *flasfyn*. In einem Schwall dunklen Blutes ging der Echsenkrieger nieder, was seinen Kumpanen jedoch nicht abschreckte, sondern nur noch mehr zu beflügeln schien. In roher Wildheit fiel er über Meisterin Maeve her, und noch ehe diese reagieren konnte, sah sie blanken Stahl auf sich zufliegen, der im fahlen Morgenlicht blitzte.

Verzweifelt versuchte sie, den Angriff abzuwehren, aber der Stoß war mit derartiger Wucht geführt, dass er sich nicht mehr ablenken ließ. Die Klinge des *neidors* fuhr mit derartiger Wucht in Maeves Brust, dass sie im Rücken wieder austrat.

»Neeein!«, Elidor, der hinter ihr stand, fing ihren durchbohrten Körper auf, als der Echsenkrieger seine Waffe wieder herausriss. Schon setzte Maeves Mörder nach, um auch den König zu töten, aber plötzlich hielt er in seiner Bewegung inne und griff sich an den Helm, den er auf seinem schuppigen, haarlosen Schädel trug.

Von einem Augenblick zum anderen verfiel der Krieger in kehliges Gezeter. Seine Waffe ließ er fallen, dafür versuchte er, sich den Helm vom Kopf zu reißen, dessen Eisen sich verformte und zunehmend enger wurde – vergeblich. Sein Schädel platzte wie eine überreife Frucht. Leblos brach der Echsenkrieger zusammen – und Haiwyl hatte erstmals seine Gabe dazu eingesetzt, eine Kreatur zu töten.

Dem Aspiranten blieb keine Zeit, darüber nachzudenken, denn die *neidora*, die zunächst in der Erdspalte versunken waren, hatten sich wieder daraus befreit und griffen zum zweiten Mal an. Haiwyl wollte sich verteidigen, aber er war zu erschöpft dazu – seine Kameraden Zenan und Larna übernahmen es, sich den Echsenkriegern in den Weg zu stellen.

Die Gabe ihrer enormen Schnelligkeit nutzend, setzte Larna den Angreifern entgegen und entwaffnete einen von ihnen, noch ehe dieser wusste, wie ihm geschah. Daraufhin versetzte ihm Zenan einen Fausthieb, in den er seine ganze mentale und physische Kraft steckte – und der den Brustkorb des Echsenkriegers zertrümmerte.

Der *neidor* taumelte röchelnd zurück und stürzte. Sein Kumpan hingegen, der noch größer und kräftiger war als er, stürmte weiter, die mörderische Klinge hoch erhoben. Filfyr stellte sich ihm entgegen, worauf der Echsenmann seine Klinge niederfahren ließ. Der Meister parierte den Schlag mit dem *flasfyn* und stieß den Krieger der Dunkelheit zurück, der jedoch nicht zu Fall kam und sofort wieder angriff. Sein geschuppter Reptilienschwanz peitschte hin und her und versetzte Larna, die ihn aus dem Rücken anzugreifen versuchte, blutige Striemen. Dann hatte er Filfyr erreicht, und diesmal schlug er mit derartiger Härte zu, dass der Zauberstab des Meisters zerbrach. Hellblaue Funken sprühten aus den geborstenen Enden wie Wasser aus einem löchrigen Gefäß, der Elfenkristall wurde stumpf und matt. Filfyr taumelte zurück, um sich vor dem nächsten Hieb des *neidor* in Sicherheit zu bringen. Dabei stolperte er und kam zu Fall, stürzte rücklings zu Boden.

Er sah die grässliche Fratze des Echsenkriegers über sich – dass sie plötzlich wieder aus seinem Blickfeld verschwand, war Haiwyl zu verdanken, der sich schützend vor ihn stellte. Der junge Aspirant konnte sich kaum aufrecht halten, so erschöpft war er noch immer, aber erneut versuchte er, von seiner Gabe Gebrauch zu machen. Man konnte sehen, wie sich der Helm des *neidor* zu verformen begann, worauf die Raserei des Kriegers jedoch nur noch größer wurde. Mit einem heiseren Schnauben sprang er vor, führte die Klinge in einem flachen Bogen und enthauptete Haiwyl mit einem Streich.

6. ROTHGAS

Als Haiwyls Haupt fiel, stieß Rurak einen Freudenschrei aus. Granock, der einmal mehr hilflos hatte zusehen müssen, wie einer seiner Freunde getötet wurde, merkte, wie Tränen in seine Augen schossen. Tränen der Trauer und der Verzweiflung.

Aber auch des Zorns …

»Nun, was ist?«, forderte der Zauberer ihn auf. »Bist du nun endlich bereit, mich anzugreifen? Ist deine Wut groß genug geworden, um deine Feigheit zu übertreffen?«

Granock stand vor ihm, die Fäuste geballt, während Alannah ihn weiter zu beschwichtigen suchte.

»Tu es nicht, Granock!«, redete sie auf ihn ein. »Du hast keine Aussicht, gegen ihn zu gewinnen! Er wird dich töten, hörst du …?«

»Was schert dich das Geschwätz eines Weibes? Was weiß sie von deinem Zorn und deinem Durst nach Rache? Ich stehe vor dir, zum Greifen nahe. Lass deinen Trieben freien Lauf und töte mich«, forderte Rurak ihn auf, »oder erkenne, dass du nichts gegen die Macht des Dunkelelfen ausrichten kannst. Die Entscheidung muss getroffen werden, Granock. Jetzt!«

»Nein!«, widersprach Alannah.

»Höre nicht auf sie!«, rief Rurak triumphierend. »Es stand von Beginn an fest, dass einer von euch den Orden verraten und sich auf die Seite des Dunkelelfen schlagen würde.«

»Was?«, fragte die Elfin entsetzt.

»Wie ich schon sagte – für Margok ist all dies längst geschehen. Er hat vorausgesehen, dass das schwächste Glied der Kette reißen und den Untergang besiegeln wird. Und wir alle wissen, wer das schwächste Glied der Kette ist. Nicht wahr, mein guter Granock ...?«

Granock war nicht in der Lage zu antworten. Er stand unter Schock, und seine sich jagenden Gedanken kreisten um die eine Frage: Sprach Rurak die Wahrheit? Verfügte Margok ähnlich wie Farawyn über die Gabe, in die Zukunft zu blicken? Hatte er tatsächlich das Ende des Elfenreichs kommen sehen? Und spielte er, Granock, dabei tatsächlich eine Rolle?

»Das ... das ist nicht wahr!«, protestierte Alannah, aber es klang matt und hilflos.

»Es ist wahr«, versicherte der Abtrünnige unbarmherzig. »Auch Granock weiß es, vermutlich besser als jeder von uns. Ihm war immer bewusst, dass kein Zauberer aus ihm werden und er im entscheidenden Moment versagen würde, nicht wahr?«

Granock bebte innerlich. Rurak sprach seine innersten Ängste und Befürchtungen aus. Wie konnte er davon wissen? Wie, wenn nicht wahr war, was er sagte?

Granock hatte das Gefühl, vor Zorn und Frustration zu platzen, und er bereute mehr denn je, in jener schicksalhaften Nacht in Andaril auf Farawyns Vorschlag eingegangen zu sein und ihn nach Shakara begleitet zu haben. Wieso, in aller Welt, hatte sein Meister nicht gesehen, was der Dunkelelf sah? Oder hatte er geglaubt, es verhindern zu können?

Wütend starrte er Rurak an, der lachend vor ihm stand – und in diesem Augenblick war der Wunsch, den Verräter zu vernichten und sein Hohngelächter ein für alle Mal verstummen zu lassen, so überbordend, dass Granock nicht mehr dagegen ankam.

Alannah, die sehen konnte, wie sich seine rechte Hand zur Faust ballte, stieß einen gellenden Warnschrei aus, aber es war zu spät. Entschlossen riss Granock den unverletzten Arm empor, bereit. auf Leben und Tod mit Rurak zu kämpfen – als etwas Unerwartetes geschah.

Aldur, der sich nicht an dem Streit beteiligt hatte und wortlos dabeigestanden war, erwachte plötzlich zu feurigem Leben. In einer Flammeneruption, die an Stärke und Hitze jeden Zauber übertraf, den Aldurans Sohn jemals gewirkt hatte, setzte er sich selbst in Flammen – zur Überraschung Ruraks und zum Entsetzen Alannahs, die in diesem Moment ihren Fehler begriff.

Die ganze Zeit über hatte sie sich um Granock gekümmert, hatte ihre ganze Aufmerksamkeit darauf verwendet, ihn von den dunklen Pfaden fernzuhalten, auf die Rurak ihn locken wollte – doch noch während sie mit dem Zauberer um die Seele des einen Freundes gerungen hatte, hatte sie den anderen verloren!

In einer Eruption, deren Intensität alles bislang Dagewesene übertraf, wurde Aldurans Sohn selbst zur Flamme. Lichterloh brennend stand er im Zelt, dessen Bahnen sofort Feuer fingen. Augenblicke lang schien die Zeit stillzustehen, gab es nichts anderes als die fauchenden Lohen, die Aldur einhüllten und ihn zu verzehren schienen. Alannah und Rambok schrien laut, Granock war wie erstarrt vor Entsetzen – und im nächsten Moment endete die Feuersbrunst so unvermittelt, wie sie begonnen hatte.

Die Flammen erloschen, und Aldur kam wieder zum Vorschein, doch weder war seine Haut verbrannt noch schien er sonstigen Schaden genommen zu haben. Von seinen Kleidern freilich waren nur noch Fetzen übrig, die schwelend an ihm hingen, das Kettenhemd aus Elfensilber hingegen hatte die Hitze unbeschadet überstanden – anders als die Ketten um seine Hand- und Fußgelenke, die orangerot glühten und die zu sprengen ihn kaum noch Mühe kostete.

»Nun, Verräter«, rief Aldur und trat auf Rurak zu, »warum suchst du dir zur Abwechslung nicht einen Gegner, der es mit dir aufnehmen kann?«

Rurak der wie vom Donner gerührt vor ihm stand, blieb ihm eine Antwort schuldig – dafür flog der Eingang des Zeltes auf und mehrere Unholde stürmten herein, die offenbar zur Leibwache des Zauberers gehörten und die der Brand alarmiert hatte. Aldur vernichtete sie mit einem Feuerstoß, der sie alle zur Unkenntlichkeit verbrannte. Beißender Gestank stieg von den schwelenden Kadavern auf.

»Ist das alles, was du aufbieten kannst?«, erkundigte sich der Elf, dessen Blicke nicht weniger zu lodern schienen als die Flammen, die er entfesselte. Seine Stimme klang fremd und unnahbar. »Du enttäuschst mich.«

Der Verräter schien zu begreifen, dass die Konfrontation unausweichlich war. In einer effektheischenden Geste schlug er die weiten Ärmel seines Mantels zurück und senkte den Zauberstab. »Es war ein Fehler, mich herauszufordern, Sohn des Alduran«, gab er bekannt.

»Meinst du?« Aldur lächelte schwach. Im nächsten Moment entließ er einen wahren Feuersturm, der dem dunklen Magier entgegenbrandete, ihn erfasste und davonfegte.

Granock traute seinen Augen nicht, als er Ruraks hagere Gestalt davonfliegen sah, durch die berstende Zeltwand hindurch und in ungeahnte Ferne. Einen Herzschlag später stand das ganze Zelt in Flammen.

»Raus hier!«, wies Aldur seine Gefährten an.

»Aldur!«, rief Alannah, die ihren Blick nicht von ihm wenden konnte, der Feuersbrunst zum Trotz. »Was hast du nur getan? Du hast deinem Zorn freien Lauf gelassen …«

»Ich habe getan, was notwendig war«, beschied ihr der Elf mit fester Stimme. »Und jetzt flieht endlich! Los, worauf wartet ihr?«

Eine der Zeltstangen, an denen die Flammen unnachgiebig nagten, brach ein. Ein Teil des brennenden Dachs stürzte daraufhin herab und begrub die Sänfte des Dunkelelfen unter sich. Granock war klar, dass sie verschwinden mussten, wenn es ihnen nicht ebenso ergehen sollte. Er packte Alannah am Arm und zog sie nach draußen, dicht gefolgt von Rambok. Aldur folgte in größerem Abstand. Er schien weder die Flammen zu fürchten noch die Hitze zu spüren.

Vor dem Zelt herrschte weit weniger Durcheinander, als man hätte annehmen sollen. Das Lager war verlassen, jeder verfügbare Kämpfer in die Schlacht geschickt worden, die auf der anderen Seite des Flusses tobte. Nur einige Wächter, die durch das Feuer aufmerksam geworden waren, eilten heran – Granock setzte sie außer Gefecht, indem er einen Zeitzauber anwandte und sie erstarren ließ. Von Rurak war weit und breit nichts mehr zu sehen.

»Unsere Zauberkräfte sind zurückgekehrt«, stellte Granock fest. »Das bedeutet, dass der Dunkelelf nicht mehr in der Nähe ist. Womöglich hat er die Flucht ergriffen …«

»Nein«, widersprach Aldur kopfschüttelnd, während er sich wachsam umblickte. »Hast du nicht gehört, was Rurak gesagt hat? Margok ist noch längst nicht am Ende seiner Kräfte.«

»Dann sollten wir zum Schlachtfeld eilen und unseren Freunden dort gegen die *neidora* helfen«, schlug Granock vor.

»Nein, du Narr – wir müssen verhindern, dass Margok immer neue Truppen und Kampfmaschinen schicken kann!«

»Es verhindern?« Granock führte es auf die Anspannung des Augenblicks zurück, dass sein Freund ihn einen Narren genannt hatte, und überging es geflissentlich. »Wie können wir das?«

»Die Kristallpforte«, entgegnete Aldur wortkarg und deutete zum nahen Siegfelsen hinüber, der sich an der Flussgabel erhob und von dem aus die Silhouetten der steinernen Statuen auf das Schlachtgeschehen blickten. »Sie muss verschlossen werden!«

»Einverstanden«, erklärte Granock, »aber wie willst du …?«

Statt zu antworten, streckte Aldur die rechte Hand aus und zeigte den Gegenstand, den er damit umklammerte.

Es war der Blutkristall aus Nurmorod.

»Du … du hast ihn noch?«

»Ich trug ihn unter meinem Gewand verborgen. Niemand hat je danach gefragt.«

»Und du glaubst, dass er …?«

»Dieser Kristall«, war Aldur überzeugt, »birgt zerstörerische Kräfte. Sie müssen nur entfesselt werden.«

»Nein!«, widersprach Alannah. »Das darfst du nicht!«

»Warum nicht?«

»Es ist eine Waffe des Bösen …«

»… die uns einen trefflichen Dienst erweisen wird«, brachte der Elf den Satz zu Ende.

»Nein, Aldur! Der Kristall ist gefährlich! Er wird dich verderben …«

»Wie soll er das? Es ist nur ein Ding!«

»Aus dem Arsenal der Finsternis«, bestätigte die Elfin. »Um die ihm innewohnenden Kräfte zu entfesseln, muss ein hoher Preis entrichtet werden …«

»Glaubst du, das wüsste ich nicht? Nur Drachenfeuer oder die Hitze aus dem Inneren der Welt vermag diesem Kristall seine Zerstörungskraft zu entlocken. Oder aber …«

»Nein, Aldur! Denke nicht einmal daran!«

»Es ist unsere einzige Chance!«, hielt Aldur dagegen. »Tun wir es nicht, wird sich die Pforte wieder und wieder öffnen und immer neue Kampfkolosse und Vernichtungsmaschinen in die Welt spucken, bis Margok endlich den Sieg davonträgt! Willst du, dass das Monument des Sieges zum Mahnmal der Niederlage wird?«

Alannah antwortete nicht sofort. »Natürlich nicht«, erwiderte sie schließlich, »aber das Risiko ist zu groß. Vielleicht würden wir manches retten, aber noch mehr zerstören …«

»Woher willst du das wissen? Kannst du neuerdings in die Zukunft sehen wie Farawyn?« Der Spott und die Überheblichkeit in seiner Stimme waren verletzend, aber Alannah ignorierte es ebenso wie vorhin Granock.

»Und was ist mit den *neidora*?«, wollte dieser wissen. »Wenn wir den anderen nicht helfen, werden sie womöglich sterben …«

»Vielleicht«, gab Aldur zu. »Aber ihr Opfer wird nicht vergeblich gewesen sein.«

»So spricht die Dunkelheit«, konterte Alannah.

»Keineswegs – auch Farawyn spricht so«, brachte Granock in Erinnerung. »Oder hast du schon vergessen, dass er auch uns geopfert hat? Aldur hat recht – wenn es eine Chance gibt, Margok zu besiegen, so müssen wir sie ergreifen!«

Bestürzt schaute Alannah ihn an. Sie hatte geglaubt, in Granock einen Verbündeten zu haben, der so dachte und urteilte wie sie, aber nun musste die Elfin erkennen, dass sie sich geirrt hatte, und diese Erkenntnis schmerzte.

Ihr Blick pendelte zwischen den beiden Freunden hin und her, dann starrte sie betreten zu Boden.

»Also gut«, sagte sie leise. »Bringen wir es zu Ende …«

Die Schlachtordnung der Zauberer, mit der sie Schulter an Schulter gegen die angreifenden *neidora* gestanden hatten, hatte sich längst aufgelöst. Der Tod Maeves und zuletzt Haiwyls hatte Lücken entstehen lassen, die nicht geschlossen werden konnten, und so kämpften die Zauberer inzwischen jeder für sich oder in kleine Grüppchen aufgesplittert.

Larna, Filfyr und Zenan fochten auf der einen Seite des Kampfplatzes, Daior, Tarana und Sunan auf der anderen. Farawyn wiederum stand zwischen den beiden Gruppen und versuchte die *neidora* daran zu hindern, sie ganz zu umzingeln.

Vier von Margoks Echsenkriegern hatten sie töten können, der Rest jedoch griff wieder und wieder an, und es zeigte sich, dass die *neidora* bei aller Brutalität und Rohheit sehr wohl in der Lage waren, sich der Taktik eines Gegners anzupassen. So verwickelten sie die Zauberer inzwischen fortwährend in Nahkämpfe, damit Daior und Tarana ihre Fähigkeiten nicht mehr zum Einsatz bringen konnten.

Verantwortlich dafür schien der hünenhafte Echsenkrieger zu sein, der Haiwyl getötet hatte. Er überragte die anderen um Hauptenlänge, und aus den heiseren Befehlen, die hin und wieder aus seiner Kehle fuhren, folgerte Farawyn, dass er der Anführer war. Der Zauberer erinnerte sich, das hünenhafte Reptilienwesen schon einmal gesehen zu haben, damals, vor zwei Jahren, als sie auf dem Vorplatz des Tempels von den *neidora* angegriffen worden waren. Der Chronist Nevian berichtete, dass das Oberhaupt der Echsenkrieger einst ein mutiger Elfenritter gewesen war, der Margoks Lügen verfallen und von ihm in eine Kreatur verwandelt worden war, die jeder Beschreibung spottete, in ein Zerrbild seiner selbst. Der Dunkelelf hatte ihm daraufhin den Namen »Dinistrio« gegeben, denn Tod und Zerstörung waren von da an seine Natur.

Dinistrio schien der Kopf der *neidora* zu sein. Ohne seine Führung, davon war Farawyn überzeugt, würden die Echsenkrieger leichter zu bezwingen sein.

Also musste er ihn unschädlich machen …

Einen anderen Echsenkrieger, der ihn gerade hatte angreifen wollen, schleuderte der Zauberer zurück. Dann wirbelte er rasch herum und wandte sich dem Anführer zu, der zwei, drei Schritte von ihm entfernt stand und mit wütenden Hieben auf Filfyr und die Aspiranten eindrang. Obwohl der Echsenmann ihm den Rücken zuwandte, schien er den Angriff dennoch zu bemerken, denn er fuhr mit einem wütenden Aufschrei herum und wehrte Farawyns Zauberstab ab. Seine schmalen Reptilienaugen leuchteten dabei glutrot.

»Dinistrio«, stieß Farawyn hervor. Es hörte sich an wie eine Verwünschung, aber der Echsenkrieger stieß dennoch ein gurgelndes Lachen aus.

»Ich bin Farawyn, Ältester des Ordens von Shakara«, knurrte der Zauberer. »Du hast schon viel zu viel Schaden angerichtet – es wird Zeit, dass du dorthin zurückgehst, wo du hergekommen bist.«

Es war nicht zu erkennen, ob der Anführer der *neidora* ihn verstand. Die Kreatur riss das Maul auf, worauf ihre gespaltene Zunge zu sehen war, und spie dem Zauberer giftigen Speichel entgegen, dem Farawyn nur um Haaresbreite entging. Dann fiel auch schon die Klinge des Echsenkriegers auf ihn nieder.

Die Wucht des Hiebes war unbeschreiblich. Zwar gelang es Farawyn, ihn unter Zuhilfenahme magischer Kräfte zu parieren, jedoch spürte er ihn bis in die Knochen. Und er merkte, dass auch seine Energie allmählich nachließ nach den unzähligen Gedankenstößen, die er vorgetragen, und den Attacken, die er abgewehrt hatte. Dinistrio schien dies zu fühlen, denn kehliges Gelächter entrang sich seinem Echsenschlund, während er seine Klinge mit beiden Klauen schwang. Noch einmal konterte Farawyn den Angriff, dann wich er zurück, und hohnlachend trieb der Krieger der Finsternis den Ältesten von Shakara vor sich her. Der Gedanke, dass sein Gegner ihm womöglich überlegen sein könnte dämmerte Farawyn, aber er verdrängte ihn sogleich wieder und setzte sich stattdessen zur Wehr.

Indem er einen Ausfall machte und den *flasfyn* nach vorn stieß, versetzte er Margoks Diener zugleich einen harten Stoß, den dieser jedoch nicht einmal zu spüren schien. Dafür schwang er die eigene Waffe und hätte wohl Farawyns ungeschützte Seite getroffen, wäre nicht in diesem Moment eine heftige Erschütterung erfolgt, die die Erde erbeben ließ.

Dinistrio wankte und gab dem Hieb dadurch eine andere Richtung, sodass Farawyn ihm mit knapper Not entging. Dankbar für die Hilfe, die Meister Daior ihm hatte zukommen lassen, warf sich der Zauberer nach vorn und griff wieder an, und ein wilder Schlagabtausch setzte ein, bei dem es Farawyn gelang, den Anführer der Echsenkrieger zurückzudrängen. Der Zauberstab, an dessen Ende der Elfenkristall glomm, wirbelte in seiner Rechten und brachte Dinistrio mehrere Wunden bei. Dann jedoch erfolgte ein zweiter Erdstoß, diesmal so heftig, dass Farawyn selbst zu Fall kam – und noch bevor er im zerstampften Morast des Schlachtfelds landete, begriff er, dass dies nicht Bruder Daiors Werk war.

Hoch über ihnen teilten sich die Wolken am morgengrauen Himmel, und ein gleißender Blitz fuhr herab, der in den Siegstein schlug und ihn hell beleuchtete. Farawyn stieß einen entsetzten Laut aus, als er sah, wie sich die Kristallpforte abermals öffnete und vor dem Fels ein gleißender Schlund entstand, der in unendliche Ferne zu führen schien.

Schon im nächsten Augenblick jedoch tauchte aus dem Schlund etwas auf, das grässlicher war als alle Todesmühlen und selbst die *neidora* …

7. DUR DRAGDA

Es war der Dunkelelf selbst!

Zunächst konnte Granock in der Schlundöffnung, die unvermittelt am Fuß des eindrucksvollen Siegesdenkmals erschienen war, nur eine verschwommene Form erkennen. Schon im nächsten Moment jedoch wurden Einzelheiten erkennbar: Ausladende Schwingen, ein schlanker Körper mit langem Schweif, furchterregende Klauen und ein klobiger Schädel, dessen Nüstern heißen Dampf ausspien. Und im Nacken des Untiers saß kein anderer als Margok. Die Augen des Dunkelelfen leuchteten aus der wabernden Unendlichkeit, seine Kriegsaxt hatte er hoch erhoben, bereit, sich mit der ganzen vernichtenden Energie seiner frevlerischen Existenz in das Kampfgeschehen zu stürzen und ihm die entscheidende Wendung zu geben.

Zuerst glaubte Granock, es wäre dem Dunkelelfen gelungen, sich einen lebenden Drachen zu beschaffen, aber das war nicht der Fall. Denn anders als die Kreaturen, die einst Erdwelt bevölkert hatten, war Margoks Reittier nicht aus Fleisch und Blut, sondern eine der vielen Nachäffungen der Natur, die er im Lauf seines Daseins verbrochen hatte – mit Krallen, die nicht gewachsen, sondern geschmiedet waren, Flügeln, die nicht mit ledriger Haut bespannt, sondern Metall waren, und einem Körper, den nicht das Wunder des Lebens, sondern ein stampfender Mechanismus in Gang hielt, ersonnen vom Genie abtrünniger Zwerge und genährt von dunkler Magie.

Diese albtraumhafte Kreatur, ein *dragda* aus Dampf und Stahl, näherte sich durch den Schlund und würde jeden Augenblick sein

Ende erreichen und die Kristallpforte durchbrechen. Granock schauderte beim Gedanken an das Blutbad, das der Stahldrache unter Elidors Mannen anrichten würde.

»Woher kennt er nur all die Geheimnisse?«, entfuhr es ihm, während er entsetzt in die Schlundöffnung starrte, auf die sie im Laufschritt zueilten.

»Sein Name verrät es«, gab Aldur zurück. »Qoray bedeutet der Allwissende …«

Sie näherten sich dem Siegstein, der an die fünfzehn Mannslängen hoch aufragte und auf dem sich das Denkmal der triumphierenden Helden erhob. In der flimmernden Luft davor hatte sich die Öffnung gebildet, umzuckt von Blitzen, die aus der Morgendämmerung niederfuhren. Plötzlich eilten schreiend Wachen herbei, Menschen von der einen, Orks von der anderen Seite.

»Kümmert euch um sie!«, wies Aldur seine Gefährten an, worauf sich Granock den Menschen zuwandte und einen Zeitzauber wirkte. Alannah auf der anderen Seite hatte es mit einem halben Dutzend *faihok'hai* zu tun – grobschlächtige Krieger, deren Kettenhemden über den grünen Muskelbergen fast zu platzen schienen. Der Lärm der Schlacht, an der sie nicht hatten teilnehmen dürfen, hatte die Unholde in helle Raserei versetzt.

Die Elfin schickte ihnen eine Lanze aus Eis entgegen, die den vordersten Ork durchbohrte und zusammenbrechen ließ. Die anderen verfielen daraufhin in nur noch lauteres Gebrüll. Als sie jedoch weiterstürmten, glitten sie auf der spiegelglatten Eisfläche aus, die Alannah über dem Morast hatte entstehen lassen, und fielen übereinander.

Unvermittelt ertönte ein grässlicher, alles durchdringender Schrei und ließ alle zusammenfahren. Selbst auf dem entfernten Schlachtfeld setzten die Kämpfe für einen Moment aus. Der Dunkelelf hatte die Pforte erreicht.

In diesem Moment tat Aldur, was das Schicksal von ihm verlangte.

Am Fuß des Siegfelsens war er niedergefallen, hatte den Blutkristall vor sich auf den Boden gelegt – und tauchte ihn in einen Ausbruch lodernden Feuers, das sich innerhalb eines Atemzuges so verstärkte, dass Granock und Alannah sich abwenden mussten, um nicht zu erblinden. Aldur hingegen starrte mit weit aufgerissenen Augen in die Flamme. Einen beschwörenden Laut auf den Lippen, schien er eins zu werden mit dem Feuer, und während es von außen an dem Blutkristall leckte, drang der Elf mit Gedankenkraft in seine Struktur ein und setzte dort eine Reaktion in Gang, die sich nicht mehr aufhalten ließ, eine Kaskade der Zerstörung.

»Jeeetzt!«, schrie Aldur mit lauter Stimme, die alles andere übertönte – und der Kristall zerbarst.

Aldurs Flamme erlosch, doch der gleißende Schein blieb bestehen, denn längst hatte der Blutkristall die zerstörerische Glut in sich aufgenommen, die ihn einen Lidschlag später mit Urgewalt zerfetzte.

Splitter fegten nach allen Seiten, und Aldur war zu erschöpft, um sie abzuwehren. Die Bruchstücke des Kristalls hätten ihn erfasst und seinen Körper durchschlagen – wären sie nicht in diesem Moment in der Luft verharrt.

»Was bei der Macht der Kristalle …?«

Die Zeit stand still.

Nicht nur der Kristall war im Augenblick der Zerstörung erstarrt, sondern auch der Tunnel, der sich über dem Siegstein geöffnet hatte. Zwar wurde er noch immer von energetischen Entladungen umzuckt, jedoch sehr viel langsamer als zuvor. Die stählerne Schreckgestalt, die Margok auf dem Rücken trug, schlug noch immer mit den Flügeln, jedoch schien sie nicht mehr voranzukommen. Der Dunkelelf war knapp davor gewesen, die Schwelle zu durchbrechen, aber er hatte es noch nicht getan. So war er noch weit entfernt – weit genug für Granock, um einen Zeitzauber zu wirken.

Fassungslos starrte Aldur auf den Freund, der mit erhobener Hand dastand und Kraft seines Willens und seiner magischen Gabe das Rad der Zeit daran hinderte, sich zu drehen.

»Nein!«, schrie der Elf laut, wobei die erstarrte Umgebung seine Stimme dutzendfach zurückwarf. »Das ist mein Augenblick! Meine Heldentat …!«

»Komm schon, du Spinner!«, stieß Granock hervor. »Ich kann es nicht lange aufhalten!«

Er hatte noch nicht zu Ende gesprochen, als Alannah bereits bei Aldur war, ihn am Arm packte und auf die Beine riss. Der Elf konnte nicht anders, als mitzukommen.

Im Laufschritt rannten sie durch das Lager, Rambok hinterher, der bereits die Flucht ergriffen hatte. Auch Granock folgte ihnen, die Zähne zusammengebissen und darum bemüht, dass ihm der Zeitzauber nicht entglitt. Es war der größte und mächtigste Bann, den er je gewirkt hatte, und er hatte keine Ahnung, wie lange er bestehen würde. Nur eines war ihm klar: dass er ihre einzige Chance auf Rettung war ...

Sie liefen, so schnell sie konnten – als sie sich dem Fluss näherten, begannen sich die Blitze bereits wieder zu beschleunigen, und ein energiegeladenes Knirschen lag in der Luft. Die Wirkung des Zaubers ließ nach!

Granock konzentrierte sich, rief sich all das ins Gedächtnis zurück, was Farawyn ihm über die Anwendung seines *reghas* beigebracht hatte, und für einen Augenblick gelang es ihm tatsächlich, jene innere Quelle zu finden, aus der Weise Kraft und Hoffnung schöpften. Mit aller Macht zwang er sich dazu, den Bann aufrechtzuerhalten, sich nicht ablenken zu lassen von Schmerz und Angst und all den anderen Empfindungen, die gegen sein Bewusstsein brandeten und es hinfortreißen wollten im Strom der Verzweiflung. Dann jedoch versiegte die Quelle, und die Furcht nahm überhand. Blitze züngelten über den Himmel, und erneut erklang ein durchdringender Schrei.

Da erreichten die Gefährten den Fluss.

Granock sprang, und im selben Augenblick, in dem seine Füße den Boden verließen, verlor er die Kontrolle.

Der Bann löste sich, und Granock tauchte ins Wasser, das ihn mit Dunkelheit und Kälte umfing. Und während die Oberfläche des Flusses zu Eis erstarrte, nahm am Siegfelsen das Verderben seinen Lauf ...

Farawyn hielt den Atem an.

Dinistrio stand über ihm, die Axt zum tödlichen Streich erhoben – aber der *neidor* schlug nicht zu. Genau wie der Zauberer starrte auch er auf das Schauspiel, das sich jenseits des Flusses abspielte.

Eben noch hatte es den Anschein gehabt, als wollte der Dunkelelf auf seinem stählernen Reittier durch die Kristallpforte brechen. In diesem Augenblick jedoch flammte am Fuß des Siegsteins eine grelle Stichflamme auf, die sich nach allen Seiten ausbreitete. Die Wucht der Explosion war so groß, dass sie den Felsblock spaltete. Risse durchzogen das Gestein, die Statuen darauf zerbarsten, die Trümmer wurden weit weg geschleudert – und auch die Kristallpforte brach zusammen.

Zwar zuckten noch immer Blitze aus dem Himmel, doch die Tunnelöffnung begann sich zu verformen, und die Gestalt des Dunkelelfen, die eben noch deutlich zu erkennen gewesen war, wurde undeutlich und verschwommen. Erneut erklang ein grässlicher Laut, diesmal allerdings nicht triumphierend wie zuvor, sondern voller Wut, und plötzlich geschah etwas, womit weder Farawyn noch Dinistrio gerechnet hatte.

Kurz hatte es den Anschein, als übergebe sich der Schlund. Alles, was in ihm war, sowohl Margok als auch sein fliegendes Ungetüm, stülpte sich nach außen, um schon einen Lidschlag später zurückgerissen zu werden, und das mit unvorstellbarer Kraft und Geschwindigkeit. Der schaurige Schrei verlor sich in der Unendlichkeit – und mit ihm auch der Dunkelelf.

Der Sog, der dabei entstand, war so groß, dass er nicht nur Felsbrocken und Trümmerstücke mitriss und Teile des feindlichen Lagers, sondern auch die *neidora*. Tentakel aus schwarzem Nebel griffen aus dem kollabierenden Schlund, packten die fünf überlegenen Echsenkrieger und rissen sie hinab zum Fluss – auch Dinistrio, der dabei zornig aufheulte. Sie alle verschwanden in der von Entladungen umtosten Öffnung, die im nächsten Moment vollends zusammenbrach. Von einem Augenblick zum anderen erloschen die Blitze, die Tunnelöffnung verschwand, als hätte es sie nie gegeben – nur der gespaltene Siegstein und die von Trümmern übersäte Senke zeugten von der ungeheuren Zerstörungskraft, die dort eben noch gewütet hatte.

Farawyn brauchte einige Augenblicke, um zu erkennen, dass er gerettet war. Schwerfällig raffte er sich auf die Beine, sah seine Gefährten und König Elidor in einiger Entfernung, den Blick auf den Horizont gerichtet, über dem der neue Tag heraufzog.

Und in diesem Moment ahnte Farawyn, dass dies den Sieg bedeutete ...

Borgas schnappte nach Luft, aber die denkwürdige Mischung aus Schweiß und Stahl und frischem Blut, die er zuvor noch so genossen hatte, wollte ihm nicht mehr recht schmecken.

Dass es dem Feind gelungen war, die Herde der Fünfbeiner in die Flucht zu schlagen, damit hätte der Anführer der Orks noch leben können. Auch die Vernichtung der beiden Kampfmaschinen hätte er vielleicht noch weggesteckt, obwohl dabei Dutzende seiner Knochenbrecher in Kuruls dunkle Grube gerissen worden waren. Das Auftauchen der Todbringer jedoch hatte Borgas bis ins verkommene Mark hinein erschreckt.

Auf löchrigen Schwingen waren sie aufgetaucht, genau wie einst in Ruraks Kristallkugel – fliegende Kreaturen, die nur aus Knochen bestanden und deren Reiter Tod und Verderben über die Orks gebracht hatten.

Borgas hatte dennoch weitergekämpft, und als die Leibwächter des dunklen Herrschers aufgetaucht waren, hatte es für einen Augenblick so ausgesehen, als könnte sich das Schlachtenglück noch einmal wenden.

Nun jedoch war alles verloren!

Mit weit aufgerissenem Maul hatte der Häuptling verfolgt, wie das magische Tor zusammengebrochen war, durch das Margok die Elfen hatte angreifen wollen. Was hatten die Orks gejubelt, als sie ihren Herrscher auf der fliegenden Kampfmaschine hatten reiten sehen – und wie blöde hatten sie geglotzt, als er plötzlich verschwunden war!

In diesem Moment hatte sie der Mut verlassen, und selbst Borgas, der das Oberhaupt der Modermark hatte werden wollen und mehr Grund zu kämpfen gehabt hatte als jeder andere Ork, fühlte, wie nackte Furcht in seine Eingeweide fuhr.

»Stehen bleiben! Bleibt gefälligst stehen und stellt euch zum Kampf, ihr verdammten Feiglinge!«, brüllte er, als sich die ersten

Krieger umwandten und vor der heranpreschenden Reiterei der Elfen die Flucht ergriffen, aber es klang halbherzig und wenig entschlossen. Verzweifelt wandte sich Borgas gen Süden, den Menschen zu, doch als er sah, dass die feindlichen Legionen zum letzten Sturm ansetzten, unterstützt von den Todbringern, die auf knöchernen Schwingen herabstießen, da war es um seine Kampfeslust endgültig geschehen.

Der Ork bekam nicht mehr mit, wie die Schlachtreihen der Menschen überrannt und das Banner des Elfenreichs auf den Trümmern des Siegfelsens errichtet wurde – denn zu diesem Zeitpunkt hatte er sich längst seinen fliehenden Artgenossen angeschlossen und hatte nur noch den einen Wunsch, sich zurück in die Modermark zu flüchten und in das Dunkel seiner Höhle.

Der Kampf war verloren.

Die Schlacht war vorbei.

8. DANTHA'Y'ILFANTODON

Zehn Tage waren seit der Schlacht im Flusstal vergangen – genügend Zeit, um die Toten zu begraben und um die Gefallenen zu trauern. Und um jene zu ehren, die beim Kampf gegen Margoks Horden eine herausragende Rolle gespielt hatten.

Eine große Gefahr war abgewendet worden, und jeder der auf dem Schlachtfeld gekämpft hatte, hatte seinen Anteil an dem Sieg, vom einfachen Elfenlegionär bis zum Zaubermeister. Vor allem jedoch war der Triumph über den Dunkelelfen drei Eingeweihten zu verdanken, die im entscheidenden Moment über sich selbst hinausgewachsen waren und Erdwelt gerettet hatten.

Durch die nur halb geschlossene Pforte des Ratssaals konnte Granock hören, wie Farawyn, der vorn auf dem Podest stand, ihre Heldentaten in den höchsten Tönen pries. Ein wenig beschämt blickte er dabei zu Boden, denn er hatte nicht das Gefühl, dieses Lob zu verdienen. Zu viel Schreckliches hatte er gesehen, zu viel Schmerz erduldet und zu viele Ängste durchstanden, als dass er sich als strahlenden Helden hätte sehen können. Seine äußeren Verletzungen und der gebrochene Arm waren dank Meister Tavalians Heilkunst völlig wiederhergestellt; an den inneren Wunden jedoch würde Granock noch eine Weile tragen.

Aldur, der neben ihm stand, das Haupt hoch erhoben, schien sich nicht mit derlei Bedenken abzumühen. Eine spürbare Veränderung war mit ihm vorgegangen, seit sie nach Shakara zurückgekehrt waren. Er war stärker und (falls das noch möglich war) selbstbewusster geworden, aber auch ein wenig unnahbarer, selbst für seine Freunde. Granock führte dies auf die Konfrontation mit dem Dunkelelfen zurück, die den Freund wohl in mancher Hinsicht hatte reifen lassen und über die er auch selbst noch längst nicht hinweg war. Kaum eine Nacht verging, in der Granock nicht von jenen Stunden träumte, die sie in der Gewalt Margoks verbracht hatten, und in der er nicht dessen grässliche Züge vor sich sah – wie musste es da erst Aldur ergehen, der noch ungleich längere Zeit in der Gesellschaft des Dunkelelfen verbracht hatte?

Auch Alannah schien die Geschehnisse, deren Zeugen sie geworden waren, noch nicht überwunden zu haben. Indem sie die Oberfläche des Flusses im rechten Augenblick zu Eis erstarren ließ, hatte sie ihnen allen das Leben gerettet und sie vor den herabprasselnden Gesteinstrümmern bewahrt; ihre Seele jedoch hatte sie damit nicht abzuschirmen vermocht ...

Unvermittelt wurde das Tor vor ihnen geöffnet, und man forderte sie auf einzutreten.

Seite an Seite durchschritten sie die Pforte, und als sich diesmal aller Blicke auf sie richteten, taten sie es nicht wie zuletzt voller Missgunst und Argwohn, sondern voller Dankbarkeit und Freude. Granock konnte nicht anders, als Alannah ein Lächeln zuzuwerfen, das diese erwiderte. Da Rambok einen nicht geringen Anteil am Erfolg ihrer Mission gehabt hatte – immerhin hatte er Granock das Leben gerettet –, hatten sie darauf bestanden, dass er sie vor den Hohen Rat begleitete. Sehr wohl schien sich der Ork in seiner grünen Haut allerdings nicht zu fühlen.

»Tretet näher, Eingeweihte!«, forderte Farawyn sie auf. Erst jetzt bemerkte Granock, dass der Älteste nicht allein auf seinem Podium stand. Umrahmt von zweien seiner Leibwächter, stand Elidor, der König des Elfenreichs, dort oben, um die Helden der Schlacht durch seine Anwesenheit zu ehren.

Gemessenen Schrittes gingen die vier Gefährten die Halle hinab, vorbei an den Ratsmitgliedern und unter den steinernen Blicken der Könige. In respektvollem Abstand vor dem Podest des Ältesten blieben sie stehen und verbeugten sich.

»Schwestern und Brüder«, rief Farawyn darauf und blickte feierlich in die Runde, »bevor wir zum eigentlichen Anlass der heutigen

Versammlung kommen und diese Helden ehren, lasst mich Euch etwas erklären. Etwas, das mir bitter notwendig scheint, setzt es doch ein Zeichen der Hoffnung nach diesen für uns so bedrückenden Tagen.«

Aller Aufmerksamkeit richtete sich auf den Ältesten. Selbst Elidor schien von der Abweichung vom Protokoll überrascht.

»In jener dunklen Stunde«, wandte sich Farawyn an Granock und seine Freunde, »als die Todesmühlen erschienen und wir euch dort oben erblickten, da glaubte ich zunächst tatsächlich, dass ihr es wärt, die dort in Ketten geschlagen waren. Aber dann hörte ich eine Stimme in meinem Inneren, die mir versicherte, dass es sich um eine Täuschung handelte, und ich musste plötzlich an etwas denken. Vor zwei Jahren sagte mir mein Novize Granock, dass er während des *prayf*, im Augenblick der größten Gefahr, meine Stimme gehört hätte. Wir wissen aus der Vergangenheit, dass, wenn eine besonders enge Verbindung zwischen einem Meister und seinem Novizen besteht, eine solche Gedankenübertragung auftreten kann, aber zum einen kommt sie nur selten vor und zum anderen hätte ich niemals geglaubt, dass sie zwischen einem Menschen und einem Elfen möglich wäre. Damals glaubte ich daher, dass der gute Granock einer Selbsttäuschung erlegen wäre. In der Nacht, in der Vater Semias ermordet wurde, kam es jedoch zu einem erneuten gedanklichen Kontakt, in dem meine Vision auf Granock übertragen wurde. Von diesem Zeitpunkt an war mir klar, dass das Band zwischen uns um vieles stärker war, als es gewöhnlich zwischen Lehrer und Schüler der Fall ist …«

Granock überlegte – hatte Farawyn recht? Es stimmte, er hatte damals jene Stimme vernommen, und er hatte die Dunkelklinge im Traum gesehen. War es am Ende auch Farawyn gewesen, den er in Dolkons Folterkammer gehört und der ihm zugerufen hatte, Zeit zu gewinnen …?

»In jenem Augenblick auf dem Schlachtfeld«, fuhr Farawyn fort, »als ich jene Stimme in mir vernahm, erinnerte ich mich an diese Dinge – und da wusste ich, dass es nicht unsere Freunde waren, die dort auf den Türmen gefangen gehalten würden, sondern Diener des Dunkelelfen.«

»Ich verstehe«, fiel Granock ihm ins Wort, der sich einmal mehr nicht am Reden hindern konnte, »deshalb also habt Ihr Befehl zum Schießen gegeben ...«

»Und weil ich hoffte, dass das Vertrauen, das ich jener inneren Stimme entgegenbrachte, zeigen würde, wie tief unsere Verbindung zueinander ist«, fügte Farawyn nickend hinzu. »Margok ging es darum zu demonstrieren, wie wenig mir an Euch liegt, meine jungen Freunde – unwillentlich hat er damit jedoch das Gegenteil bewiesen.«

Es war eine ebenso überraschende wie anrührende Erklärung, die der Älteste abgegeben hatte, und sie verfehlte ihre Wirkung nicht. Einige Ratsmitglieder zeigten sich sichtlich gerührt, andere tuschelten miteinander, aber nicht einmal Farawyns Gegner widersprachen.

Granock empfand in diesem Augenblick nur Dankbarkeit, Erleichterung darüber, dass der dunkle Schatten, der das Verhältnis zu seinem alten Lehrer getrübt hatte, plötzlich verschwunden war. Denn insgeheim war Granock etwas klar geworden, das er noch vor wenigen Jahren für undenkbar gehalten hatte: Dass in der Gestalt von Meister Farawyn ein Elf zu seinem leuchtenden Vorbild geworden war ...

»Der Angriff des Dunkelelfen konnte zurückgeschlagen werden«, fuhr Farawyn mit lauter Stimme fort, »und das nicht nur, weil die Zauberer von Shakara und der König des Elfenreichs zum ersten Mal nach Jahrhunderten der Trennung wieder zusammengestanden haben, zum Wohl des Reiches und unserer Welt; nicht nur, weil Hunderte tapferer Krieger – unter ihnen auch Angehörige dieses Ordens – ihr Leben geopfert haben im erbitterten Kampf gegen Margoks Horden. Sondern vor allem, weil drei Eingeweihte zur rechten Zeit am rechten Ort waren und den Triumph des Bösen verhindern halfen. Nur ihrem mutigen Einsatz ist es zu verdanken, dass wir heute hier stehen. Dafür gebührt ihnen unsere Anerkennung und unser Respekt, und wir verzeihen ihnen gerne, dass sie sich ohne das Wissen und die Zustimmung des Rates und des Ältesten auf eine gefahrvolle Erkundung nach Arun begeben haben.«

Hätte Granock es nicht besser gewusst, hätte nicht einmal er gemerkt, dass sein alter Meister die Unwahrheit sagte – der Rat hatte also nie die wahren Hintergründe der Expedition erfahren. So kam Zustimmung von beiden Flügeln, und selbst erklärte Gegner wie Gervan oder Cysguran rieben eifrig ihre Handflächen aneinander, um ihre Anerkennung auszudrücken.

Granock wusste nicht, wie er darauf reagieren sollte. Einerseits schmeichelte es ihm, dass die Elfenräte ausgerechnet ihm, einem Menschen, den viele noch vor nicht allzu langer Zeit als einen Fremdkörper in Shakara angesehen hatten, Beifall spendeten; andererseits bezweifelte er, dass er ihn verdient hatte. Der einzige wirkliche Beitrag, den er geleistet hatte, hatte im Grunde darin bestanden, seine Haut zu retten – dass er damit auch noch seine Gefährten vor der Vernichtung bewahrt hatte, war mehr ein günstiger Zufall gewesen.

Alannah und Aldur hingegen hatten dem Bösen tatsächlich die Stirn geboten: Die Elfin, indem sie Ruraks Versuchen getrotzt hatte, Granocks Seele in den dunklen Abgrund zu zerren; Aldur, indem er die Waffen des Dunkelelfen gegen ihn selbst gewandt und seinen Sieg damit verhindert hatte.

Während auch Alannah vom Applaus der Räte eher beschämt schien, genoss Aldur ihn in vollen Zügen. Granocks elfischer Freund schien keinen Zweifel daran zu hegen, dass er den Zuspruch und das Lob verdient hatte, und nach allem, was ihm vonseiten der Räte zuletzt an Vorwürfen und Unbill widerfahren war, fand Granock das nur zu verständlich.

Wenn es noch Kritiker im Rat gab und solche, die Aldurs Ambitionen argwöhnisch gegenüberstanden, so waren sie verstummt. Der Glanz seiner Tat ließ alle Schatten verblassen, und es gab nicht wenige, die Aldur als Retter des Elfenreichs bezeichneten und seinen Namen in einem Atemzug mit den Helden der alten Zeit nannten. Auch das ließ sich Aldur scheinbar nur zu gerne gefallen, wenngleich Granock den Eindruck hatte, hinter der Fassade seines Lächelns hin und wieder eine Spur von trotziger Häme zu erkennen.

»Aus diesem Grund, Schwestern und Brüder«, fuhr Farawyn fort, »habe ich heute die Ehre, jene drei Eingeweihten, denen nicht nur unser Orden, sondern auch das Reich und unsere Welt so viel zu verdanken haben, zu vollwertigen Mitgliedern unserer Gemeinschaft zu ernennen. Ihre Bewährungsprobe haben sie mehr als meisterlich bestanden und sich somit das Recht erworben, als Weise in die Chroniken Shakaras aufgenommen zu werden. Ihre Ausbildung zum Zauberer«, fügte der Älteste hinzu, und Granock glaubte, dabei einen gewissen Stolz aus seiner Stimme herauszuhören, »ist beendet.«

Die Gefährten tauschten Blicke. Aldur schien mit nichts anderem gerechnet zu haben, Granock jedoch war überrascht. Er war davon ausgegangen, dass die jüngsten Ereignisse sie ihrem Ziel ein gutes Stück nähergebracht hatten. Aber dass der Rat sie gleich zu Zauberern ernennen würde, kam für ihn unerwartet. Auch Alannah war darauf nicht gefasst gewesen, umso mehr freute sie sich, dass sie zu den jüngsten Ordensmitgliedern gehören würden, denen je der Status eines *dwethan* verliehen worden war.

Erneut gab es Applaus. In überzeugender Mehrheit drückten die Ratsmitglieder ihre Zustimmung aus. Lediglich einige konservative Räte enthielten sich jeglicher Beifallsbekundung.

»Alle drei«, fuhr Farawyn fort, auf die Eingangsformel Bezug nehmend, mit der sie einst als Novizen in Shakara begrüßt worden waren, »haben wir euch in unseren Kreis aufgenommen, haben euch unterwiesen in der Kunst der Magie und euch teilhaben lassen an ihren Geheimnissen. Ihr habt Vollkommenheit erlangt im Umgang mit der Gabe, die euch verliehen wurde, und ihr habt dem Orden, dem Reich und der Krone gedient, dem Eid entsprechend, den ihr geleistet habt.«

»*Vandawen*«, bestätigten Granock, Alannah und Aldur.

»In meiner Eigenschaft als Ältester des Ordens, der die Macht von Shakara repräsentiert, frage ich euch deshalb: Wollt ihr euren Schwestern und Brüdern weiterhin die Treue geloben? Wollt ihr die Traditionen wahren? Wollt ihr eure Fähigkeiten weise und verantwortungsvoll einsetzen und zum Wohle derer, die ihres Schutzes bedürfen? Und wollt ihr dem Reich und seinem König, der hier vor euch steht und dieser feierlichen Zeremonie beiwohnt, auch fürderhin Gefolgschaft schwören?«

Die Eingeweihten brauchten nicht lange zu überlegen. Schon so oft hatten sie den Wortlaut der Ernennung in Gedanken durchexerziert, dass sie ihn auswendig kannten.

»*Taingawen*«, entgegneten sie wie aus einem Munde.

»So komm zu mir, Alannah, Tochter der Ehrwürdigen Gärten«, forderte Farawyn, worauf die Elfin einige Schritte vortrat. Nicht nur Farawyn, sondern auch Elidor stieg daraufhin vom Podest, und drei Diener kamen heran, die mit Leder umwickelte Stangen bei sich trugen – die *flasfyna* der neuen Zauberer …

Alannahs blasse Wangen waren vor Aufregung gerötet, und Granock fand, dass sie wunderschön aussah, wie sie in ihrem schlichten hellblauen Gewand vor dem König und dem Ältesten stand, der zunächst einige leise Worte zu ihr sprach und sie dann aufforderte niederzuknien.

Die Elfin tat, wie ihr geheißen, und Farawyn griff nach dem ersten Stab. »Nachdem du die Prüfungen durchlaufen und dich als würdig erwiesen hast, eine Weise genannt zu werden, soll dein Name nicht länger Alannah lauten. Künftig wirst du Thynia sein, die ›Blume des Eises‹. Unter diesem Namen wirst du in die Chroniken unseres Ordens eingehen. So erhebt Euch, *Meisterin Thynia*, und nehmt Euren *flasfyn* entgegen, das Symbol Eurer Macht und Eurer Weisheit.«

Alannah stand auf, und Farawyn überreichte ihr den Stab, der kunstvoll gewunden und mit einem glitzernden Elfenkristall versehen war. Anders als alle anderen *flasfyna*, die Granock je zu Gesicht bekommen hatte, bestand er jedoch nicht aus Holz, sondern aus einem rätselhaften, weißlich schimmernden Material.

»Es ist *ilfúldur*«, beantwortete Farawyn die unausgesprochene Frage, als Alannah den Zauberstab entgegennahm, »gewonnen aus den Stoßzähnen der *ilfantodion*, die auf dem Schlachtfeld zurückblieben. Nur wenige Weise haben je einen solchen *flasfyn* besessen, aber wir erachteten es als passend und würdig.«

»Er ist wunderschön«, sagte Alannah leise, während sie den Stab in ihren Händen wog, der angenehm leicht und vollendet ausbalanciert zu sein schien. »Ich danke Euch von Herzen.«

»Dankt nicht mir – dankt dem Schicksal dafür, dass es Euch solche Gaben verlieh«, erwiderte Farawyn, und indem sie sich tief verbeugte, trat sie zurück.

»Als Nächstes«, fuhr der Älteste fort, »rufe ich Granock zu mir, den ersten und einzigen Menschen, der je in unsere Reihen aufgenommen wurde und der das in ihn gesetzte Vertrauen mehr als gerechtfertigt hat. Komm zu mir, Junge.«

Mit pochendem Herzen trat Granock vor und hatte das Gefühl, dass sich sein Pulsschlag mit jedem Schritt noch beschleunigte. Was Farawyn genau zu ihm sagte, bekam er kaum mit – er sah nur die Augen des Ältesten, die in unverhohlenem Stolz auf ihn blickten, und das machte ihn glücklich. Wie in Trance sank er nieder, als er dazu aufgefordert wurde, und die nächsten Worte des Ältesten, prägten sich unauslöschlich in sein Gedächtnis ein: »Nachdem du die Prüfungen durchlaufen und dich als würdig erwiesen hast, ein Weiser genannt zu werden«, sprach Farawyn die vertraute Formel, »soll dein Name nicht länger Granock lauten. Künftig wirst du Lhurian heißen, ›der der Zeit gebietet‹. Unter diesem Namen wirst du in die Chroniken unseres Ordens eingehen. So erhebt Euch, *Meister Lhurian*, und nehmt Euren *flasfyn* entgegen, das Symbol Eurer Macht und Eurer Weisheit.«

Seinen Zaubernamen zum ersten Mal zu hören und zu erleben, wie sein ehemaliger Meister ihn nicht mehr auf vertrauliche Weise ansprach, sondern die respektvolle Anrede gebrauchte, überwältigte Granock. In diesem Moment wurde ihm bewusst, wie weit die Strecke war, die er zurückgelegt und die ihn von den dunkelsten Gassen Andarils nach Shakara geführt hatte. Aus einem Dieb, der irgendwann am Galgen geendet wäre, war ein Zauberer geworden – wie unbegreiflich konnte das Leben sein!

Tränen traten Granock in die Augen, aber er wischte sie rasch beiseite und erhob sich, um den *flasfyn* in Empfang zu nehmen. Wie Alannahs war auch seiner aus Elfenbein gefertigt und im oberen Drittel mit einigen Schnitzereien versehen, ansonsten jedoch gerade und schlicht gehalten. Ein Zauberstab pflegte dem Wesen seines Besitzers zu entsprechen, insofern hatte Farawyn, der Granock besser kannte als irgendjemand sonst in Shakara, genau die richtige Wahl getroffen.

Mit einer tiefen Verbeugung trat auch Granock zurück, und Farawyn bedeutete Aldur, sich zu nähern.

Aldurans Sohn kam der Aufforderung nach, die Ehrfurcht seiner Vorgänger ließ er jedoch vermissen. Sowohl seine Haltung als auch sein Gesichtsausdruck verrieten, dass er sich nach allem, was er geleistet hatte, sehr wohl als würdig und wert erachtete, zum Zauberer ernannt zu werden.

»Aldur«, sagte Farawyn zu ihm, während er ihn mit ruhigem Blick betrachtete, »seit zwei Jahren bekleide ich nun dieses Amt, und es sind keine leichten Jahre gewesen. Dennoch sind nur wenige Entscheidungen so schwierig gewesen wie diese.«

»Was für Entscheidungen, Vater? Wovon sprecht Ihr?«

»Deine Ernennung zum Zauberer«, erwiderte Farawyn hart, worauf die Selbstsicherheit in Aldurs Zügen Risse bekam. Verwirrt schaute er zu seinen Freunden hinüber, die dort als vollwertige Ordensmitglieder standen, ihre *flasfyna* in den Händen. Auch Rambok hatte sich ihnen zugesellt, der den Ereignissen staunend beiwohnte.

»Soll das heißen, dass Ihr zögert?«, verlieh Aldur seinen Befürchtungen Ausdruck. »Dass Ihr mir die Ernennung zum Weisen verweigern wollt nach allem, was ich getan habe?«

»Die Ernennung zum Weisen ist kein Anrecht, das man durch große Taten erwirbt«, belehrte ihn der Älteste. »Sie ist vielmehr ein Ausdruck der inneren Reife eines Kandidaten. Was du getan hast, Aldur, war heldenhaft, und hat uns alle vor der sicheren Vernichtung bewahrt – der Geist jedoch, in dem du es getan hast, wirft einen Schatten auf unseren Sieg.«

»Einen Schatten?«

»Du hast verbotene Pfade beschritten. Hast Dinge getan, deren Ausgang du nicht absehen konntest …«

»Und Euch alle damit gerettet!«, rief der junge Elf aus, nicht nur an Farawyn, sondern auch an den König und die Ratsmitglieder gewandt.

»Das bezweifeln wir nicht«, versicherte Farawyn. »Dennoch ist unstrittig, dass du dich dunkler Elemente bedient hast, um den

Dunkelelfen zurückzuschlagen, und diese Tatsache bereitet uns allen große Sorge Aldur, des Aldurans Sohn.«

Von beiden Ratsflügeln kam Zustimmung, und einmal mehr hatte Aldur den Eindruck, mit dem Rücken zur Wand zu stehen und sich verteidigen zu müssen. Er holte tief Luft, um eine flammende Rede zu halten – aber es kam nicht dazu.

»Knie nieder«, verlangte der Älteste.

»Ihr wollt mich zum Zauberer ernennen?«

»Das habe ich vor – auch wenn ich eingestehen muss, dass mir die Entscheidung dazu nicht leichtgefallen ist«, bestätigte Farawyn, während Aldur pflichtschuldig niedersank und den blonden Scheitel senkte.

»Nachdem du die Prüfungen durchlaufen und dich als würdig erwiesen hast, ein Weiser genannt zu werden«, sagte der Älteste daraufhin leiser und nicht ganz so überzeugt wie zuvor, »soll dein Name nicht länger Aldur lauten. Künftig wirst du Rothgan heißen, ›der mit dem Feuer spricht‹. Unter diesem Namen wirst du in die Chroniken unseres Ordens eingehen. So erhebt Euch, *Meister Rothgan*, und nehmt Euren *flasfyn* entgegen, das Symbol Eurer Macht und Eurer Weisheit.«

Aldur stand auf und griff nach dem Zauberstab, der ebenfalls aus *ilfuldur* bestand, aber anders als Alannahs und Granocks mit alten Runenzeichen versehen war; der Kristall am oberen Ende formte eine Spitze, die an einen Speer erinnerte. Stolz wog Aldur ihn in der Hand, eine Woge der Genugtuung durchlief ihn dabei. Dann straffte er sich, und nachdem er eine Verbeugung vor dem Ältesten und dem König angedeutet hatte, fragte er: »Darf ich nun, nachdem ich ein vollwertiges Mitglied des Ordens bin, einige Worte an die Versammlung richten?«

Farawyn machte kein Hehl aus seinem Erstaunen. »Deine Bitte ist ungewöhnlich«, meinte er, »doch ich bin geneigt, deinem Ersuchen zu entsprechen, sofern die verehrten Ratsmitglieder nichts dagegen einzuwenden haben.«

Niemand widersprach, und so wandte sich Aldur den Versammelten zu: »Ich danke Euch, geschätzte Mitglieder des Hohen Rates, für das Vertrauen, das Ihr mir erwiesen habt, obwohl mir einige von Euch noch vor Kurzem mit großem Argwohn gegenübergetreten sind.« Dabei streifte er Rat Gervan mit einem Seitenblick, den dieser jedoch an sich abgleiten ließ.

»Ich weiß«, fuhr Aldur fort, »dass viele von Euch der Ansicht sind, der Dunkelelf wäre am Siegstein bezwungen worden und dass wir nichts mehr von ihm zu befürchten haben, aber das ist ein Irrtum. Margok mag verschwunden sein, aber wir wissen nicht, was mit ihm geschehen ist. Gut möglich, dass er lebt und gerade in diesem Augenblick einen weiteren Schlag gegen uns vorbereitet. Wir müssen deshalb wachsam sein, sowohl gegen innere als auch gegen äußere Feinde.«

»Dessen sind wir uns bewusst, Bruder Rothgan«, sagte Rat Cysguran, »also bitte teilt uns mit, worauf Ihr mit Eurer Ansprache hinauswollt.«

»Ich möchte Euch warnen«, erwiderte Aldur prompt, worauf empörtes Gemurmel einsetzte, »allzu selbstgefällig zu sein und Euch in trügerischer Sicherheit zu wiegen.«

»Für jemanden, der soeben erst den Grad eines Weisen erlangt hat, sprecht Ihr reichlich kühn«, meinte Rat Gervan.

»Findet Ihr? Was, wenn ich Euch sagte, dass Ihr damals recht hattet? Dass es tatsächlich einen feindlichen Spion gibt in Shakara? Und dass er mit großer Wahrscheinlichkeit auch für die Ermordung von Vater Semias verantwortlich war?«, fragte Aldur unverwandt. »Statt ihn jedoch ausfindig zu machen und zum Schweigen zu bringen, habt Ihr Euch in kleinlichen Streitereien ergangen und der Gegenseite damit mehr genützt als geschadet.«

Heftiges Getuschel brach unter den Ratsmitgliedern aus, allenthalben gab es protestierende Zwischenrufe. Nicht nur der Inhalt von Aldurs Worten brachte die Ratsmitglieder auf, sondern auch die Art und Weise, wie er sie vortrug. Selbst Granock fand, dass sein Freund den Bogen überspannte – aber Bescheidenheit war andererseits noch nie die Stärke von Aldurans Sohn gewesen …

»Bruder Rothgan«, versuchte Farawyn die Wogen zu glätten, »nutzt seinen neu gewonnenen Status, um uns auf Missstände hinzuweisen, deren wir uns freilich bereits bewusst geworden sind. Wer die richtigen Schlussfolgerungen aus dem zieht, was unsere jungen Freunde aus Nurmorod berichtet haben, der kann zu keinem anderen Ergebnis kommen.«

»Sehr gut, Vater«, anerkannte Aldur. »Wenn Ihr diesen Schritt mit mir gegangen seid, so seid Ihr womöglich bereit, noch einen weiteren zu tun, der sich ebenfalls aus den Geschehnissen von Nurmorod ergibt.«

»Und das wäre?«

»Wir wissen«, antwortete Aldur, halb dem Ältesten, halb den Räten zugewandt, »dass sich der Dunkelelf einer verborgenen Schlundverbindung bedienen wollte, um die Welt wie einst mit Krieg und Chaos zu überziehen. Aber wir wissen auch, dass eine solche Verbindung stets über ein Zentrum und drei Ausgänge verfügt, weswegen wir sie als Dreistern bezeichnen. Wenn Nurmorod das Zentrum bildet und der Siegfelsen eine Kristallpforte barg, so stellt sich also zwangsläufig die Frage, wo sich die anderen Öffnungen befinden.«

»Durchaus nicht«, widersprach Cysguran. »Weshalb sollte es Margok nicht gelungen sein, eine einzelne Verbindung herzustellen? Einen Tunnel gewissermaßen …«

»Weil das unmöglich ist«, erklärte Aldur voller Überzeugung. »Es hängt mit den Kristallen zusammen, die die Energie für die Schlundverbindung liefern. Ähnlich wie ein Kristall immer die gleiche Gestalt annehmen und eine bestimmte Anzahl von Seiten und Kanten hervorbringen wird, muss auch eine Kristallpforte stets über vier Zugänge verfügen. Es ist ein Gesetz der Natur, an dem auch Margok nicht vorbeikommt. Die Frage ist also, wo die beiden anderen Kristallpforten sind. Sie zu finden und endgültig zu verschließen, sollte unser vorrangiges Ziel sein.«

»Was Ihr nicht sagt«, meinte Rat Cysguran und gab sich unbeeindruckt. »Wie ich annehme, habt Ihr bereits Vermutungen angestellt …«

»Allerdings«, versicherte Aldur. »Ich vermute die dritte Pforte in Borkavor, denn das würde erklären, wie es Rurak gelingen konnte, von dort zu entkommen.«

»Und die vierte Pforte?« Nicht Cysguran hatte gefragt, sondern König Elidor.

»Verzeiht, mein König«, entgegnete Aldur, »aber ich bin nicht sicher, ob ich Eure Frage beantworten darf.«

»Weshalb nicht?«

»Weil die Wahrheit vielen hier im Rat nicht gefallen wird«, gab Aldur zurück, was erneut für einige Unruhe sorgte.

»Was den Räten gefällt und was nicht, entscheiden sie selbst«, wies Farawyn ihn zurecht. »Also sprecht, Meister Rothgan, ehe ich Euch das Wort entziehe und Euch wegen Missachtung des Hohen Rates des Saales verweisen lasse.«

»Wie Ihr wünscht«, entgegnete Aldur mit einem Lächeln, das verriet, dass er nichts anderes erwartet hatte. »Ich vermute die vierte Pforte in Crysalion, an den Fernen Gestaden.«

»Was?«

Nicht nur Granock und Alannah schauten einander erschrocken an. Ein Aufschrei der Empörung ging durch die Reihen, so abwegig kam den meisten Ratsmitgliedern vor, was der junge Zauberer sagte. Köpfe wurden geschüttelt, hier und dort lachte jemand spöttisch auf. Farawyn hingegen lachte nicht. Der Blick des Ältesten war prüfend auf Aldur gerichtet, und sobald sich die Aufregung im Saal wieder ein wenig gelegt hatte, forderte er ihn auf, seinen kühnen Gedanken zu begründen.

»In Nurmorod haben wir gesehen, dass der Dunkelelf alles daransetzt, neue Waffen aus Kristallen zu entwickeln«, erläuterte Aldur, »und dass diese Waffen an Zerstörungskraft alles bislang Dagewesene übertreffen. Crysalion, der Palast des Lichts, ist der Hort des Annun, des mächtigsten und ersten aller Kristalle, weswegen ich vermute, dass Margok früher oder später versuchen wird, ihn in seinen Besitz zu bringen. Und darauf sollten wir vorbereitet sein.«

»Wie?«, fragte Rat Gervan.

»Indem wir eine Expedition nach den Fernen Gestaden schicken«, erwiderte Aldur schlicht, »und ich selbst erbiete mich, der Anführer dieser Expedition zu sein.«

»Ihr? So jung und unerfahren, wie Ihr seid? Ihr seid gerade erst ein Meister geworden …«

»Dennoch war ich erfahren genug, Margoks Angriff zurückzuschlagen«, brachte Aldur in Erinnerung. »Das solltet Ihr nicht vergessen.«

»Möglicherweise«, wandte Farawyn ein, »verdient Bruder Rothgans Vorschlag eine ernsthafte Erwägung ...«

»Dass Ihr ihm zustimmen würdet, war abzusehen«, meinte Gervan verdrossen. »Die Frage, die sich mir aufdrängt, ist vielmehr die, weshalb ein noch so junger Zauberer, der den Grad der Reife eben erst erlangt hat, so viel von derlei Dingen weiß.«

»Eine Frage, die überaus berechtigt ist«, stimmte Hüterin Atgyva vom anderen Flügel aus zu und schickte Farawyn einen bedeutsamen Blick.

»Bruder Rothgan«, ergriff dieser für Aldur Partei, »hat in seinen jungen Jahren schon vieles gesehen und der Dunkelheit manches Mal widerstehen müssen. Erfahrungen wie diese gehen an niemandem spurlos vorüber ...«

»Ich spreche nicht von Erfahrungen, Bruder«, beharrte Gervan. »Ich spreche davon, dass Rothgan Einblick in Sachverhalte bekommen zu haben scheint, von denen wir alle wissen, dass sie verboten sind.«

»Und wenn es so wäre?«, fragte Aldur dagegen, noch ehe Farawyn etwas erwidern konnte. »Was seid Ihr doch für Heuchler! Solange dieses verbotene Wissen, vor dem Ihr Euch alle so fürchtet, dazu diente, Euch vor Margok zu retten, habt Ihr es geduldet. Nun jedoch ...«

»Das ist nicht wahr«, beschied Farawyn ihm kühl. »Ich hatte Euch gesagt, dass es mir nicht leichtfiel, mich für Eure Ernennung zum Zauberer zu entscheiden – nichts anderes war der Grund dafür. Wäre es nicht um Räte wie Bruder Cysguran gewesen, die sich für Euch einsetzten ...«

»Cysguran hat sich für mich eingesetzt?« Aldur schickte dem Vorsteher der Kristallgilde einen fragenden Blick.

»In der Tat«, erwiderte dieser und senkte das Haupt mit dem streng zurückgekämmten Haar. »Inzwischen musste ich allerdings erkennen, dass ich mein Vertrauen womöglich zu früh in Euch gesetzt habe, Bruder Rothgan ...«

»Aber nein«, widersprach Aldur, »das habt Ihr gewiss nicht!«

»... weshalb wir Eurem Ersuchen, nach den Fernen Gestaden entsandt zu werden, leider nicht zustimmen können«, brachte Cysguran seinen Satz unbeirrt zu Ende, der nach Maeves Tod zum Sprecher des linken Flügels ernannt worden war.

»Auch wir schließen uns dieser Meinung an«, bekräftigte Rat Gervan. »Wir werden uns Eure Argumente durch den Kopf gehen lassen und sie eingehend prüfen. Im Augenblick sehen wir jedoch keinen Handlungsbedarf, Bruder Rotghan.«

»Keinen Handlungsbedarf – ist das Euer Ernst?« Aldur schaute zweifelnd in die Runde. Als er in den Gesichtern der Ratsmitglieder nichts als Ablehnung las, wandte er sich Hilfe suchend an Farawyn. »Vater, Ihr …«

»Ihr habt die Räte gehört«, beschied ihm der Älteste ohne mit der Wimper zu zucken. »Der Beschluss ist gefasst.«

Aldur nickte.

Er wusste, dass es sinnlos gewesen wäre zu widersprechen. Alles, was er von nun an sagte, würde ihn nur noch mehr ins Unrecht setzen. Er begnügte sich damit, zuerst Farawyn, dann König Elidor und zuletzt seine Gefährten Granock und Alannah mit bedauernden Blicken zu bedenken. Dann wandte er sich um und schickte sich an, den Saal zu verlassen.

»Was tut Ihr da?«, donnerte Farawyn ihm hinterher.

»Ich gehe«, erklärte Aldur überflüssigerweise. »Da mein Rat nicht gefragt ist, ziehe ich mich zurück.«

»Ihr wurdet noch nicht entlassen!«

Aldur blieb stehen und wandte sich um. »Vielleicht nicht«, gab er zu, »aber ich musste gerade an etwas denken, das mein Vater früher stets zu sagen pflegte, in dessen Adern das Blut von Königen fließt, genau wie in den meinen.«

Farawyns Miene zuckte kaum merklich. »Nämlich?«, fragte er.

»Man kann vieles verleugnen, aber nicht sein Herz«, gab Aldur zur Antwort, dann wandte er sich endgültig ab und verließ den Saal, begleitet von den Protestschreien der Abgeordneten.

Granock tat es in der Seele weh, den Freund so davongehen zu sehen. Sein erster Impuls war es, ihm hinterherzulaufen wie schon einmal, und er sandte Farawyn einen fragenden Blick. Der Älteste bedeutete ihm jedoch zurückzubleiben.

Und dieses Mal gehorchte Granock seinem ehemaligen Meister.

9. NAHADA

Es war ein seltsames Gefühl, wieder dort zu sein, wo alles angefangen hatte.

Die Tradition verlangte es, dass ein Zauberer, der den Grad des Weisen erlangt und seinen *flasfyn* erhalten hatte, in den heimatlichen Hain zurückkehrte, um auch den Segen seiner Familie zu bekommen; gewöhnlich wurde dieses Ereignis, *cyfárshaith* genannt, mit einer großen Feier begangen, zu der Angehörige und Freunde eingeladen und der frisch ernannte Zauberer mit Geschenken bedacht wurde.

Aldur hatte auf diese Tradition verzichtet.

In aller Stille war er in den väterlichen Hain zurückgekehrt, um die Nähe seiner Familie zu suchen. Ganz besonders aber sehnte er sich danach, den Mann wiederzusehen, der ihn stets zu Höchstleistungen angespornt und nie einen Zweifel daran gelassen hatte, dass er ihn für fähig hielt, dereinst der größte und mächtigste Zauberer Erdwelts zu werden.

Sein Vater Alduran.

Es hatte eine Zeit gegeben, da hatte sich Aldur vom Ehrgeiz seines Vaters unter Druck gesetzt gefühlt und war darauf erpicht gewesen, seinen eigenen Weg zu gehen und seine eigenen Erfahrungen zu machen. Inzwischen jedoch hatte er eingesehen, dass Alduran nur zu recht gehabt hatte. Er war tatsächlich zu Höherem ausersehen – und er hatte die Erfahrung machen müssen, dass Neid und Missgunst jenen begleiteten, dessen Macht und Kenntnis die der anderen übertrafen. Sein Vater jedoch, davon war Aldur überzeugt, würde ihn verstehen.

Da man ihm untersagt hatte, die Kristallpforte zu benutzen, hatte die Reise in den Süden zwei Wochen gedauert; Alaric, der treue Hengst, den sein Vater ihm am Tag des Abschieds als Geschenk überreicht hatte, hatte ihn getragen.

Es tat gut, wieder zu Hause zu sein.

Die Bäume der Eingangshalle, deren immergrünes Blätterdach sich hoch über ihm zu einem Dach formte, vermittelten Aldur ein Gefühl von Geborgenheit, das er lange nicht verspürt hatte, noch nicht einmal in Alannahs Nähe. Auf seinen Zauberstab aus Elfenbein gestützt, wartete er auf seinen Vater. Wie, so fragte er sich, würde Alduran reagieren, wenn er von all den Dingen erfuhr, die in der Zwischenzeit geschehen waren?

»Sohn! Du bist es wirklich!«

Allein die vertraute Stimme klang in Aldurs Ohren wie ein Willkommensgruß. Freudig eilte er seinem Vater entgegen, der gemessenen Schrittes die Stufen herunterkam.

Alduran hatte sich äußerlich kaum verändert. Noch immer krönte blondes Haar seine hohe Stirn, und seine Züge waren so glatt und jugendlich, wie Aldur ihn in Erinnerung hatte – und ebenso unnahbar. In respektvollem Abstand blieb Aldur vor seinem Vater stehen und verbeugte sich tief.

»Seid gegrüßt, *nahad*«, sagte er. »Ich bin zurückgekehrt.«

»Das bist du«, bestätigte Alduran und trat vor, um ihn auf Wangen und Stirn zu küssen, wie er es am Tag des Abschieds getan hatte. »Und wie ich sehen kann, hast du dein Ziel erreicht. Du bist ein Zauberer geworden.«

»Das bin ich«, bestätigte Aldur und präsentierte stolz den *flasfyn* – von den Vorbehalten des Rates sagte er nichts. »Und zugleich bin ich noch sehr viel mehr als das«, fügte er stattdessen hinzu.

»Noch mehr?« Sein Vater schaute ihn fragend an. »Wie kann jemand noch mehr als ein Weiser werden?«

»So meinte ich es nicht«, beeilte Aldur sich zu versichern. »Es ist nur … Seit meiner Abreise ist so vieles geschehen, hat sich so vieles geändert …«

»Und vieles auch nicht«, fiel Alduran ihm ins Wort und blickte ihm prüfend ins Gesicht. »Dein Ehrgeiz ist noch immer ungebrochen, obwohl du nun erreicht hast, was du immer erreichen wolltest.«

»Manches davon«, schränkte Aldur ein.

Die ohnehin schmalen Augen seines Vaters verengten sich zu Schlitzen, durch die er seinen Sohn prüfend musterte. »Obschon wir uns lange nicht gesehen haben, kann ich sehen, dass dich etwas bedrückt. Was ist es, Sohn? Willst du darüber reden?«

»Es ist der Hohe Rat, *nahad*«, entgegnete Aldur prompt. Er wusste, dass es unhöflich war, so unvermittelt zur Sache zu kommen, und natürlich hätte er damit warten sollen, bis sie Oberflächlichkeiten ausgetauscht, zusammen gespeist und die Familie und die Dienerschaft begrüßt hatten. Aber er sehnte sich so sehr danach, endlich Verständnis und Fürsprache zu erhalten, dass er nicht länger schweigen konnte.

»Der Hohe Rat?« Alduran hob die Brauen.

»Er versteht mich einfach nicht«, erklärte Aldur. »Was immer ich auch tue, was ich auch unternehme – der Rat versteht mich einfach nicht.«

Alduran nickte. »Ich habe mit Bestürzung vom Tod der Ältesten Semias und Cethegar erfahren. Ihr Verlust ist für den Orden ein herber Schlag, und ich kann mir nicht vorstellen, dass Farawyn …«

»Farawyn ist meine geringste Sorge«, versicherte Aldur, der nicht bemerkte, dass sein Vater dabei leicht zusammenzuckte. »Der Rat selbst ist es, der mir mit Argwohn und Misstrauen begegnet, was immer ich auch tue.«

»Ich verstehe.« Alduran nickte. »Und was tust du?«

»Was weißt du von der Schlacht am Siegstein?«, fragte Aldur dagegen.

»Was in unseren Hain gedrungen ist«, entgegnete sein Vater schlicht. »Dass es einen erbitterten Kampf gegeben hat zwischen den königlichen Legionen und den Anhängern des Dunkelelfen, und dass Elidors Truppen siegreich daraus hervorgegangen sind.«

»Das entspricht den Tatsachen«, bestätigte Aldur, »aber dennoch ist es nur die halbe Wahrheit. Denn kein anderer als dein Sohn ist es gewesen, der den Sieg errungen hat.«

»Wirklich?« Wenn Alduran überrascht war, so ließ er es sich nicht anmerken. Kühle Zurückhaltung, die an Ablehnung grenzte, sprach aus seinem Blick.

»Vor dir steht ein Held, Vater«, verkündete Aldur mit vor Stolz geschwellter Brust. »In der Stunde der größten Verzweiflung, als der Dunkelelf das Schlachtgeschehen zu wenden und uns alle zu vernichten drohte ...«

»Der Dunkelelf? Demnach sind die Gerüchte also wahr? Margok ist zurückgekehrt?«

»Ja, *nahad* – und ich war in seiner Gewalt. Von Angesicht zu Angesicht habe ich ihm gegenübergestanden und seiner Bosheit und seinem Hass getrotzt, und am Ende bin ich es gewesen, der seine Pläne vereitelt und ihn dorthin zurückgeschickt hat, woher er kam.«

»Dann bist du allerdings ein Held«, gab Alduran unumwunden zu.

»Das bin ich! Doch was tun diese Narren im Rat? Statt mir dankbar zu sein und mir als ihrem Retter zu huldigen, zweifeln sie meine Methoden an! Anstatt mit Ehrungen überhäuft zu werden, muss ich mich rechtfertigen für das, was ich gelernt habe und weiß.«

»Und was weißt du?«

»Mehr als diese alten Männer, die sich den ganzen Tag lang mit Bedenken tragen und sich den Kopf darüber zerbrechen, was geschehen könnte und was nicht. Kaum einer von ihnen ist in der Schlacht dabei gewesen, dazu fehlte ihnen der Mut. Ich hingegen habe an vorderster Front gekämpft und bekam lediglich diesen Stab dafür.«

»Man hat dich zum Zauberer gemacht. Genügt dir das nicht?«

Aldur schnappte nach Luft. Lange genug hatte er seine wirkliche Meinung für sich behalten. Hier nun, in der Gegenwart seines Vaters und des ersten Lehrers, der ihn je in den Wegen der Magie unterwiesen hatte, konnte er endlich frei sprechen.

»Nein, *nahad*«, gestand er, »das genügt mir nicht, denn ich fühle, dass noch so viel mehr in mir ist! Dinge, von denen diese Kleingeister nicht einmal etwas ahnen. Geheimnisse, die sie zu Tode ängstigen würden.«

»Und dich ängstigen sie nicht?«

»Nein, denn ich weiß, dass ich sie kontrollieren kann«, gab Aldur im Brustton der Überzeugung zurück. »Wenn sie nur endlich damit aufhören würden, mich in meinen Möglichkeiten zu beschränken!«

»Du fühlst dich in Shakara eingeschränkt?«

»Schlimmer noch – ich habe das Gefühl, dort langsam zu ersticken! Diese Hohlköpfe und Zauderer mit ihrem Parteigezänk und ihrem ständigen Streit! Ich habe das so satt, *nahad*!«

»Weil du den rechten Weg kennst und weißt, welche Entscheidungen zu treffen wären«, gab sein Vater sich verständig. »Und weil Erdwelt und das Reich ohne den Hohen Rat ungleich besser dran wären, richtig?«

»Das stimmt«, gab Aldur zu. Er hatte gehofft, auf Verständnis zu treffen – dass sein Vater jedoch seinen kühnsten Gedanken Sprache verlieh, übertraf alle Erwartungen. »Woher weißt du …?«

»Woher ich das alles weiß?« Alduran lächelte, aber es lag keine Freude darin. »Weil ich all das schon einmal gehört und weil ich den Ausdruck in deinen Augen schon einmal gesehen habe. Denselben stolzen Glanz. Denselben Hochmut.«

»Hochmut? Aber Vater …«

»In den Augen deiner Mutter konnte ich es ebenfalls erkennen«, fuhr Alduran unnachgiebig fort. »Eitelkeit. Stolz. Und unstillbarer Ehrgeiz …«

»Meine Mutter?« Aldur zuckte mit den Schultern. »Ich weiß nichts über sie. Ihr habt so gut wie nie über sie gesprochen.«

»Aus gutem Grund«, sagte Alduran nur.

»Was soll das heißen? Was ist mit ihr gewesen?« Aldur erinnerte sich, dass seinerzeit auch der Älteste Cethegar eine Anspielung auf seine Mutter hatte fallen lassen, was ihn im Nachhinein ärgerte. »Was verheimlicht ihr mir?«, wollte er deshalb wissen. »Ich habe die Andeutungen satt.«

Sein Vater schien mit der Antwort zu zögern, aber wie jemandem, der sich einen Schritt über den Abgrund hinausgewagt hatte, dämmerte ihm wohl, dass es kein Zurück mehr gab. »Deine Mutter«, begann er deshalb leise, »war eine Zauberin, genau wie du –

und genau wie du verfügte sie über die Gabe des Feuers. Entsprechend groß waren ihr Stolz und ihre Eitelkeit, aber all das sah ich nicht, als ich als junger Novize nach Shakara kam, sondern nur ihre strahlende Schönheit. Vom ersten Augenblick an war ich ihr verfallen.«

»Und?«

»Wir lernten einander kennen und lieben, und nachdem ich meine Ausbildung abgeschlossen hatte, schlossen wir den ewigen Bund. Andere wären nun zufrieden gewesen, aber nicht deine Mutter, denn sie wollte immer noch mehr. Also fing sie an, Regeln zu übertreten und sich mit gefährlichen Dingen zu befassen.«

»Nämlich?«

»Sie las in verbotenen Büchern, die sie aus der Bibliothek entwendete, in der festen Überzeugung, der Hohe Rat wolle ihr etwas vorenthalten – darüber verlor sie den Blick für unsere Werte und Traditionen. Wen verwundert es da, dass sie unseren Bund verriet und eine Beziehung mit einem jungen Zauberer einging, die zwar nur von kurzer Dauer war, jedoch zur Folge hatte, dass sie ein neues Leben empfing …«

Es war so rasch dahingesagt, dass Aldur nicht sofort begriff, dass diese Worte für ihn alles veränderten.

»Was soll das heißen?«, fragte er verblüfft.

»Sie hat mich betrogen«, entgegnete Alduran ausweichend, »und indem sie das tat, hat sie nicht nur mich, sondern den gesamten Orden verraten. Ein Streit entbrannte, an dem sich das Reich entzweite, und sie trug Schuld daran.«

Aldur stand da mit vor Staunen offenem Mund. In all den Jahren, die er zu Hause verbracht und in denen Alduran ihn unterrichtet hatte, hatte er ihm niemals etwas über seine Mutter erzählen wollen. Warum hatte er es nicht dabei bewenden lassen können? Warum brach er ausgerechnet jetzt sein Schweigen?

»Als sie sah, was sie in ihrem Leichtsinn angerichtet hatte«, fuhr Alduran in seinem Bericht fort, »kam sie zu mir und bat mich um Verzeihung. Da ich jung war und von ganzem Herzen an die Ideale glaubte, die wir uns als Zauberer gegeben hatten, vergab ich ihr. Gemeinsam verließen wir den Orden und kehrten Shakara den

Rücken, und so kamen wir hierher, in den Hain meiner Väter, wo sie schließlich einen Jungen zur Welt brachte – dich, Aldur.«

»M-mich?« Aldur war fassungslos.

»Im Austausch für das Leben, das sie gebar, gab sie ihr eigenes – so als hätte sie für die verbotene Saat in ihrem Schoß Sühne üben wollen.«

»Aber ... Ihr sagtet immer, meine Mutter hätte bald nach meiner Geburt ein Schiff nach den Fernen Gestaden bestiegen«, wandte Aldur stammelnd ein.

»Das sagte ich, weil ich nicht wollte, dass du die Wahrheit erfährst«, bestätigte Alduran leise. »Doch jetzt muss ich erkennen, dass es unmöglich ist, sie dir vorzuenthalten – denn in den vergangenen zwei Jahren bist du deiner Mutter ähnlicher geworden, als ich es je für möglich gehalten hätte.«

»Was? Aber ...?«

»Ich habe alles versucht«, verteidigte sich Alduran, obschon kein Vorwurf erhoben worden war. »Statt dich den Ehrwürdigen Gärten zu übergeben, habe ich dich sofort nach deiner Geburt zu mir genommen und war entschlossen, dich aufzuziehen. Ich habe alles darangesetzt, deine Herkunft aus meinem Herzen zu verdrängen, habe mir eingeredet, dass deine Zukunft in meiner Hand läge, dass ich dir nur lange genug erzählen müsse, dass in deinen Adern das Blut von Königen fließe, um es irgendwann wahr werden zu lassen ...«

»Demnach – stimmt es also nicht?«, erkundigte sich Aldur, auch wenn er nicht sicher war, ob er die Antwort wissen wollte.

»Deine Mutter war eine mächtige Zauberin, das steht außer Frage, aber weder war sie von nobler Herkunft noch gehörte sie dem Geschlecht und Hause Sigwyns an.«

»A-aber ich dachte ... Ihr sagtet ...«

»Ich bin ein Narr gewesen«, erklärte Alduran in ehrlicher Selbsterkenntnis, »denn ich habe geglaubt, dass, wenn ich dir nur genügend Liebe und Vertrauen entgegenbrächte, wenn ich dich teilhaben ließe an meinem Wissen, du dennoch mein wahrhaftiger Erbe werden könntest. An dem Tag, als du den Hain verlassen und dich nach Shakara begeben hast, glaubte ich mich am Ziel dieses innigen Wunsches. Aber wie ich nun erkennen muss, habe ich mich in dir ebenso geirrt, wie ich mich einst in deiner Mutter irrte. Nicht mein Erbe bist du, sondern der ihre.«

»*Nahad*«, wandte Aldur ein, obwohl der Titel im Grunde nicht mehr zutreffend war, »ich wusste nicht …«

»Sei nicht betrübt, denn du kannst nichts für das, was aus dir geworden ist. Ich hätte wissen müssen, dass sich all meine Bemühungen am Ende als vergeblich erweisen, denn man kann vieles verleugnen, aber nicht sein Herz.«

Es schmerzte Aldur, ausgerechnet jene Worte, die er noch vor wenigen Tagen vor dem Hohen Rat angeführt hatte, nun gegen sich verwendet zu finden, aber er erwiderte nichts. Was Alduran ihm enthüllt hatte, brachte sein Weltbild zum Einsturz, nahm ihm die letzten Wahrheiten, an die er sich geklammert hatte. Und unwillkürlich merkte er, wie sich tief in ihm Widerstand regte und Zorn emporstieg …

»Du hättest nicht kommen sollen«, beschied ihm der Mann, den er bis vor wenigen Augenblicken für seinen Vater gehalten hatte, mit bestürzender Kälte. »Ich hätte dich lieber in Erinnerung bewahrt, wie du einst gewesen bist, voller Ideale und Hoffnungen.«

»Hoffnungen?«, echote Aldur unwillig. »Was wisst Ihr von meinen Hoffnungen?«

»Ich weiß, dass du davon geträumt hast, einst der mächtigste Zauberer Erdwelts zu werden.«

»Das ist nicht wahr!«, behauptete Aldur energisch. »Habt Ihr eine Ahnung, wie schwer es gewesen ist, Euren Ansprüchen gerecht zu werden? Ihr seid es gewesen, der stets etwas Größeres in mir gesehen, der mir eingeredet hat, dass ich dazu ausersehen wäre, einen bevorzugten Platz in der Geschichte des Elfengeschlechts einzunehmen!«

»Und?« Alduran schaute ihn durchdringend an. »Willst du mir erzählen, das hätte dir nicht gefallen? Ich habe es in dir gespürt, Aldur, in all den Jahren, den Ehrgeiz deiner Mutter und ihren Hochmut, aber ich hoffte stets, dass mein Einfluss stärker sein würde als der ihre. Dass du lernen würdest, mit der Verantwortung deiner Gabe umzugehen und nicht den Verlockungen der Macht zu erliegen. Leider habe ich mich in dir geirrt. Verzeih einem alten Narren. Und nun geh, Aldur.«

»Was?«

»Verlasse mein Haus und diesen Hain. Es ist besser so.«

»*Nahad*, bitte ...«

»Du solltest mich nicht mehr deinen Vater nennen«, beschied Alduran ihm leise. »Am Tag des *anrythan*, als ich dir die Krone der Volljährigkeit überreichte, da hatte ich eine dunkle Ahnung, dass ich den Sohn, den ich aufgezogen hatte, niemals wiedersehen würde. Leider habe ich recht behalten.«

»Ich verstehe.« Aldurs Mund wurde ein schmaler Strich. Seine Kieferknochen mahlten, bis sie schmerzten, brennender Zorn fuhr in seine Eingeweide. Abrupt wandte er sich um und wollte die Halle auf dem schnellsten Weg verlassen. Als Alduran keine Anstalten machte, ihm zu folgen, wandte er sich jedoch noch einmal um. »Wer ist mein Vater?«, wollte er wissen, seine Wut nur mühsam beherrschend.

»Wer?«, echote Alduran nur.

»Ich durchschaue Euch«, erwiderte Aldur mit zornbebender Stimme. »Ich kenne den Grund für Eure Verzweiflung.«

»Sicher nicht.« Sein Ziehvater schüttelte den Kopf.

»Es ist Palgyr, nicht wahr?«, erkundigte sich Aldur unvermittelt. »Bin ich in Wahrheit der Sohn eines Verräters? Ist es das, was Euch Sorge bereitet?«

Alduran hielt seinem prüfenden Blick stand, eine Antwort blieb er schuldig.

»Wollt Ihr mir nicht einmal das verraten? Nachdem Ihr mir alles andere genommen habt?«

Alduran schwieg noch immer. Dass es in seinen Augen feucht schimmerte, bekam Aldur nicht mehr mit, denn er wandte sich wutschnaubend ab und durchschritt die Pforte. Die Stufen zum Garten nahm er in dem festen Vorsatz, niemals in seinem Leben in Aldurans Hain zurückzukehren. Er war gekommen, weil er Trost und Geborgenheit gesucht hatte, doch Alduran war ebenso von Neid und Argwohn zerfressen wie die Angehörigen des Rates.

Wütend durchmaß Aldur den Garten, der soeben zum Leben erwachte. Wie hatte er die Morgenstunden einst geliebt, wenn die ersten Sonnenstrahlen die Blätter benetzten und den Tau glitzern ließen. Jetzt kam es ihm falsch und verlogen vor, ein trügerisches Idyll für jene, die sich der bestehenden Ordnung unterwarfen und nach den Regeln spielten.

Aldur jedoch hatte es satt, sich nach fremden Regeln zu richten, und er war es leid, seine Fähigkeiten und sein Wissen zu verbergen. Er war ein Zauberer, ein vollwertiges Mitglied des Ordens, und als solches würde er in Zukunft auftreten, ob es den Räten nun passte oder nicht. Und auch Aldurans Worte würden daran nichts ändern.

Er erreichte jenen Teil des Hains, in dem die Stallungen der Pferde untergebracht waren. Zwei junge Burschen waren damit beschäftigt, die Ställe zu säubern. Wie er es ihnen bei seiner Ankunft aufgetragen hatte, hatten sie Alaric Zaumzeug und Sattel abgenommen, ihm Futter und Wasser gegeben und sein Fell gestriegelt, sodass es seidig in der Morgensonne glänzte.

»Seid gegrüßt, junger Herr«, sagte der eine der beiden Stallburschen und verbeugte sich. »Sollen wir Euer Pferd wieder satteln?«

Aldur antwortete nicht. Wortlos trat er auf den Hengst zu, der ihn erkannte und ein freudiges Schnauben vernehmen ließ. Unruhig scharrte er mit den Vorderhufen, bereit zum Ausritt. Aldur trat neben ihn, streichelte ihm den Hals und die lange Mähne. Das Pferd war ein Geschenk seines Vaters gewesen, das ihn an sein Zuhause erinnern sollte und an die Verpflichtung, die er seiner Familie gegenüber hatte.

Aldur hatte es geliebt – auch dann noch, als seine Meisterin Riwanon ihm längst die Augen geöffnet und ihn hatte erkennen lassen, dass auch der große Alduran mit Fehlern behaftet war. Wie recht sie damit gehabt hatte, war ihm allerdings erst jetzt aufgegangen.

Wieso nur, fragte er sich, hatte Riwanon ihm nichts über seine Herkunft gesagt? Er war sicher, dass sie davon gewusst hatte, und manche Bemerkung, die sie in ihrer aufreizenden Art hatte fallen lassen, gewann erst jetzt an Bedeutung.

»Wieso nur, Meisterin?«, flüsterte er leise vor sich hin. »Wieso habt Ihr es mir nie gesagt ...?«

Noch einmal tätschelte er den Hals des Tieres, während er bereits spürte, wie sich heißer Zorn in ihm zusammenbraute, einem Ungewitter gleich, um sich urplötzlich in einer feurigen Eruption zu entladen.

Der Feuerball, den Aldur entfesselte, hüllte Alaric ein und verzehrte ihn. Der stolze Hengst aus dem Gestüt Sigwyns verging qualvoll – zurück blieben nur schwelende Überreste. Die Stallknechte brachen in Tränen aus angesichts des schrecklichen Anblicks.

Aldur scherte sich nicht darum. Wortlos machte er kehrt und verließ Aldurans Hain für immer.

10. TARÍALAS

Es waren die Wochen nach der Schlacht.

Obwohl die Statuen der Könige in der Ratshalle noch immer mit Trauerflor versehen waren, mit dem man der im Kampf gegen Margok gefallenen Opfer gedachte, und obschon der Verbleib des Dunkelelfen ungewiss war, kehrte allmählich wieder Hoffnung in Shakara ein.

Die eine Hälfte der freien Zeit, die er nun hatte – ein Novize war ihm noch nicht zugeteilt worden –, verbrachte Granock mit Nachdenken: Über sich und die vielen widersprüchlichen Gefühle, die er auf der langen Reise empfunden und die von Leidenschaft und Freude über Todesangst und abgrundtiefen Hass so ziemlich alle Möglichkeiten menschlichen Empfindens ausgelotet hatten; aber auch über die Vergangenheit, über die Geschichte Erdwelts und die Bedrohung, die ihnen daraus erwachsen war – und über die Rolle, die er selbst darin spielte.

Dass ihm gelungen war, was noch kein Mensch vor ihm geschafft hatte und was selbst vielen Elfen versagt blieb, die die Pforte Shakaras durchschritten, konnte er noch immer kaum glauben. Er war ein Zauberer! Kein Novize mehr und kein Aspirant, auch kein Eingeweihter, sondern ein vollwertiges Mitglied des Ordens, das alle drei Prüfungen abgelegt und für wert befunden worden war, einen eigenen *flasfyn* zu besitzen.

Lhurian nannten sie ihn nun …

Der Name war noch immer ungewohnt, aber er gefiel Granock, schon weil er zum Ausdruck brachte, was er empfand: Dass er sein früheres Leben, das er als heimatloser Dieb in den Menschenstädten gefristet hatte, endgültig hinter sich gelassen und seinem Dasein einen Sinn gegeben hatte.

Farawyn hatte einst angekündigt, ihm eine Welt zeigen zu wollen, die größer war als alles, was er sich vorzustellen vermochte – und er hatte recht behalten. In seinem noch jungen Leben hatte Granock Dinge gesehen, die die meisten Menschen niemals und auch viele Elfen nicht zu Gesicht bekamen; und er hatte an Ereignissen teilgenommen, die in die Chroniken Erdwelts eingehen würden. In diesen Tagen kam es Granock so vor, als hätte er seinen Platz in der Geschichte gefunden. Die düsteren Gedanken, die er in der Gefangenschaft Ruraks gehabt hatte, waren verschwunden.

Dass es so war, war vor allem auch Alannah zu verdanken, mit der zusammen er die andere Hälfte seiner freien Zeit verbrachte. Sie trafen sich in der Bibliothek oder im Eisgarten der Festung, wo sie sich stundenlang unterhielten und dabei erkannten, dass ihre Gedanken und ihre Seelen einander ähnlicher waren, als sie es je für möglich gehalten hätten. Granock gewährte der Elfin tiefe Einblicke in die menschliche Gefühlswelt, und Alannah wiederum sah es als ihre Aufgabe an, ihm die oftmals sehr viel distanziertere Sichtweise ihres Volkes näherzubringen. Schon sein Aufenthalt in Shakara hatte viele Vorurteile, die Granock einst gegen die Söhne und Töchter Sigwyns gehegt hatte, dahinschmelzen lassen. Jedoch erst Alannah gelang es, ihm den Zugang zur elfischen Seele zu öffnen.

Bisweilen, wenn ihre Gespräche eine besondere Tiefe erreichten und sie nicht wollten, dass sie von umherstreunenden Koboldsdienern belauscht wurden, die ihre Ohren überall hatten, pflegten sie ihre Unterhaltungen auch in ihren Kammern fortzuführen – so wie an dem Abend, an dem sie nach dem Nachtmahl in Alannahs Quartier zusammensaßen. Ursprünglich hatte die Elfin vorgehabt, Granock aus dem *Darganfaithan* vorzulesen, dem großen Heldenepos über die Herkunft und die Ursprünge ihres Volkes, und ihm ihre ureigensten Gedanken dazu mitzuteilen. Aber es war offensichtlich, dass sie etwas bedrückte, denn die alten Verse gingen ihr längst nicht so fließend über die Lippen wie sonst.

»Was hast du?«, fragte Granock.

Sie lächelte matt. »Du kennst mich inzwischen zu gut. Ich kann nichts mehr vor dir verbergen …«

»Was ist es?«, wollte er wissen.

»Es ist Aldur«, sagte sie leise. »Er wollte gen Süden zum väterlichen Hain, um im Kreis seiner Familie den *cyfárshaith* zu feiern, aber er ist noch immer nicht zurückgekehrt.«

»Ich weiß.« Granock nickte. »Aber du musst bedenken, dass der Weg weit ist. Und sagtest du nicht, dass derlei Feierlichkeiten viele Tage dauern könnten?« Er grinste frech. »Wir sollten froh sein, dass wir keine Familien haben.«

Sie erwiderte das Lächeln nur halbherzig. »Sicher hast du recht«, antwortete sie. »Aber er war so seltsam vor seiner Abreise, und das stimmt mich nachdenklich. Außerdem«, fügte sie leise hinzu, »vermisse ich ihn.«

»Ich vermisse ihn auch«, beteuerte Granock, »und in gewisser Weise auch nicht.«

»Wie meinst du das?«

»Nun – seit er Shakara verlassen hat, verbringen wir viel mehr Zeit zusammen, nicht wahr? Und ich habe das Gefühl, dass uns das beiden guttut.«

»Ja«, sagte sie nur, und rang sich erneut ein Lächeln ab, um dann sofort wieder ernst zu werden. »Granock, da ist etwas, worüber ich mit dir sprechen muss.«

»Das trifft sich gut«, versicherte er, »denn ich muss mit dir auch über etwas sprechen.«

Und ehe sie etwas entgegnen konnte oder er ein weiteres Wort sagte, nahm er, bestärkt durch die Vertrautheit der letzten Tage, seinen ganzen Mut zusammen, beugte sich vor und küsste sie sanft auf den Mund.

»Was … was tust du?« Sie schaute ihn aus großen Augen an. Ihr Blick verriet Überraschung, aber keine Entrüstung.

»Ich liebe dich, Alannah«, erklärte er, »vom ersten Augenblick an. Ich war ein verdammter Narr, dass ich dir das nicht schon viel früher gesagt habe.«

»Aber du bist Aldurs Freund.«

Er legte die Stirn in Falten. Mit mancher Erwiderung hatte er gerechnet, sogar mit brüsker Ablehnung – aber ganz sicher nicht damit. »Was hat das eine denn mit dem anderen zu tun?«, fragte er. »Natürlich ist Aldur mein Freund, ich würde jederzeit mein Leben für ihn einsetzen. Aber das ändert nichts daran, dass ich dich liebe. Aldur war es übrigens, der mir den Weg gewiesen hat, dir meine Gefühle zu offenbaren.«

»Wie das?«, fragte sie, nun doch mit einem Hauch von Bestürzung in der Stimme.

»Weißt du noch, was er vor dem Hohen Rat sagte? ›Man kann vieles verleugnen, aber nicht sein Herz‹ – damit hatte er nur zu recht.«

Die Elfin saß unbewegt auf der Kante ihres Lagers und sagte nichts – was Granock wiederum für eine unausgesprochene Aufforderung hielt. Noch einmal beugte er sich zu ihr und küsste sie. Zuerst zuckte sie zurück, aber dann begegneten sich ihre Lippen weich und warm und voller Leidenschaft.

»Nein, Granock«, flüsterte sie, aber ihre Worte und das, was sie tat, passten nicht zueinander. Ihre Hände strichen sanft und voller Zärtlichkeit über sein Gesicht, und auch er berührte sie, nicht wie ein guter Freund es tat, sondern voller Vertrautheit und Liebe.

»Das ist nicht gut, nicht gut«, hauchte sie – aber die Erregung, die ihre schlanke Gestalt durchlief und sie erbeben ließ, strafte ihre Worte Lügen.

»Nun? Hast du deinem Vater unsere Empfehlung ausgesprochen? Hast du den *cyfárshaith* gefeiert?« Der Blick, mit dem Farawyn Aldur musterte, war streng und überaus kritisch.

»Nein«, gab Aldur wahrheitsgemäß zurück.

»Weshalb nicht?«

»Weil ich nicht den Eindruck hatte, dass es etwas zu feiern gab«, erwiderte der junge Zauberer ausweichend. Ein Teil von ihm wollte dem Ältesten erzählen, was sich im väterlichen Hain zugetragen hatte, aber er tat es nicht. Vielleicht, zu einem späteren Zeitpunkt, wenn sich die Wogen geglättet hatten und er sich über seine eigenen Gefühle klar geworden war. Im Augenblick war alles zu verwirrend.

»Wie recht du hast.« Farawyn nickte. »Dein Auftreten vor dem Hohen Rat hat für erhebliche Unruhe gesorgt.«

»Tut es das nicht immer?«

Der Älteste schürzte die Lippen. »Offenbar«, sagte er, »verwechselst du Selbstsicherheit mit Arroganz. Das steht einem Zauberer schlecht zu Gesicht, Aldur.«

»Rothgan«, verbesserte dieser. »Ich bin kein Novize mehr.«

»Nein, das bist du nicht – dein Verhalten jedoch kann ich trotzdem nicht dulden. Du hast weder mir als dem Ältesten des Ordens noch dem Hohen Rat den gebührenden Respekt erwiesen!« Farawyns Gesichtszüge hatten sich verfärbt, und seine Stimme war laut geworden, was sie nur selten tat. »Woher rührt nur dieser Hochmut, Rothgan, der du dich einst Aldur nanntest?«

Aldur gab sich unbeeindruckt. Er hatte damit gerechnet, nach seiner Rückkehr sofort in die Kanzlei bestellt zu werden. Im Grunde hatte er es sogar darauf angelegt.

»Ich bin jetzt ein Zauberer und damit ein vollwertiges Mitglied dieses Ordens«, erklärte er ohne eine Spur von Reue. »Das bedeutet, dass ich berechtigt bin, an den Ratsmitgliedern Kritik zu üben.«

»Kritik, ja«, räumte der Älteste ein. »Aber es gibt Regeln, an die auch du dich zu halten hast.«

»Soll das heißen, dass ich mich von Gervan und seinen Speichelleckern schulmeistern lassen muss? Keiner von ihnen hat auch nur annähernd so viel für den Orden geleistet wie ich.«

»Das bestreite ich nicht – aber was erwartest du im Gegenzug? Ewige Dankbarkeit? Unterwürfigkeit? Das Leben eines Weisen, Rothgan, besteht darin, anderen zu dienen. Niemand genügt sich selbst, dies ist der Grund, warum wir in einer Gemeinschaft leben. Lass nicht zu, dass der Sieg, den du errungen hast, dein Urteilsvermögen trübt.«

»Das tut er nicht«, versicherte Aldur ruhig. »Im Gegenteil habe ich das Gefühl, die Dinge um vieles klarer zu sehen als früher. Ihr wisst doch, dass ich recht habe, oder nicht? Es muss einen feindlichen Spion in unseren Reihen geben. Und es gibt auch die vierte Pforte, und früher oder später wird der Dunkelelf sie benutzen.«

Farawyn schaute ihm prüfend ins Gesicht. Dabei entkrampften sich seine Züge. Sein Zorn auf Aldur schien nicht unbedingt nachzulassen, aber gemessen an seinen anderen Sorgen nahm er nur eine untergeordnete Rolle ein.

»Es spricht vieles für deine Argumentation, in der Tat«, stimmte er zu.

»Warum habt Ihr das nicht vor dem Hohen Rat gesagt? Warum habt Ihr unseren Standpunkt nicht verteidigt?«

»Weil ich das nicht konnte. Du selbst hast es mit deinen Äußerungen unmöglich gemacht. Außerdem hat die Erfahrung gezeigt, dass bestimmte Dinge besser im Verborgenen geregelt werden, ohne das Wissen des Rates.«

»Soll das heißen« – Aldur traute seinen Ohren nicht –, »dass Ihr mich gegen den Willen des Rates nach Crysalion schicken wollt? An die Fernen Gestade?«

»Nein.« Farawyn schüttelte den Kopf. »Nach allem, was geschehen ist, kann ich das nicht, ohne die Einheit des Ordens aufs Spiel zu setzen. Aber wenn sich ein junger Zauberer – oder auch mehrere – entschließen sollte, auf eigene Faust nach den Fernen Gestaden zu reisen, so steht es nicht in meiner Macht, dies zu verhindern.«

»Ich verstehe …«

»Ich kann dich nicht dazu zwingen, Aldur, und ich würde es auch niemals tun. Aber die jüngsten Ereignisse haben gezeigt, dass der Rat nicht in der Lage ist, auf Bedrohungen angemessen zu reagieren. Nurmorod existiert noch immer. Falls Margok den Zusammenbruch der Kristallpforte überlebt hat – und davon müssen wir ausgehen –, kann er sich dorthin zurückziehen und seine Wunden lecken. Wir dürfen nicht dulden, dass das Böse noch an einem weiteren Ort in Erdwelt Fuß fasst, ganz gleich, was der Rat dazu sagen mag.«

Aldur war verblüfft. Ihm war klar gewesen, dass Farawyn dem Rat kritischer gegenüberstand, als er es aufgrund seines Amtes sein durfte, aber die Deutlichkeit der Worte überraschte selbst ihn. »Ihr verachtet den Rat nicht weniger, als ich es tue.«

»Keineswegs«, wehrte Farawyn ab. »Ich verachte den Rat nicht – ich weiß nur, dass er wie alles auf dieser Welt nicht vollkommen ist. Das ist ein Unterschied, über den du nachdenken solltest.«

»Bin ich damit entlassen?«

»Noch nicht ganz.« Farawyn schüttelte den Kopf. »Eine Frage musst du mir noch beantworten.«

»Nämlich?«

»Zumindest in einer Hinsicht hatte Rat Gervan recht: Woher weißt du all diese Dinge über den Dreistern und die Kristalle? Und woher wusstest du, dass der Blutkristall, den du aus Nurmorod entwendet hattest, unter Hitzeeinwirkung instabil werden und solche Zerstörungskraft entfalten würde?«

»Ich wusste es nicht – es war Eingebung.«

»Eingebung«, echote der Zauberer und nickte langsam. »Du solltest nicht den Fehler begehen, dich zu überschätzen – und du solltest mich nicht unterschätzen. Du hattest von diesen Dingen Kenntnis, weil du darüber gelesen hattest, in Büchern, deren Inhalt dir eigentlich verboten war.«

»Keineswegs, ich …«

»Das war es, was du damals in der Bibliothek getan hast, nicht wahr? In der Nacht vor eurer Abreise, als Meisterin Atgyva dich überraschte.«

Aldur holte Luft, um weiter alles abzustreiten, aber Farawyns kritischer Blick verriet ihm, dass dies keinen Sinn haben würde. Der Älteste hatte ihn durchschaut, womöglich mithilfe seiner Gabe. Es war also Zeit, das Versteckspiel zu beenden. »Ich wollte nicht, dass Ihr davon erfahrt«, gestand er leise. »Ich wollte Euch nicht damit behelligen, deshalb habe ich versucht, Euch zu täuschen.«

»Das ist dir zunächst auch gelungen«, gab der Zauberer zu. »Du hast damals die Unwahrheit gesagt, nicht wahr? Der Kristall hat dich nicht gerufen.«

»Nein«, gab Aldur zu. »Das habe ich nur gesagt, weil ich wusste, dass es Meisterin Atgyva sanfter stimmen würde. Jeder in Shakara weiß, wie sehr sie sich einen Nachfolger wünscht.«

»Wie hast du die Aufzeichnungen dann gefunden?«

»Riwanon hatte mir davon erzählt. Und Níobe hat mir dabei geholfen, die betreffenden Bücher ausfindig zu machen. Es gibt viel Tratsch unter den Kobolden.«

»Ich weiß«, sagte Farawyn nur. Was er von Aldurs Eigenmächtigkeit hielt, war nicht festzustellen.

»Ich war ehrlich zu Euch. Nun möchte ich, dass Ihr mir eine Frage beantwortet.«

»Nun?« Der Älteste schaute ihn herausfordernd an.

»Ich war der eigentliche Grund, nicht wahr?«, wollte Aldur wissen.

»Der Grund wofür?«

»Damals, in jener Nacht, als Ihr uns zu Euch bestelltet, um uns über Eure geheimen Pläne zu unterrichten, da habt Ihr Meisterin Maeve hinzugezogen.«

»Und?«

»Als Begründung führtet Ihr an, dass Ihr sie zur Ältesten wählen lassen wolltet, aber das war nicht die ganze Wahrheit, oder? Maeve war dabei, um meine Gefühle zu erforschen. Ihr habt mir misstraut, genau wie all die anderen im Rat.«

Farawyn seufzte tief. Was hinter seinen von Falten zerfurchten Zügen vor sich ging, war jedoch nicht zu erkennen. »Mein Junge«, sagte er leise, »wenn ich Dir misstraut hätte, hätte ich dich wohl kaum auf jene Mission entsandt.«

»Aber Ihr habt mir auch nicht Euer ganzes Vertrauen geschenkt.«

»So wenig, wie du mir das deine. Oder hast du schon vergessen, wie du versucht hast, mich zu manipulieren?«

Aldurs Gestalt straffte sich. »Worauf wollt Ihr hinaus?«

»Worauf wohl?« Farawyn schüttelte den Kopf. »Selbst jetzt versuchst du es noch zu leugnen, dabei ist es so offensichtlich. Du warst es, der den Kristall aus der Bibliothek entwendet und ihn mir zugespielt hat. Du und kein anderer!«

Der junge Elf stand wie vom Donner gerührt. »Woher wollt Ihr das wissen?«

»Meine Gabe verleiht mir die Fähigkeit, Dinge zu sehen, die anderen verborgen bleiben, wie du weißt. Und selbst, wenn es nicht so

wäre, hätte ich ein ausgemachter Narr sein müssen, um die Zusammenhänge nicht zu durchschauen.«

Aldur presste die Lippen zu einem dünnen Strich zusammen. Ihm
war klar, dass es nutzlos gewesen wäre, die Tat zu leugnen, also versuchte er es erst gar nicht. »Wieso«, fragte er mit versagender Stimme,
»habt Ihr vor dem Rat nichts gesagt? Wenn Ihr all das wusstet …«

»Ich habe deine guten Absichten erkannt«, entgegnete Farawyn,
»und ich habe gehofft, dass du deine Fehler einsehen würdest. Aber
ich bin mir nicht sicher, was das betrifft.«

»Es ging mir nie darum, meine eigene Macht oder meinen Ruhm
zu mehren, das müsst Ihr mir glauben.«

»Warum hast du den Kristall dann gestohlen?«

»Weil ich wollte, dass Ihr wisst, welche Möglichkeiten die Magie
uns bietet, wenn wir es nur wagen, sie ganz auszuschöpfen. Die
Macht der Elfenkristalle ist unermesslich. Wir könnten sie nutzen,
um unseren Feinden die Stirn zu bieten.«

»Junger Narr«, knurrte Farawyn, »hast du wirklich geglaubt,
dass ich diese Möglichkeiten nicht kenne? Dass ich auf einen gemeinen Diebstahl angewiesen bin, um ihrer gewahr zu werden?«

»Ihr kanntet den Inhalt der Schriften bereits?«, fragte Aldur ungläubig.

»Nicht im Detail. Aber ich wusste, wovon sie handeln.«

»Warum habt Ihr dieses Wissen dann nicht genutzt?«

»Sehr einfach, Junge – weil die Frage, die sich stellt, oftmals nicht
lautet, ob man etwas tun kann, sondern ob man es tun *sollte*. Wenn
du diesen Unterschied nicht verstehst, haben wir dir deinen Zauberstab womöglich zu früh verliehen. Die Magie, von der du gelesen hast, ist verbotene Magie. Wer sie benutzt, wird ihr früher oder
später erliegen.«

»Ich nicht«, widersprach Aldur voller Überzeugung. »Ich kann
sie kontrollieren!«

»Tatsächlich? So wie Qoray? Auch der Dunkelelf glaubte einst,
die verbotene Magie zu beherrschen, aber noch während er sich
ihrer zu bedienen glaubte, hat sie sein Innerstes zerfressen und
einen Schatten seiner selbst aus ihm gemacht. Tod und Verderben
sind seither seine Begleiter.«

»Dann sollten wir uns gegen ihn verteidigen, mit allen Mitteln, die uns zur Verfügung stehen«, beharrte Aldur. »Es wäre töricht, es nicht zu tun.«

»Töricht wäre es, sich auf etwas einzulassen, das man nicht einmal ansatzweise versteht. Nur ein Narr begibt sich auf eine Reise, deren Ziel er nicht kennt.«

»Aber ich würde das verbotene Wissen nur zum Guten benutzen ...«

»... und wärst deshalb am meisten gefährdet, denn du durchschaust das Böse nicht. Vermutlich«, nahm Farawyn an, »hat auch Riwanon einst so gedacht wie du. Auch sie konnte nicht absehen, wohin ihre Reise sie führen würde. Ihr Ehrgeiz hat sie ebenso blind gemacht, wie er dich blind macht.«

»Und meine Mutter, nicht wahr?«

Schon einen Lidschlag, nachdem er die Worte ausgesprochen hatte, vermochte Aldur nicht mehr zu sagen, warum er es getan hatte. In seiner Wut und seiner Bedrängnis war es ihm richtig erschienen. Als er sah, was sie in Farawyns Gesicht anrichteten, beglückwünschte er sich innerlich dazu.

»Woher weißt du von deiner Mutter?«, fragte Farawyn nur. Auch noch der letzte Rest von Milde war aus seinen Zügen gewichen, die plötzlich um Jahrhunderte gealtert schienen. »Wer hat dir davon erzählt?«

»Mein Vater«, entgegnete Aldur hart. »Oder sollte ich ihn besser meinen Pflegevater nennen?«

Farawyns Miene wurde bleich. »Alduran«, flüsterte er, »du hast geschworen, es niemals zu verraten ...«

»Er hat seinen Schwur gebrochen«, log Aldur, weil es ihm gefiel, den Ältesten plötzlich so betroffen zu sehen. »Aber seid unbesorgt«, fügte er mit gehässigem Grinsen hinzu, »ich werde schweigen wie ein Grab. Schließlich soll niemand erfahren, dass ich Palgyrs illegitimer Spross bin!«

Es war ausgesprochen.

Aldurs grässlichste Befürchtung war zu seiner schärfsten Waffe geworden. Augenblicke lang schien die Zeit in der Kanzlei stillzustehen, starrten sich die beiden nur gegenseitig an.

»Palgyr«, echote Farawyn.

»Entspricht es etwa nicht der Wahrheit?«, fragte Aldur provozierend. »Los doch, gebt es schon zu!«

Farawyn schüttelte traurig den Kopf. »Du junger Narr«, murmelte er betroffen, »wenn es so einfach wäre! Hast du denn bei allem, was geschehen ist, noch immer nicht begriffen, dass ich dein Vater bin?«

Nun war es Aldurs Gesicht, das zum Spiegel heftigster Reaktionen wurde. Das Lächeln bröckelte von seinen Lippen, die zur Schau gestellte Selbstsicherheit schwand, selbst seine Wut verpuffte.

»Nein«, sagte er und schüttelte den Kopf, trotzig wie ein Kind.

»Es ist die Wahrheit«, gestand Farawyn, »bei allem, was mir heilig ist. Deine Mutter war eine Zauberin, bedacht nicht nur mit der Gabe, die du von ihr geerbt hast, sondern auch mit grenzenloser Schönheit und einem Wesen sanft wie der Morgentau. Ich liebte sie von unserer ersten Begegnung an, aber natürlich behielt ich meine Gefühle für mich, denn sie war einem Zauberer namens Alduran versprochen. Als wir beide als Abgesandte Shakaras am königlichen Hof weilten, kamen wir uns dennoch näher.« Der Älteste lachte bitter auf angesichts der Erinnerung. »Ich verstehe dich gut, Junge, denn ich weiß, was es heißt, von verbotenen Früchten zu kosten und dabei ertappt zu werden.«

»Ihr wurdet entdeckt?«

»In der Tat.«

»Von wem?«

Farawyn schnaubte. »Von einem noch jungen, aber höchst ehrgeizigen königlichen Berater, der den Namen Ardghal trug«, erwiderte er dann. »Sein Ziel war es, den Einfluss des Ordens auf die Regierungsgeschäfte zu unterbinden, also nutzte er die Gunst der Stunde, um König Gawildor gegen uns aufzubringen – mit Erfolg. Ich wurde des königlichen Palasts verwiesen, die Verbindungen nach Shakara eingeschränkt.«

»Und meine Mutter?«

»Sie merkte bald, dass sie in jener Nacht, die wir zusammen verbracht hatten, ein Kind empfangen hatte. Dennoch kehrte sie zu

Alduran zurück, der ihr verzieh. Schon wenig später jedoch verlor sie ihr Leben, als sie ihrem Kind das seine schenkte. Vielleicht«, fügte Farawyn leise hinzu, »konnte sie es auch nur nicht ertragen, mit der Schande zu leben.«

Aldur nickte. So abwegig ihm einerseits erschien, was er hörte – Farawyns Angaben deckten sich genau mit denen Aldurans. Auf erschreckende Weise ergab alles Sinn, und von einem Augenblick zum anderen verstand Aldur vieles, was ihm eben noch ein Rätsel gewesen war.

Aldurans Beharrlichkeit und unnachgiebiges Wesen, was die Erziehung seines Sohnes betraf; sein Beharren darauf, dass Aldur stets der beste und tugendhafteste unter den jungen Elfen hatte sein müssen; und schließlich sein erklärtes Ziel, Aldur zum größten und mächtigsten Zauberer zu machen, den Erdwelt je gesehen hatte – all das entsprang letztlich nur dem Wunsch, dem Tod seiner Frau im Nachhinein noch einen Sinn zu geben. Seine Liebe zu ihr musste unendlich groß gewesen sein, dass er ihr die Untreue verziehen hatte – ebenso groß, wie der Druck, dem Aldur in all den Jahren ausgesetzt gewesen war …

»Es ist deine Schuld«, fuhr er Farawyn an. Jeder Respekt, den er einmal vor dem Ältesten des Ordens gehabt haben mochte, war verflogen, und er sah keinen Grund, die Fassade noch länger aufrechtzuerhalten. »Deine Schuld, Bastard!«

»Ich kann deine Wut gut verstehen«, beschwichtigte Farawyn, die Beleidigung einfach überhörend. »Du gibst mir die Schuld an allem, was dir widerfahren ist, und womöglich hast du sogar recht damit. Aber bedenke, Aldur, dass es dein Verlust war, der dich letztlich hierhergeführt hat, ans Ziel deiner Träume. Du bist ein Zauberer geworden.«

»Verdammt!«, schrie Aldur so laut, dass sich seine Stimme überschlug. Seine Hände ballten sich dabei gefährlich. »Warum glaubt jeder von euch, meine Träume zu kennen? Was weißt du schon, alter Mann? Was von dem, das ich durchleben musste?«

»Nichts«, gab Farawyn zu, auf Aldurs Fäuste starrend. »Aber ich weiß, dass du nichts tun solltest, was du im Nachhinein bereuen könntest.«

»Keine Sorge«, konterte Aldur und riss die Fäuste empor, kurz davor, einen vernichtenden Feuerball auf den Ältesten zu werfen. Wie oft, dachte er dabei, hatte er ihn »Vater« genannt, ohne sich der doppelten Bedeutung des Wortes bewusst zu sein! Ebenso oft, wie Farawyn es versäumt hatte, ihm bei diesen unzähligen Gelegenheiten die Wahrheit über seine Herkunft zu enthüllen.

Er kam sich verraten vor und hintergangen, und zumindest jener Teil von ihm, der Farawyn immer misstraut hatte, wollte den Ältesten bestrafen für seine Falschheit und seine Lügen. Augenblicke lang standen sie einander gegenüber, Aldur in Angriffshaltung, der Älteste mit abwehrbereit erhobenen Händen.

Aldur biss die Zähne zusammen und konzentrierte sich, wollte seinen Zorn und seine Frustration in einer feurigen Eruption bündeln und sie seinem Vater entgegenschleudern …

… aber er brachte es nicht über sich.

Stattdessen fuhr er auf dem Absatz herum und stürzte aus der Kanzlei, rannte hinaus auf den Korridor und schlug den Weg zu den Quartieren ein, um Zuflucht bei den einzigen Vertrauten zu suchen, die ihm geblieben waren.

Seinen Freunden.

Es war, als stünden sie unter einem Zauberbann.

Das Verbotene zu tun, sich endlich am Ziel seiner Wünsche zu sehen, versetzte Granock in eine Euphorie, wie er sie nie zuvor gekannt hatte.

Es war nicht zu vergleichen mit dem, was er im Dschungel Aruns erlebt hatte, als ihn Alannahs Ebenbild besucht hatte. Damals war es reine Wollust gewesen, hatten seine körperliche Begierde in Form des Baumgeists Gestalt angenommen. Diesmal jedoch war es, als fänden nicht nur ihre Körper, sondern auch ihre Seelen zueinander.

Den Mund auf ihre bebenden Lippen gepresst, konnte Granock Alannahs schlanke Gestalt fühlen, die sich verlangend an ihn drängte, und wie selbstverständlich glitt seine Hand an ihre Brust und liebkoste ihre weiblichen Formen. Sie erschauderte wohlig unter seiner Berührung und gab ein Seufzen von sich, das seinen tiefsten Sehnsüchten Ausdruck zu verleihen schien.

Seine Lippen wanderten an ihrem schlanken Hals hinab, überzogen ihre alabastergleiche Haut mit unzähligen Küssen. Dann machte er sich an der Verschnürung ihres Kleides zu schaffen, konnte es nicht erwarten, sie endlich so vor sich zu sehen wie bei ihrer allerersten Begegnung, als er ihre vollendeten Formen im Gegenlicht der Kristalle gesehen hatte, einer Vision gleich, einer Verheißung …

»Granock! Liebster Granock …«

Ihre Stimme, die unentwegt seinen Namen flüsterte, klang wie eine Melodie in seinem Ohr, während er ihre Schulter entblößte und sie liebkoste. Sein Verlangen war erwacht und drängte ihn dazu, weiterzumachen und endlich in Wirklichkeit zu erfahren, wovon er stets nur geträumt hatte.

Aber es kam nicht dazu.

Denn Alannah, die sich eben noch weich wie Bienenwachs an ihn geschmiegt hatte, erstarrte plötzlich in seiner Umarmung und verkrampfte sich so, dass er von ihr abließ.

»Was …?«, fragte er sanft, als er das Entsetzen in ihren Augen sah, die nicht auf ihn gerichtet waren, sondern an ihm vorbei zur Tür blickten – und noch ehe Granock sich umwandte, wusste er, dass dort Aldur stand.

»Endlich bist du …«, begann er, aber die Worte blieben ihm im Hals stecken wie Erbrochenes, als er den Elfen erblickte.

Aldur starrte sie beide an, als hätte er sie noch nie zuvor gesehen. Seine Augen lagen dabei so tief und dunkel in ihren Höhlen, dass seine schmalen Gesichtszüge etwas von einem Totenschädel hatten. Kälte schien ihn zu umgeben, eine Aura des Unheimlichen, die auch Alannah fühlte.

»Aldur«, hauchte sie, während sie sich von Granock abwandte und von ihrem Lager erhob.

»In der Tat«, sagte er mit tonloser Stimme, die voller Bitterkeit und Vorwurf war. »So dankst du mir also meine Freundschaft? So das Vertrauen, das ich in dich gesetzt habe? Meine Treue?«

Granocks Blick schwenkte von seinem Freund zu Alannah, die zu seinem Unbehagen schuldbewusst das Haupt senkte.

»Sieh nicht sie an, sieh mich an!«, herrschte Aldur ihn an. »Kaum bin ich nicht hier, vergreifst du dich an meiner Geliebten! Ist es das, was ihr Menschen unter Freundschaft versteht?«

»Deine Geliebte?« Erneut ging Granocks fragender Blick zu Alannah, die es jedoch nicht über sich brachte, ihm in die Augen zu sehen, sondern stumm zu Boden starrte. »Sag, dass das nicht wahr ist …«

»Was denn?«, spottete Aldur. »Willst du behaupten, du hättest es nicht gewusst?«

»Natürlich nicht!« Granocks Blick war noch immer auf Alannah gerichtet. »Warum hast du nicht …?«

»Gib ihr nicht die Schuld für etwas, das du selbst verbrochen hast, Mensch!«, brüllte Aldur. »Es spielt keine Rolle, ob du es wusstest oder nicht – es steht dir nicht zu, deine unwürdigen Finger nach einer Tochter Sigwyns auszustrecken. Oder glaubst du, nur weil Farawyn und der Rest dieser vergreisten Bande dich zum Zauberer ernannt haben, darfst du dir nun alles herausnehmen?«

»N-nein«, versicherte Granock, der sich so übertölpelt vorkam, dass er weder auf die Vorwürfe noch auf die Beschimpfungen angemessen reagieren konnte. Soeben wähnte er sich noch von einer Woge des Glücks getragen, nun hatte er das Gefühl, in einen bodenlosen Abgrund zu stürzen.

»Margok hat es mir gesagt, aber ich wollte es nicht wahrhaben«, zeterte Aldur weiter, dessen Züge sich vor Wut und Eifersucht verzerrten. »Ich glaubte an unsere Freundschaft und daran, dass wir Brüder wären, ungeachtet aller Unterschiede, die uns trennen – was für ein Narr ich doch gewesen bin!«

»Aber ich bin dein Freund«, beeilte sich Granock zu versichern. »Wenn du doch nur …«

»Freundschaft?«, echote der Elf und lachte freudlos auf. »Deinesgleichen weiß nicht, was das ist. Der Krieg hat mir die Augen geöffnet. Ich durchschaue dich jetzt, Granock, und ich kenne deinen Plan. Es ging dir von Anfang an darum, meinen Platz einzunehmen, nicht wahr? Zuerst hast du alles darangesetzt, mir den Vater zu nehmen, mit dem dich so vieles zu verbinden scheint, und nun willst du auch noch Alannah.«

»D-dein Vater?« Granock verstand kein Wort. »Wovon, verdammt noch mal, sprichst du?«

»Ich hätte es wissen müssen. Ich hätte ahnen müssen, dass man einem Menschen nicht trauen darf, aber ich bin blind und töricht gewesen. Zum Glück hast du mir rechtzeitig die Augen geöffnet.«

»Aldur«, ächzte Granock, »ich versichere dir …«

»Schweig«, fuhr der Elf ihn an, »ehe ich mich vergesse!«

»Aber ich …«

Statt noch etwas zu erwidern, hob Aldur beide Hände, bereit, einen Feuerstoß auf Granock zu entlassen, der zu verwirrt und entsetzt war, um sich zu verteidigen.

»Nein!«, schrie Alannah mit Tränen in den Augen und stellte sich schützend vor ihren menschlichen Freund. »Tut das nicht …!«

Einige Atemzüge lang verharrte Aldur unentschlossen. Wild hob und senkte sich seine Brust unter seiner Robe, wütend starrte er Alannah an. »Wie ich sehen kann«, stieß er hervor, »hast du deine Wahl bereits getroffen.«

Damit wandte er sich ab und verließ die Kammer.

In Tränen ausbrechend, eilte Alannah ihm hinterher. Auch Granock folgte, benommen wie nach einem schweren Schlag auf den Kopf.

»Aldur! Aldur …!«

Der Elf blieb auf dem Gang stehen und wandte sich um. Sein Zorn jedoch war ungebrochen. »Was willst du noch, Alannah?«

»Dir sagen, dass ich dich liebe«, antwortete sie leise, mit tränenerstickter Stimme.

Er lachte bitter auf. »Du hast fürwahr eine seltsame Art, mir das zu zeigen!«

»Das wollte ich nicht«, versicherte sie. »Es war nur ein flüchtiger Augenblick …«

»Unsinn!«, schrie Aldur sie an, dass sich seine Stimme überschlug. »Schon die ganze Zeit über ahnte ich, dass du etwas für ihn empfindest. All diese Dinge, die du gesagt hast … Aber du hast es abgestritten, wieder und wieder!«

»Das ist nicht wahr«, beteuerte sie unter Tränen. »Ich wusste bislang nicht, was ich empfinde …«

»Nein?« Abgrundtiefe Bitterkeit sprach aus seiner Stimme. »Wie kommt es dann, dass ich es längst bemerkt habe? Entweder bist du eine Närrin oder eine schlechte Lügnerin, Alannah. Für mich war offensichtlich, dass du ihn liebst.«

»Ebenso wie ich dich liebe«, beteuerte sie.

»Wie kannst du das?« Aldur funkelte Granock, der atemlos dabeistand und nicht wusste, was er sagen sollte, zornig an. »Wir beide sind so unterschiedlich wie die Kräfte, über die wir gebieten, wie also kannst du uns beiden zugetan sein?«

»Ich … ich …« Sie schüttelte den Kopf, wusste nicht, was sie erwidern sollte. »Es tut mir leid, Aldur. Ich wollte dich nicht verletzen – und ich will dich nicht verlieren …«

»Hast du das auch ihm gesagt?«

»Nein.« Sie blickte schuldbewusst zu Boden.

»Dann beweise es«, verlangte er.

»Wie?«

»Komm mit mir«, forderte er sie auf.

»Wohin?«, wollte Granock wissen, der erst jetzt die Sprache wiederfand.

»Wo du sie nicht erreichen kannst, Verräter«, beschied Aldur ihm kalt.

»Du nennst mich einen Verräter?«

»Allerdings – genau wie jene, die das Vertrauen des Königs hintergangen und sich mit den Orks verbündet haben. Du bist wie sie, und vermutlich kannst du noch nicht einmal etwas dafür. Verrat liegt in eurer Natur, ihr könnt wohl nicht anders.«

Granocks Züge hatten sich in eine reglose Fassade verwandelt, an der er Aldurs Worte ohne erkennbare Wirkung abprallen ließ – in seinem Inneren jedoch verletzten sie ihn bis ins Mark. Hätte jener Aldur, den er kurz nach seiner Ankunft in Shakara kennengelernt hatte, sie gesprochen, hätte es ihn nicht weiter verwundert. Sie allerdings aus dem Mund des Freundes zu hören, erschütterte ihn zutiefst.

»Ich dachte, wir wären Brüder«, sagte er leise.

»Das dachte ich auch – aber Brüder verraten einander nicht.«

»Bist du denn aufrichtig zu mir gewesen?«, fragte Granock dagegen. »Ich wusste ja nicht einmal, dass Alannah und du …«

»Weil es dich nichts anging, Mensch!«, herrschte Aldur ihn an. »Dabei hätte ich ahnen müssen, dass du in deinem Neid und deiner Eifersucht genau das haben willst, was mein ist. Wie konnte ich nur jemals annehmen, dass du mir ebenbürtig bist?«, fügte er gehässig hinzu.

»Nein!«, rief Alannah aus, während sie flehend von einem zum anderen blickte. »Bitte nicht! Ich will nicht, dass eure Freundschaft an mir zerbricht!«

»Dich trifft keine Schuld«, war der Elf überzeugt. »Wo keine Freundschaft ist, kann sie auch nicht zerbrechen.«

»So ist es wohl.« Granock straffte sich.

»Für wen von uns wirst du dich also entscheiden?«, wandte sich Aldur ungerührt an Alannah.

»Ich … ich kann nicht …«, stammelte sie.

»Du musst, eine andere Möglichkeit gibt es nicht.« Er streckte die Hand aus. »Komm mit mir, Alannah.«

»Nein«, widersprach Granock. »Ich bitte dich, tu es nicht. Bleib bei mir …«

Eine endlos scheinende Weile lang stand sie zwischen den beiden, wandte sich bald dem einen, dann wieder dem anderen zu, während die Tränen ungehemmt über ihre Wangen rannen.

Schließlich trat sie auf Granock zu.

»Alannah«, flüsterte er und schöpfte jähe Hoffnung – aber der matte Blick ihrer Augen sagte ihm, dass er verloren hatte.

»Es tut mir leid, Granock«, flüsterte sie kaum vernehmbar. »Bitte verzeih mir …«

Ein letztes Mal begegneten sich ihre Blicke, dann wandte sie sich ab und reichte Aldur ihre Hand, der sich wortlos umdrehte und sie fortzog.

»Nein!«, rief Granock, und ein jäher Impuls drängte ihn dazu, von seiner Fähigkeit Gebrauch zu machen und die Zeit anzuhalten – aber ihm war klar, dass auch seine Gabe ihm nicht dabei helfen würde, etwas zu halten, das nicht von Bestand war. So sah er hilflos zu, wie sie den Gang hinab verschwanden.

»Alannah!«, schrie Granock außer sich und konnte die Tränen nicht länger zurückhalten. »Alannah …!«

Aber sein Rufen verhallte unerwidert auf dem Korridor.

Epilog

Die Geräusche waren entsetzlich.

Panisches Heulen und durchdringende Schreie, dann das Schmatzen der Pfähle, die durch mit grüner Haut überzogenes Fleisch und weiche Gedärme getrieben wurden, um schließlich aufgerichtet und entlang der Passstraße aufgereiht zu werden.

Niemand, der an diesem Tag dabei gewesen war, würde diese Laute jemals wieder vergessen.

Die Zwerge nicht, die das Mordhandwerk ohne Federlesens verrichteten.

Die Elfenkrieger nicht, die zur Anhängerschaft des Dunkelelfen gehörten und in ihren dunklen Roben kaum gegen den grauen Fels auszumachen waren.

Und auch Rurak nicht, auf dessen Geheiß das blutige Spektakel vonstattenging.

Aber nach all den anderen Geschehnissen, die sich ins Gedächtnis und in die Züge des abtrünnigen Zauberers eingebrannt hatten – und das im wörtlichen Sinn –, waren die Todesschreie der Orks wie Balsam auf seinen geschundenen, von den Schmerzen der Niederlage getriebenen Geist.

Ungerührt sah er zu, wie ein Pfahl nach dem anderen errichtet wurde, an dessen Ende ein zappelnder und sich wie von Sinnen gebärender Unhold aufgespießt war. Wie viele solcher Pfähle seine Handlanger bereits aufgestellt hatten, vermochte er nicht zu sagen, er hatte längst aufgehört zu zählen. Doch die Tatsache, dass die Zwerge bereits seit dem frühen Morgen bei der Arbeit waren und ein bizarres Spalier gepfählter grüner Körper sich den gesamten Pass bis zur Blutfeste hinaufzog, sprach in dieser Hinsicht Bände.

Der Zauberer hatte sie gewarnt.

Er hatte den Unholden gesagt, dass er, wenn sie sich nicht an ihren Teil der Abmachung halten und bis zum letzten Atemzug kämpfen würden, sich fürchterlich an ihnen rächen würde; dennoch hatten sie sich von ihm abgewandt.

Nachdem die Kristallpforte zusammengebrochen und der Dunkelelf in ferner Unendlichkeit verschwunden war, waren die Orks von panischer Furcht ergriffen worden. Zwar pflegten die Krieger der Modermark herkömmlichen Gegnern, die mit dem Schwert in der Hand kämpften, stets furchtlos entgegenzutreten; Magie und Zauberei hingegen begegneten sie mit Furcht und Argwohn, was womöglich auf ihre Herkunft zurückzuführen war. Diese Urangst gegenüber allem Übernatürlichen hatte schließlich obsiegt und sie reihenweise in die Flucht geschlagen, ihrem Schwur zum Trotz. Und Rurak rächte sich dafür auf seine Weise …

»Nun?«, erkundigte er sich bei dem Ork, der neben ihm auf dem Boden lag, mit rostigen Ketten zu einem Bündel verschnürt. »Ich hatte dir angekündigt, was geschehen würde, wenn ihr den Dunkelelfen verratet. Nun sieh dir an, was der Lohn deiner Feigheit ist, Borgas.« Der Zauberer, dessen von tiefen Falten durchzogene Gesichtshaut an einigen Stellen schwarz verbrannt war und sich an anderen ganz aufgelöst hatte, deutete die Straße hinauf, wo sich der Wald der aufgespießten Leiber erstreckte, bis empor zur Blutfeste, deren Türme sich als Schemen vor der glutroten Dämmerung abzeichneten.

»Der Herrscher der Modermark wolltest du werden«, fuhr Rurak fort, »nun hast du nicht nur dein Ende besiegelt, sondern auch das deines Stammes. Die Sippe der Knochenbrecher wird ausgerottet, niemand wird sich mehr an sie erinnern. So pflegt Margok mit allen zu verfahren, die ihn verraten.«

»Gnade«, flehte der Ork, dessen gelbe Augen vor Panik von dicken schwarzen Adern durchzogen waren. »Ich kann nichts für die Feigheit meiner Krieger, Zauberer! Ich habe versucht, sie aufzuhalten …«

»Eine Weile lang, vielleicht«, räumte Rurak ein, »aber dann hast auch du die Flucht ergriffen und damit den Sieg endgültig aus den Händen gegeben. Als die Orks zu fliehen begannen, brach auch der Widerstand der Menschen zusammen, und sie wurden von den Elfenlegionären überrannt und aufgerieben. Ihr Anführer Ortwein ist tot, ebenso wie die meisten Unterführer. Du hingegen bist noch am Leben, Borgas, und das zeigt mir, dass du deinen Teil der Abmachung nicht erfüllt hast.«

»D-dass ich in Kuruls Grube springe, war nie vereinbart, Zauberer«, gab der Ork zu bedenken, wobei seine kleinen Augen listig zwinkerten. »Womöglich bin ich dir lebend nützlicher als tot …«

»Du? Mir nützlich?« Rurak schüttelte den Kopf, wobei sich sein Mund vor Verachtung verzerrte. »Du hast es noch immer nicht begriffen. Ob du am Leben bist oder tot, spielt für den Dunkelelfen keine Rolle. Glaubst du im Ernst, ich hätte dich ausgesucht, weil du ein besonders kluges Exemplar deiner Gattung wärst? Oder ein besonders tapferes? Die Wahrheit ist, dass ich auch jeden anderen Häuptling hätte nehmen können, der auch nur annähernd so dumm und so gierig ist wie du. Und das macht dich ersetzbar, Borgas, denn Dummheit und Gier sind unter Deinesgleichen weitverbreitet.«

»*Korr*«, räumte der Ork ein, dessen Augen immer panischer in ihren Höhlen umherzuckten. Gerade wurde einem seiner *faihok'hai* ein Spieß durch die Innereien getrieben, worauf er in erbärmliches Gegrunze verfiel. »Dennoch solltest du es dir gut überlegen, mich zu töten.«

»Willst du mir drohen?«

»*Douk*, aber mein Name hat Gewicht in der Modermark. Wenn es darum geht, ein neues Heer aufzustellen …«

»Dein Name«, beschied ihm der Zauberer, »ist nur noch einen *shnorsh* wert, seit du vom Schlachtfeld geflüchtet bist. Außerdem gibt es jenseits des Dämmerwaldes Orks, die noch nie in ihrem Leben etwas von dir oder den Knochenbrechern gehört haben. Wenn der Dunkelelf ein neues Heer aufstellt – und das wird schon bald geschehen-, wird er sich ihrer bedienen, und eher wird er

Trolle, Gnomen und Warge unter sein Banner rufen, als einer Made wie dir noch einmal zu vertrauen. Wir hatten eine Abmachung, Borgas ...«

»Ich habe meinen Teil erfüllt«, beeilte sich der Häuptling zu versichern. »Ich habe dir ein Heer geliefert ...«

»Von dieser Abmachung spreche ich nicht«, wehrte Rurak ab. »Ich sagte dir, dass ich, wenn Ihr nicht mit vollem Einsatz für den Dunkelelfen kämpfen würdet, dich und deinen ganzen verkommenen Haufen pfählen lassen würde – und anders als du pflege ich meine Versprechen einzuhalten.«

Grässliches Geschrei erklang, als der Ork, der neben Borgas gelegen hatte, wie er an Klauen und Füßen gefesselt, hochgerissen und aufgespießt wurde – und spätestens jetzt dämmerte dem Häuptling der Knochenbrecher, dass es dem Zauberer nicht darum ging, ihn einzuschüchtern ...

»Das könnt ihr nicht tun!«, schrie er. »Ich bin Borgas von den Knochenbrechern, Häuptling der Modermark!«

»Falsch«, beschied Rurak ihm hasserfüllt. »Du hättest der Herrscher der Modermark werden können. In wenigen Augenblicken wirst du allerdings nur noch ein Klumpen grünen Fleisches sein, das den Raben als Futter dient.«

»Aber ich will nicht in Kuruls Grube!«

»Das hättest du überlegen sollen, ehe du den Dunkelelfen verraten hast«, erwiderte der Zauberer hart – und im nächsten Augenblick war es soweit.

Die Zwerge kamen und schleppten den Ork zur Hinrichtungsstätte, wo der sandige Boden bereits von dunklem Blut getränkt war. Borgas schrie, als er den Speer erblickte, dessen Spitze im letzten Licht des Tages leuchtete, und spätestens, als das Eisen mit wuchtigen Hammerschlägen in seinen Leib getrieben wurde, ging ihm auf, dass er mit der falschen Seite paktiert hatte.

Rurak vernahm sein Gebrüll mit grimmiger Genugtuung. Er hatte gehört, dass diejenigen Orks, die seiner Rache entgangen waren und sich in die hintersten Winkel des Schwarzgebirges geflüchtet hatten, ihm einen Beinamen verliehen hatten.

Rurak kro-blor nannten sie ihn.

Rurak den Schlächter.

Der Zauberer war sicher, dass ihm dieser Name bei allen zukünftigen Unternehmungen vorauseilen und es kein Unhold mehr wagen würde, sich seinem Willen zu widersetzen.

Niemals wieder.

ENDE

Anhang
Lexikon Elfisch-Deutsch

adan	Flügel
ádana	geflügelt
afon	Fluss
agaras	Schnitt, Einschnitt
ai	nach
ai'…'ma	dieser
aith	Elfisch (Sprache)
alaric	Schwan
am	über, (einen Sachverhalt) betreffend
amber	Erdwelt
amwelthu	besuchen
amwelthyr	Besucher
an	nein, nicht
anadálthyr	»Atmer«
anádalu	atmen
angan	Mangel, Not
anghénvil	Unhold
ángovor	Vergessen (Bann)
angóvoru	vergessen
anmarwa	unsterblich
anmeltith	verbotener Bannspruch
anrythan	Ehre, auch: Ehrerweisung
anturaith	Abenteuer
anwyla	schön
ar-aragu	öffnen

475

ar-aragyr	(Pforten)Öffner
arf	Waffe
argaifys	Krise, Gefahr
argura	verloren
arian	Silber, Geld
arswyth	Schrecken
arwen	fertig, auch: Genug!
arwen-hun	allein
arwidan	Zeichen
asbryd	Geist
asgur	Schule, Ausbildung
atgyf	Erinnerung
athro	Meister, Lehrer
áthrothan	Lehre
áthysthan	Ausbildung, Erziehung
áthysu	lehren, unterrichten
áthysyr	Lehrer
awyr	Luft
baiwu	leben
baiwuthan	Leben
barn	Schmutz, Dreck
barwydor	Schlacht
bashgan	Junge, auch: Diener
blain	vor (Ort)
blothyn	Blume, Blüte
bodu	sein
bór	Bär
bórias	Eisbär
breuthan	Traum
breuthu	träumen
breuthyr	Träumer
brunta	schmutzig
bur	Magen
buthúgolaith	Sieg
buthúgolu	siegreich
bysgéthena	Gebäck

cacena	Kuchen
caras	Kern, auch: innerster Bereich des Kerkers von Borkavor
cariad	Liebe
carryg	Stein
carryg-fin	Grenzstein
cartral	Heim, Hort
casnog	Hass
celfaidyd	Kunst
celfaidydian	Künstler
cenfigena	Neid
cerac	Wut, Zorn
cerasa	wütend, zornig
cerwyd'ras	Wanderer
cerwydru	wandern
cethad	Wand, Mauer
cimath	Hilfe
cimathu	helfen
cinu	singen
cinu'ras / cinu'ra	Sänger / Sängerin
cinuthan	Lied, Gesang
cnawyd	Fleisch
codan	Baum
codana	Wald
codialas	Sonnenaufgang
coracda	Krokodil
cranu	beben
cranuthan	Beben, Erschütterung
crēu	erschaffen
crēun	Geschöpf
crēuna	Kreatur
crēuna'y'margok	Ork (wörtl. »Margoks Kreatur«)
crēuthan	Erschaffung
crysalon	Kristall
cuthiu	verbergen
cuthuna	das Verborgene

cwysta	Suche, Frage
cwysta'ras	Suchender
cwystu	suchen
cyfail	Freund
cyfárshaith	Begrüßung
cylell	Messer
cyngaras	Rat, Ratsrunde
cynlun	Plan, Vorhaben
cynta	erster, erste
cysgur	Schatten
cysyltaith	Verbindung
dacthan	Flucht
dai	in
daifodur	Zukunft
dail	Rache, Rachsucht
dailánwath	Einfluss, Beeinflussung
dainacu	fliehen
dainys	nachts
daiórgryn	Erdbeben
daisaimyg	Vorstellungskraft, Einbildung
dalu	fangen, gefangen nehmen
daluthan	Gefangennahme, Haft
damwan	Unfall
danth	Zahn
darganfaithan	Entdeckung
darganfodu	entdecken
darthan	Anfang, Beginn
daru	anfangen, beginnen
derwyn	Eiche
diffroa	ernst, ernsthaft
diffrofur	Ernst
digydaid	Zufall
dim	nichts
dinas	Stadt
dinistrio	Zerstörung
diogala	wohlbehalten, sicher

diweth	Ende (zeitlich)
dorwa	böse
dorwathan	Bosheit, das Böse
dorwy	durch
dothainur	Rückkehr
dragda	Drache
dragnadh	untoter Drache
dufanor	Tiefe, auch: tiefe Schlucht, Abgrund
dun	Besitz
dun'ras	Besitzer, auch: Herr (Titel)
dur	Stahl
dwaimaras	Ostsee
dwaira	östlich, ost-
dwáirafon	Ostfluss
dwairan	Osten
dwar	Wasser
dweth	weise
dwetha	Weisheit
dwethan	Weiser, Zauberer
dwethana	Zauberin
dyna	Elf
dyr	Süden
dyrfraida	vollendet, vollkommen
dysbarth	(Unterrichts-)Klasse
dysbarthan	Übertragung, Zeremonie der Speicherung von Wissen in Kristalle
dysbarthu	Übergeben, übertragen
dysgu	lernen
dyth	Tag
effru	erwachen
eriod	immer
eriod	niemals
érshaila	schrecklich
essa	geheim
essamuin	Geheimname (unter Vertrauten)

essathan	Geheimnis
fad	Weg
fahila	Blatt
fal	wie (Vergleich)
faru	geben, machen
farun	(bestehend, gemacht) aus
farwyla	Abschied
fendu	finden
filu	können
fin	Grenze
flas	Blitz
flasfyn	Zauberstab
fyn	Stab
gaer	Wort
gaffro	Bock
gaida	mit
galar	Trauer
galaru	trauern
galwalas	Ruf, Berufung
ganeth	Mädchen
garu	gehen
garuthan	(Fort-)Gang, auch: Bezeichnung für den zweiten und praktischen Teil der Ausbildung zum Zauberer
gelan	Feind
gem	Spiel
Gem'y'twara	»Spiel der Könige«
glain	Tal
glarn	Regen
gobaith	Hoffnung
gorfennur	Vergangenheit
gorwal	Horizont
graim	Gewalt, (zerstörerische) Kraft
graima	gewalttätig, zerstörerisch
gwaharth	Verbot
gwaharthu	verbieten

gwaila	schlecht, schäbig
gwair	Heu
gwaith	Blut
gwarshu	wachen, hüten
gwarshura	Hüterin
gwasanaith	Diener
gwasanaithu	dienen
gwyr	Wahrheit
gwyra	wahr
gyburthaith	Wissen
gydian	Seher
gydu	sehen
gyla	westlich, west-
gylafon	Westfluss
gylan	Möwe
gylan	Westen
gynt	Wind
gyrtharo	Kampf, Scharmützel
gystas	Gast
gyta	wild
gytai	Wildmenschen
gywar	Mensch
gywara	menschlich
gywarthan	Menschlichkeit
ha'ur	Sonne
halas	Vater
hanas	Geschichte, Erzählung
hanasu	(zur Unterhaltung) erzählen
hanasu'ras	Geschichtenerzähler
haul	Recht
hethfanu	fliegen
hethfánuthan	Flug; Bezeichnung für den dritten und abschließenden Teil der Ausbildung zum Zauberer
hunlef	Albtraum
huth	Zauber, Magie

ias	Eis
ilais	Stimme
ilfantodon	Elefant
ilfúldur	Elfenbein
labhur	(Fremd-)Sprache
lafanor	Klinge
laiffro	Buch
laigalas	Auge
laigurena	Ratte
laima	schwerwiegend, weitreichend
larn	Hand
leidor	Dieb
levalas	Mond
lhur	Zeit
lithairt	Pforte, Tor
lofruthaieth	Mord
lu	(positive) Kraft, Energie
lyn	Eid, Schwur
lynca	glücklich, vom Glück gelenkt
machluth	Sonnenuntergang
maeva	Empfindung, Gefühl
mainidan	Berg
mainídian	Gebirge
mainidian minogai	Scharfgebirge
mainídian'y'codìwalas	Ostgebirge (»Gebirge des Sonnenaufgangs«)
maivu	fühlen
maivuthan	Gefühl
maras	Meer
marthwail	Hammer
marvent	Friedhof
marwu ·	sterben
marwura	tot
marwuraith	Tod
marwuraitha	tödlich
mavura	groß

mélin	Mühle
meltith	Fluch
menter	Handel
menterian	Händler
métel	Metall
minoga	scharf, spitz
mola	kahl
muin	Name
nadh	nicht mehr
nahad	Mein Vater (respektvolle Anrede)
negésidan	Bote
negys	Botschaft
neidor	Reptil
nev'ras	Gestaltwandler, Wechselbalg
nevithu	ändern, wechseln
newitha	neu
nivur	Nebel
nothu	nackt
nys	Nacht
nysa	nächtlich
odan	unter (Ort)
ogyf	Höhle
ou	aus, von…her, von
paisgodyn	Fisch
paisgodyn'ras	Fischer
pal	Kugel, Ball
paráthan	Vorbereitung
paráthu	vorbereiten
parur	bereit
parura	Bereitschaft
pela	weit (entfernt)
pena	Ende
penambar	Ende der Welt
pentherfad	Entscheidung
pentherfadu	entscheiden
pentheru	nachdenken, erwägen

peraiga	gefährlich
plaigu	biegen
prayf	Prüfung
prys	Preis
rain	Netz
reghas	Geschenk, Gabe
rhiw	Geschlechtsakt
rhulan	Herrscher
rhulu	herrschen, befehlen
rhyfal	Krieg
rhyfal'ras	Krieger
rhyfana	fremd-(artig)
rothgas	Feuersbrunst
safailu	stehen
safailuthan	Stand, auch: Bezeichnung für den theoretischen Teil der Ausbildung zum Zauberer
saith	Pfeil
saithyr	Bogenschütze
serena	Stern
serentir	Dreistern
sgruth	Sturm(-wind)
sha	und
Shumai!	Guten Tag!
siwerwa	bitter
sun	Ton, Klang
sunu	klingen
swaidog	Offizier
swaraiu	spielen
syndoth	Überraschung
ta	oder
taingu	schwören
taith	Dunkelheit
taitha	dunkel
tampyla	Tempel
taras	Donner

tarialas	Bruch, Zerwürfnis
tarthan	Schlag, Stoß
taru	schlagen, treffen
tavalian	Heiler
tavalu	beruhigen, auch: heilen
taválwalas	Stille
thu	Schwarz, Schwärze
thwa	schwarz
thynia	Eisblume
thynu	blühen
tingan	Schicksal
tirgas	Festung, befestigte Stadt
tro	Biegung
trobwyn	Wendepunkt, (unerwartete) Wendung
trowna	geschützt, sicher
tryasal	Versuchung
tu	dick, fett
tubur	Fettwanst
twailu	täuschen, betrügen
twailuthan	Täuschung
twar	König
ucyngaras	der Hohe Rat
una	einig
unu	einigen
unuthan	Bündnis, Einheit
ur	Spur, Fährte
ura	Letzter, Letzte
usha	hoch
vandu	haben
ymadawaith	Aufbruch
ymadu	aufbrechen, abreisen
ymarfa	Übung
ymarfu	üben
ymgaingaruthan	Beratung
ymgaingharu	beraten

ymlith	unter (Menge)
ymosuriad	Angriff
yngaia	»Nurwinter«, Ewiges Eis
ynig	einzig, nur
ynur	zurück
ys	wenn, falls

Danksagung

Die Erste Schlacht ist geschlagen, ein neues Kapitel der Geschichte Erdwelts erzählt, und einmal mehr möchte ich mich an dieser Stelle bei den wackeren Gefährten bedanken, die mir in der Hitze des Gefechts zur Seite gestanden haben.

Wie immer bedanke ich mich bei meiner Familie, ohne deren Unterstützung es nicht möglich wäre, diesen Beruf auszuüben; bei Carsten Polzin von Piper Fantasy, bei Zeichner Daniel Ernle und meinem Agenten Peter Molden, der stets ein offenes Ohr für meine Vorschläge und Projekte hat. Außerdem möchte ich mich ganz herzlich bei Angela Kuepper bedanken, die diesen Roman allen grippetechnischen Widerständen zum Trotz lektoriert und ihn durch ihr Engagement bereichert hat.

Und natürlich wäre diese Danksagung nicht vollständig, wenn ich mich damit nicht auch an Sie wenden würde, meine Leser, von denen mir viele seit den »Orks« die Treue halten und für die es einfach Spaß macht zu schreiben. Ganz besonders möchte ich an dieser Stelle die wackere LARP-Gemeinde da draußen grüßen, von der ich inzwischen weiß, dass sie die Sprachen aus meinen Romanen gerne bei Rollenspielen verwendet. Ein schöneres Kompliment ist für einen Fantasy-Autor eigentlich kaum denkbar und ist mir ein Ansporn, weiter spannende Unterhaltung zu liefern – ob aus Erdwelt oder anderen phantastischen Welten.

Michael Peinkofer, im Winter 2009

PIPER

Michael Peinkofer
Die Zauberer

Roman. 592 Seiten. Klappenbroschur

Es ist der Vorabend der großen Schlacht, die als der »Zweite Krieg« in die Chroniken von Erdwelt eingehen wird. In einer Festung im Ewigen Eis, der Ordensburg von Shakara, leben die mächtigsten Wesen von Erdwelt, die Zauberer. Dort treffen drei ungewöhnliche Novizen aufeinander. Die junge Elfin Alannah, der ehrgeizige Elf Aldur und der magisch begabte Mensch Granock sollen lernen, ihre einzigartigen Gaben für das Wohl ihres Landes einzusetzen. Doch in den eisigen Hallen treffen sie nicht nur auf Freundschaft und Liebe, sondern auch auf Verschwörung und Verrat. Schnell sehen sich die jungen Zauberer ihrer größten Aufgabe gegenüber – Erdwelt vor der Vernichtung zu bewahren. Das fesselnde neue Abenteuer des Bestseller-Autors Michael Peinkofer führt in die Anfänge von Erdwelt, dem magischen Reich, in dem schon die Orks Balbok und Rammar ihre Äxte kreisen ließen.

01/1786/01/R

OSTERWOLD))) audio

Als Hörbuch erschienen

Gelesen von Johannes Steck

8 CD · ISBN 978-3-86952-026-1

www.osterwold-audio.de